Knaur.

Knaur.

Im Knaur Taschenbuch Verlag sind bereits folgende Bücher der Autorin erschienen:
Die Bernsteinheilerin
Die Bernsteinsammlerin
Die Braut des Pelzhändlers

Über die Autorin:
Lena Johannson wurde 1967 in Reinbek bei Hamburg geboren. Nach der Schulzeit auf dem Gymnasium machte sie zunächst eine Ausbildung zur Buchhändlerin, bevor sie sich der Tourismusbranche zuwandte. Ihre beiden Leidenschaften Schreiben und Reisen konnte sie später in ihrem Beruf als Reisejournalistin miteinander verbinden. Vor einiger Zeit erfüllte sich Lena Johannson einen Traum und zog an die Ostsee.

Lena Johannson

Das Marzipanmädchen

Roman

Knaur Taschenbuch Verlag

Dieser Titel erschien bereits 2007
unter der Bandnummer 63766

Besuchen Sie uns im Internet:
www.knaur.de

FSC
www.fsc.org
MIX
Papier aus verantwortungsvollen Quellen
FSC® C014496

Vollständige Taschenbuch-Neuausgabe September 2011
Knaur Taschenbuch

Ein Unternehmen der Droemerschen Verlagsanstalt
Th. Knaur Nachf. GmbH & Co. KG, München.

Redaktion: Dr. Gisela Menza
Umschlaggestaltung: ZERO Werbeagentur, München
Umschlagabbildung: The Senate and Marketplace in Lubeck,
illustration from ‚Voyage pittoresque en Russie‘, 1839,
Andre Durand (1807–67); © Archives
Charmet
Druck und Bindung: GGP Media GmbH, Pößneck
Printed in Germany
ISBN 978-3-426-50968-5

5 4 3 2 1

Meiner Mutter,
die Marie an
Mut und Stärke
nicht nachsteht

Prolog

»Sehr verehrte Gäste, Herr Bürgermeister, Freunde der Konditorei Andresen! Lübeck hat eine schwere Zeit hinter sich. Wir alle haben eine schwere Zeit hinter uns.« Frederick Andresen, Juniorchef der Konditorei, die in der Hansestadt seit über hundert Jahren ansässig war, blickte in die Runde. Die einen waren noch vom Krieg gezeichnet, die anderen strahlten voller Zuversicht aus bereits feisten Wohlstandsgesichtern. »Doch die ist Vergangenheit. Wie in unserer stolzen Heimatstadt üblich, blicken wir nach vorn, packen an und sehen einer großen Zukunft entgegen. Sehr verehrte Damen und Herren, es ist mir eine große Freude und Ehre, heute am 15. Mai 1948 die Wiedereröffnung der Marzipanfabrik Andresen mit Ihnen zu feiern.«

Erster Applaus erklang. Andresen strich sich eine Haarsträhne aus der Stirn. Er hatte die gleichen blonden ungestümen Locken, die seine Großmutter als junges Mädchen gehabt hatte.

Mit leuchtenden Augen fuhr er fort: »Ebenso erkläre ich hiermit den Süßen Salon für eröffnet. Möge diese Probierstube die gute Stube der Lübecker werden und viele Gäste, die unsere Hansestadt besuchen, mit ihren Köstlichkeiten anziehen.«

Sein Blick wanderte zu einem Stuhl, auf dem eine alte Dame saß. Ihr Rücken war trotz der vielen Jahre harter Arbeit sehr gerade, ihre Hände, die im Schoß lagen, waren krumm mit knotigen Fingern. In ihrem altmodischen weißen Spitzenkleid sah sie zerbrechlich aus. Das weiße Haar war mit Nadeln streng zurückgesteckt, die Augen hatte sie geschlossen. Ihre Kopfhaltung verriet Frederick jedoch, dass sie ihm aufmerksam zuhörte.

»Wie Sie sehen können, meine Damen und Herren, haben wir hier ein kleines Museum eingerichtet, denn nicht nur die Herstellung des feinsten Lübecker Marzipans ist interessant, sondern auch die wechselvolle Geschichte des Hauses Andresen. Ich verrate Ihnen nichts Neues, wenn ich Ihnen sage, dass es das Familienrezept für Marzipan ist, das uns so erfolgreich gemacht hat. Vielleicht wissen aber nicht alle von Ihnen, dass es im Laufe der Jahre immer wieder Versuche gegeben hat, eben dieses Rezept zu stehlen – auf die eine oder andere mal mehr, mal weniger perfide Weise.«

Die alte Dame zuckte kaum sichtbar zusammen.

»Auch davon wird in diesem Museum berichtet, damit die Nachwelt es nicht vergisst. Was Sie in diesem Museum nicht finden werden, ist die begehrte Rezeptur. Sie brauchen sich also gar nicht auf die Suche zu machen. Sie ist nach wie vor an einem geheimen Ort gut versteckt, den ausschließlich Familienmitglieder kennen. Ich bin übrigens noch Junggeselle. Falls eine der Herrschaften eine hübsche, gescheite Tochter haben sollte …«

Die Gesellschaft aus ausnahmslos betuchten Lübecker Kaufleuten und Regionalpolitikern lachte höflich. Natürlich befand sich niemand darunter, der auch nur daran gedacht hätte, sich das berüchtigte Rezept auf illegalem Weg anzueignen. Ebenso wenig war jemand anwesend, der eine Tochter im heiratsfähigen Alter hatte und nicht ein Auge auf den begehrten Andresen-Spross geworfen hätte.

»Die Geschichte des Marzipans in Lübeck ist untrennbar mit der meiner Familie verbunden. Bevor Sie gleich die neuen Kreationen unseres Hauses kosten dürfen, schenken Sie mir bitte noch wenige Minuten Ihr Gehör, denn ich möchte Ihnen in Kürze ebendiese Geschichte erzählen.«

I

Marie Kröger stampfte wütend mit dem Fuß auf, dass der zerkratzte Parkettboden, dem die Jahre all seinen Glanz genommen hatten, unter ihr vibrierte.
»Aber ich will Tänzerin werden. Und wenn Sie immer wieder mit den Grundschritten anfangen, nur weil ein neues Mädchen in die Gruppe kommt, dann schaffe ich es nie!«
»Willst du dich wohl mäßigen, Marie!« Fräulein Mühsam, die Ballettmeisterin und Schwester des Lübecker Apothekers, der in derselben Straße wohnte wie die Krögers, blickte streng auf Marie hinunter. Ihre kurz geschnittenen Haare klebten an ihrem Kopf, als wären sie mit Leim eingestrichen. Überhaupt, der Kopf! Irgendwie sah er aus, als wäre er zu klein geraten. Wie ein Streichholzköpfchen saß er auf einem viel zu langen dünnen Körper. Die dürren Arme verschränkte Fräulein Mühsam nun, und sie kniff die Augen zusammen. »Nur weil ein neues Mädchen in die Gruppe gekommen ist? Dann glaubst du wohl, du bist etwas Besseres als dieses Mädchen.«
Marie wollte protestieren, doch die Lehrerin fuhr bereits mit ihrer Strafpredigt fort: »Greta hat wie alle anderen hier das Recht, den Balletttanz von Grund auf zu studieren. Alle Elevinnen sind in meiner Stunde, um Anmut, Grazie und die Kunst des Tanzens zu erlernen.«

»Das will ich doch auch«, fiel Marie ihr eifrig ins Wort.
»Willst du mich wohl nicht unterbrechen«, wies Fräulein Mühsam sie zurecht. Sie begann in dem großen Zimmer, das bis auf ein Klavier und drei Hocker vollkommen leer war, auf und ab zu gehen. Der Rock ihres schlichten grauen Leinenkleides raschelte leise. »Du hast nicht die nötige Disziplin, um jemals Tänzerin zu werden. Du sehnst dich auf unanständige Weise nach Ruhm, aber du bist nicht bereit, dafür hart zu arbeiten.«
»Doch«, brach es aus Marie heraus. »Ich will ja dafür arbeiten. Nichts würde ich lieber tun, aber in Ihren Stunden geht es einfach nicht vorwärts.«
Die übrigen Schülerinnen, die bisher schweigend mit großen Augen und offenen Mündern den Disput verfolgt hatten, hielten es nicht mehr länger aus und begannen eifrig miteinander zu tuscheln. Die eine flüsterte der anderen etwas ins Ohr, die Nächste machte wieder einer anderen Zeichen. Man hörte das Knistern der weißen Ballettröcke. Die Lippen der Lehrerin verzogen sich zu einem eisigen spöttischen Lächeln.
»Wenn du glaubst, du kannst es mit einer anderen Lehrmeisterin zur Primaballerina bringen, dann sieh dich ruhig nach einer um. Nur zu, hier bist du nicht mehr willkommen!« Der letzte Satz fuhr wie ein Schwert durch die Luft. Das Tuscheln der Mädchen und das Rascheln der Röcke brachen schlagartig ab. Marie spürte, wie sich ein dicker Kloß in ihrem Hals bildete. Nein, sie würde nicht weinen. Nicht vor dieser blöden Mühsam und nicht vor den anderen dummen Gänsen.
Sie schluckte einmal und sagte dann laut, damit ihre Stimme nicht brüchig klang: »Das werde ich auch. Meine Eltern wollten mir schon lange eine bessere Ballettmeisterin suchen. Ich wollte es nicht. Aus Treue und Zuneigung zu Ihnen. Aber es scheint nun wohl das Beste zu sein.« Sie drehte sich auf dem Absatz um, dass ihre dicken Zöpfe nur so flogen, und verschwand mit stolz

gerecktem Kinn aufrechten Schrittes in den dunklen Flur und von dort in das Nebenzimmer, wo die Schülerinnen ihre Straßenkleider während der Stunde aufbewahrten.
Marie freute sich diebisch über ihren Triumph. Nun gut, sie hatte etwas übertrieben, um nicht zu sagen gelogen. In Wahrheit lag sie ihrer Mutter seit Monaten in den Ohren, ihr endlich Privatunterricht zu bezahlen. Platz zum Üben gab es genug im Haus der Kaufmannsfamilie Kröger in der Beckergrube. Und die Kosten wären auch kein Problem gewesen. Aber ihre Mutter wollte davon nichts hören. Ihrer Meinung nach war Ballett der Anmut einer jungen Frau dienlich, daraus einen Beruf machen zu wollen hielt Margreth Kröger jedoch für Flausen im Kopf ihrer Tochter. Während diese ihr Ballettkleid gegen das cremefarbene Sommerkleid tauschte, dachte sie darüber nach, wie sie ihre Mutter von der Notwendigkeit einer Privatlehrerin überzeugen könnte. Vielleicht könnte ihr Bruder Johann-Alexander ein gutes Wort für sie einlegen, wenn er zurückkam. »Du bist hier nicht mehr willkommen«, hatte Fräulein Mühsam gesagt. Nun, das könnte man ihrer Mutter gegenüber wie einen Ausschluss vom Unterricht darstellen. Ein Ausschluss, der selbstverständlich völlig ohne Maries Schuld zustande gekommen war. Schließlich wollte sie nur möglichst viel für das Geld lernen, das ihre Eltern jeden Monat zahlten. Daraus konnte man ihr wohl kaum einen Vorwurf machen.
Sie packte das Bündel mit Kleid und Spitzenschuhen und schlich sich aus dem Zimmer, den Flur entlang und die dunklen Holzstufen hinab. Gewiss, sie hatte sich über den betroffenen Ausdruck auf dem Gesicht der Lehrerin gefreut, als sie davon gesprochen hatte, bisher aus Zuneigung und Treue auf Privatunterricht verzichtet zu haben. Jetzt tat es ihr schon wieder leid, und sie wollte Fräulein Mühsam um keinen Preis mehr in die Augen schauen müssen.

Marie trat aus dem großen weißen Haus, das direkt am Marktplatz stand. Helles Sonnenlicht tauchte die Szenerie in eine freundliche Atmosphäre. Mägde eilten mit Körben von einem Händler zum anderen, ein Pferdewagen rumpelte über das Kopfsteinpflaster. Das Rathaus reckte seine spitzen Türme in den blauen Himmel, der Backstein leuchtete rot. Hochstimmung ergriff sie. »Ich bin eine Tänzerin«, rief sie übermütig und drehte eine Pirouette. Zwei Jungen, die einen Korb mit Holz trugen, kicherten. Marie war das egal. Den ganzen Weg an der Marienkirche vorbei bis in die Beckergrube hüpfte sie mit wehenden Zöpfen, wie sie es als kleines Kind gern getan hatte. So eilig, dass sie ganz außer Atem war, als sie an ihrem Elternhaus mit der Nummer 13 ankam.
Auf der Straße vor dem dreigeschossigen Giebelhaus stand die Droschke von Dr. Grünbeck. Marie erkannte sie sofort, denn der Arzt war oft hier. Er war ein sehr guter Freund ihrer Eltern, ja, der ganzen Familie. Seit Maries ältester Bruder Enno vor vier Jahren in der Ostsee ertrunken war, kam Grünbeck mindestens einmal in der Woche zu ihrem Vater. Wilhelm Kröger war seit diesem schrecklichen Unfall verwirrt, fand sich in der Realität nicht mehr zurecht. Marie schüttelte den Gedanken an ihren Bruder und die Veränderung ihres Vaters ab. Sie verbot sich die trüben Erinnerungen, weil sie noch immer so schmerzten. Und sie wollte einfach daran glauben, dass ihr Vater irgendwann wieder wie früher sein würde. Ihr Ballettbündel unter dem Arm, lief sie um die Kutsche herum und strich über die weichen Mäuler der beiden braunen Pferde, die vor den Wagen gespannt waren. Sie schnaubten leise, warmer Atem strömte aus ihren Nüstern. Maries Blick wanderte durch den großzügigen Bogengang, der von der Straße zum Hinterhof mit dem Stall und den Unterkünften der Dienstboten und einiger Mitarbeiter der Konditorei Kröger führte. Dort stand eine zweite Droschke. Die ihres Bru-

ders! Johann-Alexander war zurück. Marie stürmte ins Haus. Ballettrock und Spitzenschuhe ließ sie achtlos auf einen Stuhl in der Eingangshalle fallen. Zwei Stufen gleichzeitig nehmend, hastete sie die Treppe hinauf in die gute Stube. Johann-Alexander Kröger war mit seinem engsten Mitarbeiter Achim Oeverbeck nach Russland zu Zar Alexander II. gereist. Er hatte den russischen Zaren bei der Weltausstellung in Paris kennengelernt, wo er Pralinés und Marzipan präsentiert hatte. Maries Bruder hatte erzählt, dass der Zar eine umfangreiche Bestellung habe tätigen wollen, dann aber überstürzt abgereist sei, nachdem man ein Attentat auf ihn verübt habe. Jedoch nicht, wie Johann-Alexander stolz verkündet hatte, ohne eine Einladung an ihn zu hinterlassen, mit seiner Ware an den Zarenhof nach St. Petersburg zu reisen. Seit bald zwei Monaten hatte Marie ihren Bruder nicht mehr gesehen. Wie sie sich auf ihn freute! Sie war neugierig auf all die Geschichten, die er sicher zu erzählen hatte. Ganz bestimmt hatte er das Bolschoi-Ballett gesehen. Marie beneidete ihn flammend darum. Er würde ihr jede Einzelheit beschreiben müssen.

Sie betrat die gute Stube, blieb jedoch gleich an der Schwelle stehen. Die schweren dunkelroten Samtvorhänge vor den Fenstern waren zugezogen. Nur durch einen winzigen Spalt drangen die Strahlen der Augustsonne herein. In der schmalen Wand aus Licht konnte man unzählige winzige Staubkörnchen sehen, die gemächlich durch die Luft tanzten. Marie fragte sich, warum man nicht die Fenster öffnete, um den erfrischenden Wind hereinzulassen, der von der Ostsee nach Lübeck wehte. Allmählich hatten ihre Augen die Umstellung vom hellen Sommertag zum abgedunkelten Wohnraum bewältigt. Ihr Vater saß – wie fast immer seit Ennos Tod – in dem großen schweren Ohrensessel, der dicht am Fenster stand. Er starrte ausdruckslos vor sich hin. Allerdings kam es Marie so vor, als wäre sein Mund verkniffener

als sonst. Und auf der Stirn zeigte sich eine tiefe Furche, die gestern noch nicht da gewesen war. Ihre Mutter saß auf dem kleinen Sofa, ganz in sich zusammengesunken, und neben ihr Dr. Grünbeck. Vor ihr auf dem Tisch war ein Glas Wasser.
»Geht es dir nicht gut, Mutter?«, fragte Marie und trat zögernd an den großen ovalen Tisch, auf dem wie immer eine weiße Spitzendecke lag und eine kleine Vase mit Blumen stand.
Margreth Kröger reagierte nicht. Marie bemerkte, dass der Arzt sie ansah. In seinem Blick lagen Schmerz und Mitleid. Angst packte ihr Herz und presste ihren Brustkorb zusammen, so dass das Atmen schwer wurde.
Sie wandte sich an Dr. Grünbeck: »Ist Mutter krank?«
»Es geht nicht um deine Mutter.« Achim Oeverbeck trat auf Marie zu. Sie hatte ihn bisher gar nicht bemerkt und starrte ihn erschrocken an. Er nahm ihren Arm und führte sie behutsam zum Kaminsofa. »Es geht um deinen Bruder«, sagte er leise.
Marie ließ sich auf das Sofa sinken. Sie wollte nicht hören, was Achim Oeverbeck zu sagen hatte. Sie wusste, dass es eine schlimme Nachricht sein würde.
»Das Beruhigungsmittel wirkt«, sagte Grünbeck. Er stand auf, nahm Margreth Krögers Arm und zog sie vorsichtig vom Sofa hoch. »Ich bringe sie zu Bett.« Und an Oeverbeck gewandt: »Erklären Sie Marie, was passiert ist. Ich bin gleich zurück.«
Als der Arzt dicht an Marie vorbeiging, ihre Mutter hinter sich herziehend, stieg ihr der intensive Geruch von Naphthalin in die Nase. Mottenkugeln waren die große Mode, und Dr. Grünbeck schien ein ganzes Arsenal davon in seinem Schrank zu haben.
Margreth Kröger und Dr. Grünbeck verließen das Zimmer. Marie starrte auf den dunkelbraunen Parkettboden. Sie hörte die Treppe knarren und die Schlafzimmertür ihrer Mutter schlagen. Seit Ennos Tod, seit ihr Vater nicht mehr er selbst war, schliefen die Eltern in getrennten Kammern. Wie gern wäre sie jetzt in

ihr Zimmer geflohen, hätte sich in ihr Bett verkrochen, um morgen aufzuwachen und zu wissen, dass alles in bester Ordnung war. Aber nichts war in Ordnung.

Achim Oeverbeck nahm Maries Hand und knetete sie unsicher. »Johann-Alexander ist während der Überfahrt von St. Petersburg nach Travemünde sehr krank geworden. Er hatte Durchfall und hohes Fieber. Der Schiffsarzt vermutete, dass es Typhus sei. Er konnte nicht viel für deinen Bruder tun und dachte, dass ihm in Travemünde besser geholfen werden würde.«

Er machte eine Pause. Maries Blick bohrte sich weiter in eins der Astlöcher im Fußboden. Sie fühlte sich innerlich zerrissen. Einerseits wusste sie, was Achim Oeverbeck als Nächstes sagen würde, andererseits hoffte sie von ganzem Herzen, dass sie sich täuschte, dass Johann-Alexander in Travemünde oder Lübeck in einem Krankenhaus lag, schwerkrank und geschwächt zwar, aber am Leben.

»Dein Bruder hat die Überfahrt nicht überlebt. Er ist an Bord gestorben«, sprach er kaum hörbar das Schreckliche aus.

Wie durch ein Wattebällchen nahm Marie das Knarren der Treppe wahr. Dr. Grünbeck kam herein, und Achim Oeverbeck sprang hastig auf und dem Arzt entgegen. Er schien es wahrhaft eilig zu haben, das Trauerhaus zu verlassen.

Das Astloch, das Parkett, das Zimmer, alles verschwamm vor Maries Augen. Sie beobachtete die beiden Männer, die leise miteinander sprachen. Obwohl sie flüsterten, verstand Marie jedes Wort.

»Was wird jetzt aus der Konditorei? Es wird allerhöchste Zeit, dass dort wieder jemand die Führung übernimmt. Zu lange waren die Leute schon auf sich allein gestellt.« Oeverbeck kam zunehmend in Fahrt. »Und es muss sich dringend jemand um die Aufträge kümmern, die wir aus Russland mitgebracht haben. Wer soll dafür sorgen, dass alles pünktlich fertig wird?«

Grünbeck legte ihm eine Hand auf den Arm. »Na, wer soll das wohl tun? Sie natürlich, Achim. Aber auf einen Tag kommt es nun auch nicht mehr an. Gehen Sie nach Hause und ruhen Sie sich aus. Die Reise war sicher anstrengend. Ich werde morgen um diese Zeit wieder hier sein. Dann wird Margreth entscheiden müssen, was aus der Firma werden soll. Ich habe keinen Zweifel, dass sie Sie zum Geschäftsführer bestellen wird. Geben wir ihr eine Nacht, zu weinen und zu ruhen. Für Entscheidungen ist morgen noch Zeit.«
Oeverbeck nickte, drückte dem Arzt die Hand, hob die andere halb zum Gruß in Maries Richtung, ließ sie dann aber wieder sinken und verließ eilig den Raum. Grünbeck setzte sich zu Marie auf das Kaminsofa. Er nahm ihre Hände in die seinen.
»Es tut mir so leid, Marie. Ich weiß, wie sehr du an deinem Bruder gehangen hast.«
Marie sah in das bestürzte Gesicht des väterlichen Freundes. Es sah grau und alt aus. Tränen rannen ihr über die Wangen.
»Typhus?«, fragte sie. »Warum hat er denn Typhus bekommen? Er war doch ganz gesund, als er nach St. Petersburg gereist ist.«
»Ich glaube nicht, dass es Typhus war. Oeverbeck sprach von Durchfall und Fieber. Er hat aber auch erzählt, dass Johann-Alexander heiser war, dass er kaum schlucken konnte und Atemstörungen bekam. Es ist anzunehmen, dass dein Bruder an Trichinose gestorben ist.«
Marie sah den Arzt verständnislos an.
»Er hat in Russland Fleisch zu sich genommen, das von Parasiten befallen war. Wird solches Fleisch verzehrt, wächst der Parasit im Körper des Menschen heran. Man hätte nichts für deinen Bruder tun können.« Er verstärkte den Druck seiner Hände, so dass Marie das Gefühl hatte, ihre Finger würden jeden Moment brechen. »Aber man kann vorbeugen. Hörst du, Marie? Hygiene! Hygiene ist das Allerwichtigste! Du darfst nie-

mals Fleisch essen, wenn du nicht ganz sicher bist, dass es frisch ist. Und Fleisch muss immer durchgebraten oder gründlich gekocht werden. Und du musst dir die Hände waschen. Immer wieder. Bei jeder Gelegenheit.« Er ließ ihre Hände abrupt los und rieb sich die fast fiebrig glänzenden Augen. »Wir Ärzte hätten es so viel leichter, wenn sich alle Menschen mehr um die Hygiene kümmern würden.«

»Gewiss«, flüsterte Marie verwirrt.

»Du bist jetzt das Einzige, was deine Eltern noch haben. Du musst auf dich aufpassen«, beschwor er sie. Und nach einer kurzen Überlegung fügte er hinzu: »Wenn du dir nicht sicher bist, ob Speisen frisch sind, die dir angeboten werden, ob sie hygienisch zubereitet sind, dann lehne sie ab. Das Kröger'sche Marzipan ist nicht nur köstlich, sondern auch nahrhaft. Wenn du immer ein wenig davon bei dir hast, kannst du beruhigt andere Speisen ablehnen. Du wirst trotzdem gut versorgt sein.«

Marie hatte keine Ahnung, wovon Grünbeck sprach. Sie aß stets zu Hause, wo alle Lebensmittel von guter Qualität und exzellent zubereitet waren. Bei Ausflügen in ihr geliebtes Travemünde gingen sie nur in erstklassige Lokale. Wo also sollten ihr Speisen von zweifelhafter Herkunft oder Zubereitung angeboten werden?

»Pass auf dich auf«, ermahnte sie der Arzt noch einmal seufzend. Er war einen halben Kopf kleiner als Marie. Jetzt wirkte er geradezu winzig und sah erschöpft aus. Marie blickte zu ihrem Vater hinüber. Eine Träne hatte eine feuchte Spur auf seiner Wange hinterlassen.

»Ich werde auf mich aufpassen«, sagte sie beklommen.

»Braves Kind.« Er tätschelte ihre Hände, stand auf, nahm seine Tasche, die am Wohnzimmertisch lehnte, und ging zur Tür. »Ich sehe morgen nach deinen Eltern«, sagte er und verschwand dann grußlos.

Was war das nur für ein Alptraum! Marie dachte daran, sich jetzt in ihr Bett zu verkriechen. Aber sie mochte nicht allein sein. Sie blickte erneut zu ihrem Vater, der regungslos in seinem Sessel saß. Noch immer zwängte sich helles Sonnenlicht durch den Spalt zwischen den Vorhängen. Es war stickig und sehr heiß, aber Marie konnte sich nicht entschließen, die Fenster zu öffnen. Sie ließ die Welt ausgesperrt, ging zu ihrem Vater und setzte sich auf seinen Schoß, wie sie es als kleines Mädchen manchmal getan hatte. Wie eine Katze rollte sie sich zusammen und legte die Arme ihres Vaters um sich. So blieb sie sitzen, bis es dunkel wurde.

Der nächste Tag war schrecklich. Margreth Kröger weinte und klagte fast unablässig. Das Mittagessen räumte Therese, das Dienstmädchen, wieder ab, ohne dass jemand es auch nur angerührt hatte. Marie war erleichtert, als Dr. Grünbeck kam. Er fühlte Margreth Kröger den Puls und gab ihr ein sehr leichtes Beruhigungsmittel. Kurz nach seinem Eintreffen meldete Therese auch die Ankunft von Achim Oeverbeck.

»Margreth, meine Liebe«, sagte Grünbeck zu Maries Mutter, deren Schluchzen immer leiser wurde und schließlich abebbte, »ich habe mit Herrn Oeverbeck ausgemacht, dass er heute wieder herkommt. Es müssen Entscheidungen über die Zukunft der Konditorei getroffen werden.«

Margreth Kröger saß auf dem Sofa hinter dem Wohnzimmertisch. Das hochgeschlossene schwarze Kleid unterstrich die erschreckende Blässe ihrer Haut. Die rot geweinten Augen blickten müde.

»Was gibt es da wohl zu entscheiden?« Ihre Stimme klang von dem Beruhigungsmittel etwas schleppend. »Wilhelm ist nicht in der Lage, sich um die Geschäfte zu kümmern. Und bei Marie ist noch nicht einmal im Entferntesten ein Bräutigam in Sicht, der

die Verantwortung übernehmen könnte. Dann werden wir also einen Geschäftsführer einstellen müssen, der nicht aus der Familie kommt.«
Grünbeck nickte. »Oeverbeck kennt die Abläufe in der Konditorei aus dem Effeff. Er ist ein tüchtiger junger Mann. Ich glaube, ihm kannst du diesen Posten mit gutem Gewissen anvertrauen.«
»Ich bin gerne bereit, werte Frau Kröger, alles für den Fortbestand und das Wachstum der Konditorei Kröger zu tun«, sagte Oeverbeck, der in diesem Moment die Stube betrat. »Auch wenn ich nicht zur Familie gehöre. Aber der Betrieb liegt mir am Herzen, als wäre er meine Familie.«
»Das weiß ich doch, mein Junge.« Margreth Kröger seufzte tief. Sie schien noch einen Moment zu zögern, dann sagte sie: »Tja, es wird wohl in der Tat das Beste sein, wenn du die Leitung der Konditorei übernimmst, Achim. Ich werde die nötigen Verträge aufsetzen lassen, sobald ich mich dazu in der Lage fühle. Bis dahin möchte ich dich bitten, deine Arbeit wieder aufzunehmen und die Abwicklung der Bestellungen in die Wege zu leiten.«
Aus seinem Lächeln sprach eine Freude, die Marie in Anbetracht der Situation nicht für angebracht hielt.
»Natürlich, Frau Kröger. Machen Sie sich keine Gedanken. Sie können sich voll und ganz auf mich verlassen.«
»Nein!« Das war Wilhelm Kröger, der – zu Maries großer Überraschung – das Wort ergriff. »In dieser Familie ist immerhin noch ein Kind am Leben. Das ist der einzige rechtmäßige Geschäftsführer der Konditorei Kröger.«
Die Anwesenden starrten ihn mit aufgerissenen Augen ungläubig an. Nur Grünbeck wirkte mit einem Mal in höchstem Maße konzentriert.
»Aber Marie ist ein Mädchen!«, rief Margreth entsetzt.

»Sie hat keine Ahnung von geschäftlichen Dingen«, platzte es aus Oeverbeck heraus.
Marie fühlte sich elend. Natürlich hatten die beiden recht. Andererseits wusste sie nicht, warum eine Frau nichts mit geschäftlichen Dingen zu tun haben sollte. Sie war nicht dumm, und wenn ihr Vater den Wunsch hatte …
Grünbeck stand auf und ging zu Kröger hinüber.
»Hast du dir das gut überlegt, Wilhelm?«, fragte er und tastete nach dessen Puls. »Natürlich bist du noch immer der Chef, aber du hast dich viele Jahre nicht mehr um die Belange der Konditorei gekümmert«, formulierte er vorsichtig, während er aufmerksam die Augen des alten Freundes betrachtete. Tatsächlich hatte Wilhelm Kröger offiziell noch immer das Sagen in seinem Unternehmen. Man hätte ihn entmündigen müssen, um das zu ändern. Weil aber Johann-Alexander ohnehin mit allen Vollmachten ausgestattet gewesen war, die zum Führen des Betriebs notwendig waren, hatte niemand diesen höchst unerfreulichen Schritt für nötig erachtet.
»Ich halte Achim Oeverbeck für einen guten Mann. Du warst doch auch immer mit ihm zufrieden, und er genießt das volle Vertrauen von Johann-Alexander.« Grünbeck räusperte sich verlegen. »Er hat das Vertrauen genossen. Wie dem auch sei, ein rechtmäßiger Geschäftsführer der Konditorei Kröger, der zur Familie gehört, bist nach wie vor du. Wenn du Oeverbeck diesen Posten nicht zutraust, dann wäre es sicher das Beste, du würdest das Regiment wieder selbst in die Hand nehmen. Was, Wilhelm, das wäre doch was, oder?« Er lachte leise und klopfte seinem Freund aufmunternd auf die Schulter.
Margreth Kröger und Achim Oeverbeck tauschten irritierte Blicke. Marie sah von ihnen zu ihrem Vater hinüber – erwartungs- und hoffnungsvoll. Schließlich wollte sie Tänzerin werden und nicht Mitarbeiter kontrollieren, Pralinen kreieren und Gebäck

verkaufen. Wenn ihr Vater nur wieder der Alte werden könnte. Der durch Ennos Tod ausgelöste Schock hatte ihn von der Realität abgeschnitten und in eine eigene Welt verdammt. Der Schock über den Tod von Johann-Alexander würde ihn in die Welt zurückholen, in der er so dringend gebraucht wurde. Es konnte nicht anders sein.

»Marie macht das.« Wilhelm Kröger klang sehr bestimmt.

»Aber Wilhelm, das geht doch nicht. Eine Frau in einer solchen Position. Und vollkommen ohne jegliche Erfahrung! Marie wird heiraten und Kinder …« Weiter kam Margreth nicht.

»Marie macht das«, wiederholte Wilhelm Kröger und lehnte sich in seinem Sessel zurück.

Marie verfolgte, wie Grünbeck, ihre Mutter und Oeverbeck abwechselnd auf ihren Vater einredeten. Sie hatten viele Argumente, die gegen Marie sprachen. Und die waren wirklich überzeugend. Nur interessierten sie ihn anscheinend nicht. Er hüllte sich wieder in Schweigen und würdigte die drei keines Blickes mehr.

Schließlich resignierte Grünbeck. »Wie es aussieht, Margreth, musst du dich dem Willen deines Mannes fügen oder dich bewusst über ihn hinwegsetzen. Ich fürchte allerdings, dann wäre es tatsächlich an der Zeit, Wilhelm zu entmündigen.«

Marie starrte erst Grünbeck und dann ihre Mutter an. Diese knetete unglücklich ihre Hände.

»Das kann ich doch nicht machen«, flüsterte sie verzweifelt.

Marie erkannte, wie schmerzlich der Kampf war, den ihre Mutter mit sich selbst auszutragen hatte. Sie musste sie von der Qual befreien.

»Und wenn ich es versuchen würde?«, fragte sie.

»Das ist doch nicht dein Ernst!«, rief Oeverbeck aufgebracht. »Du hast von nichts eine Ahnung.« Er wandte sich Margreth

Kröger zu. »Wenn Marie Geschäftsführerin wird, ist das das Ende der Konditorei Kröger. So sicher wie das Amen in der Kirche!«

»Nun reißen Sie sich aber mal zusammen, junger Mann«, wies Grünbeck ihn zurecht. »Wenn das die Entscheidung der Familie ist, haben Sie sie zu akzeptieren.« Und versöhnlicher fügte er hinzu: »Außerdem darf ich doch wohl davon ausgehen, dass Sie Ihren Posten als Assistent der Geschäftsleitung behalten. Sie können Marie also mit Rat und Tat zur Seite stehen, damit die Konditorei fortbesteht.«

Oeverbeck war vor Wut rot angelaufen. »Das haben Sie sich ja fein ausgedacht. Das Fräulein Kröger spielt die Chefin, und ich darf die Arbeit machen. Ohne mich!« Er sprang auf, stieß gegen den Tisch und hätte fast die Tischdecke und die Blumenvase zu Boden gerissen. Ohne ein Wort des Abschieds stürmte er aus dem Zimmer. Margreth seufzte gequält.

»Na, na, meine Liebe.« Grünbeck setzte sich zu ihr und tätschelte ihre kleine fleischige Hand. »Der beruhigt sich schon wieder. Du wirst sehen, morgen früh ist er in der Konditorei zur Stelle und macht den Mitarbeitern Beine.«

»Und ich?«, fragte Marie schüchtern.

Es war der 17. August 1870. Zum ersten Mal betrat Marie Kröger die Konditorei ihres Vaters nicht, um ein Schwätzchen mit ihrem Bruder zu halten oder sich Naschwerk zu stibitzen. Es war der erste Tag in ihrem Leben, an dem sie arbeiten sollte. Die Mitarbeiter mit ihren blau-weißen Uniformen, die Frauen mit gestärkten Schürzen und Häubchen, die Männer mit weißen Fliegen, standen bereits hinter den Ladentischen, wogen Pralinen ab und drapierten Plätzchen und Gebäck auf Platten und Etageren. Sie murmelten Worte des Beileids und eilten geschäftig umher, obwohl noch kein Kunde im Laden war. Marie ging nach einer kurzen Begrüßung rasch an den Männern und Frauen, die zum größten Teil schon lange für ihren Vater arbeiteten, vorbei in die hinteren Räume, wo bis vor kurzem Johann-Alexander sein Kontor hatte und wo auch Achim Oeverbecks Schreibtisch stand. Sie atmete tief ein. Marie hatte sich ganz genau zurechtgelegt, was sie Achim Oeverbeck sagen wollte. Sie mochte ihn und konnte seine Enttäuschung verstehen. Es war nur logisch, dass es ihm nicht gefiel, eine Chefin vor die Nase gesetzt zu bekommen, statt selbst den gesellschaftlichen und natürlich auch finanziellen Aufstieg zu vollziehen. Sie wollte nicht die Chefin spielen, wie er es am Vortag in seiner Wut ausgedrückt hatte. Wie hätte sie das auch tun können ohne jegliche Kenntnis von geschäftlichen Dingen? Sie wollte mit ihm und den anderen Angestellten zum Wohle der Firma und zur Zufriedenheit ihres Vaters zusammenarbeiten. Zaghaft klopfte sie an die Tür.

»Herein!« Oeverbecks Stimme klang noch immer gereizt und sehr bestimmt.

Marie spürte, wie ihre Knie weich wurden. Sie öffnete die Tür, trat ein und schloss sie gleich wieder hinter sich. Es musste niemand hören, was hier gesprochen wurde.

»Ach, die Frau Chefin ist auch schon da. Johann-Alexander und ich fangen morgens gewöhnlich um sieben Uhr mit unserer Arbeit an.«

»Ich weiß«, sagte Marie kleinlaut.

»Aber als Chefin kannst du natürlich selbst entscheiden, wann es dir beliebt, hier zu erscheinen.« Er schlug sich mit einer übertriebenen Geste die Hand vor den Mund. »Entschuldigen Sie. Vermutlich darf ich von heute an nicht mehr du sagen. Ich werde mir Mühe geben, mich schnell umzustellen.«

»Das ist doch Unsinn, Achim. Wir haben doch immer du zueinander gesagt. Warum sollte sich das ändern?«

»Schön«, erwiderte er und setzte sich hinter seinen Schreibtisch, auf dem sich Berge von Papier stapelten. »Mir ist es gleich.« Damit wandte er sich seinen Unterlagen zu und ließ Marie einfach stehen.
Sie spürte, wie sie allmählich wütend wurde. Wenn sie bisher auch nicht zur Geschäftsleitung gehört hatte, so war sie schließlich die Tochter seines Arbeitgebers. Er hatte sie mit Respekt zu behandeln.
Oeverbeck sah auf. »Und, was ist noch? Willst du mich vielleicht kontrollieren? Herzlich gern«, sagte er lachend. »Ich zeige dir die Abrechnungen, die Aufträge, die ich aus Russland mitgebracht habe, und die Bestellungen an die Mehl-, Mandel- und Gewürzhändler. Sicher kannst du dann beurteilen, ob ich meine Arbeit gut mache.« Er konnte gar nicht mehr aufhören zu lachen.
»Ich bin nicht hier, um irgendjemanden zu kontrollieren«, entgegnete Marie böse und hilflos zugleich.
»Und warum bist du dann gekommen?« Er lachte nicht mehr, sondern sah sie aus zusammengekniffenen Augen an. »Willst du dich hinter den Ladentisch stellen? Oder noch besser – kannst du mir vielleicht das Marzipanrezept verraten?« Er hatte sich hinter seinem Schreibtisch erhoben, war zu ihr gekommen und baute sich nun direkt vor ihr auf.
Marie, einen Kopf kleiner als Oeverbeck, machte sich gerade und reckte ihr Kinn, so gut sie konnte.
»Ich bin hier«, sagte sie, »weil es meines Vaters Wunsch ist. Es ist gewiss nicht mein Traum, in der Konditorei zu arbeiten. Wie du weißt, ist es mein sehnlichster Wunsch, Tänzerin zu werden. Aber ich werde Vater nicht enttäuschen.« Und leiser fügte sie hinzu: »Er hat zwei Söhne verloren. Da kann ihm seine Tochter nicht auch noch Kummer machen.«
Oeverbeck entspannte sich. Er sah mitleidig auf sie hinab. Marie wusste, dass sie auf dem richtigen Weg war.

»Ich will dir deinen Platz in der Firma nicht streitig machen. Ich will doch nur Vater zufriedenstellen. Ich werde dafür sorgen, dass dein Lohn erhöht wird. Und wir werden zusammenarbeiten.«

Die nächsten Wochen verbrachte Marie in der Konditorei. Sie lernte allmählich die Waren kennen und erfuhr einiges über Buchhaltung, Bestellwesen und über die Händler, mit denen man Geschäfte machte. Anfangs zeigte sie großen Eifer. Sie war selbst überrascht, wie viel Spaß es ihr bereitete, jeden Tag früh aufzustehen und in die Konditorei zu gehen, die nur wenige Schritte vom Elternhaus entfernt auf der anderen Seite der Beckergrube lag. Am Nachmittag, wenn sie nach Hause kam, lief sie sofort zu ihrem Vater und erzählte ihm, was sie alles gemacht und gelernt hatte. Sie hoffte inständig, dass er auf sie reagieren, dass er wieder in die Realität zurückkehren würde, wenn sie seinen Wunsch erfüllte. Doch er reagierte nicht. Mit jedem Tag wuchs Maries Enttäuschung. Und gleichzeitig schwand ihr Eifer, sich in der Konditorei zu betätigen. Sie kam jeden Morgen ein bisschen später, ging früher nach Hause und hatte ihre Mutter überredet, ihr als Belohnung für das Opfer, das sie brachte, eine Tanzlehrerin ins Haus zu holen. Von Woche zu Woche nahmen die Ballettübungen mehr Platz ein. Oeverbeck hatte Marie einmal auf ihre mangelnde Disziplin angesprochen, dann ließ er sie jedoch in Ruhe. Marie hatte das nicht anders erwartet. Schließlich lag es nicht in seinem Interesse, ihr mehr Einsatz abzuverlangen. Im Gegenteil, er schien recht froh zu sein, nach seinem Gutdünken schalten und walten zu können. Und Marie war froh, dass er sie nicht unter Druck setzte. So spielte sich eine Routine ein, in der Achim Oeverbeck die Geschicke der Konditorei leitete, und Marie Kröger nur zum Schein die Geschäftsleitung innehatte. Bis zu der Nacht im Jahre 1871, als sich der Todestag von Johann-Alexander Kröger zum ersten Mal jährte.

Ihr Bruder stand vor ihr auf den Planken eines Schiffs. Vom Fieber hatte er einen Schweißfilm auf der Stirn und der Oberlippe. Seine sonst so rosigen, ein wenig rundlichen Wangen waren eingefallen, seine Haut hatte eine ungesunde gelblich-graue Farbe. Der Kahn, ein Seelenverkäufer, der auf Marie den Eindruck machte, als ob er jeden Moment auseinanderbrechen würde, kämpfte sich durch schwere See.

»Marie!«, rief Johann-Alexander gegen das Tosen des Sturms. Seine Stimme klang heiser. »Das Marzipan darf nicht verlorengehen!«

Marie sah sich um. Da war kein Marzipan an Bord. Es gab überhaupt keine Kisten oder Säcke, die darauf schließen ließen, dass dieses Schiff Waren transportierte.

»Das Marzipan ist unser Kapital«, keuchte Johann-Alexander weiter gegen den Sturm. Er war kaum noch zu verstehen, so brüchig war die Stimme, so laut schwoll das Brausen des Windes an. »Du musst mehr Marzipan machen. Der Zar will sein Marzipan haben. Hörst du, Marie? Das Marzipan …« Eine riesige Welle schlug auf das Schiff und erstickte alle weiteren Worte ihres Bruders. Plötzlich wurde der Kahn in die Höhe gehoben und stürzte gleich darauf in ein tiefes Wellental.

Marie war mit einem Schlag wach. Sie setzte sich auf und starrte mit klopfendem Herzen in die Dunkelheit. Noch immer rauschte es in ihren Ohren. Und sie spürte das wilde Auf und Ab des Schiffs, als hätte sie noch immer schwankende Planken statt einer ruhigen und sicheren Lagerstatt unter sich. Schweiß stand auf ihrer Stirn. Trotzdem begann sie zu zittern und zog sich das dicke Daunenbett bis unters Kinn. Tränen traten ihr in die Augen. Der Verlust ihres älteren Bruders bereitete ihr noch immer Kummer. Und nun war er bei ihr gewesen. Zum Greifen nah! Wie sehr sehnte sie sich nach ihm, nach ihrem unbeschwerten Leben. Doch das war bereits mit dem Tod ihres ältesten Bruders

Enno zu Ende gegangen. Es war an der Zeit, erwachsen zu werden. Marie blinzelte, bis die Tränen verschwanden. Sie atmete tief durch. In diesem Moment wusste sie, was sie zu tun hatte.

Am nächsten Morgen schlüpfte Marie noch vor den ersten Sonnenstrahlen in ihr gestärktes taubenblaues Leinenkleid. Sie steckte sich die langen Haare zu einem strengen Knoten zusammen und eilte in die Küche hinunter, wo Therese bereits den Ofen angefeuert und die Vorbereitungen für das Frühstück getroffen hatte. Das Mädchen erschrak, als sie Marie so früh erblickte.

»Gnädiges Fräulein, haben Sie mich erschreckt«, japste sie.

»Tut mir leid. Das lag nicht in meiner Absicht.« Marie lächelte ihr freundlich zu. »Würdest du mir bitte eine heiße Schokolade und ein Stück Brot mit Butter richten? Ich muss heute früh in die Konditorei.«

»Natürlich, gern«, antwortete Therese und machte sich sofort an die Arbeit. In ihrem Gesicht konnte Marie deutlich die Überraschung lesen. Sie würde gleich noch verwirrter dreinschauen.

»Und sei so gut, nachher einen Boten zu meiner Ballettlehrerin zu schicken. Sie soll heute nicht kommen.« Marie zögerte, seufzte einmal und fuhr fort: »Und morgen braucht sie auch nicht zu kommen. Ich werde es sie wissen lassen, wann ich wieder Zeit für meine Stunden habe.«

»Ich schicke jemanden zu ihr. Soll ich das Frühstück in der Stube richten?«

»Nein, das ist nicht nötig«, sagte Marie und nahm an dem großen Küchentisch aus grobgezimmertem Eichenholz Platz, der im Laufe der Jahre schon viele Schrammen und Kratzer hatte hinnehmen müssen. »Ich werde gleich hier frühstücken.«

»Wie Sie meinen.« Therese stellte den großen Becher mit dampfendem Kakao und den Teller mit dem dicken Kanten, den sie

reichlich mit Butter bestrichen hatte, vor Marie auf den Tisch. An ihrem Ton erkannte diese, dass das Mädchen etwas auf dem Herzen hatte.
Marie sah zu ihr auf und fragte: »Nun, Therese, was geht dir durch den Kopf?« Sie biss in das frische Brot.
Therese zierte sich ein wenig, dann sagte sie: »Seit diese Ballettlehrerin ins Haus kommt, haben Sie immer mehr Zeit mit dem Tanzen und Üben verbracht. Und …« Sie suchte offenbar nach den richtigen Worten. »Und immer weniger …« Wieder ließ sie den Satz unbeendet, starrte auf ihre ineinander verschlungenen Finger und schien um die passende Formulierung zu ringen.
»Und immer weniger im Geschäft«, ergänzte Marie.
Therese blickte erschrocken auf ihre Schuhspitzen, die unter der langen Schürze hervorlugten. So ausgesprochen klang es wie ein Vorwurf. Doch sie hatte es bestimmt nicht so gemeint. Es war ganz und gar nicht ihre Art, die Tochter des Hauses zu kritisieren oder ihr gar einen Vorwurf zu machen. So etwas nahm sie sich nicht heraus. Dennoch konnte Marie förmlich Thereses Gedanken lesen. Sie lächelte.
»Du hast ja recht, ich habe die Konditorei sträflich vernachlässigt. Aber ab heute wird das anders.«
Therese blickte auf. Die Furcht war aus ihrem Gesicht gewichen und hatte sich in Neugier verwandelt.
»Aber ich dachte, Sie wollten Tänzerin werden, zum Ballett gehen. Nur deshalb habe ich gefragt. Ich wollte nicht …«
»Schon gut«, unterbrach Marie sie und trank den letzten Schluck Kakao. »Es ist der Wunsch meines Vaters, dass ich mich um die Konditorei kümmere. Also werde ich mich darum kümmern.« Damit stand sie auf, strich ihr Kleid glatt und begab sich zu ihrer Arbeit. Auf Therese machte sie sicher einen sehr entschlossenen Eindruck, doch tief in ihrem Innern sah es ganz anders aus. Zwar hatte sie in der Nacht nach ihrem Alptraum einen Ent-

schluss gefasst, doch sie erinnerte sich noch allzu gut an Achims Reaktion vor einem Jahr, als man sie ihm vor die Nase gesetzt hatte. Zwischen ihnen war nur Friede eingekehrt, weil sie sich aus allem Geschäftlichen herausgehalten hatte. Wenn sie nun voll einsteigen würde, konnte sie sich seiner erneuten Gegenwehr sicher sein. Sie war schrecklich nervös. Wie konnte sie ihm nur begreiflich machen, dass sie nun doch aktiv in die Geschäftsleitung eingreifen wollte? Sollte sie ihm etwa von ihrem Traum erzählen? Er würde sie nur auslachen.
Als sie die Beckergrube überquerte, fiel ihr Blick in das Schaufenster des Hutmachers. Die Ausstellung von Waren in großen Fenstern, die von der Straße sichtbar waren, kam immer mehr in Mode. Das war die Idee! Die Konditorei Kröger hatte noch kein solches Schaufenster. Sie würde Achim vorschlagen, eines einzurichten. Er sollte wissen, dass sie durchaus Kenntnis von Entwicklungen und dem Fortschritt hatte. Bestimmt würde er sie loben und ihre Mitarbeit nicht mehr als Belastung, sondern als Bereicherung begreifen. Beflügelt von dem Gedanken, rauschte Marie fröhlich lächelnd in die Konditorei, grüßte die verdutzten Angestellten, die sie so früh noch nicht erwartet hatten, und eilte geradewegs zu Oeverbecks Kontor. Vor der Tür holte sie noch einmal tief Luft, bevor sie klopfte und eintrat. Sie wollte unbedingt alles richtig machen.
Oeverbeck war anscheinend nur wenige Minuten vor ihr eingetroffen. Gerade war er dabei, seinen Gehrock an den hölzernen Haken zu hängen, der in der Ecke neben dem klobigen Eichenschrank angebracht war. Erstaunt zog er die Augenbrauen in die Höhe.
»Marie! Ist etwas geschehen?«
»Guten Morgen, Achim. Nein, alles in Ordnung.« Sie spürte, dass ihre Hände vor Aufregung feucht wurden.
»Was kann ich für dich tun?«, fragte er, sehr um einen freund-

lichen Ton bemüht, doch Marie konnte deutlich erkennen, dass er auf der Hut war.

»Wir müssen reden, Achim. Über das Geschäft.«

Er sah sie misstrauisch an, sagte aber nichts.

Marie hatte sich einige Sätze zurechtgelegt. Sie deutete zaghaft auf den Stuhl, der dem seinen gegenüber auf der anderen Seite des Schreibtisches stand.

»Darf ich?«

Oeverbeck nickte, wartete, bis sie Platz genommen hatte, und setzte sich dann ebenfalls. Er ließ sie dabei keine Sekunde aus den Augen.

»Es geht um Folgendes«, begann Marie. »Es ist dir sicher nicht entgangen, dass ich in den letzten Monaten meine Ballettstunden intensiviert habe.« Sein überraschtes Gesicht sagte ihr, dass ihre Taktik aufging. Sie wollte ihn in Sicherheit wiegen, nicht gleich das Thema anschneiden, auf das er schlecht zu sprechen war. »Leider hat sich nicht der erwünschte Erfolg eingestellt. Es scheint, als wäre ich nicht zur Primaballerina geboren.« Sie lachte leise, obwohl es ihr schwerfiel, ihm diese Erklärung aufzutischen. Im Grunde ihres Herzens war sie nämlich noch immer der Überzeugung, dass in ihr ein Talent schlummerte. Und sie hatte auch wirklich gute Fortschritte gemacht, seit sie Einzelstunden bekam. Doch das spielte jetzt keine Rolle mehr, und so war es auch gleich, ob Achim sie nur für mittelmäßig begabt hielt oder nicht. »Mit anderen Worten, ich muss mir überlegen, was ich mit meinem Leben anfangen will. Immerhin werde ich bald achtzehn. Ich habe eine Schulbildung genossen, und daraus sollte ich nun etwas Gescheites machen, denke ich. Warum also nicht den Wunsch meines Vaters erfüllen und die Geschicke der Konditorei lenken?« Bevor er antworten konnte, fügte sie hinzu: »Gemeinsam mit dir natürlich, denn ohne dich schaffe ich das niemals.« Sie schenkte ihm ein strahlendes Lächeln, das seine

Wirkung anscheinend nicht verfehlte. Statt aufzubrausen, wie er es vor einem Jahr getan hatte, sah er sie wohlwollend an.

»Aus der kleinen Marie ist eine schöne junge Frau geworden«, sagte er mit einem Glanz in den Augen, der seine Worte unterstrich. »Liegt es da nicht nahe, dass sich bald ein Kavalier findet, der dich heiraten wird? Ich bin sicher, dass es bis dahin nicht mehr lange dauern wird. Warum solltest du die Zeit verschwenden, indem du dich mit Dingen beschäftigst, um die du dich nach der Hochzeit ohnehin nicht mehr kümmern wirst?«

Marie teilte seine Einstellung absolut nicht. »Wer sagt denn, dass ich der Konditorei den Rücken kehre, nur weil ich einen Mann zum Heiraten gefunden habe?«

Seine Miene verfinsterte sich.

»Und überhaupt, es ist doch nicht sicher, dass ich einen tüchtigen, aufrichtigen Mann finde. Ich kann doch wohl schlecht meine Zukunft auf die Hoffnung bauen, dass es so sein wird. Nein, Achim, ich muss mein Leben in die eigene Hand nehmen.«

»Was für eine kuriose Geisteshaltung! Nein wirklich, Marie, du solltest deine Zeit nutzen und dich auf die Aufgaben einer guten Haushaltsführung vorbereiten. Das ist eine sinnvolle Beschäftigung, die eine Frau in die eigenen Hände nehmen sollte.«

Marie spürte, wie ihre Wangen zu glühen begannen. Sie ärgerte sich über die Art, wie er sie behandelte. Mit seiner Gegenwehr hatte sie gerechnet, aber gerade deshalb hatte sie sich ja diese Argumentation zurechtgelegt. Sie wollte den Eindruck vermitteln, als wüsste sie nicht, was sie mit sich anfangen sollte, wenn sie nicht in der Konditorei unterkommen könnte. In ihrer Vorstellung hätte er sie gar nicht zurückweisen dürfen. Was tun? Sie musste ihre Taktik ändern. Sollte sie ihm von ihrem Traum erzählen? Nein, das würde ihn auf keinen Fall überzeugen.

»Du denkst sicher, eine Frau versteht nichts von geschäftlichen Dingen, aber da irrst du. Ich habe in dem letzten Jahr viel gelernt, zumindest am Anfang. Und ich habe auch früher oft aufmerksam zugehört, wenn Johann-Alexander von der Konditorei und der Zunft erzählt hat. Haushaltsführung ist nichts für mich, Achim.« Dann fiel ihr das Schaufenster des Hutmachers wieder ein. »Außerdem glaube ich, dass eine Frau andere Ideen hat als ein Mann. Wir könnten uns wunderbar ergänzen. Zum Beispiel ist mir aufgefallen, dass wir noch immer kein Schaufenster haben. Dabei ist das doch die große Mode. Wir sollten unbedingt eines einrichten und darin unsere kostbarsten und besten Marzipanfiguren ausstellen.«

Oeverbeck verzog verächtlich den Mund. »Die große Mode wird bald wieder vorbei sein.«

»Das glaube ich nicht«, widersprach Marie. Sie ließ ihrer Begeisterung freien Lauf. »Die angesehensten Kaufleute in Lübeck wissen den Vorteil zu schätzen. Sie brauchen ihre Waren nicht mehr in Ausstellungen zu präsentieren, zu denen sie eigens einladen müssen, sondern können sie jederzeit und jedermann vorzeigen. Ganz ohne Mühe. Bestimmt wird den Passanten, die unser Marzipan und Konfekt sehen, das Wasser im Mund zusammenlaufen, und sie können gar nicht anders, als einzutreten und etwas zu kaufen.« Sie strahlte. Jetzt musste Achim einsehen, dass sie recht hatte.

»Marzipan«, schnaubte er. »Ich höre immer Marzipan. Damit sollten wir lieber keine Werbung machen.«

»Aber warum denn nicht?« Sie war verwirrt und musste wieder an die Worte ihres Bruders in ihrem Traum denken. Sie sah ihn vor sich, wie er keuchend und fiebrig auf sie einredete. »Das Marzipan ist unser Kapital«, sagte sie halb zu Oeverbeck und halb zu sich selbst.

Er sprang auf und kam um den Schreibtisch herum. Von oben herab schaute er sie an und verschränkte die Arme.

»Das war es vielleicht einmal, Fräulein Kröger, als noch unter

Aufsicht deines Bruders nach dem alten Familienrezept produziert wurde. Aber das ist lange vorbei.«

Marie erhob sich ebenfalls von ihrem Stuhl. Sie wollte sich nicht länger so klein und hilflos fühlen. Stolz reckte sie das Kinn und machte sich gerade. Haltung hatte sie im Ballettunterricht gründlich gelernt.

»Und warum weiß ich nichts davon?« Sie blickte ihm so streng in die Augen, wie es ihr nur möglich war.

»Wie bitte?«

»Warum wurde ich nicht informiert? Ich bin Geschäftsführerin der Konditorei Kröger und habe mich darauf verlassen, dass alles zum Besten läuft.«

»O ja, das war sicher sehr bequem, sich auf den Oeverbeck zu verlassen, nicht wahr? Du konntest hübsch im Tüllröckchen herumhüpfen, während ich die ganze Arbeit und den Ärger mit dem Zaren hatte. Und nun fällt dir mit einem Mal ein, dass du die Geschäftsführerin bist, und du tauchst hier auf, um mir Vorwürfe zu machen.«

Marie schnappte kurz nach Luft. Allmählich wurde sie wirklich wütend. Sie hatte es im Guten versucht. Wenn Achim sich weiterhin stur stellte, musste sie sich eben seinem Ton anpassen.

»Es war durchaus nicht meine Absicht, dir Vorwürfe zu machen. Aber ich sehe, dass es ein Fehler war, deinen Fähigkeiten so blind zu vertrauen. Vor einem Jahr habe ich meine Stellung hier nach dem Willen meines Vaters übernommen und mir einen Überblick verschafft. Du hast mir den Eindruck vermittelt, die Geschäfte liefen gut und reibungslos und du hättest alles unter Kontrolle. Darum habe ich mir erlaubt, mich ein wenig zurückzuziehen.«

»Ein wenig?«, unterbrach er sie barsch. »Du hast dich kaum noch sehen lassen.«

Sie drehte sich von ihm weg und ging einige Schritte auf und ab.

»Zugegeben, ich habe mein Engagement hier zurückhaltend dosiert, denn ich wollte dir das Gefühl geben, dass du der erste Mann in der Konditorei bist. Ich wollte dir zeigen, dass ich dir vertraue und dich nicht kontrolliere, wie du mir zu Beginn vorgehalten hast. Ich muss jetzt einsehen, dass das falsch war.« Sie drehte sich mit einem Schwung zu ihm um und blickte ihm wiederum direkt in die Augen. »Ich werde diesen Fehler kein zweites Mal machen. Ab jetzt möchte ich über alles informiert werden und an allen Entscheidungen teilhaben. Als Erstes will ich, dass du Preise für ein Schaufenster einholst. Es soll das schönste und modernste der gesamten Beckergrube sein.«

Oeverbeck starrte sie mit offenem Mund an. Die Farbe war aus seinem Gesicht gewichen. Maries Wangen dagegen glühten vor Aufregung.

»Und jetzt will ich wissen, warum es Ärger mit dem Zaren gegeben hat und welche Probleme wir in der Marzipanproduktion haben.« Sie nahm wieder Platz und wartete auf seinen Bericht.

Oeverbeck schien von ihrem Selbstbewusstsein und ihrer Zielstrebigkeit so überrascht zu sein, dass er sich auf seinen Stuhl plumpsen ließ und zu erklären begann.

»Bei dem Marzipanrezept handelt es sich um ein Familiengeheimnis. Nur dein Vater und deine Brüder wussten, welche Zutaten benötigt werden.«

»Aber es ist doch allgemein bekannt, dass Mandeln, Zucker und Puderzucker die einzigen Zutaten sind«, unterbrach sie ihn.

»Eben nicht. Erstens gehört noch eine Zutat in das Kröger'sche Marzipan, die mir aber nicht bekannt ist, und zweitens entscheidet das Mischungsverhältnis von Zucker und Mandeln über die Güte des Resultats. Ich habe vor einem Jahr gehörig herumexperimentiert und versucht die bestellte Ware an den Zarenhof zu liefern. Schließlich habe ich nach dem allgemein üblichen Rezept herstellen lassen, und das Ergebnis war meiner Ansicht

nach zufriedenstellend. Doch der Zar war sehr ungehalten. Seiner Meinung nach hätten wir versucht ihn zu betrügen.«
»Hast du ihm die Situation denn nicht erklärt?«
Langsam gewann Oeverbeck seine Fassung und damit auch seine überhebliche Haltung ihr gegenüber zurück.
»Typisch Frau! Du glaubst doch nicht, dass der Zar sich für unsere Probleme interessiert hätte. Er wollte einfach nur das unvergleichliche Kröger'sche Marzipan, das er in Paris gekostet hat. Bekommen hat er gewöhnliches Naschwerk, wie es jeder seiner Hof-Zuckerbäcker hätte herstellen können. Das waren jedenfalls seine Worte. Ein glatter Betrug in seinen Augen.«
»Da hat er recht!« Marie war wütend und schockiert. Es wurde wirklich Zeit, dass eine Frau das Regiment übernahm. Selbstverständlich hätte man dem Zaren die Situation erklären können. Sie war sicher, er hätte Mitgefühl und Verständnis gehabt.
»Er hat nur einen Bruchteil dessen bezahlt, was wir ihm berechnet haben. Einen Hungerlohn haben wir für unsere Arbeit bekommen. Davon konnten wir kaum die Zutaten bezahlen. Und du sagst, er hat recht?«
»Natürlich. Schließlich hat er ja auch nur einen Bruchteil dessen bekommen, was er bestellt hatte.«
»So ein Unsinn!« Jetzt schoss die Farbe regelrecht in sein Gesicht zurück. Er sah aus, als stünde er kurz vor der Explosion. »Ich habe sämtliche Posten geliefert, die er deinem Bruder aufgegeben hat. Nicht wenige Nächte habe ich zusammen mit den Arbeitern hier gesessen und lebensgroße Gänse, Karpfen und Rosen geformt und geschminkt. Ich habe sogar eine ganze Marzipantorte zusätzlich geschickt, damit er unseren guten Willen sieht.«
»Du hast dich also bereits im Voraus entschuldigt, weil du wusstest, dass er nicht die erwartete Qualität bekommen würde? Sehr geschickt, muss ich schon sagen …« Marie schüttelte den Kopf.

Sie überlegte kurz, dann fragte sie: »Wie ist das Verhältnis mit Russland jetzt?«
»Es gibt kein Verhältnis mehr«, antwortete Oeverbeck. Er klang müde und resigniert. »Wir haben auf einen Großteil des Geldes verzichtet, und nun herrscht eisiges Schweigen.«
»Hm.« Marie dachte nach.
Sie wusste, dass immer mehr Konditoren und Bonbonhersteller Marzipan anboten, seit der Zunftzwang gefallen war. Ihr Vater brachte, wenn er das Haus mal verließ, Kostproben der Konkurrenz mit und reichte sie Marie schweigend. Jedes Mal stellte sie fest, dass Farbe, Konsistenz und vor allem der Geschmack nicht mit dem Kröger'schen Marzipan mithalten konnten. Die Masse war zu süß oder zu bitter, zu klebrig oder zu krümelig. Nur das Kröger'sche Marzipan hatte den unvergleichlichen Schmelz. Die würzig-süße Masse leistete den Zähnen nur sanften Widerstand, ließ sich sogar mit der Zunge am Gaumen zerdrücken, zerfiel oder verformte sich aber niemals, solange man sie noch vorsichtig zwischen zwei Fingern hielt, um zunächst den köstlichen Duft einzusaugen. Verschwand ein Stückchen zwischen den Lippen, breitete sich das Aroma ohne Verzögerung im Mund aus. Es war nicht zuckrig, sondern angenehm süß mit einem Hauch, der, wäre er nur etwas kräftiger, bitter zu nennen wäre. Hinzu kam diese edel-blumige Nuance, die Marie bereits ein Gefühl von Wärme und Trost vermittelt hatte, als sie noch ein kleines Kind war. All das waren Eigenschaften, die ausschließlich auf das Marzipan der Konditorei Kröger zutrafen. In der Kombination hatte kein Konkurrenzprodukt sie je erreicht. Das stellte Marie wieder und wieder fest, wenn ihr Vater Proben mitbrachte. Immer wenn sie missbilligend eine Schnute gezogen und das fremde Konfekt von sich geschoben hatte, war um seinen Mund ein leises Lächeln aufgetaucht. Gesprochen hatte er darüber nie. Hätte Marie doch bloß auch zwischendurch das

eigene Marzipan gekostet, ihr wäre sofort aufgefallen, dass es nicht mehr das unverwechselbar feine Aroma hatte, sondern nur noch gewöhnlich schmeckte. Aber sie hatte mit Rücksicht auf ihre Figur – eine Ballerina durfte auf keinen Fall auch nur ein Gramm zu viel auf den Hüften haben – kaum noch Süßigkeiten zu sich genommen. Außer eben denen, die ihr Vater ab und zu mitbrachte. Was er ihr reichte, hatte sie nie ablehnen wollen, weshalb sie bei allen anderen Gelegenheiten zurückhaltender gewesen war. Ein schlimmer Fehler, wie sich nun herausstellte.
»Noch ist es nicht zu spät, Achim«, sagte Marie versöhnlich. »Ich weiß, wo Johann-Alexander das Rezept aufbewahrt hat. Natürlich wusste ich, dass es ein Familiengeheimnis sein sollte, aber ich dachte doch, dass du so eng mit meinem Bruder zusammengearbeitet hast, dass du inzwischen selbst weißt, wodurch das Konfekt seine hohe Qualität erhält.«
»Du weißt, wo das Rezept ist?«
»Ja«, sagte sie schlicht und lächelte ihn zaghaft an. »Du siehst, du brauchst mich.«
»Du solltest eher begriffen haben, wie gefährlich es ist, wenn nur einer das Geheimnis kennt. Ich sollte das Rezept auch kennen.« Er machte eine kurze Pause. »Falls dir einmal etwas zustößt oder du dich doch einmal zur Heirat entschließt.«
Sein Grinsen wirkte auf Marie zwar einerseits wie ein Versöhnungsangebot, andererseits blieben seine Augen dabei kalt. Sie hatte ein ungutes Gefühl. Sie reagierte nicht auf seinen Einwand, denn innerlich sträubte sie sich dagegen, ihn einzuweihen. Sie hätte keinen Grund dafür benennen können. Aber schließlich musste es ja auch an irgendetwas gelegen haben, dass ihr Bruder Achim nie das Rezept verraten hatte.
Sie räusperte sich. »Du kümmerst dich also um das Schaufenster, und ich werde nach dem Kröger'schen Familienrezept Marzipanmasse herstellen. Es wäre schön, wenn du mir sagen könntest, wie

viel wir in der nächsten Zeit benötigen. Und dann werde ich einen Brief an den Zaren aufsetzen, ihm erklären, warum er nicht die erwartete Qualität erhalten hat, um Verzeihung für unser ungeschicktes Verhalten bitten und ihm wieder Ware anbieten.«

»Das kannst du nicht tun!«

Marie stand auf. »Du hast recht, besser, wir schicken ihm gleich eine Kostprobe mit, damit er sich überzeugen kann, dass alles wieder beim Alten ist.«

»Aber wie stehe ich denn dann da?«

»Nicht sehr gut, das ist wahr. Wir werden ihm erklären, dass du ihn nicht mit unseren Problemen belästigen wolltest. Im Grunde entspricht das doch auch der Wahrheit.« Sie war schon im Begriff, das Kontor zu verlassen, drehte sich an der Tür aber noch einmal um. »Vielleicht wäre es angebracht, wenn ich die Kostprobe selbst nach Russland bringen würde.«

Oeverbeck schoss von seinem Stuhl in die Höhe.

»Was? Hast du jetzt völlig den Verstand verloren?«

»Johann-Alexander war bei vollem Verstand, als er nach Russland gereist ist. Ich nehme nicht an, dass du auch an ihm gezweifelt hast.« Nach einer kurzen Pause fügte sie hinzu: »Er sagte mir einmal, es sei immer gut, die Geschäftsbeziehungen ganz persönlich zu pflegen. Ich werde mich bei der Gelegenheit gleich als Geschäftsführerin und Nachfolgerin meines Bruders vorstellen. Gut möglich, dass ich in der feinen russischen Gesellschaft neue Kunden gewinnen kann, wenn ich vor Ort bin.« Damit ließ sie Oeverbeck stehen und eilte zurück in das elterliche Haus, um das Marzipanrezept aus seinem Versteck zu holen.

Rosenwasser, natürlich, das war die Substanz, die dem Marzipan seinen unvergleichlich feinen Geschmack verlieh. Marie prägte sich das Mischungsverhältnis, das sie dem Rezept entnommen hatte, ein. Und gleich würde sie sich auf den Weg zu Apotheker

Mühsam, dem Bruder ihrer ehemaligen Ballettlehrerin, machen, dessen Name unten auf dem Zettel stand. Joachim-Alexander hatte bei ihm stets das Rosenwasser gekauft und sich darauf verlassen können, dass er zu niemandem ein Sterbenswörtchen über die Ingredienz verlieren würde, die Kröger junior regelmäßig in unbeschrifteten großen Flaschen bei ihm abholte. Doch vorher wollte sie noch rasch zu ihrem Vater gehen, um die Neuigkeiten zu berichten. Irgendwann musste er doch einmal reagieren. Sie lief hinunter ins Wohnzimmer. Dort saß er wie an den meisten Tagen am Fenster, ohne jedoch hinauszusehen.

»Hallo, Vater«, begrüßte Marie ihn. Er drehte nicht einmal den Kopf. »Stell dir vor«, sprudelte sie los, »der russische Zar war mit unserem Marzipan nicht zufrieden. Und er hat nicht die volle Summe gezahlt, die Oeverbeck in Rechnung gestellt hatte.« Sie ging vor dem Sessel ihres Vaters auf und ab und berichtete alles, was sie erfahren hatte. Natürlich erzählte sie auch, wie sie mit der Situation umzugehen gedachte und kam sich dabei sehr klug und wie eine richtige Geschäftsfrau vor. Marie war so mit sich selbst beschäftigt, dass sie gar nicht bemerkte, wie ihr Vater sie zunächst nur mit den Augen fixierte, dann den Kopf drehte, um sie beobachten zu können, wie sie redend durch die Stube spazierte. »Und ein Schaufenster müssen wir haben.« Endlich sah sie ihren Vater an und stellte verblüfft fest, dass er sie anlächelte.

»Papusch!« So hatte sie ihn als kleines Mädchen oft genannt. Marie stand wie angewurzelt da und versuchte ihn nicht wieder in seine Isolation entkommen zu lassen. Sie stammelte: »Papusch, was hältst du davon? Oeverbeck war offen gestanden nicht sehr angetan. Aber man hat heute Schaufenster. Und sie haben auch wirklich Vorteile.« Sie holte Luft, um einen Vortrag über den Nutzen der Präsentationsflächen hinter Glas zu halten, doch ihr Vater unterbrach sie, indem er ihr die Hand entgegenstreckte.

»Komm her, meine Kleine.«
Marie spürte, wie ihr ein Kloß in die Kehle stieg. Sie ging zu ihm und setzte sich auf die Armlehne seines Sessels. Früher hatten sie immer so beieinandergesessen, wenn es etwas zu besprechen gab. Wenn sie im Unterricht aufgefallen war, weil sie meinte, etwas besser als der Lehrer zu wissen, oder weil sie mal wieder mit ihrer Nachbarin getuschelt hatte. Aber auch wenn sie Sorgen hatte, war sie stets lieber zu ihrem Vater als zu ihrer Mutter gegangen. Er war immer der ruhigere von beiden. Margreth Kröger regte sich leicht auf, war hektisch und konnte schlecht zuhören. Ihr schien für alles die Geduld zu fehlen. Außerdem war sie penibel mit allem, was ihr Haus betraf. Hätte sich Marie zu ihr auf die Armlehne des Sofas gesetzt, hätte sie es wichtiger gefunden, ihre Tochter auf eine ordentliche Sitzhaltung auf dem Sofa aufmerksam zu machen, und ihr zu erklären, wie schnell Polstermöbel sich abnutzten, wenn man sie nicht ihrer Bestimmung gemäß strapazierte, als auf ihre Sorgen einzugehen.
Maries Vater nahm ihre Hand und streichelte sie zärtlich. Dann sah er ihr sehr ernst und auch sehr wach in die Augen, wie er es lange nicht mehr getan hatte.
»Du triffst die Entscheidungen in der Konditorei. Wenn du sagst, wir bekommen ein Schaufenster, dann bekommen wir auch eins. Und wenn du mit Oeverbeck nicht zufrieden bist …«
»Doch«, beeilte Marie sich zu sagen. »Ich wüsste nicht, was ich ohne ihn täte. Er kennt die Geschäfte von A bis Z.« Sie wollte keinesfalls, dass ihr Vater schlecht von ihm dachte. Das wäre nicht fair gewesen. Schließlich hatte ihr Bruder sich stets auf ihn verlassen können, und er hatte für die Konditorei ein Vielfaches von dem geleistet, was Marie bisher zustande gebracht hatte. »Nur manchmal scheint er Neuem gegenüber nicht sehr aufgeschlossen zu sein. Aber wir kommen schon zurecht.« Glücklich

strahlte sie ihren Vater an, denn in diesem Moment hatte sie tatsächlich den Eindruck, dass alles gut werden könnte.
»Gut!« Wilhelm Kröger ließ Maries Hand los. Sie fürchtete, dass er im nächsten Augenblick wieder in seine Lethargie fallen könnte.
»Ich habe mir gedacht, dass ich vielleicht selbst nach Russland reisen sollte«, sagte sie schnell.
Erneut sah ihr Vater sie eindringlich an. Dann wiegte er den Kopf hin und her. »Hast du dir das auch gut überlegt? So eine Reise ist eine große Strapaze, die dir Kraft und Gesundheit rauben kann.« Er schluckte und sah hinunter auf den Parkettboden. Trotzdem konnte Marie Tränen in seinen Augen erkennen. Es war völlig klar, woran er dachte. Und auch sie musste gegen die Traurigkeit ankämpfen, die bei dem Gedanken an ihren Bruder in ihr aufstieg und ihr die Kehle zuschnüren wollte.
»Ich erinnere mich«, sagte sie nach einer Weile, »dass Johann-Alexander davon überzeugt war, dass es wichtig ist, sich persönlich um die Kundschaft zu bemühen. Vor allem, wenn es sich um solche Kundschaft handelt.«
»Also schön.« Wilhelm Kröger räusperte sich. »Geh ins Amtshaus der Schiffer. Dort wirst du jemanden finden, der nach St. Petersburg fährt und dich mit der Ware mitnehmen kann.«
Eigentlich hatte Marie fast gehofft, ihr Vater würde ihr den ganzen verrückten Plan ausreden. Achim Oeverbeck hatte vielleicht nicht unrecht, wenn er vermutete, sie habe den Verstand verloren. Begleiten würde er sie sicher nicht. Und allein als Frau auf so einer Reise …
»Johann-Alexander ist dort hingegangen, um eine Passage zu reservieren.« Die Stimme ihres Vaters wurde immer leiser, und seine Augen suchten wieder die Leere. Sein Ausflug in die rauhe Wirklichkeit hatte schon viel zu lang gedauert. Er musste zurück in die kleine Welt, die er sich nach dem Tod seines Erstge-

borenen geschaffen hatte, sosehr Marie dies auch zu verhindern wünschte. Ihr war klar, dass sie ihren Vater wieder verlor. Immerhin hatte er ihr gesagt, was zu tun war. Er hatte ihr nichts ausgeredet, weder das Schaufenster noch die Reise. Im Gegenteil, er hatte ihr sogar geholfen. Sie wusste, dass noch viele Momente der Angst und des Zweifels kommen würden. Doch sie liebte ihren Vater dafür, dass er ihr so viel zutraute und sie behandelte wie eine erwachsene, verantwortungsvolle Frau. Sie würde ihn nicht enttäuschen.

Marie schaute am Amtshaus der Schiffer hinauf zu der goldenen Weltkugel mit dem Dreimaster, der die Windrichtung anzeigte. Beide thronten hoch oben auf dem Treppengiebel. Ihr wurde bang ums Herz. Da drinnen waren nur Fremde, Männer, die Geschäfte zu führen imstande waren, die schon etwas von der Welt gesehen hatten. Sie selbst kannte sich leidlich mit dem Ballett aus und war aus Lübeck kaum herausgekommen. Für sie war schon eine Reise nach Travemünde ans Meer immer ein kleines Abenteuer. Aus gutem Grund hatte sie den Gang hierher von einem Tag auf den anderen verschoben. Doch wenn sie noch in diesem Jahr reisen wollte, bevor der Hafen winterfest gemacht und damit jede Rückkehr verhindert sein würde, musste sie sich nun sputen.

»Allen zu gefallen ist unmöglich« stand neben der Eingangstür in den Kalkstein gemeißelt.

So ist es, sagte Marie sich trotzig. Was brauchte sie sich darum zu kümmern, was die Leute von ihr dachten. Sie würde sich eine Schiffspassage besorgen und wieder gehen. Das war alles. Was sollte schwer daran sein? Ihr fielen all die Geschichten ein, die ihr Vater ihr so oft von diesem Haus erzählt hatte, als sie noch klein war. Von Piraten mit Augenklappen und bunten Tüchern, die sie um den Kopf geschlungen trugen, hatte er berichtet, von

Seemännern, die auf ihren Reisen über die Weltmeere ein Bein oder einen Arm verloren und sie kurzerhand durch einen Metallhaken oder ein gutes Stück Schiffsplanke ersetzt hatten. Natürlich war Marie klar, dass ihr Vater sich all das ausgedacht hatte, um sie zu unterhalten. Sie liebte die Erzählungen, bei denen ihr das Grausen den Rücken hinunterhuschte. Je unheimlicher und verrückter, desto besser. Dumm war nur, dass die Geschichten ausgerechnet jetzt zurückkamen und Maries klarer Verstand nicht in der Lage war, ein leichtes Schaudern zu verhindern. Sie öffnete die schwere Holztür. Der Geruch von Zigarren und Wein schlug ihr entgegen. Durch die Fenster fiel nur wenig Licht. Das mussten die Bungen, große mit Leinwand bespannte Holzlaternen, wettmachen, die aussahen, als wären sie schon an so manchem Schiffsheck über die Meere geschaukelt. In drei ordentlichen Reihen standen lange Tische aus derber dunkler Eiche in der Gaststube. Ein Stück weiter gab es auch kleine quadratische Tische mit Stühlen darum. Über den langen Tischreihen hingen Schilder. Marie wollte gerade einen Blick darauf werfen, als ihre Aufmerksamkeit von einem ungewöhnlichen Gebilde abgelenkt wurde, das unter der Decke aufgehängt war. Es sah aus wie ein langes schmales Ruderboot, in dem – Marie wollte ihren Augen kaum trauen – ein Mann saß! So waren doch nicht alle Erzählungen ihres Vaters pure Erfindung gewesen. Sie trat einen Schritt näher auf die Kuriosität zu und starrte gebannt nach oben. Noch nie hatte sie ein solches Boot gesehen. Und sie kannte viele verschiedene Kähne und Schiffchen von den Ferienaufenthalten in Travemünde und von ihren Ausflügen an die Ufer der Trave und der Wakenitz. Vor allem aber war sie fasziniert von der kleinen Person, die regungslos in dem schlanken Rumpf saß. Sosehr sich Marie auch bemühte, sie konnte die Augen in dem schummrigen Zwielicht nicht erkennen. Zu gern hätte sie gewusst, ob dies eine Puppe war …

»Keine Sorge, er lebt nicht.«
Marie stieß einen spitzen Schrei aus. Die dunkle Männerstimme war ganz dicht an ihrem Ohr, und sie hatte nicht einmal bemerkt, dass sich ihr jemand genähert hatte. Sie legte eine Hand auf ihre Brust und atmete schnell.
»Meine Zeit, wie können Sie mich denn so erschrecken?«
»Er hat auch nie gelebt«, fuhr der Unbekannte ungerührt fort, ohne auf Maries Reaktion zu achten. »Es gibt immer wieder jemanden, der nach dem dritten Rotspon behauptet, der Eskimo sei eine Mumie. Aber das ist Seemannsgarn, dummes Zeug, um sich selbst interessant zu machen.«
»Eskimo?« Marie vergaß ihren Unmut über den Mann, der sich so hinterhältig an sie herangeschlichen hatte. Ihre Neugier war geweckt.
»Sie leben in Alaska in Regionen, wo das ganze Jahr über Schnee und Eis liegen«, erklärte der Mann mit einer weichen, tiefen Stimme, die Marie gefiel.
»Ich habe natürlich davon gehört, dass es Gegenden gibt, in denen das Eis nie schmilzt. Aber dort kann man doch nicht leben«, sagte sie ehrlich geschockt.
Der Mann lachte leise. Marie nutzte die Gelegenheit, ihn zu betrachten. Er hatte schwarzes Haar, das hier und da bereits feine silberne Streifen zeigte. Dabei war sein Gesicht das eines großen Jungen mit spitzbübisch blickenden braunen Augen. Marie hätte unmöglich raten können, wie alt er war. Ein schwarzes Bärtchen schmückte die Oberlippe, rahmte ordentlich gestutzt den Mund ein und bedeckte auch das Kinn.
»Die Eskimos haben sich darauf eingestellt. Aber Sie haben natürlich recht, gnädiges Fräulein, für unsereins ist es schwer vorstellbar, in dieser unwirtlichen Gegend zu überleben. Man stelle sich nur vor, in unserem schönen Lübeck würde nie wieder der Sommer einkehren.«

»O nein! Mir genügt schon der Gedanke an den langen Winter, der uns jetzt wieder bevorsteht.« Unwillkürlich schlang Marie die Arme umeinander und zog die Wollstola um sich, die für die Jahreszeit eigentlich zu warm war. Aber es war ein Geschenk von Johann-Alexander zu ihrem sechzehnten Geburtstag gewesen, das letzte Geschenk, das sie von ihm bekommen hatte, und sie hatte sie als Glücksbringer mitgenommen. Wieder blickte sie hinauf zu dem Eskimo. »So ein langes Boot habe ich noch nie gesehen. Es ist nicht aus Holz.«
»Nein, das heißt, das Gestell ist schon aus Holz, aber der Körper ist mit Seehundhaut bespannt.«
Maries Augen weiteten sich. »Haut?«, fragte sie voller Unbehagen.
Der Mann nickte und lächelte sie an. »Eskimos bauen ihre Kajaks aus dem Material, das ihnen zur Verfügung steht. Die Haut der Seehunde gehört dazu. Sie ist robust, kann ruhig nass werden und ist leicht. Ideal, um damit ein Kajak zu bespannen.« Nun blickte auch er nach oben. »Irgendwann sehe ich mir an, wie sie gebaut und benutzt werden. Ich werde Eskimos kennenlernen. Solche aus Fleisch und Blut, nicht aus Holz wie dieser hier.«
Maries Augen hatten sich an die Umgebung gewöhnt. Sie stellte fest, dass die Haut des Mannes neben ihr nicht ganz eben war. Vielleicht hatte er als Kind die Pocken gehabt. Offenbar bemerkte er ihren Blick und sah sie an. Sie spürte, dass ihre Ohren zu glühen begannen. Wie sie es hasste, dass ihre Ohren, die sie sowieso als zu groß und hässlich empfand, jedes Mal die Farbe saftig-reifer Tomaten annahmen, wenn ihr etwas peinlich war. Und ihr waren viel zu oft Dinge peinlich. Manchmal beneidete sie die Mädchen, die in der Konditorei arbeiteten. Nun gut, sie hatten kein so feines Benehmen, wie man es ihr beigebracht hatte, und sicher waren auch ihre Wohnstuben nicht so großzügig

und gemütlich wie die der Krögers, aber Marie fand, dass diese jungen Frauen, obwohl kaum älter als sie, so selbstbewusst waren. Sie ließen sich nichts gefallen, machten den Herren ungehemmt schöne Augen und wussten mit den manchmal derben Späßen der jungen Burschen souverän umzugehen.
Sie zupfte verstohlen das dunkelblonde Haar über ihre Ohren. Dabei löste sich eine Strähne aus dem Knoten und kitzelte sie nun ständig am Kinn. Der Mann beobachtete sie belustigt, was nicht gerade dazu beitrug, dass sie sich wieder behaglicher fühlte.
»Man hat gerade frischen Rotspon bekommen. Setzen wir uns und trinken ein Gläschen. Es ist ein hervorragender Jahrgang.«
Noch ehe Marie protestieren konnte, wurde sie von dem Mann an einen kleinen Tisch geschoben, der allein in einer Nische stand. Gleichzeitig machte er dem Wirt hinter dem Eichentresen Zeichen, woraufhin der nickte und nach wenigen Minuten mit zwei Gläsern zu ihnen kam, in denen es dunkelrot funkelte.
»Auf Ihr Wohl, Fräulein …«
»Kröger! Marie Kröger von der Konditorei«, beeilte sie sich zu erklären.
»Ach, das sind Sie?« Die braunen Augen sahen sie durchdringend an. Marie vermochte diesen Blick nicht zu deuten. Doch bevor sie fragen konnte, was er damit meine und mit wem sie es denn eigentlich zu tun habe, erhob er sein Glas und forderte sie auf, den Wein zu probieren.
»Trinken Sie, ich möchte wissen, wie er Ihnen schmeckt.«
Marie gehorchte. Sie hatte schon oft Wein in ihrer Familie getrunken, aber immer nur ein kleines Glas, und sie kannte sich nicht besonders gut aus.
»Schmeckt gut«, sagte sie, und um den Eindruck zu machen, als wäre sie eine Kennerin, fügte sie hinzu: »Recht fruchtig.« Wieder zupfte sie nervös an ihren Haaren.
»Sehr gut!« Er strahlte sie überrascht an. »Der Bordeaux aus

dem Médoc zeichnet sich in der Tat durch seine aromatische Frucht aus.« Marie lächelte. Sie freute sich, dass er sich nicht über sie lustig machte. »Schließen Sie nun die Augen, und nehmen Sie noch einen Schluck.«

Er sah sie dabei so erwartungsvoll an, dass sie gar nicht anders konnte, als ihm wiederum zu gehorchen. Sie nahm einen Schluck Wein in den Mund und schloss die Augen.

»Nicht hinunterschlucken. Konzentrieren Sie sich! Können Sie die Erde Frankreichs schmecken?«

Marie brummte etwas. Sie hätte ihm gern gesagt, dass sie noch nie in Frankreich war und keine Ahnung hatte, wonach die Erde dort wohl schmecken könnte.

Er half ihr weiter. »Schmecken Sie die Pinien, die dem Boden seinen Charakter geben, und das Salz des Meers, das mit dem Wind über die Reben getragen wird?«

Der Wein in Maries Mund war nun ganz warm, ihre Zähne fühlten sich an, als hätten sie einen pelzigen Überzug bekommen, und in ihren Wangen waren kleine Stiche zu spüren. Doch da war noch etwas.

»Das Salz gibt dem Wein wohl die Würze, und die Pinien … Nun, mir scheint, als wäre etwas von den ätherischen Ölen erhalten. Ist das möglich?«, sagte sie, nachdem sie den Wein geschluckt und die Augen wieder geöffnet hatte.

Ihr Gegenüber betrachtete die rote Flüssigkeit, die er in seinem Glas langsam und gleichmäßig in Drehbewegungen versetzte, so dass Marie meinte, jeden Moment müsse ein Schwall überlaufen und sich über den Tisch, ja, noch schlimmer, auf seine Hose ergießen. Aber das geschah nicht. Der Mann beobachtete den bewegten Wein, als könnte er daraus etwas lesen, und nickte.

»Sehr gut«, sagte er nachdrücklich. »Sie haben Talent.« Nun wandte er wieder Marie seine Aufmerksamkeit zu. Plötzlich schien ihm etwas eingefallen zu sein. »Sie sind also das Fräulein

Konditor-Kröger. Ich habe gehört, dass Ihr Bruder bei seiner Rückreise aus St. Petersburg umgekommen ist. Das tut mir sehr leid.«
»Kannten Sie meinen Bruder?«
»Nein, nur dem Namen nach. Nun ja, alle lübischen Kaufleute kennen einander zumindest dem Namen nach.«
Einen Augenblick schwiegen beide. Marie fiel wieder ein, warum sie gekommen war. Statt sich um die Schiffspassage zu kümmern, trank sie Wein mit einem Fremden. Was wohl ihr Vater dazu sagen würde. An ihre Mutter wollte sie lieber gar nicht denken.
»Hansen! Thomas Hansen ist mein Name«, stellte sich der Mann endlich vor. »Weinhandel Hansen.«
»Ach deshalb kennen Sie sich so gut aus.
»Ja, ich habe gerade den Rotspon anliefern lassen. Ein ganz besonderer Jahrgang, der unter idealen Bedingungen hier in Lübeck nachreifen konnte. Die Franzosen selbst kriegen keinen solchen Wein hin«, bemerkte er. Und Marie erkannte einen Stolz in seinen Augen, den sie auch bei ihrem Vater früher immer beobachtet hatte, wenn von seinem Marzipan die Rede war.
Sie nahm einen weiteren Schluck und nickte anerkennend.
»Und Sie haben sich also in das Abenteuer gestürzt und sind Geschäftsführerin von einem Betrieb geworden, von dem Sie rein gar nichts verstehen. Sehr mutig!« Thomas Hansen klang nicht so, als wollte er sie provozieren oder sich über sie amüsieren. Er schien es ganz ernst zu meinen.
»Sie sind recht gut informiert«, sagte Marie, um Zeit zu gewinnen, denn sie wusste nicht, ob sie überhaupt auf ihre Tätigkeit eingehen sollte. Einerseits war er fremd, und es ging ihn nichts an, andererseits war er ein erfahrener Kaufmann, der ihr vielleicht den einen oder anderen guten Rat geben konnte.

»Was denken Sie denn, Fräulein Kröger? Lübeck ist ein Dorf. Alle Kaufleute wissen Bescheid, dass Oeverbeck nicht Geschäftsführer geworden ist. Zur allgemeinen Überraschung, wie ich mir anzumerken erlaube.«

»Auch zu meiner«, gab Marie zu. Sie mochte diesen Hansen. Was sollte es schaden, sich aufrichtig mit ihm zu unterhalten?

»Wir hatten angenommen, Sie irgendwann einmal in der Gildeversammlung zu sehen. Aber Sie haben wohl kein Interesse daran, sich mit den anderen Kaufleuten zu organisieren und auszutauschen.«

»Es ist nicht das mangelnde Interesse. Nur habe ich bisher, um ehrlich zu sein, die Geschäfte eher nebenbei geführt, wenn man es überhaupt so sagen kann.« Marie erzählte Hansen von ihrem Traum einer Ballettkarriere, von dem Wunsch ihres Vaters und von der Art, wie sie sich um alle geschäftlichen Belange gedrückt hatte. Sie berichtete auch von ihren Ideen, die sie für die Konditorei hatte, und davon, dass es bald wieder das gute Kröger'sche Marzipan geben werde. Sogar auf seine Frage, was ihren plötzlichen Sinneswandel ausgelöst habe, gab sie freimütig Antwort. Thomas Hansen lachte nicht über ihren Traum und darüber, dass sie ihn so ernst nahm. Er hörte zu und nickte zwischendurch einige Male verständnisvoll. Als sie schließlich berichtete, dass sie beabsichtige, nach St. Petersburg zu reisen, schien ihn das keinesfalls zu überraschen.

»Nächsten Monat läuft ein Schiff in diese Richtung aus. Sicher ist noch ein Platz für eine junge tüchtige Geschäftsfrau und ihre Waren frei. Wenn Sie möchten, mache ich Sie mit dem Kapitän bekannt. Ich habe ihn vorhin gesehen und bin sicher, er sitzt noch bei einem Gläschen meines guten Weins.« Schon suchten seine Augen das Amtshaus der Schiffer ab.

»Das wäre sehr freundlich«, sagte Marie aufgeregt.

»Reiner Eigennutz. Wir sind bisher fünf Kaufleute, die sich die

Kosten für die Passage teilen. Einer mehr bedeutet weniger Kosten pro Person.«

»Verstehe«, gab Marie etwas reserviert zurück. Sie hatte sich eingebildet, er wolle ihr helfen, weil er sie vielleicht mochte. Bisher hatte es ihr gefallen, dass er sie gleichwertig behandelte, obwohl sie eine Frau war. In diesem Moment wünschte sie sich jedoch, er würde in ihr durchaus eine Frau sehen, um die sich ein wenig Bemühung lohnte.

»Einen Moment, gnädiges Fräulein.« Damit stand er auf und verschwand in einen von Maries Platz nicht einsehbaren Teil des Amtshauses. Die Turmuhr von St. Jakobi, der Schifferkirche, die nur wenige Schritte von hier entfernt war, schlug neunmal. Marie musste nach Hause. Ihre Mutter würde ohnehin schon aufgebracht sein, dass sie nicht zum Abendessen erschienen war, ohne sich bei ihr abgemeldet zu haben. Dass ihr Vater ihr erklären würde, wo sie steckte und warum ihre Abwesenheit absolut begründet war, das glaubte sie schon gar nicht.

Thomas Hansen kehrte mit einem großen dünnen Mann zurück, der in keiner Weise in das Bild passen wollte, das Marie von einem erfahrenen Seebären hatte. Er war mindestens einen Kopf größer als Hansen, der sie bereits deutlich überragte, nicht schlank, sondern eher dürr und hatte blonde Haare, die er kurz und in der Mitte gescheitelt trug wie ein Schulmeister. Seine Augen waren so blau, wie der Himmel über dem Ozean sein mochte, seine Ohren auffallend klein, seine Nase dafür lang und mit einer deutlichen Tendenz gen Himmel, je näher der Betrachter der Spitze kam.

»Darf ich vorstellen, das ist Fräulein Marie Kröger. Fräulein Kröger, das ist Kapitän zur See Groth.«

»Ich freue mich sehr, Herr Kapitän Groth«, sagte Marie und streckte ihm in einer vom jahrelangen Balletttraining geübt eleganten Geste die Hand hin. Groth schaute sie missmutig an,

ergriff die Hand und schüttelte sie grob. Die Kraft seines Händedrucks hätte Marie ihm nicht zugetraut.
»'n Abend«, sagte er mit einer von Wind und Wellen oder dem Wein rauhen Stimme. »Sie wollen also wirklich mit nach St. Petersburg?«, fragte er und bemühte sich nicht, seine Skepsis vor ihr zu verbergen.
Augenblicklich wurde Marie wieder nervös.
»Ja«, erwiderte sie zaghaft. »Ich muss zum Hof des Zaren. Wegen einer Lieferung Marzipan, verstehen Sie?«
»Ich verstehe vor allem, dass eine Frau an Bord nur Ärger bringt«, konterte Groth. Er zog sich vom Nachbartisch einen Stuhl heran und ließ sich breitbeinig darauf nieder, die Lehne nach vorne gewandt wie eine Mauer zwischen ihm und der potentiellen Passagierin. Marie fragte sich, ob er immer so übler Laune war oder sie nur einen schlechten Tag erwischt hatte. »Und dann auch noch so eine junge«, polterte er weiter. »Ihnen wird schlecht werden. Wahrscheinlich werden Sie bloß meiner Besatzung einem nach dem anderen den Kopf verdrehen.« Seine Augen blitzten. »So eine Reise ist kein Vergnügen, glauben Sie mir, Mädchen.«
Endlich griff Hansen ein. »Reißen Sie sich zusammen, Groth! Die Dame ist eine rechtschaffene lübische Kauffrau, die in St. Petersburg Geschäfte zu tätigen gedenkt wie der Rest von uns auch. Ich weiß, dass noch Platz auf Ihrem Viermaster ist. Also werden Sie die Dame mitnehmen und zukünftig so behandeln, wie sie es von einem anständigen Kapitän erwarten kann.«
Nach einem Blick zu Hansen zog Groth ohne ein weiteres Wort einen Bleistift und eine Serviette aus seiner Westentasche, kritzelte etwas darauf und schob Marie das Papier hinüber.
»Die Adresse von meinem Kontor. Kommen Sie bis übermorgen hin, und teilen Sie mir das Volumen und Gewicht Ihrer Ladung mit. Ich rechne Ihnen dann aus, was die Passage für Sie kostet.

Wir legen am 4. September ab. Sie haben dafür zu sorgen, dass wir rechtzeitig laden können. Was oder wer nicht pünktlich an Bord ist, bleibt hier.« Damit erhob er sich. »'n Abend.« Weg war er.
»Na sehen Sie, alles im Lot. Dann werde ich mich auch mal auf den Weg machen.« Hansen leerte sein Glas und erhob sich.
Auch Marie sprang auf. »Am 4. September? So bald schon? Das sind ja nur noch sechs Tage!«
»Rechnen können Sie, wie es scheint«, sagte er schmunzelnd. »Wir müssen zurück sein, bevor es zu kalt und die See zu rauh wird. An St. Martin geht der Hafen in den Winterschlaf, die Reise dauert mindestens zwölf Tage, und für die Verhandlungen sollten Sie unbedingt reichlich Zeit einplanen. Der Termin ist sicher nicht zu früh.«
»Nein, nein, natürlich nicht.« Marie fühlte sich mit einem Schlag ganz elend. Sie wollte nicht, dass Thomas Hansen jetzt ging. Sie wollte ihm noch so viele Fragen stellen. Wie sollte sie das Volumen ihrer Fracht errechnen, wie teuer würde die Überfahrt werden? Vielleicht war er schon einmal in St. Petersburg, ja, sogar am Hof des Zaren gewesen, so dass er sie ein wenig vorbereiten könnte. Vor allem hoffte sie, er könnte sie in Bezug auf Kapitän Groth beruhigen. Bei dem Gedanken, mit ihm als sein Gast zweimal fast zwei Wochen auf engstem Raum ausharren zu müssen, graute es ihr.
All ihre Fragen blieben unbeantwortet, ihre Befürchtungen ihr Geheimnis, denn Hansen verabschiedete sich rasch von ihr. »Wir sehen uns also in sechs Tagen an Bord. Ich freue mich, Marie Kröger, ich freue mich sehr.« Seine braunen Augen sagten ihr, dass er es aufrichtig meinte.

Die nächsten Tage waren wie ein Rausch. Jeden Morgen war Marie schon sehr früh wach und begann sofort mit ihren Erledigungen. Es gab so viel zu tun, und sie hatte so wenig Zeit.

Alles war neu und aufregend, und sie stellte erstaunt fest, wie viel Freude es ihr machte, sich auf ihre Pflichten zu konzentrieren. Ihre Mutter hatte erwartungsgemäß gezetert, als sie ihr von der schon so bald bevorstehenden Reise erzählt hatte, und dann einen Heulkrampf bekommen. Achim Oeverbeck dagegen hatte vollkommen anders reagiert, als Marie es sich ausgemalt hatte. Zwar hatte er mehrfach durchblicken lassen, dass er es ihr nicht zutraue, mit einem so wichtigen Kunden zu verhandeln, doch er hatte sie auch wissen lassen, dass er es aus betrieblichen Erwägungen, wie er sich ausdrückte, für sinnvoll halte, dass jemand nach St. Petersburg reise. Weder hatte er sie gefragt, ob er ihr diese Aufgabe abnehmen solle, noch hatte er angeboten, sie zu begleiten. Marie hatte ihn weder um das eine noch um das andere gebeten. Sie war froh und dankbar, dass er sich gewissenhaft um sämtliche Vorbereitungen kümmerte, die die Ware und die Abwicklung mit dem Kontor des Kapitäns anbelangten. Sie wusste ja, dass sie unterwegs nicht allein sein würde, denn schließlich reiste Thomas Hansen mit. Wann immer sie in den letzten Tagen eine freie Minute gehabt hatte, musste sie an ihn denken. Sie sah sein etwas unebenes, aber doch sehr sympathisches Gesicht, die vollen schwarzen Haare und die neugierigen und gleichzeitig so sanften braunen Augen vor sich und musste sich eingestehen, dass sie sich auf das Wiedersehen freute. Im Trubel der Vorbereitungen – Marie stand täglich mindestens vierzehn Stunden in der Konditorei, um die große Menge Rohmarzipan herstellen zu lassen, die sie für Russland benötigen würde – vergaß sie völlig ihren achtzehnten Geburtstag. Es war Therese, die sie mit einem kleinen in einfaches Buntpapier gewickelten Päckchen daran erinnerte.
»Herzlichen Glückwunsch, gnädiges Fräulein! Sie wollen doch an ihrem Geburtstag nicht etwa auch in die Konditorei gehen?«
»Wie aufmerksam«, murmelte Marie zwischen zwei Bissen von

ihrem Butterbrot. »Ich habe gar nicht an meinen Geburtstag gedacht. Selbstverständlich gehe ich hinüber. Geburtstag hin oder her, es gibt so viel zu tun, und die Zeit ist so knapp.« Sie nahm einen großen Schluck Kakao und wickelte das Päckchen aus. Zum Vorschein kam eine moosgrüne Schleife für ihr Haar.

»Oh, wie wunderschön«, sagte sie ehrlich begeistert. Gerade hatte sie sich für die Reise ein Kleid aus strapazierfähigem Leinen in genau der gleichen Farbe nähen lassen. Wie aufmerksam es von Therese war, ihr dieses Geschenk zu machen.

»Ist ja nur eine Kleinigkeit«, entgegnete Therese leise und schaute auf ihre Schuhspitzen, wie sie es immer tat, wenn sie unsicher war oder sich schämte.

Marie stand auf und drückte Therese fest an sich, woraufhin deren runde Wangen leuchteten.

»Ach, ich werde dich so vermissen. Auf dem Schiff wird niemand sein, mit dem ich morgens meinen Kakao trinken oder mal ein nettes Wort reden kann.«

»Das findet sich schon«, erwiderte Therese mit ihrem unerschütterlichen Optimismus.

Genug geplaudert. Marie machte sich auf den kurzen Weg zur Arbeit. Nur noch zwei Tage, und es gab noch so viel zu erledigen. Vor allem die Marzipanproduktion blieb zu guten Teilen an ihr hängen. Natürlich nahmen ihr die Arbeiter das Sortieren, Reinigen und Stampfen der Mandeln und das Zermahlen des harten Zuckerhutes zu feinem Staub ab, doch ihr war es vorbehalten, die richtige Mischung in die Kupferpfanne zum Rösten zu geben. Und sie war es auch, die der abgekühlten Masse die übrigen Zutaten beimischte, bevor wiederum die Angestellten unter Aufsicht von Konditormeister Geibel so lange kneteten und walzten, bis das Rohmarzipan endlich fertig war und ausgestochen werden konnte. Oeverbeck hatte sie noch einmal darauf angesprochen, dass er sie entlasten könne, wenn sie ihm das

Marzipanrezept verrate. Doch Marie hatte sich herausgeredet und rasch das Thema gewechselt. So kümmerte er sich um neue Formen, die exklusiv für den Zaren sein sollten. Gemeinsam mit Marie begutachtete er die Ergebnisse. Außerdem überwachten sie beide die Herstellung der Schokoladen und Pralinés und kosteten von den neuen Sorten, die Geibel täglich kreierte. Das Prachtstück aber sollte ein Geschenk für den russischen Zaren werden. Marie hatte sich ausgedacht, das Holstentor, das gerade frisch restauriert worden war und nun in neuem Glanz erstrahlte, aus Marzipan nachzubilden. Seit dem Bau des Bahnhofs war das alte Stadttor mehr und mehr verfallen und wäre um ein Haar sogar abgerissen worden. Mit nur einer einzigen Stimme Mehrheit hatte die Lübecker Bürgerschaft dem hübschen roten Backsteinbau das Schicksal erspart, das zuvor schon das Vortor ereilt hatte. Zu Maries großer Freude. Jetzt, nachdem die aufwendigen Restaurierungsarbeiten abgeschlossen waren, betrachteten viele Lübecker Kaufleute und Bürger das sympathische kleine Tor als ihr Wahrzeichen. Und auch Marie schien seine Form bestens geeignet für das Gastgeschenk, das sie dem russischen Monarchen mitbringen würde. So hatte sie eine Marzipantorte herstellen lassen, die die Silhouette des alten Stadttors zeigte. Der beste Ausformer des Hauses war Stunde um Stunde damit beschäftigt, die Details des Bauwerks herauszuarbeiten. Zu ihm eilte Marie an diesem Morgen als Erstes. Sie stellte fest, dass er müde aussah. Seine Augen waren gerötet, und darunter schimmerten dunkle Schatten.

»Guten Morgen«, begrüßte sie Johann, der mit Messern unterschiedlicher Größe hantierte. »Nun, wie ich sehe, geht es gut voran. Sie werden pünktlich zur Abreise fertig sein?«

»Natürlich, Fräulein Kröger«, antwortete der alte Mann, der schon unter ihrem Vater gute Arbeit geleistet hatte. »Sie können sich auf mich verlassen.«

Lächelnd sagte sie: »Ich weiß, Johann, ich weiß.« Aufmerksam studierte sie das kleine Kunstwerk, das vor ihm auf dem Tisch lag. Jeder einzelne Backstein, jede Schießscharte, die Torflügel und die Türmchen, die wie Spitzhüte aussahen, alles glich dem Vorbild aufs Haar. »Sie sind ein wahrer Künstler«, lobte Marie.
»Nur noch die Inschrift, dann bin ich fertig«, erklärte Johann eifrig.
Bereits drei winzige Buchstaben hatte er aus der süßen Masse geschnitzt. Sie würden mit einer dünnen Nougatschicht ausgegossen werden. Dann war es tatsächlich geschafft. »Concordia Domi Foris Pax« würde über dem Durchgang des Tors stehen, »Eintracht im Hause – Friede vor dem Tor«.
»Ich hätte nie für möglich gehalten, dass Sie so schnell sind, Johann. Lassen Sie es nun etwas ruhiger angehen. Wie ich sehe, schaffen Sie es auf jeden Fall bis morgen. Dann bleibt noch genug Zeit, um die Torte bis zu meiner Abreise übermorgen sorgsam einzupacken. Gönnen Sie sich ein wenig Pause. Und wenn die Torte fertig ist, nehmen Sie sich zwei Tage frei.«
Johann sah sie erschrocken an. »Aber Fräulein Kröger, ich kann es mir nicht leisten, zwei Tage freizunehmen. Wenn ich jetzt schon …«
»Die beiden Tage werden Ihnen selbstverständlich nicht abgezogen«, unterbrach sie ihn. »Nehmen Sie sie als Anerkennung für die vielen Stunden, die Sie zusätzlich gearbeitet haben, um das Gastgeschenk für den Zaren fertigzustellen. Sie haben sich wirklich etwas Ruhe verdient.«
Marie wusste, dass Arbeiter viel leisten mussten und dafür nur wenig Geld und auch wenig Freizeit hatten. Sie, die Tochter einer reichen Kaufmannsfamilie, hatte gesehen, wie hart das Leben der Menschen war, die nicht in Wohlstand und hohen sozialen Stand hineingeboren waren. Sie fand es nur gerecht, wenn ihnen wenigstens ein kleiner Teil von dem zugute kam, was die

Kaufleute mit ihrer Hilfe erwirtschafteten. Vor allem dann, wenn der Ertrag durch überdurchschnittlichen Einsatz besonders hoch ausfiel.
Der alte Johann hatte sein feines Schnitzmesser sinken lassen.
»Sie ziehen mir nichts von meinem Lohn ab?«
»Natürlich nicht!« Marie legte ihm die Hand auf die Schulter. »Ich werde Oeverbeck gleich Bescheid sagen, dass Sie am Tag meiner Abreise und am Tag darauf nicht erscheinen und dennoch den vollen Lohn erhalten. Machen Sie sich keine Sorgen. Es wird Ihnen guttun, sich einmal gründlich auszuschlafen. Und Ihre Frau wird Sie sicher gern mit gutem Essen daheim verwöhnen.« Marie kannte die Frau des alten Johann. Sie war eine gemütliche runde Frau, die selbst aus wenigen und einfachen Zutaten gut und gerne kochte und ihren Mann abgöttisch verehrte. Als Marie noch klein war, war sie manchmal bei den beiden zu Besuch gewesen. Sie selbst hatten keine Kinder.
»Nun, wenn Sie meinen, Fräulein Kröger ... Aber wenn Sie mich doch noch brauchen, komme ich selbstverständlich noch am Tag Ihrer Reise.« Er griff nach seinem Messer. »Und jetzt muss ich mich beeilen, damit die Torte wirklich pünktlich fertig ist.«
»Tun Sie das, Johann.« Marie klopfte ihm noch einmal sanft auf die Schulter und wollte gehen.
»Fräulein Kröger?«
Sie drehte sich nach ihm um.
»Danke!«

Nur noch ein Tag bis zur Abreise. Es regnete schon die ganze Woche, wie Margreth Kröger mit einem tiefen Seufzer bemerkte. Davon hatte Marie gar nichts mitbekommen. Erst jetzt, als sie mit Oeverbeck aus dem Haus trat, um zum Hafen hinunterzugehen, nahm sie überhaupt wieder die Stadt mit all ihrem Le-

ben wahr. Seit sie ihren Plan gefasst und im Amtshaus der Schiffer die Passage reserviert hatte, kannte sie nur noch die Konditorei von innen und für wenige Stunden ihr Bett. Sie zog ihr Cape fester um sich. Es war viel zu kalt für Anfang September – hoffentlich kein böses Omen für die Überfahrt. Voller Aufregung betrachtete Marie den Wald aus Masten, der schon durch den grauen Schleier feiner Tröpfchen zu erkennen war. Die Schiffe im Holstenhafen schaukelten auf der Trave auf und nieder, als träten sie ungeduldig von einem Fuß auf den anderen. Sie konnten es anscheinend kaum erwarten, dass es wieder losging. Marie dagegen hätte gern noch einige Tage Galgenfrist gehabt. Sie sah die Wagen mit den Kröger'schen Kisten, die am Ufer zur Verladung bereitstanden. Die Träger würden sie auf Karren umpacken und dann zu dem Prahm bringen, an dem die *Freja* vertäut war. Es wimmelte von Männern, die geschäftig hin und her eilten, Fässer, Ballen und Säcke auf die Schiffe schleppend. Sie schienen gar nicht zu bemerken, dass sie bereits bis auf die Knochen nass waren. Vermutlich nicht nur vom Regen, sondern noch mehr vom Schweiß. Hier wurde gerufen, da geschrien und nicht wenig geschimpft. Der Handel blühte. Für Müßiggang war in Lübeck keine Zeit.
Je näher sie der *Freja* kamen, desto größer erschien sie Marie, die bis in alle Fasern ihres Körpers spürte, dass das größte Abenteuer ihres Lebens direkt bevorstand. Ihr Atem ging zittrig, und ihre Kehle war wie zugeschnürt. Aber sie hatte auch Schmetterlinge im Bauch. Das Gefühl, vor einem neuen Lebensabschnitt zu stehen, ihr Schicksal endlich in die eigenen Hände zu nehmen, gefiel ihr. Sie würde ein anderes Land und viele Menschen kennenlernen. Und sie würde mit Sicherheit ins Bolschoitheater gehen, um sich ein Ballett anzusehen. Wer weiß, vielleicht lud der Zar sie sogar ein! Marie kam jäh auf den Boden der Realität zurück, als sie Kapitän Groth auf dem Schiff entdeckte, der

Männern seiner Besatzung Kommandos entgegenbrüllte. Eine so gut gekleidete Frau, wie Marie Kröger es war, fiel hier am Hafen auf. Es dauerte darum auch nicht lange, bis er sie erspähte. Marie hob scheu eine Hand zum Gruß. Groth, der in seiner Seemannskluft gar nicht mehr wie ein Schulmeister aussah, hielt in einer Bewegung kurz inne, starrte zu ihr herüber und nahm dann seine Arbeit erneut auf, ohne ihren Gruß auch nur durch ein Lächeln zu erwidern.

Oeverbeck sah sie fragend an.

»Der Kapitän«, erklärte Marie und seufzte tief.

Oeverbeck zögerte kurz, dann sagte er: »Ich kümmere mich um alles. Bleib du hier.« Bevor sie hätte protestieren können, ließ er sie stehen, sprang auf den Prahm und rief dem Kapitän zu: »Bitte um Erlaubnis, an Bord kommen zu dürfen!«

Groth murmelte etwas, und Oeverbeck stieg rasch und geschmeidig den Steg hinauf, der zum Deck führte. Marie war froh, dass sie die Begegnung mit dem Kapitän bis zur Abfahrt verschieben konnte. Sie war Achim von Herzen dankbar. Überhaupt hatte sie ihm viel zu verdanken. In den letzten Tagen hatte er sich um sämtliche Papierangelegenheiten gekümmert, war in das Kontor des Schiffers gegangen, hatte alle Waren ausgewogen und Kisten vermessen. An diesem Morgen war er auffallend still gewesen. Auf dem Weg von der Konditorei in der Beckergrube hinunter zur Trave hatte er kaum gesprochen und sie auch nicht angesehen. Marie konnte sich keinen Reim auf sein Verhalten machen. Ebenso wenig wusste sie, was sie in dieser Sekunde anfangen sollte. Es war nicht besonders erfreulich, auf dem schlammigen Uferweg mitten im Regen zu stehen. Ihr war kalt, und sie musste noch mit Therese ihren Koffer packen. Einerseits nahm sie an, dass Achim nicht lange brauchen würde, und sie konnte ihn doch schließlich nicht einfach zurücklassen, ohne sich zu verabschieden. Andererseits hatte sie keine Ruhe, untätig zu warten, und wenn sie eines ganz gewiss nicht brauchte, so war das eine Erkältung. Sie dachte darüber nach, ob sie auf den Prahm springen, Groth kurz begrüßen und Achim Bescheid geben sollte, dass sie sich auf den Heimweg begab.

»Fräulein Kröger! Nun, alles für die große Fahrt bereit?«

Maries Herz machte einen Hüpfer. Sie spürte, wie ihre Ohren vor Überraschung und Aufregung rot wurden.

»Herr Hansen, guten Tag. Mein Assis… Herr Oeverbeck klärt an Bord gerade noch die letzten Fragen und schaut nach dem Rechten.«

»Deswegen bin auch ich hier. Weinflaschen sind nicht nur zerbrechlich, sondern auch sehr begehrt. Man muss mehrmals nachzählen und sich schriftlich bestätigen lassen, wie viele davon an Bord gebracht wurden, sonst sieht man einen Großteil davon nicht wieder.« Er schmunzelte. Ihm schien es nicht viel auszumachen, dass er dem Kapitän und der Besatzung nicht trauen durfte. Hoffentlich wusste Oeverbeck das auch. Einen großen Verlust wollte Marie nicht hinnehmen. »Und Sie stehen hier im Regen? Sie wollten dem ungehobelten Groth wohl noch aus dem Weg gehen, wie?«

»Nein, nein«, log Marie und ärgerte sich, weil sie die Hitze in ihrem Gesicht spürte. Wieso konnte Hansen sie nur so leicht durchschauen? »Ich sehe hier bei der Verladung nach dem Rechten«, setzte sie halbherzig hinzu.

»Aha.«

»Ach, Herr Hansen, guten Tag.« Oeverbeck war zurück.

»Du kennst Herrn Hansen?« Marie war überrascht.

»Nur flüchtig«, antwortete er und reichte Hansen förmlich die Hand. »Was führt Sie hierher?«

»Ich reise morgen mit der *Freja* nach St. Petersburg. Hat Fräulein Kröger das nicht erwähnt?« Seine braunen Augen richteten sich kurz auf Marie.

Sie fühlte sich nicht wohl in ihrer Haut. Jetzt dachte Hansen, sie hätte ihn nicht einmal erwähnt, obwohl er es doch war, der ihr von der Passage erzählt und sie mit Kapitän Groth bekanntgemacht hatte. Und es stimmte ja auch. Sie hatte niemandem etwas erzählt, weil sie befürchtet hatte, jeder würde gleich merken, wie sehr dieser Mann sie faszinierte.

»Nun, es gab viel zu tun. Wir hatten kaum genug Zeit, um die Reise vorzubereiten. Da ist für Nebensächlichkeiten keine Zeit geblieben.«

Marie spürte eine Spannung, die von Achim Oeverbeck ausging. Fast hatte sie das Gefühl, er wollte Hansen provozieren. Der jedoch ließ sich nicht aus der Ruhe bringen.

»Vollkommen unwichtig, Sie haben recht. Ja, ich begleite eine Weinlieferung nach Russland und hoffe einige neue Kunden gewinnen zu können. Vor allem möchte ich die Zeit nutzen, um mir ein wenig das Land anzusehen. Immer nur Lübeck, das ist doch auf die Dauer langweilig, was?«

Oeverbeck, der nicht gerade aus einem wohlhabenden Elternhaus kam und solange Marie sich erinnerte nie aus Lübeck herausgekommen war, versteifte sich.

»Ich kenne keine Langeweile«, sagte er schneidender, als Marie es für angebracht hielt. »Ich habe einen Beruf, der mich ausfüllt, und ich mag Lübeck.« An Marie gewandt fragte er: »Hast du mit Herrn Hansen noch etwas zu tun? Ansonsten sollten wir gehen. Wir haben noch einiges zu erledigen.«

»Wir sehen uns morgen, Fräulein Kröger«, antwortete Hansen fröhlich an ihrer Stelle. »Besorgen Sie sich etwas Ingwer. Das soll gut sein gegen Seekrankheit.« Damit machte er kehrt und sprang leichtfüßig den Steg hinauf an Bord der *Freja*.

»Bis morgen«, flüsterte Marie und eilte hinter Oeverbeck her, der bereits in Richtung Beckergrube losgestapft war.

II

Sie sollte zwar erst um halb neun am Hafen sein, doch Marie hielt schon um fünf Uhr nichts mehr in ihrem Bett. Sie hatte ohnehin kaum schlafen können, und wenn sie einmal kurz eingenickt war, hatte sie wirres Zeug geträumt, an das sie sich nun nicht mehr erinnern konnte.

An den vergangenen Abend erinnerte sie sich dafür umso klarer. Schon bei dem Gedanken daran bekam sie erneut einen dicken Kloß im Hals. Vater hatte nicht, wie sie es so sehr gehofft und auch irgendwie erwartet hatte, mit ihr gesprochen. Er hatte sein Abendessen schweigend eingenommen, keine Reaktion auf das Schluchzen seiner Frau oder den Besuch von Dr. Grünbeck gezeigt und sich anschließend wieder in seinen Sessel am Fenster zurückgezogen. Therese hatte ganz beklommen dreingeblickt und mit belegter Stimme gemurmelt, wie sehr das Fräulein im Hause fehlen werde. Grünbeck hatte noch einmal eine ganze Reihe Warnungen ausgesprochen, und Marie wurde das Gefühl nicht los, sie sei in größter Gefahr.

Kein Mensch erwähnte die aufregenden neuen Eindrücke, die sie erwarteten. Niemand sprach vom Bolschoi-Ballett. War es einer Frau denn nicht vergönnt, die angenehmen Seiten des Reisens zu entdecken, von denen Hansen gesprochen hatte? Im Amtshaus der Schiffer hatte er erwähnt, dass er einmal in das

Land der Eskimos fahren wolle. Rein zu seinem Vergnügen, wie es Marie schien. Und gerade am Tag zuvor war doch auch die Rede davon gewesen, dass er sich Russland ansehen wolle. Hansen war anscheinend der einzige Mensch, der die Fahrten in fremde Länder als willkommene Abwechslung zu seinem Leben in Lübeck betrachtete.
Alle im Hause Kröger mit Ausnahme ihrer Mutter hatten sich die größte Mühe gegeben, ihr Mut zuzusprechen, doch sie hatten ihr in Wirklichkeit erst richtig Angst gemacht. Wie eine Drohung klangen Grünbecks Worte in ihren Ohren nach, der sie immer wieder vor unhygienischen Verhältnissen und verdorbenen Speisen warnte. Verdorbenes Fleisch hatte vermutlich ihren Bruder getötet. Ihr durfte das nicht passieren.
Marie hatte sich in Windeseile angezogen und machte sich auf den Weg über die Straße zu den Geschäftsräumen. Ihr war eingefallen, dass Dr. Grünbeck ihr einmal gesagt hatte, sie solle immer Marzipan bei sich haben, damit sie Speisen ablehnen konnte, deren Qualität nicht gesichert war. Plötzlich ergab diese Warnung, mit der sie damals nichts hatte anfangen können, einen Sinn. Sie überlegte kurz, wie lange sie auf See sein würden, und packte einen großen Karton voll mit Marzipankugeln und einem Klumpen Rohmasse. Fast Tag und Nacht hatte sie geschuftet, damit nicht nur für die Verkostungen in Russland, sondern auch für die Zeit ihrer Abwesenheit ein ausreichend großer Vorrat da war. Das musste genügen. Die Hauptsache war, dass sie gesund nach Hause zurückkehrte, und dafür schien dieser Karton voller Naschwerk plötzlich ihre Versicherung zu sein. Sie verschloss die Pappe, atmete zufrieden aus und eilte zurück in das Kröger'sche Wohnhaus.
Inzwischen war auch Therese auf den Beinen und richtete, wie Marie an dem Klappern von Töpfen, Geschirr und Besteck unschwer erraten konnte, das Frühstück. Die letzten Stunden zu

Hause in der vertrauten Umgebung mit den vertrauten Menschen rauschten an ihr vorbei. Und dann war es auch schon so weit. Dr. Grünbeck holte Marie und ihr Gepäck mit seiner Droschke ab. Margreth Kröger verabschiedete sich tränenreich von ihrer Tochter. Wie es Marie vorkam, war sie eher verärgert über ihr resolutes Verhalten und weinte Zornestränen, als dass sie sich gesorgt hätte. Oeverbeck half beim Verladen ihrer Koffer. Therese starrte mit feuchten Augen auf ihre Schuhspitzen, nahm Marie plötzlich in den Arm, drückte sie kräftig und ließ sie ebenso abrupt wieder los. Der alte Johann schließlich wünschte ihr eine gute Reise und gab ihr einen kleinen Ballettschuh aus Marzipan, den er ihr als Glücksbringer gefertigt hatte. Marie, die sich fest vorgenommen hatte, nicht zu weinen, musste bei dem Anblick des filigranen Kunstwerks und des alten Mitarbeiters mit den freundlichen grauen Augen und dem von Falten zerfurchten Gesicht nun doch gegen die Tränen ankämpfen. Johann verabschiedete sich rasch, und Marie nutzte das allgemeine Durcheinander, um noch einmal allein zu ihrem Vater zu gehen. Er starrte an diesem wichtigen Tag schon den ganzen Morgen unverwandt in ein fremdes Nichts.

»Papusch, ich muss jetzt los«, versuchte Marie ihn in seiner Welt zu erreichen. Doch er sah sie nicht an, und er sprach auch nicht. Sie kniete sich vor ihn hin und schob ihre Hand in seine. »Willst du mir denn keine gute Reise wünschen«, fragte sie enttäuscht. Er blieb stumm. Sie wollte schon aufstehen und gehen, als sie den Druck seiner Finger spürte. Sonst nichts. Nur den Druck seiner Finger, die fest ihre zarte Hand umschlossen. »Danke, Papusch«, sagte sie zufrieden und ging.

Ehe sie sich's versah, stand Marie auf den schwankenden Planken der *Freja*. Neben dem Weinhändler Thomas Hansen waren noch ein Herr Andresen, ein Herr Voss, Herr Dietz sowie Herr

Jacobs an Bord, alles gestandene Lübecker Kaufleute, die nicht zum ersten Mal reisten und Marie höflich, aber mit unverhohlener Neugier oder sogar Skepsis begrüßten. Die Herren waren sofort unter Deck in ihre Kabinen verschwunden, um sich einzurichten. Marie jedoch hatte sich noch nicht in ihrer Unterkunft für die nächsten voraussichtlich zwölf Tage umgesehen. Sie war an Deck geblieben, um das Ablegen des Schiffs von hier zu beobachten. Niemand war am Ufer des Holstenhafens zu sehen, der ihr zugewinkt hätte. Zwei Frauen, die Ehefrauen von Herrn Voss und Herrn Dietz, wie sie mitbekommen hatte, standen beieinander und unterhielten sich. Ansonsten waren nur Seeleute und Kaufleute zu entdecken.
Der Nieselregen vom Vortag hatte aufgehört. Lübeck präsentierte sich unter einem strahlend blauen Septemberhimmel, und es war mild. Marie hatte das Schultertuch, das sie passend zu ihrem neuen moosgrünen Kleid hatte machen lassen, um die Hüften gebunden, so dass der Wind über ihre unter den kurzen Ärmeln fast nackten Arme streichen konnte. Ihr Herz schlug heftig vor Aufregung. Von ihrer Mutter erwartete sie nicht, dass sie zum Abschied hierherkam. Aber ihr Vater hätte ihr doch winken müssen. Es war wundervolles Wetter, wie er es liebte. Ein Spaziergang zum Hafen war doch nicht zu viel verlangt.
Ihr wurde das Herz schwer, doch gleichzeitig war da auch ein Gefühl, das Marie noch nicht kannte. Sie freute sich auf das, was vor ihr lag. Würden ihre Brüder noch leben, wäre sie nicht an Bord dieses Schiffs. Sie schämte sich ein wenig für diesen Gedanken, der ihr plötzlich durch den Kopf schoss. Aber sie dachte auch, dass so alles vielleicht einen Sinn bekam. Wofür hatte Johann-Alexander sterben müssen? Vielleicht, damit sie aus dem behüteten Leben ausbrechen und einen Weg gehen konnte, von dem sie zuvor noch nicht einmal eine Ahnung gehabt hatte. Was er begonnen hatte, wollte sie für ihn fortführen. Und gleich-

zeitig ihr eigenes Leben nach ihren Ideen gestalten. Und warum auch nicht? Aus aller Welt hörte man davon, dass Frauen sich immer mehr Rechte erkämpften. Und auch in Deutschland setzte sich dieser Frauenverein für immer mehr Gleichberechtigung ein. So war es überhaupt möglich, dass sie die Konditorei führen konnte. Warum sollte sie nicht auch darüber hinaus von dieser Bewegung profitieren? Diese Chance, begriff sie mit einem Mal, war ihr zusammen mit der Verantwortung und der vielen Arbeit geschenkt worden. Marie fühlte sich zum ersten Mal in ihrem Leben frei. Während sie ihren Gedanken nachhing, wurden die Masten der Schiffe im Holstenhafen und die Türme der Marienkirche immer kleiner, bis sie schließlich völlig mit dem Horizont verschmolzen.

Der Wind wurde kühler, die Möwen ließen die *Freja* fahren und blieben zurück in der Nähe des Festlands. Die Luft roch salzig. Marie lauschte noch einen Moment dem Wind in den vier großen Segeln. Das Tuch flatterte und knallte. So wünschten es sich der Kapitän und seine Mannschaft. Endlich konnte sie sich von dem Duft und den Klängen losreißen – sie würde noch viel Zeit haben, das alles zu genießen – und eilte in ihre kleine Kabine. Es gab einen winzigen Schrank, in den sie nicht einmal alle Kleider und ihren Mantel hängen konnte. Auf dem Schiff würde sie aber ohnehin nur die derben, robusten Stücke benötigen, so dass der Rest, den sie für die Treffen mit dem Zaren und seiner Familie aufsparen würde, zunächst in ihrem Koffer bleiben konnte. Sie hatte sich eine Beschreibung von St. Petersburg mitgenommen. An Bord hatte sie viel Zeit, sich auf ihr Ziel einzustimmen. Außer dem kleinen Schrank gab es einen einfachen Alkoven und eine winzige Kommode. Marie legte die Stadtbeschreibung in die Kommode, ihren Koffer und den Karton mit dem Marzipan schob sie in die Luke unter dem Bett. Vor dem Alkoven hing ein Vorhang, der zu beiden Seiten von Kordeln gehalten wurde. Sie entfernte eine davon, fädelte das dünne Band, an dem Johann den Ballettschuh aus Marzipan befestigt hatte, hindurch und hängte das Ganze über das Kruzifix, das über dem Kopfende des Bettes angebracht war, den einzigen Schmuck in der Kabine. Zufrieden betrachtete sie ihr Werk, als es an der Tür klopfte.

»Guten Tag, Fräulein Kröger. Ich bin Karl und kümmere mich ein wenig um die Gäste an Bord.« Der junge Mann war groß und schlank und hatte leicht gewellte blonde Haare. »Dies ist kein Passagierschiff, Sie werden sich also weitgehend allein unterhalten müssen. Ich bin nur der Ansprechpartner, falls Sie Fragen oder Probleme haben sollten.«

»Danke, das ist sehr freundlich. Ich werde versuchen Sie nicht über Gebühr zu strapazieren.« Sie lächelte.

»Nein, nein, scheuen Sie sich nicht. Kapitän Groth möchte, dass Sie sich an Bord wohl fühlen.«

Marie hob zweifelnd die Augenbrauen. Karl sagte das vermutlich immer, und für die anderen Passagiere mochte es auch zutreffen. Doch um ihr Befinden machte sich der Kapitän ganz sicher keine Sorgen.

»Wenn Sie möchten, zeige ich Ihnen kurz das Schiff, damit Sie wissen, wo das Essen eingenommen wird und wo Sie Medikamente und Verbandszeug für Notfälle finden.«

»Gern.« Sie nahm ihr Schultertuch, legte es um und folgte Karl auf den schmalen Gang. Statt seinen Weg fortzusetzen, blieb er vor ihrer Tür stehen und holte ein kleines Vorhängeschloss aus der Hosentasche, das er an dem Messingriegel befestigte, der sich über die weiß getünchte Tür zu einem massiven Haken in der Wand spannte.

»Anweisung vom Kapitän«, sagte er sachlich und drückte Marie den kleinen Schlüssel in die Hand. »Und er bittet Sie auch, das

Schloss von innen einzuhängen und stets abzuschließen, wenn Sie in Ihrer Kajüte sind.«

»Selbstverständlich«, erwiderte Marie. Sie wollte keinen Ärger haben und fühlte sich auch recht wohl bei dem Gedanken, sich über Nacht einschließen zu können. Wenn es doch wahr war, was ihre Mutter von den Manieren oder besser den mangelnden Manieren der Seeleute erzählt hatte … Unter der Schärpe ihres Kleides trug sie einen kleinen ledernen Beutel, den sie sich dort angenäht hatte. Als sie hinter Karl her durch den schmalen Gang lief, ließ sie den Schlüssel blitzschnell hineingleiten. Niemand musste ihr Versteck kennen.

Das Schiff war geräumiger, als Marie es sich vorgestellt hatte. In den großen Laderäumen, die mit Fässern, Kisten und Säcken gut gefüllt waren, war es finster und ein wenig modrig. Karl zeigte ihr, wo die Kröger'sche Ware gestapelt war. Oeverbeck hatte ja alles kontrolliert und sich das Volumen quittieren lassen. Marie nahm an, man wolle ihr das Gefühl geben, dass nichts vor ihr verheimlicht wurde. Gleichzeitig gab Karl ihr zu verstehen, dass sie in den Lagerräumen nichts zu suchen habe, was er natürlich höflicher ausdrückte. Auch auf der Brücke würde man sie nach diesem ersten Rundgang nicht mehr sehen wollen. Dafür war sie in der Offiziersmesse jederzeit willkommen. Fast zu jeder Zeit. Karl teilte ihr mit, wann die Ranghohen der Besatzung sich gewöhnlich dort zum Essen trafen. Passagiere waren in der Zeit in der Regel nicht erwünscht. Sie speisten allein, mit Karl oder mit Groth. In den übrigen Zeiträumen durfte man dort sitzen, sich von dem Smutje einen Kaffee geben lassen oder ein Glas Wasser oder leichtes Bier trinken. Alkohol war ansonsten tabu, wie Karl erklärte. Die Offiziersmesse war ein quadratischer dunkel getäfelter Raum. In der Mitte stand ein großer Eichentisch, der ebenfalls quadratisch war. An jeder Seite gab es vier Stühle. An einer Wand hing ein Kruzifix, daneben ein Bild der

Freja im Hafen von St. Petersburg. Marie hätte die kleine Tuschezeichnung gern genauer betrachtet, aber alle anderen Passagiere waren bereits anwesend und erhoben sich, als Marie mit Karl eintrat.

»O bitte, meine Herren, behalten Sie doch Platz.« Zufrieden ließen sich Voss, Dietz und Jacobs auf ihre Stühle nieder. Auch Thomas Hansen setzte sich wieder, ohne sie dabei aus den Augen zu lassen. Andresen dagegen rückte Marie ihren Stuhl zurecht und setzte sich erst, nachdem sie Platz genommen hatte.

»Danke.« Sie lächelte scheu und betrachtete den etwas blassen Andresen. Er hatte ein schmales Gesicht mit einer spitzen Nase und dünnen Lippen. Seine Haare waren hellblond und sahen fast weiß aus. Marie fiel auf, dass seine Augen einen leicht grünlichen Schimmer hatten. Sie schauten ein wenig traurig aus, und sie fragte sich unwillkürlich, was diese Augen gesehen haben mochten, das sie so melancholisch machte.

Kapitän Groth kam herein, im Schlepptau einen kräftigen Kerl mit roten Haaren, der sich als Dierk Heyn vorstellte. Er hatte den Posten des Schiffsarztes inne und kümmerte sich gleichzeitig um den Proviant, den sie geladen hatten. Neben Karl, der auf der *Freja* Erfahrungen sammeln wollte, um möglichst bald selbst das Kapitänspatent zu erwerben, war Dierk Heyn mit einem weiteren Seemann der Einzige an Groths Seite, der sich mit der Schifffahrt auskannte und der etwas an Bord zu sagen hatte, wie Marie erfuhr.

Groth ließ sich auf einem der Stühle nieder, die gegenüber der Tür standen, so dass er stets im Blick hatte, wenn jemand kam oder ging. Seine Haare waren wie schon an dem Abend im Amtshaus der Schiffer sorgfältig gescheitelt. Marie fragte sich, was er wohl bei Sturm machte, um seine Frisur zu retten.

Während das Essen aufgetragen wurde, beugte sich Dietz so

weit vor, wie es sein unglaublicher Bauch zuließ, und lachte Marie aufmunternd zu.
»Soso, Fräulein Kröger, haben wir auf dieser Reise also tatsächlich weibliche Gesellschaft. Ich gebe zu, ich konnte es kaum glauben, als Hansen das erzählt hat.« Der Pelzhändler hatte kurze graue Haare, die ihm lustig vom Kopf abstanden, und einen grauen Vollbart, der nicht weniger beeindruckend war als der voluminöse Bauch. Seine Augen funkelten freundlich und ließen einen Charakter ahnen, bei dem Spaß, Genuss und Harmonie im Leben auf der Wichtigkeitsskala ganz oben standen. Marie bemerkte, dass alle sie ansahen. Auch Groth, der regelrecht auf ihre Reaktion lauerte.
»Aus betrieblichen Gründen war es wichtig, dass ein Repräsentant der Konditorei noch in diesem Jahr nach Russland reist. Und da der Zar in Zukunft ohnehin viel mit mir zu verhandeln haben wird, hielten wir es gemeinschaftlich für sinnvoll, wenn ich selbst reise, um mich gleich vorzustellen.« Sie hatte diese kleine Ansprache in Gedanken wieder und wieder geübt und war nun recht zufrieden mit ihrem ersten Auftritt.
Hansen, der amüsiert dreinschaute, sah zu ihr hinüber.
»Das nenne ich eine Frau mit Mumm«, gab Jacobs anerkennend zu. Er war etwa im gleichen Alter wie Dietz, wog aber höchstens ein Drittel, wie Marie schätzte.
»Ein Seelchen können wir hier auch nicht gebrauchen«, murrte Groth, ohne Marie dabei in die Augen zu sehen.
»Keine Sorge, Herr Kapitän, ich erwarte nicht, dass ich anders behandelt werde als die männlichen Passagiere.«
»Nee, das brauchen Sie sich auch gar nicht einzubilden, gnädiges Frollein.« Er betonte die letzten beiden Worte so voller Ironie, dass Marie spürte, wie ihr vor Zorn und Scham die Röte ins Gesicht schoss.
»Nicht anders, Groth, alter Knochen«, ergriff Hansen jetzt das

Wort. »Das bedeutet, dass sie weder besser noch schlechter behandelt werden will. Kapiert, Groth, ja? Auch nicht schlechter!«

»Eine Dame an Bord kann für uns alle nur eine Bereicherung sein. Und als Kapitän zur See werden Sie wohl wissen, wie man sich ihr gegenüber zu verhalten hat«, sagte Dietz und fügte gutmütig hinzu: »Zumal diese junge Dame ja fast noch ein Kind ist.«

Marie wusste, dass er nett sein wollte, ärgerte sich aber dennoch.

»Ich bin achtzehn, mein Herr«, belehrte sie ihn stolz.

»Eine Frau an Bord bringt nur Ärger, wenn Sie mich fragen«, brummte Groth.

»Noch nie etwas von der weiblichen Diplomatie und der Fähigkeit zu schlichten gehört?«, fragte Hansen. »Vielleicht werden wir noch froh sein, sie in unserer Mitte zu haben.«

»Mahlzeit«, knurrte Groth und beendete damit das Gespräch.

Das Essen nahm Marie nahezu schweigend ein. Dafür lauschte sie umso gespannter auf die Unterhaltung der Herren, wobei sie freilich so tat, als wäre sie vollkommen desinteressiert. Die Kaufmänner sprachen über ihre Pläne in Russland und überhaupt über das Geschäft. Marie war sicher, dass sie während der Reise viel würde lernen können. Ab und zu versuchten die Männer sie einzubeziehen, doch mehr als ein knappes »Ja« oder »Vielleicht« konnten sie ihr kaum entlocken. Nach dem Essen verabschiedete sich der Kapitän rasch. Er hatte zu tun. Auch Marie zog sich zurück. Die Müdigkeit der letzten Tage holte sie ein. Jetzt hatte sie Zeit. Vor allem wollte sie allein sein.

»Fräulein Kröger!« Andresen war Marie nachgegangen, ohne dass sie es gemerkt hatte. Nun kurz vor der Treppe, die zum Deck mit den Kabinen hinabführte, hatte er sie eingeholt. Er faltete umständlich die Hände. »Fräulein Kröger, bitte grämen Sie sich nicht zu sehr über den Kapitän. Er ist ein ungehobelter Mensch und weiß nicht, was sich gehört.«

»Schon gut«, erwiderte Marie, die es nett fand, dass Andresen ihr das sagte.
»Seien Sie gewiss, dass es für uns alle eine Freude ist, Ihre Gesellschaft zu genießen.«
»Vielen Dank!«
Andresen stand vor ihr mit seinem blassen Gesicht und den traurigen Augen. Anscheinend wusste er nicht, was er noch sagen sollte. Also verabschiedete sich Marie.
»Die Tage vor der Abreise waren sehr anstrengend. Ich denke, ich werde mich jetzt ein wenig hinlegen.«
»O natürlich. Ruhen Sie sich aus. Schlafen Sie wohl.« Damit deutete er etwas ungeschickt eine Verbeugung an, die Marie ziemlich altmodisch fand, und drehte sich dann zögernd um, bevor er schließlich zurück in Richtung Offiziersmesse ging.

Die Tage auf der *Freja* verliefen ruhig und friedlich. Groth aß meistens mit seinen Leuten und sah die Passagiere nur selten – zu Maries großer Erleichterung. Die Kaufleute hatten sich Arbeit mitgebracht und hockten über ihren Papieren in der Offiziersmesse, oder sie hielten bei einer Kanne Kaffee oder einem dünnen Bier ein Schwätzchen. Es kam immer häufiger vor, dass Marie mit Hansen nach dem Essen in einer angeregten Diskussion vertieft sitzenblieb, und die Zeit vergaß. Sie sprachen über die Arbeiterbewegungen, die in den letzten Jahren ständig Anhänger gewonnen und an Bedeutung zugenommen hatten. Hansen war der Meinung, dass die meisten Arbeiter gar nicht in der Lage waren, Entscheidungen zu treffen und Verantwortung zu übernehmen. Sie mussten von Kaufleuten geführt werden, die beispielsweise auch solche Reisen in die Fremde unternehmen, das Geschäft ausbauen und damit das Auskommen aller sichern konnten. Marie dagegen, die von den Bewegungen noch nichts gehört und erst in jüngster Vergangenheit einen Einblick in das Leben der Mitarbeiter der Konditorei bekommen hatte, war der festen Überzeugung, die Rechte der Arbeiter müssten gestärkt werden. Zwar glaubte sie ganz bestimmt, dass sowohl ihr Vater als auch ihr Bruder gute Arbeitgeber waren, die verantwortungsvoll für ihre Leute sorgten, doch konnte man sicher sein, dass alle Kaufleute so dachten und handelten? Daran glaubte Marie nicht. Außerdem hatte sie begriffen, dass der Reichtum vieler Kaufmannsfamilien in erster Linie von einem Heer von Arbeitern eingebracht worden war, das dafür seine Gesundheit riskierte, gerade einmal das Nötigste besaß und es nie zu großem Wohlstand bringen konnte, ganz gleich, wie gut ein Unternehmen dastand. Das war doch nicht gerecht! Manchmal waren sich Hansen und sie einig, oft aber konnte er dank seiner erheblich größeren Erfahrung besser argumentieren, so dass Marie, selbst wenn ihr Gefühl ihr etwas anderes sagte, widerwillig zustimmte.

Auch Andresen blieb hin und wieder nach dem Essen bei den beiden und bemühte sich, an der Konversation teilzunehmen. Doch er war ebenfalls, wie Marie überrascht feststellte, noch nicht besonders erfahren in geschäftlichen Dingen. Kontakt zu den Mitarbeitern seines Vaters, eines Fischhändlers, der aus Russland Kaviar bezog, hatte er seinen Worten zufolge so gut wie gar nicht. Was ihn auszeichnete, war anscheinend ein angeborenes Gespür für Zahlen. Er sorgte dafür, dass die Bücher stets aktuell und vor allem korrekt waren. Seinem kaufmännischen Talent war es zu einem guten Stück zu verdanken, dass Andresen senior im Fischerdorf Schlutup die erste Räucherei eröffnen konnte. Freilich sagte er das nicht direkt, ließ es nicht einmal gewollt durchblicken, denn dazu war er viel zu bescheiden, doch man konnte es aus seinen Berichten erahnen. Marie sah ihn vor sich, wie er in seinem leicht verstaubten Kontor über Unmengen von Papieren brütete, bis er auch auf den letzten

Pfennig jegliche Differenzen beseitigt hatte. Hansen konnte sie sich in einer solchen Umgebung überhaupt nicht vorstellen. Auch er kümmerte sich selbstverständlich um die Bücher seines Weinhandels, doch Marie sah ihn in ihrer Phantasie nur bei französischen Weinbauern im Schatten alter Olivenbäume sitzen, von denen er ihr erzählt hatte, und die verschiedenen Jahrgänge und Rebsorten probieren. Er rauchte ab und zu eine Pfeife, die herrlich nach Vanille duftete, lachte viel und beobachtete Marie, wenn sie sich ereiferte und ihre Wangen und Ohren rot zu glühen begannen. Mit Andresen verband sie den Geruch von Fisch und Bücherstaub, mit Hansen den Duft von Wein, Vanille und Frühling. Da war eine Leichtigkeit in seiner Art, die ihr bisher noch nie begegnet war, die ihr aber von Tag zu Tag immer besser gefiel.

Wenn Marie nicht mit den Männern redete, stand sie fast immer an Deck und blickte neugierig auf die fremde Küste, die an ihr vorüberzog. Die Ostsee war friedlich, und sie hatte sich schnell an das stete leichte Schaukeln und Rollen des Viermasters gewöhnt. Über eine Woche waren sie bereits unterwegs. Es kam ihr jedoch viel länger vor. Das Leben hier, die Gespräche, die Art, wie man sie behandelte, alles war so ganz anders als daheim in Lübeck. Ihr früherer Alltag schien Welten oder Jahre entfernt. Zum Lesen war sie noch kaum gekommen, viel zu sehr genoss sie die Gesellschaft der gebildeten Herren. Voss, der Salz aus Lüneburg kaufte und in Russland und Skandinavien verkaufte, erzählte viel von seinen beiden Töchtern, die etwa in Maries Alter waren, von seiner Frau und den Familienausflügen nach Travemünde, wo sie ein kleines Sommerhaus besaßen. Dietz war ein gemütlicher und fröhlicher Charakter, der über die Pelzzucht und die Herstellung feiner Mäntel und Decken berichten konnte. Manchmal schauderte es Marie bei seinen Erzählungen, und sie fragte sich, ob sie jemals wieder ihre Fuchsstola, ein Erbstück ihrer Großmutter, tragen mochte. Noch nie hatte sie sich darüber Gedanken gemacht, dass vor ihr, ja, noch vor ihrer Großmutter, ein lebendiges Tier dieses Fell getragen hatte.

Jacobs, der mit Holz handelte und nebenbei Kunstgegenstände aus aller Welt sammelte, war Marie nach Hansen der liebste Gesprächspartner. Er kannte sich mit Musik ebenso aus wie mit Literatur, Architektur und Malerei. Er hatte ihr auch verraten, dass das höchste Gebäude von Reval, dessen Hafen sie nun anliefen, die Olai-Kirche war. Schon von weitem hatte Marie den weißen Turm entdeckt, der in der Tat all die anderen sauberen weißen Häuser mit ihren roten Dächern bei weitem überragte. Jacobs wusste zu berichten, dass der Kirchturm knapp ein Jahrhundert lang das höchste Gebäude der Welt gewesen sei.

Aufgeregt betrachtete sie nun beim Näherkommen das Bauwerk, das nach mehreren Blitzeinschlägen immer wieder ein Opfer der Flammen geworden war. Beim letzten Brand im Jahre 1625 sei der Feuerschein bis hinüber nach Finnland zu sehen gewesen. Marie konnte sich das unmöglich vorstellen. Sie vermochte sich ja nicht einmal vorzustellen, wie es in Finnland, dem Land, dessen Küste sie bei klarer Sicht am Horizont erkennen konnte, wenn sie nach Westen blickte, überhaupt aussah. Oder in Norwegen. Nach einem norwegischen König Olaf, den man heiliggesprochen hatte und der als Beschützer der Seefahrer galt, war die Kirche benannt. Das alles war so fremd und aufregend. Und Marie fühlte sich angezogen von der Stadt, die sie mit jedem Meter, den die *Freja* hinter sich brachte, besser erkennen konnte.

Karl hatte die Passagiere informiert, dass es Probleme in einem Laderaum gab. Nichts Gravierendes, wie er sich zu beteuern beeilte, doch eine kleine Reparatur war unumgänglich. Kapitän Groth habe daher beschlossen, in Reval vor Anker zu gehen, die

Reparatur umgehend erledigen zu lassen und bei der Gelegenheit frischen Proviant an Bord zu nehmen. Die frischen Vorräte waren schnell verbraucht gewesen, so dass sie sich nun schon seit drei Tagen von gepökeltem Fleisch und Fisch, Brot, Graupen und weißen Bohnen ernährten.
Marie machte das nichts aus. Wenn sie in ihrer Kabine war, genehmigte sie sich heimlich manchmal ein Stückchen von dem Klumpen Rohmarzipan und genoss den süßen Geschmack und die weiche, leicht krümelige Konsistenz. Ihr Gaumen und ihre Zunge waren damit zufrieden. Der nicht eingeplante Besuch der Stadt Reval gefiel ihr ausgesprochen gut. Sie wollte unbedingt in die Kirche gehen und eine Kerze anzünden. Irgendwie gehörte sie nun doch auch zum Volk der Seefahrer, wenn auch nur für einen kurzen Zeitraum. Sie wollte den Schutz dieses Königs Olaf für die Weiterfahrt und die Heimreise erbitten.
Traugott Jacobs hatte ebenfalls erklärt, dass er keinesfalls darauf verzichten wolle, sich die Orgel der Olai-Kirche anzusehen, die für ihren schönen vollen Klang über die Grenzen Russlands hinaus berühmt war. Er hatte sich erboten, Marie mitzunehmen. Lieber wäre sie natürlich mit Hansen gegangen, doch der hatte nur abgewinkt und verkündet, dass er den kurzen Aufenthalt keinesfalls in einer Kirche verbringen, sondern ein wenig durch die Stadt streifen wolle. Marie wollte gerade zu ihrer Kabine eilen, um sich ein Cape zu holen, denn die Sonne schien zwar, doch die Luft war klar und kühl, als Karl auf sie zukam.
»Hier sind Sie, Fräulein Kröger. Wir werden gleich anlegen.«
»Ich wollte mir rasch etwas überziehen, bevor wir von Bord gehen«, erwiderte sie freudig und war schon fast an ihm vorbei.
»Es tut mir leid, aber aus dem Ausflug wird nichts.« Man konnte Karl anmerken, dass es ihm nicht gefiel, diese Nachricht unter den Passagieren zu verbreiten. »Kapitän Groth wünscht nicht, dass Sie das Schiff verlassen.«

»Aber er kann mich doch nicht einsperren. Und ich will ja auch nicht allein gehen. Herr Jacobs ist so freundlich, mich zu begleiten«, fügte sie versöhnlich hinzu.
»Sie verstehen das falsch, Fräulein Kröger. Niemand wird gehen. Kapitän Groth wünscht, dass alle Passagiere an Bord bleiben. Wir werden nicht lange im Hafen liegen, und er will auf keinen Fall auf einen von Ihnen warten müssen.«
»Wir können uns doch auf eine bestimmte Zeit einigen«, versuchte Marie zu verhandeln. »Die Kirche ist nicht weit weg, und wir sehen sie uns nur rasch an. Das dauert gewiss nicht länger, als für die Reparatur und die Beladung Zeit gebraucht wird.« Karl seufzte. Bevor er protestieren konnte, fuhr sie fort: »Sie werden sehen, noch ehe die *Freja* wieder abfahrbereit ist, sind wir alle wieder zurück.« Dieser Argumentation konnte sich Karl und vor allem dieser unmögliche Groth auf keinen Fall entziehen. Doch da irrte Marie.
»Es tut mir wirklich leid, gnädiges Fräulein, aber es ist eine Anweisung des Kapitäns.«
Jacobs trat zu ihnen.
»Ein Jammer, was, Fräulein Marie?«
»Können Sie nicht mit dem Kapitän reden? Auf Sie wird er sicher hören.«
»Ich fürchte, da überschätzen Sie meinen Einfluss. Ich habe es bereits versucht, aber er beharrt auf seiner Entscheidung. Tja, beim nächsten Mal«, seufzte er und schaute zu dem weißen Turm hinüber, der sich stolz in den blauen Himmel reckte. Dann sah er sie an und bemerkte ihren enttäuschten Blick. »Tut mir leid, mien Deern, aber es hat keinen Sinn, sich mit dem Kapitän anzulegen. Reval ist nicht aus der Welt. Es wird sich später einmal eine Gelegenheit ergeben.« Damit lehnte er sich an die Reling und ließ sich die leichte Brise um die Nase wehen.
Karl hatte sich unauffällig zurückgezogen. Marie war verärgert

und unentschlossen, was sie nun tun sollte. Von wegen später einmal. Sie hatte doch keine Ahnung, ob sie jemals wieder eine solche Reise würde unternehmen können. Sie wollte den kleinen Ausflug so gern unternehmen, wusste aber, dass sie Groth gar nicht erst anzusprechen brauchte. Von ihr würde er sich als Letztes umstimmen lassen. Da erschien Hansen auf der Bildfläche. Er hatte eine leichte Jacke übergeworfen und wartete offenbar nur darauf, dass die *Freja* anlegte und der Steg montiert wurde, damit er von Bord gehen konnte.
»Hansen, Mensch, Sie wollen doch nicht gegen die ausdrückliche Anweisung des Kapitäns das Schiff verlassen.« Jacobs sah nicht begeistert aus.
»Ich wüsste nicht, warum uns Groth Anweisungen zu erteilen hätte, sofern sie nicht der Sicherheit oder dem planmäßigen Ablauf der Reise dienen«, entgegnete Hansen gelassen. Es klang nicht so, als wollte er jemanden provozieren oder sich bewusst auflehnen. Es klang, als würde er einfach nur genau das meinen, was er sagte. Und er hatte recht, wie Marie fand.
Jacobs schüttelte langsam den Kopf. »Na, das wissen wir doch alle. Aber wozu Ärger heraufbeschwören?«
»Das habe ich nicht vor.«
Die *Freja* machte in Reval fest, und Marie wäre liebend gern den Steg hinuntergerannt, den die Hafenarbeiter nun anlegten.
»Ich werde in Sichtweite des Schiffs bleiben. Dierk oder Karl kann mir ein Zeichen machen, ich behalte es im Auge. So kann ich mir wenigstens den Hafen ansehen und den Marktplatz dort drüben. Ein Schiff ist nicht plötzlich, hoppla, beladen oder repariert.« Hansen grinste. »Wenn ich eine Straße hinaufgehe, solange die Arbeiten noch im Gange sind, und die Parallele wieder herunterkomme, dann kann ich sicher sein, keine Verzögerung zu verursachen. Ich verstehe die Bedenken des Kapitäns und nehme Rücksicht darauf. Aber ich lasse mich nicht einsperren.«

»Ganz genau«, sagte Marie eifrig. Sie musste nicht unbedingt zur Kirche, es reichte ihr schon, ein wenig durch die Gassen zu spazieren, zu sehen, ob es auch hier bereits Schaufenster gab, was in den Geschäften und an den Marktständen angeboten wurde, was die Frauen hier trugen. »Das sagen wir Groth, und dann lässt er uns sicher gehen.«
»Nee, Fräulein Kröger.« Hansen schüttelte den Kopf. »Ich brauche keine Erlaubnis. Karl und Dierk wissen Bescheid. Das muss genügen.«
»Aber die werden Ärger bekommen, wenn sie Sie gehen lassen.«
»Wir sind Passagiere, keine Gefangenen. Wenn Groth sich mit jemandem anlegen will, dann kann er das gern tun. Ich komme schon mit dem alten Knochen zurecht. Wenn er seinen Zorn an seinen Leuten auslässt, täte mir das leid, aber ändern kann ich es nicht.«
Marie sah unschlüssig zu Jacobs hinüber, der sich mit einem Schnauben, das seine Missbilligung ausdrückte, umdrehte und wieder an die Reling lehnte.
»Kommen Sie nun mit oder nicht?«, fragte Hansen.
Marie hätte es nur zu gern getan, aber sie traute sich nicht.
»Nicht gegen Groths Anweisung«, sagte sie leise und hoffte, dass er doch noch mit dem Kapitän sprechen würde.
»Dann gehe ich eben allein«, verkündete er stattdessen, ohne dass seine Stimme oder Mimik Bedauern gezeigt hätte. Und schon war er den Steg hinunter und zwischen den Hafenarbeitern verschwunden.

Nach vier Stunden waren sie wieder auf See.
»Und eine Suppe gab es«, schwärmte Hansen, als sich die Passagiere alle zum Abendessen in der Offiziersmesse trafen. »Herrlich! So etwas habe ich noch nie gegessen.«
Marie war noch immer enttäuscht und böse auf sich selbst, dass

sie sich das Vergnügen hatte nehmen lassen. Nie mehr, schwor sie sich, würde sie aus Angst vor Konsequenzen auf irgendein Abenteuer verzichten, wenn sie nicht einen vernünftigen Grund sah, der sie abhielt.

»Dat Groth uns dat aber auch vermiesen musste!« Dietz hörte sich nicht wirklich sehr traurig an. Ihn ärgerte es vermutlich nur, dass er die kulinarische Abwechslung zum Einerlei der Bordküche verpasst hatte.

»Ein wenig sind Sie ja daran Schuld, Herr Hansen«, sagte plötzlich der sonst so zurückhaltende Christian Andresen.

»Bitte?« Hansen lehnte sich, die Pfeife zwischen den gefalteten Händen, auf den Eichentisch.

»Nun ja, wären wir uns alle einig gewesen, dass wir die Olai-Kirche ansehen möchten, hätten wir eine bestimmte Zeit mit der Besatzung abgesprochen, und es hätte gewiss kein Problem gegeben. Sie aber wollten … nun, herumstreunen. Kapitän Groth konnte sich nicht sicher sein, dass Sie pünktlich zurück sind. Und darum hat er uns allen das Verlassen des Schiffs verboten.« Er sah unsicher in die Runde und ließ seinen Blick besonders lange auf Marie ruhen. Als er weder von ihr, die noch überlegte, ob an seiner Argumentation etwas dran sein könnte, noch von den anderen am Tisch Zustimmung bekam, fügte er leiser hinzu: »So sehe ich die Sache jedenfalls.«

»Och nö, Andresen, nun ist es aber gut.« Hansen lachte. »Wenn ich mein Wort gebe, dass ich rechtzeitig zurück bin, dann kann Groth sich darauf verlassen. Und das weiß er auch. Ich bin ja nicht das erste Mal mit ihm unterwegs. Wenn Sie sich alle von ihm ins Bockshorn jagen lassen, dann habe ich doch nix damit zu tun. Liebe Zeit, so ein Theater wegen so einer Nichtigkeit!« Er lachte wieder und schüttelte dabei den Kopf. Der ganze Vorfall schien ihn nur zu amüsieren.

Andresen schwieg. Da ging die Tür auf, und Groth kam mit Heyn herein.
»Gute Nachrichten, die Herrschaften«, verkündete er ungewöhnlich fröhlich und ein wenig zu laut. »Wir haben Proviant gekauft. Heute gibt es frischen Ochsenbraten, Gemüse und zum Nachtisch sogar Kuchen!« Wie zu erwarten war, setzte beifälliges Gemurmel ein. Dietz applaudierte sogar. »Ich hatte mit meinen Männern einiges zu besprechen, wie die Situation im Laderaum ist und so weiter. Darum habe ich bereits gegessen und kann Ihnen leider nicht Gesellschaft leisten.« Marie hatte den Eindruck, dass seine Zunge schwer war. »Wollte aber wenigstens guten Appetit wünschen.« Damit schob er Heyn auch schon wieder zur Tür hinaus und ließ seine Gäste allein. Kein Vorwurf in Hansens Richtung, der sich über die Anweisungen hinweggesetzt hatte, kein Murren und Knurren. Marie blickte in die Runde, doch außer ihr schien sich niemand über Groths Verhalten zu wundern. Jeder freute sich nur auf das angekündigte Festmahl. Das ließ auch nicht lange auf sich warten. Der kleine rothaarige Matrose, der stets das Essen auftrug, stellte die Schüsseln mit dampfendem Gemüse und eine Platte voll Braten, für jeden mindestens drei Scheiben so groß wie Dietz' fleischige Hände, auf den Tisch.

»Lassen Sie es sich schmecken«, sagte er wie immer. Er sagte nie mehr und wählte auch nie eine andere Formulierung. Immer: »Lassen Sie es sich schmecken.« Und weg war er. Und ebenfalls wie immer sorgten die Herren dafür, dass Marie sich zuerst ihren Teller füllte. Danach schaufelten auch sie sich eine ordentliche Portion auf.
Marie hatte plötzlich ein merkwürdiges Gefühl. Sie hatte Groth als sparsamen Kapitän kennengelernt. Man hätte ihn sogar als geizig bezeichnen können. Wenn er in so großen Mengen

Fleisch einkaufte, das nicht in der Planung gewesen war, würde er es so einteilen, dass es lange reichte. Oder es musste billig gewesen sein. Sehr billig. Ochsenbraten war aber normalerweise nicht billig. Sie konnte sich nicht vorstellen, dass das in Reval anders sein sollte als daheim in Lübeck. Sie schnupperte vorsichtig an ihrem Teller. Da war ein Geruch, den sie nicht kannte. Das Fleisch roch streng. Es erinnerte sie fast ein wenig an Wildschwein.

»Ist etwas nicht in Ordnung?« Hansen entging nichts.

»Ich weiß nicht«, sagte Marie zögernd. »Dieser Geruch … Ich denke, das Fleisch könnte verdorben sein.«

Die Männer zuckten zurück und blickten skeptisch und abwehrend auf ihre Teller. Nur Dietz ließ sich nicht aufhalten.

»Ach was, sieht doch herrlich aus«, sagte er mit seiner kräftigen tiefen Stimme, schnitt ein ordentliches Stück ab und schob es sich in den Mund. Alle starrten ihn an, als müsste er umgehend vom Stuhl gleiten, röcheln und sterben. Er tat nichts dergleichen. Allerdings wurde sein zunächst rasches Kauen immer langsamer, und sein Gesicht verzog sich. »Schmeckt wirklich sonderbar. Vielleicht eine andere Zubereitungsart.«

Marie schnüffelte noch einmal und schüttelte dann den Kopf.

»Wir sollten kein Risiko eingehen. Ich möchte jedenfalls nicht an Bord krank werden.« Mit Grausen stellte sie sich vor, wie es wäre, hier Durchfall zu bekommen oder sich übergeben zu müssen. Die sanitären Einrichtungen, die sich alle Passagiere teilen mussten, waren ohnehin mehr als einfach. Gar nicht daran zu denken, wenn einer sie über die Maßen in Anspruch nehmen musste. Sie musste auch den Kapitän warnen. Es wäre schrecklich, wenn er und die Besatzung ausfallen würden. Plötzlich wurde ihr bewusst, in welcher Situation sie sich befinden könnten, wenn die Männer der *Freja* nicht auf sie hörten und von dem Ochsen essen würden. Und dann fiel ihr ein, dass die

Mannschaft immer vor den Passagieren aß, damit Letztere in Ruhe im Speiseraum sitzenbleiben konnten.

»Wir wollen nicht übertreiben. Vielleicht ist es nur ein Gewürz, das wir nicht kennen. Es wäre doch unhöflich, wenn wir den Braten wegwerfen würden«, entgegnete Dietz.

»Sind Sie sicher, Fräulein Kröger, was das Fleisch betrifft?«, fragte Hansen, der offenbar seine Entscheidung darüber, ob er von dem Braten essen sollte, von Maries Urteil abhängig machte.

Sie hob ihren Teller dicht an ihre Nase und musste sofort an ihre Mutter denken, die sie für ein derartiges Benehmen gescholten hätte.

»Fleisch hat eigentlich keinen Eigengeruch. Dieses riecht jedoch.« Sie stellte den Teller wieder ab und schnitt das Fleisch auf. »Und es hat eine grau-grüne Farbe.« Damit schob sie ihren Teller weit von sich. »Mein Bruder ist auf der Rückreise von St. Petersburg gestorben. Er hatte, das ist ziemlich sicher, verdorbenes Fleisch gegessen. Ich werde diesen Ochsen hier nicht anrühren.«

Die Männer sahen betreten auf ihre Portionen. Hansen war der Erste, der sich entschied.

»Ich schließe mich an. Frisches Gemüse ist ohnehin viel gesünder. Und es gibt ja auch noch Kuchen.« Er grinste zufrieden. Marie hatte den Eindruck, dass er sich schnell mit Situationen abfinden konnte. Er hatte ein Talent, stets das Beste aus seiner Lage zu machen. Sie beneidete ihn sehr um diese Gabe.

»Sicher ist sicher«, pflichtete nun auch Andresen bei. »Allerdings sollten wir unbedingt dem Kapitän Meldung machen.«

»Hätte denn Groth oder Heyn nicht etwas auffallen müssen?«, warf Jacobs ein.

»Das haben wir gleich«, antwortete Hansen, stand auf und läutete die Glocke.

Wenig später erschien Karl in der Tür.

»Guten Abend, die Herrschaften. Was gibt es denn?«
»Es geht um den Ochsenbraten. Ist Ihnen nichts aufgefallen, als Sie davon gegessen haben?«
Karl runzelte die Stirn und trat näher an den Tisch.
»Nein, das heißt, für meinen Geschmack roch er zu stark. Aber ich esse grundsätzlich kein Fleisch. Darum habe ich mich nicht weiter darum gekümmert. Ist etwas nicht in Ordnung?«
»Kein Fleisch? Was sind Sie denn für ein Kerl?«, polterte Dietz.
»Es bekommt mir nicht«, erwiderte Karl knapp. »Ist etwas damit nicht in Ordnung?«, wiederholte er beharrlich.
»Ich denke, es ist verdorben«, erklärte Marie.
»Haben denn außer Ihnen alle davon gegessen?«, wollte Hansen wissen.
»Ja, alle.«
»Und das werde ich auch tun, solange das Fleisch noch ein bisschen warm ist«, verkündete Dietz und begann zu essen.
Marie war fassungslos, und auch die anderen Kaufmänner brachten ihr Erstaunen und ihre Missbilligung zum Ausdruck. Doch Dietz ließ sich nicht aufhalten. Die übrigen aßen das Gemüse. Karl war gegangen, um den Kapitän zu informieren. Der stand wenig später in der Offiziersmesse.
»Wird das eine Meuterei, oder was?« Er war blass, seine Augen blickten glasig von einem zum anderen und blieben an Marie hängen. »Habe ich doch gewusst, dass eine Frau an Bord nur Ärger macht. Von wegen, der Braten ist gammelig. Wollen Sie meine Passagiere gegen mich aufhetzen, nur weil ich Ihnen nicht erlaubt habe, das Schiff zu verlassen?« Er schwankte gefährlich.
»Ich wüsste nicht, was das eine mit dem anderen zu tun haben sollte«, konterte Marie. Sie war noch immer wütend wegen des Verbots und ärgerte sich nun erneut über diese Unterstellung.
Groth stützte sich auf den Tisch und beugte sich nah zu ihr hinunter, so dass sie seinen Atem riechen konnte.

»Aber ich weiß das.«
Bevor er weiterreden konnte, fiel Marie ihm ins Wort: »Sie haben getrunken!«
Die Augen des Kapitäns wurden zu Schlitzen. Im Raum war es totenstill. Selbst Dietz hatte aufgehört zu essen. Langsam richtete sich Groth wieder auf. Er strich sich die vor Pomade glänzenden Haare glatt.
»In St. Petersburg suchen Sie sich ein anderes Schiff, das Sie nach Lübeck zurückbringt, Fräulein Kröger. Das wird Sie lehren, einen anständigen Kapitän zur See in ein schlechtes Licht rücken zu wollen.«
»Aber ich habe doch gar nicht gesagt, dass Sie die Verantwortung für das Fleisch tragen. Es geht mir doch gar nicht darum, jemandem die Schuld zu geben. Ich wollte doch nur verhindern …«
»Ja, Sie wollen immer nur!« Sein Ton jagte Marie eine Gänsehaut über den Rücken. Sie war es nicht gewohnt, dass man so mit ihr sprach. Aber ihr entging auch nicht, dass die Worte ihm nur schwer über die Lippen kamen. Und seine Hautfarbe hatte inzwischen einen leicht grünlichen Ton angenommen. »Auf diesem Schiff haben Sie nichts mehr zu wollen. Haben wir uns verstanden?« Damit machte er auf dem Absatz kehrt, blieb vor der Tür stehen und rührte sich für einige Sekunden nicht mehr. Die Männer und Marie starrten verwirrt den Rücken des Kapitäns an. Plötzlich vernahmen sie ein würgendes, gluckerndes Geräusch. Und noch ehe jemand begriff, was im nächsten Moment geschehen würde, geschweige denn, dass einer hätte eingreifen können, erbrach sich Groth auf die Bohlen der Offiziersmesse.
Marie wandte sich angewidert ab.
»So eine Schweinerei«, stieß Dietz aus.
Voss sprang auf und läutete erneut die Glocke. Kurz darauf schwang die Tür auf und verteilte das Erbrochene über den Bo-

den. Groth lehnte zusammengekrümmt an der Wand und würgte noch immer.
»Was ist denn …?« Karl starrte von seinem Kapitän auf den Boden und wieder in dessen gelblich-blasses Gesicht. »Ach du heiliger Strohsack«, entfuhr es ihm. Dann brachte er ihn weg und rief noch über die Schulter: »Heyn hat es auch schon erwischt. Wird wohl doch das Fleisch gewesen sein.«
Dietz stürzte hinter den beiden Männern her. Marie stellte nach einem Blick auf seinen Teller fest, dass er etwa eine halbe Scheibe von dem Braten gegessen hatte. Ob ihm nun auch schon übel wurde oder der Gedanke an das schlechte Fleisch in seinem Magen reichte, vermochte sie nicht zu beurteilen. Karl hatte zwei Matrosen geschickt, die kurz nach Dietz' Abgang mit Eimer und Lappen erschienen. Fluchend machten sie sich an die Arbeit. Sie sahen recht gesund aus. Wahrscheinlich gehörten sie zu den billigsten Arbeitskräften hier an Bord, die auch die schlechteste Verpflegung erhielten und darum kein Fleisch gegessen hatten. Sobald es möglich war, die Offiziersmesse zu verlassen, ohne sich schmutzig zu machen, taten das alle. Marie ging an Deck, um frische Luft zu schnappen. Der saure Geruch hatte ihr schwer zu schaffen gemacht. Nun atmete sie tief durch und füllte ihre Lungen mit dem klaren salzigen Aroma des Meers. Obwohl es schon dämmrig war, konnte sie die schweren dunklen Wolken erkennen, die sich zusammenbrauten. Der Wind nahm zu, und sie musste sich an der Reling festhalten. Das Heulen wurde zu einem Brausen.
»Nur jetzt keinen Sturm!« Das war Karl, der unbemerkt neben Marie getreten war. Sie sah ihn erschrocken an. »Kapitän Groth ist außer Gefecht, und das gilt auch für Heyn, den Steuermann und die wichtigsten Matrosen. Ich muss das Steuer übernehmen und habe nur noch Männer zur Verfügung, die von der Seefahrt so viel Ahnung haben wie Groth vom Spitzenklöppeln.«

Marie musste über den Vergleich lächeln, obwohl ihr gar nicht lustig zumute war. Dann fiel ihr Therese ein. Das Dienstmädchen war immer optimistisch.
»Das findet sich schon«, munterte sie Karl auf. »Wir können froh sein, dass Sie kein Fleisch angerührt haben.«
»Allerdings.« Er nickte langsam.
Das Schiff wurde seitlich von einer Welle getroffen, hochgehoben und gleich darauf in ein Wellental gestürzt.
Marie schrie auf. Fast wäre sie gefallen. Noch mehr erschreckte sie, wie sehr diese Situation ihrem Traum glich, den sie am ersten Todestag ihres Bruders gehabt hatte. Fast erwartete sie, Johann-Alexander im nächsten Moment auf den Planken des Decks stehen zu sehen. Die Vorstellung ließ sie schaudern.
»Gehen Sie besser in Ihre Kabine«, schrie Karl gegen den immer lauter werdenden Sturm an. »Ich muss ans Ruder.« Damit ließ er sie auch schon stehen und hetzte in beängstigendem Zickzackkurs davon. Marie hörte ihn noch Kommandos brüllen. Beklommen blickte sie hinauf in die Segel, die flatterten und knallten. Wieder rollte eine gewaltige Welle heran. Die Gischt schoss bis auf das Deck. Marie versuchte sich zu ducken, doch es war zu spät. Sie spürte, wie das kalte Wasser durch den Stoff ihres Kleides drang und aus ihren Locken in den Nacken lief. Instinktiv ließ sie die Reling los und lief auf die Treppe zu, die hinunter zu den Kabinen führte. Schon riss die nächste Welle die *Freja* empor. Marie strauchelte und fürchtete, dieses Mal zu fallen, da griffen zwei kräftige Arme nach ihr. Thomas Hansen fing sie auf. Für einen kurzen Moment standen sie dicht beieinander und sahen sich in die Augen. Marie spürte sein Herz klopfen und roch den Vanilleduft seines Tabaks. Bevor das Schiff ihr erneut die Beine wegreißen konnte, brachte er sie sicher zur Treppe und führte sie hinunter in den Gang. Vor ihrer Tür blieben sie stehen.

»Da haben Sie sich aber eine schöne Dusche abgeholt«, scherzte Hansen und strich ihr eine Locke aus dem Gesicht.
»Danke, dass Sie mir geholfen haben«, erwiderte sie schüchtern.
»Es ist zu befürchten, dass es ohne Sie nicht bei der Dusche geblieben wäre.« Sie lachte leise.
»Dann habe ich mir also eine Belohnung verdient?«, fragte er und sah sie frech an. Diese dunklen Augen machten sie nervös. Erst jetzt fiel ihr auf, dass auch aus seinen schwarzen Haaren einige Wassertropfen kullerten.
»Ich kann Ihnen ein Handtuch anbieten.«
»Keine gute Idee. Ein Handtuch habe ich selber.«
Marie wusste nicht, was sie sagen sollte. Dann fiel ihr die Schachtel mit ihren Notvorräten ein.
»Vielleicht ein Stückchen Marzipan? Sie werden kein besseres finden!«
Hansen lachte. »Sehr geschäftstüchtig.«
Wieder rollte das Schiff, so dass Marie einen Schritt machen musste, um das Gleichgewicht zu halten. Auch Hansen machte einen Schritt, allerdings auf Marie zu. Er legte seinen Arm um ihre Taille. Dabei war das gar nicht nötig, sie stand doch ganz sicher.
»Vielleicht komme ich später auf das Marzipanangebot zurück«, sagte er viel zu dicht an ihrem Gesicht. »Vorerst genügt mir das hier.« Damit zog er sie noch dichter zu sich und küsste sie auf den Mund. So schnell, wie das geschehen war, ließ er sie auch wieder los, wünschte ihr lächelnd eine gute Nacht und ging.
Marie nestelte fahrig an dem kleinen Lederbeutel unter ihrer Schürze herum. Immer wieder blickte sie den Gang entlang, ob auch wirklich niemand sie beobachtet hatte. Endlich hatte sie den Schlüssel, öffnete das Schloss, schlüpfte durch die Tür und verriegelte ihre Kabine von innen. Mit pochendem Herzen ließ sie sich auf ihr Bett fallen. Sie hätte ihn ohrfeigen müssen. Sie

hätte ihn zumindest tadeln müssen. Wie hatte er sich das nur herausnehmen können? Doch Marie musste sich eingestehen, dass sie keineswegs entsetzt war. Ihr Herz hüpfte vor Freude. Sie schloss die Augen und versuchte den viel zu kurzen Moment noch einmal zu erleben. Wie weich seine Lippen gewesen waren. Wie gut er duftete. Ihre Angst war mit einem Mal verflogen. Obwohl der Sturm noch lange tobte, die *Freja* stärker hin und her geworfen wurde, als es ihr guttat, fühlte sich Marie beschwingt und sicher. Irgendwann konnte sie sogar einschlafen.

Am nächsten Morgen kam Maries Erinnerung sofort zurück. Und im selben Moment waren auch die Schmetterlinge wieder da, die in ihrem Bauch dieses wohlige Kribbeln verursachten. Es stellte sich jedoch außerdem eine große Unsicherheit ein. Wie sollte sie Hansen nach dem vergangenen Abend bloß begegnen? Allmählich wurde ihr bewusst, dass sie sich in einer komplizierten Situation befand. Groth hatte ihr unmissverständlich klargemacht, dass er sie auf dem Rückweg nicht als Passagierin an Bord begrüßen würde. Und sie hatte sich von einem fremden Mann küssen lassen, mit dem sie noch einige Tage auf engem Raum verbringen musste. Da hatte sie sich ja etwas eingebrockt. Allerdings war sie weder für das eine noch für das andere verantwortlich.

Marie beschloss, sich nicht unterkriegen zu lassen. Groth hatte nicht das Recht, so zu handeln. Schließlich hatte sie für die komplette Reise bezahlt und sich nichts zuschulden kommen lassen. Und was Hansen anging, würde sie einfach so tun, als wäre nichts geschehen. Sollte er doch den nächsten Schritt machen, wenn er das wollte. Marie hoffte sehr, dass es nicht die letzte Frechheit gewesen war, die er sich herausnahm. Sie hatte sich gerade ihr weinrotes Kleid übergestreift, das grüne war noch nicht trocken, als es an ihrer Tür klopfte. Einer der Matrosen brachte ihr einen Kanten Brot und Butter. Die Offiziersmesse werde wegen des Geruchs an diesem Tag noch nicht wieder benutzt. Ab morgen könne sie dort wie gewohnt ihre Mahlzeiten einnehmen. Außerdem sei die See noch so rauh, dass es für das Wohl der Passagiere das Beste sei, wenn sie in ihren Kabinen bleiben würden, erklärte der Matrose, während er mit einer erstaunlichen Geschicklichkeit das Tablett mit einem vollen Becher Tee auf der kleinen Kommode abstellte.

Einerseits war Marie enttäuscht, dass sie Hansen nicht sehen würde, andererseits war sie aus demselben Grund erleichtert. Sie schob den Riegel hinter dem Matrosen wieder zu und verbrachte den Tag mit dem Lesen der Beschreibung von St. Petersburg. Mittags und abends gab es etwas Speck mit Graupen und wieder Tee. Einmal ging Marie für einen Moment nach oben, um frische Luft zu schnappen. Von den anderen Passagieren traf sie niemanden. Kurz nachdem das Abendessen gebracht worden war, klopfte es erneut. Marie dachte, der Matrose habe etwas vergessen, und öffnete die Tür, doch da stand Hansen.

»Guten Abend, Fräulein Kröger.«

Sie merkte, dass ihre Knie weich wurden.

»Guten Abend, Herr Hansen«, erwiderte sie und freute sich darüber, dass ihre Stimme fest und sicher klang.

»Sie haben das mit dem Fleisch bemerkt, da dachte ich, sie kennen sich vielleicht ein wenig mit Vergiftungen und deren Behandlung aus«, kam er ohne Umschweife zur Sache.

Marie war enttäuscht, dass er offenbar nicht gekommen war, weil er ihre Gesellschaft suchte. Aber sie hörte auch den Ernst in seiner Stimme und hoffte, helfen zu können.

»Wie geht es denn den Kranken?«, fragte sie.

»Groth hat es am schlimmsten erwischt. Bei den anderen hört der Brechreiz allmählich auf, und sie behalten schon wieder Brot

bei sich. Aber Groth spuckt sich die Seele aus dem Leib. Verzeihung.«
Marie dachte nach. Sie hatte Dr. Grünbeck vor ihrer Abreise um ein Mittel gegen Seekrankheit gebeten, und er hatte ihr Ingwer empfohlen. Ein Tee aus der Wurzel helfe nicht nur gegen die Übelkeit, sondern könne auch Erbrechen stoppen, wenn sie daran leiden würde.
»Sie hatten mir vor der Abfahrt Ingwer empfohlen, wissen Sie noch? Dr. Grünbeck, der Hausarzt meiner Familie und ein guter Freund, hat das bestätigt. Es ist gut möglich, dass Kapitän Groth damit geholfen werden kann.«
»Gute Idee. Gehen wir.«
»Wohin?«
»Na, wir kochen einen Tee und flößen ihn Groth ein. Er muss auf die Beine kommen. Lange kann Karl nicht mehr die Stellung halten. Der schläft bald im Stehen und kann gut eine Ablösung gebrauchen.«
»Aber …«
»Kein Aber«, sagte Hansen bestimmt. »Groth muss etwas zu sich nehmen. Sein Körper ist nach der Tortur der letzten Nacht schon geschwächt und hat sowieso nichts zuzusetzen. Wird Zeit, dass er wieder zu Kräften kommt, sonst bricht noch sein gesamter Kreislauf zusammen.« Und mit einem fröhlichen Grinsen fügte er hinzu: »Wenn Sie seine Retterin sind, muss er Sie auch auf der Rückreise mitnehmen. Eine bessere Gelegenheit können Sie nicht bekommen, endlich einen Stein bei ihm ins Brett zu kriegen.«
Da hatte er recht. Marie packte die gelbliche Knolle aus, die Dr. Grünbeck ihr besorgt hatte, und folgte Hansen in die kleine Kombüse. Dort bereitete sie einen Tee aus einigen Stückchen zu, die sie von der Wurzel abgeschnitten hatte. Außerdem streute sie Salz auf einen trockenen Kanten Brot.

»Herr Groth braucht Mineralien«, erklärte sie Hansen, der zustimmend nickte.
Wenige Minuten später betrat Marie zum ersten Mal die Kabine des Kapitäns. Sie war nur unbedeutend größer als ihre eigene. Der Geruch, der ihr dort entgegenschlug, war kaum zu ertragen. Zwar hatte ein Matrose die Schüssel, die neben der Koje stand, gerade geleert, doch der beißende saure Geruch von Erbrochenem schien sich regelrecht in die Vertäfelung gefressen zu haben. Sie sah, dass die Hosen des Kapitäns notdürftig ausgewaschen worden waren und zum Trocknen über einem Stuhl hingen. Vermutlich hatte er auch noch Durchfall gehabt. Das erklärte den fauligen Gestank, der sich mit dem übrigen mischte. Sie versuchte möglichst flach zu atmen, um den Würgereiz weitgehend zu unterdrücken. Groth sah jämmerlich aus, blass mit dunklen Ringen um die geröteten Augen.
»Was will die hier?«, knurrte er angestrengt und hustete. Marie befürchtete schon, dass er sich wieder übergeben musste. Doch das blieb ihr erspart.
»Ihnen helfen, alter Griesgram«, antwortete Hansen und hielt die Tasse Ingwertee hoch.
»Die will mich doch eher vergiften«, krächzte Groth, rappelte sich aber dennoch ein wenig auf.
»Verstehen könnte ich's«, sagte Hansen grinsend. »Da sie aber sicher nach St. Petersburg und zurück nach Lübeck kommen möchte, hebt sie sich das für einen späteren Zeitpunkt auf.« Er hielt ihm die Tasse hin. »Austrinken!«, befahl er. »Und danach gibt es etwas zu essen.«
»Will nix essen«, brummte Groth und verzog das Gesicht.
»Müssen Sie aber«, schaltete sich Marie jetzt ein. »Sonst kommen Sie gar nicht wieder auf die Beine.«
Er sah sie kurz an, und sie hatte das erste Mal das Gefühl, dass in seinem Blick nicht nur Ablehnung lag. Da war auch noch

etwas anderes. Schämte er sich etwa vor ihr? Er nippte vorsichtig an der heißen Flüssigkeit.
Marie und Hansen ließen ihn allein. Zu ihrer Enttäuschung zog er sich umgehend in seine Kabine zurück. Sie ging nach einer Stunde noch einmal zu Groth und brachte ihm einen zweiten Becher Tee. Der erste war offenbar nicht wieder hochgekommen. Immerhin ein Erfolg. Das Brot lag allerdings unangetastet da.
»Trinken Sie Ihren Tee, und dann versuchen Sie es wenigstens mit einem Stückchen Brot«, sagte Marie.
»Ich mag nicht«, maulte Groth wie ein kleines Kind.
»Sie müssen!« Marie blieb hart. Dann fiel ihr ein, womit ihr Vater sie stets hatte überreden können, wenn sie nicht essen wollte, als sie noch ein kleines Mädchen war. »Wenn Sie das Brot gegessen haben, kriegen Sie ein Stückchen Marzipan. Sie werden sehen, das bringt den Appetit zurück. Und es gibt Kraft«, sagte sie stolz.
»Hm«, machte er. Dabei sah er mit gesenktem Kopf zu Marie hinauf. Ihr schien sein Zögern recht halbherzig zu sein. Es sah fast aus, als würde er ein wenig lächeln.
Eine weitere Stunde später trank Groth seine dritte Tasse Ingwertee. Das Brot hatte er gegessen und bekam von Marie die versprochene Marzipankugel. Er war bereits vollständig angezogen und saß an seinem kleinen Tisch, als sie die Kabine betrat.
»Das Zeug hat tatsächlich geholfen. Ich werde Karl für ein paar Stunden ablösen, damit der sich aufs Ohr hauen kann.«
»Fühlen Sie sich wirklich schon wieder kräftig genug?«
»Ja, ja, geht schon.« Damit stand er auf.
»Dann werde ich jetzt schlafen gehen.«
»Das Marzipan ist übrigens köstlich. Vielleicht könnte ich bei Ihnen mal einen Karton bestellen, wenn wir zurück in Lübeck sind.«

»Gern«, erwiderte Marie unverbindlich.
Er wand sich ein wenig, bevor er sagte: »Schönen Dank, Fräulein Kröger, für Ihre Hilfe. Hätte wohl länger gedauert mit mir, wenn Sie sich nicht gekümmert hätten.«
»Schon gut«, entgegnete sie. Und sie konnte sich nicht verkneifen, hinzuzufügen: »Manchmal ist eine Frau an Bord eben doch ganz brauchbar, was?«
»Ja, ja«, brauste er auf, »ich entschuldige mich ja schon. So, und jetzt Schwamm drüber.«
Marie musste lächeln. Na, das war ja eine Entschuldigung, die von Herzen kam. Inzwischen wusste sie, dass er einfach nicht aus seiner Haut konnte. Also ließ sie es dabei bewenden und zog sich in ihre Kabine zurück.

Der kräftige Wind hatte sein Gutes. Die *Freja* kam rasch voran, so dass sie zwei Tage später am Nachmittag den Hafen von St. Petersburg erreichten.

III

30. Oktober 1871. Marie stand an Deck der *Freja* und zog das Kapuzencape, das sie sich aus St. Petersburg mitgebracht hatte, fest um sich. Der Wind blies schneidend und verwandelte den leichten Nieselregen in winzige Nadelspitzen, die sich in ihre Wangen bohrten. Sie nahm allerdings weder die Kälte noch die Feuchtigkeit, die allmählich durch den Stoff kroch, oder das schon fast schmerzhafte Prickeln auf der Haut wahr. Viel zu sehr konzentrierte sie sich darauf, endlich die Türme Lübecks am grauen Horizont zu erkennen. Keine zwei Monate waren vergangen, seit sie das Schiff bestiegen und zum ersten Mal ihre Heimat verlassen hatte. Keine zwei Monate, und doch war Marie Kröger ein anderer Mensch, als sie nun zurückkehrte.

Die Rückreise hatte sie genutzt, um sich gründlich auszuruhen. Sie hatte Arbeit mit nach Hause gebracht, viel Arbeit. Sie würde Stunden, Tage und Wochen schuften müssen, um alle Aufträge zu erledigen. Während sie die Augen zusammenkniff, in der Hoffnung, endlich ihr geliebtes Lübeck erkennen zu können, fochten die unterschiedlichsten Gefühle einen Kampf in ihr aus. Da war Vorfreude auf ihre Heimat, die Menschen zu Hause, die vertraute Umgebung. Weil sie noch nie alleine verreist war, und schon gar nicht so weit weg, in eine so fremde Welt, hatte sie auch nicht gewusst, was Heimweh war. In Russland jedoch hat-

te sie sich zum ersten Mal danach gesehnt, an einem anderen Ort zu sein, an einem, an dem sie sich auskannte, sich sicher fühlte. Dann war da die ungeheure Unruhe, gepaart mit unbändigem Tatendrang. Am liebsten hätte sie schon an Bord begonnen Marzipanmasse herzustellen. Und sie hätte sich gewünscht, bereits mit neuen Rezepturen experimentieren zu können.
Die Kaiserin, die Mutter von Alexander II., die nach Maries Einschätzung mehr in Russland zu sagen hatte als ihr Sohn, der offizielle Regent, hatte die Angewohnheit, mundgerechte Marzipanstückchen in ihren Kaffee zu tunken, bevor sie diese zwischen ihren pergamentartigen Lippen verschwinden ließ. Zunächst war Marie entsetzt über diese Unsitte. Doch die Dame, und sie war wirklich eine Dame mit ausgesuchten Manieren und einem erlesenen Geschmack, wiederholte die Prozedur unbeirrbar, wann immer sie eines Stückchens der Kröger'schen Köstlichkeit habhaft werden konnte. Und so entschied sich Marie eines Tages, es ihr gleichzutun. Mit überraschendem Ergebnis. Das Marzipan behielt nämlich weitestgehend seine Konsistenz und wurde nicht, wie sie vermutet hatte, weich und schwammig. Es nahm nur eine winzige Menge des starken Getränks auf, die gerade ausreichte, um das kräftig-bittere Aroma mit der Süße zu verbinden. Seit sie diesen Geschmack gekostet hatte, überlegte Marie, wie man ihn von vornherein in das Marzipan einbringen konnte.
Da stand sie also an Bord des Viermasters und konnte es kaum erwarten, endlich wieder die Geschäfte in der Beckergrube zu übernehmen. Kein einziger Gedanke mehr an Ballettstunden oder eine Karriere als Primaballerina. Gleichzeitig wurde ihr das Herz so schwer, dass sie kaum durchatmen konnte. Die Trennung von Thomas Hansen stand bevor. Zwar hatte es keinen zweiten Kuss oder gar deutlichere Zärtlichkeiten zwischen ihnen gegeben, und doch war die Verbindung ihrem Empfinden nach etwas ganz Besonderes gewesen. Fast täglich hatte er sie

wie zufällig berührt, hatte ihr eine Hand auf den Arm gelegt, wenn sie diskutierten, oder sie sanft an den Schultern in einen Raum oder zu Tisch geführt. Und irgendwann, Marie konnte nicht mehr sagen, wann das geschehen war, hatte er sie plötzlich geduzt, was keiner der anderen Herren an Bord und schon gar nicht am Hofe in St. Petersburg gewagt hätte. Es gehörte sich einfach nicht. Doch die Art, die Selbstverständlichkeit, mit der er es tat, hatte nichts Ungehöriges an sich. Im Gegenteil, es schaffte eine Vertraulichkeit und war ein Zeichen ihrer Freundschaft. Und Marie hatte ihn ebenfalls geduzt, ohne sich dabei eigenartig zu fühlen oder sich zu genieren. Noch immer konnte sie nur den Kopf schütteln, wenn sie an ihren gemeinsamen Besuch des Bolschoitheaters dachte.

Die Mutter des Zaren hatte von Maries Begeisterung für das Ballett gehört und dafür gesorgt, dass die junge deutsche Geschäftsfrau und ihre Begleitung Plätze in einer Loge auf einem der mit Blattgold verzierten Balkone bekam. Marie war überglücklich gewesen und hatte fest angenommen, dass es Thomas ebenso erging. Tatsächlich genoss auch er den Abend, allerdings mit geschlossenen Augen! Nachdem er ausgiebig die prunkvolle Innenausstattung des Theaters mit ihren verspielten Balkonbrüstungen, den schweren Samtvorhängen und den dicken Polstern, alles golden und weinrot, bewundert hatte, die nach dem großen Brand 1853 vollkommen erneuert worden war, hatte er es sich neben Marie gemütlich gemacht und mit Beginn der Musik die Augen geschlossen. Marie hatte es erst einige Minuten später bemerkt, als sie, überwältigt von der Anmut der Tänzer, den Kostümen und natürlich von den Klängen, die das gesamte Theater beherrschten, zu ihm hinübergesehen hatte. Zuerst war sie versucht, ihn anzustoßen, damit er aufwachte, hatte es dann aber unterlassen. Doch kaum dass die Vorstellung beendet war, fiel sie über ihn her.

»Wie konntest du nur? Das waren die besten Tänzer der Welt! Sie haben eine perfekte Leistung abgeliefert. Das war, das war …« Marie hatte nach Luft geschnappt und nach den passenden Worten gesucht, während er sie erstaunt mit hochgezogenen Augenbrauen ansah. »Das war Kunst«, beendete sie ihren Satz und wandte sich zum Gehen.

Er ergriff ihren Arm und drehte sie zu sich herum.

»Was ist denn mit dir los? Ich bin doch ganz deiner Meinung. Das war wirklich ein Kunstgenuss.«

»Wie bitte?«, fauchte sie. »Du hast doch nichts mitbekommen. Ich habe gesehen, dass du die ganze Zeit geschlafen hast.«

»Es ist nicht immer alles, wie es scheint.« Er ließ ihren Arm los. »Ich habe der Musik zugehört. Sie war herrlich. Das Hüpfen, entschuldige, das Tanzen gefällt mir nicht so besonders. Aber das Konzert und die gesamte Atmosphäre waren einfach wunderbar.«

Marie war sprachlos gewesen. Wie konnte man diese eleganten Bewegungen, diese makellose Körperbeherrschung nur als Hüpfen bezeichnen? Er wusste ja gar nicht, was ihm entgangen war. Bevor sie etwas erwidern konnte, hatte Hansen sie bereits aus der Loge hinausgeschoben.

»Wenn Lübeck auch nicht mit dem Bolschoitheater mithalten kann, werden wir auch zu Hause ins Konzert oder meinetwegen ins Ballett gehen. Klassische Musik ist gut für das Gemüt von kratzbürstigen jungen Damen.«

Während der Regen allmählich durch Maries Cape sickerte, dachte sie an den Abend. Sie war enttäuscht, dass Thomas nicht einmal den Versuch unternommen hatte, sie erneut zu küssen. Und sie war enttäuscht über sein Desinteresse am Ballett. Aber sie hatte sich auch gefreut, dass er offenbar vorhatte, sie in Lübeck wiederzusehen. Nicht geschäftlich, sondern privat als

Freunde. Immer deutlicher traten die Konturen der Hansestadt aus dem Nebel hervor.
Hoffentlich macht er sein Vorhaben wahr, dachte Marie, die sich nicht mehr vorstellen mochte, ohne Thomas' Nähe zu leben. Der Abschied von Andresen würde ihr erheblich leichter fallen. Zwar schmeichelte es ihr, wie anständig und aufrichtig er ihr den Hof gemacht hatte, doch sie musste sich eingestehen, dass sie ihn furchtbar langweilig fand. Er war schlicht zu anständig, konnte nicht ausgelassen lachen, fesselnd Geschichten erzählen oder auch mal richtig wütend werden. Ihm fehlte die Leichtigkeit, mit der Thomas sie immer wieder bezauberte. Und Emotionen, ganz gleich, welcher Art, schienen ohnehin nicht seine Sache zu sein. Ein wenig fehlen würde er ihr trotzdem. Es war ein gutes Gefühl, von einem erwachsenen Mann umworben zu werden, wenn es auch der falsche Mann war.
Endlich war das Gewimmel der Masten im Holstenhafen zu erkennen. Die Möwen besuchten die *Freja* schon eine ganze Weile, denn der Weg vom Festland war nicht mehr weit, und sie hofften auf ein paar Krumen oder Speisereste. Jetzt kreisten sie um den Viermaster, flogen wieder davon, kamen zurück und drehten eine neue Runde. Marie konnte sehen, dass die Bauarbeiten der Lagerhäuser, die sich am Hafenrand aneinanderschmiegen sollten, ein wenig vorangegangen waren. Und dann, als die Reise endgültig zu Ende ging, erkannte Marie am Ufer eine Gestalt, die nicht eilig Karren schob, Kisten oder Säcke schleppte, sondern einfach nur dastand. Es war ihr Vater. Sie konnte es kaum glauben, doch je näher das Schiff dem Prahm kam, um festzumachen, desto klarer war er zu erkennen. Kein Zweifel. Wie sehr hatte Marie sich vor dem Abschied gefürchtet. Sie war unsicher, wie sie mit dem noch immer ungehobelten Kapitän Groth umgehen sollte, der sie auf der Rückreise immerhin in Ruhe gelassen und manchmal sogar ein für seine Verhält-

nisse freundliches Wort übrig gehabt hatte. Von Thomas Hansen hätte sie sich gern herzlicher verabschiedet als von Christian Andresen. Doch auch bei diesen beiden Herren war sie unsicher und wusste nicht, ob sie in dem einen Fall von einem Wiedersehen sprechen durfte, in dem anderen Fall, ob sie es musste. Nun hatte das Auftauchen ihres Vaters die Situation vollkommen verändert. Sie rief den inzwischen an Deck versammelten Männern, sowohl Besatzungsmitgliedern als auch Mitreisenden, einen Gruß zu, bedankte sich für die freundliche Aufnahme und war auch schon fast unhöflich schnell den gerade erst angelegten Steg runtergelaufen, um ihrem Vater um den Hals zu fallen. Während Andresen ihr rasches Verschwinden bedauerte und die älteren Kaufmänner verständnisvoll lächelten, schmunzelte Hansen hinter ihr her.

»Papusch, dass du gekommen bist! Ich freue mich so.« Fast hätte sie den Mann umgeworfen, der reglos in der Kälte stand und den Nieselregen ebenso wie seine Tochter nicht zu bemerken schien. Er sah sie nicht an, stand einfach nur da. Marie war traurig. Sie hatte geglaubt, dass während ihrer Abwesenheit ein Wunder geschehen war und ihr den Vater von früher zurückgebracht hatte. Doch das war nicht der Fall. Betrübt hakte sie ihn unter und wollte mit ihm nach Hause gehen, da entdeckte sie Achim Oeverbeck. Er kam gerade mit einem Handkarren die Beckergrube hinunter zum Holstenhafen, um sie und ihr Gepäck abzuholen.

»Marie, schön dass du wieder da bist! Geht es dir gut?« Er drückte ihr die Hand und sah sie eindringlich an. Ja, er meinte es ernst, er war wirklich froh über ihre Wiederkehr. Jedenfalls hatte Marie diesen Eindruck. Offenbar hatte er sich Sorgen gemacht, dass sie krank oder womöglich gar nicht zurückkommen würde.

»Guten Tag, Achim. Ja, es geht mir gut.« Und sie fügte hinzu:

»Und ich bin so froh, wieder hier zu sein. Ich hatte ja keine Ahnung, wie sehr mir Lübeck fehlen würde.«
»Ich habe versäumt, besseres Wetter zu deiner Ankunft zu bestellen«, scherzte Oeverbeck mit einem etwas unsicheren Lächeln. Er konnte die Augen nicht von Marie lassen, die inzwischen völlig durchnässt in ihrem violetten Cape mit weißem Pelzbesatz vor ihm stand. »Sehen wir zu, dass wir in die warme Stube kommen. Ich hole deine Koffer. Geht ihr am besten schon vor.«
Mit einem Blick auf ihren Vater, der unentwegt ins Leere starrend mit seinem Ehering auf seinen Daumennagel schlug, dass ein leises Klicken entstand, fragte Marie: »Ist er meinetwegen hier?«
Oeverbeck hob die Schultern. »Ich weiß es nicht. Deine Mutter hat ihm immer wieder gesagt, wann du voraussichtlich kommen wirst. Er ist in den letzten Tagen viel hier gesehen worden. Bei jedem Wetter. Ja, ich vermute, dass er dich abholen wollte.« Er lächelte ihr aufmunternd zu. »Es geht ihm nicht schlechter.«
Marie war sich nicht sicher, ob sie darüber erfreut sein sollte. Während Oeverbeck sich zur *Freja* begab, um das Gepäck zu holen, gingen sie und ihr Vater die Beckergrube hinauf bis zu ihrem Haus Nummer 13. Noch einmal drehte sie sich zu den schaukelnden Masten um. Wie weit und frei war das Meer gewesen, wie groß St. Petersburg. Die Straßen von Lübeck kamen ihr vor, als wären sie eingelaufen. Auch ihr Elternhaus, ein stattliches Backsteingebäude mit drei Stockwerken, erschien ihr plötzlich wie eine Puppenstube.
Therese, die aus dem Haus gestürzt kam, riss Marie aus ihren Gedanken. Sie konnte gar nicht schnell genug all ihre Fragen loswerden, und Marie merkte, wie schön es war, von der Reise und dem fernen Russland zu erzählen. Oeverbeck war wenige Minuten nach ihnen eingetroffen und hörte interessiert zu. Das

tat auch Margreth Kröger, nachdem sie ein paar Tränen geweint und dann über Maries Unvernunft geschimpft hatte, so eine weite und lange Reise angetreten zu haben.
Zum Abendessen erschien Dr. Grünbeck, der Marie vorkam, als wäre er noch kleiner und ganz sicher ein wenig runder geworden. Er war sichtlich erleichtert, dass ihr nichts zugestoßen war, und lobte sie für ihr umsichtiges Verhalten, als er die Geschichte des verdorbenen Bratens hörte. Nach dem Essen hatte Marie plötzlich das Gefühl, nicht eine Sekunde länger die Augen offen halten zu können. Oeverbeck und Grünbeck verabschiedeten sich, und Marie zog sich in ihr Zimmer zurück.
Obwohl sie festen Boden unter den Füßen hatte, spürte sie noch immer deutlich das Schwanken des Schiffs. Das würde auch morgen noch so sein. Sie kannte das schon von der Hinreise. Die Stille dröhnte in ihren Ohren, als sie aus den Kleidern schlüpfte. Wie sehr freute sie sich auf ihr eigenes weiches Bett. Sie fühlte sich überdreht und hatte Sorge, nicht einschlafen zu können. Dabei brauchte sie doch den Schlaf, denn am nächsten Tag wollte sie früh in die Konditorei gehen, um nach dem Rechten zu sehen und die neuen Aufträge vorzubereiten. Mit Achim hatte sie noch nicht über das Geschäft gesprochen. Sie hatte nur in aller Kürze von dem erhofften Erfolg der Reise berichtet. Und er hatte Andeutungen über Veränderungen gemacht, die bevorstanden. Vermutlich das Schaufenster, das sie sich gewünscht hatte. Sie wollte jetzt nicht mehr darüber nachdenken.
Als sie unter die dicke schwere Daunendecke schlüpfte und wohlig ihre Glieder streckte, wurde ihr mit einem Mal die düstere Atmosphäre im Haus bewusst. Sie fröstelte und zog die Decke höher. Ihr wurde klar, dass sie es nicht länger ertragen konnte, mit ihrer stets nörgelnden und jammernden Mutter und ihrem entrückten Vater täglich an einem Tisch zu sitzen. Sie wollte auch nicht mehr als Kind behandelt, sondern als erwachsene

Frau ernst genommen werden wie an Bord der *Freja*. Sie wollte die Freiheit und Leichtigkeit in ihrem Leben haben, die sie bei Thomas Hansen kennengelernt hatte. Plötzlich kam ihr eine Idee. Es war unter Lübecker Kaufleuten üblich, über ihrem Kontor oder ihrem Geschäft zu wohnen. Ihre Mutter hatte ihren Vater wie in so vielen Dingen dazu getrieben, es anders als die anderen zu machen. Sie wollte ein Haus, das ausschließlich zum Wohnen sein sollte. Lediglich ein Dienstmädchen und ein Knecht hatten im selben Gebäude ihre Kammern. Die anderen Bediensteten und Angestellten wohnten in kleinen Zimmern über der Konditorei auf der anderen Straßenseite der Beckergrube. Dort gab es außerdem eine kleine Wohnung, die sich ihre Brüder geteilt hatten, als sie flügge geworden waren. Seit Johann-Alexanders Tod war dort nicht viel verändert worden. Die Möbel standen noch an ihren Plätzen. Es waren nur einige Stücke hinzugekommen, die nicht mehr gebraucht wurden. Als Kind hatte Marie nicht verstanden, warum ihre Mutter so viel Wert auf diese Extrawurst legte. In dem Backsteinbau mit der Nummer 16 war mehr als genug Platz für die gesamte Familie. Heute war Marie froh über die Sonderwünsche ihrer Mutter. Sie würde in die kleine Wohnung ihrer Brüder über der Konditorei ziehen.

Die nächsten Tage flogen an Marie fast noch schneller vorbei, als die ihrer Reisevorbereitung es getan hatten. Ihre Mutter war erwartungsgemäß wenig begeistert von ihren Auszugsplänen, gab ihren Widerstand jedoch erstaunlich schnell auf. Marie ließ zunächst nur einige überflüssige Möbelstücke und die schweren dunklen Samtvorhänge entfernen und die Wände in einem hellen Rosaton streichen, wie sie einen in Russland im kleinen Speisezimmer des Zaren gesehen hatte. Dann ließ sie sich ihre Sachen bringen und richtete sich notdürftig ein. Nach und nach wollte sie sich eigene leichtere Möbel aussuchen, doch dafür war jetzt keine Zeit. Die Marzipanproduktion verlangte ihre ganze Aufmerksamkeit. Neben den Bestellungen, die sie aus Russland mitgebracht hatte, lagen weitere vor, darunter auch eine des frischgebackenen deutschen Kaisers Wilhelm I. Wie sollten sie das alles nur schaffen?

Sie saß mit Achim Oeverbeck in ihrem Kontor, das einmal ihrem Bruder Johann-Alexander gehört hatte. Auf ihrem Sekretär welkte ein Blumenstrauß, den Andresen zwei Tage nach Ankunft der *Freja* in Lübeck geschickt hatte. Sie ließ den Strauß nicht abräumen, obwohl er bereits unansehnlich war und zu riechen begann. Sie musste sich schließlich bedanken, sobald sie einen Moment Zeit dafür fand. Daran sollte der Strauß sie erinnern.

»Kaiser Wilhelm war ein wenig pikiert«, berichtete Oeverbeck, »dass er deutsches Marzipan vom russischen Zaren geschickt bekommt. Das konnte er nicht auf sich sitzenlassen und hat selbst eine umfangreiche Bestellung aufgegeben. Marie, das ist einfach wunderbar. Ich gebe zu, es war die richtige Entscheidung, dass du nach St. Petersburg gereist bist.«

Marie freute sich über dieses Lob.

»Danke, Achim. Johann-Alexander hatte eben recht, es ist immer gut, die Geschäftsbeziehungen persönlich zu pflegen.«

»Aber damit allein ist es nicht getan.« Oeverbeck bekam wieder den arroganten Ton, den Marie an ihm nicht leiden konnte. »Wenn wir alle Kunden pünktlich beliefern wollen, müssen wir schneller produzieren als bisher. Dafür brauchen wir Maschinen.«

»Maschinen?« Marie war skeptisch. »Gerade die Handarbeit trägt doch ein gut Teil zur hohen Qualität des Ergebnisses bei. Meinst du nicht auch?«

»Ach Marie, du solltest fortschrittlicher denken.«

Sie wurde wütend. »Oh, ich denke sehr wohl fortschrittlich. Apropos, wann bekommen wir eigentlich unser Schaufenster? Wenn wir noch lange warten, ist die Konditorei Kröger das letzte Geschäft in ganz Lübeck, das noch keines hat.«
»Was wir brauchen, ist kein Schaufenster, sondern eine von einer Dampfmaschine betriebene Walze«, sagte er, ohne weiter auf ihre Frage einzugehen. »Damit können wir die Mandeln mit weniger Leuten in kürzerer Zeit mahlen. Und das gilt auch für die Rohmasse.«
Das klang nicht unvernünftig. Trotzdem ärgerte sich Marie über Achim, der sie schon wieder behandelte, als hätte sie noch immer von geschäftlichen Dingen keine Ahnung.
»Besorge mir Zahlen. Ich muss wissen, was uns das kosten würde und ob wir uns die Maschine und das Schaufenster leisten können. Dann entscheide ich das.«
Oeverbeck atmete hörbar ein, sagte aber nichts. Stattdessen sah er sie mit einem ihr fremden Blick an, den sie seit ihrer Rückkehr schon hin und wieder an ihm bemerkt hatte. Seine verkniffenen Gesichtszüge entspannten sich, und er lächelte sogar ein wenig.
»Gut, Marie, du bekommst die Zahlen morgen. Wir müssen schnell entscheiden.«
»Danke«, sagte sie rasch, bevor er auch schon aus der Tür war.
Marie wollte zu Geibel gehen und sehen, ob es ihm gelungen war, eine Rezeptur mit Kaffeearoma auszutüfteln. Da kam Sophie, eins der Mädchen, das bei den Krögers hinter dem Ladentisch stand, mit einem Blumenstrauß. Marie mochte Sophie, die etwa im gleichen Alter war wie sie. Sie bewunderte deren Fröhlichkeit und Frechheit den jungen Burschen gegenüber.
»Den hat ein Bote für Sie gebracht«, sagte Sophie, streckte Marie einen Strauß duftender Bauernrosen und Maßliebchen entgegen und grinste unverschämt.

»Danke, Sophie.« Marie strahlte. Ihr Herz hüpfte vor Freude, und sie hatte keine Lust, das zu verbergen. Endlich auch ein Zeichen von Thomas Hansen, da war sie ganz sicher. Sie fischte die Karte aus den Blumen, die in einem weißen Umschlag steckte.

»Es ist gut, Sophie, danke«, sagte Marie, den von dem Mädchen neugierig beäugten Umschlag in der Hand, noch einmal und grinste nun ihrerseits.

Sophie verstand, deutete einen Knicks an und ließ Marie allein. Diese riss das Papier ungeduldig auf und war enttäuscht, als sie die Schrift erkannte. Es war wiederum Christian Andresen, der Sohn des Schlutuper Fischhändlers, der anfragte, ob er sie sehen dürfe. Sosehr sie auch bedauerte, dass es nicht Thomas Hansen war, der um ein Rendezvous bat, so stark meldete sich auch ihr schlechtes Gewissen. Hätte Andresen ihr wenigstens Vorwürfe gemacht, dass sie sich noch nicht einmal für den ersten Strauß bedankt hatte. Aber nein, kein Wort darüber. Rasch setzte sie sich an den Schreibtisch und schrieb ein paar unverbindliche Zeilen. Immerhin war es nicht gelogen, dass sie viel Arbeit hatte. Im Grunde hatte sie ja gar nichts gegen eine Verabredung einzuwenden, nur vielleicht ein wenig später, vertröstete sie ihn. Eilig klebte sie den Brief zu und gab ihn Sophie, die einen Boten bestellen und das Schreiben abliefern lassen sollte.

Es war die Sturmglocke, die Marie in der Nacht zum 11. November aus dem Bett holte. Schon in den letzten Tagen hatten sich Unwetter zusammengebraut, die sie froh sein ließen, dass sie nicht mehr an Bord der *Freja* war. Obwohl Lübeck wie eine Insel und damit auch immer überflutungsgefährdet war, fühlte sie sich hier sicher. Sie hatte sich nicht weiter um die schlechten Prognosen, die die gesamte deutsche Ostseeküste betrafen, gekümmert. Da waren einfach so viele andere Dinge in ihrem

Kopf, und sowohl das Wohnhaus als auch die Konditorei in der Beckergrube lagen an einem der höchsten Punkte der Stadt zur Breiten Straße hin. Für Marie gab es also keinen Grund zur Sorge. Trotzdem wurde ihr mulmig, als jetzt, mitten in der düsteren Nacht, die Sturmglocke nicht aufhören wollte die Menschen wachzurütteln. Schon hörte sie in den Zimmern der Angestellten Tumult. Sie zogen sich an und eilten hinunter auf die Straße, um zu sehen, ob sie helfen konnten. Vielleicht schauten sie aber auch nach, ob die Konditorei wirklich verschont war.
Marie sprang aus dem Bett. Sie wollte nicht, dass Achim Oeverbeck vom Pferdemarkt, wo er in einem kleinen Haus ohne Gas wohnte, eher im Geschäft ankam als sie, die sie direkt darüber schlief. In Windeseile war sie angezogen und rannte die breite Holztreppe hinab ins Erdgeschoss. Auf einen Blick war zu erkennen, dass hier alles in Ordnung war. Die Männer und Frauen, die für die Krögers backten, formten, kneteten, schminkten und natürlich auch verkauften, waren hinunter in Richtung Holstenhafen gelaufen, doch weiter als bis zur Böttcher Straße gelangten sie nicht, denn dort kam ihnen bereits das dreckige Wasser entgegen, das aus der Trave hoch und in die Gassen gedrückt wurde.
»Dat Water stiggt ümmer noch«, brüllte jemand.
Und tatsächlich. Marie konnte zusehen, wie es weiter in Richtung Ellernbrock schwappte. Oeverbeck kam in einem Ölmantel auf sie zugerannt.
»Alles in Ordnung bei dir?«, brüllte er gegen den wütenden Sturm und das Schreien der Menschen an, die versuchten auf dem Wasser treibende Ballen, Kisten, Säcke und Fässer zu greifen, bevor diese jemanden verletzen konnten.
»Ja«, antwortete Marie und nickte eifrig, da sie kaum zu hören war. »Die Konditorei ist trocken. Aber wenn das so weitergeht …«
Besorgt schaute sie wieder zu den schwarzen Wogen, die sich

anschickten, die ganze Stadt zu verschlingen. Zwei Stunden blieben sie alle noch draußen. Dann gab jemand Entwarnung. Der Wind hatte gedreht, der Wasserstand war seit rund einer halben Stunde unverändert. Sie konnten wieder ins Bett gehen.
»Lohnt sich fast gar nicht mehr«, brummte Oeverbeck. Trotzdem stapfte er fort in Richtung Pferdemarkt. Marie wusste, dass er recht hatte, doch auch sie beeilte sich, um sich wenigstens noch einmal in ihrem Bett aufwärmen zu können. Sie bekam ohnehin schon wenig Schlaf, da war ihr jede Minute heilig.

Am nächsten Morgen gab es im Laden nur ein Gesprächsthema – die Sturmflut, die die Ostseeküste mit großer Wucht heimgesucht hatte. Die einen wussten zu berichten, dass Keller der Häuser an Trave und Wakenitz vollgelaufen seien, andere erzählten gar von großen Steinen, die vom Grund der Flüsse und des Meers angespült und vom Wasser gegen Hauswände geschleudert worden waren. Riesige Löcher in den Wänden legten Zeugnis davon ab. Es war ein großes Glück, dass die Flut nicht eine Nacht vorher gekommen war, denn erst ab Martini patrouillierte die Hafenwache allnächtlich. Die vier Seeleute, die den ersten Dienst des Jahres verrichteten, waren zur Stelle, um schnell Alarm zu schlagen. Niemand mochte sich vorstellen, was geschehen wäre, wenn die Bürger gänzlich ohne Vorwarnung vom Wasser überrascht worden wären.
Marie interessierte sich nicht für die Schauergeschichten. Sie musste sich um die Handwerker kümmern, die gekommen waren, um das Schaufenster zu bauen. Als sie mit ihnen vor dem Haus stand, wo man ihr zeigte, wie die verglaste Präsentationsfläche verlaufen würde, sah sie noch immer schuftende Menschen, die Äste und Unrat aus dem stinkenden Wasser fischten. Sie gaben ein erbärmliches Bild ab, völlig durchnässt, mit dunklen Ringen unter den Augen und blau gefrorenen Lippen. Es

war November, und diese Menschen wateten nun schon seit Stunden durch das Wasser. Marie ließ die Handwerker allein, die sofort begannen die ersten Backsteine aus der Wand zu schlagen. Sie eilte zu Sophie, die mit den anderen notdürftig in einer von der Außenwand entfernten Ecke des Ladens den Verkauf weiterführte.

»Nimm eine Kiste Marzipankugeln und bring sie den Menschen unten beim Ellernbrock. Das wird sie wieder ein bisschen zu Kräften kommen lassen«, sagte sie zu ihr.

Sophie sah sie mit großen Augen an. »Aber Fräulein Kröger, das sind doch gar nicht unsere Kunden!«

»Na und?«

»Die Leute können sich das nicht leisten. Die, die da schuften, haben kein Geld für unser teures Marzipan.«

Marie musste lächeln. »Sie brauchen auch kein Geld, Sophie. Du sollst es ihnen so geben.«

»Schenken?« Sophies Augen wurden noch größer.

»Ja, schenken.«

»Was wird hier verschenkt«, fragte Oeverbeck, der aus seinem Kontor kam, um nach den Handwerkern zu sehen.

»Marzipankugeln. Ich soll den Leuten da draußen Marzipankugeln schenken, damit sie wieder zu Kräften kommen, hat Fräulein Kröger gesagt«, antwortete Sophie, die noch immer sichtlich überrascht war.

»Höre ich richtig?« Oeverbecks Stimme war schneidend.

Bevor Marie etwas erwidern konnte, hörte sie Thomas Hansen, der in dem allgemeinen Durcheinander von allen unbemerkt eingetreten war, sagen: »Ein trefflicher Einfall.« Er strahlte voller Begeisterung.

»Thomas«, rutschte es Marie heraus.

Oeverbeck sah sie fassungslos an. Er musste die Vertraulichkeit falsch deuten.

»Das Mädchen soll nur gut dafür sorgen, dass auch jeder mitbekommt, wer die edle Spende unter die Leute bringt. So etwas spricht sich herum. Besser könnt ihr gar nicht für eure Waren werben.« Hansen schien einen Moment nachzudenken. »Schade, dass ich das nicht nutzen kann. Den Leuten jetzt Rotwein zu bringen ist keine sehr gute Idee, was? Aber vielleicht einen heißen Punsch?« Er sah erwartungsvoll in die Runde.
»Der kann sicher nicht schaden«, bestätigte Sophie, die offenbar ihre Fassung wiedergefunden hatte.
»Richtig. Marie, ich muss gehen. Danke, du raffinierte Person.« Er küsste sie leicht auf die Wange. »Wirklich ein genialer Einfall«, murmelte er, als er schon wieder auf dem Weg nach draußen war.
Oeverbeck und Marie, die spürte, dass ihr Gesicht glühte, standen wie angewurzelt da. Noch einmal schwang die Tür auf, und Hansen steckte den Kopf herein.
»Komm doch heute Abend auf ein Gläschen Roten zu mir. Ich vermisse unsere wunderbaren Gespräche«, sagte er unverblümt.
»Gerne«, erwiderte Marie verlegen. Am liebsten wäre sie ihm um den Hals gefallen.
»Fein! So gegen acht Uhr?«
»Ja, das passt gut«, sagte sie, obwohl sie eigentlich neue Vorhänge für ihr Schlafzimmer und ein paar hübsche Bezüge für Sofakissen nähen wollte. Aber das konnte warten.
Oeverbeck verließ so kurz hinter Hansen die Konditorei, dass man hätte denken können, er wolle ihm nachlaufen, um ihn zu verprügeln. Und auch Sophie machte sich eilig auf den Weg, den Karton mit den Marzipankugeln unter dem Arm. Marie freute sich diebisch. Sie hatte keine Sekunde an Werbung für die Kröger'schen Leckereien gedacht, sie wollte nur helfen. Umso mehr freute sie sich, dass Thomas, ein gestandener Kaufmann, sie vor Achim so für ihren Geschäftssinn gelobt hatte.

Über die Einladung, den Kuss und darüber, dass er sie vermisste, freute sie sich noch mehr. Mit einem Schlag war die Müdigkeit, Quittung für die unterbrochene Nachtruhe, wie weggeblasen. Marie spürte eine Energie in sich, die sie durch den ganzen Tag begleitete.

Ehe sie sich's versah, war es Abend geworden. Sie zog das blaue Kleid an, das sie sich in St. Petersburg auf Thomas' Anraten hin gekauft hatte. Die Mutter des Zaren hatte ihren Lieblingsschneider kommen lassen, um seine Kreationen den Gästen aus Lübeck vorzuführen. Marie hatte nur das Cape mit dem Pelzbesatz kaufen wollen, aber Hansen meinte, das Blau passe perfekt zu ihren Augen, und so hatte sie auch das Kleid genommen.

Mit der Droschke ließ sie sich in die Königstraße bringen. Sie zitterte wie ein Grashalm im Wind, als sie die Glocke seines Hauses läutete. Und daran war sicher nicht nur die schneidende Novemberkälte schuld. Thomas öffnete ihr selbst die Tür.

»Oh, guten Abend!«

Marie war überrascht. Sie war davon ausgegangen, dass ein Bediensteter öffnen würde, wie es in den bürgerlichen Kreisen üblich war. Sie kannte es nicht anders. Doch Thomas scherte sich anscheinend nie um Konventionen oder um das, was man von einem Mann seines Standes erwartete, eine Eigenschaft, die Marie besonders an ihm faszinierte. Er sah gut aus. Zu der schwarzen Hose trug er ein weißes Hemd und darüber eine schwarze Strickjacke, die seidig schimmerte. Seine schwarzen Haare, während der Russlandreise ordentlich gewachsen, waren nun wieder perfekt in Form geschnitten, und auch der Bart war gestutzt. Er bat sie herein und schloss die Tür hinter ihr.

»Schön, dass du gekommen bist«, sagte er mit dieser tiefen weichen Stimme, die sie so vermisst hatte. Er führte sie eine breite Treppe aus dunklem Holz hinauf. Im Kamin flackerte ein Feuer, so dass es herrlich warm in der guten Stube war. Er nahm ihr das

Cape ab, warf es über einen Stuhl, zog sie an sich und küsste sie lange auf den Mund.

Als er ihre Lippen wieder frei gab, flüsterte sie: »Du hast mir gefehlt.«

»Ich weiß.« Er grinste und küsste sie wieder, fordernder diesmal. Ihre Lippen öffneten sich wie von alleine. Sie hatte so etwas noch nie erlebt, aber es fühlte sich richtig und einfach wundervoll an. Erneut ließ er von ihr ab, ohne die Arme von ihrer Taille zu nehmen. Seine braunen Augen glänzten. Sie sahen sich schweigend an. Marie wünschte, sie könnte erraten, was in seinem Kopf vorging, doch das gelang ihr bei diesem Mann einfach nicht. »Du musst diesen Wein probieren«, sagte er unvermittelt und ließ sie so plötzlich los, dass sie fast gefallen wäre.

Auf einem kleinen runden Tisch bei dem Kamin war eine Platte mit verschiedenen Fischhäppchen, etwas Käse und Oliven vorbereitet. Die Oliven und den Käse ließ Hansen sich aus Frankreich schicken. In einer Karaffe schimmerte Rotwein, der bei Zimmertemperatur schon eine Weile hatte atmen und sein Aroma optimal entfalten können. Neben dem Tisch standen zwei Sessel. Thomas schenkte Marie ein und bedeutete ihr, Platz zu nehmen. Sie setzte sich, nahm ihr Glas, schwenkte es, wie sie es bei ihrer ersten Begegnung im Amtshaus der Schiffer bei ihm gesehen hatte, und schnupperte vorsichtig.

»Der Duft erinnert mich an Weihnachten.« Sie sah ihn unsicher an.

»Ja, nicht? Er hat diesen Hauch von Nelke und Zimt. Jetzt nimm einen Schluck.«

Marie trank. »Er schmeckt würzig, aber auch sehr fruchtig. Es gibt überhaupt keine Säure, dafür ist er sehr üppig und warm.«

»Ganz genau. Du bist wirklich gut. Das habe ich damals schon gesagt. Du solltest mich das nächste Mal nach Frankreich begleiten, wenn ich neue Sorten einkaufe.«

»Das würde ich gern«, entfuhr es Marie, bevor sie darüber nachdenken konnte.
»Schön«, erwiderte er mit einem geheimnisvollen Lächeln. Seine Augen schienen noch dunkler zu sein als sonst.
Marie hätte nur zu gern gefragt, ob er allein in diesem Haus wohne. Sie war neugierig, ob er Geschwister hatte, warum er nicht verheiratet war. Auf dem Schiff hatten sie darüber nicht gesprochen, und auch jetzt traute sie sich nicht, danach zu fragen. Stattdessen überbrückte sie die Stille, indem sie seine Meinung zur Anschaffung einer Dampfmaschine erbat. Und schon waren sie in ein Gespräch über die Modernisierung verwickelt, wie sie sie an Bord oft geführt hatten. Nach sorgfältigem Abwägen des Für und Wider beschloss Marie, eine Dampfmaschine zu kaufen. Achim würde sich über diese Nachricht freuen. Später kam Hansen, der sich ein nach Vanille duftendes Pfeifchen angezündet hatte, noch einmal auf den Wein zu sprechen, von dem sie inzwischen eine Flasche geleert hatten. Und er wiederholte seinen Vorschlag, Marie mit nach Frankreich zu nehmen. Doch diesmal hörte es sich nicht an, als hätte er dabei die Idee im Kopf, ihr die liebliche Landschaft zu zeigen, von der er ihr schon so viel vorgeschwärmt hatte. Auch die Aussicht auf romantische Tage, in denen er sich ihr endlich erklären würde, war verflogen. Es klang nun viel mehr danach, als würde er mit dem jungen Château, von dem dieser Wein stammte, mehr ins Geschäft kommen und ihre Meinung zu den Tropfen des neuen Jahrgangs hören wollen. Marie freute sich einerseits, dass er sie so ernst nahm und an ihrem Urteil interessiert war, andererseits fiel es ihr sehr schwer, in einer Sekunde wie eine Geliebte und in der anderen wie eine Beraterin behandelt zu werden. Sie wollte beides sein. Es ging auf Mitternacht zu, als sie ihn bat, eine Droschke zu rufen.
»Ich bringe dich zur Tür«, sagte er und legte ihr das Cape um die

Schultern. Er ließ seine Hände an ihrem Hals liegen und sah ihr in die Augen. »Du bringst mich durcheinander, Marie Kröger.« Zum ersten Mal klang er ein wenig unsicher.
»Ich dich?« Marie war entgeistert. Es war doch wohl eher umgekehrt.
»Ich hoffe, ich kann standhaft bleiben und lande nicht doch noch an der Leine«, erwiderte er ernst, ihre Worte ignorierend. Zum Abschied küssten sie sich nicht, und es gab auch keine Verabredung für ein Wiedersehen.

Ende November, gerade rechtzeitig zum Weihnachtsgeschäft, wurde das Kröger'sche Schaufenster fertig. Marie ließ dort die herrlichsten Figuren und Torten aus Marzipan drapieren und freute sich jeden Tag, wenn die noblen Lübecker Kaufleute sich die Nasen an der Glasscheibe platt drückten.
Oeverbeck war vollauf damit beschäftigt, die Produktion mit der neuen Maschine zu überwachen. Auf Mitarbeiter verzichten konnten sie im Gegensatz zu seiner Prognose nicht, weil zu den Aufträgen aus dem Zaren- und Kaiserhaus nun auch noch lübische Patrizier reichlich für Weihnachten orderten. Selbst nicht so wohlhabende Bürger wollten sich für das Fest etwas Besonderes gönnen und kauften in den ersten Dezembertagen Konfekt, so dass Marie, Oeverbeck und die komplette Mannschaft kaum hinterherkamen. Die Maschine war ein Segen. Viel schneller und vor allem mit weniger Körperkraft konnten Zucker und Mandeln fein gemahlen und die Rohmasse ausgewalzt werden. Marie probierte davon und war mit Geschmack und Konsistenz in großem Maße zufrieden. Wenn man überhaupt davon sprechen konnte, dass die Lübecker Spezialität ein wenig von ihrem Schmelz eingebüßt hatte, so war das ein Preis, den man für die Arbeitserleichterung gern zahlte.
Oeverbeck und Marie gestanden sich keine Ruhe zu. Uner-

müdlich füllte Marie Mandeln, Zucker und Rosenwasser ab. Wenn es sein musste, griff sie auch selbst zum Schnitzmesser, um einfache Formen nachzuarbeiten, oder sie schminkte die Marzipan-Weihnachtsmänner mit leuchtendem Rot und die Weihnachtsbäume kräftig grün, die in diesem Jahr neu angeboten wurden.

Die Zeit verflog. Marie kam kaum noch dazu, nach ihrem Vater zu sehen, der seit ihrer Rückkehr aus Russland noch nicht gesprochen hatte. Auch schaffte sie es nicht, Weihnachtsgeschenke zu besorgen. Sie schickte Therese los, um etwas für ihre Mutter, für Oeverbeck und die Mitarbeiter zu kaufen. Um das Geschenk für Therese musste Sophie sich kümmern. Es war Tradition im Hause Kröger, für die Angestellten und Bediensteten eine Kleinigkeit unter den Christbaum zu legen. Und Marie fand, dass sie es sich in diesem Jahr mehr denn je verdient hatten.

Zwei Tage vor dem Fest begann der traditionelle Weihnachtsmarkt auf dem Platz vor dem Rathaus und um die Marienkirche. Pünktlich nachdem die Buden der Hut- und Korbmacher, der Zinngießer, der Spielwarenhändler und Kuchenbäcker auf ihren angestammten Plätzen aufgebaut waren, fielen dicke Schneeflocken vom Himmel. Als Kind war es Maries größtes Vergnügen, an der Hand ihres Vaters in ihren Wollmantel gewickelt und mit einer zu großen Mütze auf dem Kopf über den Markt zu bummeln. Überall duftete es herrlich nach gebrannten Mandeln und Maronen, nach Punsch, Orangen und Zimt. Der Duft war der Gleiche geblieben, doch die unbeschwerten Kindertage waren vorüber. Trotzdem genoss sie es, wenigstens kurz zwischen den Buden hindurchzulaufen und sich die Arbeiten der Korbmacher und das Konfekt der anderen Konditoren anzusehen. Sie kaufte einige Pralinen, die sie ihrem Vater bringen wollte. Am Stand des Zinngießers entdeckte sie eine kleine Weltkugel. Sofort musste sie an Thomas denken, der mehr als

einmal von seinem Traum, die ganze Welt zu bereisen, gesprochen hatte.
»Was soll die kosten?«, fragte sie den Mann, der sich auf die Fingerspitzen hauchte, die aus abgeschnittenen Handschuhen hervorlugten.
»Sechs Mark«, antwortete er.
Das war viel Geld. Für sechs Mark arbeiteten ihre Bediensteten zwei volle Tage. Doch die kleine Weltkugel gefiel ihr. Und sie würde Thomas gefallen, dessen war sie sich sicher. Also kaufte sie das kleine Kunstwerk kurz entschlossen.
Den Heiligen Abend verbrachte sie todmüde im Kreis ihrer Familie, wozu der alleinstehende Dr. Grünbeck zählte. Es war Tradition, dass er sich für ein Stündchen oder zwei zu ihnen gesellte. Marie war froh über seine Anwesenheit, denn ihr Vater sprach auch an diesem Abend nicht, und ihre Mutter kannte nur Themen, für die sie sich nicht im Geringsten interessierte. Bald nach dem Essen verabschiedete sie sich. Sie stapfte durch den zentimeterhohen Schnee die kurze Strecke zur Konditorei, schleppte sich erschöpft die Treppe hoch und fiel in ihr Bett.
Andresen hatte ihr einen golden bestickten Seidenschal geschickt. Von Thomas hörte sie nichts. Am ersten Feiertag packte sie eigenhändig die letzte der großen Marzipantorten, die das Fest überlebt hatten, ein und ließ sie an Andresen liefern.
Von Thomas kam zwei Tage später eine Kiste Rotwein und ein Kärtchen, auf dem er ihr mitteilte, dass er sich über die kleine Zinnkugel von Herzen gefreut habe. Die Feiertage würden ihm nichts bedeuten, ließ er sie wissen, weshalb er sie nicht bedacht habe. Doch nachdem sie ihn mit dem hübschen Geschenk so glücklich gemacht habe, müsse er wohl seine Meinung über weihnachtliche Traditionen revidieren, schrieb er. Bei der Gelegenheit fragte er an, ob sie ihn zur Neujahrsvorstellung des Theaters begleiten wolle. Marie brauchte keine Minute zu überlegen und

schickte ihre Zusage sofort durch einen ihrer Mitarbeiter in die Königstraße. Sein Geschenk aber hatte, was die Auswahl betraf, einen schalen Beigeschmack. Marie sah auf den ersten Blick, dass es der Wein war, den sie zusammen in seinem Haus getrunken hatten. Und sie wusste, dass dieser erlesene Tropfen teuer war. Nur war das Präsent leider überhaupt nicht persönlich. Hätte er ihr doch den Schal geschickt, den sie von Andresen bekommen hatte. Außerdem fragte sie sich, wie er wohl die Silvesternacht verbringen würde. Feierte man nicht mit Menschen in das neue Jahr, die einem am nächsten standen. Wer war das für ihn? Bei dem Gedanken, dass sie offenkundig nicht dazugehörte, wurde ihr das Herz schwer. Und mit wem würde sie feiern? Sie musste sich eingestehen, dass sie darauf gehofft hatte, bei Thomas zu sein. Die Familienfeste von früher gab es nicht mehr, und Freunde hatte Marie nicht. Seit der abrupten Veränderung ihres Lebens gab es kaum noch Kontakt zu den damaligen Ballett-Mädchen. Sie kannte nur noch ihre Arbeit. Als der letzte Tag des Jahres schließlich gekommen war, bedauerte Marie es nicht mehr, dass sie zu keinem rauschenden Fest eingeladen war. Sie wollte nur noch in ihr Bett und einmal gründlich ausschlafen.

Es war gegen elf Uhr in der Nacht, als Marie von Geräuschen im Haus geweckt wurde. Sie setzte sich in ihrem Bett auf und lauschte in die Dunkelheit. Ihr Herz klopfte, und sie traute sich kaum zu atmen. Sie konnte gedämpftes Kichern hören. Es klang, als ob jemand herzhaft lachen müsste, es zu unterdrücken versuchte und deshalb immer heftiger von Lachanfällen geschüttelt würde. Marie entspannte sich. Einbrecher oder andere Finsterlinge, die Böses im Schilde führten, würden wohl kaum herumalbern. Es war Silvester. Sie konnte davon ausgehen, dass einige der Angestellten in ihren Kammern ein wenig feierten. Ja, ganz eindeutig. Irgendjemand begann laut zu singen:

»Wenn hier 'n Pott mit Bohnen steit
un dor 'n Pott mit Brie,
denn lat ick Brie un Bohnen stahn
un danz mit min Marie!«

Wieder wurde gekichert. Eine Frauenstimme ermahnte mit einem »Pscht!«, leise zu sein. Marie hörte ihren Namen. Ob man sich über sie lustig machte? Sie war jetzt hellwach und merkte, dass sie hungrig war. Kein Wunder, sie war sehr früh ins Bett gegangen und hatte seit Stunden nichts in den Magen bekommen.

Sie stand auf, schaltete die Gasbeleuchtung an, die kurz aufflackerte und dann gleichmäßig brannte. Nachdem sie sich ein einfaches Hauskleid angezogen hatte, schlich sie hinunter in die Konditorei, um sich aus den Lagerräumen eine Süßigkeit zu holen. Als sie wieder auf dem Weg nach oben war, stolperte Sophie aus einem der Zimmer, geradewegs in Maries Arme. Dieser fiel die Serviette aus der Hand, in die sie ein Kuchenstück und eine mit Sahne gefüllte Schokoladenrolle gewickelt hatte. Beide Frauen waren gleichermaßen erschrocken. Marie war es fürchterlich peinlich, dass sie nachts mit ihrer süßen Beute erwischt wurde. Zwar war sie nach der Reise und den Strapazen der letzten Wochen schlank, wenn nicht gar dünn geworden und konnte sorglos Kuchen essen, und dennoch fühlte sie sich ertappt wie eine Diebin. Sophie war es nicht minder unangenehm, ihre Chefin derart kräftig angerempelt zu haben. Sie bückten sich gleichzeitig, um das Malheur von den auf Hochglanz polierten Dielen zu entfernen. Dabei stießen sie mit den Köpfen aneinander.

»Verdurri noch mal«, schimpfte Sophie wie ein Gassenmädchen.

»Oh, Verzeihung, Fräulein Kröger«, entschuldigte sie sich eilig.

Marie konnte nichts erwidern, sie musste lachen. Da stand sie nun in einem einfachen Hauskleid, das einen Sahnespritzer abbekommen hatte, in der Silvesternacht ihrer Angestellten gegenüber inmitten von Krümeln und Creme und rieb sich genau wie diese den Kopf. Auch Sophie konnte nun nicht mehr an sich halten. Sie platzte los, und so standen sie da und schütteten sich vor Lachen aus. Franz, ein hübscher Kerl mit braunen Locken und kräftigen Armen, der für das Mahlen der Zuckerhüte und der Mandeln zuständig war, steckte den Kopf zur Tür heraus und staunte nicht schlecht über den Anblick, der sich ihm bot.

»Was ist denn hier los?«

»Ich fürchte, ich habe Fräulein Kröger über den Haufen gerannt«, prustete Sophie, die, wie ihre Stimme verriet, bestimmt schon mehr als ein Glas Bier getrunken hatte.

»Und ich fürchte, ich bin beim Naschen erwischt worden und habe im Weg gestanden«, sagte Marie und fiel erneut in das alberne Gekicher ein.

Franz grinste breit. »Frauen haben aber auch nur Unfug im Kopf!« Sophie sah ihn erschrocken an. Ihm wurde klar, was er da gesagt hatte, und auch ihm verging schlagartig die gute Laune. Er stammelte: »Verzeihung, Fräulein Kröger, das gilt natürlich nicht für Sie!«

»Bin ich etwa keine Frau?«

»Doch, doch, schon, nur …« Ihm fehlten die Worte.

»Schon gut«, erlöste Marie ihn. »Hast ja recht.« Sie betrachtete die Bescherung auf dem Fußboden. »Am besten, ich hole die Kehrschaufel, damit nicht noch jemand ausrutscht.«

»Nein, gnädiges Fräulein, das mach ich. Ist schließlich meine Schuld«, sagte Sophie und huschte auch schon an ihr vorbei.

Marie sammelte die großen Brocken mit der Serviette auf.

»Eigentlich hatte ich sowieso keinen Appetit auf Süßes«, sagte sie und musste wieder lachen.

»Wir haben noch ’n bitten Hering übrig und Salzgebäck. Wenn Sie mögen.« Franz strahlte sie erleichtert an.
»Danke, Franz, das ist nett, aber ich kann doch nicht so …« Sie sah an sich hinunter. Hätte sie geahnt, dass ihr jemand über den Weg laufen würde, hätte sie sich etwas anderes angezogen. Das rote Leinenkleid war schon recht zerschlissen, und ihre Haare fielen ihr so lockig und zersaust über die Schultern, wie sie vom Schlaf nun einmal zugerichtet waren.
»Aber warum denn nicht?« Franz, der bestimmt schon so manchem Mädchen das Herz gebrochen hatte, war jetzt in seinem Element. »Sie sehen hinreißend aus!« Er machte einen übertriebenen Diener vor ihr.
Sophie war zurück, entfernte mit geschickten Handgriffen den klebrigen Kuchen und putzte mit flinken Fingern, so dass innerhalb kürzester Zeit nichts mehr von dem kleinen Zusammentreffen zu sehen war.
»Da ist wohl nichts mehr zu retten«, stellte sie mit einem Blick auf die Reste des Naschwerks fest und musste schon wieder lachen.
»Macht nichts«, verkündete Franz. »Fräulein Kröger kommt mit zu uns und bekommt den Hering.«
Sophie zog verblüfft die Augenbrauen hoch.
»Nein, nein, das ist wirklich sehr nett, aber ich möchte nicht stören«, winkte Marie ab, die Sophies Blick falsch gedeutet hatte.
»Ja haben Sie denn keine andere Verabredung?«, fragte Sophie neugierig.
»Nein, ich wollte mich mal ausruhen«, erklärte Marie. Das war nicht gelogen.
»Ausgerechnet in der Silvesternacht?« Auf so eine Idee wäre das Mädchen mit den rötlichen Haaren nie gekommen. »Das neue Jahr muss gefeiert werden, sonst ist es beleidigt und wird ster-

benslangweilig«, stellte Sophie fest, wobei ihr das letzte Wort nur schwer über die Lippen kam. Sie hatte wohl noch mehr Gläser Bier gehabt, als Marie zunächst vermutet hatte.

»Wo bleibt ihr denn? Oh …« Hannes und Rieke, ebenfalls im Dienste der Krögers, tauchten im Türrahmen auf. Die dralle Rieke strich rasch ihren Rock glatt und richtete ihre Bluse, als sie Marie bemerkte. Es war offensichtlich, womit sie und Hannes, ein großer Jüngling mit hellblondem Haar und leuchtend blauen Augen, sich die Zeit vertrieben hatten, seit Franz und Sophie verschwunden waren.

»Fräulein Kröger feiert mit uns«, posaunte Sophie fröhlich heraus.

Marie holte Luft, um noch einmal zu protestieren, obwohl ihr der Gedanke immer besser gefiel, mit Sophie und Franz und Rieke und Hannes, die erstens in ihrem Alter und zweitens in bester Feierlaune waren, das neue Jahr zu begrüßen.

»Keine Widerrede«, kam Franz ihr zuvor. »Und ziehen Sie sich bloß nix anderes an. Sie sehen so viel schöner aus als in den feinen Kleidern und mit dem strengen Dutt, den Sie im Geschäft immer tragen.« Seine Augen leuchteten. Ihm schien wirklich zu gefallen, was er sah.

»Außerdem reicht die Zeit sowieso nicht mehr zum Umziehen«, sagte Sophie. »Ist ja gleich Mitternacht.«

»Einverstanden«, gab sich Marie geschlagen. »Aber die Zeit wird doch wohl noch reichen, um etwas Wein zu holen, oder?«

Das brauchte sie den anderen nicht zweimal zu sagen. Also lief sie schnell auf ihr Zimmer, schnappte zwei Flaschen von Hansens teurem Wein und kehrte in die Stube von Rieke, wo die Silvesterfeier veranstaltet wurde, zurück. Kaum war die erste Flasche entkorkt und der Wein in fünf Gläser geschenkt, schlug auch schon die Turmuhr von St. Jacobi. Sie prosteten sich fröhlich zu. Es dauerte nicht lange, da wurde die zweite Flasche geöffnet, und Marie bestand darauf, dass sie nicht mehr Fräulein Kröger, sondern Marie genannt wurde. Als sie die nächsten beiden Flaschen holte, musste sie kichern. Thomas würde die Hände über dem Kopf zusammenschlagen, wenn er mit ansehen müsste, wie der Wein ohne atmen zu können sofort getrunken wurde. Und die anderen tranken ihn wirklich wie Wasser, ohne zu ahnen, was Hansen von seinen Kunden für eine Flasche verlangte.

Geschieht ihm recht, freute sich Marie im Stillen. Und sie hätte sich keinen schöneren Anlass und keine bessere Gesellschaft vorstellen können, um den kostbaren Bordeaux zu trinken.

Am nächsten Morgen blieb Marie lange im Bett. Es war schon Zeit fürs Mittagessen, als Therese herüberkam und an ihre Tür klopfte.

»Ihre Mutter wünscht Sie zum Essen zu sehen, Fräulein Kröger«, sagte sie. »Ach ja, und ein glückliches neues Jahr wünsche ich Ihnen, gnädiges Fräulein.«

»Das wünsche ich dir auch, Therese, danke.« Sie hatte sich nur rasch einen Morgenmantel übergeworfen und gähnte herzhaft. »Ich bin in zwanzig Minuten da«, versprach sie und saß tatsächlich weniger als eine halbe Stunde später am Mittagstisch ihrer Eltern. Doch sie blieb nicht lange. Schon bald nach dem Essen verabschiedete sie sich unter dem Gezeter ihrer Mutter.

Wieder in ihrer Wohnung, bereitete sie sich in dem Badezuber, den sie sich in ihrer Stube neben dem kleinen Sekretär hatte aufstellen lassen, ein Bad und streckte sich wohlig im heißen Wasser, dem sie einige Tropfen Rosenessenz beigemischt hatte, die eigentlich für das Marzipan gedacht war. Anschließend cremte sie sich von Kopf bis Fuß ein, stieg in ihr türkisfarbenes Abendkleid mit den weißen Spitzen und legte den verspielten Silberschmuck, Erbstücke ihrer Großmutter, an. Als ihr Haar trocken war, bürstete sie es durch und wollte es schon wie gewohnt zu einem Knoten drehen, da fielen ihr die Worte von Franz und sein Blick ein. Kurzerhand schob sie nur einen Silberreif über die Stirn nach oben, der die blonde Lockenpracht bändigen und aus ihrem Gesicht halten würde.

Es schneite wieder, und Marie hüllte sich in ein schwarzes Samtcape mit Kapuze. Die Hände steckten in einem silbergrauen Persermuff. Bis zum Stadttheater, das in der Beckergrube unweit der Kröger'schen Konditorei lag, waren es nur wenige Meter. So ging sie zu Fuß und traf Thomas direkt vor dem Eingang. Als sie ihr Cape an der Garderobe abgegeben hatte und das Funkeln in Thomas' Augen sah, wusste sie, dass sie die richtige Kleiderwahl getroffen hatte.

»Du bist eine sehr schöne Frau. Und das weißt du genau«, sagte er leise, während er sie in die Loge führte. »Das ist gefährlich.«

»Warum sollte das gefährlich sein?«, fragte Marie arglos.

»Für mich bist du gefährlich«, antwortete er.

Es wurde ein Querschnitt aus Shakespeare-Komödien gespielt. Eine derb-frivole Szene reihte sich an die andere. In der Pause verließen einige Lübecker Paare, darunter auch ein Senator und seine Frau, entrüstet das Theater. Den meisten aber gefiel das Spektakel ausnehmend gut.

Auch Marie und Thomas amüsierten sich königlich. Zwischendurch spürte Marie, dass er sie ansah. Sie wandte ihm das Gesicht zu und versank für einen Moment in dem feurigen Glanz seiner Augen. Sie musste schlucken. Das freizügige Spiel auf der Bühne hatte sie nicht kaltgelassen, und Thomas schien es ähnlich zu ergehen.

Nach der Aufführung begleitete Thomas Marie nach Hause.

»Kommst du noch mit rauf?«, fragte sie.

Er lächelte. »Bist du sicher?«

»Ja«, sagte sie, ohne lange nachzudenken. Sie war sich sicher.

Diesmal war sie es, die, in der Stube angekommen, sein Gesicht zwischen ihre Hände nahm und küsste. Ihre Lippen erkundeten die kaum spürbaren Narben seiner Haut, die Haare seines Bartes, die wie Nadeln piekten, und vor allem seine weichen Lippen. Sie saugte und knabberte liebevoll daran. Thomas stöhnte auf.

»Was tust du denn da?«, fragte er. Es klang fast ein wenig verzweifelt.

»Wie fühlt es sich denn an?«, fragte Marie zurück.

»Das solltest du nicht«, sagte er halbherzig.

»Oh, ich finde, dass ich das schon längst hätte tun sollen«, erwiderte sie und ließ ihre Lippen über seinen Hals wandern.

»Marie!« Er schob sie sanft von sich. »Ich möchte nicht, dass du etwas tust, was dir nachher leidtut. Sieh mal, wir sind doch gute Freunde …«

Weiter kam er nicht. Marie zog die Hände zurück, als hätte sie sich an ihm verbrannt.

»Ach so ist das«, sagte sie kurz.

»Marie!« Seine Stimme war warm und einschmeichelnd, doch damit erreichte er bei ihr nichts mehr.

»Du hattest sonst doch auch nichts gegen einen Kuss einzuwenden«, sagte sie und reckte frech das Kinn. »Ich dachte, du wärst darauf aus, als du mit heraufgekommen bist.« Sollte er doch glauben, dass es für sie nichts weiter bedeutete.

»So ein Mädchen bist du doch nicht, das sich nur aus Spaß einem Mann hingibt.« Sie konnte ihm offenbar nichts vormachen. »Und ich?«, fragte er leise. »Du kennst mich doch gar nicht.« Er löste sich von ihr und spazierte durch das Zimmer. »Was weißt du schon von mir?«

Sie musste sich eingestehen, dass er recht hatte. Sie wusste nichts. Bisher hatte ihr das nichts ausgemacht. Er würde ihr schon sagen, was sie wissen sollte, wenn die Zeit dafür reif war. Jetzt war sie nicht mehr so sicher. Vielleicht gab es Geheimnisse, die er lieber für sich behalten sollte, vielleicht hatte er ja sogar eine Frau in Frankreich oder sonst wo auf der Welt. Er kam wieder auf sie zu.

»Marie, ich bin nicht gut für dich. Als Mann, meine ich. Ich bin ein guter Freund. Du kannst immer deine geschäftlichen Probleme mit mir besprechen und dich mit allen Sorgen an mich wenden.«

»Danke«, sagte sie kühl. »Ich werde bei Bedarf darauf zurückkommen.«

»O Marie, bitte nicht dieses Spiel. Ich bin ehrlich zu dir. Benimm dich bitte wie eine erwachsene Frau. Beschimpf mich meinetwegen, aber sei doch bitte auch ehrlich. Was hast du denn von mir erwartet?«

Sie sah ihm in die Augen. »Nichts, Thomas. Ich habe gar nichts von dir erwartet.« Und plötzlich lächelte sie ihn an. »Du küsst gut«, sagte sie und legte keck den Kopf zur Seite, fühlte sich elend dabei. »Das weiß ich, und das mag ich. Das ist alles.«

Noch waren Zweifel in seinem Blick, doch Marie hielt der kritischen Musterung mit einem umwerfenden Strahlen stand.

»Gut«, sagte Thomas schließlich, der offenbar auf ihre Komödie hereinfiel. Nach so viel Shakespeare hätte er es besser wissen können. »Dann bin ich beruhigt. Siehst du, ich bin kein Mann zum Heiraten. Ich hatte schon befürchtet … Na ja, und bei dir bin ich nicht sicher, ob ich standhaft geblieben wäre. Sei's drum, ich bin wirklich froh, dass du keine Flausen im Kopf hast.«

Eine Weile schwiegen sie beide, dann redeten sie noch ein wenig über das Theater, doch so richtig wollte die Unterhaltung nicht mehr in Gang kommen. Außerdem merkte Marie immer mehr, wie sehr sie sich ärgerte. Und plötzlich sprudelte die Geschichte von der Silvesternacht aus ihr heraus. Sie erzählte, dass sie fast vier Flaschen von dem Wein getrunken hatten, und konnte an seinem Gesicht ablesen, wie ihm das missfiel. Dann holte sie den

Seidenschal von Andresen aus ihrer Kommode und zeigte ihn Thomas.

»Das hier ist übrigens ein Weihnachtsgeschenk von Andresen. Du erinnerst dich doch bestimmt an den Sohn des Fischhändlers?«

»Natürlich erinnere ich mich an ihn«, sagte Thomas.

»Er hat mich schon mehrfach gebeten, ihn zu treffen, aber ich hatte so viel Arbeit«, plapperte sie weiter. »Ich muss mir wirklich mal einen Abend für ihn reservieren. Er ist doch nett, findest du nicht auch?«

»Ja, er ist nett, langweilig, aber nett. Er ist ein Mann zum Heiraten. Du solltest dich unbedingt mal mit ihm treffen.«

Marie fühlte sich, als hätte er einen Eimer Eiswasser über ihr ausgeschüttet. Bevor sie noch etwas erwidern konnte, verabschiedete er sich und war weg.

IV

Das Jahr raste nur so an Marie vorbei. Andresen hatte ihr wieder Blumen und Kaviar geschickt und sie seine Einladung endlich angenommen. Es war ein überraschend netter Abend geworden. Nicht vergleichbar mit den ausgelassenen Abenden oder hitzigen Diskussionen mit Thomas Hansen, aber doch sehr angenehm. Sie sahen sich hin und wieder, gingen spazieren und tauschten sich über die aktuellen Senatsentscheidungen aus. Marie bemerkte schnell, dass Andresen meistens ihre Meinung übernahm, und ihr verging die Lust, mit ihm über Politik oder Wirtschaft zu reden. Sie beließ es bei einem unverbindlichen Geplänkel über das Wetter, neue Moden und das kulturelle Angebot Lübecks. Nebenbei erfuhr sie einiges über die Fischräucherei. Ebenso unverbindlich, wie ihre Konversation, war auch der körperliche Kontakt. Seine wenigen scheuen Versuche ignorierte Marie geflissentlich. Zwar ließ sie es zu, dass er während eines Spaziergangs ihre Hand nahm oder sie zum Abschied auf beide Wangen küsste wie ein Vater sein Kind, doch sie ermutigte ihn nicht dazu, weiterzugehen. Thomas sah sie nach dem Neujahrsabend einige Wochen nicht. Dann spazierte er wieder in die Konditorei, als wäre zwischen ihnen nichts gewesen, und lud sie auf ein Glas Wein oder zum Essen in die Schiffergesellschaft ein, doch sie lehnte immer mit Ausflüchten

ab. Natürlich durchschaute er sie rasch und fing sie eines Tages ab, als sie gerade die Kirche verließ.
»Wie lange soll das noch so weitergehen, Marie?«, kam er ohne Umschweife auf den Punkt.
»Was meinst du?« Schon als sie es ausgesprochen hatte, bereute sie die Frage. Sie wollte keine Spielchen mit ihm spielen.
»Das weißt du genau. Wenn du mich nicht mehr sehen willst, brauchst du es nur zu sagen. Ich muss nicht noch öfter zu dir kommen, um mir Abfuhren zu holen.«
Marie senkte den Kopf. »Ich hatte wirklich viel zu tun«, murmelte sie. »Außerdem musste ich mir erst klarwerden, was das mit uns werden soll. Also, nachdem du mir damals in der Nacht in meiner Wohnung diese Dinge gesagt hast …« Sie stockte.
Er legte einen Zeigefinger unter ihr Kinn und hob ihr Gesicht an, bis sie seinem Blick nicht mehr ausweichen konnte.
»Was habe ich denn so Böses gesagt? Habe ich dir etwa die Freundschaft gekündigt?«
»Nein.«
»Na also. Und du? Möchtest du diese Freundschaft lieber beenden, weil ich nicht gleich bereit bin, dir einen Antrag zu machen?«
Sie schüttelte den Kopf. »Nein, natürlich nicht.«
Seit diesem Sonntag im April war der Bann zwischen ihnen gebrochen. Sie konnten wieder miteinander reden und lachen. Den Sommer verbrachte Thomas wie die meisten Lübecker, die etwas auf sich hielten, in Travemünde. Ihm gehörte ein Haus in der Vorderreihe, um das Marie ihn sehr beneidete. Von der verglasten Veranda aus hatte man einen herrlichen Blick auf die Trave, und bis zum Ostseestrand war es nur ein kurzer Fußweg. Auch die Krögers hatten die Sommerferien stets in Travemünde verlebt – bis zum Tod von Enno. Danach konnten es die

Eltern nicht mehr ertragen, auch nur das salzige Meer zu riechen. Allein oder mit Johann-Alexander war es Marie nicht möglich, in das mondäne Ostseebad zu fahren, was sie sehr bedauerte. Umso mehr freute sie sich, dass sie nun selbst entscheiden und sehr wohl alleine reisen konnte. Und so mietete sie sich drei Wochen im Hotel *Stadt Hamburg* unweit von Thomas' Haus ein. In dieser Zeit erlahmte das Leben in Lübeck ohnehin, weil fast alle Kaufleute vor der Hitze aus der Stadt flüchteten. Achim Oeverbeck wurde spielend ohne sie fertig. Vor ihrer Abreise fragte er sie nur noch – zum wiederholten Male – nach dem Marzipanrezept.

»Wäre es nicht bedauerlich, wenn die Rohmasse zur Neige ginge, während du an der See bist? Ich würde dich wirklich nur ungern in deinem Urlaub behelligen. Du hast dir etwas Erholung verdient.«

Marie störte das Gönnerhafte in seiner Stimme. Außerdem blieben seine Augen kalt. Ihre Zusammenarbeit lief inzwischen recht ordentlich. Er hatte einsehen müssen und auch zugegeben, dass ihre Entscheidungen zum Wohle der Konditorei waren und dass sie sich zu einer ebenso tüchtigen wie auch fähigen Geschäftsfrau entwickelt hatte. Trotzdem traute sie ihm nicht, und es kam auch immer wieder zu kleinen Reibereien. Er konnte es einfach nicht lassen, sich wie der Chef zu gebärden, und sie als dummes Kind zu behandeln.

»Danke für deine Rücksicht, Achim«, sagte sie, »aber du brauchst keine Sorge zu haben, es ist genug Rohmasse da. Ich habe das kontrolliert. Und in dieser Zeit wird immer wenig gekauft, das weißt du doch.« Sie konnte sehen, wie seine Miene sich verdüsterte. »Sollte etwas Außergewöhnliches sein, weißt du ja, wo du mich erreichen kannst.« Damit war sie wie immer, wenn er nach dem Rezept fragte, ausgewichen, ohne auf seine Bitte einzugehen.

Viel zu schnell kündigten Stürme das unvermeidbare Ende des Sommers und den nahenden Herbst an. Im Oktober fegte ein gewaltiges Unwetter über die Ostseeküste. Lübeck war diesmal kaum betroffen, nur die Häuser, die direkt an den Ufern der Wakenitz und der Trave standen, liefen bis zum ersten Stock voll. Das kannten die Bewohner nicht anders. Von Mecklenburg berichteten die Leute, dass es schwere Schäden gebe. Ebenso von Travemünde. Marie machte sich Sorgen um das wunderschöne Haus von Thomas. Um ihn brauchte sie nicht zu fürchten, denn spätestens ab Oktober wurde es still in dem hübschen Seebad. Hotels und Pensionen schlossen ihre Pforten, und die Privathäuser standen leer, weil ihre Besitzer sich vor dem nächsten April nicht aus der großen benachbarten Hansestadt rührten. Es bestand also nicht die Gefahr, dass er den Sturm und das Hochwasser in der Vorderreihe miterlebt hatte. Dennoch wollte Marie zu ihm in die Königstraße fahren, um sich nach dem Zustand seines Hauses zu erkundigen, sobald sie die Zeit dafür fände. Doch schon stand wieder das Weihnachtsgeschäft vor der Tür, und es gab alle Hände voll zu tun. Thomas kam ihr zuvor. Als sie gerade über der Abrechnung des spanischen Mandelhändlers brütete und sich mal wieder Andresens Zahlentalent wünschte, klopfte es an ihrer Tür. Bevor sie, dankbar für jede Ablenkung, den Besucher hereinbitten konnte, ging die Tür auf, und Thomas betrat das Kontor. Er sah grauenvoll aus. Seine Haare standen ungepflegt vom Kopf ab, seine Haut war fahl. Aus glasigen Augen, unter denen dunkle Schatten ahnen ließen, wie wenig Schlaf er bekommen haben musste, starrte er sie an. Noch nie hatte sie ihn in einem solchen Zustand gesehen. Sie sprang auf.

»Um Himmels willen, Thomas, was ist denn passiert?«, fragte sie und schloss die Tür hinter ihm, um ihn vor den stets weit aufgesperrten Ohren ihrer Angestellten zu schützen.

»Mein Haus«, sagte er mit heiserer Stimme. »Der Sturm hat mein Haus zerstört.«
»O nein!« Marie schlug erschrocken eine Hand vor den Mund.
»Ich war gestern dort«, berichtete er traurig und ließ sich auf den Stuhl vor ihrem Sekretär fallen. »Es sieht jämmerlich aus.« Er war den Tränen nah.
Marie legte ihm vorsichtig eine Hand auf die Schulter.
»Das Haus bedeutet dir sehr viel, nicht wahr?«
Er hatte die Ellbogen auf die Oberschenkel gestützt und die Hände gefaltet. Langsam sah er zu ihr auf.
»Ja, sehr viel!«
»Gehen wir hoch«, sagte Marie und lotste ihn aus ihrem Kontor in die Belle Etage, wo sie ungestört waren.
Schweigend kauerte er sich in einen Sessel und starrte vor sich hin, bis sie ihm einen Becher mit heißem Tee brachte. Dann erzählte er langsam von seiner Kindheit in Travemünde. Sein Vater hatte eine Weinhandlung gehabt und früh für die Familie das Haus in der Vorderreihe gekauft. Besonders seine Mutter liebte den beschaulichen Badeort, den Strand und das Meer. Er war noch ein Kind, als sie an Tuberkulose erkrankte. Zwar erholte sie sich von dem ersten schweren Schub, doch ganz gesund wurde sie nie mehr. Die Seeluft verschaffte ihr Linderung, und so blieb sie von April bis Ende September in dem Haus und saß meistens in Decken gehüllt auf der Veranda und malte. Marie erinnerte sich an einige Bilder in hellen Farben und an mit Leichtigkeit hingeworfene Formen. Als sie ihn danach gefragt hatte, war Thomas ihr ausgewichen. Jetzt wurde ihr klar, warum. Und sie erkannte, dass er die Leichtigkeit von seiner Mutter geerbt hatte.
Den Teebecher fest in beiden Händen, erzählte er weiter: »Sie starb, als ich fünfzehn war. Mein Vater ist nicht darüber hinweggekommen. Die beiden haben sich geliebt. Ich meine, ihre Liebe

war etwas Besonderes, größer als bei den meisten. Einer war ohne den anderen nichts.« Er nippte an dem dampfenden Getränk. »Mein Vater ist an dem Verlust zerbrochen. Ich erkannte ihn kaum noch. Erst wollte er das Haus verkaufen, doch dann zog er sich immer öfter dorthin zurück. Sogar in den Wintermonaten fuhr er nach Travemünde. Im Dezember 1869 kehrte er nicht nach Hause zurück. Er ist ins Wasser gegangen, als ich neunzehn war. Man fand seine Schuhe, seinen Mantel, die Handschuhe und einen Schal, ordentlich zusammengefaltet und übereinandergelegt, unten am Strand bei dem Pavillon.«

Marie setzte sich zu ihm auf die Lehne des Sessels und legte einen Arm um seine Schultern. Sie musste schlucken. Die Parallelen zu ihrer eigenen Familie trieben ihr die Tränen in die Augen.

»Ich kann verstehen, was du durchgemacht hast«, flüsterte sie.

Thomas lehnte seinen Kopf an ihre Brust. »Ich weiß.«

Nach einer Weile stellte er den Becher auf den Tisch und ging zum Fenster. Er blickte hinunter auf die Beckergrube, in der nur wenige Menschen zu sehen waren. Nur wer unbedingt das Haus verlassen musste, war bei diesem Wetter auf der Straße.

»Was ich dir gerade erzählt habe, hat vorher noch niemand von mir zu hören bekommen.« Er wandte sich zu ihr um. »Und was ich für dich empfinde, habe ich vorher noch nie für eine Frau empfunden. Wenn ich nicht so ein entsetzlicher Feigling wäre, wer weiß, vielleicht hätte ich dir dann schon längst einen Antrag gemacht.«

Maries Herz klopfte bis zum Hals. In ihren Ohren rauschte es so sehr, dass sie fürchtete ohnmächtig zu werden.

»Ich will nicht so leiden, wie mein Vater gelitten hat. Verstehst du?« Er kam zu ihr, zog sie vom Sessel hoch und hielt sie so fest an den Schultern, dass es wehtat. »Ich will niemanden so lieben,

wie mein Vater meine Mutter geliebt hat. Ich will von niemandem so abhängig sein!«
Das war es also. Mit einem Schlag begriff sie, warum er sich von ihr zurückzog, wenn sie eine bestimmte Grenze überschritten, warum er sich nicht festlegen wollte. Ja, sie begriff nun auch, warum ihm nichts am Weihnachtsfest lag. Sein Vater hatte sich kurz vor den Feiertagen das Leben genommen.
Thomas ließ sie los.
»Der Architekt wird mir in den nächsten Tagen Bescheid geben, ob es sich noch lohnt, mein Haus wieder in Schuss zu bringen.«
»Ob es sich lohnt?« Marie war fassungslos. »Wenn es nur möglich ist, dann wirst du es auch tun. Was ist das denn für eine Frage?«
Er lächelte zum ersten Mal, seit er in diesem beklagenswerten Zustand in ihrem Kontor aufgetaucht war. »Ich bin wohl meines Vaters Sohn. Mein erster Impuls war, es abreißen zu lassen. Aber ich werde wohl eher mein gesamtes Vermögen hineinstecken, als dass ich das übers Herz bringe.«
»Und die Bilder?«, fragte sie ängstlich.
»Sind gerettet. Jedenfalls größtenteils.«
»Das ist gut«, sagte sie erleichtert.
»Ja, Marie, das ist gut.« Er nahm sie in den Arm und hielt sie eine Weile fest. »Sobald ich mit dem Architekten gesprochen habe, reise ich nach Frankreich. Ich brauche Abstand. Außerdem muss ich mich mit meinen Händlern treffen und die Weine aussuchen, die ich im nächsten Jahr zum Rotspon machen kann. Monsieur Pichon hat mich eingeladen, über den Jahreswechsel zu kommen. Warum begleitest du mich nicht?«
Maries Herz machte einen Freudensprung. Nach dem Weihnachtsgeschäft konnte sie sicher für einige Zeit verreisen. Und die Sommerferien lagen schon wieder weit zurück. Ein wenig

Ausspannen würde ihr nicht schlecht bekommen. Trotzdem zögerte sie.

»Bitte, Marie, ich brauche dich. Ich rede mich heute um Kopf und Kragen, aber ich kann es nun mal nicht leugnen – ich brauche dich.« Er zog die Augenbrauen hoch und zuckte mit den Schultern.

»Ich werde es mir überlegen«, sagte Marie. Sie wusste, dass ihr glühendes Gesicht und ihr breites Lächeln sie längst verrieten. Thomas spielte ihr Spiel mit. Er versuchte weiter sie zu überzeugen, obwohl er sicher war, dass sie ihn begleiten würde.

»Für dich ist das eine gute Gelegenheit, ein paar Kunden in Frankreich zu gewinnen. Es ist das Land der Gourmets. Wenn du die Franzosen erobert hast, gehören dir die Naschkatzen der ganzen Welt.«

Sie lachte.

»Und hast du nicht erzählt, du hättest Ärger mit deinem Mandellieferanten? In Frankreich gibt es die besten Mandeln überhaupt. Du wirst einen neuen Lieferanten finden, der dich mit besserer Ware zu einem kleineren Preis versorgt. Und wem hast du das alles zu verdanken?«

»Ist ja schon gut, ich komme mit«, sagte sie lachend.

Die Reise mit der Eisenbahn nach Frankreich war lang und anstrengend. Am 28. Dezember waren Thomas und Marie in Lübeck aufgebrochen. Beide waren rechtschaffen erschlagen vom Weihnachtsmarkt und dem vor den Feiertagen immer rasant ansteigenden Verkauf. Nun auch noch die Fahrt in einem rumpelnden Abteil, die immer wieder aufgrund des Winterwetters unterbrochen werden musste. Meterhoch türmte sich der Schnee auf den Schienen. Männer mit Schaufeln versuchten der Lage Herr zu werden. Die Dampfschneeschleudern schafften ihre Arbeit längst nicht mehr. In Pompignac bei Bordeaux angekommen, taten Marie alle Knochen weh. Sie fühlte sich wie eine alte Frau. Hatte sie im Jahr zuvor am Silvestertag bereits geglaubt, erschöpfter könne man nicht sein, wurde sie nun eines Besseren belehrt. Doch an Schlaf war nicht zu denken. Monsieur Pichon hieß sie beide mit der Nachricht willkommen, er habe Freunde und Weinbauern der Region eingeladen, mit ihm und seinen Gästen aus dem fernen Norddeutschland das neue Jahr zu begrüßen. Immerhin versöhnte das Wetter Marie ein wenig mit der Situation. Je weiter sie gen Süden gerumpelt waren, desto weniger Schnee war zu sehen. Schließlich war er sogar gänzlich verschwunden. In Pompignac in der Nähe des Atlantiks war es deutlich milder als zu Hause in der Hansestadt.

Bevor die große Feier begann, gestand man den Gästen wenigstens eine kleine Verschnaufpause zu, um sich auszuruhen und umzukleiden.

»Wenn ich mich jetzt ins Bett lege, stehe ich vor morgen Mittag nicht mehr auf«, stöhnte Thomas.

»Wäre das wunderbar«, seufzte Marie.

Er lachte und bemühte sich dann um einen strengen Ton: »Keine Müdigkeit vortäuschen, Fräulein Kröger, von dir wird heute noch Standhaftigkeit und, wie ich fürchte, auch Trinkfestigkeit gefordert. Also los!«

»O nein!« Ihre Verzweiflung war nur teilweise gespielt. »Und von Vortäuschen kann keine Rede sein.« Sie ergab sich in ihr Schicksal und taumelte auf die Tür zu, durch die man ihre Koffer getragen hatte.

»Komm rüber, wenn du fertig bist«, sagte Thomas. »Wenn ich in einer Stunde nichts von dir höre, komme ich dich wecken.« Damit verschwand er im Zimmer nebenan.

Eigentlich wollten sie in einem Hotel in Bordeaux absteigen, denn in dem knapp hundert Seelen beheimatenden Dorf Pompignac gab es weder eine Pension noch die einfachste Absteige.

Aber Monsieur Pichon bestand darauf, dass sie seine Gäste waren. Es wäre in der Tat unpraktisch, ständig mit einem Wagen zwischen Bordeaux und dem Weindorf zu pendeln. Maries Zimmer war klein, aber gemütlich. Sie hatte den Verdacht, dass die Pichons ihr Schlafzimmer für sie geräumt hatten. Das Doppelbett war zwar nicht so groß wie das ihrer Eltern, aber im Moment konnte sie sich kein Möbelstück auf der Welt vorstellen, das ihr besser gefallen hätte. Sie widerstand der Verlockung, ihre malträtierten Knochen für ein paar Minuten auszustrecken, nahm ihre Kleider aus dem Koffer und wusch sich mit dem Wasser, das auf einer Kommode bereitstand. Sie solle sich warm anziehen, hatte man ihr gesagt. Also entschied sie sich für ein edles schwarzes Seidenkleid und das violette Cape aus St. Petersburg, in dem sie sicher nicht frieren würde. Dazu legte sie auffälligen Goldschmuck an. Als sie fertig war, klopfte sie an Thomas' Tür, und er öffnete umgehend.
»Oh!« Das klang eher überrascht als begeistert.
»Etwas nicht in Ordnung?«, fragte Marie, die sofort verunsichert war.
»Doch, doch, alles in Ordnung.« Thomas schmunzelte. »Gehen wir.«
Er führte sie zu einem Nebengebäude, das den Charme eines leergeräumten Stalls hatte. Marie war auf ein Speisezimmer mit einer fein gedeckten Tafel eingestellt. Was sie sah, waren lange Holztische mit einfachen Holzstühlen, karierte Tischdecken, Steinkrüge und derbes tönernes Geschirr. Von der Decke baumelten geräucherte Schinken. Auf dem Sandboden standen im Raum verteilt mehrere Eisenkörbe, in denen Holzscheite lichterloh brannten und für eine erträgliche Temperatur sorgten. Trotzdem fröstelte sie. Müdigkeit und Hunger machten ihr zu schaffen, doch fast noch schlimmer war, dass sie sich plötzlich vollkommen fehl am Platz vorkam. Sie stand da mit ihrem nob-

len Umhang mit den Pelzbesätzen und ihrem teuren Schmuck, und ihre Gastgeber trugen noch dieselben einfachen Hosen und dasselbe schlichte Baumwollkleid wie vorhin bei ihrer Ankunft. Nach der Aufhebung des Baumwollverbots gehörte dieses Material, das wusste Marie, in Frankreich ebenso wie in Preußen zu den billigsten Stoffen.

Jetzt war ihr klar, was Thomas mit seinem »Oh!« gemeint hatte. Hätte er sie nicht warnen können? Ihre Laune sank auf den Nullpunkt. Monsieur und Madame Pichon schienen ihren Aufzug nicht zu bemerken. Und auch die übrigen Gäste ließen sich davon nicht stören. Hier und da tuschelten zwei Frauen miteinander, doch sie bewunderten eher Maries Eleganz, als dass sie darüber lästerten.

Thomas' Befürchtung bestätigte sich, sie mussten mehr Wein trinken, als sie in ihrem Zustand vertrugen. Marie war schon nach dem ersten Glas so beschwipst, dass sie sich mehrfach zu verabschieden versuchte. Vergebens. Selbst weit nach Mitternacht und viele Gläser später wollte ihr das nicht gelingen. Und irgendwann scherte sie sich auch nicht mehr darum. Sie war nicht nur berauscht von dem Alkohol, sondern auch von der Freundlichkeit der Franzosen. In Frankreich war es wie in Deutschland unüblich, dass eine Frau alleine ein Geschäft führte. Man fragte sie aus, wollte jede Einzelheit wissen. Marie erklärte, dass sie gar nicht allein sei, doch das interessierte niemanden so recht. Nach dem Essen – frischen Austern und Seebarsch aus dem Atlantik, Krebsen, Salami, Schinken und verschiedenen Käsesorten – reichten die Pichons das Marzipan, das Marie als Gastgeschenk mitgebracht hatte. Eine rundliche kleine Dame, Frau eines Restaurantbesitzers, erzählte ihr von einer französischen Spezialität, die, wie sie meinte, große Ähnlichkeit mit dem Lübecker Marzipan habe.

»Calissons sind kleine rautenförmige Häppchen. Die müssen Sie einfach kosten, meine Liebe«, flötete sie. »Sie bestehen hauptsächlich aus Mandeln. In Ihrem Marzipan sind doch auch Mandeln drin, n'est ce pas?«
»Ja«, antwortete Marie.
»Und was tut ihr außerdem in euer Marzipan hinein?« Da war die Frage, die Marie befürchtet hatte.
»Ein wenig Zucker«, sagte sie und hoffte, dass sich ihre Gesprächspartnerin damit zufriedengab. Doch das war nicht der Fall.
»Ganz wichtig für das Aroma der Calissons sind die kandierten Orangen und Melonen.«
Sie kniff ein wenig die Augen zusammen und hatte einen spitzbübischen Ausdruck im Gesicht. »Was macht dieses Marzipan so köstlich?« Sie griff erneut zu, zerdrückte ein Stückchen mit der Zunge an ihrem Gaumen und richtete nachdenklich den Blick zum Himmel. »Es will mir nicht einfallen, wonach das schmeckt.«
»Betriebsgeheimnis«, sagte jetzt Thomas. »Fragen Sie nicht weiter, Madame. Wer es herausfindet, ist des Todes.«
Die kleine Frau bekam runde Augen und rückte auf ihrem Stuhl ein wenig von Marie weg. Als diese zu lachen anfing, fiel die Frau ein.
»Na, Sie sind mir ja ein malin!« Das deutsche Wort für Schlaukopf kannte sie nicht. »Ich habe Ihnen die Zutaten der Calissons verraten. Jetzt müssen Sie Ihr Geheimnis lüften«, wandte sie sich wieder an Marie.
»Monsieur Hansen hat recht«, entgegnete Marie mit schwerer Zunge, »ein altes Familiengeheimnis.« Und um das Thema abzuschließen, fügte sie hinzu: »Wenn ich es verrate, bin ich des Todes.«
Alle lachten, und die kleine dicke Frau gab nach. Sie meinte, es

könne ihr herzlich egal sein, woraus das Zeug bestehe, solange Marie nur ab sofort nach Frankreich liefere. Damit war sie zufrieden.

Als der Morgen schon fast graute, waren Marie und Thomas mit ihren Kräften am Ende. Gemeinsam verließen sie Monsieur und Madame Pichon und die wenigen verbliebenen Gäste und gingen untergehakt hinauf zu ihren Zimmern. Kichernd wie Grünschnäbel stützten sie sich gegenseitig, denn sie waren beide nicht mehr sicher auf den Beinen. Vor ihrer Tür wollte Marie einen Knicks machen, stolperte dabei über ihre Füße und fiel Thomas in die Arme.

»Das war doch Absicht«, nuschelte er.

»Nein, war es nicht!«

»Doch, das war Absicht. Genau wie damals auf dem Schiff.«

»Was?«

»Erinnerst du dich nicht mehr?«

Natürlich erinnerte sie sich. Es war so stürmisch gewesen, dass sie es ohne Thomas' Hilfe nicht von Deck hinunter zu ihrer Kajüte geschafft hätte. Jedenfalls nicht, ohne auf die nassen Planken der *Freja* zu stürzen. Kurz danach hatte Thomas sie zum ersten Mal geküsst.

»Natürlich erinnere ich mich«, flüsterte sie dicht vor seinem Gesicht. »Den gesamten Rest der Reise habe ich darauf gewartet, dass du mich noch einmal küsst. Das war deine Absicht, möchte ich wetten.«

Er grinste frech, antwortete aber: »Nein, bestimmt nicht. Das war eine reine Vorsichtsmaßnahme. Ich wusste, du würdest mir sonst zu gefährlich.«

»Ich dir?«, rief Marie aus.

»Psst«, machte Thomas, öffnete die Tür zu ihrem Zimmer und schob sie hinein. »Du weckst noch alle auf.« Rasch schloss er die

Tür hinter ihnen. Seine Hand lag noch immer auf ihrer Hüfte. Mit der anderen streichelte er ihre Wange.
Marie schloss die Augen und schmiegte ihr Gesicht an seine Finger. Sie spürte, wie Thomas' Hand sich von ihrer Taille löste und die andere Wange umfasste. Dann fühlte sie nur noch seine weichen Lippen auf ihrem Mund. Um sie herum drehte sich alles, und das lag gewiss nicht nur am Alkohol. Er küsste sie mit einer Leidenschaft, die sie noch nie erlebt hatte. Seine Hände ruhten auf ihren Schultern, wanderten den Rücken hinab, streichelten ihren Bauch und legten sich schließlich auf ihre Brüste. Sie stöhnte auf. Sie wollte diesen Mann so sehr. Marie ließ ihre Vernunft nicht mehr zu Wort kommen. Stattdessen führte sie ihn langsam zum Bett, während ihre Hände seinen Körper erkundeten. Kaum dass sie auf das weiche Lager fiel, war er über ihr. Sie spürte seine Wärme und seine Kraft. Seine Hände glitten unter den Stoff ihres Kleides, sein Mund bedeckte ihre Haut mit Küssen, die ein prickelndes Gefühl hinterließen. Er war so ungestüm, dass Marie wusste, dass es kein Zurück gab. Noch einmal hielt er inne. Schwer atmend sah er sie fragend an. Sie antwortete, indem sie ihre Hände unter sein Hemd gleiten ließ.
Am nächsten Morgen hätte sie nicht mehr sagen können, ob sie Thomas Hansen in ihr Zimmer gezogen hatte, wie er behauptete, oder ob es seine Idee gewesen war. Jedenfalls wachte sie neben ihm auf und fühlte sich großartig. Dass es eine wundervolle Nacht gewesen war, daran konnte sie sich gut erinnern.

Sie verlebten traumhafte Tage im Süden Frankreichs. Für Marie hätte es immer so weitergehen können. Weder hatten sie Zeit, etwas zu besichtigen, noch erlaubte das Wetter, die liebliche Landschaft oder die Küste, die so viel schroffer sein sollte als in der sanften Lübecker Bucht, zu erkunden. Trotzdem war es für sie die schönste Zeit ihres Lebens. Marie mochte die Franzosen, konnte sich an der Sprache gar nicht satt hören und genoss es vor allem, wie ein Paar mit Thomas Hansen aufzutreten. Sie fühlte sich wohl an seiner Seite und lief zu kaufmännischer Höchstform auf, wenn sie mit Spitzengastronomen, Künstlern und Adligen über Abnahmemengen und mit dem Mandelhändler über Preise debattierte. Viel zu schnell kam der Tag der Rückreise näher, und ehe sie sich's versah, rollten sie schon wieder vorbei am Holstentor in den Lübecker Bahnhof.

»Was hältst du von einem Abschiedsessen bei mir? Und danach gehen wir früh ins Bett«, schlug Marie vor. Für Hintergedanken war sie dabei zu müde.

»Nein, ich will gleich im Keller nach dem Rechten sehen und dann alleine in mein eigenes Bett gehen. Wenn du neben mir liegst, finde ich ja doch keinen Schlaf.«

Er sah sie freundlich an, doch Marie spürte, dass sich etwas verändert hatte. Schon während der Fahrt in der schlingernden Eisenbahn zog er sich zurück, brütete über Papieren und behandelte sie höflich distanziert. Nun schien sich ihr Verdacht zu bestätigen. Mit der Zeit in Frankreich war auch die Zeit der Zusammengehörigkeit vorüber. Sie waren wieder nur Freunde. Marie war elend zumute. Sie fand sich mit seinen Launen einfach nicht zurecht. Am liebsten hätte sie ihn angeschrien. Von wegen Ehrlichkeit und keine Spielchen! Vielleicht war alles nur Komödie gewesen, um sie ins Bett zu kriegen. Das war ihm in Pompignac mehr als einmal gelungen. War sie ihm jetzt schon über? Sie war zu erschöpft, um zu schreien oder auch nur darüber nachzudenken. Stattdessen rief sie einen Kutscher, der sie mit ihrem Gepäck nach Hause brachte. Dort angekommen, ließ sie die Koffer in ihre Wohnung tragen und gab dem Kutscher, einem kräftigen glatzköpfigen Mann, ein paar Groschen. In ihrem Kamin brannte bereits ein Feuer. Die gute Therese hatte Sorge getragen, dass sie nicht zu frieren brauchte. Marie schlüpfte aus den Schuhen und bewegte die Zehen, die viel zu lange in den ebenso schicken wie unbequemen Reisestiefeln gesteckt hatten. Sie wollte gerade ins Bett gehen, als es an der Tür klopfte. Sie stöhnte auf.

»Marie?«

Das war Sophies Stimme. Seit der Silvesternacht vor einem Jahr waren Marie und ihre vier Mitarbeiter bei dem Du geblieben. Manchmal setzten sie sich, meist in Riekes Zimmer, zu einem Glas Bier zusammen, redeten über die Kundschaft, lachten oder spielten Schach. Sobald jemand anders in der Nähe war und selbstverständlich im Geschäft hielten die vier sich an die Konventionen und sprachen Marie weiterhin mit Fräulein Kröger an, ohne dass diese sie je darum hätte bitten müssen.

Marie öffnete die Tür.

»Entschuldige, dass ich störe, aber es gibt Probleme.« Schon war das Mädchen mit der frisch gestärkten Schürze und dem weißen Häubchen über dem rot schimmernden Haar in Maries Stube.

»Probleme? Die sind doch auch morgen noch da.« Marie gähnte herzhaft. »Was ist denn los?«

»Das Marzipan«, flüsterte Sophie eindringlich und machte ein zerknirschtes Gesicht. »Immer mehr Kunden beschweren sich. Und das aus gutem Grund. Es ist so …« Sie suchte nach dem passenden Ausdruck. »Krümelig. Ja, genau, es ist krümeliger als früher.«

»Aber wie ist denn das möglich?« Marie war mit einem Schlag hellwach. Sie musste sofort an ihren Streit mit Achim denken, als der russische Zar aufgrund der mangelnden Qualität nicht gezahlt hatte. Damals war die Erklärung schnell gefunden. Achim, nicht im Besitz des Familienrezepts, hatte die Süßspeise zubereitet wie jeder andere Konditor auch. Aber jetzt? Sie selbst hatte ein Auge darauf, dass die Rezeptur unverändert genutzt wurde. Ja, sie füllte sogar die Zutaten eigenhändig in den erforderlichen Mengen ab.

»Der Johann sagt, er hat da so einen Verdacht«, wisperte Sophie verschwörerisch.

Marie überlegte nicht lange. »Danke, Sophie, ich werde gleich mal sehen, was da los ist.«

Fünf Minuten später war sie unten in der Produktionshalle, die sich an die Verkaufsräume anschloss. Die Leute sahen von ihren Arbeiten auf und grüßten Marie. Sie grüßte freundlich zurück und steuerte geradewegs auf den Ausformer Johann zu. Er bemerkte sie erst, als sie sich schon über die Muschel beugte, der er gerade liebevoll kleine Rillen und Zacken verpasste.

»Sie sind ein Künstler, Johann«, sagte sie voller Überzeugung.

»Fräulein Kröger, Sie sind schon wieder zurück?«

»Gerade angekommen.«

»Haben Sie Herrn Oeverbeck schon gesehen?«, fragte er vorsichtig.

»Nein, aber ich habe so etwas läuten hören, dass ich mit ihm heute noch ein Gespräch haben werde. Vorher würde ich gern mit Ihnen reden. Trinken wir einen Kaffee zusammen?«

Es war nicht üblich, dass Kaufleute mit ihren Arbeitern Kaffee tranken oder sich in sonstiger Weise privat mit ihnen abgaben. Die Kröger'schen Mitarbeiter kannten es jedoch schon von dem alten Wilhelm, dass sie eher als Familienmitglieder denn als Untergebene behandelt wurden. Und von Marie wussten sie längst, dass sie sich wenig darum scherte, was man tat oder nicht tat. Sie folgte ihrem Gefühl, was ihr die Sympathien ihrer Leute sicherte.

»Ich habe gehört, mit dem Marzipan stimmt etwas nicht«, kam Marie sofort zum Thema, als sie hinter verschlossener Tür vor ihren Kaffeebechern in dem kleinen Kontor saßen, das der ehemaligen Ballerina zur zweiten Heimat geworden war.

»Die Leute beschweren sich«, sagte Johann unumwunden.
»Aber warum denn bloß? Ich habe die Qualität doch immer kontrolliert. Alles war in bester Ordnung.«
»Na ja«, begann er zögernd, »das Marzipan ist empfindlich, Fräulein Kröger. Empfindlich wie ein junges Mädchen. Man muss behutsam damit umgehen. Und der Dampf von der ollen Maschine bekommt ihm nicht.«
Sie wusste, dass Johann gegen die Anschaffung einer Dampfmaschine gewesen war. Wenn er am Ende recht behielt und die Süßmasse den heißen Dampf nicht vertrug? Nein, keine Erklärung der Welt konnte Maries Verwirrung auflösen. Sie hätte es merken müssen.
»Johann, ich war auch misstrauisch gegenüber der Maschine. Aber ich habe die Rohmasse probiert, die wir nach der Anschaffung gemacht haben. Nur ein Kenner war in der Lage, einen so winzigen Unterschied wahrzunehmen.« Sie hielt Daumen und Zeigefinger so nah aneinander, dass mit Mühe ein Blatt Pergament dazwischen gepasst hätte. »Jeder andere hätte gar nichts bemerkt.«
»Mag wohl sein, Fräulein Kröger.« Er wand sich ein bisschen und rührte seinen Kaffee nicht an.
»Was ist es dann? Los, raus mit der Sprache!« Sie knuffte Johann, der auf dem gewaltigen Holzstuhl vor ihrem wuchtigen Schreibtisch ganz klein aussah.
»Die Mandeln werden zu kurz gemahlen. Das Mehl ist viel zu grob, um daraus feines Kröger-Marzipan zu machen. Und als ob das nicht schlimm genug wäre, lässt er die Rohmasse nicht mehr lange genug walzen. Woche für Woche verkürzt er die Zeiten, mal um eine Minute, mal um zwei. Das spiele keine Rolle, behauptet er.« Johann schnaubte verächtlich. »Wenn er das wirklich glaubt, hat er keinen Schimmer!«
Marie brauchte nicht zu fragen, wer »er« war.

»Natürlich spielt es eine Rolle, das ist klar. Wenn das stimmt, was Sie sagen, ist es kein Wunder, dass das Marzipan krümelig wird.«

»Aber natürlich stimmt das, was ich sage, Fräulein Kröger. Ich würde Sie doch nicht anlügen.« Johann war aufgesprungen und sah sie aus großen traurigen Augen an.

»Das weiß ich doch, Johann«, beruhigte sie ihn. »Ich zweifle doch auch gar nicht an Ihnen. Was ich nicht verstehe, ist nur, warum ich nie etwas gemerkt habe. Nach dem Malheur mit dem Zaren habe ich stets Stichproben gemacht. Und seit wir die Walzen von der Maschine betreiben lassen, habe ich mir von jeder Produktion ein Stückchen bringen lassen. Die Konsistenz war bestens.«

»Ich weiß auch, wie er das angestellt hat.« Johann nahm wieder Platz und beugte sich jetzt vertraulich über den Schreibtisch. Auch Marie setzte sich und stützte die Ellbogen auf das schwere Möbel. Sie kam ihm so nahe, dass sie kleine Leberflecken in seinen tiefen Falten erkennen konnte.

»Da bin ich aber gespannt.«

»Im Kühlkeller bewahrt er eine Extraportion auf, von der er Ihnen immer bringt. Als die alle war, hat er eine kleine Menge mit den alten langen Mahl-Zeiten machen lassen. Für eine Sonderbestellung des Bürgermeisters, hat er behauptet. Aber er hat mir nix davon zum Formen gegeben. Für den Bürgermeister habe ich von der fix zubereiteten Masse bekommen. Die kleine feine Extraportion hat er in den Keller gebracht. Habe ich genau gesehen. Und davon lässt er Sie seitdem wieder probieren, möcht ich wetten.«

Marie ließ sich zurückfallen. Sie war für einen Moment sprachlos.

»Das wäre ja glatter Betrug«, sagte sie tonlos.

»Glatter Betrug.« Johann nickte und machte ein so entsetztes

Gesicht, als wäre ihm das erst in diesem Augenblick klargeworden.
Marie wusste nicht, was sie tun sollte. Am liebsten hätte sie Achim auf der Stelle hinausgeworfen. Doch er war schon so lange bei ihnen in Diensten. Er war immer treu und loyal gewesen, und Johann-Alexander hatte ihm blind vertraut. Er konnte also kein schlechter Bursche sein. Es musste einen triftigen Grund für sein Verhalten geben. Und so beschloss sie, dass er eine Chance verdient hatte, sich zu erklären. Sie sah Johann an, der kopfschüttelnd seinen Kaffee schlürfte, als hätte gerade sie ihm die Augen geöffnet statt umgekehrt. Es war davon auszugehen, dass Achim über die Unterredung, die hier soeben stattgefunden hatte, bald im Bilde sein würde. Selbst wenn niemand ihm den Inhalt verraten konnte, würde er doch rasch eins und eins zusammenzählen und wissen, woher sie ihre Informationen hatte. Sie musste Johann schützen.
»Danke, Johann, das ist alles. Seien Sie doch so gut und schicken Sie mir Sophie und Rieke her.«
»Natürlich, Fräulein Kröger.« Er schien froh, in dieser Sache entlassen zu sein.
Kurze Zeit später saßen Sophie und Rieke bei Marie im Kontor.
»Ich habe euch hergebeten, weil ich euch unbedingt von Frankreich erzählen muss.« Sie lachte über zwei verblüffte Gesichter. »Es ist ein herrliches Land. Und die Franzosen sind so nett.« Als die beiden noch immer nicht wussten, ob Marie unterwegs den Verstand verloren hatte, klärte sie sie auf. »Wenn Oeverbeck spitzkriegt, dass ich mit Johann hier eine Unterredung hatte, dann weiß er, wer ihn verraten hat.« Sie wandte sich kurz an Rieke. »Du weißt, worum es geht?«
Rieke sah fragend zu Sophie. Als die nickte, sagte sie: »Klar!«
»Gut. Also werde ich heute mit einigen meiner Mitarbeiter Ge-

spräche führen. Dann kann Oeverbeck jeden von ihnen oder niemanden verdächtigen. Klar?«
»Klar«, sagten die beiden wie aus einem Mund.
Sie grinste und erzählte dann von ihrer Reise. Sophie und Rieke waren immerhin ihre Freundinnen geworden, denen sie fast alles anvertraute.
Nach Sophie und Rieke spazierte Hannes in das Kontor, dann Franz und dann drei weitere Bedienstete. Danach war Marie mit ihren Kräften am Ende und beschloss, sich eine Stunde Pause zu gönnen, bevor sie sich Achim vornahm.

»Marie, du bist wieder da!« Achim Oeverbeck kam auf sie zu und nahm ihre Hände. »Schön, dich zu sehen. Wie war die Reise?« Er war auf der Hut, das war deutlich zu spüren.
»Gut, danke. Ich habe einen stattlichen Stapel Aufträge mitgebracht. Hoffentlich können wir die überhaupt alle schaffen.« Sie taxierte ihn und wartete.
»Natürlich, wir haben ja die Maschine. Die treibt unsere Walzen zu Höchstleistungen an.« Er ließ ihre Hände los und lachte leise, ohne dass seine Augen sich daran beteiligt hätten.
»Gewiss. Und wenn wir die Mahl- und Walzzeiten weiter verkürzen, können wir in noch weniger Zeit noch mehr produzieren. Das habe ich doch richtig verstanden?«
»Ich bin nicht ganz sicher, was du meinst.« Stocksteif stand er vor ihrem Schreibtisch, hinter dem Marie mit großen Schritten auf und ab ging. Sie bekam keine roten Ohren mehr, weder wenn ihr etwas peinlich war, noch wenn sie sich aufregte. Aber sie musste gehen, sich bewegen. Sie hatte das Gefühl, sonst vor Wut zu platzen.
»Wir können binnen kürzester Zeit riesige Mengen schlechtester Ware produzieren!« Marie explodierte jetzt förmlich. Ihre Stimme steigerte sich mit jedem Wort, bis sie fast schrie. »Du

hast die Produktion beschleunigt, obwohl du wusstest, was das für die Qualität des Marzipans bedeutet, das meine ich.«
»Ich habe womöglich ein bisschen …« Weiter kam er nicht.
»Ein bisschen? Jeden Tag ein bisschen mehr! Du hast mich betrogen, Achim Oeverbeck!«
Die beiden standen sich feindselig gegenüber.
»Wie kannst du es wagen!«, zischte er.
»Das fragst du mich?« Marie hätte ihm am liebsten ins Gesicht geschlagen. Zum zweiten Mal an diesem Tag musste sie ihre Wut einem Mann gegenüber beherrschen. Diesmal war es erheblich schwerer als am Bahnhof mit Thomas Hansen.
»Kannst du mir mal verraten, wie wir die Berge Rohmasse herstellen sollen, wenn wir wie früher alles stundenlang mahlen und ganze Tage walzen? Was hätte ich denn tun sollen? Du hast dich ja darauf spezialisiert, in der feinen Gesellschaft Kostproben zu verteilen und Aufträge einzuheimsen. Eine bequeme Arbeit fürwahr!« Das war typisch für Achim Oeverbeck. Er fühlte sich in die Enge getrieben und ging sofort zum Gegenangriff über. Er dachte nicht einmal daran zu leugnen.
»Es sollte dir nicht entgangen sein, dass ich auch andere Arbeiten verrichte, und zwar bis in die späte Nacht, wenn es sein muss.« Ihr Ton war jetzt wieder ruhig und klang dadurch fast noch bedrohlicher als zuvor. »Und von den Bestellungen, die durch meine Arbeit hereinkommen, leben wir. Du genauso wie ich.«
»Natürlich, Marie, so habe ich das doch nicht gemeint. Ich habe größte Hochachtung vor dir, deinem Fleiß und deinem Geschick. Das weißt du.«
Marie wurde übel. Es war immer das Gleiche. Konnte er sie nicht einschüchtern, versuchte er es mit Komplimenten.
»Dies ist der Betrieb meines Vaters, den er schon von seinem Vater übernommen hat. Ich dulde es nicht, dass einer meiner Angestellten mich betrügt.«

»Das ist eine bodenlose Anschuldigung, Marie. Du kannst mir vorwerfen, dass ich die Produktion etwas beschleunigt habe, aber Betrug kannst du mir nicht vorwerfen. Das lasse ich nicht auf mir sitzen.«
»Wie nennst du es denn, wenn du extra für meine Stichproben Rohmasse von besserer Qualität herstellen lässt, als wir sie unseren Kunden anbieten?«
Oeverbeck schnappte nach Luft. Offenkundig hatte er nicht damit gerechnet, dass sie auch darüber Bescheid wusste.
»Das war doch nur … Das war doch keine Absicht.«
Marie zog die Stirn kraus.
»Na schön, aber ich hatte doch nur das Wohl der Firma im Kopf. Und dein Wohl, Marie!« Er sah sie flehend an. »Du warst erschöpft, und ich wollte dich nicht behelligen. Es sollte ja auch nur vorübergehend sein. Sobald die größten Bestellungen erledigt gewesen wären, hätte ich mit dir über die Situation geredet.«
Sie glaubte ihm kein Wort. Er war wie ein schlüpfriger Ostsee-Aal, der sich nicht fassen ließ, ganz gleich, wie man auch zupackte.
»Auch eine Art, mit dem Problem umzugehen. Schmeckt das Marzipan erst gewöhnlich, haben wir automatisch weniger zu tun.«
Oeverbeck blickte zu Boden. Seine Kiefermuskeln verrieten, dass er die Zähne zusammenbiss.
»Retten wir, was zu retten ist. Ich will von dir eine Aufstellung, an wen wir schon die schlechtere Ware geliefert haben. Ab sofort werden wieder die alten Zeiten eingehalten. Und die Maschine kommt weg.«
»Was? Bist du wahnsinnig?«
»Nicht in diesem Ton«, entgegnete sie eisig. »Ich bin weder wahnsinnig, noch bin ich töricht. Und es wäre mir sehr recht,

wenn du mich endlich nicht mehr wie eine dumme Göre behandeln würdest.«
»Aber …«
»Kein Aber mehr, Achim Oeverbeck. Solltest du noch ein einziges Mal irgendetwas tun, das dieser Konditorei Schaden zufügt, werde ich dich entlassen.« Marie konnte zusehen, wie jegliche Farbe aus seinem Gesicht wich. »Und ab sofort triffst du keine Entscheidung mehr ohne mich. Ich entziehe dir deine Befugnisse und werde die Leute darüber informieren, dass nur noch Anweisungen von mir Gültigkeit haben.«
»Das kannst du nicht tun.« Seine Stimme war heiser, seine Augen funkelten aus schmalen Schlitzen.
»O doch, das kann ich«, erwiderte sie ungerührt. »Die Zeiten, in denen du mich eingeschüchtert hast, sind endgültig vorüber. Dass ich dich nicht auf die Straße setze, obwohl du mich derart hintergangen hast, verdankst du meinem Bruder. Er hat viel von dir gehalten. Ich weiß, dass du hart für ihn und auch für mich gearbeitet hast. Deshalb verdienst du diese zweite Chance. Aber zu meinen Bedingungen. Die Dampfmaschine verschwindet auf der Stelle. Sorge bitte dafür.«
»Dann kannst du die Aufträge vergessen, die wir noch haben«, entgegnete er. »Allein für Wien brauchen wir Tonnen.«
Marie hatte die Weltausstellung völlig vergessen. Sie ließ sich nichts anmerken.
»Dann stellen wir eben mehr Leute ein.«
»Und woher willst du die nehmen?« Oeverbeck sparte sich jegliche Ironie. Er klang nur noch müde und sah grau und eingefallen aus.
Marie hatte keine Ahnung, wo sie gute Arbeiter finden sollte. Darum brauchte sie sich bisher nicht kümmern. Sie wusste, dass in der Textilindustrie durch die Maschinen Arbeitsplätze eingespart wurden. Andererseits konnte man für den Eisenbahn-

bau gar nicht genug Leute finden. Männer, die über die Kraft verfügten, die Walzen wieder per Hand zu betätigen, würden schwer zu kriegen sein. Musste sie eben nach kräftigen Frauen suchen. Sie merkte, dass er sie noch immer erwartungsvoll ansah.

»Das lass mal meine Sorge sein. Sieh du zu, dass dieses Dampfmonstrum aus meiner Konditorei verschwindet. Um den Rest werde ich mich kümmern. Ach, und noch was.« Sie kostete den Moment aus. »Das Marzipanrezept werde ich dir nicht anvertrauen. Niemals!«

Zwei Tage nach dem Zerwürfnis mit Achim saß Marie alleine im Produktionsraum der Konditorei. Sie musste nachdenken. Nicht genug, dass sie Kummer mit der Firma hatte, auch privat ging es ihr nicht gerade glänzend. Thomas ließ nichts von sich hören, und dann schrieb ihr Christian Andresen auch noch, ihm sei zu Ohren gekommen, dass sie und Hansen zusammen in Frankreich gewesen seien.

> »Verehrtes Fräulein Kröger!
> Eine anständige Frau fährt wohl mit ebenso anständigen Kaufleuten nach St. Petersburg, um Geschäftsbeziehungen zu knüpfen und die elterliche Konditorei zu repräsentieren. Fährt sie allein mit einem, verzeihen Sie mir meine Offenheit, in Herzensangelegenheiten eher wankelmütigen Junggesellen, nach Frankreich, so geht es offenkundig um eine andere Art von Beziehung.
> Es steht mir nicht zu, liebes Fräulein Kröger, mir ein Urteil über Ihr Verhalten zu bilden. Bitte erlauben Sie mir aber, dass ich mich unter diesen Umständen zurückziehe.
> Ich wünsche Ihnen von Herzen, dass er es mit Ihnen so

ehrlich meint, wie ich es getan habe. Ihnen alles Glück dieser Welt,
Ihnen immer zugeneigt
Christian Andresen«

Marie konnte den Brief auswendig, so oft hatte sie ihn gelesen. Sie nahm einen großen Brocken Marzipan aus dem Kühlkeller, setzte sich auf einen Holzschemel und erwärmte ein Stück der durch die Kälte harten Masse zwischen ihren Händen. Dann brach sie ein daumennagelgroßes Stück ab und rollte es zwischen den Handflächen geschickt zu einer Kugel. Um die Freundschaft zu Andresen tat es ihr leid. Er war ein aufrichtiger Mensch und sicher ein guter Mann. Dumm nur, dass sie sich nicht in ihn verliebt hatte, sondern in Thomas. Eine kleine Kugel nach der anderen rollte sie und legte sie in Reih und Glied auf ein Holzbrett. Als sie fertig war, ließ sie von der Kaffeeschokolade, eine Neuheit, die sie aus der Schweiz bezog, ein paar Brocken in einem Topf schmelzen. Sie stach nacheinander die Kugeln auf eine Nadel, tauchte diese in die flüssige Schokolade und setzte sie zum Abtropfen auf ein Küchengitter. Es war ein eisiger Januarabend. Zwar brannte im Ofen ein Feuer, aber trotzdem war es bitterkalt im Raum. Das hatte den Vorteil, dass die Schokolade schnell fest wurde. Wieder und wieder spukten die Zeilen durch Maries Kopf. Ob jetzt wohl ganz Lübeck über sie und Thomas Bescheid wusste? Sie wusste ja selbst nicht einmal Bescheid. Oh, sie konnte sich lebhaft vorstellen, was hinter ihrem Rücken geredet wurde. Sollten sie! Marie stieß eine der mit Guss versehenen Kugeln so heftig von der Nadel, dass sie nur kurz auf das Sieb tippte und zu Boden fiel. In dem Moment kam Sophie zur Tür herein.
»Fräulein Kröger, was machen Sie denn hier allein in der Kälte?« Sie sah sich zaghaft um.

»Du sagst es, Sophie, ich bin alleine. Kannst normal mit mir reden.«
»Und was treibst du hier unten mitten in der Nacht? Spielst du, wie hieß das Spiel der Franzosen noch mal, das du im Sommer unbedingt versuchen willst?«
»Boule. Es heißt Boule«, knurrte Marie, hob die entsprungene Kugel auf und wischte die Schokoladenspur vom Fußboden.
»Schlechte Laune?«
»Kann man wohl sagen!«
»Immer noch wegen Oeverbeck, dem ollen Dübel?«
»Ach Sophie«, seufzte Marie auf. Mit einem Schlag stand ihr vor Augen, wie viele Probleme auf sie einstürzten. Wenn ihr doch nur jemand helfen würde. Ein dicker Kloß saß in ihrer Kehle.
Sophie zog die Nase kraus und schnupperte wie ein Karnickel. Sie besaß ein feines Gespür dafür, wann jemand reden wollte und wann nicht.
»Was duftet denn hier so gut?«, lenkte sie darum ab.
Marie hielt ihr eine der Kugeln hin.
»Marzipankugel mit Kaffeeüberzug«, erklärte sie und sah erwartungsvoll zu, als Sophie die neue Kreation im Mund verschwinden ließ.
»Mmmhhh«, machte sie und schloss die Augen. »Himmlisch!«
»Ist noch nicht fertig.« Marie strich sich eine Locke hinters Ohr, die ihr ins Gesicht gefallen war. In einem zweiten Topf rührte sie Karamell, in den sie feingemahlene Kaffeebohnen streute. Wieder tauchte sie jede Kugel in die Masse und ließ das Ganze erkalten.
»Jetzt noch mal«, sagte sie, reichte Sophie ein Exemplar und probierte gespannt selbst, ob die Kaffeekugel ihren hohen Erwartungen entsprach. Zuerst gab der hauchfeine Karamell krachend unter ihren Zähnen nach, dann folgte die kühle Kakao-

schicht und als Krönung das schmelzend-zarte Kröger'sche Marzipan. Großartig!
»Wir nennen sie Kaffeetraum«, schlug Marie begeistert vor.
»Lieber Traumkugel«, meinte Sophie.
»Kaffeekugel? Nein, das ist zu simpel.«
»Himmelskugel!«
»Kugeltraum!«
Die beiden Frauen lachten.
»Ich hab's«, trumpfte Sophie auf. »Liebeskugeln!«
»Bloß nicht«, winkte Marie ab, »mit der Liebe kannst du mich jagen.«
»Aha, daher weht der Wind.«
»Gehen wir nach oben, ein Glas Wein trinken?«
»Gern.«
In der guten Stube kuschelten sie sich völlig durchgefroren in eine dicke Wolldecke und tranken von dem Wein, den Marie aus Pompignac mitgebracht hatte. Sie schüttete ihr Herz aus, gestand, dass sie Thomas Hansen liebe und mit ihm geschlafen habe. Sie erzählte von Andresens Brief und ließ auch ihre Angst vor der Zukunft der Konditorei nicht aus. Ab morgen würden sie wieder ausschließlich in Handarbeit produzieren, und sie habe noch immer keine Idee, wo sie ausreichend Arbeitskräfte finden solle.
»Oeverbeck lauert doch nur darauf, dass ich scheitere«, beendete sie ihre Klagen.
»Ja, er ist wahrhaftig ein Teufel«, bekräftigte Sophie ihre Meinung. Sie nippte an ihrem Wein und dachte nach. »Was die Arbeitskräfte angeht, kann ich dir vielleicht helfen. Allerdings ...«
Sie sprach nicht weiter.
»Ja?« Marie wurde hellhörig. Gott im Himmel wusste, wie sehr sie Hilfe brauchte.
»Es gibt da eine Wirtschaft in der Clementstwiete, von der ich gehört habe. Nun, meine Schwester hat dort ... gearbeitet.«

»Ich wusste gar nicht, dass du eine Schwester hast.«
»Hatte. Sie haben sie erschlagen. Irgendwelche Strolche, weil sie nicht gemacht hat, was die wollten.« Ihre Stimme war leise und traurig. »Meine Schwester war nicht so eine, weißt du? Aber wir waren arm und hatten nicht alle so ein Glück, eine gute Anstellung zu finden. Sie hat gehört, dass es da ein paar Taler zu verdienen gibt, und ist hingegangen. Aber das, was sie da machen sollte, wollte sie doch nicht. Da haben sie sie erschlagen.«
»O Sophie, das tut mir so leid!«
»Jedenfalls gibt es dort eine Menge Mädchen und ein paar Häuser weiter auch ein paar ansehnliche Burschen, die alle ordentlich zupacken können. Wenn sie was zu essen haben und wieder zu Kräften kommen, meine ich.«
»Kann man denen trauen?«
»Denke schon. Sie sind arm, doch das heißt nicht, dass sie schlechte Menschen sind. Meine Schwester war auch nicht schlecht.«
»Entschuldige, Sophie, du hast recht. Aber wie soll ich sie denn fragen? Ich kann doch nicht alleine dorthin marschieren.«
»Ich würde mitkommen«, ermutigte Sophie sie.
Marie wollte es sich durch den Kopf gehen lassen. Es gab sicher schon genug Gerüchte über sie. Wenn sie sich jetzt auch noch in der Clementstwiete in einer dieser verrufenen Wirtschaften blicken ließ, könnte das ihrem Ansehen ernsthaft schaden und damit auch der Konditorei. Sie musste es sich gut überlegen. Sie sprachen noch über Thomas Hansen. Sophie meinte, sie solle bloß nichts auf das Geschwätz der Leute geben. Er sei doch ein schmucker Mann. Und wenn er sie schon mit nach Frankreich genommen habe, dann bedeute das schließlich etwas. Was, vermochte sie auch nicht zu sagen. Aber sie überredete Marie, ihn in den nächsten Tagen zu besuchen.

Für die Idee, Arbeiter in der Clementstwiete zu finden, konnte Marie sich nicht so rasch erwärmen. Wenn sie ehrlich zu sich war, hatte sie pure Angst, ihren Fuß in diese Gegend zu setzen. Zwar lag die Straße nicht weit von ihrem Elternhaus zur Untertrave hin, doch schon als Kind wurde ihr eingebleut, sich nicht in Hafennähe herumzutreiben. Und gerade vor dieser einen Gasse hatte man sie gewarnt. Bisher hatte sie nichts Gutes von ihr gehört. Dass Sophies Schwester dort erschlagen worden war, verstärkte ihre Befürchtungen nur noch. Dem Vorschlag, Hansen einen Besuch abzustatten, kam sie umso lieber nach. Von Andresens Brief brauchte er nichts zu wissen, aber auch ohne das hatte sie genug auf dem Herzen, worüber sie mit ihm reden wollte. Seit die Dampfmaschine nicht mehr zur Verfügung stand, schufteten die Arbeiter in Schichten fast rund um die Uhr. Marie packte selbst mit an, drehte die Walze und rieb mit dem Mörser Zuckerhut klein. Schnell musste sie jedoch einsehen, dass ihre zarten Handgelenke für diese Arbeit ungeeignet waren. Sie schmerzten immer mehr und schwollen an, so dass sie schließlich andere Aufgaben übernahm. Oeverbeck schlich herum und ließ sie nicht aus den Augen. Er arbeitete, o ja, und wie er arbeitete! Er gab ihr sicher keinen Grund, ihn zu tadeln und davonzujagen. Aber sie wusste, dass er nur auf ihren Untergang wartete. Umso mehr fühlte sie sich unter Druck und musste handeln.
Ganz bestimmt wusste Thomas, was zu tun war. Es war schon der erste Tag im Februar, als sie sich auf den Weg in die Königstraße machte. Seit ihrer Rückkehr aus Pompignac hatten sie sich nur einmal gesehen, als er in der Konditorei eine Torte für seine Tante, seine einzige noch lebende Verwandte, bestellte. Marie läutete.
»Sei da, bitte sei da«, flehte sie leise. Da hörte sie Schritte in der Diele, und Thomas öffnete die Tür.
»Marie, das ist eine Überraschung.«
»Gott sei Dank, dass du da bist.« Sie fiel ihm um den Hals und spürte, dass sie ihre Tränen nicht zurückhalten konnte. Die letz-

ten Nächte war an Schlaf kaum zu denken gewesen. Sie stand seit Tagen unter diesem heftigen Druck und war mit ihren körperlichen und geistigen Kräften am Ende.

»Was ist denn los? Komm erst mal rein.«

In der Stube saßen sie beieinander und redeten. Sie erzählte alles, was geschehen war, schluchzte ab und zu und fluchte im nächsten Moment wie ein Gassenmädchen.

»Mach dir keine Sorgen«, meinte er schmunzelnd. »Du bindest dir einfach ein derbes Tuch um dein hübsches Köpfchen, behältst diese Ausdrucksweise bei, und schon fällst du überhaupt nicht auf in der Schänkwirtschaft.«

»Ich finde das nicht komisch!«

»Ich schon. Im Ernst, Marie, das ist eine gute Idee von Sophie. Nur solltet ihr einen Mann mitnehmen.«

Sie horchte auf. »Du würdest uns begleiten?«

»Nein, ich werde für ein paar Tage verreisen, und du kannst nicht warten, bis ich zurück bin. Du brauchst sofort jemanden. Sieh dich doch nur an. Lange hältst du das nicht mehr aus.«

Da hatte er recht. Sie hätte zu gerne gewusst, wohin er schon wieder reisen wollte. Konnte das nicht warten? Ob er diesmal eine andere mitnahm?

»Ich muss zur Weltausstellung nach Wien«, beantwortete er die unausgesprochenen Fragen.

»Du liebe Zeit, da muss ich doch auch hin!«

»Charmant«, sagte er und spielte mit einer Locke, die sich aus ihrer Frisur gelöst hatte. »Dann sehen wir uns ja. Aber meinst du wirklich, dass du jetzt hier weg kannst?«

»Wen soll ich denn sonst schicken? Oeverbeck vielleicht?«

Thomas verzog das Gesicht. »Da wäre es der Sache wohl dienlicher, die Konditorei wäre gar nicht vertreten.«

Schon wieder schossen Marie die Tränen in die Augen. Mit einer Sorge könnte sie fertigwerden, aber alles auf einmal?

»Na, na«, beschwichtigte er. »Du setzt noch meine Chaiselongue unter Wasser.«
Sie musste lachen.
»Schon besser«, meinte er. Und nach einer Weile schlug er vor: »Könntest du nicht die dralle Verkäuferin schicken? Ich war doch neulich bei euch. Sie ist gut. Sie ist freundlich und kennt eure Waren. Was willst du mehr?«
»Rieke ist ein liebes Mädchen, und sie ist freundlich, ja, gewiss, aber sie kann sich nicht benehmen. Nicht gut genug, meine ich, um mit Diplomaten und Staatsoberhäuptern Umgang zu haben.«
»Braucht sie nicht. Ich bin doch da.«
»Du?«
»Traust du mir das nicht zu?«
»So ein Unsinn. Dass du das kannst, weiß ich. Aber musst du dich denn nicht um deine eigenen Geschäfte kümmern?«
»Natürlich muss ich das. Kann ich doch auch. Meine Leute können mich jederzeit holen, wenn ich gebraucht werde. Noch besser, wir werden unsere Stände nebeneinander haben. Wein und Marzipan passen hervorragend zusammen. Erinnerst du dich an den Abend in Pompignac, als wir Rotwein getrunken und dazu Marzipankugeln genascht haben?«
Selbstverständlich erinnerte sie sich. Sie waren sich beide einig, dass die Aromen sich aufs Beste ergänzten. Sie überlegten sogar, eine gemeinsame Verkostung auf die Beine zu stellen.
»Dann ist das abgemacht«, entschied er kurzerhand. »Ich kümmere mich um das Nötigste. Schick du mir nur die Dralle und einen von den Jungs. Und natürlich jede Menge von dem guten Kröger'schen Marzipan.«

Der Abend bei Thomas war ein wahres Labsal für Maries Seele gewesen. Die Sorge mit der Weltausstellung war sie los. Thomas kümmerte sich in Windeseile um alles, und schon zwei

Tage später saßen Rieke und Hannes, aufgeregt wie Kinder bei einem Schulausflug, in der Eisenbahn auf dem Weg nach Wien. Thomas würde auf sie aufpassen. Leider bedeutete das vier tüchtige Hände weniger in der Konditorei. Marie konnte den Besuch in der Clementstwiete nicht länger hinauszögern. Am Abend hüllten sie und Sophie sich in derbe Baumwollkleider und wickelten sich Tücher um Kopf und Schultern. So zurechtgemacht, brauchten sie kaum zu befürchten, dass jemand sie erkannte. Wie Schatten huschten sie die Beckergrube entlang zur Untertrave. Zwei Seeleute, die für die Hafenwache eingeteilt waren, spazierten am Ufer auf und ab. Sie pfiffen, als sie die Frauen sahen.

»Na, Deerns, die Sünd is auch ein Vergnögen, was?«, rief einer, als sie in die Clementstwiete einbogen.

Marie verstand die Anspielung sehr gut. Zwar hatte ihre Mutter ihr nie erklärt, warum diese Gasse für sie tabu war, geschweige denn das Wort Deern in den Mund genommen, doch Marie hatte ihre Brüder manchmal belauscht, die zu berichten wussten, dass unter den Deerns in der Clementstwiete bildhübsche Mädchen sein sollten. So wusste sie also, was dieses Wort auch bedeutete. Nicht, dass ihre Brüder den Umgang gepflegt hätten, sie hatten nur von anderen davon gehört, versteht sich. Und jetzt war sie selbst auf dem Weg in eines der verrufenen Häuser. Sie betete zum Himmel, dass ihre Mutter nie davon erfahren würde.

Vor der Tür des Hauses Nummer 292 sahen Marie und Sophie sich noch einmal an, holten tief Luft und traten ein. Ein säuerlicher Geruch schlug ihnen entgegen.

»Ich bin bloß froh, dass du mitgekommen bist«, wisperte Marie.

In der Schänkstube war nicht viel Betrieb. Ein Mann hockte mit seinem Bier an einem Tresen, in der gegenüberliegenden Ecke saßen zwei Kerle, einer mit einem Mädchen im Arm, der andere

hatte eine auf dem Schoß und betrachtete eine zweite, die sich vor ihm drehte. Es war zu düster, als dass Marie die Gesichter der Männer hätte erkennen können. Sie erwartete ohnehin nicht, hier ein bekanntes Antlitz zu entdecken.
»Verschwindet!«, rief eine unfreundliche Frauenstimme mit einem Mal.
Marie kniff die Augen zusammen und machte hinter dem Tresen eine kleine hagere Frau aus, die sie bisher übersehen hatte – ganz offensichtlich die Bordell-Wirtin. »Hier gibt es nix für euch zu tun. Solange der Hafen nich in Betrieb is, kommen nich genug geile Seemänner. Und der Herr Senator lässt sich auch nich oft welche von meinen Deerns bringen.« Sie nickte mit dem Kopf zu der Sitzgruppe, wo anscheinend zwei Vertraute eines Lübecker Senators Mädchen aussuchten, um sie dann in eins der vornehmsten Häuser der Stadt zu bringen. Sophie schien nicht überrascht zu sein, aber Marie musste um Fassung ringen. Bisher hatte sie fest geglaubt, dass Pack von ehrbaren Bürgern zu unterscheiden war. Jetzt war sie nicht mehr so sicher. Wenn selbst die Angesehensten hier Umgang pflegten! Sie schluckte. Noch immer standen sie unschlüssig in der Spelunke, die vom flackernden Schein zu weniger stark kohlender Talglichter in ein gespenstisches Licht getaucht wurde. »Wird's bald«, meldete sich die Stimme der kleinen hageren Frau zurück. »Ich hab schon gute Deerns aus Altona wechgejagt. Was will ich da wohl mit euch komischen Vögeln anfangen?«
Der Mann am Tresen wurde allmählich aufmerksam und drehte sich nach den Frauen um. Auch die anderen Männer und die Freudenmädchen nahmen die Fremden neugierig ins Visier.
»Wenn ihr schöne Titten habt und fix seid mit de Tung, dann könnt ihr im Fröjor wiederkommen.«
Das war zu viel. Marie straffte die Schultern und ging auf den

Tresen zu. Zur Überraschung der Wirtin, die hinter ihrer Theke hervortrat und sich ihr in den Weg stellte.
»Verdamm mi, so was Utverschamtes is mir noch nich unnergekommen«, murmelte sie.
»Wir sind nicht hier, weil wir Arbeit suchen«, ergriff Marie endlich das Wort. »Im Gegenteil, gute Frau. Wir suchen Mädchen, die kräftig anpacken können.«
»Na, die findet ihr hier sicher!« Die Frau lachte laut los, und das heisere Lachen ging nahtlos in einen fürchterlichen Hustenanfall über.
Marie wandte sich angewidert ab. Sie wollte nicht darüber nachdenken, welche Krankheiten man sich in diesem Etablissement mit Leichtigkeit einfangen konnte. Als die Frau sich beruhigt hatte, kam sie einen weiteren Schritt auf Marie zu und reckte sich auf die Zehenspitzen, um ihr Gesicht sehen zu können.
»Du bist doch keine Bordell-Wirtin«, stellte sie fest. »Trotzdem willst du meine Mädchen auslösen?«
»Wir brauchen Geld«, flüsterte Sophie, die schneller begriffen hatte, Marie ins Ohr.
»Auslösen, ja, das will ich«, stammelte Marie. Das hörte sich gut an. Und am Geld würde es gewiss nicht scheitern.
»Na schön, warum nich? Mir kann's recht sein«, sagte die Frau gedehnt, die sich als Frau Voss vorstellte. »Aber billig wird das nich. Meine Deerns sind allerbest! Seut as Honnig und schaarp as …«
»Schon gut, wir haben verstanden«, fuhr Sophie dazwischen, die Marie keine weiteren Einzelheiten zumuten wollte.
»Gehen wir rauf«, kommandierte Frau Voss. Sie schnappte sich eine der Talgfunzeln und ging voran. Marie und Sophie stolperten hinter ihr her. Der kleine Flur, den sie über die Treppe erreichten, war noch dunkler als die Schänkstube. Sie mussten achtgeben, um nicht zu straucheln. Die Wirtin öffnete eine Tür.

In dem schwachen Schein ihrer Laterne erkannte Marie fünf oder sechs Gestalten, die in einem winzigen Zimmer auf dem Boden lagen. Es war so kalt, dass der Atem in der Luft gefror.

»Aufstehen, faules Pack«, krächzte Frau Voss und wurde sogleich wieder von einem grässlichen Husten geschüttelt. Sie öffnete eine weitere Tür. »Nee, hier nich«, nuschelte sie vor sich hin und versuchte es nebenan. »Da rein«, sagte sie zu Marie und Sophie. Sie entzündete eine Kerze. In dem warmen Schein wurden die Umrisse von einem Bett, einem Stuhl und einem Schemel, auf dem eine Waschschüssel stand, sichtbar. Frau Voss drängelte sich an ihnen vorbei und weckte die Mädchen in einem weiteren Zimmer. Marie fror erbärmlich. Sie rieb die Hände aneinander und trat von einem Fuß auf den anderen. Angewidert sah sie sich um.

»Meinst du, dass die Freier hier …?« Sie mochte es nicht aussprechen.

Sophie nickte nur.

Marie musste an Thomas denken. Wie zärtlich er gewesen war. Wie lange er sie nur im Arm gehalten und gestreichelt, geküsst und ihr die schönsten Worte ins Ohr geflüstert hatte. Sie konnte sich beim besten Willen nicht vorstellen, dass irgendjemand in diesem dreckigen kleinen Zimmer auf der Pritsche die Wonne empfand, die sie in Thomas' Augen gesehen und die sie selbst empfunden hatte. Wie konnten die Männer nur in ein solches Haus gehen?

Auf dem Flur waren Stimmen zu hören. Die Bordell-Wirtin raunte ihren Freudenmädchen etwas zu und schupste die Erste zu Marie und Sophie in die kleine Kammer.

Von der Tür aus rief sie: »Schaut sie euch an, und dann sacht mir, welche ihr wollt!«

In den nächsten zehn Minuten bekam Marie so viele beklagenswerte Wesen zu Gesicht wie zuvor in ihrem ganzen Leben nicht. Am liebsten hätte sie alle zwölf von diesem Ort fortgeschafft, doch das war nun mal nicht möglich. Die eine war nur Haut und Knochen und hustete noch schlimmer als die Voss. Nach jedem Anfall wischte sie sich mit dem Handrücken blutigen Auswurf von den Lippen. Bei einer anderen verrieten Hautausschlag und eine schwere Gehbehinderung die Syphilis im fortgeschrittenen Stadium. Wieder eine andere redete wirres Zeug und hatte ein unheimliches Flackern in den Augen, vermutlich ebenfalls eine Folge der Syphilis. Eine nach der anderen bettelte Marie an, sie aus dieser Hölle auszulösen. Ihre flehenden Blicke, die tief in den Höhlen liegenden Augen und den Anblick nackter Füße, teilweise mit bläulich teigigen Frostbeulen an den Zehen, würde Marie ihr Lebtag nicht vergessen.
Nachdem die jämmerliche Prozession an ihr vorübergezogen war, nannte Marie sieben Namen. Frau Voss wiederholte die Namen mit einer Stimme, als ob Fingernägel über Schiefer kratzen würden. Die Aufgerufenen lehnten sich im Flur nebeneinander an die Wand, die anderen krochen, ohne zu wissen, welchem Schicksal sie entgangen waren oder was sie verpasst hatten, jammernd und klagend zu ihren Schlafplätzen zurück. Die Bordell-Wirtin schritt die Reihe ungerührt ab, während Marie sich von Herzen wünschte, das entwürdigende Spektakel habe bald ein Ende.
»Die hier kostet hunnertzwanzig Mark. Die da kann ich dir für hunnert geben«, verkündete Frau Voss. Marie kam sich vor wie auf dem Schlutuper Fischmarkt, wo laut krakeelend um den fettesten Dorsch gefeilscht wurde und man die dünnen Heringe achtlos den Straßenkötern hinwarf.
Alles in allem kamen schließlich über achthundert Mark zusammen. Eine stolze Summe. Aber Oeverbeck hatte für die Dampf-

maschine noch gutes Geld bekommen, und in Maries Privatschatulle lag ebenfalls ein stattliches Sümmchen.

»Bring mir morgen das Geld, und die Mädchen gehören dir!« Frau Voss war jetzt ganz Geschäftsfrau.

»Nicht morgen«, übernahm Marie die Führung. »Jetzt gleich.« Sie durchschaute, dass die Bordell-Wirtin froh sein konnte, sieben Mäuler weniger zu stopfen. Sie gab ihnen wenig, das war nicht schwer zu erraten, aber sie musste sie bis zum Sommer durchfüttern, bis wieder mehr Freier in die Stadt kamen oder vom nahen Travemünde einen sündigen Abstecher machten. Wenn Marie ihr jetzt sieben Esser abnahm, konnte sie sich rechtzeitig junge gesunde Frauen suchen. »Sie kriegen das Geld noch heute Nacht. Und zwar siebenhundert Mark glatt«, sagte sie deshalb selbstbewusst.

»Siebenhunnertfünfzig und nicht eine Mark weniger.«

Jetzt ergriff Sophie das Wort. An Marie gewandt fragte sie: »Wie der Herr Senator wohl reagiert, wenn er hört, dass Frau Voss unter den Kaufleuten herumtratscht, wer zu ihren Kunden gehört?«

Das saß. Die Wirtin fiel prompt auf Sophies frechen Bluff herein und glaubte offenbar, dass sie die Männer im sogenannten Tanzsalon kannte.

»Also schön«, raunte sie widerwillig. »Siebenhunnert und ihr könnt die Brut gleich mitnehmen.«

»Einverstanden. Die Mädchen sollen sich waschen und die ordentlichsten Kleider anziehen, die sie besitzen. In einer Stunde sind wir zurück.« Damit zog Marie Sophie an Frau Voss vorbei, die sich zweifellos noch immer über das gute Geschäft ins Fäustchen lachte, und hinter sich her die Treppe hinunter bis raus auf die Straße. Es war finstere Nacht, das Quecksilber zeigte minus fünfzehn Grad. Marie schöpfte tief Atem. Ihre Lungen brannten. Trotzdem war sie heilfroh, wieder saubere Luft atmen zu können. Kaum dass die Tür sich hinter ihnen schloss, sprudelte Sophie los.

»Wo willst du denn mit denen bleiben? Und was sollen die überhaupt machen? Schwere Arbeit kannst du ihnen doch gar nicht geben. Die brechen dir ja gleich zusammen.«

»Du hast recht«, sagte Marie. »Wir brauchen auch wenigstens zwei kräftige Burschen.«

»Na, schon Feierabend?« Das waren wieder die patrouillierenden Matrosen der Hafenwache mit ihrem losen Mundwerk. »Ihr seid wohl von der schnellen Truppe!« Sie lachten dreckig.

»Die können uns helfen«, meinte Marie und marschierte geradewegs auf die beiden zu.

»Höhö, seute Deern«, säuselte der kräftigere von den beiden, ein Seemann mit karottenroten Haaren und vollen Lippen, die eher einer Frau gestanden hätten. Er sah Maries hübsches Gesicht. »Wenn du nich zu teuer bist, werden wir uns wohl handelseinig.«

Ekel stieg in Marie auf, Ekel und die blanke Wut, dass Frauen so hausen mussten, damit solche Kerle ihre Gier befriedigen konnten. Ehe sie es sich anders überlegen konnte, holte sie auch schon aus und schlug ihm ins Gesicht. Der Mann war viel zu verblüfft, um den Schlag abzufangen. Auch Sophie stand wie vom Donner gerührt da. Es dauerte nur eine Sekunde, bis er seine Fassung wiederfand.

»Dir werd ich …«

»Lass gut sein«, ging der andere Seemann dazwischen. »Lass die Deerns laufen.« Und zu den beiden Frauen sagte er: »Ihr macht besser, dass ihr wegkommt. Hab zwei Sittenbeamte gesehen, die die Gegend kontrollieren.«

Marie kannte die Stimme. Sie sah den hilfsbereiten jungen Mann an und erkannte ihn als einen Matrosen der *Freja*. Langsam ergriff sie seine Hand, die eine Öllampe hielt, und führte diese hoch bis vor ihr Gesicht.

»Fräulein Kröger!«, rief er entgeistert aus. »Sie?«
»Ja«, entgegnete sie schlicht. »Ich! Hör zu, in der Clementstwiete soll es ein Haus geben, in dem die Seeleute unterkommen, wenn sie nicht rausfahren können. Kennst du das?«
»Natürlich, Fräulein Kröger, aber was wollen Sie denn da? Glauben Sie mir, eine Dame sollte sich da lieber nicht herumtreiben.«
»Als ob es darauf noch ankäme«, seufzte sie. »Weißt du ein paar kräftige Burschen, die sich bei mir in der Konditorei verdingen wollen? Es ist keine leichte Arbeit, aber ich bezahle gut, und es gibt ein warmes Bett und zu essen.«
»Ich, Fräulein Kröger, ich würde gern für Sie arbeiten«, beeilte sich der Matrose zu sagen. »Jedenfalls bis es wieder wärmer wird und wir aus dem Hafen können.«
»Ich auch«, rief der Rote.
Sie sah ihn abschätzig an.
»War nicht so gemeint vorhin. Ich wusste doch nicht, dass Sie eine ehrbare Frau sind. Ich kann arbeiten, ganz bestimmt«, versicherte er ihr. Seine Hände waren kräftig, die Arme voller Muskeln, und er sah gesund aus.
»Ist er vertrauenswürdig?«, fragte Marie den anderen.
»Ja, Fräulein Kröger. Er ist ein Großmaul, aber ein feiner Kerl.«
Sie musste lächeln. »Umso besser, dann sparen wir uns den Weg zurück in die Clementstwiete. Ich will euch morgen Mittag um zwölf Uhr in der Konditorei sehen, gewaschen und mit gekämmten Haaren.« Sie wusste, dass die Hafenwache bis in der Früh dauerte. Wenn sie etwas mit den Matrosen anfangen wollte, mussten die sich ausruhen, bevor sie zum Dienst erschienen. Bis Mittag würde sie mit den neuen Mädchen und ihren vertrauten Leuten auskommen müssen.

Nachdem das geklärt war, eilten die beiden Frauen in die Beckergrube Nummer 16. Während Marie das Geld holte, weckte

Sophie Franz, erklärte ihm in wenigen Worten, was geschehen war, und trieb ihn an, aufzustehen, sich anzuziehen und sie in die Bordell-Wirtschaft zu begleiten. Der staunte nicht schlecht über den Mut der beiden.

»Verdurri noch eins«, murmelte er wieder und wieder, schnappte sich einen schweren Holzprügel für alle Fälle und war bereit. Es dauerte nicht lange, und die drei tauschten bei der Bordell-Wirtin siebenhundert Mark gegen sieben ängstliche Mädchen, von denen das jüngste gerade mal fünfzehn und das älteste vierundzwanzig war, wie sich später herausstellte. In den Kammern von Rieke und Hannes wurden Lager aufgeschlagen, wo die Mädchen schlafen konnten. Es ging auf zwei Uhr zu, als auch Marie endlich in ihr Bett fiel.

Schon fünf Stunden später war sie wieder auf den Beinen, kleidete sich an und ging die Beckergrube hoch und über die Breite Straße nach St. Jakobi. In der Kirche hatten die Mitglieder der Schiffergesellschaft ihren eigenen Kirchenstuhl. Ein Holzschiff hing an Seilen von der Decke darüber. In einer Nische zierte eine Tafel die weiß getünchte Wand, auf der die Namen der Seeleute zu lesen waren, die das Meer genommen hatte. Rundherum hingen einzelne kleine Kupferplatten, mit denen reiche Lübecker Familien an ihre Söhne erinnerten, die nie nach Hause gekommen sind. Die Krögers waren früher immer in die Marienkirche gegangen, aber seit Marie mit der *Freja* gesegelt war, zog sie St. Jakobi vor. Dort hatte sie die kleinen Tafeln gesehen und ihren Brüdern Enno und Johann-Alexander ebenfalls eine kleine Messingscheibe gewidmet. Sie strich mit dem Finger über das kalte Metall, blieb einen Augenblick stehen, ging dann in eine der Holzbänke und kniete sich nieder.

»Lieber Gott«, betete sie leise, »wenn Du mir nur sagen könntest, ob es richtig ist, was ich tue. Bitte, bitte, verleihe mir die

Kraft, die schweren Aufgaben zu meistern, die Du mir gegeben hast.« Sie zögerte kurz und dachte an die vergangene Nacht, an die dreckigen kleinen Kammern, an die kranken, geschwächten Freudenmädchen, an das, was sie dort in den Kammern zu tun hatten. »Nein, es sind keine schweren Aufgaben«, sagte sie kaum hörbar. »Diese Mädchen haben es schwer. Mir hast Du ein leichtes, ein schönes Leben geschenkt. Dafür danke ich Dir. Ich will Dir etwas versprechen. Ich werde dafür sorgen, dass in dieser Stadt nicht länger Frauen so unwürdig leben müssen wie die in der Clementstwiete.« Es kam ihr fast schändlich vor, den Namen dieser Gasse in einer Kirche auch nur zu denken, geschweige denn ihn auszusprechen. »Niemand sollte so leben, weder Frauen noch Männer«, ergänzte sie. Sie sprach ihr Gebet zu Ende und wollte sich schon bekreuzigen, doch dann sagte sie noch: »Lieber Gott, bitte bring mir den Thomas gesund nach Hause zurück. Amen.«

Auf dem Rückweg kehrte Marie wie an jedem Morgen in ihrem Elternhaus ein, aber nicht, wie sonst üblich, um zu frühstücken, sondern um Therese eine Anweisung zu geben.

»Wenn die Milch- und die Eierfrau und der Bäcker kommen, musst du mehr kaufen als sonst, Therese. Ich habe drüben in der Konditorei neun neue Leute, die ich satt kriegen muss. Ich bitte dich, ihnen dreimal täglich was Gutes zu bringen. Sie müssen wieder zu Kräften kommen. Kaffee und Brot, schön dick mit Butter bestrichen für den Anfang. Du machst das schon.«

Bevor Therese Fragen stellen konnte, war sie wieder weg. Solange bis die Freudenmädchen eine endgültige Bleibe hatten und sich selber versorgen konnten, musste sie sich eben darum kümmern.

Die Neuen, dankbar für eine warme Schlafstätte und genug zu essen, machten sich mit Feuereifer an die Arbeit. Sie waren gelehrig und fleißig, und die »Alten« nahmen sie mit Begeisterung auf, bedeutete das für sie doch, dass sie sich in Zukunft wieder ein wenig ausruhen konnten. Als mittags auch noch die beiden starken Kerle zur Stelle waren, stieg die Stimmung in der Konditorei Kröger. Nur Achim Oeverbeck war alles andere als zufrieden. Er beobachtete die blendend gelaunte Marie, der offenbar über Nacht ein kleines Wunder gelungen war, missmutig. Marie sprühte nur so vor Energie und stürzte sich in die Produktion der Himmelskugeln. Trotz der Verstärkung war noch mehr als genug zu tun. Unermüdlich lief sie zum Apotheker, um Rosenwasser zu holen, wog Zucker ab, probierte von der Rohmasse und dekorierte das Schaufenster um. Nach einigen Tagen, in denen sie nicht wusste, wo ihr der Kopf stand, während Achim anscheinend nur noch Papierangelegenheiten zu regeln hatte, stellte sie irritiert eine Veränderung an ihm fest. Plötzlich verschanzte er sich nicht mehr in seinem Kontor, sondern packte wieder überall mit an, wo er gebraucht wurde. Noch auffälliger war, dass er ausnehmend liebenswürdig zu den neuen Mädchen, zu Johann und Sophie und ganz besonders zu ihr war. Wann immer er sie etwas Schweres tragen sah, sprang er hinzu, um es ihr abzunehmen. Und er ließ keine Gelegenheit aus, ihren glücklichen Einfall zu loben, der die hässliche Dampfmaschine aus dem Haus und die tüchtigen Arbeiterinnen und kräftigen Burschen ins Geschäft gebracht hatte. Und er kam sogar von ganz allein auf sie zu und fragte sie, was sie von einem Anbau halte. Der Frühling stehe vor der Tür, und man könne bald damit anfangen. Viel Platz sei schließlich nicht, und wie er sie einschätze, expandiere sie weiter und habe bald noch mehr Leute. Er hatte recht. Über kurz oder lang kämen womöglich wirklich noch mehr Arbeiter hinzu, und schon jetzt konnte man sich kaum noch rühren. Dicht gedrängt saßen immer drei nebeneinander an einem Holztisch. Vier solcher Tische standen vor den großen

Fenstern, damit die Männer und Frauen Tageslicht beim Schminken, Rollen, Kneten und Schnitzen hatten. Nur von einem schmalen Gang getrennt standen auf der dunkleren Seite der Werkstatt die Kessel und Walzen und zwei Öfen. Rundherum an den Wänden waren verschiedene Zutaten, Formen, Gerätschaften und Schachteln in unterschiedlichen Größen in schweren Holzregalen untergebracht. Ein Anbau war in der Tat eine glänzende Idee. Je länger sie darüber nachdachte, desto besser gefiel ihr diese Lösung. Nach hinten raus in den Hof war noch Platz. Wenn sie eine weitere Produktionsstätte, mit der ersten durch eine Tür verbunden, schufen, könnten sie zwei Stockwerke mit kleinen Kammern für die Arbeiter draufsetzen. Das wäre viel hübscher als die finsteren Gängeviertel, in denen die meisten Arbeiter üblicherweise in Lübeck ihr Dasein fristeten. Die waren so eng und die Überstände der Dächer so breit, dass niemals das Sonnenlicht in die Höfe durchdrang. Sie würde freundliche Kammern bauen lassen, in denen man das Tageslicht zu sehen bekam. Und eine kleine Küche und ein Bad in jedem Stockwerk.

Marie rechnete mit Achim genau aus, welche Kosten auf sie zukommen würden. Die Konditorei stand gut da. Selbst der Umstand, dass auf der Weltausstellung in Wien das Marzipan eines Konkurrenten prämiert wurde, konnte ihr nichts anhaben. Sowohl Zar Alexander II. als auch Kaiser Wilhelm I. kauften zwar sofort bei dem ausgezeichneten Zuckerbäcker, kamen aber auch nicht umhin, von den Himmelskugeln zu kosten, von denen jetzt überall die Rede war. Da das Marzipan wieder den unvergleichlichen Schmelz hatte, den man von Kröger'scher Ware gewohnt war, liefen die Auftragsbücher trotz der Niederlage in Wien über.

V

Die Jahre gingen ins Land. Marie Kröger war überaus zufrieden mit ihrem Leben. Nur noch selten musste sie daran denken, dass sie einmal Primaballerina werden wollte. Damals, als sie von einem Tag auf den anderen erwachsen werden und ohne jegliche Vorkenntnisse oder Ausbildung einen Beruf ergreifen musste, hatte ihr das niemand zugetraut. Heute stand die Konditorei Kröger besser da denn je. Der Name war weit über die Grenzen des Staates Lübeck hinaus berühmt. Man konzentrierte sich jetzt ganz und gar auf die Spezialität, das Marzipan. Die Herstellung von Schokoladenkonfekt oder Kuchen überließ Marie gern der Konkurrenz. Dafür gab es jetzt Pistazien-Marzipan, Kugeln mit einer Nuss in der Mitte, Marzipanbrote, kleine Rauten mit Orangenaroma, die Marie, inspiriert von den französischen Calissons, kreiert hatte, mit Nougat gefüllte Marzipankugeln, Marzipan mit Kaffeearoma und natürlich die berühmte Kröger-Torte, das Markenzeichen des Betriebs. Das hübsche kleine Holstentor dick aus saftigem Marzipan geschnitten. Natürlich wurden die Details des Gebäudes nicht mehr von Hand geschnitzt, sondern mithilfe einer Schablone in die weiche Masse gedrückt und anschließend mit Schokolade oder Nougat verziert. Die Kröger-Torten wurden in vier verschiedenen Größen hergestellt und in sieben Länder verschickt.

Und es gab neuerdings auch den Lübecker Doppeladler, der in gleicher Weise gemalt war. Gold- und Silbermedaillen schmückten Maries Kontor und bestätigten ihr, dass sie ihre Arbeit gut machte.
Mit ihren Eltern verbrachte sie nur wenige Stunden in der Woche. Ihre Mutter war vom Wohlstand immer feister geworden und traf sich mit den Damen der Gesellschaft. Mutter und Tochter hatten sich nicht viel zu sagen, und Marie mochte ihre kostbare Zeit nicht mit Geschichten über sterbenslangweilige Kaffeekränzchen verschwenden. Immerhin ging ihre Mutter fast täglich ins Heilig-Geist-Hospital und kümmerte sich dort um die Alten und Kranken. Sie legte natürlich nicht selbst Hand an, sondern sang und sprach mit den armen Seelen, aber es schickte sich für eine Frau ihres Standes, einer wohltätigen Beschäftigung nachzugehen. Das gefiel Marie. Sie gab ihr regelmäßig Marzipanbrote und -kugeln mit, damit die Kranken nur rasch wieder auf die Beine kamen und die Alten bei Kräften und bei Laune blieben. Zu ihrem Vater ging sie, wenn sie eine neue Kreation schuf, oder eine Auszeichnung bekam. Sie setzte sich dann wie früher zu ihm und berichtete von den Neuigkeiten oder schob ihm etwas Süßes in den Mund. Leider sprach er immer seltener. Irgendwie war es, als wäre der Weg von seiner Welt in die Welt der anderen mit dichtem Gestrüpp zugewachsen, so dass er ihn vergeblich suchte.
Am liebsten verbrachte sie ihre wenige freie Zeit mit Thomas. Im Sommer war sie ein paar Tage in seinem Haus in Travemünde, im Winter gingen sie ins Theater oder Konzert oder saßen einfach am Kamin und redeten. Sie liebte ihn von ganzem Herzen. Und es gab viele Momente, da war sie sich auch seiner Gefühle für sie sicher. Doch dann kamen wieder die Tage und Wochen, in denen er sich rarmachte oder einfach verreiste, ohne sie zu fragen, ob sie ihn begleiten wolle. Es fiel

ihr schwer, ihn so zu akzeptieren, wie er war. Aber schließlich hatte sie sich damit arrangiert, dass er ihr keinen Antrag machen würde.

»Ich brauche meine Freiheit«, hatte er mehr als einmal zu ihr gesagt. »Du weißt, warum ich mich nicht binden kann. Und ist es nicht viel besser so, wie es zwischen uns ist, als bei all den sterbenslangweiligen Ehepaaren dieser Stadt?«

Diese Ansicht teilte Marie absolut. Sie genoss jede Minute, die sie mit ihm hatte. Und darüber hinaus lebte sie für die Konditorei und das Marzipan. Sie war zufrieden. Nein, sie war mehr als nur zufrieden, sie war rundherum glücklich.

Achim Oeverbeck war ihr ein wichtiger Berater geblieben. Nachdem sie ihn seiner Macht beraubt und ihn degradiert hatte, gab es eine Zeit, in der er sich zurücknahm. Er schuftete mehr, als sie von ihm hätte verlangen können, doch er sparte mit Kommentaren, Widerworten und Einwänden. Dieser Zustand hielt freilich nicht lange an. Bald war er wieder der Alte, ein wenig vorsichtiger höchstens als zuvor. Er fragte sogar wieder nach dem Marzipanrezept. Es sei doch lächerlich, daraus ein solches Geheimnis zu machen. Immerhin wisse doch jeder, was in das Lübecker Marzipan hineingehöre. Es könne sich ja nur um eine einzige Zutat handeln, die sie ihm verschweige. Marie ließen seine Versuche kalt. Sie bestätigte, dass es nur um eine Ingredienz und um das exakte Mengenverhältnis gehe, verriet aber nichts. Eine Zeitlang hatte sie den Eindruck, er habe ein Mädchen. Er kleidete sich mehr nach der Mode und benutzte Duftwässerchen. Aber er erwähnte nie etwas, und sie fragte nicht.

Seit dem Sommer 1879 wurde sie das Gefühl nicht los, dass er mal wieder etwas im Schilde führte. Er machte ihr Komplimente und sah sie anders an als früher. Marie konnte den Blick nicht deuten. Sie wusste nur, dass Gefahr lauerte. Auch Sophie fiel das auf. Sie war mit einer Erklärung allerdings schnell bei der Hand.

»Was starrt denn der Oeverbeck dich in letzter Zeit so dösig an? Hat der Absichten?«

Marie war verblüfft. Daran hätte sie zuletzt gedacht.

»Gott bewahre«, wehrte sie ab und hoffte inständig, dass Sophies Gespür sich diesmal auf dem Holzweg befand.

Das war leider nicht der Fall. An Maries sechsundzwanzigstem Geburtstag stand er mit einem überdimensionalen Blumenbouquet in ihrem Kontor.

»Marie, meine Liebe, ich wünsche dir alles erdenklich Gute zu deinem Wiegenfest.«

Sie wusste, dass er sich etwas altmodisch ausdrückte, wenn er besonderen Eindruck machen wollte.

»Danke, Achim, wie lieb von dir, daran zu denken.« Sie rief nach Sophie, die eine Vase mit Wasser bringen sollte. Als diese an Marie vorbeisauste, verdrehte sie vielsagend die Augen.

»Ich habe dich doch in keinem Jahr vergessen«, erinnerte Achim sie.

»Das ist wahr.« Sie hoffte, dass er sich zurückzog. Bestimmt wartete jede Menge Arbeit auf ihn. Doch er dachte gar nicht daran. Er ließ sich in einem der Sessel nieder, die seit kurzem vor ihrem Sekretär standen. Es war bequemer so, wenn sie Besuch anderer Kaufleute, von Kunden oder Händlern bekam, mit denen sie verhandeln musste.

»Kommod, in der Tat äußerst kommod«, konstatierte er und bewegte sein Hinterteil ein wenig albern auf und ab, um seine Worte zu unterstreichen. »Sieh sich nur einer an, was aus der kleinen Marie Kröger geworden ist. Wer hätte das gedacht?« Und rasch fuhr er fort: »Ich nicht. Nein, das muss ich leider eingestehen, ich habe nicht für möglich gehalten, dass aus dem kleinen Ballettmädchen eine tüchtige Geschäftsfrau wird. Und so erfolgreich!« Er deutete mit einer Handbewegung auf die Medaillen und Zinnteller. »Dein Vater wäre stolz auf dich.«

»Er ist stolz auf mich«, korrigierte Marie. »Hoffe ich jedenfalls«, fügte sie leiser hinzu.

»Ja, du hast recht!« Er knetete die Hände und schwieg. Dann schien er eine Fussel auf seiner Hose entdeckt zu haben und machte sich voller Hingabe daran zu schaffen.

Sophie brachte die Vase und stellte den Strauß hinein. Sie machte einen Knicks und ließ die beiden wieder allein.

»Ich danke dir noch mal.« Was mochte er nur im Schilde führen? »Die Blumen sind wunderschön.«

»Neben dir können sie nur verblassen.«

»Oh, danke.« Wie sehr sie sich über Komplimente von Thomas freuen konnte. Er sah die Dinge an ihr, die ihr wirklich etwas bedeuteten. Er erwähnte ihr Verhandlungsgeschick, ihr Auftreten oder ihr großes Herz. Über ihr Äußeres verlor er selten ein Wort. Das brauchte er auch nicht, seine Blicke sagten genug. Bei Achim freute sie sich nicht, sondern wartete argwöhnisch ab, was er wohl von ihr wollte.

»Im Ernst, Marie, du bist zu einer Schönheit herangewachsen. Gibt es denn noch immer keinen Kavalier, der dich ausführt und der dir bald einen Antrag machen wird?«

Nun wusste sie, woher der Wind wehte.

»Hoffst du immer noch, dass ich heiraten, Kinder kriegen und mich aus der Konditorei zurückziehen werde«, fragte sie unverblümt.

»Aber nein, da hast du mich ganz falsch verstanden. Ich kann es nur einfach nicht glauben. Die Verehrer müssten doch Schlange stehen.«

Wusste er etwa nicht, dass sie sich mit Thomas Hansen traf? Nun gut, sie tauschten in der Öffentlichkeit keine Zärtlichkeiten aus, machten indessen auch keinen Hehl daraus, dass zwischen ihnen eine enge Verbindung bestand. Andererseits, wenn sie es recht bedachte, ging sie auch mit anderen Männern in Restaurants oder in Konzerte, seit sie von der Kaufmannschaft akzeptiert und angenommen wurde. Mit Traugott Jacobs, dem Holzhändler, besuchte sie Kirchenmusik-Konzerte. Sogar mit Kapitän Groth hatte sie einmal gespeist. Konnte es sein, dass in Lübeck gar nicht über sie und Thomas getuschelt wurde, wie sie immer dachte? Oder bekam nur Achim von alldem nichts mit?

»Ich bin froh, dass du dein Herz noch nicht verschenkt hast.« Er stand auf und kam auf sie zu. »Siehst du, Marie, ich weiß ja, dass du es nicht immer leicht mit mir gehabt hast. Aber du sollst wissen, dass ich es immer nur gut gemeint habe.«

»Das weiß ich doch.« Sie lächelte höflich.

»Nicht nur mit der Konditorei, sondern mit dir habe ich es gut gemeint. Und das meine ich auch jetzt, Marie.« Er nahm ihre Hände. »Wir beide sind doch fast Tag und Nacht zusammen. Wir verstehen und wir ergänzen uns gut. Du und ich und das Marzipan, wir gehören doch sowieso schon zusammen.«

War das etwa ein Antrag? Wollte er sie inklusive Marzipanrezept heiraten? Glücklicherweise brauchte sie sich keine Antwort abzuringen, denn eine Arbeiterin stürzte herein, um sie zu holen. Einer der Schnitzer war mit dem Messer ausgerutscht und hatte es sich bis auf den Knochen in den Arm gerammt. Marie rannte aus dem Kontor und in den Produktionsraum, versorgte die Wunde und ließ Dr. Grünbeck kommen. Danach konnte sie Achim aus dem Weg gehen, weil sie traditionsgemäß an ihrem Geburtstag das Mittagessen mit ihren Eltern einnahm. Ihre Mutter erzählte von den Kranken im Heilig-Geist-Hospital, ihr Vater saß in seinem Ohrensessel und starrte hinaus. Dr. Grünbeck kam von der Konditorei herüber, um nach dem Rechten zu sehen und Marie zu berichten, dass ihr Arbeiter Glück gehabt

habe. Das Messer sei nur durch das Fleisch gegangen, die Sehnen waren alle unversehrt.
»Schöne Blumen hast du in deinem Kontor stehen, mein Mädchen. Von einem Verehrer?« Seine Schweinsäuglein leuchteten fröhlich.
»Was ist denn heute los? Alle wollen heute wissen, ob ich einen Verehrer habe. Aber das geht Sie nichts an, lieber Dr. Grünbeck.« Sie hob scherzhaft drohend den Zeigefinger.
»Ob ich das noch erleben darf, dass meine Tochter endlich unter die Haube kommt«, sagte Margreth Kröger.
Marie wurde ärgerlich. Ihre Mutter würde nicht ein einziges Mal anerkennen, wie gut sie die Geschäfte führte, wie fleißig sie war, für keine Arbeit zu fein. Nein, das Einzige, was sie interessierte, war ein Bräutigam, der nicht in Sicht war. Marie wollte keinen Streit, und so schluckte sie den Ärger hinunter und erzählte von Achims Auftritt in ihrem Kontor.
»Es ist unfassbar«, schloss sie ihren Bericht. »Ich glaube gar, er wollte mir einen Antrag machen.«
»Aber das wäre doch wunderbar!« Ihre Mutter klatschte in die Hände.
»Wie bitte? Aber ich liebe ihn nicht, Mutter.«
»Liebe ist nicht alles, Kindchen. Ich habe deinen Vater sehr geliebt, und was habe ich jetzt davon? Sieh ihn dir doch an.« Sie zeigte mit ihrer fleischigen kleinen Hand auf den Mann, der reglos am Fenster saß. Er hatte nicht mehr viel mit dem gemein, den sie aus Liebe geheiratet hatte. Trotzdem war Marie bestürzt.
»Immerhin hattet ihr eine gute Zeit, und zwar, weil ihr euch geliebt habt.«
»Deine Mutter ist eine vernünftige Frau. Und das bist du auch, Marie.« Dr. Grünbeck hüstelte verlegen. »Es wäre in der Tat Zeit, dich zu verheiraten.«

»Höchste Zeit«, bekräftigte Margreth Kröger. »Du bist jetzt sechsundzwanzig. Bald will dich keiner mehr haben.«

»Zugegeben«, sagte Dr. Grünbeck, »ein Lübecker Kaufmann wäre eine bessere Partie, aber der Oeverbeck ist ein anständiger Kerl. Und er hat sich in der Konditorei bewährt. Er ist keine schlechte Wahl.«

»Er ist ein lieber Junge. Du tust ihm Unrecht, wenn du ihn abweist.«

»Und was ist mit mir?«, brauste Marie auf. »Soll es etwa recht sein, wenn ich erst meinen Traum vom Ballett aufgebe und dann auch noch einen Mann heirate, den ich nicht liebe? Der sogar versucht hat mich hinters Licht zu führen!«

Therese, die gerade das Geschirr abräumte, sah betreten auf ihre Schuhspitzen, als hätte sie etwas falsch gemacht.

»Das kann doch nur ein Missverständnis gewesen sein«, entgegnete Margreth Kröger. »Achim ist so oft bei mir und berichtet mir, was er alles für die Konditorei tut. Und er lobt immer wieder deinen Fleiß und Ehrgeiz. Der Junge wollte dich sicher nicht hintergehen. So etwas darfst du nicht sagen.«

Marie schnappte nach Luft. Achim besuchte ihre Mutter? Solange ihr Vater noch das offizielle Oberhaupt des Betriebs war, hätte er ihm Bericht erstatten können. Das hätte Marie verstanden. Ihre Mutter aber kümmerte sich noch weniger um das Geschäft als Thomas Hansen um Konventionen. Und das sollte etwas heißen. Sie wurde das Gefühl nicht los, dass Achim versuchte über einen Umweg ihre Hand zu gewinnen. Das sollte ihm nicht gelingen!

Einige Wochen genoss Marie die Schonzeit, die ihr der Umstand verschaffte, dass Achim und sie sich kaum sahen. Beide hatten wie in jedem Winter alle Hände voll zu tun. Zusätzlich nahm Marie seit geraumer Zeit an der Gildeversammlung teil und war ein gerngesehener Gast bei der Innung der Konditoren. Nicht, dass sie sich an Abstimmungen hätte beteiligen können oder sonst wie ein echtes Mitspracherecht hatte. Das war für Frauen selbst in der recht frei denkenden Lübecker Kaufmannschaft nicht vorgesehen. Aber sie durfte den Diskussionen und dem Austausch der anderen lauschen, und ihre Meinung wurde hoch geschätzt. Marie kam gar nicht auf die Idee, um die Anerkennung als vollwertiges und damit wahlberechtigtes Mitglied zu kämpfen. Allein durch ihre Anwesenheit und den engen Umgang mit einflussreichen Bürgern der Hansestadt konnte sie Dinge bewegen, die ihr am Herzen lagen. So war es ihr zum Beispiel gelungen, Freudenmädchen den Zugang zum Heilig-Geist-Hospital zu ermöglichen. Die sündigen Weibspersonen hatten bis dahin nach Auffassung einiger Wohltäterinnen keinen Anspruch auf ärztliche Versorgung. Ja, sie durften nicht einmal ihre Familienangehörigen besuchen, die im Hospital kuriert wurden. Das bringe Schande über das Haus, hieß es. Marie konnte die Zustände in Häusern wie der Voss'schen Schänke nicht ändern, aber wenigstens die Tür zum Hospital und damit ein Zufluchtsort stand den Dirnen jetzt offen. Fürs Erste gab die kämpferische Konditorstochter sich damit zufrieden.

Irgendwann kam es, wie es kommen musste. Achim und Marie saßen allein in ihrem Kontor. Seit langem mal wieder, ohne dass einer von beiden auf dem Sprung war oder jemand nach ihnen verlangte. Sie sahen die Auftragsbücher durch, besprachen Veranstaltungen, machten Pläne und beschlossen, an diesem Abend einmal vor neun Uhr die Arbeit ruhen zu lassen.

»Hast du mal über das nachgedacht, was ich an deinem Geburtstag gesagt habe?«, kam Achim auf das Thema.

»Das ist schon so lange her.« Marie war klar, dass sie damit nicht durchkam, aber sie wollte ihm eine direkte Abfuhr ersparen.

Wenn sie ihm diplomatisch zu verstehen gab, dass sie kein Interesse hatte, könnte er sich zurückziehen, ohne das Gesicht zu verlieren. Ein glänzender Plan, wie sie fand, den Achim nur leider nicht begriff oder nicht begreifen wollte.

»Es ging um deine Verehrer. Und es ging um uns. Du hast gute Leute, und du kannst immer mit mir rechnen, ganz gleich, was auch kommt«, holte er aus. »Nur letzten Endes stehst du mit der Verantwortung und der Last doch allein da. Aber auch du brauchst doch eine Schulter, an die du dich lehnen kannst. Das ist gewiss.«

O ja, das war gewiss. Und diese Schulter gehörte Thomas Hansen.

»Du solltest dich verheiraten«, fuhr er fort. »Das hätte Vorteile. Dein Mann könnte in der Gildeversammlung für die Konditorei eine Stimme wahrnehmen. Und auch in der Innung könnte er deine Rechte durchsetzen.«

»Ich kann meine Rechte auch ohne Ehemann durchsetzen. Darum musst du dich wirklich nicht sorgen.«

»Du weißt doch, wie ich es meine. Es ist einfach günstiger, wenn ein Mann dem Betrieb vorsteht.« Als er ihren pikierten Blick auffing, fügte er rasch hinzu: »Und wenn es nur nach außen so ist. Du könntest weiter das Sagen haben, aber ein Mann würde in der Öffentlichkeit auftreten. Das wäre gut für das Ansehen der Konditorei Kröger, glaub mir.«

»Stimmt etwas nicht mit unserem Ansehen?«

»Marie, nun sei doch nicht so kompliziert. Du weißt, worauf ich hinauswill. Du bist eine hübsche Frau, du bist reizend, und du brauchst jemanden. Was liegt da näher, als …«

»Danke für die Komplimente, Achim. Ich fühle mich auch wirklich geschmeichelt.« In Wahrheit war sie höchst verärgert über die unmögliche Situation, in die er sie brachte. Immerhin war er in ihren Diensten. Wenn sie ihm eine Abfuhr erteilte,

würden sie sich dennoch jeden Tag sehen. Sie mussten weiter miteinander arbeiten, als wäre nichts gewesen. Wie stellte er sich das vor? Aber vermutlich stellte er sich das gar nicht vor. Er war sich seiner Sache anscheinend sicher. Ja, wahrscheinlich hatte er schon den Segen ihrer Mutter. Oh, sie konnte sich lebhaft ausmalen, wie die beiden die Vorzüge dieser Verbindung erörterten und wie ihre Mutter ihm Hoffnungen machte. Sie hatte ihm doch nicht etwa die Hand ihrer Tochter gewissermaßen in Aussicht gestellt, schoss es Marie durch den Kopf. »Nur habe ich derzeit gar keinen Bedarf an einem Ehemann. Die Konditorei ist mein Leben geworden. Tja, wer hätte das gedacht?« Sie lachte leise und sah, wie sich seine Gesichtszüge verhärteten. Er war auf einen Korb nicht eingestellt. »Wirklich, Achim, es ehrt mich sehr. Und ich danke dir, dass du gefragt hast. Bloß kommt für mich eine Heirat in naher Zukunft einfach nicht in Frage.«
Sie war sehr stolz auf sich. Es war keine Ablehnung aus persönlichen Gründen, was den weiteren Umgang miteinander deutlich erleichterte. Andererseits wusste er nun Bescheid und würde sie in Ruhe lassen. Letzteres erwies sich bald als Irrtum. Achim Oeverbeck scharwenzelte weiter um sie herum und ließ nicht nach, ihr den Hof zu machen.

Der Juli 1880 brachte neben großer Hitze und Trockenheit auch eine aufregende Herausforderung für Marie. Sie hatte sich bereit erklärt, den Umzug des diesjährigen Volksfestes zu organisieren. Jedenfalls, so weit es den Beitrag der Konditoren-Innung betraf. Aus Mecklenburg und Lauenburg, aus Holstein und Hamburg, ja, sogar aus dem fernen Hannover kamen die Teilnehmer. Marie bestellte einen Schneider ins Haus, damit all ihre Bediensteten zum Fest in neuer Tracht glänzen konnten. Und sie kümmerte sich um eine Kapelle, die beim Umzug vor dem Wagen marschieren würde. Es konnten gar nicht genug Musikanten mit Pauken und Trompeten sein, denn je größer die Kapelle, desto zahlungskräftiger die Innung. Das war allgemein bekannt.

Am Donnerstag kam der Schneider zur Anprobe. Die Frauen erhielten blaue Kleider mit bodenlangen weißen Schürzen. Mit silbernem Faden war ein kleines Holstentor in einer Raute, Symbol für die Kröger-Marzipantorte und neues Erkennungszeichen des Unternehmens, auf die Tasche der Schürze gestickt. Auch die Männer waren blau, weiß und silbern gekleidet. Marie mochte diese Farben, die maritim und edel wirkten, und ließ seit neuestem auch die Schachteln für ihre Marzipantorten, Himmelskugeln und die anderen Spezialitäten in dieser Kombination bedrucken. Fröhlich plappernd drehten sich die Mädchen in ihren Kleidern. Die Burschen strichen hier eine Hose glatt, zupften dort an einem Kragen. Es gab noch die eine oder andere Naht zu versetzen und ein Beinkleid zu kürzen, doch im Großen und Ganzen war Marie überaus zufrieden mit dem Ergebnis. Sie würden beim sonntäglichen Festumzug die Konditorei Kröger aufs Beste präsentieren.

Sie selbst trug die gleiche Tracht wie die Mädchen und verbarg die blonden Locken ebenso unter einem weißen Häubchen, auf dem wiederum ein silbernes Holstentor prangte. Verstohlen musterte sie sich im Spiegel und freute sich über das, was sie sah. Eilig lief sie hinauf in ihre Stube und kleidete sich wieder um. Die Tracht würde sie bis zum großen Tag nicht mehr anrühren. Noch schnell eine Besprechung mit dem Schneider, dann lief sie hinüber in den Hof ihres Elternhauses, wo Hannes und Heinrich den Wagen für den Umzug vorbereiteten.

Heinrich, der Matrose der *Freja*, den Marie im Winter angeworben hatte, war noch immer in Diensten der Krögers. Zwar

war er mit dem ersten Segelschiff ausgelaufen, das Lübeck im Frühjahr verließ, nach einem Sturz von einem der Masten jedoch bald als Krüppel zurückgekehrt.

»Ich hätte auf einem Dampfschiff anheuern können«, gestand er Marie zerknirscht. »Aber ich wollte ja nicht warten. Nu kann ich nie mehr als Matrose arbeiten.«

Marie zögerte keine Sekunde und stellte ihn sofort wieder ein. Heinrich war ein tüchtiger, ehrlicher Kerl. So einen konnte sie immer gebrauchen.

»Na, wie weit seid ihr?« Marie ging um das herum, was einmal eine ausgediente Droschke war, doch sie konnte das Gefährt kaum wiedererkennen. »Meine Zeit, das ist ein Wunder«, sagte sie anerkennend.

»Das ist sein Verdienst!« Heinrich schmückte sich nicht mit fremden Federn. Er konnte anpacken, gewiss, aber an guten Einfällen mangelte es ihm. Ganz anders Hannes. Er war ein wahres Genie an Vorstellungskraft und handwerklichem Geschick. Er hatte aus der alten Droschke eine Torte gemacht, eine fahrende Torte! Ein mit Stoff bespanntes Holzgestell gab dem Betrachter die Illusion, wahrlich ein Gebilde aus Sahne und Baiser vor sich zu haben.

»Wir werden aufpassen müssen, dass die Leute unseren Wagen nicht anbeißen«, sagte Marie lachend.

»Das werden wir schon zu verhindern wissen. Es gibt schließlich genug Naschwerk, das verteilt wird. Die anderen Konditoren haben schon Kisten und Kartons angeschleppt. Steht alles im Kühlkeller.« Hannes zwinkerte ihr zu. »Und schmeckt köstlich!«

»Untersteh dich!« Seit Tagen musste Marie aufpassen, dass ihre Angestellten sich nicht über die Ware der fremden Konditoren hermachten. Stibitztes Konfekt schmeckte eben noch besser als das, was die Chefin freiwillig herausrückte.

Marie wusste, dass alles vorbereitet war und sie sich auf ihre Mannschaft verlassen konnte. Den Sonnabend würde sie sich freinehmen, um mit Thomas das Fest zu genießen.

Ihr freier Tag begann vielversprechend mit herrlichstem Sonnenschein. Marie ließ sich nur einmal kurz in der Konditorei blicken, kontrollierte, dass alle Beinkleider die rechte Länge hatten, alle Trachten saßen, bleute Achim noch einmal ein, am Sonntag pünktlich um elf Uhr mit den Bediensteten und dem Wagen im Hof parat zu stehen, und stürzte sich dann fröhlich ins festliche Getümmel. Die Straßen waren bereits voller Menschen. Damen in langen schmalen Kleidern, mit Strohhüten und Sonnenschirmen flanierten an den Armen von Männern in grauen Anzügen. Einige trugen sogar einen Frack. Mädchen in weißen Kleidern hüpften in ihren noch glänzenden Schuhen um ihre Eltern herum. Jungen in Matrosenanzügen versuchten ihnen die großen Schleifen aus den Haaren zu ziehen. Zwischen den Alten und Jungen, den Familien, den vornehmen Bürgern und den einfachen Leuten schob sich Marie bis in die Königstraße durch.
»Ich kann es kaum glauben. Du hast dir tatsächlich freigenommen. Skandal, Lübecks fleißigste Geschäftsfrau arbeitet heute nicht!«, rief Thomas zur Begrüßung aus.
»Für dich mache ich alles möglich«, säuselte sie und küsste ihn zärtlich.
»Von wegen«, neckte er weiter, »du willst doch bloß auf den Markt. Kannst es gar nicht erwarten, in einem Karussell zu sitzen, das von einem starken Kerl gezogen wird.«
»Warum nicht? Ich kann mir Hässlicheres vorstellen.«
»Und danach ein Glas Bier und ein Butterbrot mit Wurst. Du bist mir vielleicht eine Dame!«
»Warum nur ein Glas Bier?« Sie kicherte unbeschwert. »Nein,

wenn ich schon fremde Kerle ansehe, dann bleibe ich wenigstens deinem Wein treu.«

»Weder noch«, wies er sie scherzhaft zurecht. »Jetzt gibt es erst mal eine Fruchtsuppe.«

Thomas' Hausmädchen Liese machte die köstlichste Fruchtsuppe, die Marie je gegessen hatte. Was gab es Besseres an einem heißen Tag? Sie löffelten jeder zwei Teller leer und machten sich dann auf den Weg, obwohl Thomas ununterbrochen quengelte.

»Müssen wir uns denn wirklich mit den anderen durch die Gegend schieben? Es ist doch jedes Jahr das Gleiche, Karussells, Drehorgeln, schlechte und viel zu teure Zuckerbäcker und der ganze Kram«, jammerte er. »Warum bin ich bloß nicht in Travemünde geblieben?«

»Weil es Spaß macht.«

Natürlich stimmte, was er sagte. Wie jedes Jahr drehten von Eseln oder strammen Burschen betriebene Karussells ihre Runden, spielten Gaukler die Drehorgel und den Leierkasten, verlangten Händler viel zu viel für kleine Papiertüten mit Kuchenstückchen und gaben fahrende Musikanten ihre mehr oder weniger erträgliche Kunst zum Besten. Kurzum – es war herrlich! Sie schlenderten die Königstraße entlang zum Burgtor und weiter zum Festplatz von St. Gertrud. Aus den Fenstern der roten Backsteinhäuser hingen überall bunte Fähnchen, die sich gegen den leuchtend blauen Himmel abhoben. Auf vielen war der lübische Doppeladler zu sehen. Die Lübecker gingen verschwenderisch mit ihrem Wappen um, nicht nur während des Volksfestes. Auf dem Festplatz wartete eine Überraschung auf sie. Es gab doch etwas Neues in diesem Jahr – ein Riesenrad, das schon von weitem durch die Fassaden der Kaufmannshäuser geblitzt hatte.

»Sieh nur, Thomas, ein Riesenrad! Lass uns damit fahren, ja?«

Die Gondeln waren mit Blumenranken und Tiermotiven bemalt. Ein Dutzend gab es davon, keine glich der anderen. Die dampfbetriebene Attraktion war freilich den Reichen vorbehalten. Marie war reich, und sie freute sich wie ein kleines Kind, als sie einen Blick auf die Straßen und Gebäude vor sich hatte, wie er sonst nur von einem der Kirchtürme aus möglich war.
»Was glaubst du, wie hoch wir jetzt sind?«, fragte sie aufgeregt und schaute auf die Menschenmenge hinunter, die, die Köpfe in den Nacken gelegt, zu ihnen hinaufstarrten. Wie winzig sie aussahen!
»Ich weiß es nicht, Marie, aber das war es wert, auf einen Tag in Travemünde zu verzichten.«
»Nicht wahr? Sieh doch, da drüben St. Jakobi. Und man kann die Schiffe im Hansahafen sehen. Sogar den Dom kann ich erkennen.«
Als die Fahrt vorüber war, wollte Marie am liebsten gleich noch eine Karte lösen, doch Thomas schlug vor, damit bis zum Abend zu warten, wenn die Stadt in viele Lichter getaucht sein würde. So bummelten sie weiter, setzten sich auf eine Bank am Wakenitzufer und waren glücklich. Die Stadt quoll über vor Menschen, die vom Land kamen und sich für das Fest hier bei ihren Verwandten einquartiert hatten. Auch viele Fremde lockte das Fest an, so dass es lauter und lebendiger war als in der beschaulichen Hansestadt üblich. Sie spazierten zurück über die Große Burgstraße und kehrten in einer Wirtschaft ein, um ein dünnes Bier zu trinken. Die Hitze trocknete die Kehlen schnell aus. Sie fanden auf einer Terrasse Platz, die hinter der eigentlichen Schänke eingerahmt von hohen Ligusterhecken lag. Ein zweites Glas, und Marie hatte einen kleinen Schwips. Außer der Fruchtsuppe hatte sie noch nichts im Magen, und sonderlich viel vertrug sie ohnedies nicht.
»Ich mag es, wenn du beschwipst bist«, ließ Thomas sie wissen.

»Bin ich doch gar nicht«, protestierte sie.
»Bist du sehr wohl. Und ich werde dafür sorgen, dass du es auch bleibst. Und dann, fürchte ich, kann ich dich heute Nacht nicht allein lassen.« Seine Augen blitzten gefährlich.
Mit einem Schlag bekam Marie weiche Knie. Sie kannten sich nun schon einige Jahre, und sie kannten sich gut. Und doch fiel ihr immer wieder von neuem auf, wie gut er aussah. In seinem schwarzen Haar glänzten noch mehr silberne Streifen, als bei ihrem Kennenlernen. Es war für sein Alter ungewöhnlich, machte ihn aber noch interessanter. Auch die Art ihrer Beziehung übte auf Marie einen ungeahnten Reiz aus. Wochenlang schliefen sie nicht miteinander, tauschten kaum irgendwelche Zärtlichkeiten aus, und dann verführte er sie unvermittelt nach allen Regeln der Kunst. Dass ihm danach auch an diesem Abend der Sinn stand, gefiel ihr außerordentlich.
»Dann solltest du gut aufpassen, dass ich dir nicht entwische«, rief sie übermütig und schlüpfte zwischen dem Liguster und der Hausecke hindurch zurück auf die Burgstraße. Dort wäre sie fast Christian Andresen in die Arme gelaufen. Sein weißblondes Haar glänzte in der Sonne, sein Teint sah gegen die gebräunte Haut der Arbeiter und der Kinder, die den Sommer mehr im Freien als im Haus verbrachten, noch blasser aus als in ihrer Erinnerung.
»Oh, Fräulein Kröger, das ist aber eine Überraschung.« Er reichte ihr die Hand und sah sie aus seinen traurigen grünen Augen an.
Marie zupfte verlegen an einer Spitze ihres Kleides herum. Es war viel Zeit seit ihrer letzten Begegnung vergangen. Sie musste akzeptieren, dass er sie nicht sehen wollte, solange sie sich mit Thomas Hansen traf. Zwar bedauerte sie, dass ihre Freundschaft vorüber war, aber sie respektierte seine Haltung. Also sahen sie sich höchstens im Rahmen einer Kaufmannsversammlung, und

auch das nur selten. Meistens war sein Vater bei derartigen Veranstaltungen zugegen. Ihr schien es, als wäre Andresens Gesicht noch schmaler als früher.

»Herr Andresen«, sagte sie artig. »Wie geht es Ihnen?«

In dem Moment quetschte sich Thomas durch die Hecke.

»Na warte«, murmelte er und konnte gerade noch vermeiden, die beiden über den Haufen zu rennen. Er klopfte sich die Blätter von seiner Jacke.

»Herr Andresen, wie geht es Ihnen?«, fragte er freundlich und schüttelte ihm die Hand.

»Danke der Nachfrage«, antwortete dieser steif. »Ich kann nicht klagen.«

Sie tauschten ein paar Höflichkeiten aus. Andresen erkundigte sich nach Maries Vater, denn er wusste, dass sie sehr an ihm hing und unter der Situation litt. Dann sprach man noch ein paar Worte über den bevorstehenden Umzug und ging seiner Wege.

»Hast du ihn je lustig gesehen?«, wollte Thomas wissen, als sie wieder in der Menge untertauchten.

»Nein.« Sie schüttelte nachdenklich den Kopf. »Er ist ein sehr stiller Mensch.«

»Langweilig ist er. Und hast du seine Nase gesehen? Mir scheint, sie wächst noch. Immer länger wird sie und spitzer.«

»Mach dich nicht über ihn lustig«, tadelte Marie und meinte es ernst.

Sie ließen sich treiben und begutachteten die »menschlichen Wunder«, die vollmundig angekündigt wurden. Dazu gehörten ein Zwerg, der Grimassen schnitt, siamesische Zwillinge, ein Mann, den Marie auf mindestens zwei Meter schätzte und der vor ihren Augen eine dicke Kette, in die man ihn gewickelt hatte, auseinandersprengte. Auch eine schwebende Jungfrau wurde den staunenden Zuschauern präsentiert, ebenso wie ein sprechender Kopf und eine Dame ohne Unterleib.

»Wie machen die das nur?«, fragte Marie fasziniert.
»Das ist doch nicht echt, Marie. Alles nur Trick.«
»Einige sind schon echt«, verteidigte sie sich. »Und die Tricks sind gut. Aber wie machen die das bloß?«
»Ich glaube nicht, dass wir das wirklich wissen wollen«, entgegnete er und zog sie weiter. Sie hörten einem Leierkastenmann zu, der mit seinem Rohrstock auf die blutrünstigen Darstellungen auf einem riesigen Leinentuch deutete und passende Schauergeschichten zum Besten gab. Es ging um eine Frau, die beim Ehebruch erwischt wurde. Ihr Gatte lieferte sie nicht der Justiz aus, wie es seine Pflicht gewesen wäre, sondern schnitt ihr den Kopf ab und vergrub ihre Einzelteile in seinem Schrebergarten. Der Erzähler sparte nicht an grausigen Details, die immer haarsträubender wurden. Dabei versicherte er mehr als einmal, es habe sich alles genau so zugetragen.
»Da hörst du, was dir geschieht, wenn du nicht anständig bist«, raunte Thomas Marie ins Ohr und tätschelte, verdeckt von den Menschen, die ihre Hälse reckten, schoben und drängelten, dreist ihren Po.
»Mir geschieht gar nichts«, gab sie nicht weniger keck zurück. »Ich bin nicht verheiratet.«
»Was nicht ist, kann ja noch werden.«
Wie angekündigt, sorgte er dafür, dass sie mehr trank, als ihr guttat. Seine Absichten waren klar. Und sie waren alles andere als anständig. Jede ehrbare Frau, die etwas auf sich hielt, würde ihn in die Schranken weisen oder ihn gleich stehenlassen. Nicht so Marie. Sie genoss es, wenn er sie verstohlen küsste, ihre Taille streichelte oder sich im Gewühl mehr als nötig gegen sie presste. Am meisten jedoch berauschte sie sich an der Tatsache, dass er zum ersten Mal nicht von seiner Freiheit sprach, als es ums Heiraten ging. Noch nie hatte er in der Öffentlichkeit riskiert, dass jemand die Intimitäten zwischen ihnen bemerkte.

Noch nie hatte er in Aussicht gestellt, sie doch noch zu fragen. Aber genau so deutete sie seine Bemerkung und schwebte wie auf Wolken. Als die Dunkelheit sich über die johlenden Menschen legte, gingen sie noch einmal zum Riesenrad. Sie beachteten nicht die tanzenden Paare und auch nicht die Mütter, die vergeblich ihre Kinder nach Hause scheuchten. Sie wollten die Gassen von oben sehen, die im flackernden Gaslicht warm erstrahlten.

»Thomas, es ist himmlisch«, seufzte Marie, als ihre Gondel endlich am höchsten Punkt schwebte. Von unten drang der tiefe Ton einer italienischen Drehorgel zu ihnen herauf, und sie hörten von fern die Musik der Tanzkapelle. Die Luft war noch immer sehr warm und weich wie Seide. Nur ein schwacher Wind fuhr durch Maries Haare. Sie konnte die salzige Ostsee riechen. Der Duft mischte sich mit dem Vanille-Aroma von der Pfeife, die Thomas unterwegs geraucht hatte. Die Gondel schaukelte wie ein kleines Boot, das auf flachen Wellen dahinhüpft. »Ich könnte für immer hier oben bleiben.« Sie kuschelte sich an ihn.

»Wie ich dich kenne, dauert es nicht lange, und du hast Hunger. Außerdem kommst du doch gar nicht ohne deine Konditorei aus.«

»Das ist wahr. Trotzdem, in diesem Augenblick ist mir sogar die Konditorei egal.«

»Nein, mir wäre es auf Dauer zu langweilig, bloß hier rumzusitzen und den Leuten da unten zuzusehen. Ich habe andere Pläne.«

Marie wurde hellhörig. Ihr war ein bisschen schwindlig von dem Wein, den sie unterwegs getrunken hatten. Würde er ihr jetzt einen Antrag machen? Es war der richtige Abend dafür und der romantischste Ort, den sie sich vorstellen konnte.

»So, so. Verrätst du mir deine Pläne?«

»Die meisten kennst du. Ich will reisen. Zu den Eskimos will ich, weißt du noch? Ich habe dir von ihnen erzählt.«
Natürlich wusste sie noch. Mit ihm würde sie auch dahin reisen, wo es nie Frühling wurde. Marie war alles recht.
»Und du?«, wollte er wissen. »Was hast du für Pläne?« Sein Arm lag um ihre Taille, seine Hand streichelte ihren Bauch.
»Für heute Abend?« Sie sah ihm in die Augen.
Thomas zog sie an sich und küsste sie voller Leidenschaft. Seine Hände strichen über ihre Schenkel. Sie seufzte auf. Dann rückte er wieder etwas von ihr ab.
»Deine Pläne für heute Abend kenne ich. Aber was ist mit der Zukunft? Du wirst bald dreißig. Hast du nichts anderes im Sinn als die Konditorei?«
»Ich werde in drei Jahren dreißig!«, protestierte sie. Und dann kam sie auf seine Bemerkung zurück. »Vielleicht heirate ich doch noch. Wer weiß? Was nicht ist, kann ja noch werden.«
»Ja, da hast du recht. Das solltest du tun.« Er sah mit einem Mal sehr ernst aus. In seinen Augen lag dieser unergründliche Schimmer, der Marie immer wieder Rätsel aufgab. Sie wollte ihn aus der Reserve locken.
»Stell dir vor, ich habe sogar Chancen.«
»Das wundert mich nicht.«
»Du fragst gar nicht, bei wem?«
»Nun, ich nehme an, es gibt einige, die sich um dich bemühen.«
»Aber bisher nur einen, der mir einen Antrag gemacht hat.«
»Ach.« Seine Miene verfinsterte sich. »Das hast du ja gar nicht erzählt.«
Sollte er ruhig ein wenig eifersüchtig sein, fand Marie. Dann begriff er endlich, dass er sie festhalten musste, wenn er sie nicht am Ende an einen anderen verlieren wollte.
»Achim Oeverbeck meinte, eine Verbindung zwischen uns wäre doch sehr vorteilhaft.«

»Vor allem für ihn«, schnaubte Thomas. »So ein Hund!«
»Ich habe ihm ja einen Korb gegeben«, beschwichtigte sie ihn. »Trotzdem gibt er nicht auf. Er wirbt recht hartnäckig um mich. Das wird wohl erst aufhören, wenn ich einen Bräutigam präsentieren kann.«
»Du hättest es doch mit Andresen versuchen sollen.«
Marie knuffte ihn in die Seite. Sie versuchte an seinem Gesicht abzulesen, dass er scherzte – vergeblich. Die Gondel ruckte zum letzten Mal. Die Fahrt war vorüber. Schweigend gingen sie am Klughafen entlang. Das Wasser gluckste zwischen den Schiffsleibern und roch ein wenig faulig. Mit jedem Schritt entspannten sich seine Gesichtszüge. Schließlich kam er wieder auf das Thema zu sprechen.
»Im Ernst, Andresen passt nicht übel zu dir. Er ist zuverlässig, hochanständig …«
»Und sterbenslangweilig. Das hast du selbst gesagt.«
»Er wäre dir ein guter Ehemann und deinen Kindern ein guter Vater. Kann eine Frau mehr verlangen?«
»Du meinst doch nicht wirklich, was du da sagst, oder?« Sie war stehengeblieben und starrte ihn an. Die Weinseligkeit war weggeblasen und machte einem sauren Gefühl in der Magengegend Platz.
»Warum nicht? Es ist vernünftig, an später zu denken, Marie. Willst du etwa allein bleiben? Wer soll für dich sorgen?«
Es war ihm wirklich ernst. Als sie das begriff, wurde ihr übel.
»Und was ist mit dir?«, flüsterte sie tonlos.
»Um mich mach dir mal keine Sorgen. Ich bin und bleibe ein Einzelgänger. Du kennst mich doch.«
Verstand er denn wirklich nicht, was sie meinte? Marie lief ein Schauer über den Rücken. Sie wünschte, der Abend wäre anders verlaufen. Sie wünschte, es wäre mal wieder bei einem unverbindlichen Geplänkel und einer ebenso unverbindlichen Nacht geblieben.

»Es mag vernünftig sein, an später zu denken, aber ich lebe jetzt, Thomas. Und weißt du, kann sein, ich will gar nicht vernünftig sein.«
Wortlos setzten sie ihren Weg fort, die Glockengießerstraße hinunter. An der Königstraße trennten sie sich. Keiner von ihnen dachte mehr daran, die Nacht gemeinsam zu verbringen. Marie jedenfalls war die Lust dazu gründlich vergangen, und Thomas machte auch keine Anstalten. So küssten sie sich flüchtig und gingen ihrer Wege.

Tief in Gedanken betrat sie die Konditorei. Sie hoffte inständig, dass ihr auf dem Weg in ihre Stube niemand begegnete. Sie wollte jetzt niemanden sehen, nicht einmal Sophie. Ein Rascheln lenkte ihre Aufmerksamkeit auf das Kontor von Achim. Es war nach Mitternacht. Sie konnte sich nicht vorstellen, dass er noch arbeitete. Leise schritt sie den Flur entlang. Tatsächlich, unter seiner Tür drang der schwache Schein des Gaslichts hindurch, und sie hörte ihn hüsteln. Zaghaft klopfte sie an die Tür. Sie hatte ein schlechtes Gewissen, weil sie sich einen freien Tag gegönnt hatte, während er offenbar noch immer eifrig für die Konditorei im Einsatz war.
»Achim?« Sie öffnete die Tür.
»Marie, komm doch herein!« Er war aufgestanden und ging ihr entgegen. »Hattest du einen angenehmen Tag?«
»Ja, danke.« Nur keinen so angenehmen Abend, dachte sie.
»Und du bist noch fleißig? Der Zug morgen wird anstrengend, vor allem, wenn es so heiß wird wie heute. Du solltest dich ausruhen.«
Er kam einen Schritt näher.
»Machst du dir etwa Sorgen um mich?«
»Ich sollte mich um alle Mitarbeiter sorgen, meinst du nicht?«, wich sie ihm aus.

»In meinem Fall kann ich dich beruhigen. Ich bin auch gerade erst nach Hause gekommen. Habe in einer Wirtschaft ein Glas Bier getrunken und ein bisschen dem fröhlichen Treiben zugesehen. Dann ist mir noch etwas eingefallen, was ich rasch erledigen wollte.«
»Ah, dann ist es gut.«
»Ich werde jetzt nach Hause gehen und mich ausruhen, wie du befiehlst.« Er machte einen Diener.
Marie musste lachen, denn er sah sehr steif dabei aus.
»Ich werde jetzt auch ins Bett gehen«, sagte sie. Sie drehte sich um und musste sich am Türrahmen festhalten. Das Kontor begann sich um sie zu drehen.
»Hoppla, Fräulein Kröger hat doch nicht etwa einen Schwips?« Er fing sie auf.
Etwas in seiner Stimme gefiel ihr nicht. Das bemerkte sie gerade noch. Aber sie war nicht mehr in der Lage, klar zu denken.
»Doch, hat sie, fürchte ich«, antwortete sie.
»Soll ich dich hinaufbringen?«
»Nein«, sagte sie schnell, »nicht nötig.« Sie schoss geradezu aus der Tür den Flur entlang. An der Treppe musste sie sich wieder festhalten, verfehlte das Geländer zunächst und bekam es in letzter Sekunde doch noch zu packen.
Wieder war Achim zur Stelle, um sie aufzufangen. Er drängte sich an sie, so dass das Holz des Treppengeländers hart gegen ihren Rücken drückte.
»Achim, nicht.«
»Hör auf, dich zu wehren«, keuchte er. »Du bist nicht nur Konditorin, du bist doch auch eine Frau.«
»Ich muss jetzt schlafen.«
»Ich bringe dich hoch.« Sein Arm umfing ihre Taille wie ein Schraubstock. Benommen ließ Marie sich von ihm nach oben bringen. Er führte sie in ihre Stube.

»Mir ist nicht gut, ich brauche Luft.« Marie riss die Fenster auf und atmete tief ein. Dann wurde es schwarz um sie herum.
Als sie die Augen wenig später wieder aufschlug, lag sie auf ihrem Kanapee. Achim nestelte ungeschickt an ihrem Kleid.
»Was tust du denn da?«
»Ich bringe dich ins Bett. Alleine schaffst du das nicht mehr.«
»Natürlich schaffe ich das.« Sie machte Anstalten, sich aufzurappeln, doch er drückte sie grob zurück. Sie konnte seinen Atem riechen und vermutete, dass er mehr als ein Glas Bier gehabt hatte. Er hockte über ihr, ein Knie zwischen ihren Beinen. Mit einer Hand hielt er ihren Arm fest, mit der anderen streichelte er ihr über den Hals hinab zu dem Ausschnitt ihres Kleides.
»Achim, tu das nicht! Wir sind beide nicht nüchtern und würden es morgen bereuen.«
»Ich werde es ganz sicher nie bereuen.« Er beugte sich zu ihr hinab, so dass er fast auf ihr lag, und küsste sie. Blitzschnell drehte sie ihren Kopf zur Seite, und seine Lippen landeten auf ihrer Wange. »Ich werde es nicht bereuen. Und du kannst es doch einfach vergessen. Du hast getrunken, Marie, du erinnerst dich morgen an rein gar nichts mehr.«
Sie wusste nicht, was sie tun sollte. Glaubte er das wirklich?
»Ich bin nicht nur dein Mitarbeiter«, ächzte er an ihrem Hals, »ich bin auch ein Mann!« Er presste seinen Unterleib gegen ihren, tastete mit einer Hand nach den Knöpfen ihres Kleides und riss, als er sie fand, einen nach dem anderen ab, bis er endlich ihre Haut unter seinen Fingern spürte. Die andere Hand legte er über ihre Lippen, streichelte sie und glitt mit einem Finger dazwischen. Marie geriet in Panik. Sie versuchte ihn von sich zu schieben, aber er war stärker, das wusste sie. Gequält stöhnte sie auf. Achim verstand das gründlich falsch.
»O ja, ich wusste, dass du das gern hast. Es muss nichts bedeu-

ten, Marie. Ich schwöre dir, ich werde es weder morgen noch irgendwann sonst erwähnen. Ich werde keine Rechte daraus ableiten, und es muss sich auch nicht wiederholen. Aber jetzt lass dich gehen. Nur heute Nacht!« Er zerrte an ihrem Kleid und legte ihre Schultern frei. Dann begann er an ihrem Hals zu saugen. Seine Zunge erkundete die kleine Kuhle über dem Brustbein. Marie ekelte sich. Ein Schauer fuhr durch ihren Körper. »Du bist so schön und so heißblütig. Ich habe das immer gewusst.«

In ihrem Hirn arbeitete es fieberhaft. Wenn sie sich so weit befreien würde, dass sie schreien konnte, wären Sophie, Rieke oder Hannes und Franz sicher rasch zur Stelle. Damit wäre Achim dann unmöglich gemacht und könnte nicht in der Konditorei bleiben. Das wollte Marie nicht, denn sie fühlte sich schuldig. Sie war angetrunken, und sie war zu ihm gekommen, mitten in der Nacht. Wenn sie doch nur sofort in ihr Bett gegangen wäre!

»O Marie!«

Er zog das Knie höher, damit er an ihren Rock herankommen konnte. Er riss daran, bis ein grässliches Geräusch ihm seinen Sieg zu erkennen gab. Sofort war seine Hand unter dem in Stücke gegangenen Stoff. Die Hand war feucht, grob und ungeschickt. Nur kurz betastete er ihre Schenkel, dann machte er sich an seiner Hose zu schaffen. Marie wusste, dass sie handeln musste, bevor es zu spät war. Noch immer lag eine Hand auf ihrem Mund. Hektisch holte sie durch die Nase Luft. Obwohl es sie anwiderte, schob sie ihre Zunge vor und leckte an seinen Fingern.

»O Marie, Marie!«, stöhnte er immer wieder.

Es war nicht leicht, sich mit einer Hand der Beinkleider zu entledigen, aber er traute ihr offenbar nicht genug, um ihren Mund freizugeben. Je mehr sie jedoch saugte und seine Haut mit ihrer

Zungenspitze liebkoste, desto mehr ließ der Druck seiner Hand nach. Und endlich tat er, worauf sie inständig gehofft hatte – er schob wieder seinen Finger in ihren Mund. Mit aller Kraft biss Marie zu. Achim schrie und sprang auf.

»Ich werde es morgen vergessen haben«, schleuderte sie ihm entgegen.

Mit hochrotem Kopf schloss er seine Hose und machte ein paar Schritte rückwärts.

»Ich bin bereit, das zu vergessen«, wiederholte sie, »aber nur, wenn du dich mir ab jetzt nur noch als Mitarbeiter näherst und nie wieder als Mann.«

Um Punkt elf Uhr setzte sich der Wagen der Konditoren-Innung in Bewegung. Es ging die Beckergrube hinauf und dann zum Marktplatz, wo alle Innungen und Vereinigungen aufeinandertreffen und den Zug bilden würden. Vorneweg schritt die Kapelle, gleich dahinter war Maries Platz. Sie bedauerte, so viele Musikanten angeheuert zu haben. Das Getöse ging ihr auf die Nerven. Achim Oeverbeck wich nicht von ihrer Seite. Ihm war nichts anzumerken. Niemand ahnte, was in der Nacht vorgefallen war. Nur Sophie fragte Marie, ob sie auch den Schrei gehört habe.

»Da ist Rieke wohl ein bisschen zu temperamentvoll für den armen Hannes gewesen.« Sie grinste unverschämt, konnte aber keine Entgegnung abwarten, weil es in dem Moment losgehen sollte und ihr Platz auf dem Wagen war.

Hinter Marie und Oeverbeck folgten die ältesten und treuesten Bediensteten, darunter Johann, der es sich trotz seiner Jahre nicht nehmen ließ, den Umzug zu begleiten. Auf der rollenden Torte, die von zwei Pferden gezogen wurde, standen Sophie und Clara, ein hübsches Mädchen aus der Voss'schen Wirtschaft mit schwarzen Haaren und ebenso schwarzen Augen. Am Markt trafen alle Teilnehmer des Umzugs zusammen. Da waren die Schlachter, die einen Ochsen dabeihatten, die Buchdrucker, die Schlosser und Schmiede, die Schuster und Schneider. Die Schiffsbauer hatten Droschken in Koggen verwandelt, ebenfalls von Gäulen gezogen.

Marie hatte keinen Blick für die prächtigen Trachten, die samtenen Barette mit seidenen Quasten, die reiche Stickerei, die Blumenkränze und Blütengebinde und die farbenfrohen Banner und Fahnen. Sie genoss die warme Sommerluft nicht wie noch am Vortag. Sie wünschte sich nur, dass der Tag schnell vorübergehen möge. Um zwölf Uhr setzte sich die Parade endlich in Bewegung. Mechanisch winkte sie den Menschen am Straßenrand zu, als der Festumzug, angeführt von der Schützengilde, sich vom Marktplatz langsam durch die ganze Stadt schob. Sophie und Clara verteilten emsig Kröger'sche Marzipanhappen sowie Karamell und Röschen aus purem Zucker der anderen Konditoren, wann immer sich ihnen Hände entgegenreckten. Und es streckten sich viele Hände nach Süßem aus. Am Festplatz von St. Gertrud angelangt, hatten die beiden Mädchen alles verschenkt.

Marie und Achim betraten mit den anderen Geschäftsinhabern, Meistern oder Altgesellen die Tribüne, auf der sich am Abend tanzende Paare im Kreis gedreht hatten. Lange mussten sie in der glühenden Hitze ausharren, bis alle Festredner endeten, die Vereinigungen und Innungen ihre Wagen nach Hause brachten und die Versammlung sich im allgemeinen Trubel auflöste.

Beklommen sah Marie zu dem Riesenrad hinüber. Sie ließ den Kopf hängen. Was Achim ihr beinahe angetan hatte, konnte sie verschmerzen. Viel schwerer drückte Thomas' Ratschlag auf ihr Gemüt. Sie nahm die feiernden, fröhlichen Menschen um sich herum kaum wahr, zu denen sie gestern noch selbst gehört hatte.

Mit steinerner Miene bahnte sie sich ihren Weg nach Hause. Seine Worte gingen ihr nicht aus dem Sinn. Konnte sie sich wirklich vorstellen, alleine alt zu werden? Wäre es nicht schön, eine eigene Familie zu gründen? Sie mochte sich einfach nicht von der Hoffnung auf eine gemeinsame Zukunft mit Thomas verabschieden. Wie es aussah, war es indes genau das, was sie zu tun hatte.

VI

Der Erfolg des Lübecker Marzipans aus dem Hause Kröger war so überwältigend, dass er immer mehr Konkurrenten auf den Plan rief. Sie nannten sich Marzipanfabrikanten. Was sie anboten, war von zu geringer Qualität, um von Marie überhaupt als Marzipan angesehen zu werden. Zunächst kümmerte sie sich nicht weiter darum. Doch je dreister diese Fabrikanten wurden, je direkter sie die angeblich viel zu hohen Preise der Konditorei Kröger anprangerten, desto ärgerlicher wurde sie. An der Reaktion der einfachen Leute ließ sich ablesen, wie leicht sie auf den Schwindel hereinfielen. Sie konnten den Unterschied nicht wissen. Genau an dem Punkt wollte Marie ansetzen. Die Leute sollten erfahren, wodurch sich feines Marzipan von billiger Ware unterschied. Nur war das gar nicht so leicht anzustellen. Wen interessierte es schon, dass Zucker noch immer mühevoll mit Muskelkraft zu Staub gemahlen, dass noch immer in Handarbeit die Walze betätigt wurde, die aus besten Mandeln weiches Mehl machte? Von überteuertem Angebot konnte keine Rede sein. Marie kannte die Kosten bis auf den Pfennig. Sie musste die Arbeiter bezahlen, die bei ihr mehr verdienten als bei den meisten anderen Bäckern oder Konditoren. Die Rohstoffe mussten nach Lübeck gebracht und bezahlt werden. Dass nur beste Zutaten verwendet wurden, verstand sich von selbst. Außerdem hatte Marie über die Jahre viel investiert. Da war nicht nur der Ausbau der Produktionsräume, sondern auch der Bau der darüberliegenden Kammern für ihre Arbeiter. Neben den Kosten kannte Marie auch die Schufterei, die nötig war, um am Ende bestes Marzipan zu erhalten. Marzipan, das zart genug war, um nach kurzem Widerstand durch leichten Druck der Zunge gegen den Gaumen nachzugeben und sein volles Aroma zu entfalten.

In einem Jahr verschenkte sie zu Ostern Marzipaneier an die Passanten, in einem anderen Jahr spendete sie zwei große Schachteln voller Köstlichkeiten an das neu gegründete Kinderheim. Zufrieden war sie mit diesen Maßnahmen nicht. Zumindest nicht mit deren Ergebnissen, munkelte doch der eine oder andere, sie wolle sich damit nur einschmeicheln, vor allem bei Kindern, damit die ihre Pfennige sparten und zu teuer bei Kröger kauften, was sie billiger woanders haben konnten. Auch von anderen Vertretern ihres Standes hörte sie diese Geschichten. So entwickelte sie die Idee, eine Vereinigung zu gründen, die ihren Mitgliedern höchste Anforderungen abverlangte. Nur Hersteller mit erlesenster Qualität fanden Zugang zum Verein selbständiger Konditoren, die Marie schon einen Monat, nachdem ihr der Einfall gekommen war, gründete. Sie war die einzige Frau, bestand aber darauf, nicht, wie von den Männern gefordert, als Ausnahme akzeptiert zu werden, sondern Frauen generell und laut Satzung zuzulassen.

»Man hat mich in Paris nach dir gefragt«, berichtete Thomas, als er von einer seiner Reisen zurückkehrte. »Ganz Frankreich spricht von der Frauenrechtlerin, wie sie dich nennen. Und nicht nur Frankreich. Ich habe den Eindruck, du hast die Kaufleute in aller Herren Länder brüskiert und aufgerüttelt.« Er machte keinen Hehl aus seiner Bewunderung.

»Dann wurde es höchste Zeit«, gab Marie unbeeindruckt zurück. Ihr war es gerade recht, allerorts Gesprächsthema zu sein. So redeten die Menschen nämlich nicht nur über die Frau im Verein, sondern auch über dessen Satzung, die die strengen Vorschriften beinhaltete. Mit exakt dem Resultat, das Marie sich gewünscht hatte – die Ansichten über ihre Preisgestaltung veränderten sich erheblich. Derart exquisite Ware sei eben nicht für wenig Geld zu haben, hieß es wieder. Ein Nebeneffekt ihrer plötzlichen Bekanntheit war eine steigende Nachfrage, die kaum zu bewältigen war. Neben Diplomaten, Staatsoberhäuptern und Adligen fand man es jetzt auch in Künstlerkreisen schick, von Kröger beliefert zu werden oder dort ein und aus zu gehen. Marzipantorten wurden ebenso an den amerikanischen Schriftsteller Twain verschickt, der sie während seiner Europareise gekostet hatte, wie an den französischen Bildhauer Rodin, und sie gingen auch in ihren blau-weiß-silbernen Schachteln an das Theater an der Wien.

Es gab sogar Anfragen, ob man denn nicht einen Tisch reservieren und direkt in der Beckergrube die frische Marzipantorte verspeisen könne. Mit einem Tässchen Kaffee dazu, wenn es recht wäre. Marie schüttelte nur den Kopf. In einer ruhigen Minute fand sie den Gedanken an ein Kaffeehaus, in dem man ihre neuesten Kreationen kosten konnte, jedoch sehr hübsch. Ihn weiterzuspinnen fehlte allein die Zeit.

Nach wie vor traf sich Marie mit Thomas. Nach der großen Enttäuschung beim Volksfest schob sie den Gedanken an Heirat und Familiengründung weit von sich. Irgendwann, so sagte sie sich, ist der rechte Zeitpunkt überschritten. Woher hätte sie auch die Muße nehmen sollen, sich womöglich um Kinder zu kümmern.

Sie stürzte sich, ohne weiter darüber nachzudenken, in ihre Aufgaben. Darin ging sie auf und war zufrieden mit den Abenden und wenigen Tagen, die sie gemeinsam verbrachten. Im Sommer fand sie kaum noch Zeit, länger in Travemünde zu verweilen. Dank der neuen Bahnverbindung war es ihr immerhin möglich, für wenige Tage dort zu verschnaufen. Dann musste sie zurück und sich um all die Dinge kümmern, die, wie sie glaubte, ohne sie nicht funktionierten. Dazu gehörte auch, dass sie immer wieder bei Senatoren vorsprach, um endlich die Not der Freudenmädchen zu lindern, die nach wie vor unter unwürdigen Bedingungen ihre Körper verkauften. An ihre Seelen mochte Marie erst gar nicht denken. Doch da war kaum jemand, der ihr recht gegeben und Hilfe angeboten hätte.

»Sündige Weibspersonen, sollen froh sein, wenn der Herrgott ihnen vergibt«, meinten einige Damen und bekreuzigten sich scheinheilig.

»Die danken es uns nicht«, war der Standpunkt der Männer.

Marie hingegen gab nicht auf. Sie war an ihr Versprechen gebunden, für bessere Zustände in ihrer Heimatstadt zu sorgen. Den Morgen in der Kirche von St. Jakobi konnte sie doch nicht einfach vergessen. Gesagt war eben gesagt. Zumal vor Gottes Angesicht.

»Die Kaufleute sind aufgefordert, für den Hafenausbau zu bezahlen«, sagte sie eines Abends zu Thomas, als sie auf einen Schoppen bei ihm saß. Der Rote in ihren Gläsern war ein hervorragender Jahrgang, der die Süße des Sommers vor zwei Jahren in sich trug und mit der Würze einer exzellenten Traube verband.

»Recht so«, erwiderte Thomas und zog an seiner Pfeife. Er trug seine schwarze Strickjacke, die zwar noch den Seidenglanz aus alten Tagen bewahrte, an den Ellbogen jedoch bereits so dünn geworden war, dass seine Hemdsärmel hindurchschimmerten. »Wir holen unsere Waren über den Hafen in die Stadt. Da ist es nur recht und billig, auch dafür zu bezahlen. Es kostet eine

Menge, wenn die Hafenbecken schon wieder ausgehoben werden müssen. Und ohne neue Kai-Anlagen platzen wir bald aus allen Nähten.«
»Das brauchst du mir nicht zu erklären«, erwiderte sie.
»Warum also erzählst du mir das? Führst du schon wieder etwas im Schilde?«
»Ja.« Sie strahlte ihn an. »Ich überlege, eine größere Summe zu spenden.«
»Nobel, nobel. Ich wette, dafür gibt es einen guten Grund. Was verlangst du im Gegenzug?«
»Dass sich die Zustände für Lübecks Prostituierte verbessern.«
Thomas warf den Kopf zurück und lachte herzlich.
»Was belustigt dich daran so sehr?«
»Du wirst dich nie ändern. Immer mit dem Kopf durch die Wand. Glaubst du wirklich, nur weil du ein bisschen mehr springen lässt als die anderen Kaufleute, werden die Dirnen auf Rosen gebettet?«
»Sie brauchen keine Rosen, sie brauchen anständige Lebensbedingungen«, wies sie ihn zurecht.
»Es sind keine anständigen Frauen, Marie.«
»Wie kannst du das sagen? Vielleicht gibt es einige, die ihren eigenen Spaß bei dem haben, was sie tun. Obwohl ich mir das nicht vorstellen kann. Aber die meisten sind arme Geschöpfe, verzweifelt, ohne den Schoß einer Familie, die für sie sorgen würde, und ohne Geld. Sie haben sich dieses Schicksal gewiss nicht ausgesucht.«
»Aber selbst verschuldet. Jedenfalls ein guter Teil von ihnen.«
»Das glaube ich nicht, Thomas. Außerdem will ich nicht nur ein bisschen mehr springen lassen, wie du es nennst, sondern eine beträchtliche Summe zur Verfügung stellen. Da kann ich doch wohl eine Gegenleistung erwarten.«
»Durchaus.« Er zog nachdenklich an seiner Pfeife. Wie immer

nahm er sie ernst, wenn ihm der Vorschlag auch nicht auf Anhieb plausibel erschien. »Was genau stellst du dir vor?«
Marie zuckte ein wenig hilflos mit den Schultern. So detailliert konnte sie die Frage nicht beantworten.
»Das musst du schon wissen, wenn du für voll genommen werden möchtest.«
Sie überlegten gemeinsam. Am Ende wusste Marie ganz genau, was sie wollte. Die Freudenmädchen sollten eine ärztliche Grundversorgung erhalten, die sie nicht bezahlen mussten. Immerhin trugen sie ihren Teil dazu bei, dass in den Schänken kräftig getrunken wurde. Das bedeutete höhere Steuereinnahmen für die Stadt. Außerdem verlangte sie einen gewissen Schutz für die Frauen. Noch immer erging es einigen wie der seligen Schwester von Sophie. Sie wurden umgebracht, nur weil sie den Kerlen nicht nach deren Willen gefügig waren. Aber es gab doch Grenzen. Liebesdienste zu verrichten war eine, einem ungehobelten Mann ausgeliefert zu sein eine ganz andere Sache. Erst wenn körperliche Gewalt gegen Prostituierte mit derselben Härte bestraft wurde wie die gegen ehrbare Frauen, würden die Männer vorsichtiger werden.
Marie stritt lange um ihre Forderungen, bis sie endlich erreichte, was sie wollte. So kam es, dass im April 1886 Prostituierte in ein Register eingeschrieben wurden, Anspruch auf ärztliche Versorgung erhielten und in der Lage waren, brutale Freier zu verklagen, während im Hafen der Bau des Kröger-Kais begann.

Es war der 18. Mai, als Marie aus dem Schlaf hochschreckte. Waren da nicht Geräusche in der Konditorei zu hören? Sie setzte sich auf und starrte angestrengt in die Dunkelheit. Da, wieder ein Rumpeln, als ob jemand gegen eine Kiste gestoßen wäre, die ein wenig über den Boden schlitterte. In Windeseile war sie aus dem Bett und in ihren Morgenmantel geschlüpft. Schon wieder ein Laut. Diesmal wie das Knarren eines Scharniers. Wäre doch nur schon die Fernsprechanlage installiert, von der sich alle so viel versprachen. Dann könnte sie Hilfe holen. Sie schlich mit angehaltenem Atem hinaus auf den Flur. Auch Rieke kam verschlafen aus ihrem Zimmer.

»Was ist denn da los?«, fragte sie ungehalten. Rieke konnte es nicht leiden, im Schlaf gestört zu werden.

»Pssst«, machte Marie. »Ich fürchte, wir haben ungebetene Gäste«, raunte sie ihr zu. »Los, weck Hannes, Heinrich und Franz auf!«

So drall, wie sie war, so behende konnte sie sein. Nur wenige Augenblicke später war sie mit den Männern zurück. Sie hatten eine Öllampe und Franz' Angelrute bei sich.

»Wir müssen vorsichtig sein«, flüsterte Marie und schickte sich an, mit ihnen die Treppe hinabzusteigen.

»Sie bleiben hier, Fräulein Kröger«, entschied Heinrich. »Das ist zu gefährlich für eine Frau, selbst wenn sie so mutig ist wie Sie.«

Marie wollte widersprechen, wusste aber, dass er recht hatte. Es gab wahrlich andere Gelegenheiten, ihren Mut unter Beweis zu stellen. Außerdem kämpfte sie seit einigen Tagen mit einem Husten und war von der vielen Arbeit, viel zu wenig Schlaf und Ruhe dünn und geschwächt. Zusammen mit Rieke und Sophie, die nun auch auf der Bildfläche erschien, kauerte sie am Treppenabsatz und wünschte, das Knacken und Rascheln, das Knarzen und Rumpeln möge aufhören und die Eindringlinge verschwinden.

»Bitte, seid vorsichtig!«, rief sie den drei Männern leise hinterher.

Dann überschlugen sich die Ereignisse. Es gab einen ohrenbetäubenden Lärm, etwas stürzte mit Wucht zu Boden, Holz barst. Männerstimmen schrien durcheinander, überboten sich mit Drohungen und wilden Flüchen. Es klang nach einem Handgemenge.

Sophie presste die Hand auf den Mund und starrte mit riesigen Augen in die Dunkelheit, die nur selten von dem Aufflackern der Laterne zerrissen wurde.
»Wir können doch nicht einfach hier sitzen und nichts tun«, jammerte Marie. »Ich hole Hilfe!« Sie sprang auf, musste sich aber sofort am Treppengeländer festhalten, weil ihr Kreislauf versagte.
Rieke erkannte die Situation in derselben Sekunde.
»Ich mach das«, sagte sie und war geschwind an den beiden anderen Frauen vorbei die Treppe hinunter und zur Tür hinaus auf die Beckergrube. Marie setzte sich wieder hin, und Sophie begann neben ihr zu zittern und leise zu wimmern.
Noch einmal war ein Krachen zu hören, das nichts Gutes verhieß. Anschließend schnelle Schritte auf dem steinernen Fußboden, ein Schrei und besorgtes Flüstern, und dann war Ruhe. Aber nicht lange.
»Fräulein Kröger, kommen Sie schnell, den Franz hat's erwischt!« Das war Heinrichs Stimme.
Marie flog nahezu die Treppe hinunter. Sie stolperte über einen umgekippten Stuhl, der mitten im Weg lag, und tastete sich eilig durch die Diele zu den Produktionsräumen, aus denen das Rufen kam. Plötzlich wurde es hell. Hannes hatte die Gaslampen angezündet, und Marie sah das ganze Ausmaß des nächtlichen Überfalls. Sie spürte, wie ihr die Knie weich wurden. Jetzt nur nicht schwach werden, hämmerte es in ihrem Schädel. Über ein umgestürztes Regal hinweg gelangte sie endlich in den hinteren Arbeitsraum. Die Tür zum Hof stand offen. Dort hinaus mussten die Eindringlinge entkommen sein. Franz lag am Boden. Um seine Schulter wurde eine Blutlache schnell größer. Sophie, die hinter Marie hergelaufen war, schrie auf, als sie ihn sah. Sie wollte zu ihm, was Marie nur zu gut verstehen konnte, aber dennoch hielt sie sie auf.

»Sophie, geh und hol Dr. Grünbeck. Schnell!«
»Es geht schon«, stieß Franz tapfer hervor.
Marie hockte sich zu ihm hin. Eines der Schnitzmesser steckte in seinem Oberarm. Hannes kam mit einer Schüssel Wasser und einem sauberen Tuch. Heinrich räumte planlos hier ein paar Schachteln zur Seite und stellte dort einen Stuhl hin, der umgefallen war.
»Wäre ich doch nur schneller gewesen«, schimpfte er vor sich hin und schlug sich auf das linke Bein, das seit seinem Unfall steif war. »Oh, wenn ich die Gauner nur zu fassen gekriegt hätte!«
»Dann hätten sie dich auch abgestochen«, fiel Franz ihm ins Wort.
Rieke stolperte herbei, den Polizeihauptmann im Schlepptau. Einen Augenschlag später war auch Dr. Grünbeck mit seiner Tasche, die Marie schon seit Kindertagen kannte, im Haus. Er entfernte das Messer, dann bekam Franz einen großen Verband und musste noch dem Hauptmann Rede und Antwort stehen. Während der Beamte die drei Männer befragte, kümmerte sich Dr. Grünbeck um Marie.
»Siehst nicht gut aus, meine Kleine.« Seine Augen blickten besorgt.
»Ich bin nur ein bisschen erschöpft«, versuchte sie ihm auszuweichen.
»Du solltest dringend Ferien machen, Kind. Lange Ferien, dass du wieder ganz auf die Beine kommst.«
»Ich kann hier nicht weg«, entgegnete sie. »Jetzt schon erst recht nicht.« Sie deutete auf die Verwüstung in der Konditorei. Schachteln waren aufgerissen und zertrampelt, Mandeln, aus den Säcken geschüttet, lagen überall auf dem Boden. Formen, Schalen, Lampen und Schemel waren zerbrochen. Ja, selbst Bilder waren von der Wand und gewaltsam aus den Rahmen gerissen. Die Fensterscheiben der großen Produktionsstätte waren

entzwei, und in Maries Kontor sah es nicht besser aus. Die Scheibe des Schaufensters war noch ganz, aber den Samt, mit dem die Ausstellungsfläche überzogen war, hatte man aufgeschlitzt und hochgehoben.

»Haben Sie schon kontrolliert, ob etwas fehlt? Geld zum Beispiel«, fragte der Polizeihauptmann, der zu Marie und Dr. Grünbeck getreten war.

»Nein, ich weiß nicht. Ich glaube nicht, nein.« Sie sah in dem Tresor nach, der jedoch fest verschlossen und unbeschädigt geblieben war.

»Sieht aus, als ob jemand etwas gesucht hätte. Aber was?« Der Polizist rieb sich nachdenklich den Bart.

»Na, was sollen die wohl gesucht haben? Geld natürlich und Wertgegenstände.« Dr. Grünbeck schloss seine Tasche.

»Die Medaillen hängen noch an der Wand, und der Kristallpokal dort drüben dürfte auch von einigem Wert sein«, konstatierte der Polizeihauptmann.

»Allerdings.« Marie verstand die Welt nicht mehr. Sie blickte in die aufgerissenen Schubladen ihres Sekretärs. In einer davon lagen sogar noch Münzen. Sie hatte immer ein wenig Geld in ihrem Kontor, falls sie rasch eine Besorgung machen wollte.

»Das bestätigt meinen Verdacht.« Der Polizist zog eine Schnute, so dass seine Barthaare in die Nasenlöcher lugten. »Was könnten die Eindringlinge gesucht haben, Fräulein Kröger? Was könnte mehr wert sein, als Geld und Kristall?« Er sah sie durchdringend an.

»Das Marzipanrezept«, flüsterte sie und sank in sich zusammen.

Marie musste in den nächsten Tagen streng das Bett hüten. Sie hatte einen ausgewachsenen Keuchhusten mit Fieber. Da die meisten ihrer Angestellten diese Krankheit schon als Kinder

durchgemacht hatten, waren sie jetzt immun und durften sie besuchen. Auch zwei Herren der Innung kamen höchstpersönlich mit Blumen zu ihr und wünschten baldige Genesung.
Zuerst machte es Marie fast wahnsinnig, dass sie sich nicht selbst um die Instandsetzung der Konditorei kümmern konnte, aber sie wäre dazu gar nicht in der Lage gewesen. Zu stark waren die Anfälle. Auf nicht enden wollende Hustenstöße folgte das typische Keuchen. Ihre Augen waren geschwollen und tränten. Und nicht selten wurden die krampfartigen Attacken von Erbrechen begleitet. Marie verlor noch mehr Gewicht. Ihr Gesicht wurde immer schmaler, die Wangenknochen traten deutlich hervor. Sie war kreideweiß. Oeverbeck überschlug sich nahezu, um ihr alles recht zu machen. Er kümmerte sich um den Wiederaufbau. Marie ordnete vom Krankenbett aus an, das Geschäft solle bei der Gelegenheit gleich mit Strom versorgt werden. Die Stadt verfügte seit kurzem über ein Elektrizitätswerk, und Marie hielt es für vernünftig, als einer der ersten Betriebe elektrisches Licht zu bekommen. Außerdem dachte sie über den Einsatz von Maschinen nach, der dadurch möglich wurde. Die Dampfmaschine hatte schließlich ihre Vorzüge gehabt, das war unbestritten. Aber eben auch ihre Nachteile. Wenn man es gut anstellte, würde die Konditorei profitieren. Auch darum kümmerte Oeverbeck sich und erstattete täglich Bericht.
Wollte Marie zu Anfang lieber heute als morgen ihre Aufgaben wieder in die eigenen Hände nehmen, fiel sie mit der Zeit in eine für sie gänzlich untypische Gleichgültigkeit. Sie schlief viele Stunden, hörte kaum noch zu, wenn Sophie sie mit dem neuesten Klatsch versorgte, und jagte Dr. Grünbeck fort, wenn er sich länger als nötig bei ihr aufhielt. Nach einer Woche durfte sie aufstehen, doch sie mochte nicht. Grünbeck erlaubte ihr, noch einige Tage länger zu ruhen. Als sie dann immer noch keine An-

stalten machte, wusste er, dass etwas mit ihr nicht stimmte. Trotz gründlichster Untersuchung fand er nichts.

»So ein Keuchhusten ist eine langwierige Geschichte«, erklärte er ihr vorsichtig. »Aber du bist auf dem Weg der Besserung. Das Fieber ist weg, die Lunge hört sich schon wieder ein wenig freier an. Du solltest an die frische Luft gehen. Es ist herrlich draußen, Marie.«

»Hier drinnen ist es auch schön. Ich würde jetzt gerne etwas schlafen. Ich bin so schrecklich müde.« Sie schloss die Augen.

»Wenn du so weitermachst, verlieren deine Muskeln ihre Kraft. Dann kommst du überhaupt nicht mehr auf die Beine.« Er setzte sich zu ihr aufs Bett. »Und essen musst du, Kind. Bist ja nur noch Haut und Knochen.«

Lange sagte sie nichts, sondern wünschte sich nur, er möge sie allein lassen. Aber als sie die schweren Lider hob, war er noch immer da, und sie blickte direkt in die väterlich-freundlichen Augen, die sie von klein auf hatten aufwachsen sehen.

»Was ist los, Marie? Was hast du auf dem Herzen?«

Das Zimmer und Dr. Grünbeck verschwammen. Tränen rannen ihr über die Wangen.

»Mir kannst du alles erzählen. Weißt doch, ich habe die Schweigepflicht«, fügte er aufmunternd hinzu.

Und dann sprudelte es nur so aus Marie heraus. »Ach, lieber Dr. Grünbeck, seit ich an dieses Bett gefesselt bin, habe ich so viel nachgedacht. Ich habe plötzlich Zeit. Sonst gibt es immer so viel zu beschicken. Meistens weiß ich kaum, wo mir der Kopf steht. Ich meine, ich komme doch kaum zum Atemholen, geschweige denn dazu, über mein Leben nachzudenken.«

»Und das, was dir nun so alles durch den Kopf geht, gefällt dir nicht?«

»Doch, schon. Es macht mir Spaß. Ich meine, die Konditorei macht mir Spaß. Ich habe doch auch viel erreicht. Und meine

Mitarbeiter verlassen sich darauf, dass es immer so weitergeht. Sie haben ja auch ein Recht darauf.«
»Nur dir fehlt etwas, nicht wahr?«
Sie nickte.
»Die eigene Familie?«
»Ich weiß nicht, vielleicht. Ich bin nicht einmal sicher, ob ich gern Kinder gehabt hätte.«
»Noch kannst du welche haben«, sagte Grünbeck. »Du wärst zwar spät dran, aber es ist noch möglich. Gibt es denn jemanden, mit dem du deine Familie gerne gründen würdest?«
»Ja«, hauchte sie nach kurzem Zögern. Und sie erzählte von ihrer Beziehung zu Thomas Hansen, wie sehr sie ihn liebe und wie schwer es ihr falle, seine Haltung zu akzeptieren. »Gehört es sich denn nicht für einen Mann mit ehrlichen Absichten, dass er die Frau seines Herzens auch vor Gott und den Menschen zu seiner Frau macht?«
»Hast du mir nicht eben erzählt, wie glücklich die Zeiten sind, die ihr zusammen habt? Er ist ein schmucker Mann, der Hansen, zweifellos. Und nach allem, was ich von dir jetzt gehört habe, liebt er dich auch. Warum also willst du unbedingt heiraten? Zumal du nicht einmal weißt, ob du ein Kind von ihm haben möchtest.«
Marie war perplex. Das war doch nicht derselbe Dr. Grünbeck, der ihr geraten hatte, aus Vernunft Achim Oeverbeck zu ehelichen.
»Nun, das ist doch so üblich, oder nicht?« Sie war verunsichert.
Grünbeck kicherte leise. »Es gibt so vieles, was unüblich und trotzdem gut und richtig ist, von dem du nichts weißt.« Er stand auf. Marie glaubte schon, er würde gehen, aber das tat er nicht. Er trat zum Fenster und blickte nach draußen. Den Rücken ihr zugewandt, fragte er: »Erinnerst du dich an meinen Knecht Jost?« Erinnern war zu viel gesagt. Marie und Jost waren sich

ein- oder zweimal in Dr. Grünbecks Haus begegnet. Das war viele Jahre her. »Was ich dir jetzt sage, weiß niemand, und es muss bei dir so diskret aufgehoben sein wie deine Geschichte bei mir.«

Marie sah ihn neugierig an, als er zum Bett zurückkam und sich wieder setzte.

»Das, was Thomas Hansen für dich ist, ist mein Knecht Jost für mich.«

»Aber er ist doch ein Mann«, platzte Marie heraus.

»O ja!«, sagte Grünbeck.

»Und Sie sind auch ...« Sie verstand immer noch nicht.

»Tja, Marie, die Liebe schert sich weder um das Geschlecht noch darum, ob sich einer binden kann. Deswegen bleibt es immer noch Liebe.«

Nur sehr langsam dämmerte es ihr. War es wirklich möglich, dass ein Mann einen anderen Mann liebte? Ihre Brüder hatten sich geliebt, gewiss, aber das war doch etwas ganz anderes. Nein, sie konnte sich einfach nicht vorstellen, was Dr. Grünbeck da andeutete. Und doch, es gab keinen Zweifel.

»Ist das ... ich meine ...« Marie wusste nicht, wie sie fragen sollte. »Kommt so etwas öfter vor?«

»Ja, Marie. Am Anfang war ich so verwirrt wie du jetzt. Da hat es mir geholfen, dass ich nicht allein diese Gefühle habe. Es gibt Männer, die sich nun einmal in andere Männer verlieben. Wahrscheinlich gibt es das auch unter Frauen, aber das weiß ich nicht.« Er sah sie ein wenig unsicher an.

Marie konnte es noch immer nicht recht glauben. Wenn sie sich Thomas in den Armen eines Mannes vorstellen sollte, das war unmöglich. Und plötzlich begriff sie, wie ungleich schwerer Dr. Grünbeck es hatte als sie. Nun gut, es schickte sich nicht, mit einem Mann zusammen zu sein, ohne ihn zu heiraten, aber das kam vor. Doch einen Mann zu lieben, ohne eine Frau zu

sein, das war eine Ungeheuerlichkeit, die niemand je akzeptieren würde.
Allmählich gewann sie eine völlig neue Sicht ihrer Lage. Was würde sich schon ändern, wenn Thomas und sie ein Paar mit Urkunde wären? Er würde auch weiterhin seine Reisen unternehmen, und sie konnte ihn unmöglich ständig begleiten. Die Konditorei nahm die meiste Zeit ein und würde das auch weiter tun. Mit einem Mal sah Marie ein, dass sie in ihrem eigenen Gefängnis saß. Sie blieb fast nur in Travemünde über Nacht in Thomas' Haus. In Lübeck sorgte sie sich viel zu sehr, dass jemand sie morgens aus seiner Tür in der Königstraße kommen sah und über sie redete. Anstatt diese wunderbare Verquickung von persönlicher Freiheit und Entfaltung mit der erfüllenden Verbindung zu dem großartigsten Mann, den sie kannte, zu genießen, sperrte sie ihre Gefühle in ein dunkles Verlies, haderte mit sich und mit Thomas und war unzufrieden. Sollten die Leute doch reden, so viel sie mochten. Wer würde sich schon erdreisten, eine der angesehensten Frauen der Stadt, noch dazu eine der großzügigsten, öffentlich anzugreifen? Ein letzter Zweifel regte sich in ihr.
»Was wird aber sein, wenn ich alt bin oder krank wie jetzt? Wer wird dann für mich da sein?«
»Freunde«, antwortete er einfach. »Siehst du, Mädchen, lass dir das von einem alten Mann gesagt sein: Ich habe so viele Kinder vor ihren Eltern beerdigt. Ja glaubst du denn, sie sind deine Altersversicherung? Oder so ein dummer Trauschein, was soll der ausrichten? Wenn mein Jost vor mir gehen muss, dann habe ich noch immer meine Freunde. Und wenn ich zuerst gehe, dann hat er die seinen. Eine bessere Altersvorsorge kann keiner treffen. Das ist meine Meinung.« Damit schloss er seine zerschlissene Ledertasche, drückte ihr die Hand und ging.

Marie fühlte sich, als wäre die Lebensenergie mit Macht zu ihr zurückgekehrt. Bereits am nächsten Tag stand sie auf und ging ein paar Schritte im Hof hinter der Konditorei spazieren. Rieke kümmerte sich um den kleinen Kräutergarten, den sie dort gemeinsam angelegt hatten und aus dem sie jetzt Pfefferminze und Lavendel für das Marzipan bezogen. Auch ihr Appetit kam zurück, und sie verspürte unbändige Lust auf Fruchtsuppe. So machte sie sich, nachdem sie kurz mit Achim gesprochen und die Fortschritte der Handwerker gelobt hatte, auf den Weg in die Königstraße. Sie war so blendender Laune, dass sie hätte hüpfen mögen wie als kleines Kind. Allerdings musste sie schnell einsehen, dass sie dazu noch nicht kräftig genug war. Schon nach wenigen Metern keuchte sie und stützte sich an einer Hauswand ab. Sie wollte schon umkehren, fürchtete, sich übernommen zu haben, biss dann aber doch die Zähne zusammen und brauchte fast doppelt so lang wie üblich, um endlich glücklich das feine rote Backsteingebäude in der Königstraße zu erreichen. Auf ihr Läuten hin öffnete Liese die Tür.

»Fräulein Kröger, gütiger Himmel, wie sehen Sie denn aus?«, rutschte es ihr heraus.

Von Maries Energie war nichts mehr übrig. Sie war vollkommen ermattet und unendlich enttäuscht, dass Thomas nicht da war.

»Jetzt kommen Sie erst mal rein und setzen sich hin.« Liese führte sie geradewegs in die Küche zu einem Stuhl und brachte ihr ein Glas Wasser.

»Danke, Liese.« Marie trank hastig. Sie erfuhr, dass Thomas bei dem Weinmeister des Ratskellers war, um endlich mit ihm ins Geschäft zu kommen. Froh, ihn bald zu sehen, plauderte sie mit Liese. Und sie verriet, dass die Aussicht auf einen Teller Fruchtsuppe sie in die Königstraße gelockt habe.

»Den können Sie gerne haben, gnädiges Fräulein«, sagte Liese strahlend. »Die Vitamine werden Ihnen guttun.«

Marie tupfte sich den Schweiß von Stirn und Oberlippe und schöpfte kaltes Wasser in die Hände, in denen sie ihr Gesicht vergrub. Schon ging es ihr erheblich besser. Die gut gekühlte Suppe tat ihr Übriges. Die letzten Löffel verschwanden gerade zwischen ihren trockenen Lippen, als Thomas nach Hause kam. Liese eilte ihm entgegen. Marie hörte, dass ein paar Worte gewechselt wurden. Dann öffnete sich die Tür zur Küche, und er trat ein.

»Fräulein Kröger, das ist eine Freude.« Sein strahlendes Lächeln erstarb bei ihrem Anblick. »Was ist mit dir? Du siehst ja furchtbar aus!«

»Danke, Herr Hansen, äußerst charmant.« Sie erhob sich mühsam. »Nach der Suppe wird es mir gleich bessergehen«, verkündete sie. Ihre Stimme klang indes noch recht schwach.

Sie gingen hinauf in seine Stube.

»Ich wollte sehen, ob ich helfen kann, nachdem ich von dem Einbruch gehört habe. Oeverbeck hat mir gesagt, dass du im Bett bleiben musst. Es sei der Schock, meinte er. Nicht weiter schlimm.«

»Du warst in der Konditorei? Das hat er mir ja gar nicht gesagt.« Marie war überrascht. Gleichzeitig freute sie sich, dass ihre Befürchtungen unbegründet waren. Sie glaubte schon, es kümmere ihn nicht, was mit ihrer Existenz sei.

»Wundert mich nicht. Er kann mich nicht leiden. Jetzt erzähl aber mal. Was ist passiert?«

Marie berichtete die Einzelheiten des Einbruchs. Sie vertraute ihm auch ihren Verdacht an, dass das Marzipanrezept das Objekt der Begierde gewesen sei.

»Hast du denn auch eine Ahnung, wer so etwas tun könnte?«

»Nein, Thomas, ich habe keinen Schimmer. Achim Oeverbeck war immer sehr darauf aus, es zu bekommen.«

»Traust du es ihm etwa nicht zu?« Thomas war aufgebracht. Er

machte den Eindruck, als käme Oeverbeck für ihn bestens als Täter in Betracht.
»Aber er würde doch nicht die Konditorei zu Klump schlagen. Was, wenn man ihn dabei erwischt hätte? Außerdem hätten Hannes oder Franz ihn erkannt. Sie arbeiten schon so lange mit ihm zusammen. Nein, er kommt nicht in Frage.«
»Aber wer sonst?«
»Ich weiß es wirklich nicht, Thomas. Ich habe mir schon das Hirn zermartert, das kannst du mir glauben. Jeder Marzipanmacher würde ein Vermögen dafür zahlen. Vielleicht ist das ein paar Strolchen in den Sinn gekommen.«
»Schon möglich. Ja, das wäre plausibel.« Und nach einer Weile fragte er: »Aber sie haben es nicht gefunden?«
»Nein, Gott sei Dank!«
»Dann ist es wohl sicher aufbewahrt.«
»Ja, es sieht so aus.«
»Du hast es doch hoffentlich nicht in deiner Kammer versteckt«, bohrte er weiter.
»Ich habe es gut versteckt, das ist doch die Hauptsache.« Marie wollte nicht länger darüber reden, aber er ließ nicht locker.
»Dir ist doch klar, dass sie noch mal einbrechen könnten, wenn sie zum Beispiel einen Auftrag haben, das Rezept zu stehlen.«
Dieser Gedanke war ihr noch gar nicht gekommen.
»Wenn du willst, kannst du es bei mir verstecken«, bot er an. »Zwischen meinen Weinfässern wird es niemand vermuten.«
Marie war ihm dankbar. Aber wenn die Gauner wahrhaftig wiederkämen, um das Familienrezept an sich zu bringen, kämen sie zu ihr, ob das Dokument nun dort war oder nicht. Sie musste auf der Hut sein.
Eine Weile saßen sie schweigend beieinander und hingen ihren Gedanken nach. Marie spürte seinen Blick und sah ihn an.

»Ich habe einen ziemlichen Schrecken bekommen, als ich dich da in der Küche habe sitzen sehen.«
»Hattest du Angst, ich lasse dir nichts von der Suppe übrig?«
»Allerdings, du bist in diesem Haus als großer Fruchtsuppen-Schädling gefürchtet.«
Sie lachten. Marie fiel auf, dass Thomas Fältchen um den Mund und die Augen bekam. Sie standen ihm ausgezeichnet.
»Was hältst du von einem Spaziergang?«, schlug er vor.
»Ich fürchte, meine Füße tragen mich nicht einmal mehr nach Hause. Ich werde mir einen Wagen kommen lassen müssen.«
»Dann fahren wir eben rüber zum St.-Johannis-Jungfrauenkloster und setzen uns dort ein wenig auf die Bank. Wie alte Leute.«
»Na wundervoll«, ächzte sie in gespielter Verzweiflung. In Wahrheit gefiel ihr der Vorschlag ausnehmend gut.
»Keine Widerrede, du musst an die frische Luft, dass wieder Farbe in dein Gesicht kommt.« Er tätschelte ihre Wange, und sie brachen auf.
Bald darauf saßen sie auf einer kleinen geschwungenen Holzbank und blinzelten in die Sonne. Der Klostergarten zwischen der Johannis- und der Kanalstraße war ein Kleinod. Viel zu lange war Marie nicht mehr hier gewesen, stellte sie nun fest, als sie den würzigen Duft des Thymians und das viel zartere Aroma der Kamille tief in ihre Lungen sog. In den Blüten der Apfelbäume war ein Surren und Schwirren. Der Frühsommer war für Marie die schönste Jahreszeit. Wäre Dr. Grünbeck nicht gewesen, sie hätte sie verpasst.
»Es ist herrlich. Ich glaube, ich hätte auch gern einen Garten.«
»Schade, dass du keine Zeit hast, ihn auch zu genießen.«
»Habe ich doch«, verteidigte sie sich.
»Jetzt, ja, weil du krank bist. Was hast du überhaupt? Oeverbeck sprach von den Nerven.«

»So ein Unsinn. Ich hatte Keuchhusten.«
»Keuchhusten als erwachsene Frau?«
»Ja, das kommt gar nicht so selten vor. Ich bin eben als Kind verschont geblieben. Und jetzt muss ich mich irgendwo angesteckt haben. Wahrscheinlich bei einem Dreikäsehoch im Kinderheim«, vermutete sie.
»Würdest du nicht so viel arbeiten, wäre dein Körper spielend mit der Infektion fertig geworden.«
»Es war ein bisschen viel in letzter Zeit.«
»Die letzte Zeit dauert, seit ich dich kenne. Versteh mich nicht falsch, Marie, es ist keine Schande, tüchtig zu sein. Ganz im Gegenteil. Nur musst du zwischendurch auch mal an dich denken. Du bist schließlich keine Dampfmaschine, die läuft und läuft.«
»So habe ich mich aber angehört«, sagte sie, musste lachen und bekam wie zum Beweis einen Hustenanfall.
»Du brauchst jemanden, der dich entlastet. Lass dir den hässlichen Husten eine Warnung sein. Stell jemanden ein, der dir deine Pflichten abnehmen kann. Jemanden, der dich wirklich entlastet.«
»Oeverbeck ist doch da. Er kennt den Betrieb seit Jahren und ist bei allen Vorbehalten, die ich gegen ihn habe, immer fleißig und zuverlässig.«
»Aber du hast ihn nicht zum Geschäftsführer gemacht. Im Gegenteil, du hast ihm Befugnisse entzogen. Das heißt, alle Entscheidungen hängen einzig und allein an dir.«
Sie debattierten das Für und Wider eines Vertreters mit weit mehr Befugnissen, als sie Oeverbeck hatte. Der kam dafür gewiss nicht in Frage. Aber es gab genug Konditoren, die sich die Finger danach lecken würden, in Maries Dienst genommen zu werden. Trotzdem war sie von der Idee wenig angetan. Zu allem Überfluss kam Thomas erneut auf das Rezept zu sprechen.

»Du hast nicht auf mich gehört und Andresen geheiratet. Du hörst ja nie auf mich«, begann er. Und dann fügte er etwas leiser hinzu: »In diesem Fall bin ich recht froh darüber. Wie dem auch sei, du bist ledig, hast keine Kinder, und deine Brüder sind nicht mehr am Leben. Hast du dir einmal überlegt, wer das Familienrezept übernehmen soll, wenn du keine Familie gründest?«
Das hatte sie in der Tat. Allerdings war diese Frage schnell beiseite geschoben, denn immerhin war sie erst dreiunddreißig und damit, wie Dr. Grünbeck ihr bestätigte, noch immer in der Lage, Mutter zu werden. Falls sie das überhaupt wollte.
»Wenn du jetzt einen Mann einstellst, der sich über die nächsten Jahre bewähren und vor allem dein Vertrauen gewinnen kann, was spricht dagegen, ihm auch Einblick in das Rezept zu geben? Du kannst dir Zeit lassen, aber früher oder später musst du ohnehin darüber nachdenken, wem du die Konditorei übergibst. Ich bin sicher, du entscheidest dich nicht für das großzügigste Angebot, sondern für den besten Konditor, bei dem dein Marzipan in den allerbesten Händen ist.«
Auch wenn das alles vernünftig klang, wollte Marie an diesem schönen Tag nicht länger darüber befinden, was im Alter sein sollte. Sie fühlte sich jung und gewiss bald wieder kräftig genug, selbst das Regiment zu führen. Das war für den Moment alles, was sie interessierte.
»Ach, lass uns jetzt nicht mehr davon reden.«
»Also schön, du bist erwachsen und musst wissen, was du tust«, beendete Thomas das Thema. »Aber sag mal, war dir das mit dem Garten ernst?«
»Was meinst du?« Sie verstand nicht.
»Willst du einen haben, einen eigenen?«
»Das wäre schön, nur wüsste ich nicht, wie sich in der Beckergrube einer unterbringen ließe.«

»Nicht in der Beckergrube, sondern in der Vorderreihe. Das Haus neben meinem in Travemünde steht zum Verkauf. Es scheint mir gut in Schuss zu sein. Ist nur ein bisschen kleiner als meines, dafür hat es einen Garten. Einen lütten.«
»Das hört sich wundervoll an.« Marie war auf der Stelle Feuer und Flamme. »Denkst du, ich kann es mir mal ansehen?«
»Selbstverständlich.«
»Wann?«
»Am besten gleich, was? Marie, wann wirst du endlich Geduld lernen?«
Er versprach ihr hoch und heilig, so schnell wie möglich einen Termin für sie zu vereinbaren. Marie war überglücklich. Schon öfter war die Vorstellung in ihren Sinn geschlichen, sich ein Haus an der See zu kaufen. Viele Lübecker machten das nach wie vor. Nie hätte sie zu hoffen gewagt, ein Objekt an der Vorderreihe zu finden, der besten Lage ihrer Meinung nach. Und dann auch noch direkt neben dem Haus von Thomas! In diesem Moment glaubte Marie an Schicksal.

Zwei Tage darauf spazierte Thomas Hansen in die Konditorei. Er ging an dem sparsam grüßenden Oeverbeck vorbei geradewegs zu Maries Kontor.
»Habe ich doch befürchtet, dass ich dich hier antreffe.«
»Ich will nur rasch die Protokolle der Polizei unterzeichnen. Es ist immer noch wegen des Einbruchs. Schrecklich, welch einen Papierkram das nach sich zieht.«
»Du kannst es sehen, wenn du willst.«
»Das Haus in Travemünde?«
Er nickte. »Wir können morgen fahren. Ich wollte sowieso bald hin. Es wird mir allmählich zu schwül in Lübeck.«
Sie fiel ihm um den Hals. »Morgen? Das ist ja wunderbar!« Es störte sie nicht, dass Achim an der offenen Tür vorbeiging und

sie in seinen Armen sah. Sollte er doch endlich begreifen, wem ihr Herz gehörte.
»Ich muss noch ein paar Kleinigkeiten erledigen. Wenn es dir recht ist, hole ich dich morgen um zehn Uhr ab.«
Und ob es ihr recht war. Sie unterzeichnete die Dokumente und brachte sie zu Achim ins Kontor.
»Gibt es sonst noch etwas, wofür du mich brauchst, Achim? Ich fahre nämlich morgen für ein paar Tage nach Travemünde. Ich will mir ein Haus ansehen«, erklärte sie freudig.
Seine Miene gefror zu Eis. Böse starrte er sie an.
»Du fährst doch nicht mit diesem Kerl, oder?«
»Nicht dieser Ton, Achim. Thomas Hansen ist ein rechtschaffener Kaufmann.«
»Ein Lebemann ist er, der andere für sich schuften lässt. Ein Filou, der heute mit diesem Mädchen gesehen wird und morgen mit dem.«
»Untersteh dich, Achim.« Sie war wütend. Sie wusste, dass er sie verletzen, sie an ihrer empfindlichsten Stelle treffen wollte. Aber sie drehte den Spieß um. »Meistens wird er mit mir gesehen, lieber Achim, denn er schätzt meine Gesellschaft so wie ich die seine. Das Haus, das ich kaufen werde, steht direkt neben dem seinen. Praktisch, nicht? So können wir den ganzen Sommer miteinander verbringen, ohne dass ich mir ein Hotel nehmen oder mich bei ihm einquartieren müsste.«
Oeverbeck lief puterrot an und schnappte nach Luft. Bevor er ihr eine Beleidigung an den Kopf warf, überlegte er es sich anders. Frostig sagte er: »Nun, du musst wissen, mit wem du Umgang pflegst. Zwei Wochen wird es mindestens noch dauern, bis wir die Produktion wieder aufnehmen können. Du wirst hier also gewiss nicht fehlen. Verlass dich nur auf mich, Marie, wie du es immer tust.« Und mit einem hässlichen Grinsen fügte er hinzu: »Ich habe dir schon lange gesagt, dass du dich einmal

richtig erholen sollst. Also, auf nach Travemünde. Lass es dir gut ergehen.«

Das Haus mit der sauberen weißen Fassade, der Holzveranda und den Spitzengardinen, die noch die Fenster schmückten, eroberte Maries Herz im Sturm. Links und rechts von der Haustür wuchsen zwei kugelig geschnittene Lorbeerbüsche, an der Seite kletterte Efeu die Mauer hoch und schuf mit seinem kräftigen Grün einen hübschen Kontrast. Sie stieg die zwei Steinstufen hinauf und betrat die Diele. Der Besitzer, ein alter Apotheker, der nach dem Tod seiner Frau zu seiner Schwester nach München zu ziehen gedachte, zeigte ihr geduldig die Stube mit dem weiß getünchten Parkettfußboden und den weiß gemalten Holzbalken, die das obere Stockwerk trugen.
»Meine Frau war Dänin«, erklärte er. »In ihrer Heimat ist es üblich, Holz weiß zu streichen. Wenn Sie es nicht mögen, können Sie das natürlich ändern.«
»Ihre Frau war Dänin?«, fragte Marie verwundert.
»Die Travemünder waren trotzdem immer nett zu ihr«, beteuerte er und nickte bedächtig mit dem Kopf. »Es war ja nicht ihre Schuld, dass ihre Landsleute immer im Krieg mit Lübeck waren. Und die Zölle auf der Straße nach Hamburg waren auch nicht ihre Idee.«
»Nein, natürlich nicht.« Marie musste an Dr. Grünbeck und seinen Knecht denken. Die Liebe schert sich nicht darum, wohin sie fällt. Da sieht man es mal wieder, dachte sie.
Im oberen Stockwerk gab es drei Kammern. Eine würde sie für ihre Eltern herrichten, für den äußerst unwahrscheinlichen Fall, dass sie sie besuchten. Ansonsten konnte dort ein Dienstmädchen schlafen, sofern Marie für den Sommer überhaupt eines haben wollte. Aus der kleinsten Kammer würde sie eine Bibliothek machen und aus der dritten ihr Schlafzimmer. Zum Schluss

gingen sie in den Garten, der hinter dem Haus lag. Er war umwerfend. Der Apotheker hatte mit akkurat gestutzten Buchsbäumchen kleine Beete abgeteilt. Zwischen den niedrigen Hecken wuchsen Salbei, Thymian, aromatische Zitronenmelisse, Petersilie, Alant und Mariendistel. Zur Linken reiften Walderdbeeren, die, jetzt noch grün, einen sommerlichen Hochgenuss versprachen. Zur Rechten stand eine Trauerweide, unter der eine kleine Bank stand.

»Es ist ein Paradies«, seufzte Marie fast ehrfurchtsvoll. Sie konnte förmlich spüren, dass hier zwei Menschen miteinander glücklich gewesen waren, die sich geliebt haben. Es war ein guter Platz. Hier würde sie zur Ruhe kommen.

»Ich nehme es, wenn Sie es mir verkaufen«, sagte Marie.

»Es ist mir eine Freude«, erwiderte der Apotheker, nachdem seine klugen Augen von Marie zu Thomas und zurück gewandert waren.

Bis der Kauf rechtlich perfekt war, musste Marie sich noch einige Wochen gedulden. Als Kauffrau war sie zwar von den meisten beschränkenden Regelungen ausgenommen, die ansonsten für Frauen galten, doch für den Kauf eines Hauses kam selbst sie nicht ohne männlichen Vertreter aus. Thomas war gern bereit, diese Funktion zu übernehmen, konnte er sich doch scherzhaft als ihr Vormund aufspielen. Dabei regelte ein zusätzlicher Vertrag, den sie vom Advokaten aufsetzen ließen, sehr genau, wer das Sagen über und sämtliche Rechte an dem kleinen Paradies hatte – Marie.

Seit Mitte Juni konnten sie die Marzipanproduktion wieder aufnehmen. Es dauerte noch, bis die Maschinen kamen, die das Mahlen und Walzen übernahmen, aber immerhin lief der Betrieb wieder an. Wie geplant gönnte Marie sich mehr Pausen als früher. Wann immer es sich einrichten ließ, fuhr sie nach Travemünde. Oft traf sie sich mit Thomas. Sie spazierten vorbei an

Lotsenhaus und Leuchtturm bis hin zur Nordmole und über das Leuchtenfeld wieder zurück. Sie saßen bei Kaffee und Kuchen auf der Terrasse der Arkaden-Konditorei oder lauschten im Musiktempel dem Kurkonzert. Manchmal schlenderte Marie auch allein zum Strandpavillon oder zur Badeanstalt. Vereinzelt standen noch ein paar ausgediente Badekarren herum, die inzwischen aus der Mode waren. Sonne, Wind und Regen ausgesetzt, würden die tragbaren Kabinen, die noch vor zwei, drei Jahren die Damen beim Bade vor unzüchtigen Blicken schützten, bald verrottet sein. Ihre Schuhe in der Hand, lief sie über den warmen Sand. Der Juni war die beste Zeit für Travemünde. Ab Juli überschwemmten vornehme Damen, Männer mit dicken Brieftaschen und vor Vergnügen quietschende Kinder das Seebad. Dann wimmelte es am Strand von Sandburgen, mit Muscheln, Steinen und Wimpeln verziert. Doch noch war es nicht so weit.

Zurück in Lübeck, wartete eine Überraschung auf Marie. Ihre Mutter verlangte sie zu sehen. Margreth Kröger saß auf dem Kaminsofa. Wie immer stand vor ihr auf dem ovalen Tisch eine kleine Vase mit Blumen auf einer ordentlich gebügelten Spitzendecke. Wie finster erschien Marie die Stube mit dem dunklen Holzboden, den dunklen Möbeln und den wie so oft selbst am Tag zugezogenen Vorhängen. Ihre Mutter knetete unglücklich ihre kleinen fleischigen Hände.

»Mutter, ist alles in Ordnung? Therese sagte, du willst mich sprechen.« Sie setzte sich zu ihr und meinte, dass das neue Kleid schon wieder über deren Bauch spannte.

»Nein, Marie, es ist nicht alles in Ordnung.« Unbehaglich rutschte sie hin und her.

»Na komm schon, nur frei heraus«, ermunterte Marie sie.

»Es ist wegen … Es geht um den Herrn Hansen«, sagte ihre Mutter endlich.

Marie zog erstaunt die Augenbrauen hoch. Das war das Letzte, womit sie gerechnet hatte.
»Was ist mit ihm?«
»Ach Kind, wie soll ich es dir nur sagen?« Sie räusperte sich verlegen. Dann sprudelte sie los: »Mir ist zugetragen worden, dass er ein Mädchen hat. Ach, was sage ich? Ein Mädchen? An jedem Finger soll er eins haben. Warum kannst du dich auch nicht mit einem anständigen Mann abgeben? Achim wäre so gut für dich.«
»Ganz sicher nicht.« Marie sprang auf und ging hinüber zu dem verwaisten Sessel ihres Vaters. Seit er kaum noch etwas aß, konnte er nur noch im Bett liegen. Dr. Grünbeck meinte, es stehe schlecht um ihn.
»Hat er dir das zugetragen, Mutter?« Marie betonte jedes Wort.
»Nein!« Die Antwort kam viel zu schnell. Marie glaubte ihr nicht.
»Ist sonst noch etwas, Mutter? Ich will noch rasch nach Vater sehen und habe zu tun.«
»Marie, es kann dir doch nicht egal sein, was die Leute reden. Ständig muss ich mir peinliche Fragen anhören. Was soll ich denn sagen, wenn sie wissen wollen, warum meine Tochter nicht verheiratet ist? Weil sie lieber mit einem Abenteurer verkehrt als mit einem Ehrenmann?«
»Wie wäre es mit der Wahrheit, Mutter? Weil meine Tochter Tag und Nacht in der Konditorei schuftet, von der ich sehr gut lebe. Weil sie keine Zeit hat, eine Familie zu gründen. Warum sagst du ihnen das nicht?« Gelassen fügte sie hinzu: »Wie steht es doch so schön an unserer guten alten Schiffergesellschaft? Allen zu gefallen ist unmöglich! Weißt du was, es ist mir tatsächlich von Herzen egal, was die Leute reden.«
»Marie!« Sie schnappte nach Luft. Schweißperlen standen auf ihrer Stirn. »Dann ist es dir wohl auch egal, dass das Haus neben

dem seinen in Travemünde an einen Hamburger verkauft werden sollte.«

»Du weißt, dass ich es gekauft habe«, unterbrach Marie sie erschöpft. Sie wollte die müßige Unterredung beenden.

»O ja, das weiß ich wohl. Hat er geschickt hinbekommen, der feine Herr Weinhändler.«

»Was meinst du denn damit?« Marie ließ sich auf die Armlehne des Sessels sinken.

»Dass es ihm nur recht sein kann, wenn eine einsame Frau das Haus kauft, die sowieso nie da ist, weil sie sich in Lübeck um ihre Geschäfte kümmern muss. Ist ja auch angenehmer, als so ein reicher Hamburger, der daherkommt, es abreißen und ein Hotel bauen will. Aber das wusstest du ja wohl auch schon, Marie.«

Hätte Thomas ihr doch bloß von dem Angebot des Hamburger Hoteliers erzählt. Sie hätte das Haus nicht weniger gerne genommen. Die Vorderreihe bestand ohnehin schon zum größten Teil aus Pensionen. Die wenigen Privathäuser sollten ihnen nicht auch noch weichen. Schon gar nicht wollte sie, dass große Hotels die Front der hübschen Hauptstraße verschandelten. Wenn sie doch nur von dem Vorhaben gewusst hätte! Dann könnte sie sich jetzt umso mehr über den Zuschlag freuen. Stattdessen machte sich ein schales Gefühl in ihr breit, und der Stachel des Misstrauens steckte bereits in ihrem Fleisch. Sobald sich die Gelegenheit ergab, stellte sie Achim zur Rede.

»Ist es möglich, dass du hinter meinem Rücken mit meiner Mutter sprichst?«

»Was soll das denn heißen? Ja, ich besuche sie. Sie war immer wie eine Mutter zu mir, und ich mag sie. Dich bekommt sie dafür ja umso weniger zu Gesicht, da du die Gesellschaft eines dubiosen Herrn vorziehst. Meine Besuche finden wohl kaum hinter deinem Rücken statt. Es gibt nichts zu verbergen.«

»Genau darauf wollte ich hinaus. Hast du mit ihr über Thomas gesprochen?«

Als sie Hansens Vornamen nannte, zuckte Oeverbeck zusammen. Hasserfüllt funkelte er sie an.

»Schon möglich, dass wir auch mal über diesen Halunken gesprochen haben.«

»Nimm das sofort zurück«, zischte sie.

»Warum sollte ich? Einen, der seinen Besitz vergrößern will, indem er sich an eine arglose Frau heranmacht, den heiße ich einen Halunken.« Seine Stimme steigerte sich. »Einen, der sich das Erfolgsgeheimnis eines Unternehmens aneignen will, um es seinen Geschäftsfreunden in Frankreich für gutes Geld zu überlassen, den nenne ich einen Halunken. Wenn es sich einer verdient hat, das Rezept zu sehen, dann ist es wohl jemand, der der Konditorei über lange Jahre gute und treue Dienste geleistet hat, und nicht einer, der nur schöne Worte und schöne Augen macht, sein Pfeifchen raucht und Wein trinkt.«

»Du solltest wohl wissen, warum du dir den Zugang zum Marzipanrezept nicht verdient hast. Das hast du dir selbst zuzuschreiben, Achim Oeverbeck. Und deine üblen Verleumdungen behältst du in Zukunft besser für dich, solange du keine Beweise hast.«

»Nun, meine Beste, ich hätte dir das von Herzen gern erspart.« Er kostete seinen Triumph wahrlich aus. »Eben diese Beweise habe ich.«

Marie fühlte, wie das Blut aus ihrem Kopf wich. Das konnte doch nicht möglich sein! Ihre Knie gaben nach, und sie musste sich setzen.

»Es tut mir so leid«, heuchelte Achim weiter. »Kann sein, er hat am Anfang ein Auge auf dich geworfen, weil du eine Schönheit bist. Unterstellen wir ihm mal nicht, dass er es von vornherein auf dein Vermögen abgesehen hat. Aber du wirst nicht jünger,

Marie. Da lässt er sich doch lieber von einer Frischen den Kopf verdrehen, an der noch alles in Form ist. Bitte entschuldige.« Ein boshaftes Lächeln huschte über sein Gesicht, wich aber sofort wieder der Leichenbittermiene, mit der er seine Ausführungen fortsetzte. »Er hat dich nur nicht fallenlassen, weil er auf das Rezept scharf ist. Nicht einmal vor einem Einbruch schreckt er zurück.«

Jetzt musste Marie lachen. Es war ein befreiendes, fast hysterisches Lachen. Achim wollte ihr doch tatsächlich weismachen, Thomas habe etwas mit dem Einbruch zu tun. Lächerlich!

»Ich verstehe nicht, was dich daran amüsiert.«

»Du trägst zu dick auf«, sagte sie, nachdem sich der Lachanfall legte. »Bis hierhin wäre ich dir fast auf den Leim gegangen. Wirklich, meine Hochachtung, Achim Oeverbeck.«

»Was habe ich nur falsch gemacht, dass du mich so verachtest? Womit habe ich mir dermaßen deinen Zorn zugezogen?«

Sie war verdutzt. Offenbar änderte er seine Taktik schon wieder. Bei ihm musste man immer auf der Hut sein. Sie taxierte Achim, der jetzt ehrlich zerknirscht dreinblickte. Wenn sie ihm womöglich doch Unrecht tat?

»Die Polizei hat einen der Strolche gefasst, die in die Konditorei eingedrungen sind. Er hat gesagt, wer ihn und seine Kumpane geschickt hat.«

»Er hat … was? Ich glaube dir kein einziges Wort.« Maries Stimme war nur noch ein Keuchen.

»Ich weiß, dass ich viel falsch gemacht habe, Marie. Du sollst wissen, wie leid mir das tut. Wie ich dir aber schon mehr als einmal gesagt habe, war es immer zu deinem Wohl und dem der Konditorei. So dachte ich jedenfalls. Jeder macht mal Fehler. Und es schmerzt mich wirklich sehr, dass meine Fehler in deinen Augen schwerer wiegen als meine Zuneigung, meine Unterstützung und mein guter Wille.«

»Dieser Kerl hat behauptet, Thomas Hansen habe ihn zu dem Einbruch angestiftet? Wer ist er? Ich will mit ihm sprechen.«

»Das wird nicht gehen, aber du kannst jederzeit mit dem Polizeihauptmann reden. Er wird es dir bestätigen. Tut mir leid, dass du auf diesen Halunken hereingefallen bist. Ein etwas weniger aufregender, dafür umso anständigerer Mann ist manchmal die bessere Wahl.«

Marie verrichtete ihre Aufgaben in den Tagen, die der Unterredung mit Achim folgten, wie in Trance. Sie war zerrissen. Einerseits konnte sie sich unmöglich vorstellen, dass Thomas sie derartig hintergangen haben sollte, andererseits fielen ihr immer wieder Kleinigkeiten ein, die Achims Worte zu untermauern schienen. Wie eindringlich Thomas ihr ans Herz gelegt hatte, einen Geschäftsführer einzustellen. Womöglich gab es bereits einen geeigneten Kandidaten, der mit ihm unter einer Decke steckte. Und dann die Frage, ob sie das geheime Papier in ihrer Kammer aufbewahre. Ja, er schlug ihr sogar vor, das Rezept in seinem Weinkeller zu verstecken. War das nicht Beweis genug? Sie musste Gewissheit haben. Zwischen Thomas und ihr waren Offenheit und Ehrlichkeit stets selbstverständlich. Daran glaubte sie zumindest bis zu dieser schrecklichen Situation. Sie würde ihn zur Rede stellen. Er musste eine Chance bekommen, ihr alles zu erklären, alle Zweifel und Verdächtigungen zu entkräften. Von einer Unterredung mit dem Polizeihauptmann sah sie nach reiflichem Nachdenken ab. Was konnte sie davon erwarten? Eine Bestätigung von Achims Worten würde keine Klarheit bringen. Damit wüsste sie noch nicht, ob der Geschnappte die Wahrheit sprach oder von jemandem zu dieser Aussage angestachelt war. Die Gelegenheit einer Aussprache mit Thomas kam schneller, als sie dachte. Er lud sie am Sonntag zur Segelregatta ein. Sie würden ein wenig spazieren gehen, den

Schiffen auf der Ostsee zusehen und ein großes Stück Torte verspeisen. Marie stimmte zu.
»Ich habe auch etwas mit dir zu besprechen«, kündigte sie an.

Es war ein herrlicher Tag. Ab und zu schoben sich kleine Wolken vor die Sonne, so dass die Hitze nicht zu groß wurde. Dazu wehte eine leichte Brise, ideale Voraussetzung für eine gelungene Regatta. Mit geblähten Segeln kreuzten die Boote dicht an dicht, fuhren weit hinaus, hatten eine Wende zu absolvieren und kamen zurück. Thomas blickte angestrengt durch sein Fernglas.
»Das wird knapp, oh, das wird sehr knapp.« Wie ein kleiner Junge ließ er sich von dem Wettbewerb in den Bann ziehen.
Marie war still. Sie hätte so gern das Beisammensein genossen, mit ihm gefiebert, wer das Rennen machte, doch das war ihr nicht möglich, weil der böse Verdacht sie mit jeder Minute mehr bedrückte. Ihre Stimmung konnte ihm kaum entgehen. Darum fragte er, was mit ihr los sei. Sie wich aus, vertröstete ihn auf später. Sie erachtete es als unpassend, eine so heikle Angelegenheit draußen zu besprechen, wo es vor Schaulustigen nur so wimmelte. Der Lauf endete, und sie schlenderten zu den Arkaden, um einen Kaffee zu trinken. Thomas konnte sich gar nicht beruhigen, wie ein Außenseiter in allerletzter Sekunde an den Favoriten vorbeigezogen war. Immer wieder tat er so, als würde er den gerade erst vor seinen Augen stattfindenden Einlauf der Boote kommentieren.
»Die *Sturmmöwe* liegt vorn, dicht gefolgt von der *Seeschwalbe*. Doch da, was ist das?« Die Leute drehten sich nach ihm um. »Da kommt *Windsbraut*, mit der niemand gerechnet hat. Sie zieht an *Seeschwalbe* und *Sturmmöwe* vorbei. Sie macht das Rennen!« Er riss seine Arme hoch und lachte. »Meine Güte, war das aufregend! Und jetzt ein schönes Stück Torte.«

Marie bestellte nur einen Kaffee. Sie hatte keinen Appetit.
»Wann verrätst du mir endlich, was los ist?«
»Zu Hause. Das ist nicht für fremde Ohren bestimmt.«
»Du machst es ja spannend.« Er dachte nicht daran, sich seine gute Laune vermiesen zu lassen.
Sie streiften noch ein wenig durch den kleinen Wald, der mit seinen Kiefern Schatten spendete. Dann gingen sie nach Hause und setzten sich in Maries Garten. Die Erdbeeren nahmen Farbe an. Bald würde sie die ersten ernten können.
»Warum hast du mir nicht gesagt, dass es einen anderen Interessenten für dieses Haus gegeben hat?«
»Es war nicht von Belang. Warum hätte ich es dir sagen sollen?«
»Damit ich auf die Anfeindungen vorbereitet bin, denen ich ausgesetzt bin.«
»Ich verstehe nicht recht. Was denn für Anfeindungen?«
»Ich muss mir sagen lassen, du hättest mir den Verkauf nur vermittelt, weil du abwenden wolltest, dass das Haus abgerissen und ein Hotel gebaut wird. Das hätte den Wert deines Grundstücks reichlich geschmälert.«
»Wer sagt denn so etwas?« Thomas blieb wie so oft gelassen.
»Das spielt doch keine Rolle. Jedenfalls wäre es besser gewesen, ich hätte davon gewusst. So stand ich da, als wäre ich auf deinen Trick hereingefallen.«
»Geht es nicht ein bisschen zu weit, von einem Trick zu sprechen? Ja, ich wusste, dass der Hamburger hier ein Hotel bauen wollte. Und das hat mir nicht gefallen. Das hat doch nichts damit zu tun, dass ich dir den Kauf vorgeschlagen habe. Du hast ein paarmal gesagt, du würdest gern ein Haus in Travemünde haben. Ich dachte, du freust dich über diese glückliche Gelegenheit.«
»Ich habe mich ja auch gefreut. Ich meine, ich freue mich immer

noch jeden Tag über dieses kleine Schmuckstück.« Sie sah zu dem Apfelbaum, dessen Zweige sich leicht im Wind wiegten.
»Ich verstehe noch immer nicht, was du dann auszusetzen hast. Und, Marie, der Mann aus Hamburg wollte auch mein Haus kaufen.«
Sie war perplex. »Das wusste ich nicht.«
»So viel kriege ich nie wieder dafür, selbst wenn ich mal verkaufen wollte. Tja, du siehst, dass ich mich durch den Trick nicht bereichert oder geschützt habe.« Er schüttelte den Kopf.
Marie wusste nicht, was sie sagen sollte. Plötzlich schlug Thomas sich auf den Schenkel und sprang auf.
»Himmel, ich muss weg! Tut mir leid, Marie, ich muss rasch ins *Stadt Hamburg*. Denen geht der Wein zur Neige, und ich soll eine Bestellung aufnehmen. Gut, dass du von dem Hamburger Hotelier angefangen hast, sonst hätte ich das glatt vergessen.« Er küsste sie flüchtig auf die Wange.
»Aber ich wollte doch noch etwas mit dir bereden.«
»Ja, war es das denn noch nicht?« Er zückte seine Taschenuhr. »Tut mir wirklich leid. Weißt du was, ich lege den Schlüssel in die Blumenschale vor der Veranda. Dann kannst du es dir gemütlich machen, und ich bin ja auch bald wieder da.« Und schon eilte er davon.
Maries Stube war noch nicht fertig. Sie hatte sich kurzfristig dazu entschlossen, den Holzfußboden abschleifen und neu streichen zu lassen, bevor sie ihre Möbel aufstellte. Am Tag saßen sie darum in ihrem Garten oder bei Regen auf seiner Veranda und am Abend in seiner Stube. Unschlüssig zupfte sie ein paar Unkräutchen. Sie schob die Blätter beiseite, um nach den Walderdbeeren zu sehen. Aber viel gab es nicht zu tun, da ein Gärtner Beete und Rasen zu ihrer größten Zufriedenheit in Schuss hielt. Also entschied sie sich, Thomas' Angebot anzunehmen und in seinem Haus auf ihn zu warten. Es konnte ja nicht so lange dau-

ern, und die Aussprache musste stattfinden. Sie ging nach nebenan, fand den Schlüssel zwischen den Veilchen und betrat zum ersten Mal allein sein Feriendomizil. Auf dem Tisch in der Stube stand noch das Schachspiel. Mit der letzten Partie waren sie nicht fertig geworden, weil Thomas sie mit seinen Zärtlichkeiten so lange abgelenkt hatte, bis sie das Spiel schließlich Spiel sein ließen. Wehmütig dachte sie an diesen Abend. Je länger sie durch den vertrauten Raum schlenderte, desto mehr kehrte ihre Zuversicht zurück. Ihr kamen all die Momente in den Sinn, die sie gemeinsam erlebt hatten, hier, in Frankreich und natürlich in Lübeck. Es gab ganz sicher für alles eine Erklärung. So sehr konnte sie sich in einem Menschen nicht täuschen. Wieder fiel ihr Dr. Grünbeck ein. Es gibt so vieles, was unüblich und trotzdem gut und richtig sei, waren seine Worte. Hatte sie sich nicht fest vorgenommen, nie wieder voreilig Schlüsse zu ziehen, nichts mehr auf das Geschwätz der Leute zu geben? Nun gut, das Wort ihrer Mutter hatte natürlich ein gewisses Gewicht, das konnte sie nicht so einfach übergehen. Aber war nicht das Einzige, was sie gegen Thomas vorzubringen hatte, die Sache mit dem Hamburger Hotelbesitzer?
Im Geist ging Marie das kurze Gespräch diesbezüglich mit ihm durch. Keinerlei Erschrecken, dass sie ihm auf die Schliche gekommen ist, oder Erleichterung, dass es nicht um den geplanten Diebstahl des Marzipanrezepts ging, war auf seinem Gesicht zu lesen. Für ihn war die Sache nicht von Bedeutung, und er konnte Maries Verärgerung tatsächlich nicht verstehen. Ja, er hätte sogar teuer verkaufen können, statt dass sein Grund und Boden an Wert verloren hätte, wie man sich erzählte. Die ganze Geschichte war nicht von Belang, genau wie er sagte. Sonst wäre er ein vollendeter Schauspieler, und das konnte und wollte sie nicht glauben.
War ihr gerade noch unbehaglich bei dem Gedanken an das,

was sie ihn fragen musste, so konnte sie es jetzt kaum noch erwarten, dass er nach Hause kam. Sie wollten die dumme Sache aus der Welt schaffen und einen wundervollen Abend haben. Sie strich mit dem Finger über die Bücher, die auf einem Brett neben dem Fenster standen. Draußen auf dem Wasser ruhten sich die kleinen Schiffe schaukelnd von der Regatta aus. Die Sonne verschwand hinter den Masten. Ein schöner Anblick. Marie wollte eines der Bücher auswählen, um ein wenig darin zu lesen. Da erregte ein Blatt Papier ihre Aufmerksamkeit, das unter die ledergebundenen Bände geschoben war. Nur eine Ecke schaute hervor. In geschwungenen Buchstaben meinte sie das Wort Marzipan zu lesen. Ihre Nerven spielten ihr gewiss einen Streich. Trotzdem konnte sie die Augen nicht von der schwarzen Tinte wenden. Sie zupfte das Blatt ein winziges Stück unter den Büchern hervor. Hastig drehte sie sich um, ob Thomas nicht unbemerkt eingetreten war. So ein Unsinn, sie würde ihn hören. Er schlich sich nicht an wie ein Dieb, sondern vertraute ihr. Das machte die Sache nicht besser. Im Gegenteil, sie fühlte sich schrecklich, als sie den Kopf verdrehte, um nur eine Zeile lesen zu können. »Nicht zur Zufr…« stand da. Weiter unten las sie »erneuter Versuc…«. Sie traute ihren Augen nicht:

»Sache mit dem Marzipan«.

Marie wurde plötzlich bewusst, wie stickig heiß es hier drin war. Sie brauchte frische Luft, wäre am liebsten zur Ostsee gelaufen, um ihre Lungen mit der salzigen Brise zu füllen. Doch sie war hier, zusammen mit diesem Brief. Sie wusste, dass sie ihn lesen würde, wenn sie es auch noch so sehr hasste, Thomas' Vertrauen zu missbrauchen. Es gab kein Zurück. Sie zog das Papier mit zitternden Fingern unter den schweren Bänden hervor. Noch einmal blickte sie sich um und durch das Fenster auf die Straße, ob Thomas auch nicht zu sehen war. Dann las sie:

»Cher Monsieur Hansen!
Wir bedauern es sehr, dass die versprochene Lieferung nicht zur Zufriedenheit ausgefallen ist. Offen gestanden waren wir sehr enttäuscht, da Sie uns eine Kostbarkeit in Aussicht gestellt haben, um die uns nicht nur in Frankreich so mancher Gastronom beneiden würde.
Nun, wir sehen ein, dass es sich nicht um eine gewöhnliche Lieferung handelt und sind glücklich, dass ein erneuter Versuch in Ihrer Absicht liegt, um uns diesmal zufriedenzustellen. Bonne chance, lieber Freund.
Und vergessen Sie nicht, wir sind an der Sache mit dem Marzipan äußerst interessiert.«

Marie starrte auf die schwarze Schrift, die vor ihren Augen verschwamm. Sie wusste nicht, was sie tun sollte. Da war nicht einmal Wut in ihr, sondern nur eine große, alles verschlingende Leere. Sie dachte an Achims hässliches Grinsen und an das, was er zu ihr gesagt hatte.
»Einen, der sich das Erfolgsgeheimnis eines Unternehmens aneignen will, um es seinen Geschäftsfreunden in Frankreich für gutes Geld zu überlassen, den nenne ich einen Halunken.«
Wie viele Beweise brauchte sie noch? Es war wohl an der Zeit, mit dem Träumen aufzuhören. Dr. Grünbecks Worte waren zu schön gewesen. Es gab nur einen Haken, Thomas liebte sie nicht. Er war hinter dem Rezept her. Wie ein gehetztes Tier sah sie auf die große Pendeluhr. Wenn sie sich beeilte, konnte sie noch den letzten Zug nach Lübeck erwischen. Sie wollte Thomas Hansen nicht wiedersehen. Nie mehr. Sie schob den Brief

dahin, wo sein Empfänger ihn so nachlässig versteckt hielt, und verließ eilig das Haus.
In ihrer Kammer schrieb sie ihm zwei Zeilen.

> »Ich habe deine schändlichen Absichten durchschaut, Thomas Hansen. Komm mir nie wieder unter die Augen! Marie«

Sie rannte zurück, legte ihren Abschiedsbrief und den Schlüssel in die Blumenschale und verließ Travemünde mit dem Fünf-Uhr-Zug.

Marie war mit dem festen Vorsatz nach Lübeck gefahren, sich bei Achim zu entschuldigen, nur machte ihr Stolz es ihr unmöglich, über ihren Schatten zu springen. Sie verschob es von einem Tag auf den anderen und befand letztendlich, dass es nun zu spät sei. Seit ihrer Rückkehr arbeitete sie nicht mehr in ihrem Kontor, sondern an dem kleinen Sekretär in ihrer Kammer. Ihren Leuten bleute sie ein, dass sie niemanden zu sehen wünsche. Auch kehrte sie in diesem Sommer nicht mehr in ihr Haus in der Vorderreihe zurück. Sie schickte mal Heinrich, mal Franz, um nach dem Rechten zu schauen, den Gärtner zu bezahlen und ihr kleines Paradies, wenn es so weit sei, winterfest zu machen. Als Sophie eines Tages den Herrn Hansen meldete, ließ sie sich verleugnen.
»Triffst du dich nicht mehr mit Herrn Hansen«, fragte Sophie.
»Nein, ich habe kein Interesse mehr«, gab Marie kühl zurück.
»Aber er ist doch so ein schmucker Kerl. Und du mochtest ihn doch so gerne.« Sie sah Marie genau an, dass die Sache sie längst nicht so kalt ließ, wie sie vorgab.
»Schmuck allein reicht eben nicht«, seufzte Marie. »Kann ja nicht jeder so ein Glück haben wie du mit deinem Franz.« Sie

rang sich ein Lächeln ab. »Wenn Herr Hansen hier noch einmal auftaucht, sage ihm bitte, dass ich ihn nicht empfangen werde.«

»Wie schade! Möchtest du darüber reden? Wir haben lange keinen gemütlichen Abend mehr gehabt. Nur wir Frauen. Männer verboten!« Sie gab sich redlich Mühe, Marie aufzuheitern.

»Danke, Sophie, aber mir steht noch nicht der Sinn danach. Lass gut sein.«

Die Tage wurden kürzer, der Herbst kündigte sich an. Thomas Hansen war kurz nach seiner ersten Abfuhr ein weiteres Mal in die Konditorei gekommen. Seitdem hatte sie nichts mehr von ihm gehört. Sie zog zurück in ihr Kontor, denn sie kannte ihn gut genug, um zu wissen, dass er nicht bettelte. »Komm mir nie wieder unter die Augen«, hatte sie geschrieben. Daran würde er sich halten. Achim wich sie aus, so gut es eben ging. Ihre Unterhaltungen beschränkten sich auf geschäftliche Belange. Ihrer Mutter gegenüber war sie ebenfalls einsilbig. In der ersten Zeit weinte sie sich mehr als einmal in den Schlaf. Sie dachte sogar daran, Dr. Grünbeck ihr Herz auszuschütten, aber dann riss sie sich zusammen. Ich habe schon ganz anderes überstanden, sagte sie sich. Jeden Sonntag betete sie in St. Jakobi, dass Thomas endlich aus ihrem Herzen verschwinden möge.

Es war ein ungemütlicher Herbsttag. Als Marie das Haus in der Beckergrube verließ, nahm ihr ein kräftiger Wind fast den Atem. Sie hielt ihren Hut fest, senkte den Kopf und kniff die Augen zum Schutz vor den Sandkörnchen, die durch die Luft wirbelten, zusammen. Mit der anderen Hand raffte sie ihr Kleid und machte sich auf den Weg zum Rathaus, wo sie bei der Versammlung der Lübecker Kaufmannschaft erwartet wurde. Sie wusste, dass Thomas nicht zugegen sein würde. Er

sei in Italien, hieß es. So konnte sie der Versammlung beruhigt entgegensehen.
Die Gerüchte stimmten, Thomas war nicht anwesend. Marie ärgerte sich über sich selbst, dass sich zu der Erleichterung auch ein Funken Enttäuschung mischte. Zu ihrer Überraschung nahm Christian Andresen an der Sitzung teil. Sein Vater habe eine Erkältung und sehe es ohnedies gerne, wenn er mehr repräsentative Aufgaben übernehme, erklärte er. Es war offenkundig, dass der alte Andresen sich allmählich zurückziehen wollte. Neben Christian gab es nur noch eine Tochter, und so war es selbstverständlich, wer den Betrieb in Zukunft führte. Marie musste schmunzeln. Augenscheinlich kam niemand auf den Gedanken, dass auch Fräulein Andresen eine mögliche Kandidatin für diese Aufgabe war.
Auf der Tagesordnung standen vor allem zwei Punkte. Ein Konservenfabrikant stellte sich vor, der sich in Lübeck angesiedelt hatte und neuestes Mitglied der Kaufmannschaft war. Interessanter fand Marie den zweiten Punkt. Es lag ein Antrag von der jüngst gegründeten Anatomischen Gesellschaft vor. Angesehene Wissenschaftler und Institutionen aus über dreißig verschiedenen Ländern bildeten die Mitglieder. Als deutscher Sitz war Lübeck im Gespräch. Allerdings, so lautete die Forderung, die mit dem Antrag verbunden war, müsse eine medizinische Fakultät geschaffen werden. Darüber hinaus benötigte die Gesellschaft selbstverständlich adäquate Räumlichkeiten sowie ein Budget für ihre Forschungsarbeiten. Marie kämpfte leidenschaftlich für die Ansiedlung der Gelehrten. Damit wäre ein weiterer Meilenstein für das Ansehen der Hansestadt gesetzt. Doch längst nicht alle Kaufleute waren dieser Ansicht. Und entscheiden musste letztendlich ohnehin der Senat. Wäre man sich in der Kaufmannschaft einig, hätte diese Stimme immerhin nicht unbedeutendes Gewicht.

Nach Beendigung der Versammlung kam Andresen auf sie zu.
»Nun, was denken Sie, Fräulein Kröger, wird die Gesellschaft kommen?«
»Es ist noch sehr früh, um das zu beurteilen.« Sie seufzte enttäuscht. »Doch die Zeichen stehen nicht gut, wenn Sie meine Meinung hören wollen.«
»So schätze ich es auch ein.«
Er stand vor ihr wie damals auf der *Freja* – unsicher und linkisch. Sie stellte fest, dass sein Haar schütter wurde. Sonst schien er sich über die Jahre nicht verändert zu haben. Er sah auf, ihre Blicke trafen sich.
»Sie sind blass, Fräulein Kröger. Ist Ihnen nicht wohl?«
»Mir ist übel mitgespielt worden«, sagte sie. Sie spürte plötzlich das Bedürfnis, mit ihm zu reden.
»Oh, das tut mir sehr leid. Wenn ich Ihnen irgendwie behilflich sein kann.«
Verloren sah er aus mit seinen traurigen Augen und den hängenden Schultern. Nicht gerade ein Mannsbild, das Frauen den Kopf verdrehte. Einer, der selbst Hilfe gebrauchen konnte. Stattdessen bot er die seine an. Langweilig vielleicht, aber auch hochanständig. Dass ein verdrehter Kopf recht ungesund ist, wusste sie nun. Ob hinter der Fassade der Langeweile auch eine Überraschung wartete?
»Das können Sie tatsächlich. Begleiten Sie mich in die Schiffergesellschaft. Ich möchte nicht gern allein essen.«
Er trat unbehaglich von einem Fuß auf den anderen.
»Sie wissen, dass ich Sie recht gut leiden kann, Fräulein Kröger. Und ich meine es ernst, wenn ich Ihnen meine Hilfe anbiete, nur … den Lückenbüßer spielen, solange Herr Hansen nicht in der Stadt ist, mag ich nicht. Bitte verzeihen Sie mir das.«
Marie war erstaunt. So offene Worte hätte sie ihm nicht zugetraut. Das imponierte ihr.

»Es wäre eine Schande, Ihre Gesellschaft mit derartigen Hintergedanken zu missbrauchen. Das haben Sie nicht nötig, und ich habe es nicht vor.« Sie richtete sich kerzengerade auf. »Ich treffe Herrn Hansen schon seit geraumer Zeit nicht mehr. Ich bin eine alleinstehende Frau. Und wenn es Ihnen nicht unangenehm ist, mit mir gesehen zu werden, würde ich mich sehr über Ihre Begleitung freuen.«

»Aber Fräulein Kröger, Sie wissen, dass ich Ihre Gesellschaft immer sehr geschätzt habe. Warum sollte es mir wohl unangenehm sein, mit Ihnen auszugehen?« Er strahlte sie an. Verblüfft stellte Marie fest, dass seine Augen leuchten konnten wie die eines Kindes. Ihr wurde warm ums Herz. Vielleicht war sie im Begriff, einen Freund wiederzufinden.

»Darf ich?« Er reichte ihr den Arm. Sie hakte sich ein, und gemeinsam verließen sie das Rathaus.

Sie fanden einen Tisch in einer kleinen Nische. Kerzen brannten in dem Kronleuchter, den ein golden glänzender Doppeladler zierte. Draußen pfiff der Wind um die Häuser. Selbst hier drinnen schaukelten die Schiffsmodelle, die an Ketten und Stricken von der Decke hingen, von der Brise, die sich durch die Fenster ihren Weg ins Innere bahnte. Wie Geisterschiffe dümpelten sie auf unsichtbarer See über den Köpfen der Gäste dahin. Marie und Christian Andresen unterhielten sich vorwiegend über Belanglosigkeiten. Ganz wie früher. Sie tauschten sich aber auch über Schriftsteller aus, die in Mode waren. Andresen war ausgesprochen belesen, denn das war es, womit er seine freie Zeit zubrachte – lesen. Er war zu höflich, um sie auf Hansen anzusprechen. Und Marie war der Ansicht, mehr als bereits geschehen habe sie zu dem Thema nicht zu sagen. Sie scheute sich indes nicht, ihn auf sein Liebesleben anzusprechen.

»Verzeihen Sie, wenn ich so indiskret bin, aber ich wundere

mich doch sehr, dass Sie nicht verheiratet sind. Sie sind ein gebildeter, ehrbarer Mann. So mancher Kaufmann wäre froh, seine Tochter mit Ihnen verheiraten zu dürfen, dessen bin ich sicher.«

Er errötete wie ein Schuljunge. Es war offensichtlich, dass es ihm an Erfahrung im Umgang mit Damen mangelte. Auch sprach er sicher niemals über Herzensangelegenheiten. Trotzdem antwortete er ihr ohne Umschweife.

»Es mag Sie überraschen, Fräulein Kröger, aber ich gedenke nicht, mich aus kaufmännischen Erwägungen zu verheiraten. Diese Gelegenheit habe ich in der Tat mehrmals verstreichen lassen. Wenn ich um eine Frau anhalte, dann nur um eine, der mein Herz gehört.« Wieder dieser traurige Blick aus seinen grünen Augen. »Bisher kamen nur Sie dafür in Frage, Fräulein Kröger. Bedauerlicherweise gehörten Sie einem anderen. So bin ich also noch immer Junggeselle.«

Die Turmuhr von St. Jakobi schlug neunmal. Andresen brachte Marie nach Hause.

»Darf ich mir erlauben, Sie nächsten Sonntag in das Oratorium in der Marienkirche einzuladen? Es wird ein Organist aus St. Petersburg erwartet, der glänzend spielen soll.«

»Sehr gern«, sagte Marie.

»Schön, ich freue mich.« Zum zweiten Mal an diesem Tag glänzten seine Augen wie die eines Buben. Er verabschiedete sich formvollendet.

In der Nacht wälzte Marie sich von Alpträumen gepeinigt in ihrem Bett hin und her. Sie träumte von Thomas, der in einem Moment ein blutjunges Mädchen im Arm hielt und anzüglich berührte, im nächsten Augenblick von einer krakeelenden Menge fortgerissen, getreten und gestoßen wurde. Marie wollte ihm zu Hilfe kommen, doch man ließ sie nicht zu ihm durch.

Sie hatte grausame Angst um ihn. Mal konnte sie einen Arm sehen, der in seiner abgewetzten Wolljacke steckte, dann erhaschte sie einen Blick auf sein Gesicht, aus dem blankes Entsetzen sprach. Plötzlich veränderte sich die Szenerie vollkommen. Es war nicht mehr Thomas' Antlitz, das ihr gehörigen Schrecken einjagte, sondern das ihres Vaters. Blutunterlaufen die Augen, fahl die Gesichtsfarbe und mit eingefallenen Wangen starrte er sie an. Sie wollte schreien, doch kein Ton drang aus ihrer Kehle. Eine Hand griff nach ihrem Arm und zog sie fort. Erst als sie den Strand von Travemünde erkannte, wagte sie einen Blick auf den, der sie aus ihrer Qual gerettet hatte. Es war Andresen, der ihr viel größer und stattlicher erschien als in Wirklichkeit. Er sagte kein Wort, lächelte ihr nur freundlich zu. In diesem Lächeln lag so viel Geborgenheit und Sicherheit. Endlich konnte sie sich entspannen, nichts konnte ihr mehr passieren. Doch schon im nächsten Augenblick war er verschwunden. Sie wollte nach ihm rufen, da entdeckte sie den Feuerschein am Himmel. Sie wusste sofort, was passiert war. Ihr geliebtes Haus stand in Flammen. Sie wollte losrennen, kam aber nicht vom Fleck. Marie schrie voller Verzweiflung und schoss in ihrem Bett in die Höhe.

Müde und verwirrt erledigte sie am Tag darauf ihre Arbeit. Die Bilder ihres Traums gingen ihr nicht aus dem Kopf. Sie brauchte Zerstreuung und wollte Sophie fragen, ob sie den Abend gemeinsam verbringen könnten. Dr. Grünbeck kam ihren Plänen in die Quere. Er war drüben in ihrem Elternhaus gewesen und kam nun mit betretener Miene in die Konditorei.
»Dr. Grünbeck, geht es meinem Vater schlechter?«
»Ja, Kind, ich fürchte, er ist nicht mehr lange bei uns.« Ihm war seine Trauer anzusehen. Er war es gewohnt, Patienten beim

Sterben zu begleiten, doch Wilhelm Kröger war mehr als ein Patient. Er war ein langjähriger Freund. Sein Rückzug in die Isolation hatte nichts daran geändert.
»Ich werde gleich zu ihm gehen, wenn ich hier fertig bin«, versicherte sie ihm.
»Ja, Kind, das ist recht. Seine Zeit ist gekommen, und das ist gut so. Fehlen wird er uns dennoch.«
Marie nickte.
»Und wie geht es dir?«, fragte er.
»Danke, lieber Dr. Grünbeck, um mich brauchen Sie sich nicht zu sorgen. Mir geht es gut.«
Oeverbeck eilte mit knappem Gruß an den beiden vorbei, die in der großen Diele standen.
»Wenn du nicht bei dem sein kannst, den du liebst, liebe den, der bei dir ist«, sagte Dr. Grünbeck und ging mit schleppenden Schritten davon.
Marie dachte darüber nach, als sie mit geschickten Händen eine Marzipanrolle walkte. Sie griff nach dem Lavendelsirup, der mehrere Wochen Zeit gehabt hatte, um sein kräftiges Aroma voll zu entfalten. Mit Puderzucker und Eiweiß rührte sie daraus eine dicke Masse. Dr. Grünbeck war nicht entgangen, dass sie sich von Thomas getrennt hatte, wenn er den Grund auch nicht kannte. Sein Rat war bestimmt gut gemeint. Er ist ein weiser Mann, dachte sie bei sich. Blitzschnell war die Marzipanmasse gleichmäßig ausgerollt. Marie stach Herzchen aus dem Teig, bestrich diese mit dem dicken Lavendelmus und gab sie auf ein Küchenrost, bis der Guss trocken war. Ob die Weisheit mit dem Alter von allein kam?
Liebe den, der bei dir ist, wiederholte sie in Gedanken. Ob er Achim damit meinte? Nein, dann war er viel weniger weise, als sie annahm. Wieder fielen ihr die Traumbilder ein. Achim Oeverbeck kam nicht darin vor. Aber Christian Andresen. Sie

erinnerte sich an das Gefühl der Geborgenheit. Wenn sie ihn doch nur lieben könnte. Wie einfach wäre dann alles.
»Sieht hübsch aus«, kommentierte Rieke die Herzen, die vor Marie ausgebreitet lagen. »Und dieser Duft!«
»Koste eins, ob sie auch schmecken.«
Rieke schob sich eines der überzogenen Marzipanherzen in den Mund. Ein leises Krachen verriet, dass die Glasur unter ihren Zähnen zersplitterte.
»Hm«, machte sie. »Etwas fehlt. Nur was?«
Marie probierte ebenfalls.
»Du hast recht, es ist noch nicht perfekt.« Sie ließ den Blick schweifen, aber keine Zutat schien ihr geeignet, um die feine Kreation abzurunden. Dann hatte sie eine Idee.
»Lebkuchen! Ich werde Lebkuchen backen, Herzen ausstechen und die Marzipanherzchen draufsetzen. Und als Krönung überziehe ich das Ganze mit der Lavendelglasur.«
»Ja«, stimmte Rieke zu. »Würziger Lebkuchen passt bestimmt erstklassig dazu. Und obendrauf setzt du eine getrocknete Lavendelblüte in den Guss, bevor er fest wird.«
»Ein wundervoller Einfall«, lobte Marie. »Das wird ein Genuss für Augen und Gaumen.«
Kurze Zeit später holte sie die erste Platte Lebkuchen aus dem Ofen. Während die erkaltete, bereitete sie die nächsten Marzipanherzen vor und zupfte die Blüten von den getrockneten Lavendelzweigen. Dann vollendete sie die kleinen Kunstwerke so, wie es mit Rieke besprochen war. Das Aroma, das durch die Konditorei strömte, verhieß einen Genuss ganz besonderer Güte und versprach nicht zu viel. Marie war eine raffinierte Komposition gelungen, die die Leichtigkeit und die Wärme des Sommers mit dem ganz eigenen Zauber verband, der nur Weihnachten innewohnte.
»Ich nenne sie Cœur de Noël«, beschloss sie. Ihre Kunden würden sie lieben.

Marie verließ ihre kleine Probierküche, tauschte Schürze gegen ein Schultertuch, überquerte die Beckergrube und betrat die Schlafstube ihres Vaters. Ihre Augen gewöhnten sich rasch an die Dunkelheit. Sie konnte erkennen, dass seine Gesichtsfarbe fahl war und die Augen tief in ihren Höhlen lagen. Er sah beinahe aus wie in ihrem Traum.
»Hallo, Papusch«, flüsterte sie und setzte sich zu ihm auf die Bettkante. »Du willst uns wohl Kummer machen, was?« Sie wusste nicht, was sie sagen sollte. Schon so lange gab es keine Gespräche mehr zwischen ihnen. So viele Jahre, in denen er nicht ein Wort gesagt und nur sie geredet hatte. Ob zu ihm durchdrang, was um ihn herum geschah, konnte man nicht wissen. »Ach Papusch, wenn du mir doch nur sagen würdest, was ich tun soll. Weißt du noch, damals nach dem Tod von Johann-Alexander? Oeverbeck sollte schon Geschäftsführer werden, aber dann hast du gesagt, dass das meine Aufgabe ist.« Sie sah ihn voller Stolz an, obwohl er nicht reagierte. »Du warst der Einzige, der an mich geglaubt hat. Und ich habe dich nicht enttäuscht, nicht wahr?« Sie erwartete keine Antwort. »Das war ja auch ein Kinderspiel gegen das jetzt.«
Langsam begann sie zu erzählen – von Thomas und dem bösen Erwachen, von Oeverbeck, dem sie noch immer nicht über den Weg traute, von ihren schrecklichen Gewissensbissen seinetwegen, weil sie einfach nicht wusste, ob er wirklich auf ihrer Seite stand oder wie Hansen nur an ihrem gut gehüteten Schatz interessiert war. Sie sprach auch von Christian Andresen, der ihr nach so langer Zeit noch immer zugeneigt war. Sogar ihren Traum und den veränderten Eindruck, den Andresen dabei auf sie gemacht hatte, schilderte sie. Es tat ihr gut, sich einmal alles von der Seele zu reden. Gleichzeitig ordnete sie dabei ihre Gedanken und Gefühle.
Ein Röcheln brachte sie in die Realität zurück.

»Vater, was ist los?« Marie fürchtete, er könne in diesem Moment sterben. Sie griff nach dem Tuch, das neben seinem Bett lag, tauchte es in heißes Wasser und tupfte damit seine Stirn. Als sie das Tuch fortnahm, sah sie, dass seine Augen offen waren.
»Du darfst nicht länger allein bleiben!« Seine Stimme war brüchig wie altes Pergament. Marie musste ihr Ohr nah an seine gesprungenen Lippen halten, um ihn verstehen zu können.
»Papusch, ich bin bei dir. Es ist alles gut.« Tränen liefen ihr über die Wangen.
»Nicht alleine bleiben«, wiederholte er angestrengt. »Du brauchst jemanden, der auf dich aufpasst, meine Kleine.«
Marie konnte sich nicht mehr zurückhalten. Hemmungslos schluchzte sie an der Brust ihres Vaters. Nie hätte sie zu hoffen gewagt, je wieder seine Stimme zu hören.
»Du musst auf mich aufpassen«, sagte sie weinend. »Du darfst nicht gehen.«
»Heirate den Andresen!«
Marie war nicht sicher, ob sie sich täuschte.
»Heirate den Andresen«, keuchte er noch einmal ein wenig lauter. Dann sank sein Kopf matt in die Kissen, und Wilhelm Kröger schloss wieder die Augen.
Marie saß noch lange bei ihm in der Dunkelheit, tupfte ihm Stirn und Augen und weinte leise vor sich hin. Sein Atem ging schwach, aber ruhig, als sie ihn kurz vor Mitternacht verließ. Am nächsten Morgen war Wilhelm Kröger tot.

Die Beisetzung auf dem Friedhof vor dem Burgtor war grauenvoll. Zum dritten Mal schritt Marie mit ihrer Mutter hinter einem geschmückten Sarg her. Die beiden Frauen waren die Einzigen, die in der Familie Kröger übrig waren. Es goss seit den frühen Morgenstunden in Strömen. Der schmale Sandweg war

schlammig. Man musste achtgeben, dass man nicht ausrutschte. Dazu blies ein eisiger Sturm, der auch nach Tagen noch nichts von seiner Kraft eingebüßt hatte.
Margreth jammerte und schluchzte nahezu ohne Unterbrechung. Marie stützte ihren Arm, auf der anderen Seite war Dr. Grünbeck zur Stelle. Die inzwischen fast dreißig Angestellten der Konditorei ließen es sich nicht nehmen, Wilhelm Kröger die letzte Ehre zu erweisen, auch wenn einige ihn nie persönlich kennengelernt hatten. So blieb die Konditorei an diesem traurigen Tag geschlossen. Viele Frauen, die mit Margreth das Heilig-Geist-Hospital unterstützten, waren ebenfalls da. Sie redeten auf Marie ein, die manche nicht einmal vom Sehen kannte. Thomas Hansen war nicht zugegen. Von ihm lagen unverbindliche Zeilen in dem eindrucksvollen Stapel Beileidsbekundungen in Maries Kontor. Ganz anders Andresen. Er nahm sie – zum ersten Mal – in den Arm und drückte sie wortlos. Später am Grab, wo Marie und ihre Mutter die Kondolenz über sich ergehen ließen, ergriff er noch einmal ihre Hände.
»Wenn ich irgendetwas für Sie tun kann, Fräulein Kröger, lassen Sie es mich wissen. Ganz gleich, was es sei.«
»Danke, das bedeutet mir wirklich viel.« Sie stockte. Der letzte Satz ihres Vaters klang noch in ihren Ohren. Es war seine letzte Bitte, und der wollte Marie sich fügen, wie sie es schon einmal getan hatte. Ihr Vater wusste, was gut für sie war. Bevor sie ihn gehen ließ, um weiteren Trauergästen die Hand zu reichen, sagte sie: »Es gibt da tatsächlich etwas, worum ich Sie bitten würde. Können wir uns morgen sehen?«

Andresen war pünktlich mit dem Glockenschlag bei ihr. Er war geduldig und verständnisvoll und gab ihr alle Zeit, um davon zu erzählen, wie ihr Vater früher gewesen war. Auch über die letzten Jahre und Monate sprachen sie. Am Schluss umriss Marie sogar, wie sich die letzte Nacht abspielte, und wiederholte die Worte ihres Vaters. Dann wartete sie ab.

»Ist es das, worum Sie mich bitten wollen, Fräulein Kröger?« Er klang gefasster, als Marie vermutet hätte. Offenbar erschien ihm der Gedanke weniger absurd als ihr selbst. Sie nickte.

»Eine etwas ungewöhnliche Bitte, in der Tat. Das kommt sehr überraschend für mich.«

»Ich weiß, und ich hätte größtes Verständnis, wenn Sie mich dafür verachten würden. Doch es ist so: Sie waren immer freundlich zu mir, wir haben uns gut verstanden. Wie ich Ihnen schon sagte, eine Frau kann froh sein, wenn sie einen Mann wie Sie an ihrer Seite weiß. Das ist das eine. Hinzu kommt, dass ich meinem Vater vertraue und es darüber hinaus für meine Christenpflicht halte, seinen letzten Willen zu erfüllen. Es liegt nicht allein in meiner Macht, doch ich musste es wenigstens versuchen.«

»Das klingt nicht gerade sehr romantisch, aber das wäre wohl auch kaum angebracht.« Er lächelte spitz. »Ich verachte Sie keineswegs, Fräulein Kröger. Das Gegenteil ist der Fall. Sie haben Prinzipien und eine hohe Moral. Das ist mehr, als man heute von vielen Frauen erwarten darf. Sie werden verstehen, wenn ich mich trotzdem mit dem Gedanken zunächst vertraut machen muss.«

»Natürlich. Ich erwarte jetzt ja auch keine Antwort von Ihnen. Ich möchte nur wissen, ob Sie es sich überlegen werden. Nehmen Sie sich dafür alle Zeit, die Sie brauchen.«

Christian Andresen straffte seine schmalen Schultern und hob das Kinn.

»Nein, ich muss mich nicht mit dem Gedanken vertraut machen, ich muss nur eins wissen: Können Sie mir versichern, dass Sie mit Thomas Hansen abgeschlossen haben?«

»Ja«, antwortete sie und schluckte schwer.

»Dann ist es gut. Ja, Fräulein Kröger, dann wollen wir den Willen Ihres Vaters erfüllen.«
»Sie werden meine Mutter um meine Hand bitten?« Marie wusste nicht, ob sie weinen oder lachen sollte.
»Ja, Fräulein Kröger, das werde ich tun.« Er war ernst, fast feierlich.
»Ich werde Ihnen eine gute Frau sein, das verspreche ich. Dann ist es nun wohl an der Zeit, dass wir du zueinander sagen.«

VII

Ich taufe dich auf den Namen Wilhelm Christian Andresen!« Pfarrer Prätorius tröpfelte das geweihte Wasser über das Haupt des Jungen, den Marie im Arm hielt. Der Kleine brüllte weder, noch tat er sonst irgendwie seinen Unmut kund. Er hatte anscheinend nicht nur die grünen Augen seines Vaters geerbt, sondern auch dessen ruhiges, friedliches Naturell.

Zwei Jahre waren vergangen, seit Marie und Christian vor den Altar von St. Jakobi getreten waren. Es ließ sich nicht vermeiden, dass die Kaufleute der Stadt sich ebenso in der Kirche drängten wie Prostituierte und Arbeiter, obwohl Marie eigentlich kein großes Aufheben gewünscht hatte. Über die Mischung der Hochzeitsgäste freute sie sich dann aber doch. Sehr im Gegensatz zu ihrer Mutter, die immer wieder das Kreuz schlug. Margreth Kröger hatte sich zunächst mit dem Gedanken arrangieren müssen, dass nicht Oeverbeck ihr Schwiegersohn wurde. Sie kam jedoch sehr schnell darüber hinweg, weil die Freude, ihre Tochter überhaupt noch unter der Haube zu wissen, größer war als die Enttäuschung. Und Andresen war durchaus nach ihrem Geschmack. Er genoss Ansehen und ein nicht unbeträchtliches Vermögen. Ja, was seinen Stand anging, war er Oeverbeck sogar vorzuziehen. Dass Marie partout keine Feier mit Hunderten von Gästen wünschte, die Margreth Kröger leicht zusammenbekommen hätte, sagte ihr freilich nicht zu. Nur konnte sie gegen den Willen ihrer Tochter nichts ausrichten. So hatte es nach der Trauung ein Festessen in kleinem Rahmen gegeben, an dem nur Christians Familie, Dr. Grünbeck und wenige sehr enge Freunde teilnahmen.

Christian gab sich keiner Illusion hin. Er wusste, dass Marie ihn nicht aus Liebe geheiratet hatte, doch er war zufrieden. Sie war seine Frau, lebte an seiner Seite und hatte ihm nun auch noch einen Sohn geschenkt. Das war mehr, als er sich je erhofft hatte. Und sie waren so glücklich miteinander, wie man es nur wünschen konnte. Sie lebten in einer großzügigen Villa in St. Gertrud. Es kam allmählich in Mode, seinen Wohnsitz aus dem engen Stadtkern ins Umland zu verlegen. St. Gertrud war für die Andresens ideal, da es eine Verbindung zwischen dem Zentrum, in dem sich nach wie vor das gesellschaftliche und geschäftliche Leben abspielte, und Schlutup, dem Sitz der Fischräucherei, bildete. Marie behielt ihre Stube über der Konditorei, denn es war ausgesprochen praktisch, die Nacht dort zu verbringen, wenn sie mal wieder viel zu lange gearbeitet hatte. Außerdem brauchte sie ab und zu einen Abend ganz für sich. Christian Andresen liebte seine Frau von Herzen. Von Anfang an war ihm klar, dass sie eine höchst selbständige und eigenwillige Person war. Er akzeptierte das und gab ihr ihre Freiheit. Sie brachte ihm dafür Dankbarkeit und Respekt entgegen. Und von Tag zu Tag wuchs ihre tiefe Zuneigung.

»Ach, was für eine schöne Taufe«, seufzte Maries Mutter, als die kleine Gesellschaft mit dem Wagen nach Schlutup fuhr. In einem hübschen Restaurant unweit der Fischräucherei Andresen wartete eine geschmückte Festtafel. »Und wie hübsch der kleine Wilhelm in seinem Taufkleidchen ist. Ach, wenn nur sein Großvater ihn sehen könnte.« Sie tupfte sich eine Träne aus dem Augenwinkel.

»Ja, Mutter, das denke ich auch oft. Dieser kleine Kerl hätte es bestimmt geschafft, Vater aus seiner Einsamkeit zu holen.« Marie betrachtete das rosige Gesicht ihres Sohnes. Die grünen Augen sahen neugierig und fröhlich in die Welt. Die blonden Locken wuchsen schon recht wild für ein Kind von wenigen Monaten. Als sie ihn ansah, zogen sich seine roten Lippen zu einem Lachen auseinander, und kleine Grübchen erschienen in seinen Pausbäckchen. Marie ging das Herz über. Sie nahm an Christians Seite Platz. Ihr gegenüber saß Helene, Christians Schwester. Marie verstand sich gut mit der zarten Frau, die deutlich jünger als ihr Bruder war, aber den gleichen traurigen Blick und die gleiche blasse Haut hatte. Trotz ihrer Klugheit war sie ein wenig lebensfremd, aber durch und durch ehrlich, wie Marie es von der Familie Andresen kannte.

»Könntest du dir vorstellen, in Afrika zu leben«, wollte Helene von Marie wissen, als gerade die Suppe aufgetragen wurde.

»Eine interessante Frage«, entgegnete Marie. »Warum nicht?«

»Wirklich?« Helenes Augen weiteten sich. »Man hört ja, die Menschen seien dort noch wilder als die Tiere.« Sie kicherte und rieb sich mit einem Finger über den Nasenrücken, wie sie es immer tat, wenn sie unsicher war. »Für mich wäre das nichts. Ich hätte viel zu große Angst.« Marie warf einen Blick auf die Wiege, in der Wilhelm genüsslich am Zipfel seiner Decke kaute. Er war im Begriff, einzuschlafen.

»Angst, nein, ich glaube, dazu besteht in Afrika nicht mehr Grund als hier. Leben möchte ich dort trotzdem nicht. Jetzt nicht mehr«, fügte sie nach einem weiteren Blick auf ihren Sohn hinzu. »Ich weiß ja auch gar nicht, ob dort Marzipan gegessen wird. Aber einmal dort hinreisen, das wäre etwas!«

Marie hätte gern mehr von der Welt gesehen als Russland und Frankreich. Häufig erzählte ihr Christian abends, wenn sie am Kamin zusammensaßen, von fernen Ländern, exotischen Pflanzen und Tierarten, die es höchstens im Zoologischen Garten in Berlin zu bestaunen gab. Er kannte all das freilich auch nur aus seinen Büchern. Dennoch machte es Freude, sich darüber zu unterhalten.

»Man hört jetzt ja so viel von Togoland, Kamerun und dem Besitz dieses Bremer Kaufmanns an der Westküste des Kontinents«, plauderte Helene weiter. »Nein wirklich, ich kann dieses Kolonialfieber nicht verstehen.«

»Man erzählt sich, auch aus Lübeck sei gerade ein Kaufmann aufgebrochen. Wie kann man nur unsere schöne Heimatstadt verlassen?« Marie schüttelte den Kopf. »Es handelt sich um einen Schlachter, hörte ich. Ob er nun wohl Antilopen und Straußenvögel anbieten wird?«

»Und ein Weinhändler soll auch dabei sein«, sagte Helene, während sie ihren Löffel beiseite legte. »Wie heißt er noch? Hinrichs oder Hermann.«

»Hansen?«, fragte Marie und spürte, wie eine eiserne Hand ihren Brustkorb zusammenpresste.

»Ja, Hansen!«, rief Helene aus, die keinen Wein trank und sich nur für einen einzigen Kaufmann interessierte, nämlich für Kai Bohrdt, den Sohn eines Konservenfabrikanten, den sie zu heiraten gedachte.

»Was ist mit Herrn Hansen?«, fragte jetzt Christian.

»Er soll nach Afrika gegangen sein«, erwiderte Marie so unbeteiligt, wie es ihr möglich war. »Hast du davon gewusst?«

»Nein. Ein Weinhändler in Afrika? Eine eigenwillige Vorstellung. Plant er, für immer dortzubleiben?«

Marie zuckte mit den Schultern und sah zu Helene. Doch auch die konnte die Frage nicht beantworten.

»Die Leute sagen, er sei mit dem Schlachter nach Deutsch-Ostafrika gegangen. Mehr weiß ich nicht. Kennt ihr ihn?«
»Flüchtig«, antwortete Christian. »Er gehörte zur Kaufmannschaft.«
Marie und er wechselten einen kurzen Blick. Sie lächelte und drückte seine Hand. Es war gut, so wie es war.
Trotzdem konnte sich Marie nicht dagegen wehren, dass sie sich um Thomas sorgte. Auch tauchten in den Nächten immer häufiger Träume auf, in denen sie mit ihm ein geheimnisvolles Land von unfassbarer landschaftlicher Schönheit erkundete.

Wenige Tage nach der Taufe kam Luise, das Mädchen, das Dr. Grünbeck seit rund einem Jahr im Haushalt half, zu Marie. Schon lange ging es dem alten Arzt nicht mehr gut. Nicht einmal zur Taufe hatte er kommen können, weil er zu schwach war. Marie zweifelte nicht daran, dass sie jetzt an sein Sterbebett gerufen wurde. Diesmal war es ganz anders als damals bei ihrem Vater. Grünbeck lag äußerst wach in seinem Bett. Seine stattlichen Bäckchen waren zu schlaffen Hautsäcken geschrumpelt. Ansonsten sah er nicht krank aus.
»Marie, Kindchen, es ist schön, dass du da bist.« Seine Stimme ließ ahnen, dass es nicht mehr weit her war mit seiner Lebensenergie.
»Ich werde doch wohl nicht den ältesten Freund allein lassen, den ich habe.« Sie zog sich einen Stuhl heran und nahm neben dem Bett Platz. »Ihr Knecht ist gar nicht bei Ihnen?«, fragte sie verwundert.
»Sein Name ist Jost«, sagte Grünbeck leise, aber sehr bestimmt.
»Natürlich, Verzeihung.«
»Er weicht kaum von meiner Seite, aber mit dir wollte ich alleine sprechen.« In seinen kleinen Augen lag noch immer ein Glanz, wenn er von seinem Gefährten sprach. »Du bist die Einzige, die

von uns weiß. Es war nicht leicht, dieses Geheimnis zu hüten, aber es ist uns gelungen.«
Marie konnte sich vorstellen, dass dieses Kunststück nur durch Entbehrungen zu vollbringen war.
»Ich würde mir sehr wünschen, dass ein Mann sich irgendwann nicht mehr verstecken müsste, wenn er einen Mann liebt. Als ich entdeckt habe, was Jost mir bedeutet, war das schon schlimm genug. Ich habe mich selbst nicht mehr gekannt, habe befürchtet, ich hätte eine Geisteskrankheit. Es hat lange gedauert, bis ich es annehmen konnte.« Er machte eine lange Pause und war offenbar in seinen Erinnerungen unterwegs. »Schlussendlich habe ich es akzeptiert. Von den Leuten kann man das nicht erwarten. Leider. Ich bete zu unserem Herrn, dass sich das ändert.«
Marie war zwar nicht vertraut mit dieser Problematik, vermochte sich die Schwierigkeiten dennoch lebhaft vorzustellen und bedauerte jedes Paar, das aufgrund äußerer Umstände nicht beisammen sein oder sein Glück in der Öffentlichkeit zeigen konnte. Dass eine gleichgeschlechtliche Beziehung jemals anerkannt würde, schien ihr aber doch zu unglaublich. Hatte er sie etwa deshalb gerufen? Er erwartete doch wohl nicht von ihr, dieses Anliegen zu dem ihren zu machen.
»Meine Zeit ist gekommen, Marie. Ich kann mir mit der Arznei nun selbst nicht mehr helfen. Nur meine Schmerzen vermag sie noch zu lindern. Der Krebs macht das Rennen. Und ich bin ja auch alt genug.« Er lachte leise in sich hinein. »Ich möchte, dass Jost versorgt ist, wenn ich nicht mehr da bin. Er ist recht gesund und kann noch viele Jahre haben. Eine Anstellung findet er in seinem Alter nicht mehr. Es ist auch an der Zeit, dass er sich ausruht. Sein Leben lang hat er gearbeitet. Dabei machen ihm seine Knochen schon lange zu schaffen.«

»Ich verstehe«, sagte Marie, der noch nicht klar war, was sie damit zu tun hatte.
»Es ist alles vorbereitet«, fuhr Grünbeck fort. »Nur kann ich mich nicht mehr selbst darum kümmern. Und es gibt niemanden außer dir, den ich sonst fragen könnte. Du musst dafür Sorge tragen, dass er eine Bude im Schornsteinfegergang bekommt. Das Eintritts- und Begräbnisgeld liegt bereit. Und einiges mehr. Ich werde es dir vermachen. Dann kannst du eine hübsche Summe spenden und damit sicherstellen, dass Jost eine der Buden bekommt.«
»Warum vererben Sie es ihm nicht direkt«, fragte Marie.
»Damit er auf seine alten Tage noch dem Hohn und Spott ausgesetzt ist? Nein, Kindchen, die Leute würden reden, wenn der alte Dr. Grünbeck seinen Knecht als Erben bestimmen würde. Das will ich ihm nicht antun.«
»Aber es ist doch nicht schändlich, wenn Sie sich nach so vielen Jahren, die er Dienst für Sie getan hat, um seine alten Tage sorgen. Sie wären nicht der Erste, der für einen Knecht oder eine Magd das Eintrittsgeld übernimmt, damit die treue Seele den Lebensabend in einem guten Armenhaus verbringen kann.«
»Das ist schon wahr. Nur gibt es so viel mehr Menschen, die ein Dach über dem Kopf brauchen, als Plätze angeboten werden. Gute Plätze, Marie, mit Holzfeuerung oder Kohleofen und einer Toilette. Er soll sich nicht in seinen letzten Jahren die Kammer mit anderen Kerlen teilen müssen. Er hat sie so lange mit mir geteilt. Nun soll er eine eigene bekommen«, sagte er schmunzelnd.
Mittlerweile begriff Marie, dass er ihr sein kleines Vermögen anvertrauen wollte, damit sie Jost mit diesem Geld in eins der besseren Armenhäuser einkaufen konnte.
»Vererbe ich ihm mein Geld, wird geredet. Tue ich es nicht, bekommen die Kinder meiner Schwester alles. Ich habe zwei

Nichten und zwei Neffen, Marie. Gute Menschen. Sie haben nur einen einzigen Fehler.«
Wieder machte er eine längere Pause. Das Sprechen strengte ihn an. »Sie mögen den Jost nicht.«
Marie hob fragend die Augenbrauen, wagte es aber nicht, ihn zu unterbrechen.
»Der Himmel weiß, warum. Kann sein, dass sie doch mal einen Blick aufgefangen haben, der nicht für sie bestimmt war. Das muss ihnen fremd und unheimlich vorgekommen sein.« Wieder schmunzelte er. Man konnte meinen, er freue sich darüber, seine Familie und ganz Lübeck so viele Jahre zum Narren gehalten zu haben. »Sie bekommen das Haus. Darüber können sie sich trefflich in die Haare kriegen. Mir ist es gleich.«
Es war ein prachtvolles Giebelhaus in der Engelsgrube. Wenn man das Behandlungszimmer umbaute und die große medizinische Bibliothek entfernte, war genug Platz für mindestens zwei Familien.
»Du bist die Tochter meines guten alten Freundes, mein Kind. Niemand wird sich etwas dabei denken, wenn ich dir mein Barvermögen vererbe. Mein Testament liegt schon seit langem beim Advokaten, seit ich dir damals von Jost erzählt habe. Da wusste ich, dass es nun jemanden gibt, der meinen Willen erfüllen wird.«
»Das werde ich, lieber Dr. Grünbeck. Sie können sich auf mich verlassen.« Marie drückte seine kleinen Hände. Anscheinend war es ihr Schicksal, den Wünschen älterer Herren zu entsprechen. Bisher war es ihr nicht schlecht damit ergangen. Und in diesem Fall war es ihr eine große Freude.
»Und Marie, wie geht es dir?«, fragte Grünbeck, nachdem sie eine Weile über den kleinen Wilhelm und seine gute Entwicklung gesprochen hatten. »Gelingt es dir, nach meinem Rat zu leben? Wenn du nicht bei dem sein kannst, den du liebst …«

»Dann liebe den, der bei dir ist«, beendete sie für ihn den Satz. »Es ist nicht dasselbe Gefühl, das ich einmal hatte, aber es ist ein gutes Gefühl. Es geht mir gut mit meiner kleinen Familie. Ich gebe sie nicht mehr her.«

Bald nach der Unterredung mit Grünbeck traf Marie sich mit dem Ratsherrn Mertens, dem das Armenhaus im Schornsteinfegergang gehörte. Sie stellte eine stattliche Summe in Aussicht und verlangte dafür die Unterbringung eines alten Familienfreundes.

»Dem steht gewiss nichts entgegen, liebe Frau Andresen.« Der Ratsherr zupfte an seinem spitzen Bärtchen. »Nur kümmere ich mich nicht selbst um die Vergabe der Buden und weiß nicht, ob überhaupt eine leer steht.« Er setzte sich an seinen Sekretär. »Ich schreibe Ihnen etwas für Meister Fehling. Der kümmert sich um die Männer, die die Buden bewohnen. Und der sorgt auch dafür, dass keine lange leer bleibt.«

»Letzteres dürfte keine schwere Aufgabe sein. Man hört, es gibt viel zu wenig anständige Bleiben für die Armen unserer Stadt.«

»Das kann man wohl sagen. Es ist eine Schande. Gerade erst habe ich noch ein Grundstück dazu gekauft, so dass der Gang jetzt bis an die Hundestraße reicht. Aber die neuen Buden waren besetzt, als sie noch nicht einmal ganz fertig waren. Es ist eine Schande«, wiederholte er und reichte Marie das Blatt Papier.

»Ich danke Ihnen sehr. Sobald alles geregelt ist, lasse ich Ihnen das Geld zugehen.«

»Die Männer werden es Ihnen danken, Frau Andresen. Einige von den alten Buden sind nicht mehr im besten Zustand. Aber nach dem Anbau konnte ich das nicht auch noch machen lassen. Da kommt ein kleiner Zuschuss gerade recht.«

Marie verabschiedete sich und ging sofort zur Hundestraße. »Schornsteinfegergang« war über einem niedrigen Bogen in der roten Backsteinfront einer Häuserzeile zu lesen. Sie musste sich bücken, um den kleinen freundlichen Innenhof zu erreichen. Ein Blick genügte, und sie wusste, warum Grünbeck so viel an gerade diesem Armenhaus lag. Vor den roten zweigeschossigen Häusern standen schmiedeeiserne Bänke. Bald, wenn die Sonne mehr Kraft haben und den Sommer ankündigen würde, säßen die Männer draußen, pafften ihre Pfeifen und klönten über Gott und die Welt. Marie konnte es sich geradezu bildlich vorstellen. Grünes dichtes Blattwerk rankte sich über den Backstein und ließ nur die kleinen Sprossenfenster mit ihren sauberen weißen Rahmen frei. Wie Mertens ihr gesagt hatte, klopfte Marie an der ersten Tür zur Linken. Es dauerte eine kurze Weile, bis ein Mann ihr öffnete.

»Ja?« Meister Fehling war ein Seebär, wie er im Buche stand. Er stammte aus einer Familie von Rigafahrern. Genau diesen Anblick hatte Marie damals erwartet, als Thomas ihr im Amtshaus der Schiffer Kapitän Groth vorstellte. Mit seinen breiten Schultern und einer Körpergröße, die fast an die zwei Meter reichen musste, füllte er den Rahmen der kleinen Tür vollständig aus. Und dabei musste er gebückt stehen! In seinem Gesicht blitzten fröhliche Augen, Nase und Wangen waren von winzigen roten Äderchen durchzogen. Wobei fast nur die Nase aus dem stattlichen Vollbart herausschaute, der den Mund verbarg und das Kinn und den größten Teil der Wangen bedeckte.

»Guten Tag, Meister Fehling?«

»Der bün ick!« Sein Blick verriet, dass er nicht oft mit einer Frau zu tun hatte, schon gar nicht mit einer ebenso hübschen wie wohlhabenden.

Marie war nun sechsunddreißig Jahre alt und noch immer recht

ansehnlich. Selbst nach der Geburt war sie nicht aus dem Leim gegangen, was sich laut Margreth Kröger unmöglich vermeiden ließ. Marie zog das Papier des Ratsherrn Mertens hervor und reichte es Fehling. Der trat, um der ungemütlichen Haltung zu entkommen, vor das Haus und las. Dann gab er ihr das Schreiben zurück, stützte eine Hand in die Hüfte und kratzte sich mit der anderen am Hinterkopf.
»Das ist nicht so einfach, gnädige Frau. Die Buden sind alle besetzt. Erst wenn einer stirbt, kann ich Ihrem Freund den Platz geben.«
So musste sie also darauf hoffen, dass bald einer der Bewohner die Augen schloss? Welch eine unerfreuliche Situation. Nur eben nicht zu ändern, das sah Marie ein. Nun, noch war Grünbeck am Leben, und seine Erben würden Jost schon nicht sofort aus dem Haus jagen. Der nächste freie Platz war ihm sicher. Damit musste sie sich zunächst zufriedengeben.

Schon bald sollte Marie feststellen, dass sie sich geirrt hatte. Gerade einmal zwei Tage war Dr. Grünbeck unter der Erde, da tauchte Jost bei ihr in der Beckergrube auf. Er muss einmal ein gutaussehender Mann gewesen sein, dachte sie, als er in ihrem Kontor vor ihrem Schreibtisch Platz nahm. Schlank war er und groß. Die vollen grauen Haare, mit Frisiercreme gebändigt, lagen in perfekten Wellen. Nur seine Haut war fahl und grau. Nach der Beerdigung hatten sie sich zum ersten Mal unterhalten. Marie musste überrascht zur Kenntnis nehmen, dass er von Medizin nicht viel weniger verstand als Grünbeck selbst. Offenbar gab es nur wenige Bücher in dessen Bibliothek, die er nicht gelesen hatte. Mit seiner Bildung und seinem Talent hätte er mehr aus seinem Leben machen können, doch er war immer der Knecht geblieben. Er faltete die schmalen Hände, die Finger krumm und von Rheuma gezeichnet.

»Verzeihen Sie, wenn ich Sie störe, Frau Andresen. Leider gibt es sonst niemanden, zu dem ich gehen kann.«
»Sie brauchen sich doch nicht zu entschuldigen. Ich freue mich, Sie zu sehen. Möchten Sie einen Kaffee mit mir trinken?«
»Sie sind sehr freundlich. Genau wie Julius gesagt hat. Ich nehme gerne einen Kaffee, danke.«
Für Marie war es vollkommen ungewohnt, den Vornamen des Hausarztes zu hören. Alle Welt sprach als Grünbeck von ihm. Selbst ihre Eltern hatten das getan. Und plötzlich war da einer, der seinen Vornamen benutzte – Julius.
»Nun, was führt Sie zu mir«, fragte Marie, als der Kaffee dampfend vor ihnen stand. Für Jost stellte sie auch ein Tellerchen mit Marzipan daneben.
»Die Erben waren da. Sie werden das Haus in der Engelsgrube verkaufen. Ich darf gar nicht darüber nachdenken. Jedenfalls haben sie mich aufgefordert, in spätestens zwei Wochen mit meinen Sachen zu verschwinden.«
»Was sind das nur für Menschen«, sagte Marie verärgert. »Sie sind doch nicht in Not, dass sie das Haus so rasch veräußern müssen. Die Nichten sind gut verheiratet, und die Neffen verdienen sicher kein schlechtes Geld. Ich begreife nicht, dass der Apotheker nicht einzieht. Er könnte unten seine Arznei verkaufen und sogar die Bibliothek belassen.«
»Er kann die anderen nicht auszahlen. Außerdem sagt er, es sei jetzt Mode, in St. Jürgen zu wohnen. Er will sich dort eine Villa bauen, wenn ich richtig gehört habe.« Er nahm sich einen Marzipantaler mit einer Walnuss darauf. »Das unvergleichliche Kröger'sche Marzipan. Dank Julius habe ich es schon früh kosten dürfen. Es gibt kein besseres, und das sage ich nicht, um Ihnen zu gefallen.«
»Das glaube ich.« Marie lachte selbstbewusst. »Es ist das beste!«
»Das werde ich mir nicht mehr lange leisten können«, sagte er

versonnen. »Gewiss, ich habe etwas Geld gespart, nur für große Sprünge reicht das nicht.«

»Wenn Sie erst im Schornsteinfegergang sind, bekommen Sie immerhin eine kleine Rente. Das ist nicht viel, aber besser als nichts. Und um das Marzipan machen Sie sich mal keine Sorgen, das ist Ihnen sicher. Auf Lebenszeit.«

»Ach, Frau Andresen, wenn das nur meine größte Sorge wäre.«

»Es wird sich schon alles finden. Warum begleiten Sie mich nicht, und wir gehen gleich mal rüber und fragen Meister Fehling, ob schon Platz ist?«

Sie tranken ihren Kaffee aus und machten sich auf den Weg. Marie schob Wilhelm im Kinderwagen vor sich her. Sie freute sich über jede Stunde, die sie ihn dem Kindermädchen abnehmen konnte. Durch den schmalen Tunnel, der zum Gang führte, passte der Wagen mit knapper Not. Der Hof wirkte noch ansprechender als bei ihrem ersten Besuch. Die Mai-Sonnenstrahlen hatten drei der Bewohner vor die Häuser gelockt. Einer lehnte aus seinem weit geöffneten Fenster im Erdgeschoss. Auch Fehling saß draußen.

»Frau Andresen, nett, dass Sie uns besuchen.«

»Und ich habe auch etwas mitgebracht«, verkündete sie und schwenkte einen Beutel, in dem die typische Kröger'sche Schachtel zu erkennen war.

»So einen Besuch lob ich mir!« Meister Fehling reichte die Schachtel weiter, nicht ohne sich selbst ein Stückchen daraus zu genehmigen. Sein Bart geriet in Bewegung wie ein Schiff auf hoher See, als er kaute. »Hm«, machte er begeistert, »so eine Köstlichkeit habe ich ja mein Lebtag nicht gegessen.« Dann beugte er sich über den Kinderwagen. »Und du bist der Marzipanfabrikant in spe, was?« Er plusterte seine Wangen auf, machte Laute wie ein strandendes Walross und stupste Wilhelm auf die Nase. Der quittierte das Spektakel mit fröhlichem Quietschen.

»Meister Fehling, das ist Jost …« So wenig, wie Marie Grünbecks Vorname geläufig war, so wenig kannte sie den Nachnamen des Knechts.
»Heyse«, ergänzte der und nickte dem Meister und den anderen zu.
»Wir kommen, um zu hören, wann denn wohl eine Bude zur Verfügung steht.« Es war Marie nicht gerade angenehm, danach zu fragen, denn sie wünschte allen Bewohnern im Grunde Gesundheit und ein langes Leben. Doch das Schicksal von Grünbecks Gefährten lag ihr nun einmal noch mehr am Herzen.
»Gute Nachrichten«, sagte Fehling strahlend. »Der Schabbel ist gestürzt, hat sich irgendwas gebrochen. Das wird nix mehr.«
Marie sah ihn tadelnd an, musste sich aber gleichzeitig das Lachen verkneifen.
»Nee, nee, nich was Sie denken. Der muss ins Heilig-Geist-Hospital umziehen. Zwei Monate dauert das wohl noch, bis die da mit dem Umbau fertig sind und er umziehen kann.«
»Zwei Monate? So lange lassen die mich niemals in meiner Kammer bleiben. Die setzen mich glatt auf die Straße.«
»Das findet sich schon«, beruhigte Marie ihn. »Wir werden beim Hospital vorsprechen, ob das nicht zu beschleunigen ist. Und zur Not rede ich mit seinen Erben.«
»Darf ich ihn mal nehmen?« Fehling deutete auf den Kinderwagen.
Marie warf einen verstohlenen Blick auf die großen Hände des alten Schiffers.
»Wenn Sie ihn mir nur nicht zerdrücken«, scherzte sie, hob Wilhelm aus dem Wagen und gab ihn in zwei ungeschlachte Pranken.
»Nee, was für 'ne hübsche Snut«, freute Fehling sich. »Den könntst ja den ganzen Tach lang prummeln!« Wie zur Bestätigung drückte

er seine Knollennase an Wilhelms winziges Näschen und machte dabei wiederum die abenteuerlichsten Geräusche.
Der Kleine juchzte und zog vergnügt an Fehlings Bart.
»So ein Schlawiner. Und Geschmack hat er schon«, stellte er belustigt fest, als Wilhelm nun die Hand nach einem kräftigen grünen Trieb ausstreckte, der die Wand hochkroch.
»Das ist Efeu, Wilhelm«, erklärte Marie, obwohl sie natürlich wusste, dass er noch viel zu klein war, um sich irgendetwas zu merken.
»Nee, gnädige Frau«, widersprach Fehling amüsiert, »das ist Wein!«
»Ja«, stellte Jost fest, der jetzt erst richtig hinsah. »Mir scheint, der will sogar richtige Trauben hervorbringen. Das ist ungewöhnlich für unser Klima.«
»Verstehen Sie etwas davon?« Fehling war jetzt in seinem Element.
»Ich könnte nicht behaupten, dass ich mich mit Wein auskenne, mit der Botanik dafür umso besser.«
Marie war sicher, dass Fehling sie auf den Arm nehmen wollte. Bestimmt kam jetzt der alte Witz mit dem Lübecker Rotspon, den Thomas Hansen ihr recht bald nach ihrem Kennenlernen erzählt hatte. Die Leute ließen sich leicht ins Bockshorn jagen, wenn ein Wein nach einer Stadt benannt ist. Nur dass er hier nicht angebaut, sondern lediglich bis zur vollendeten Reife in Fässern unter der Stadt gelagert wurde.
»Da können Sie aber von ausgehen, guter Mann, dass der hier Trauben hat. Ich erwarte eine prächtige Ernte dieses Jahr. Dat gibt Schnaps fürs ganze Jor.«
»Sie brennen Schnaps daraus?«
»Und wat für een«, meldete sich der Alte zu Wort, der aus dem Fenster lehnte. Er verdrehte die Augen, und alle lachten.
»Wollen Sie mal einen kosten?« Noch ehe jemand protestieren

konnte, drückte Fehling Marie ihren Sohn wieder in den Arm und verschwand mit eingezogenem Kopf in seiner Bude. Keine zwei Minuten später war er zurück und schenkte unter dem lautstarken Beifall der Männer eine Runde aus.
»Sagen Sie das bloß nich dem Ratsherrn«, flüsterte er verschwörerisch, als er Marie ein Glas reichte.
Sie nahm es zögerlich.
»Ist wohl nicht so ganz legal, was?«
»Doch, wo denken Sie denn hin?« Er riss die Augen weit auf und kniff sie im nächsten Moment wieder zusammen. Aus kleinen Schlitzen blitzte er sie an und meinte: »Denn will der womöglich was abhaben von dem Schnaps. Ist doch schließlich sein Grundstück und sein Wein.«
»Sie können sich ganz auf mich verlassen«, beruhigte Marie ihn, nippte kurz an dem Klaren und stellte ihn auf die Treppe, um Wilhelm wieder in seinen Wagen zu legen, vor allem aber, um das Zeug nicht trinken zu müssen. Es schmeckte grauenhaft.
Als Marie und Jost wieder aus dem Durchgang zu den Buden, die seine Heimat werden sollten, hervorkamen und sich aufrichten konnten, schlug die Uhr der Katharinenkirche sechsmal.
»Es ist spät geworden«, stellte Marie fest. Christian würde schon in der Beckergrube auf sie warten. »Sie werden es bei Fehling gut haben.«
»Wenn ich nur schon einziehen könnte.« Er machte sich große Sorgen.
»Ich kümmere mich darum. Das habe ich doch versprochen. Und wenn es nicht schneller geht, finden wir eben eine Lösung. Sie werden jedenfalls nicht auf der Straße landen, darauf können Sie sich verlassen.«

Wilhelm lag in seinem Bettchen und schlief zufrieden, wie es aussah. Marie kehrte zu Christian in die gute Stube zurück. Die

Fenster waren weit geöffnet, und man konnte die Vögel hören, die ihre Abendmusik anstimmten.
»Der erste warme Tag«, meinte Christian und sah von seinem Buch auf.
»Ja, deshalb habe ich auch die Gelegenheit genutzt und Wilhelm zu einem kleinen Ausflug mitgenommen. Denk dir, mitten in Lübeck wächst Wein, der tatsächlich für die Schnapsbrennerei taugt.«
»So?« Christian trank hin und wieder ein Bier, selten einen Wein, doch niemals Hochprozentiges.
Marie erzählte von dem Besuch im Schornsteinfegergang und erwähnte auch, dass Jost vorübergehend nicht wisse, wohin. Christian war die Erbschaft, die sie nicht für sich gebrauchen durfte, bekannt. Und er wusste auch von ihrer Verantwortung. Warum Dr. Grünbeck so sehr um das Wohl seines Knechts bemüht war, davon hatte er freilich keine Ahnung. Marie konnte sich nicht entschließen, ihm davon zu erzählen. So sicher sie auch war, dass er die Geschichte niemals weitertragen würde, so falsch kam es ihr doch vor. Immerhin hatte Dr. Grünbeck nur sie allein eingeweiht. Und so sollte es auch bleiben.
»Es wird wohl darauf hinauslaufen, dass er die Zwischenzeit in einem Obdachlosenasyl zubringt«, seufzte Marie. »Darüber wäre Dr. Grünbeck sehr traurig.«
Christian ließ sein Buch sinken.
»Was ist so schlimm daran? Er wird den Rest seines Lebens in einem Armenhaus zubringen. Warum sollte das Asyl so viel schlechter sein?«
»Nun, Dr. Grünbeck hat gesagt, es gebe nicht viele gute Plätze. Ich will einfach, dass er anständig aufgehoben ist, von Anfang an.«
»Dann sieh dir morgen die Einrichtungen an, die in Frage kommen. Du willst doch ohnehin ins Hospital gehen, dann kannst

du das auf einem Weg erledigen. Und, Marie, es ist ja nicht für lange.«

Nachdem sie am nächsten Morgen die Zeichnung für Helenes Hochzeitstorte vollendet hatte, lief sie die Beckergrube hoch und weiter die Glockengießerstraße entlang bis zum Hospital. Man bedauere, bekam sie zu hören, aber einige der Kabäusterchen seien bei dem Brand, der kürzlich im Langschiff des Hospitals gelodert habe, fast vollständig zerstört worden. Man müsse achtsam mit dem Stiftungsvermögen umgehen. Ja, wenn natürlich mehr Geld zur Verfügung stünde, eine unerwartete Spende vielleicht, dann könne man zwei Zimmerleute zusätzlich einstellen und sei sicher in der halben Zeit fertig.

»Mit zweihundert Mark für die Handwerker und noch einmal zweihundert für Material sollte es noch schneller gehen«, erklärte Marie daraufhin und versprach, das Geld zu bringen. Wohlweislich hatte sie dem Ratsherrn Mertens nicht die volle Summe des Erbes in Aussicht gestellt. Sie wollte den Rest Jost geben, dass er es sich recht gutgehen lassen konnte. Außerdem war sie auf Schwierigkeiten wie diese gefasst und kannte ihre Lübecker Mitbürger nur zu gut. Wohltätig waren sie gewiss, aber nicht minder geschäftstüchtig. Trotz der Zusage, mit der sie das Heilig-Geist-Hospital verließ, blieben mindestens drei Wochen, für die eine Unterkunft hermusste. Es half alles nichts, wenn sie nicht bei den Nichten und Neffen von Dr. Grünbeck vorsprechen wollte, musste sie sich nach einem Asyl umsehen.

Es war ein herrlicher Tag. Der Duft der ersten Blüten lag schwer in der Luft. Kein Wölkchen ließ sich am Himmel blicken. Gerade recht für einen Spaziergang. Marie ging die Glockengießerstraße durch bis zur Kanalstraße. Dort, so wusste sie, gab es ein Heim für diejenigen, die sonst kein Dach über dem Kopf fanden. Energisch klopfte sie an die Tür, deren Holz ihr recht morsch erschien. Hier splitterte schon die dunkelgrüne Farbe ab, dort war ein Loch notdürftig geflickt. Erst nach dem zweiten Klopfen öffnete sich die Pforte und ächzte dabei so in den Angeln, dass man Angst haben musste, dass sie sich jeden Moment aus ihren Scharnieren löste und auf den Besucher stürzte, der es gewagt hatte, Einlass zu erbitten. Eine schmale Frau mit gebeugtem Rücken stand vor ihr.

»Was kann ich für Sie tun«, fragte sie misstrauisch.

Marie trug ihr Anliegen vor. Sie erklärte die Umstände und fragte, ob wohl Platz für einen anständigen, gesunden Mann sei.

»Ja, ja, bringen Sie ihn nur«, antwortete die Frau, deren Alter Marie unmöglich hätte schätzen können. »Wir schicken niemanden weg.«

Trotz der guten Nachricht mochte Marie sich nicht so recht freuen. Das lag vielleicht an dem modrigen Geruch, der ihr aus dem Haus entgegenschlug. Oder an der Dunkelheit im Inneren. Warum wurden keine Fenster geöffnet, um Licht und Luft des Frühlings hereinzulassen?

»Könnte ich mich mal umsehen?«, fragte Marie zaghaft.

»Natürlich.« Die Vorsteherin bedeutete Marie, ihr zu folgen. Als sie voranging, war deutlich ihr Buckel zu erkennen.

Je tiefer sie in das Gebäude vordrangen, desto unerträglicher wurde der Gestank.

»Wir bekommen nicht viel von der Armenpflege«, entschuldigte sich die Frau. »Und es werden immer mehr, die an unsere Tür klopfen. Ich kann keinen wegschicken, der wirklich bedürftig ist. So bleibt für jeden immer weniger Platz und immer weniger auf dem Teller.«

Marie blickte in einen Raum nach dem anderen. Alle waren sie vollgestopft mit jämmerlichen Gestalten. Mal nur Frauen, in der nächsten Kammer nur Männer. Sie hockten auf Betten, die diese Bezeichnung kaum noch verdienten. Von der Wand bröckelte der Putz, und neben den kleinen schmutzigen Fenstern, die teilweise mit alten Lumpen zugehängt waren, kroch Schimmel bis hinauf zur Decke. Es war offensichtlich, dass jemand sich mühte, das Elend in Grenzen zu halten. Der Boden war gewischt, die Laken löchrig zwar, aber doch recht sauber, so weit Marie es sehen konnte. Dennoch schnürte es ihr die Kehle zu. Eine Frau hatte den Fuß verbunden. Die Wunde nässte durch den Mull. Die meisten waren unterernährt. Das festzustellen bedurfte es keiner eingehenden Untersuchung.

»Mein Gott«, stöhnte Marie, als sie den Rundgang beendet hatten. »Die Armenpflege hat doch nicht unbeträchtliche Einnahmen. Die Kaufleute und Ratsherren, die Senatoren und einfachen frommen Leute geben viel. Und die Erträge aus den Gütern und Wäldern dürften auch nicht zu verachten sein. Warum bekommen Sie so wenig davon ab?«

»Ach, werte Dame, Sie haben wohl recht. Für ein Asyl wäre mehr als genug da, nur haben wir in Lübeck alleine sechs davon. Das Siechenhaus und die Kinderpflegeanstalt nicht mitgezählt. Da reicht es hinten und vorne nicht.«

»Wollen Sie damit etwa sagen, die anderen Obdachlosenhäuser sehen aus wie dieses?«

»Was dachten Sie denn? Halten Sie mich für faul? Meinen Sie, es wäre meine Schuld, weil ich nicht wirtschaften kann?«

»Nein, nein«, beeilte Marie sich zu versichern. »In so einen Verschlag kann er unmöglich gehen«, fügte sie mehr zu sich selbst hinzu.

»Aus freien Stücken kommt hier keiner her, das können Sie mir glauben.«

»O ja, das glaube ich gern.«

»Dass einer das nötig hat, der mit jemandem wie Ihnen bekannt ist, das verstehe ich nicht.«
Marie musste schlucken. Wenn die übrigen Einrichtungen auch nicht besser aussahen, würde sie einen anderen Weg für Jost finden. Das hatte er wahrhaftig nicht nötig.

Nach dem Abendessen wollte Christian den Entwurf für die Hochzeitstorte sehen. Seine Schwester würde den Sohn des Konservenfabrikanten Bohrdt heiraten. Marie zeigte ihm ihre Skizze und erklärte, welche Teile aus Marzipan, welche aus Zucker oder Biskuit bestehen sollten. Er lobte sie für die schöne Zeichnung. Die Torte würde ein wahres Prachtstück werden. Doch Marie konnte sich weder über seine Komplimente noch über seine Begeisterung freuen.
»Was ist denn los mit dir?«, fragte er. Christian war so mitfühlend und so gut zu ihr. Überhaupt wurde ihr mit einem Schlag bewusst, wie unermesslich viel Glück sie im Leben hatte. Anderen dagegen ging es so unsagbar schlecht, dabei waren es doch keine schlechteren Menschen.
»Komm her zu mir«, sagte er und öffnete die Arme.
Sie setzte sich auf die Armlehne seines schweren Sessels und legte ihren Kopf an seine schmale Schulter. Während sie von ihrem Erlebnis berichtete, liefen ihr Tränen über die Wangen.
»So schlimm?«, fragte er. Dabei hielt er ihre Hände und streichelte ihr über das blonde Haar, das sie zu einem Knoten gesteckt trug. Seine Berührungen hatten nichts mit denen gemein, die sie bei Thomas kennengelernt hatte. Christian war väterlich oder vielleicht wie ein Bruder. Auch nachts, wenn sie nebeneinander in ihrem Ehebett lagen, empfand Marie keine männliche Anziehung. Sie waren sich von Beginn ihrer Ehe an einig, dass sie ein Kind haben wollten. Also hatten sie miteinander geschlafen. Christian war lieb und sanft, und dennoch hatte der Akt

nichts mit dem Feuer und der Hingabe zu tun, die sie bei Thomas gespürt hatte. Im Gegenteil, es war ihr beinahe peinlich, aus sich herauszukommen oder Christian womöglich zu gestehen, wonach sie sich sehnte. Nachdem Wilhelm gezeugt war, verlangte Christian nicht, dass sie erneut ihrer ehelichen Pflicht nachkam, und ihr schien es irgendwie falsch, darauf zu drängen, da sie dabei nur an Thomas hätte denken müssen. Wenn sie sich auch noch so sehr dafür verachtete, sie konnte seine zärtlichen Hände, seine weichen Lippen und seine Leidenschaft einfach nicht vergessen.

»Hast du dir denn ein zweites Haus angesehen?« Christians Stimme brachte sie in die Realität zurück.

»Es war, wie die Frau gesagt hat. Eins war so schlimm wie das andere. Ach Christian, da haben diese Menschen redlich versucht ein gottgefälliges Leben zu führen und müssen im Alter das ertragen. Und wir leben zu dritt in dieser großen Villa und machen uns Gedanken darüber, ob die Hochzeitstorte deiner Schwester recht sein wird.«

»Marie, du bist zu streng mit dir. Du machst dir doch auch um ganz anderes Gedanken. Sieh mal, du kümmerst dich um diesen Jost, den Knecht vom Doktor. Und du hast dafür gesorgt, dass die Prostituierten menschenwürdige Bedingungen bekommen. Außerdem bist du für deinen Sohn und für deinen Mann da. Denkst du nicht, das ist eine ganze Menge?« Für ihn war das genug.

»Aber es reicht nicht, Christian«, sagte sie traurig. »Es reicht nicht.«

»Was hältst du davon, wenn dieser Jost in Travemünde wohnt, bis er seine Bude beziehen kann? Es ist mir vorhin eingefallen. Wir sind doch sowieso kaum dort. So kann er gleich nach dem Rechten sehen und frische Luft in die Räume lassen, hm?«

»Ich dachte, wir könnten dieses Jahr den Sommer dort verbringen. Natürlich nur, wenn du nichts dagegen hast. Ich habe es als Kind immer sehr genossen, dort zu sein. Für Wilhelm wäre es auch wunderbar.«

Ohne je ein Wort darüber zu verlieren, hatten sie Travemünde gemieden. Beide hatten reichlich Ausreden zur Hand, dabei war es jedem von ihnen klar, dass sie Hansen nicht über den Weg laufen wollten. Jetzt, wo er weit weg in Afrika war, konnten sie sich in die Vorderreihe trauen.

»Warum nicht?«, stimmte Christian zu. »Wir könnten nach Helenes Hochzeit fahren. Ich werde allerdings noch das eine oder andere Mal nach Schlutup müssen, um Kai mit den Büchern der Räucherei vertraut zu machen. Wie ich Vater kenne, wird er sich bestimmt auch selbst darum kümmern wollen. Da bleibt mir viel Zeit, mit euch Sandburgen zu bauen.«

»Schön. Und bis dahin hält Jost die Stellung. Das ist wirklich ein guter Einfall!«

Marie ging es bedeutend besser, nachdem Christian die Lösung für Jost gefunden hatte. Mit Eifer machte sie sich daran, die Hochzeitsvorbereitungen zu unterstützen. Sie begleitete Helene zum Schneider, suchte mit deren Mutter das Restaurant aus und stellte mit ihr das Festmenü zusammen. In der Konditorei ging alles seinen Gang. Seit sie Strom hatten, verrichteten Maschinen die schweren Arbeiten. Allerdings nur bis zur Rohmasse. Die übrigen Schritte wurden weiterhin in Handarbeit ausgeführt. Marie war der festen Überzeugung, damit die hohe Qualität ihrer Ware zu sichern, und stellte lieber mehr Leute ein, wenn die Auftragsbücher voll waren. Einzig zu einer Stanzmaschine konnte Achim sie überreden, mit der man mit zwei verschiedenen Schablonen Herzen oder Rauten ausstechen konnte. Das war eine gute Hilfe, die es möglich machte, Massenware zu einem günstigen Preis anzubieten. Trotzdem war das Marzipan natürlich so exquisit, wie der Name Kröger versprach. Eigentlich hätte Marie rundherum zufrieden sein können, doch ihr stand ein Gespräch mit Achim bevor, und sie ahnte, dass es nicht erfreulich werden würde. Christian und sie hatten beschlossen, dass Kai Bohrdt, Helenes künftiger Ehemann, die Fischräucherei übernehmen sollte, jetzt, da Andresen senior sich zurückzog. Ohnehin wurden in Schlutup die Fische seit geraumer Zeit nicht nur geräuchert, sondern auch eingelegt. Die Konservenfabrik passte da hervorragend ins Konzept. Außerdem meinte Christian, es sei nur richtig, wenn er seine Frau unterstütze und der kleine Wilhelm später einmal die Konditorei übernehme, für die es keinen Nachfolger aus der Kröger-Familie gab. Der Betrieb seines Vaters bliebe bei den Andresens, auch wenn Helene natürlich den Namen Bohrdt tragen würde.

»Du wolltest mich sprechen?« Achim Oeverbeck war alt geworden über die Zeit. An Jahren zählte er nicht viel mehr als Christian, und dennoch wirkte er auf Marie alt und verbraucht mit seinem dünnen Haar, dem schwammigen Gesicht, den hervortretenden Äderchen und dem schleppenden Gang.

»Du siehst müde aus, Achim«, sagte sie freundlich. Immerhin war er in ihrer Konditorei so alt geworden. »Möchtest du im Sommer nicht einmal länger Urlaub machen?«, fragte sie spontan.

»Aber … wieso? Habe ich etwas falsch gemacht? Bist du mit meiner Arbeit etwa nicht zufrieden?«

»Aber nein, Achim, es ist alles in Ordnung. Ich dachte doch nur, du könntest vielleicht ein wenig Ruhe und Sonne gebrauchen. Wir werden dieses Jahr auch nach Travemünde rausfahren. Wenn du willst, brauchen wir uns nur abzustimmen. Der Sommer ist lang genug, dass wir beide der Konditorei ausgiebig den Rücken kehren können.«

»Nein danke, Marie, ich kann mir das nicht erlauben.«
Sie ärgerte sich. Achim verdiente bei ihr sehr viel mehr, als üblich war. Und sie wusste, dass er noch immer in dem bescheidenen Häuschen am Pferdemarkt wohnte. Auch sonst gönnte er sich keinen Komfort und war ohnehin die meiste Zeit seines Lebens in der Konditorei. Er musste ein kleines Vermögen angesammelt haben. Sie schluckte ihren Ärger hinunter.
»Du könntest in unserem Haus wohnen, wenn wir wieder in Lübeck sind.«
»Das ist sehr freundlich, aber ich bin es ja gar nicht gewöhnt, ohne meine Arbeit zu sein.« Das traf den Nagel vermutlich auf den Kopf.
Umso schwerer fiel es Marie, auf das Thema zu kommen.
»Darüber wollte ich mit dir sprechen«, begann sie zögernd. »Christian und ich haben beschlossen, dass er sich in Zukunft hier um die Bücher und Papiere kümmert. Er ist ein Zahlengenie«, fügte sie hinzu.
»Ach, und ich bin wohl ein Versager, was? Habe ich die ganzen Jahre etwa Fehler in der Buchhaltung gemacht? Oder habe ich mich gar bereichert?« Sein gesamter Körper stand unter Spannung wie der eines Raubtiers, das zum Sprung ansetzt.
»Bitte beruhige dich, Achim. Es hat doch überhaupt nichts mit dir zu tun.«
»Es hat nichts mit mir zu tun?« Sein Gesicht wurde dunkelrot.
Marie seufzte. Wie sehr sie dieses Theater hasste. Wann immer sie ihn kritisierte oder nur etwas verändern wollte, explodierte er.
»Nein, das hat es nicht. Ich weiß deine Arbeit zu schätzen, daran gibt es nichts auszusetzen. Die Entscheidung hat rein familiäre Gründe.«
»Familiär, so, so«, schnaubte er. Sein Atem ging schnell und stoßweise. Er griff sich ans Herz. Das war mal eine neue Variante.

»Der zukünftige Mann meiner Schwägerin wird sich um die Räucherei kümmern, und Christian übernimmt mein Kontor. Für dich ändert sich gar nicht so viel. Du wirst ihm zur Hand gehen, wie du es bisher für mich getan hast. Und du wirst dich in Zukunft etwas mehr um die Produktion kümmern. Niemand kennt sich so gut aus wie du. Die Arbeiter brauchen jemanden, der ihnen auf die Finger sieht. Du kennst dich mit den Maschinen aus …«

»Soll ich mich dann auch um das Marzipan kümmern?« Seine Miene hellte sich auf.

»Was die Verarbeitung angeht, ja. Um die Zutaten werde ich mich wie gehabt kümmern. Und ich werde natürlich auch weiterhin neue Kreationen entwickeln. Aber den Rest lege ich in deine Hände.«

»So, Achim Oeverbeck wird im Grunde nicht mehr gebraucht, aber man gibt ihm sein Gnadenbrot. Er darf den Arbeitern und Maschinen zusehen und dem Herrn Chef zur Hand gehen.«

Marie war es so leid. Wenn Christian das Kontor übernahm, wäre es in der Tat ein Leichtes, auf Achim zu verzichten. Doch sie setzte ihn nicht vor die Tür, sondern ließ ihn für das gleiche gute Geld weiterarbeiten. Er trug kaum Verantwortung, musste keine körperlich schweren Aufgaben bewältigen. Was konnte er noch verlangen?

»Wenn es dir nicht recht ist, es in Zukunft ein wenig ruhiger angehen lassen zu können, musst du es nur sagen. Die meisten wären froh, wenn sie nach vielen Jahren harter Schufterei verschnaufen könnten, ohne dabei einen finanziellen Nachteil in Kauf nehmen zu müssen. Wenn du darüber anders denkst, bedauere ich das sehr. Aber ich kann dich nicht halten.«

Der Hass in seinen Augen jagte Marie einen Schauer über den Rücken. Ihr fielen die unzähligen Auseinandersetzungen ein. Wie oft hatte sie sich vor ihm gefürchtet. Auch an die unschöne

Szene nach dem Volksfest musste sie denken. Achim ging jetzt auf die fünfzig zu. Was sollte er schon im Schilde führen? Und doch machte er Marie noch immer Angst.

»Du willst mich auf die Straße setzen? Das hast du dir ja fein überlegt.«

»Um Himmels willen, Achim, ich will, dass du bleibst. Ich will, dass du mit deiner großen Erfahrung und deinem Wissen meinem Mann bei seiner Arbeit behilflich bist und auch mich in bewährter Weise entlastest. Du sollst nur nicht mehr von frühmorgens bis nachts schuften. Willst du das endlich kapieren?« Weiter konnte und wollte sie ihm nicht entgegenkommen.

Vor ihren Augen sackte er in sich zusammen wie ein Häufchen Elend.

»Ich habe dir immer alles recht machen wollen, Marie. Ich habe einfach Angst, dass du nicht zufrieden mit mir bist.«

Er war wie ein Aal, den man mit bloßen Händen nicht zu fassen kriegt, wie ein Fähnchen, das sich immer nach dem Wind dreht, ganz gleich, woher er weht. Marie hasste es. Aber sie war froh, das leidige Thema endlich beenden zu können.

Nur noch zwei Tage bis zur Hochzeit. Helene war außer sich vor Aufregung. Gar nicht oft genug konnte sie ihr Kleid anprobieren oder sich zum ungezählten Mal den Ablauf der Zeremonie vortragen lassen. Marie beneidete sie im Stillen. Ihre eigene Hochzeit war harmonisch gewesen, aber von der Spannung, den hohen Erwartungen an den vermeintlich schönsten Tag des Lebens keine Spur. Marie saß an ihrem Arbeitstisch und schnitzte an einem Engel, der neben vielen anderen Figuren die Torte schmücken sollte. Sie ließ es sich natürlich nicht nehmen, die wichtigsten Elemente der Torte selbst herzustellen. Sophie trat zu ihr.

»Fräulein Andresen ist draußen und fragt, ob sie hereinkommen darf.«
»Natürlich, schick sie nur herein.« Sie räumte eilig die kleinen Figuren beiseite, die Helene nicht sehen sollte.
Ihre Schwägerin betrat die kleine Probierküche, die inzwischen von den anderen Arbeitsräumen abgeteilt war.
»O Marie, wie es hier duftet!«
»Nun, meine Liebe, warte ab, wie deine Hochzeitstorte erst schmecken wird. Und glaub nur ja nicht, du bekommst sie vor dem Fest zu sehen.«
»Nein, ich weiß doch, dass es eine Überraschung wird. Ich will sie auch gar nicht früher sehen. Ach Marie, ich bin so schrecklich nervös.«
Marie seufzte. Sie hatte doch noch so viel zu erledigen. Wenn Helene so anfing, konnte es dauern, bis sie wieder an die Arbeit kam. Helenes Nasenrücken war schon ganz rot davon, dass sie ständig fahrig darüberrieb.
»Du brauchst nicht nervös zu sein, Helene. Dafür gibt es gar keinen Grund. Es ist alles aufs Beste vorbereitet. Deine Mutter und ich haben alles mehrfach kontrolliert. Es kann gar nichts schiefgehen, glaub mir.«
»Das weiß ich doch, Marie, und ich bin euch ja auch so dankbar dafür.«
»Na also.« Marie hoffte Helene schnell wieder loszuwerden. Es wäre nett, ein wenig mit ihr zu plaudern, nur fehlte dafür die Zeit.
»Es ist nur … Ich würde dich gerne etwas fragen.« Helene war gerade einundzwanzig geworden. Ein kluges Köpfchen, nur vom Leben wusste sie nicht viel.
»Worum geht es denn?« Marie schob Helene den kleinen Holzschemel hin, machte eine einladende Handbewegung und lehnte sich an ihren Arbeitstisch.
»Weißt du, Marie, das Einzige, was ihr nicht vorbereiten könnt,

ist meine Hochzeitsnacht. Die lässt sich schwerlich planen oder kontrollieren und kann sehr wohl schiefgehen.« Sie rieb hektisch über ihre Nase.
Marie musste schmunzeln. Da hatte sie zweifellos recht.
»Ich weiß ja alles darüber. Wie es geht, meine ich, das mit den ehelichen Pflichten. Ich habe alles gelesen, was ich finden konnte. Aber es selbst zu tun wird doch etwas anderes sein. Ich will Kai nicht enttäuschen. Und du hast Wilhelm. Du musst wissen, wie es richtig geht.«
Die Logik war verblüffend. Marie lachte schallend.
»Bitte, du darfst mich nicht auslachen.« Helene war gekränkt.
»Entschuldige, das war nicht meine Absicht. Nur weißt du, schwanger zu werden und einen Mann im Bett zufriedenzustellen ist nicht das Gleiche.«
Kai Bohrdt war ein temperamentvoller junger Mann. Marie konnte sich leicht ausmalen, dass er ein leidenschaftlicher Liebhaber war. Wie konnte sie die zarte Helene nur darauf vorbereiten? Behutsam versuchte sie ihr die Vorstellung näherzubringen, dass womöglich nicht alles nur sanft, still und gesittet vonstatten gehen würde. Lange saßen sie beieinander, und Helene stellte immer mutiger ihre Fragen. Schließlich war alles zu ihrer Zufriedenheit beantwortet.
»O Marie, ich bin so froh. Nervös bin ich immer noch, aber jetzt fühle ich mich viel sicherer. Danke!«
»Du brauchst mir nicht zu danken. Ich freue mich doch, wenn ich dir helfen konnte. Apropos, du könntest mir auch einen Gefallen tun. Nur wenn es dir recht ist natürlich, denn es geht um deine Hochzeit.«
»Was immer du willst, Marie.«
»Ich habe dir doch von den Zuständen in den Obdachlosenasylen erzählt.«
»Schrecklich, ja.«

»Genau. Und deshalb müssen wir, die wir viel haben, etwas dagegen tun. Ich habe erst darüber nachgedacht, einfach Geld zu spenden, aber das ist nur ein Tropfen auf den heißen Stein. Und so bin ich zu dem Schluss gekommen, dass ich gern eine Stiftung ins Leben rufen würde.«
»Wie schön. Das ist eine gute Idee!«
»Es gibt da ein Grundstück unten am Engelswisch. Das würde ich gerne kaufen und vielleicht zehn oder sogar mehr Buden einrichten.«
»Hast du schon mit meinem Bruder darüber gesprochen?«
»Natürlich, er ist ganz meiner Ansicht und will mich unterstützen, wo er nur kann. Wir sind uns auch darüber im Klaren, dass wir das Geld allein nicht aufbringen können.«
»Ihr werdet sehr viel brauchen, in der Tat. Soll ich Kai fragen, ob er auch etwas beitragen will? Er tut das bestimmt gern.«
Dessen war Marie nicht so sicher. Kai war zwar ein netter Bursche, aber doch eher kühl rechnender Kaufmann als nobler Förderer.
»Danke, Helene, aber darum geht es mir nicht. Ich habe da eine ganz andere Idee.« Sie ging zu einer kleinen Schachtel, öffnete den Deckel und streckte Helene den Inhalt hin. Auf den ersten Blick schien es sich um gewöhnliche Marzipankugeln zu handeln.
»Glücksbällchen«, verkündete Marie stolz.
»Glücksbällchen? Was ist Besonderes daran?«
»Dass die Armen dieser Stadt immer glücklicher werden, je mehr wir davon verkaufen. Und manche Käufer auch. Los, beiß schon rein!«
»Das verstehe ich nicht.« Gehorsam biss Helene in die Kugel und stellte erstaunt fest: »Die ist ja hohl!«
»Richtig. Und leer. Aber nicht mehr lange. Sieh hier!« Sie kramte eine kleinere Schachtel hervor, in der sich ein Haufen Papierschnipsel türmte.

»Tut mir leid, Marie, aber ich weiß noch immer nicht …«
»Das sind Lose. Dein Bällchen war eine Niete, aber in einigen anderen stecken solche Lose. Wer eines erwischt, gewinnt eine Kröger-Torte, einen Kasten mit unseren Spezialitäten und Ähnliches. Den Erlös will ich ausschließlich für den Kauf des Grundstücks und den Bau der Buden verwenden.«
»Du hast aber auch immer Ideen, Marie.« Helene sah sie bewundernd an. »Und was hat das mit meiner Hochzeit zu tun?«
»Nun, es werden über hundert Gäste erwartet. Alles wohlhabende und vor allem einflussreiche Bürger. Wenn du nichts dagegen hast, würde ich ihnen gern die Glücksbälle vorstellen. Vielleicht haben sie mal eine Veranstaltung, ein Jubiläum oder so was. Sie geben mir die Lose, ich liefere ihnen ihre eigenen Bällchen.«
»Und bei meiner Hochzeit dürfen sie natürlich auch gleich welche kaufen.«
»Wenn du nichts dagegen hast …«
»Nein, Marie, ich finde das ganz wunderbar. Ganz Lübeck wird bald über deine Glücksbällchen sprechen. Und bei meinem Hochzeitsfest gibt es sie zum allerersten Mal.«

Die Hochzeit übertraf alle Erwartungen, obwohl der Tag mit Regen begann und Helene, die in einer Art Parade von der Beckergrube zur Jakobi-Kirche gehen wollte, beinahe in Tränen ausgebrochen wäre. Marie, in deren Stube über der Konditorei sich die Braut angekleidet hatte, schaffte es gerade noch, sie zu beruhigen. Schon riss der Himmel auf, und die Sonne strahlte für den Rest des Tages mit der Braut um die Wette. Helene sah zauberhaft aus in ihrem weißen Kleid, das über und über mit Perlen und Spitzen besetzt war. Es gelang ihr sogar, trotz aller Nervosität nicht an ihrer Nase zu reiben. Selbst das vergaß sie wohl vor Aufregung, vermutete Marie.

Vier kleine Mädchen trugen tapfer die lange Schleppe, damit sie nicht über Sand und Kopfsteinpflaster geschleift wurde. Erst in der Kirche, die sich in ein wahres Meer aus weißen Rosen verwandelt hatte, durften sie den kostbaren Stoff niederlegen. Auch Kai Bohrdt machte sich hervorragend in seinem schwarzen Frack. Die Gäste, fein herausgeputzt, trugen weiße Rosen, die Wagen, die nach der Trauung nach Schlutup fuhren, waren mit den edlen Blumen geschmückt. Ja, selbst Wilhelms Kinderwagen zierte ein weißer Rosenkranz. Maries Mutter war bester Stimmung, lachte, seufzte und schluchzte abwechselnd. Endlich konnte sie die Hochzeit feiern, die sie sich schon lange gewünscht hatte. Christian strahlte so sehr, wie man es selten bei ihm sehen durfte. Er war der stolzeste Bruder, den man sich nur vorstellen konnte.

»Ist sie nicht wunderschön?«, flüsterte er Marie zu.

»Ja, das ist sie.«

»Fast so schön wie meine Frau.« Er küsste sie überglücklich. Christian Andresen war nicht nur ein stolzer Bruder, sondern auch ein stolzer Ehemann und Vater. Höchst selten brachte er das durch derartige Zärtlichkeiten in der Öffentlichkeit zum Ausdruck.

Nach dem Festessen wurde die Torte unter großem Beifall in den Saal getragen. Helene konnte sich kaum beruhigen. Fünf Stockwerke gab es. Sie symbolisierten Geburt, Konfirmation, Heirat, Kindersegen und den Tod. Jede Etage thronte auf Säulen aus Karamellzucker und fest gepresstem Marzipan. Auf der unteren spielten Kinder unter einem Pavillon. Das Dach des Pavillons war die zweite Etage. Sie war hauptsächlich bedeckt von rosa und dunkelroten Blättern aus Marzipan, die man selbst bei näherem Hinsehen für echte Rosenblätter halten musste. An einer Wendeltreppe, die zur dritten Etage führte, lehnte ein Engel. Das Brautpaar hatte seinen Platz auf dem dritten, üppig mit kandierten Veilchen geschmückten Stockwerk. Die Säulen darauf und das Dach waren wie Ziegel gestaltet und ließen das Giebelhaus der Bohrdts in der Wahmstraße erkennen, wo Helene und Kai zunächst leben würden. Eine Wiege, gebettet auf ein Blütenmeer, zierte die vierte Etage. Ein Bouquet weißer Rosen, darunter eine einzige Calla als Symbol des Todes, bildete den prächtigen Abschluss. Selbstverständlich waren auch hier jede Blüte, jedes Blatt, ja, selbst die Dornen aus feinstem Marzipan gefertigt.

»O Marie, sie ist wundervoll!« Helene hatte Tränen in den Augen. »Du musst Tag und Nacht daran gearbeitet haben.«

»Leider hat sie das tatsächlich«, bestätigte Christian und nahm seine Frau in den Arm.

»Donnerwetter«, stimmte auch Kapitän Groth zu, der unter den Gästen war, »das haben Sie doll hingekriegt.«

»Wozu eine Frau doch gut sein kann«, neckte Marie ihn wie so oft. Sie sahen sich nicht häufig, verstanden sich inzwischen aber prächtig. Sie konnte es nicht lassen, ihn mit seiner Einstellung und seinem Verhalten von damals aufzuziehen. Und er polterte scherzhaft, dass Weibsbilder nur Ärger bedeuteten oder ähnlich. Diesmal war er voll des Lobes und sparte sich jegliche Ironie.

»Wirklich, Frau Andresen, auch die Glücksbälle sind eine tolle Sache. Lübeck kann froh sein, eine Frau wie Sie zu haben.«

»Vielen Dank, Herr Groth.«

»Nicht, dass ich mich besonders hervortun würde. In sozialen Dingen, meine ich. Aber ich sehe doch, was aus so manchem Schiffer wird, der sein Leben lang hart gearbeitet hat. Ist eine Schande.«

Marie hörte ihm aufmerksam zu. Sie kannte mittlerweile nicht nur sein großes Herz, sie wusste auch, dass er manchmal richtig gute Einfälle hatte.

»Ich habe da eine Idee. Wir haben immer noch die Sklavenkasse. Aber die brauchen wir ja gottlob nicht mehr.«
»Die was?« Marie traute ihren Ohren nicht.
»Na, die Sklavenkasse. Sagen Sie nicht, davon wissen Sie nichts. Wo Sie doch sonst alles wissen …«
Es wurde aber auch Zeit, dass er sie endlich auf den Arm nahm. Groth erklärte ihr, dass die besagte Kasse schon Anfang des 17. Jahrhunderts eingerichtet worden war. Von dem Geld wurden Lübecker Schiffer ausgelöst, wenn sie auf See der gegnerischen Flotte in die Hände fielen. Obwohl längst überflüssig geworden, existierte diese Kasse noch immer und wuchs sogar noch an.
»Ich will nicht klagen, Frau Andresen, mir geht es gut. Und um meine alten Tage sorge ich mich auch nicht. Aber die wenigsten Matrosen können das von sich behaupten. Wenn man nun das Geld aus der Sklavenkasse nimmt und davon ein Armenhaus für ehemalige Schiffer errichtet?«
»Brillante Idee. Ich kümmere mich darum.«

Wie geplant fuhren Marie und Christian mit dem kleinen Wilhelm bald nach der Hochzeit nach Travemünde. Das Haus war gut gelüftet, ein selbstgepflückter Blumenstrauß stand auf dem runden Esstisch in der Stube, ein Willkommensgruß von Jost, der fast vier Wochen hier bis zu seinem Umzug in den Schornsteinfegergang verbracht hatte. Für Wilhelm war es das Paradies. Vergnügt krabbelte er durch den kleinen Garten, steckte sich Erdbeeren, Petersilie, Salbei und Thymian in den Mund, verzog das Gesicht, schüttelte sich und spuckte mit krauser Nase und zusammengekniffenen Augen so manches Kraut wieder aus. Das schreckte ihn freilich nicht, gleich darauf das nächste zu probieren. Noch herrlicher fand er den Strand. Es bereitete ihm größte Freude, auf allen vieren durch den kunstvollen Verteidi-

gungswall zu pflügen, den Christian um seine stolze Sandburg gebaut hatte.
»O nein, Junior, eine Burg braucht einen Schutzwall. Du musst ihn ganz lassen. Hörst du?« Vollkommen ernst erklärte Christian seinem Sohn den Zweck seiner aufwendigen Bauten, während er diese zum wiederholten Male ausbesserte.
Marie saß im Strandkorb und schob ihre Füße tief in den warmen Sand. Es hätte ihr rundum gutgehen können, wenn sich nur nicht immer Gedanken an Afrika in ihren Kopf geschummelt hätten. Ab und zu sprang sie auf und stürzte hinter Wilhelm her, der seinen eifrig buddelnden und bauenden Vater zurückließ, um zum Wasser zu gelangen. Der Kleine liebte die Ostsee. Noch war sie viel zu kalt zum Baden, doch das Rauschen, das ewige Hin und Her der Wellen übten einen Reiz auf den Knirps aus. Aus Erzählungen ihrer Mutter wusste sie, dass sie als Kind nicht anders gewesen war. Ständig musste man aufpassen, dass sie nicht in die salzigen Wogen sprang, obwohl sie noch gar nicht schwimmen konnte.
»Er kommt nach mir, fürchte ich. Wir müssen ihm das Schwimmen früh beibringen«, sagte sie deshalb zu Christian.
Zweimal sahen sie in der ersten Woche eine ältere Dame in das Nachbarhaus gehen. Marie vermied es, zu dem Haus hinüberzuschauen, das einmal Thomas Hansen gehört hatte. Doch immerhin verlangte ihre gute Erziehung, die neue Nachbarin zu grüßen. Nach zehn Tagen verließ Christian seine Familie vorübergehend. Er wollte sehen, wie Kai zurechtkam, und die eine oder andere Angelegenheit noch selbst erledigen, bis sein Schwager wirklich vollständig eingearbeitet war. Außerdem sollte das junge Paar auch Zeit für sich haben. Christian fand es nicht richtig, dass der frischgebackene Ehemann so kurz nach der Hochzeit die Abende im Kontor statt bei seiner Frau zubringen sollte. Nur zwei Tage wollte er bleiben und dann zurückkehren.

Doch daraus wurde nichts. In der Räucherei brach ein Feuer aus.
Es sei nicht schlimm, ließ er Marie durch einen Boten versichern. Aber er wolle Kai jetzt nicht alleine lassen. Es gebe eine Menge zu regeln.
Marie, die sich auf Achim, ihre beiden Konditoren und die vielen Arbeiter verlassen konnte, kam auch allein zurecht. Sie genoss jede Minute mit ihrem Sohn, spazierte mit ihm an einem besonders heißen Tag durch die Gischt und ließ seine Füßchen ab und zu in die kalten Fluten baumeln, was Wilhelm mit kreischendem Gelächter quittierte. Das Wochenende verbrachten sie im Garten. Der Strand war voll mit Urlaubern, die sich nur kurze Zeit ihren Verpflichtungen entziehen und die Stadt hinter sich lassen konnten. Marie sah gerührt zu, wie der Kleine versuchte, sich an der Holzbank oder am Apfelbaum hochzuziehen, um endlich auf zwei Beinen zu stehen. Mehr als eine Sekunde verging nie, bevor er auf seinen Po plumpste. Am Abend fiel er sofort in tiefen Schlaf, kaum dass sie ihn in sein Kinderbettchen gelegt hatte. Die Seeluft und all die neuen Eindrücke machten müde. Marie nutzte die Zeit, die sie dann ganz für sich hatte, las oder erledigte eine Handarbeit. Am Sonntag zog es zu und regnete sogar ein bisschen. Marie freute sich, denn ihr kleiner Garten konnte jeden Tropfen gut gebrauchen. Am späten Nachmittag klarte es noch einmal auf. So beschloss sie, einen kurzen Spaziergang zu unternehmen, bevor Wilhelm ins Bett musste. Ihre neue Nachbarin, eine ältere Dame mit warmen braunen Augen und weißen Haaren, die sie ungewöhnlich kurz trug, hatte die gleiche Idee.
»Guten Tag«, rief sie Marie freundlich zu. »Sind Sie ganz alleine? Ich habe Ihren Mann lange nicht gesehen.«
»Er musste sich um die Geschäfte kümmern und wurde aufgehalten«, antwortete Marie. Sie spürte ein Kribbeln im Ma-

gen. Endlich konnte sie mit der Käuferin des Hauses ins Gespräch kommen und sie nach dem Vorbesitzer fragen, ohne Christian damit zu verletzen. Vielleicht wusste sie, wie es Thomas ging.

»Das ist aber schade. Da haben wir und der kleine Mann es besser, was?« Sie machte Anstalten zu gehen.

»Was ich fragen wollte«, begann Marie hastig, »haben Sie das Haus direkt von Herrn Hansen gekauft?«

»Sie kennen ihn? Ach, was für eine törichte Frage. Natürlich kennen Sie ihn, Sie sind ja Nachbarn.« Sie schüttelte den Kopf und strich sich das dicke weiße Haar hinter das Ohr. »Ich werde langsam alt, fürchte ich.« Marie lächelte nachsichtig und wartete gespannt. »Oje, was sage ich? Alt? Uralt bin ich anscheinend. Fast hätte ich Ihre Frage vergessen.« Wieder schüttelte sie amüsiert über sich selbst den Kopf. »Ich habe es gar nicht gekauft«, erwiderte sie schließlich. »Ich bewohne es nur, bis er zurück ist.«

»Er will zurückkommen?« Marie hatte das Gefühl, die Holzstufen unter ihren Füßen würden weich wie Marzipan.

»Das will ich doch sehr hoffen.« Aus den braunen Augen sprach große Sorge. »Er fehlt mir, junge Frau«, fügte sie hinzu.

»Andresen. Marie Andresen«, stellte Marie sich vor, ging zu der kleinen Ligusterhecke und reichte der Nachbarin die Hand.

»Freut mich«, entgegnete diese. »Natürlich, jetzt fällt's mir wieder ein!« Sie sah Marie aufmerksam an. »Er hat von Ihnen erzählt. Das heißt, er sprach von einer Marie Kröger, wenn mir mein alter Kopf keinen Streich spielt.«

Marie stockte der Atem. »Nein, das ist schon richtig. Ich habe geheiratet.«

»Oh, gratuliere. Mathilde Hansen. Ich bin Thomas' Tante.«

Ob sie Bescheid wusste? Ob er ihr alles über sie beide erzählt

hatte oder nur, dass sie seine Nachbarin war? Sie konnte Mathilde Hansens Blick nicht deuten.
»Warum kommen Sie nicht später auf ein Gläschen Wein zu mir«, schlug Marie vor, ohne weiter darüber nachzudenken. »Der junge Mann da in seinem Wagen ist kein so glänzender Unterhalter. Solange er wach ist, schon, aber er wird schnell müde. Ich würde mich über Ihre Gesellschaft sehr freuen. Wenn Sie nichts anderes vorhaben, meine ich.«
»Sehr gerne. Was sollte ich schon vorhaben? Ich bin eine verdrehte alte Person. Glauben Sie, da stehen die Verehrer noch Schlange?« Sie lachte herzlich.
Sie verabredeten sich für sieben Uhr. Marie konnte es kaum erwarten.

»Wie ist er nur auf die Idee gekommen, nach Deutsch-Ostafrika zu gehen?« Marie war froh über die Chance, endlich etwas von Thomas zu erfahren. Zu lange wusste sie nicht, wie es ihm ging, was er tat. Sie hatte gewiss nicht vergessen, was er ihr angetan hatte, doch das war so lange her. Wut und Enttäuschung hatten sich längst unbemerkt davongeschlichen.
Mathilde Hansen machte eine wegwerfende Handbewegung. »Frauengeschichten, was sonst«, antwortete sie und trank einen Schluck von dem Wein, den sie mitgebracht hatte.
»So?«, sagte Marie.
»Der arme Junge hatte kein Glück mit den Frauen. Um ehrlich zu sein, er war kein Kind von Traurigkeit. Das hat er wohl von mir. Eines Tages war er verändert. Er sprach von einer Frau, die ihn sehr fasziniert haben muss. Er wollte sie mir sogar vorstellen.«
»Und? Hat er es getan?«
»Nein, das hat er nicht. Anfangs wohl, weil es ihm selbst unheimlich war. Sie müssen wissen, er hatte immer Angst vor der echten Liebe. Darum hat er sich nicht festgelegt. Mein Bruder

ist ins Wasser gegangen, weil er den Tod seiner Frau nicht verwinden konnte. Thomas wollte nicht, dass es ihm auch einmal so geht.« Mathilde Hansen sah lange und nachdenklich auf das funkelnde Rot in ihrem Glas. »Wie es aussieht«, erzählte sie weiter, »haben ihm die Vorsichtsmaßnahmen nichts genutzt. Sie hat ihm trotzdem das Herz gebrochen.«

Marie hätte beinahe aufgeschrien. Sie ihm? Umgekehrt wurde doch wohl die Wahrheit daraus. Aber sie verlor kein Wort darüber.

»Er hat mir nichts gesagt, doch ich habe gemerkt, dass er unglücklich ist. Ich hatte sogar Angst, dass er es seinem Vater nachtun würde.«

»Sie haben befürchtet, er geht ins Wasser?«

»Oder nimmt sich sonst wie das Leben, ja. Glücklicherweise ist er aus anderem Holz, als mein Bruder es war. Vielleicht hat er wirklich einiges von mir abbekommen. Jedenfalls war es das kleinere Übel, ihn nach Afrika gehen zu lassen.« Mit einem tiefen Seufzer fuhr sie fort: »Das dachte ich zumindest. Wenn nur diese furchtbaren Aufstände nicht wären. Die bringen mich noch um den Verstand.«

»Aufstände?« Marie bereute augenblicklich, sich nie um das zu kümmern, was in den Kolonien geschah. Bisher erschien es ihr immer so weit weg und damit so unbedeutend für das Schicksal ihrer Familie.

»So ein arabischer Sklavenhändler will die Weißen aus seinem Land vertreiben. Sie sollen ihm keine Vorschriften machen, verkündet er großspurig und ist bereit, jeden Deutschen töten zu lassen, der ihm in die Quere kommt. Die Wahrheit ist, man verbietet ihm seinen barbarischen Sklavenhandel. Und das gefällt ihm natürlich nicht.«

»Wie gefährlich ist es für Thomas?«, fragte Marie tonlos. »Haben Sie Kontakt zu ihm?«

»Sie machen sich Sorgen um ihn, habe ich recht?« Mathilde sah sie forschend an.
»Ich mochte ihn. Er hat mir sehr viel beigebracht, als ich den Betrieb meines Vaters übernommen habe.«
»Verstehe. Leider habe ich keinen direkten Kontakt. Ich stehe aber in Verbindung mit dieser Kolonisationsgesellschaft. Manchmal glaube ich allerdings, die wissen selbst nicht viel.«
»Was tut er überhaupt in Afrika? Ich meine, wovon lebt er?«
»Er hat gute Leute hier in Lübeck, darunter seinen Geschäftsführer, auf den er große Stücke hält. Hier geht alles seinen Gang, der Weinhandel läuft weiter. Wenn er Geld braucht, wird ihm das über die Gesellschaft zugeleitet. Er hatte die grandiose Idee, dort unten im tiefsten Dschungel Wein anzubauen. Er hat sich extra Pflanzen aus Frankreich kommen lassen, die ihm aber sehr schnell eingegangen sind. Wie ich ihn kenne, organisiert er inzwischen die Versorgung der anderen Deutschen mit Rotspon oder lässt direkt aus Frankreich oder Italien liefern und verdient nicht schlecht daran. So genau weiß ich über seine Geschäfte nicht Bescheid.«
Sie schwiegen eine ganze Weile. Marie war durcheinander. Sie kämpfte gegen innere Widerstände, fragte dann aber doch: »Und er will zurückkehren, sagten Sie?«
»O ja, natürlich! Er sagte mir bei seiner Abreise, er wolle einiges hinter sich lassen und sich den schwarzen Kontinent ansehen. Na ja, jedenfalls ein kleines Stück davon. Aber in Lübeck will er begraben werden.«
Wie lange er zu bleiben gedachte, fragte Marie nicht.

In der Nacht schreckte Marie aus einem Alptraum hoch. Ihr Schreien weckte nicht nur sie, sondern auch Wilhelm, dessen Bettchen im Schlafzimmer stand. Er brach in Tränen aus und ließ sich nur schwer beruhigen.

»Ist ja schon gut«, redete sie auf ihn ein, während sie mit ihm langsam im Raum hin und her ging. »Ich wollte dich nicht erschrecken, mein Schatz.« Erst jetzt merkte sie, dass ihr Tränen über die Wangen liefen. Sie hatte von Thomas geträumt. Zum Greifen nah war er gewesen. Sie hatten sich angesehen, doch er erkannte sie nicht. Mager war er und blass. Sein gesamtes Vermögen wurde von Weinfeldern aufgezehrt, die keinen Ertrag brachten.

»Komm nach Hause«, hatte sie zu ihm gesagt. Das Nächste, woran sie sich erinnerte, als sie durch die dunkle Schlafstube schlich, waren Flammen. Sein Haus brannte lichterloh. Trotzdem wollte er nicht nach Lübeck zurückkommen.

»Nicht, solange ich *sie* sehen muss«, hatte er erwidert.

Sie wollte ihn fragen, wen er meine, schrie ihn an, dass er sie ansehen, sie erkennen solle. Dann brüllte ein Kind. Marie kam allmählich zu sich und begriff, dass es ihr Kind war, das nach seiner Mutter schrie.

Mathilde Hansen und Marie verbrachten zwei weitere Abende miteinander. Marie redete sich ein, es habe nichts zu bedeuten. In Wahrheit genoss sie die Anwesenheit von Thomas' Tante, weil so vieles an ihr sie an ihn erinnerte. Es war ein wenig, als säße sie mit ihm bei einem Glas Wein und diskutierte über die Kolonialpolitik oder über die sozialen Missstände in Lübeck. Als für Marie der Tag der Abreise kam, versprachen sie sich, Kontakt zu halten.

»Eine alte Frau freut sich immer über Gesellschaft«, erklärte Mathilde Hansen unumwunden. Sie sagte Marie zu, es sie wissen zu lassen, falls sie Nachricht von Thomas bekomme.

Wieder in Lübeck, stürzte sich Marie in ihre Arbeit. Und sie verschlang alle Informationen über Deutsch-Ostafrika, derer sie habhaft werden konnte. Christian erzählte sie von Hansens

Tante. Sie wollte nicht, dass er von jemand anderem erfuhr, wer die Dame war, die in Travemünde Thomas' Haus hütete. Was hätte sie ihm antworten sollen, wenn er danach gefragt hätte. Was sie alles erfahren hatte, verschwieg sie ihm jedoch ebenso wie ihr plötzliches Interesse an dem Leben in Deutsch-Ostafrika.

VIII

1893 begann eine schlimme Zeit für Marie. Die Stimmung der Kaufleute wurde immer schlechter, je weiter der Bau des Nordsee-Ostsee-Kanals fortschritt, der sechs Jahre zuvor beschlossen worden war. Die Angst ging um, die benachbarte Hansestadt Hamburg, die dadurch direkten Zugang zur Ostsee bekam, würde Lübeck verdrängen und der Wirtschaft schaden. Noch war davon nichts zu spüren, doch aus Furcht, in absehbarer Zeit zu verarmen, hielt man sein Geld zusammen. Marie musste feststellen, dass die Umsätze leicht zurückgingen. Was sie viel mehr störte, war der Rückgang der Spenden.

»Es ist nicht zu fassen«, fluchte sie. »Nichts hat sich in Lübeck zum Schlechten verändert. Nur weil vielleicht in einigen Jahren härtere Zeiten kommen könnten, machen sich die Menschen das Leben jetzt schon schwer. Ich begreife das nicht.«

Christian, der immer häufiger unter Kopfschmerzen litt, versuchte sie zu besänftigen, aber gegen Maries Temperament war er machtlos.

»Sollen sie doch lieber überlegen, was sie Hamburg entgegenzusetzen haben. Jetzt ist noch Zeit. Wir können uns alle nach neuen Umsatzmöglichkeiten umsehen statt nur zu jammern. Davon wird es auch nicht besser. Wir sollten darüber nachdenken, wie wir unsere schöne Vaterstadt ins beste Licht rücken können.«

Der Bau der Buden zwischen Engelswisch und Dichtersplatz stockte. Maries Wunsch, dass die ersten Bedürftigen zu Weihnachten in den Krögergang einzogen, blieb unerfüllt. Auch in der Familie musste sie Schläge hinnehmen. Gänzlich unerwartet starb ihre Mutter. Niemand hatte es kommen sehen. Margreth Kröger war zwar immer dicker geworden und kümmerte sich nicht um das Gerede ihres Arztes, sie müsse dringend Gewicht verlieren. Seit Grünbeck tot war, gab es für sie keinen Arzt mehr, der etwas taugte. Auch Maries Ermunterungen, mit ihr und Wilhelm spazieren oder schwimmen zu gehen, blieben wirkungslos. Trotzdem machte sie, von kleinen Zipperlein einmal abgesehen, einen recht gesunden Eindruck und feierte mit fettem Gänsebraten und einer Extraportion Schmalz im Rotkraut im Kreise ihrer Lieben Weihnachten. Christians Schwester war kurz zuvor fast im Kindbett gestorben. Es grenzte an ein Wunder, dass sie noch am Leben war. Mit Kai und Töchterchen Friederike zog sie in das Kröger'sche Haus in der Beckergrube. Margreth Kröger konnte die sehr geschwächte Helene aufpäppeln und sich um das Kind kümmern, während Kai Bohrdt die Fisch- und Konservenfabrik Bohrdt & Andresen leitete. Außerdem war Marie rasch zur Stelle, um ihre Schwägerin aufzumuntern, wenn diese von einer Depression heimgesucht wurde. Es war eine gute Lösung. Das Weihnachtsfest verbrachten die Familien in stiller Dankbarkeit, dass Helene auf dem langsamen Pfad der Besserung war. Marie kam kaum mit der Lieferung von Glücksbällchen nach, die seit ihrer Erfindung zur festen Einrichtung geworden waren. Wenigstens zu Weihnachten waren die Lübecker anscheinend noch spendabel. So vieles blieb liegen, weil Marie nicht nur auf Helene, sondern auch auf den Bau der Buden stets ein Auge hatte. Darum fand sie nichts dabei, am zweiten Weihnachtstag rasch ein paar Hemdchen für ihren Sohn sowie Bettzeug für Helene zu waschen. Die Mädchen hatten frei

und feierten daheim in ihren Familien. Ihr blieb also nichts anderes übrig, als sich auch darum selbst zu kümmern.
»Marie, um Himmels willen!«, hatte ihre Mutter gerufen und die fleischigen Hände über dem Kopf zusammengeschlagen. »Du willst doch zwischen Weihnachten und Dreikönig keine Wäsche zum Trocknen aufhängen.«
»Und warum nicht? Ich kann schlecht fast zwei Wochen warten. Wilhelm macht sich jeden Tag schmutzig. Er wird bald nichts mehr anzuziehen haben.«
»Nein, das bringt Unglück!«
»Ach Mutter, du solltest dich schämen, so abergläubisch zu sein. Wenn das die Damen aus dem Heilig-Geist-Hospital wüssten.«
»Sie würden bestimmt nicht ihre Wäsche um diese Zeit aufhängen, weil sie nämlich wissen, dass das einen Todesfall im neuen Jahr bedeutet.«
»Mutter, bitte!«, hatte Marie gesagt und kopfschüttelnd die kleinen Hemden und weißen Betttücher aufgehängt. Eine Woche später war Margreth Kröger tot.
Kai Bohrdt kaufte Marie ihr Elternhaus in der Beckergrube ab. Er war ein höchst talentierter Geschäftsmann, die Fisch- und Konservenfabrik warf prächtige Gewinne ab. Trotzdem wäre er nicht auf die Idee gekommen, großzügige Summen den Armen zu spenden. Mit dem Kauf tat er ganz nebenbei Gutes. Marie wollte ohnehin nicht in das Haus zurück, mit dem sie so viele düstere Erinnerungen verband. Und das Geld kam ihr gerade recht, um endlich die Buden fertigstellen zu lassen. Fast zeitgleich zogen im Frühjahr 1894 zwölf Frauen in die hübschen hellen Häuser im Krögergang ein, während Wilhelm Christian Andresen seinen ersten Schultag erlebte. Schon glaubte Marie, es brächen endlich wieder sorglosere Zeiten an.
»Wir wollen feiern«, verkündete sie deshalb.

»Bitte verzeih, aber ich fühle mich in letzter Zeit nicht recht wohl«, bremste Christian ihre Euphorie.
»Schon wieder deine Kopfschmerzen?«
»Ja, es ist zum Verrücktwerden!«
So kannte Marie Christian nicht. Immer ertrug er geduldig Schmerzen oder Kummer. Selbst als er sich in der Konservenfabrik an einer Maschine die Hand verletzt hatte und mehrere Monate mit einem Verband herumlaufen musste, klagte er kein einziges Mal.
»Du solltest noch einmal zum Arzt gehen, Christian«, drängte Marie.
»Das brauche ich nicht. Ich weiß auch so, was er wieder sagt. Ich soll mich ein wenig schonen, ich sei überarbeitet.«
»Dann hör auf ihn und mach Ferien.«
»Marie, daran liegt es nicht. Der Doktor weiß doch selbst nicht, was mir fehlt. Jedenfalls arbeite ich nicht mehr als sonst, eher im Gegenteil. Die Konditorei läuft fast von alleine. Wenn dort jemand zu viel arbeitet, bist du das. Nein, es muss einen anderen Grund geben.«
»Dann geh zu einem anderen Arzt«, beharrte sie. »Ich habe von einem Professor in Hamburg gelesen, der sich auf Schmerzen spezialisiert haben soll.«
»Vielleicht fahre ich mal hin«, meinte er ausweichend und ließ es dabei bewenden.
Auch Marie kam nicht mehr darauf zurück. Sie hatte andere Dinge zu tun, und Christian schien es bald wieder besserzugehen. Von seinen Schwindelanfällen erzählte er ihr nichts. Ruhig war er schon immer gewesen, sie kannte ihn nicht anders. Seinen Rückzug nahm sie darum nicht wahr. Stattdessen bereitete sie mit der Kaufmannschaft eine riesige Handels- und Industrieausstellung vor. In kleinen Pavillons und großzügigen Hallen sollten sich nicht nur die norddeutschen, sondern auch skan-

dinavische Fabrikanten, Händler und Erfinder präsentieren. Das, so hoffte man, würde Lübeck ins rechte Licht rücken, bevor Hamburg der Stadt den Rang ablaufen konnte. Ein Kröger-Café und ein Fischrestaurant Andresen sollten neben anderen Lokalen für das leibliche Wohl der Besucher sorgen. Marie blühte auf, je mehr sie für die Ausstellung tun konnte und je näher der Termin rückte. Immer öfter blieb sie über Nacht in der Beckergrube oder nahm sich Arbeit mit nach Hause. Dort saß sie über den Plänen der Pavillons, kümmerte sich um Anfragen der Aussteller und bemerkte kaum, dass Christian immer häufiger früh zu Bett ging, anstatt mit einem Buch in ihrer Nähe zu sitzen. Es dauerte eine geraume Zeit, bis er sie darauf ansprach.
»Ich möchte dich bitten, dir wieder ein wenig mehr Zeit für deine Familie zu nehmen, Marie«, sagte er ohne Umschweife, wie sie es von ihm gewohnt war.
»Du hast recht.« Marie seufzte und setzte sich zu ihm. »Ich weiß, dass es im Moment ein bisschen viel ist. Aber bis zur Ausstellung ist es ja nicht mehr lang. Du weißt, wie viel davon abhängt. Wenn erst alle Pavillons und die Hallen stehen, wenn alle Teilnehmer angereist sind und aufgebaut haben, dann machen wir einen schönen Familienausflug. Versprochen!«
»Wir sollten ihn bald machen, anstatt ihn immer aufzuschieben. Vielleicht ist es plötzlich zu spät. Wer weiß das schon?«
»Warum sagst du denn so etwas?« Sie sah ihn erschrocken an. Täuschte sie sich, oder war er noch blasser als gewöhnlich? Ihr schien auch, als hätte er abgenommen.
»Denk doch nur an deine Mutter, Marie. Du warst so sicher, dass du noch viel Zeit mit ihr hast. Und ehe du wusstest, wie dir geschah, ist sie gestorben. Oder denk an Helene. Fast wäre sie nicht aus dem Kindbett aufgestanden.«
»Du machst mir Angst, Christian. Gibt es etwas, das du mir sagen willst?«

»Nur, dass du dir jetzt Zeit für deinen Sohn und für deinen Mann nehmen solltest.«
Marie hatte ein schrecklich schlechtes Gewissen. Es war ja nicht so, dass sie sich nicht um ihre Familie kümmerte. Aber wie Christian sagte, hatte sie stets auch noch tausenderlei andere Dinge im Kopf und verließ sich darauf, für Sohn und Mann noch genug Zeit zu haben. Wenn Wilhelm berichtete, die Schule mache ihm Freude, war sie zufrieden. Sie sah seine Zukunft auf dem Katharineum, der besten Schule Lübecks, die schon einige Gelehrte hervorgebracht hatte, genau vor sich. Alles lief seinen Gang.
Nur selten hielt Marie inne. Das geschah zum Beispiel dann, wenn ihr Sohn in die Konditorei gerannt kam, mit seinem Charme die Verkäuferinnen um den Finger wickelte, sich etwas Marzipan stibitzte und gleich darauf wieder verschwand, um Tante Helene und die kleine Friederike zu besuchen. Dann dachte sie, sie sähe sich selbst als kleines Mädchen, wie sie sich Naschwerk aus der Konditorei stibitzte. Meistens vereinnahmten der Betrieb und die Armen der Stadt sie so sehr, dass sie ihren Sohn der Kinderfrau überließ und ihren Mann damit tröstete, dass sie sich schließlich jeden Tag im Kontor sähen. Wenn sie ehrlich mit sich war, musste sie sich eingestehen, dass sie wieder ihr eigenes Leben führte, als hätte sie nie geheiratet und ein Kind bekommen. Es mochte daran liegen, dass ihr ein Dasein als Ehefrau und Mutter zu wenig war. Vermutlich war der Grund jedoch an ganz anderer Stelle zu suchen. Sie nutzte jede Gelegenheit, um sich mit Mathilde Hansen zu treffen, die in einer hübschen kleinen Villa in Lübeck wohnte, wenn sie nicht gerade Thomas' Sommerhaus hütete. Und wann immer es ging, besuchte sie Veranstaltungen der Gesellschaft für Kolonisation und wachte immer häufiger aus schlimmsten Alpträumen auf, von denen Christian nichts wissen durfte. Sie schämte sich, dass

Thomas Hansen, obwohl sie ihn viele Jahre nicht gesehen hatte, wieder so großen Raum in ihren Gedanken einnahm.

Wenige Tage, nachdem Christian sich bei ihr beschwert hatte, schlug Marie vor, einen Ausflug zu unternehmen. Ein kleiner Dampfer fuhr die Trave hinunter bis nach Schwartau, wo die Fahrgäste von Bord gingen, einen Spaziergang machten und Kaffee und Kuchen genossen. Nach drei Stunden ging es wieder zurück. Wilhelm konnte sich gar nicht sattsehen, wenn das Wasser um die *Trave-Perle* herum schäumte und brauste.

»Können wir mal auf einem richtigen Schiff fahren? Einem großen, meine ich.« Seine Stimme überschlug sich fast, und er sauste wieder an die Reling, hielt sich mit seinen kleinen Händen fest und bestaunte das tosende Wasser.

Marie und Christian saßen auf einer der Holzbänke und sahen ihm zu. Die Sonne wärmte sie, und alles schien in bester Ordnung zu sein.

»Ich habe deinen Vater auf einem großen Schiff kennengelernt«, erzählte Marie. »Es hatte vier große Segel und hat uns weit über das große Meer getragen.«

»Wirklich?« Das war eindeutig noch spannender, als hinunter ins Wasser zu starren. Wilhelm ließ von der Reling ab und baute sich mit aufgerissenen Augen vor seiner Mutter auf.

»Allerdings«, bestätigte Christian. »Geschaukelt hat das, schrecklich!«

Marie musste lachen. »Bist du etwa seekrank geworden? Das habe ich ja gar nicht mitbekommen.«

»Bin ich nicht. Aber erinnerst du dich noch an die Tage kurz vor unserer Ankunft in St. Petersburg? Wenn du nicht gewesen wärst, hätten wir alle von dem Fleisch gegessen. Und das bei diesem Seegang.«

»Das werde ich nie vergessen.«

»Ihr sollt von dem Schiff erzählen«, quengelte Wilhelm. »War es so groß?« Er riss seine Arme so weit auseinander, wie er nur konnte.
»Noch größer«, versicherte sein Vater.
»Ist es schnell gefahren? Und hattet ihr ein richtiges Bett auf dem Schiff?«
Geduldig beantworteten sie seine Fragen. Zurück in St. Gertrud, mussten sie ihn beinahe tragen, so müde war er. Nicht einmal zu Abend essen wollte er mehr, sondern verkrümelte sich gleich unter seine Decke.
»Das war ein schöner Tag«, sagte Marie, als sie allein am Esstisch saßen. »Du hattest mal wieder recht, wir hätten das viel früher machen sollen. Magst du zum Abschluss ein Bier oder einen Wein?«
»Weder noch, danke. Ich werde auch ins Bett gehen.«
»Fühlst du dich nicht wohl?« Ihre unbekümmerte Stimmung verflog.
»Doch, doch, ich bin nur so müde wie unser kleiner Mann. Du bist doch nicht böse?«
»Natürlich nicht.« Sie gab ihm einen Kuss auf die Wange und sah ihm nach, als er die Treppe hinaufstieg. Enttäuscht ging sie allein zurück in die Stube. Wenn er doch gefragt hätte, ob sie ihn nicht nach oben begleiten wolle. Ob er glaubte, sie wolle nicht mit ihm schlafen, da sie ihn ja nicht aus Liebe geheiratet habe? Meinte er, ihr sei das Zusammenleben wie zwischen Bruder und Schwester gerade recht? Oder wollte er es so haben und vermisste dabei nichts? Sie wusste es wirklich nicht, denn darüber sprachen sie bei aller Offenheit nicht.
Unschlüssig ging sie im Zimmer auf und ab. Ihre Gedanken wanderten zu den letzten Nachrichten, die sie aus Ostafrika gehört hatte. Von Auseinandersetzungen mit den Massai war die Rede. Sie blätterte in einem Buch und fand eine Zeichnung

eines Massai. Es handle sich um einen kriegerischen Nomadenstamm, hieß es dort. In der Nacht träumte sie von schwarzen Männern, deren Augen und Zähne in ihren dunklen Gesichtern leuchteten. Sie schnitten einem weißen Mann, der eine seidig glänzende schwarze Strickjacke trug, die Kehle durch. Marie schlug verzweifelt um sich, doch einer der Krieger hielt sie fest.
»Marie, Marie, wach auf, du träumst!« Das war Christians Stimme.
Schwer atmend setzte sie sich auf und starrte in seine sorgenvollen Augen. Ganz allmählich beruhigte sie sich.
»Du hast nur geträumt, Marie, es ist alles in Ordnung.«
»Habe ich geschrien oder gesprochen?«, fragte sie ängstlich.
»Fast erschlagen hättest du mich. Komm her.« Er zog sie an sich und streichelte ihr übers Haar.
Marie presste sich an ihn und murmelte: »Ich bin so froh, dass du da bist.« Ihr Kopf ruhte auf seiner Brust. Sie streichelte seinen Arm und fuhr mit der Hand unter seinen Pyjama, um seine warme Haut zu spüren. Sie schämte sich entsetzlich und war froh, nicht Thomas' Namen gerufen zu haben. Niemals durfte das passieren. Sie küsste Christian auf den Hals. Er war ihr Mann, und sie würde immer zu ihm halten, wie sie vor Gott und den Menschen in St. Jakobi geschworen hatte. Ihre Lippen forschten weiter an seinem Hals hinab zu den Schultern.
»Schlaf jetzt wieder«, flüsterte er, küsste sie auf die Stirn und drehte sich zur Seite.

Am Tag der Eröffnung des gefürchteten Kanals, der nicht nur die Städte Kiel und Brunsbüttel verband, sondern auch der Hansestadt Hamburg zu unverdientem Vorteil gegenüber ihrer kleinen Hanseschwester zu verhelfen drohte, lag eine unbeschreibliche Stimmung über Lübeck. Nach Jahren der Angst

fügten sich die Menschen nicht einfach in das Unvermeidliche, nein, sie hatten offenkundig beschlossen zu trotzen und ihr Schicksal in die eigenen Hände zu nehmen. Aufgekratzt waren sie und voller Tatendrang. Für Maries Geschmack kam dieser Wandel reichlich spät. Doch sie war froh, dass er überhaupt kam. Sie hatte hart gearbeitet und das unmöglich Geglaubte doch geschafft. Am Tag der Kanal-Einweihung öffnete auch die Deutsch-Nordische Handels- und Industrieausstellung ihre Pforten. Über siebzig Pavillons lockten mit Spezialitäten aus Dänemark, Schweden und sogar Finnland die Besucher an. Neuartige Gerätschaften wurden dem staunenden Publikum präsentiert, wie zum Beispiel ein Petroleum-Kochapparat. Man betrat das Gelände durch den originalgetreuen Nachbau eines Stadttors und brauchte mindestens zwei Tage, wollte man alle Pavillons und die beiden Hallen besuchen. Schon von fern war der sogenannte Messeturm zu sehen, den man ebenfalls eigens für diesen Anlass gebaut hatte.
Voller Stolz begrüßte Marie die Ehrengäste, den Bürgermeister, die Senatoren sowie Delegationen aus fünf Ländern im Namen der Lübecker Kaufmannschaft. Gleich zu Beginn ihrer Rede entschuldigte sie ihren Mann, der nicht teilnehmen konnte. Es hatte ihn schlimm erwischt. Die Kopfschmerzen waren so unerträglich, dass er es nur in einem dunklen Raum aushielt. Hinzu kamen Schwindelanfälle, die es ihm unmöglich machten, das Bett zu verlassen. Nach Maries Ansprache – sie hatte es sich nicht nehmen lassen, einen humorvollen Seitenhieb auf Hamburg auszuteilen – kamen weitere Kaufleute und natürlich der Bürgermeister zu Wort. Der zerschnitt, nachdem er geendet hatte, unter aufbrausendem Applaus ein Seidenband unter dem nachgebauten Stadttor. Die Ausstellung war damit offiziell eröffnet, die Ehrengäste durften das Gelände erkunden. Das einfache Volk, das sich bereits in Scharen am Eingang postiert hat-

te, musste noch zwei Stunden ausharren. Erst dann war die große Ausstellung jedermann zugänglich.
Nachdem Marie durch über zwanzig Pavillons gestreift war sowie im Café und im Fischrestaurant noch einmal nach dem Rechten gesehen hatte, wollte sie nach Hause gehen. Sie machte sich Sorgen wegen Christian und mochte ihn nicht zu lange alleine lassen, obwohl er wahrscheinlich ohnehin niemanden um sich haben wollte.
»Frau Andresen, darf ich Ihnen gratulieren!« Ratsherr Mertens trat zu ihr. »Sie hatten nicht unerheblichen Anteil an der Organisation dieser Ausstellung, wie ich hörte. Und Ihre Ansprache war ebenso unterhaltsam wie informativ.«
»Vielen Dank, das höre ich gern.«
»Machen Sie mir die Freude und begleiten mich hinauf auf den Aussichtsturm?«
Marie zögerte. Der Blick musste phantastisch sein. Wahrscheinlich noch besser als damals vom Riesenrad. Um nicht zu sehr daran erinnert zu werden, wollte sie den Turm eigentlich nicht besteigen.
»Ich glaube kaum, dass ich die Stufen hinauf noch schaffe«, versuchte sie es mit einer Ausrede. »Mir tun jetzt schon die Füße vom Laufen weh.«
»Ich bitte Sie, Frau Andresen, Sie sind noch jung und gut zu Fuß. Sie werden sich doch diesen Ausblick von da oben nicht entgehen lassen.«
»Sie haben ja recht, keine Müdigkeit vortäuschen.« Sie lachte gequält. »Aber nur kurz. Ich möchte meinen Mann nicht so lange alleine lassen.«
»Wie geht es ihm denn? Sie sagten vorhin, er könne nicht aufstehen?«
»Leider. Wir wissen nicht, was wir noch tun können. Nun haben ihn schon zwei Ärzte untersucht und nichts gefunden.«

Sie stiegen Stufe um Stufe den Turm hinauf. Marie war rechtschaffen erschöpft, als sie oben ankamen. Die Anstrengungen der letzten Wochen steckten ihr in den Knochen. Doch für diese Aussicht hätte sich jede noch größere Mühe gelohnt. Vor ihnen breitete sich Lübeck aus. Stolz ragten die sieben Türme in die Höhe, erhaben über technischen Fortschritt, der woanders vielleicht schneller Einzug hielt. Und erhaben vor allem über jeden Zweifel an ihrer Bedeutung. Marie ließ ihren Blick über die grünen Kupferdächer, die schneeweißen Treppengiebel und den roten Backstein schweifen und war mit einem Mal von Ehrfurcht erfüllt. Lübeck war wie eine Mutter, die gut für ihre Kinder sorgte. Concordia Domi Foris Pax: Eintracht im Hause – Friede vor dem Tor.

»Was habe ich Ihnen gesagt? Diesen Anblick sollte sich niemand entgehen lassen.« Mertens stupste sie vertraulich am Arm. »Vor allem wird dieser Turm nie wieder so leer sein. Wenn Sie noch einmal hinaufwollen, müssen Sie Schlange stehen.«

»Da haben Sie wohl recht.«

Sie betrachteten noch eine Weile die bunten Pavillons mit ihren teils runden, teils spitzen Dächern, die Freifläche der Gartenbauer und die Boote und Masten, die eigens in den Bereich der Marine-Schau geschafft worden waren. Auf dem Weg nach unten berichtete Mertens von einem Hamburger Professor, der sich auf Erkrankungen des Kopfes spezialisiert habe.

»So weit wird Ihr Groll gegen Hamburg hoffentlich nicht gehen, dass Sie auf die Hilfe des Professors wegen seiner Herkunft verzichten«, scherzte Mertens.

»Oh, ich hege überhaupt keinen Groll gegen Hamburg. Ich teile nicht einmal die Angst meiner Landsleute, wir könnten im Schatten der Hansestadt enden. Haben Sie eben nicht hingesehen? Lübeck wird immer die Perle unter allen Hansestädten sein.«

»Wohl gesprochen«, sagte Mertens und nickte.

Sie verließen den Turm, und Marie wollte sich gerade verabschieden, als sie wie vom Donner gerührt mitten in der Bewegung erstarrte. Vor ihr stand Thomas Hansen.

»Guten Tag, Fräulein Kröger.« Er streckte ihr höflich die Hand entgegen.

»Hansen, Sie sind aus dem Urwald zurück«, sagte Mertens. »Man merkt, dass Sie unserer Heimat, der Perle aller Hansestädte, lange den Rücken gekehrt haben. Darf ich vorstellen, Frau Andresen!«

Wie in Trance reichte Marie ihm die Hand. Sie konnte noch immer nichts sagen.

»Also dann, grüßen Sie Ihren Mann ganz herzlich von mir, und überbringen Sie ihm meine besten Genesungswünsche. Fahren Sie zu diesem Professor. Ich habe wirklich nur Gutes gehört.«

»Ja, vielen Dank, Herr Mertens«, sagte Marie mechanisch.

Dann waren sie allein. Um sie herum drängten sich die Besucher. Marie und Thomas bemerkten nichts davon. Sie standen einfach da und sahen sich an.

»Du bist zurück. Wie geht es dir?«, brachte sie endlich heraus.

Er ignorierte ihre Frage und schüttelte langsam den Kopf. »Ich glaube es einfach nicht. Also ist es wahr, du hast Andresen geheiratet. Seit meiner Ankunft in Lübeck höre ich nur, was Frau Andresen so alles ausrichtet und zum Wohle der Armen auf die Beine stellt. Ich konnte kaum glauben, dass der langweilige blasse Fischhändler eine so patente Frau gefunden haben soll. Von Marie Kröger dagegen hörte ich nichts. Da kam mir schon der Verdacht. Wer hätte geglaubt, dass du einmal das tust, was ich dir sage? Glückwunsch!«

»Es hat sich so ergeben.« Marie senkte den Kopf und hätte sich am liebsten geohrfeigt. Thomas Hansen hatte ihre Beziehung auf dem Gewissen, nicht sie. Was hätte sie denn tun sollen? Ihm für den Rest ihres Lebens hinterhertrauern? Sie hatte eine Familie, auf die sie stolz sein konnte. Warum sagte sie ihm das nicht?

»So schlagfertig wie früher bist du nicht mehr. Was ist los, Marie Andresen, du wirst doch nicht alt? Oder hat dein Ehemann dich gezähmt?«

»Er ist ein guter Ehemann, der jedenfalls nicht versuchen würde mich zu hintergehen«, erwiderte sie. Allmählich gewann sie ihre Fassung und ihren Zorn zurück. »Dein Ratschlag war es gewiss nicht, dem ich diese gute Entscheidung verdanke. Aber wenn es so wäre, hättest du in meinem Leben nicht nur Scherben hinterlassen. Also will ich dir die Lorbeeren gerne gönnen.«

Feindselig sah sie ihn an. Sein schwarzes Haar glänzte in der Sonne. Es war über die Jahre von noch mehr Silber durchzogen. Den Kinnbart hatte er nicht mehr. Nur noch die Oberlippe zierte ein silbrig-schwarzes Bärtchen. Seine Haut war dunkel von der afrikanischen Sonne, was ihm ausgesprochen gut stand. Beim Blick in seine undurchdringlichen braunen Augen wurden Marie auf der Stelle die Knie weich. Sie hätte sich sofort wieder in ihn verlieben können, wenn sie nicht so wütend gewesen wäre.

»Und jetzt entschuldige mich bitte. Meinem Mann geht es nicht gut. Ich möchte jetzt zu ihm.« Damit war sie an ihm vorbei und verließ das Ausstellungsgelände. Sie hatte das Gefühl, noch lange seinen Blick in ihrem Rücken zu spüren, widerstand aber der Versuchung, sich noch einmal umzudrehen. Weit hatte sie es nicht bis zur Villa an der Wakenitz. Trotz ihrer schmerzenden Zehen ging sie zu Fuß. Es war gut, noch ein wenig allein zu sein. Der Schock, Thomas plötzlich wiederzusehen, saß tief. In ihren Gedanken war eine schreckliche Unordnung. Einerseits war sie froh, dass er lebte, dass ihm in Afrika nichts passiert war, andererseits vermochte sie sich nur schwer mit der Vorstellung vertraut zu machen, ihm von nun an wieder jederzeit begegnen zu können. Ihr gingen Mathilde Hansens Worte nicht aus dem Kopf, wie verzweifelt er gewesen sein sollte, wie verletzt von einer Frau. Und hatte er nicht traurig ausgesehen, als Mertens sie als Frau Andresen vorgestellt hatte? Für Marie ergab das alles keinen Sinn. Womöglich hätte sie ihn doch gleich darauf ansprechen sollen, als sie diesen entsetzlichen Brief in seinem Haus gefunden hatte. Jetzt war es zu spät. Sie wusste, dass es für sie keine Möglichkeit gab, diese Angelegenheit jemals zu ordnen. Was sollte es helfen, wenn es zur Aussprache käme und der Verdacht von damals sich auflöste? Dann konnten sie trotzdem nicht zusammen sein, weil Marie Christian ihr Wort gegeben hatte. Daran musste sie sich halten. Sie würde Thomas aus dem Weg gehen, so gut es eben ging. Das war alles, was sie tun konnte.

Das Eppendorfer Krankenhaus lag in einer großzügigen Parkanlage. Während Christian intensiv untersucht wurde, ging Marie mit Wilhelm dort spazieren.

»Muss Vater sterben?«, fragte Wilhelm unvermittelt.

»Aber nein, wie kommst du denn auf so etwas?« Marie kniete sich hin, um ihrem Sohn in die Augen sehen zu können. »Hier gibt es die besten Ärzte. Die werden herausfinden, warum er immer so schlimme Kopfschmerzen hat, und ihn wieder gesund machen.«

Wilhelm dachte über das Gehörte nach und sagte: »Das ist gut. Weißt du, warum?«

»Na, weil wir den Papa so liebhaben und noch ganz lange mit ihm zusammen sein wollen«, antwortete sie.

»Nein! Doch, auch.«

»Und warum meinst du denn, dass es gut ist?«

»Weil ich doch sonst nie einen Bruder oder wenigstens eine Schwester kriegen kann.«

Marie musste schlucken. Sie verspürte nicht den Wunsch nach einem zweiten Kind, und Christian hatte auch nie etwas in dieser Hinsicht erwähnt. Sie dachte an ihre beiden Brüder und wie wunderbar es war, dass sie immerhin einige Jahre mit ihnen hatte verbringen dürfen.

»Du wünschst dir also ein Geschwisterchen?«

»Natürlich! Am liebsten einen Bruder, wenn das geht.«

Sie liefen durch das raschelnde Herbstlaub zurück, das die Wege bedeckte. Schon Maries erste Schwangerschaft war aufgrund ihres Alters nicht ohne Risiko gewesen. Eine weitere Schwangerschaft war undenkbar. Trotzdem sprach sie das Thema an, als sie wieder zu Hause waren.

»Denk dir, unser Sohn hätte gern einen Bruder«, erzählte sie.

Im Kamin brannte ein Feuer. Christian saß in seinem Sessel, ein Buch in der Hand. Es war ein guter Tag. Die Beschwerden waren so gering, dass er sogar ein wenig lesen konnte.

»Ist Friederike nicht wie eine Schwester für ihn?«

»Das reicht ihm aber nicht. Er möchte einen Bruder. Oder wenn schon, dann wenigstens eine eigene Schwester.« Sie schob ihren Sessel neben den seinen. »Wir haben nie darüber gesprochen. Hättest du ein zweites Kind haben wollen?«

»Du sagtest, du seist schon für das erste fast zu alt. Aber Grünbeck hat dir Mut gemacht. So konnten wir unseren Wunsch erfüllen. Ich hielt ein zweites für nicht möglich.«

»Aber hättest du es gewollt, wenn es möglich gewesen wäre?«

»Natürlich. Ich könnte mir nicht vorstellen, alleine aufgewachsen zu sein. Am liebsten hätte ich noch mehr Geschwister gehabt, nicht nur eine Schwester.«

»Ja, ich hätte auch um keinen Preis auf meine Brüder verzichten wollen. Ich vermisse sie heute noch.«

»Tja, unser kleiner Wilhelm wird eben allein zurechtkommen müssen. Wir sind zu alt.«

»So alt fühle ich mich noch gar nicht.«
»Du siehst auch nicht so aus. Für mich bist du noch immer die junge hübsche Marie Kröger, die mit achtzehn Jahren inmitten gestandener Kaufleute nach St. Petersburg segelt.« Er sah sie versonnen an.
»Marie Andresen, wenn ich bitten darf. Den Rest kannst du gerne stehenlassen.« Sie lächelte ihn liebevoll an. »Und von wegen gestandene Kaufleute. Du warst auch noch ein Grünschnabel. Das habe ich aber erst später durchschaut.«
Sie sahen in die Flammen, die um ein knorriges Wurzelstück züngelten. Es knisterte und knackte, und ab und zu gab es eine krachende Explosion, dass die Funken stoben.
»Wäre es dir lieber, mit Wilhelm allein zu sein, oder wären zwei Kinder für dich angenehmer, wenn ich nicht mehr bin?«
Marie starrte ihn an. »Warum sagst du so etwas, Christian? Du wirst wieder gesund. Der Professor hat doch gesagt, es ist nichts Schlimmes. Oder war das etwa nicht die Wahrheit?«
»Doch, natürlich, Marie. Nur fürchte ich, dieser Professor weiß ebenfalls nicht, was mir fehlt.«
»Aber er ist ein Spezialist und hat viel Erfahrung auf diesem Gebiet.«
»Was nützt die Erfahrung, mein Engel, wenn er doch nicht in meinen Kopf hineinschauen kann? Sie können ihn doch nicht einfach aufschneiden.« Er sah verzweifelt aus.
»Du musst daran glauben, dass du wieder gesund wirst. Du nimmst die Tabletten, die er dir aufgeschrieben hat. Und in einem Monat fahren wir wieder nach Hamburg. Dann wollen wir doch mal sehen, ob die wirklich einen größeren Weihnachtsmarkt haben als wir.« Sie wollte ihn so gerne aufmuntern.
»Es wäre schön, wenn du recht hättest. Mein Gefühl spricht eine andere Sprache. Wir sollten den Tatsachen ins Auge schauen.«

»Von Tatsachen kann aber gar keine Rede sein, Christian. Ich will gewiss nicht die Augen davor verschließen, wenn du wirklich nicht gesund werden solltest. Aber der Professor sprach doch von einer Entzündung, die durch die Tabletten zurückgehen soll. Warten wir doch erst einmal ab, wie es dir danach geht.«
»Ja, warten wir ab.« Und nach einer Weile sagte er: »Wir könnten ein Kind adoptieren.«
»Ist das dein Ernst?« Marie war überrascht. Er hatte nie selbst davon angefangen, doch nun schien es ihm ein Anliegen zu sein.
»Was ist daran so abwegig? In erster Linie ist das natürlich deine Entscheidung, denn du musst mit zwei Kindern klarkommen, wenn ich nicht mehr bei dir bin. Helene würde dir ganz sicher helfen. Und du hast ja auch die Kinderfrau.«
»Vor allem habe ich dich. Etwas anderes will ich jetzt nicht mehr hören.«
Er ging nicht auf ihren Einwand ein. »Für Wilhelm wäre es richtig. Und für so ein armes Geschöpf aus einem Waisenhaus allemal. Wir sollten es uns wirklich überlegen, Marie.«

Die Tabletten brachten keine Besserung, im Gegenteil. Die Kopfschmerzen kamen anfallartig und waren so stark, dass Christian sich erbrechen musste. Zudem klagte er über ein taubes Gefühl im linken Arm, den er zeitweise nicht mehr so benutzen konnte, wie er es gewohnt war. Dem Arm fehlte plötzlich jegliche Kraft. Zwar gab sich dieser Zustand wieder, doch Marie bekam es mit der Angst zu tun. Sie hasste diese Hilflosigkeit, zu der sie verdammt war. Seit sie als junges Mädchen die Konditorei ihres Vaters übernommen hatte, traf sie ihre eigenen Entscheidungen und änderte die Dinge, die ihr nicht gefielen. Aber es war nicht ihre Entscheidung, ob Christian gesund war oder womöglich sterben musste. Und sie konnte es nicht ändern, wenn er vor Schmerzen weder ein noch aus wusste. Wahrhaftig, sie hätte viel dafür gegeben, wenn sie es hätte ändern können. Als sie es gar nicht mehr aushielt, lief sie eines Tages von der Konditorei hinüber zum Schornsteinfegergang, um Jost zu besuchen. Sie wusste, dass er viel in Grünbecks Fachliteratur gelesen, sich ein großes medizinisches Wissen angeeignet hatte. Ja, einige von Grünbecks Bänden standen sogar in seiner kleinen Bude, in der er zufrieden seinen Lebensabend verbrachte. Vielleicht konnte er weiterhelfen. Sie zog an der Kette, die neben der Holztür hing. Drinnen ertönte eine Glocke. Wenig später wurde ein kleiner Vorhang zur Seite geschoben, der innen vor einer runden Glasscheibe hing. Als er Marie erkannte, hellte sich Josts Gesicht auf.

»Frau Andresen, das ist eine Freude«, begrüßte er sie. »Kommen Sie rein. Es ist ja lausig kalt heute.«

Am Morgen war das Quecksilber nicht mehr über fünf Grad geklettert. Es nieselte ununterbrochen. Vereinzelt fielen Hagelkörner oder Schneeflocken.

»Ich habe Ihnen Ihr Marzipan mitgebracht. Es ist schon viel zu lange her, dass Sie etwas gekriegt haben. Warum kommen Sie aber auch nicht in die Beckergrube und holen sich Ihre Portion?« Mit steif gefrorenen Fingern reichte sie ihm eine Schachtel.

»Vielen Dank, Frau Andresen, Sie sind so großzügig.« Er nahm die Schachtel entgegen und stellte sie in seine Holztruhe, die unter dem Fenster stand. »Ich kann doch nicht einfach in die Konditorei spazieren und Sie um Marzipan fragen.« Sein Gesichtsausdruck war pure Ablehnung. Nein, so etwas würde er nie tun.

»Aber ich habe doch gesagt, auf Lebenszeit. Versprochen ist versprochen. Das bin ich Dr. Grünbeck schuldig. Und für Sie tue ich das doch gern.«

Sie unterhielten sich über das Leben im Schornsteinfegergang, über die Abende, die Jost mit Meister Fehling und den anderen zubrachte. Er vermisste Julius, aber es ging ihm gut. Marie erzählte von Wilhelm, der sich prächtig in der Schule machte. Er hatte, wie es schien, das Zahlentalent seines Vaters geerbt. Dann kam sie auf Christians Erkrankung zu sprechen.
»Ich weiß nicht mehr weiter. Haben Sie denn nicht eine Idee, worum es sich handeln könnte?«
Er rieb sich das Kinn und hörte genau zu, welche Symptome aufgetreten waren. Seine Hände waren vom Rheuma geschwollen. Die nasskalte Winterluft schien ihm zu schaffen zu machen.
»Eine Entzündung, wie der Professor sagt, wäre schon möglich. Hat er Fieber? Ist er manchmal benommen und schläfrig?«
»Fieber? Nein, bisher nicht. Müde ist er sehr oft. Manchmal geht er gleich nach Wilhelm schlafen, während ich noch aufbleibe.«
»Ich fürchte, ich kann Ihnen nicht viel Mut machen, liebe Frau Andresen. Wenn die Mittel nicht bald wirken, sieht es böse für ihn aus. Es ist nicht gesagt, dass er an der Entzündung sterben muss. Meines Wissens überstehen die meisten Patienten diese Erkrankung. Nur muss er damit rechnen, zeitlebens unter schweren Kopfschmerzen zu leiden.«
»Warum muss ihn das nur treffen? Er ist so ein guter Mensch. Was können Sie mir sonst noch sagen?«
»Sie sollten besser einen Arzt fragen. Meine bescheidenen Kenntnisse sind die eines Laien.«
»Das ist nicht wahr, und das wissen Sie auch. Sie hätten leicht Seite an Seite mit Dr. Grünbeck arbeiten können.«
»O nein, Gott bewahre!« Er hob abwehrend die Hände. »Es ist ja alles nur Theorie … Nun, ich habe gelesen, dass manchmal auch Geistesstörungen bleiben, wenn eine Gehirnentzündung vergangen ist. Es tut mir leid, aber Sie sollten das wissen.«

Bedrückt ging Marie an ihre Arbeit zurück. Schon jetzt fiel Christian häufig aus oder erledigte nur wenig, wenn er im Kontor war, weil er sich nicht recht konzentrieren konnte. Wenn es nicht besser wurde, musste sie mit Achim eben wieder allein die Dinge in die Hand nehmen. Oder sie machte einen ihrer Konditoren zum Geschäftsführer. Es würde sich schon alles finden. Wenn Christian sich nur bald besser fühlte.

Der Weihnachtsmarkt der Hansestadt Hamburg war in der Tat größer als der von Lübeck. Das Beste aber war, dass er viel früher anfing, so dass Marie und Wilhelm ihn schon besuchen konnten, als sie Christian Mitte Dezember noch einmal ins Krankenhaus begleiteten.
»Guck mal, das ist aber ein großes Pferd!« Wilhelm stand mit aufgerissenen Augen vor der Reiterstatue, die zum Gedenken an Kaiser Wilhelm I. auf dem Rathausmarkt thronte.
»Und der Mann obendrauf heißt genau wie du«, sagte Marie.
»Der heißt Wilhelm Andresen?«
»Nein, Andresen heißt er nicht, aber Wilhelm. Wilhelm der Erste. Er war einmal deutscher Kaiser.«
»Hm, und der wievielte Wilhelm bin ich?«, fragte er ernst.
»Für mich bist du der Erste. Und der Beste!« Sie drückte ihn an sich.
Sie kauften kandierte Früchte und geröstete Maronen, die Christian so liebte. Für Friederike kauften sie eine Marionette, die sie zum Weihnachtsfest haben sollte. Dann wurde es Zeit, zum Krankenhaus zurückzufahren. Dort angekommen, stürzte Wilhelm seinem Vater entgegen.
»Wir haben einen Wilhelm auf einem Pferd gesehen. Der war mal Kaiser. Und wir haben eine Marinette gekauft. Und Maronen haben wir dir auch mitgebracht.«
»Es heißt Marionette«, korrigierte Marie ihn und streckte Chris-

tian die Papiertüte mit den Maronen entgegen. »Sie sind leider nicht mehr warm.«

»Das macht doch nichts. Danke.«

Eine Krankenschwester trat hinzu und beugte sich zu Wilhelm hinunter. »Wir bauen gerade den Weihnachtsbaum auf. Willst du mir beim Schmücken helfen?«

»O ja! Darf ich?« Fragend sah er von Marie zu Christian.

»Ja, geh nur.« Christian strich ihm übers Haar und sah der Schwester dankbar nach.

»Was sagt der Professor?«, fragte Marie voller Angst.

»Er möchte, dass ich hierbleibe. Zur Beobachtung, sagt er. Er will eine andere Medizin versuchen und meine Reaktionen überwachen.«

»Nun ja, wenn er denkt, dass er dir helfen kann, dann soll er es versuchen. Wir werden dich besuchen. Du wirst sehen, Weihnachten bist du wieder zu Hause, und es geht dir endlich besser.« Seine grünen Augen waren noch betrübter als sonst.

»Das wäre zu schön«, sagte er leise. »Am liebsten würde ich sofort mit nach Hause kommen. Ich kann dich doch nicht ausgerechnet in dieser Zeit in der Konditorei allein lassen. Der Weihnachtsmarkt und all die Bestellungen! Wie sollst du das denn nur schaffen?«

»Na hör mal, das habe ich doch früher auch geschafft. Wozu habe ich denn den guten alten Oeverbeck? Muss er eben mal wieder ein bisschen mehr arbeiten. Wie ich ihn kenne, ist ihm das gerade recht.«

»Ich weiß nicht, Marie, es wäre mir wirklich lieber, ich würde später ins Krankenhaus gehen. Im neuen Jahr, wenn alles erledigt ist und es wieder ruhiger im Geschäft wird. Die neue Medizin läuft mir doch nicht davon. Was meinst du?«

»Das kommt überhaupt nicht in Frage. Wenn der Professor dich gleich hierbehalten will, dann wirst du auch bleiben. Um mich

brauchst du dich bestimmt nicht zu sorgen. Und wenn ich die Konditorei schließen müsste, würde ich auch das tun. Die Hauptsache ist jetzt, dass du wieder gesund wirst.«
Am Abend saß sie allein mit Wilhelm in der Eisenbahn und fuhr zurück nach Lübeck. Sie schickte ein stilles Gebet zum Himmel und wünschte sich inständig, dass das neue Mittel den erhofften Erfolg bringen würde.

Zu Maries großer Überraschung war es Achim Oeverbeck alles andere als recht, dass er mehr arbeiten sollte. Sie verstand die Welt nicht mehr. Nahm sie ihm etwas ab, war es falsch, weil er sich zurückgesetzt fühlte, gab sie ihm mehr Aufgaben, war es ebenfalls falsch, weil er sich ausgenutzt fühlte. Sie gewann allmählich den Eindruck, dass er durch und durch unzufrieden war. Es gab nichts, was ihm Freude machte. Anscheinend empfand er das ganze Leben als Last. Marie bedauerte ihn von Herzen. Was immer sie konnte, erledigte sie ohne ihn. Wilhelm war kein Kleinkind mehr. Er konnte sich die eine oder andere Stunde allein beschäftigen. Sonst kümmerte sich die Kinderfrau um ihn, oder er war bei seiner Tante Helene und brachte Friederike bei, was er in der Schule gelernt hatte. So gelang es Marie sogar, sich für einen Nachmittag davonzustehlen, um nach Therese und Mathilde zu sehen. Therese hatte Unterschlupf im Krögergang gefunden. Und mit Mathilde verband Marie eine Freundschaft, die beiden Frauen viel bedeutete. Viel zu lange hatten sie nichts voneinander gehört, und Marie wollte unbedingt wissen, warum sie ihr nichts von Thomas' Rückkehr erzählt hatte. So machte sie sich auf den Weg, brachte Therese ein paar Leckereien mit, plauderte ein wenig mit ihr und musste versprechen, dass sie ihr Wilhelm mal für einen vorweihnachtlichen Bastel-Nachmittag bringen würde. Dann war sie schließlich in der wohlig warmen Stube von Mathilde.

»Marie, ich habe schon ein ganz furchtbar schlechtes Gewissen. So lange habe ich Sie vernachlässigt. Aber ich habe einen guten Grund.«
»Er hat nicht zufällig etwas mit Ihrem Neffen zu tun?«
»Sie wissen es schon? Dass er wieder in Lübeck ist, meine ich?«
Also hatte er nichts von ihrer Begegnung erzählt.
»Ja, ich habe ihn kürzlich bei der Eröffnung der Ausstellung gesehen.«
Mathilde kochte einen Kakao und wollte Marie unbedingt überreden, ihn auch mit einem Schuss Rum zu trinken.
»Nein, um Himmels willen! Ich muss ja noch zurück in die Konditorei. Ich werde alle Papiere durcheinanderbringen und wahrscheinlich auch alle Rezepte, wenn ich jetzt Alkohol zu mir nehme.«
»Nun, ich muss keinen klaren Kopf mehr haben. Sie erlauben doch, dass ich mir einen genehmige?«
Sie redeten über Gott und die Welt. Marie stellte fest, wie sehr ihr die Gespräche mit der klugen alten Dame gefehlt hatten.
»Wie ich hörte, war die Handels- und Industrieausstellung kein großer Erfolg. Jedenfalls wirtschaftlich. Stimmt es, dass aus der Stadtkasse ordentlich draufgezahlt wurde?«
»Erinnern Sie mich nicht daran, Mathilde. Niemanden interessiert es mehr, dass die Besucher in Scharen gekommen sind und von der Präsentation mehr als angetan waren. Auch die vielen Anerkennungen aus Skandinavien, Italien und Österreich zählen keinen Deut mehr. Ich bin schlimmsten Anfeindungen ausgesetzt, weil die Ausstellung in finanzieller Hinsicht tatsächlich kein Erfolg war. Im Gegenteil, die Lübecker Kaufleute haben tief in die Tasche greifen müssen, und auch der Senat.«
»War den Herren denn nicht klar, dass es ein Risiko ist? Ging es denn nicht um Dinge wie Ansehen? Erfolg lässt sich nun einmal nicht immer in Mark und Pfennig benennen.«

»Sagen Sie nicht mir das. Ich habe doch nichts alleine beschlossen und durchgesetzt. Nur Vorschläge habe ich gemacht und mich um die Organisation gekümmert. Aber sie brauchen einen Schuldigen, und da komme ich ihnen gerade recht. Als ob ich nicht genug Kummer hätte.«
»Wie geht es denn Ihrem Mann, meine Liebe?«
Marie berichtete, dass er noch immer in Hamburg sei. Das neue Mittel scheine ein wenig Linderung zu bringen. Zumindest sei sein Zustand nicht schlimmer, und er habe noch keinen neuen Anfall mit Erbrechen und Taubheit des Arms bekommen. Es sei ein Hoffnungsschimmer.
»Ich wünsche Ihrem Mann eine vollständige Genesung«, sagte Mathilde zum Abschied und drückte Maries Hände.
Marie schlug den Kragen ihres Mantels hoch und schob die Hände tief in die Taschen. Es war bereits dunkel und schneite, als sie zur Konditorei zurückgehen wollte. Den Kopf gesenkt, wäre sie nach wenigen Schritten fast mit Thomas Hansen zusammengestoßen, der offenbar auf dem Weg zu seiner Tante war.
»Wie immer in Eile?«, begrüßte er sie.
»Meine Zeit, wie kannst du mich denn so erschrecken?« Sie blieb wie festgewachsen stehen.
»Das waren die ersten Worte, die du zu mir gesagt hast.«
»Wie bitte?« Marie verstand nicht.
»In der Schiffergesellschaft. Du hast den Eskimo angestarrt. Weißt du nicht mehr?«
Seit er aus Afrika zurück war, war Marie ihm zweimal begegnet, das eine Mal bei der Eröffnung und später noch einmal im Rathaus, aber sie hatte ihn nicht ein einziges Mal lächeln sehen. Auch jetzt, als er sie an ihre erste Begegnung erinnerte, war er sehr ernst.
»Du weißt noch, was ich damals gesagt habe?«

»Allerdings. Dein erster Satz, den du zu mir gesagt hast, ist mir ebenso im Gedächtnis geblieben wie die letzten Zeilen, die du mir geschrieben hast.« Sein Blick war hart. Er schien es auf eine Aussprache anzulegen.

»Traurig, dass es so enden musste«, stellte sie schlicht fest und hielt seinem Blick stand.

Die Feuchtigkeit kroch durch den Stoff ihres Mantels, doch Marie spürte die Kälte nicht. Ihr wurde heiß vor Aufregung. Thomas packte ihren Ellbogen und zog sie einen Schritt zu sich.

»Warum musste es so enden, Marie? Kannst du mir das endlich erklären?«

»Du tust mir weh!«

»Das ist mir egal. Du ahnst wahrscheinlich gar nicht, wie sehr *du* mir wehgetan hast.« Mit einem Mal ließ er ihren Arm los. »Also?«

Schneeflocken fielen auf ihn herab und blieben auf seinem Haar und seinem Mantel liegen. Er machte nicht den Eindruck, als hätte er sich irgendetwas vorzuwerfen. Das verunsicherte Marie in höchstem Maße. Sie wusste sich nicht anders zu helfen, als zum Gegenangriff überzugehen.

»Was willst du hören?«, fauchte sie. »Soll ich mich etwa entschuldigen, weil ich dich nicht mehr sehen wollte? Du hast mich betrogen, wolltest mich sogar bestehlen!«

»Wie bitte?« Seine Miene wurde eisig. Er trat bedrohlich nah auf sie zu. »Ich höre wohl nicht recht. Sag das noch einmal!«

»Ich dachte, dir liegt etwas an mir, aber ich war für dich nur Mittel zum Zweck. Ich habe dich geliebt, Thomas Hansen, und du hast mich nur benutzt«, brach es aus ihr heraus. Sie durfte auf keinen Fall weinen. »Schön, du hast deinen Spaß mit mir gehabt. Nur was du darüber hinaus noch haben wolltest, hast du nicht bekommen. Man kriegt im Leben eben nicht immer das,

was man gern hätte. Ich habe dich immer um dein Talent beneidet, das Beste aus jeder Situation zu machen. Ich bin sicher, das gelingt dir auch weiterhin. Leb wohl, Thomas Hansen!« Sie rauschte an ihm vorbei.
»Du läufst also wieder davon. Genau wie bei unserer letzten Begegnung.« Er musste lauter werden, denn sie blieb nicht stehen. »Deine Auftritte sind zu pathetisch, Marie. Sei sicher, ich bringe dich zum Reden. Diese Anschuldigung wirst du mir erklären müssen.«

Ein Jahr nach der Einweihung des Nordsee-Ostsee-Kanals bewahrheiteten sich die Befürchtungen der Lübecker. Die Stadt verlor deutlich Handelsanteile an Hamburg. Weder die Innung noch die Kaufmannschaft oder gar der Wirtschaftssenator waren nach den empfindlichen Verlusten, die die Industrie- und Handelsausstellung beschert hatte, bereit zu investieren. Soviel Marie auch redete, so wenig konnte sie erreichen.
»Wie kleingeistig die doch sind«, schimpfte sie. »Noch immer halten sie mir die Ausstellung als Reinfall vor, tun so, als ob ich allein die Verantwortung dafür trüge. Warum begreifen sie nicht, dass man Fehler machen kann? Und dabei war es nicht einmal ein Fehler. Nur müssten wir jetzt nachlegen, die Stadt im Gedächtnis unserer Nachbarländer und unserer Landsleute halten. Aber sie wollen lieber nichts tun, als dass sie ein Risiko eingehen. Wenn sie so weitermachen, ist Lübecks Niedergang gewiss.«
»Du allein kannst das nicht verhindern, Marie«, entgegnete Christian. »Du kannst nur Sorge tragen, dass die Konditorei das unbeschadet übersteht. Und ich kann dir jetzt wieder dabei helfen.«
Christians Gesundheitszustand hatte wahrhaftig erstaunliche Fortschritte gemacht. Ab und zu klagte er über leichte Sehstö-

rungen oder auch noch manchmal über Schwindel, die Schmerzen dagegen waren fast vollkommen verschwunden. Er nahm seine Arbeit wieder auf und erledigte sie zuverlässig wie eh und je. Das Weihnachtsfest hatten sie mit Christians Eltern, Kai, Helene, die zum zweiten Mal schwanger war, und Friederike verbracht. Zum Jahreswechsel gaben sie ein großes Fest, zu dem sowohl Therese als auch Jost, Meister Fehling und Mathilde geladen waren. Das Thema Adoption kam zwischen Marie und Christian immer häufiger zur Sprache. Spätestens dann, wenn Wilhelm, der sich eigentlich schon vom Weihnachtsmann einen Bruder gewünscht hatte, wieder drängelte. Sie sprachen mit ihm und erklärten ihm, dass Marie kein Kind mehr bekommen könne. Und sie erklärten ihm auch, dass eine Adoption eine Lösung sei.

»Ach«, meinte Wilhelm, nachdem er sich alles angehört hatte, »das ist ja noch viel besser. Dann können wir uns den besten Bruder aussuchen.« Was er nicht verstand, war, dass es so lange dauerte. Die Kinder im Waisenhaus waren doch schließlich fix und fertig. Warum konnten sie nicht einfach hingehen und eines mitnehmen? Er wurde vertröstet. Es sei ja noch gar nicht endgültig entschieden, bremsten sie seine Begeisterung. Vorsorglich nahmen Marie und Christian jedoch Kontakt zum Waisenhaus am Fegefeuer auf. Sie machten sich über den Vorgang kundig, und man sagte ihnen, dass sie, ihrer gesellschaftlichen und finanziellen Stellung sei Dank, als Eltern bevorzugt in Frage kämen. Auch Maries Engagement war offenbar ein Punkt, der sehr für sie sprach.

»Besuchen Sie uns doch einfach, wann immer Sie Zeit finden«, schlug die Vorsteherin des Hauses vor. »Bringen Sie auch gern Ihren Jungen mit. Sie lernen die Kinder kennen, und es findet sich von allein, welches zu Ihnen gehört. Unser Herrgott sorgt schon dafür, dass zusammenkommt, was zusammenkommen soll.«

Marie gefiel diese Idee vortrefflich. Schon recht bald kamen sie der Aufforderung nach, brachten Marzipan und Fischkonserven als Geschenk und sahen den Jungen in ihren blauen Anzügen und den Mädchen in den roten Kleidchen beim Spielen und Lernen zu. Wilhelm ließen sie zunächst bei Helene. Sie wollten nicht, dass er sich zu große Hoffnungen machte oder gar einem der Jungen versprach, ihn mit nach Hause zu nehmen.

Dann erlitt Christian einen Rückschlag. Es ging ihm schlechter denn je. Zu den Kopfschmerzen und dem Schwindel kamen wiederum Sehstörungen, die diesmal so schlimm waren, dass er linksseitig erblindete. Glücklicherweise kam sein Augenlicht wieder zurück. Hatten sie schon geglaubt, er sei geheilt, setzte sich jetzt eine Angst in ihnen fest, die auch an guten Tagen für stetiges Unbehagen sorgte. An einen Bruder oder eine Schwester für Wilhelm war nicht mehr zu denken. Marie, die schon den Gedanken in ihrem Herzen bewegt hatte, einem zweiten oder gar dritten Kind eine Heimat und ein behagliches Elternhaus zu geben und in der Konditorei dafür kürzerzutreten, hielt es für Fügung. Um die Enttäuschung ihres Sohnes und vor allem das Leid ihres Mannes nicht ständig vor Augen zu haben, stürzte sie sich in die Arbeit.

Die Einnahmen gingen kontinuierlich zurück, obwohl es noch genug reiche Leute in der Stadt und in der Umgebung gab. Lübeck steckte nun einmal in einer Krise, wenn sie nach Maries Meinung auch überbewertet wurde. Die Menschen hielten ihr Geld zusammen und gönnten sich weniger. Jedenfalls in bestimmter Hinsicht. Gleichzeitig wuchs nämlich das Verlangen nach Zerstreuung. Die Damen der Gesellschaft und nicht selten auch ihre Männer hatten genug von der allgegenwärtigen Schwarzmalerei. Die Weinstuben und Kaffeehäuser, die Theater und Varietés freuten sich über mehr Gäste. Das wollte Marie sich zunutze machen. Sie bat Achim in ihr Kontor.

»Achim, du kennst die Zahlen«, kam sie ohne lange Vorrede auf

das Thema. »Die Konditorei verliert von Monat zu Monat Umsatz. Selbst Weihnachten war nicht so stark, wie wir es gewohnt sind. Wir müssen etwas unternehmen.«
»Darüber habe ich auch schon nachgedacht. Die Arbeiter sind zu teuer. Du zahlst ihnen mehr als andere Konditoren. Hier sehe ich die Möglichkeit zu sparen.«
»Nein, das kommt nicht in Frage«, protestierte Marie. Überhaupt war sie an seinen Vorschlägen nicht interessiert. Sie wollte ihm sagen, was zu geschehen hatte, mehr nicht.
Doch Achim ließ sich nicht aufhalten. »Wir könnten uns sogar von einer nicht unerheblichen Zahl Arbeitern trennen, wenn du endlich zulassen würdest, dass wir die Maschinen noch besser einsetzen.« Er ging vor ihrem Schreibtisch auf und ab und war im Begriff, ihr zum ungezählten Mal die Vorzüge dieses aus seiner Sicht großartigen Schachzugs zu erläutern.
Marie sah ihn an. Es zeigte sich auf seinem Rücken ein Ansatz zu einem Buckel. Sein Bauch stand rund und prall hervor, von den Haaren war nur noch ein Kranz geblieben, dessen Strähnen er über den gesamten Schädel verteilte. Die Mundwinkel hingen nach unten, selbst wenn er lächelte.
»Entschuldige, wenn ich dich unterbreche, Achim, aber ich habe bereits einen Plan, wie wir die Einnahmen wieder steigern können.«
»So?« Er blieb stehen und fixierte sie. »Nun, du hast ja auch ein geheimes Marzipanrezept. Warum solltest du keines für Situationen wie diese haben?« Er verzog die Lippen zu einem hässlichen Grinsen. »Biete es den anderen Kaufleuten an. Es wird dich reich machen.«
Marie dachte kurz darüber nach, ob sie etwas darauf erwidern sollte. Ihre langjährige Erfahrung mit ihm hielt sie davon ab. Es würde zu nichts führen außer zu einem Streit, den sie nicht gebrauchen konnte.

»Leider wird nicht jeder Kaufmann dieses Rezept in seinem Geschäft umsetzen können. Aber du hast recht, ich gehe in der Tat davon aus, dass so mancher meinem Vorbild folgen wird.«

Ohne sich anscheinend auch nur im Geringsten für ihre Pläne zu interessieren, sagte er: »Wo kein Geld ist, können auch keine Einnahmen gesteigert werden. Einsparungen sind jetzt die einzige Lösung. Hat dein Mann, das große Zahlengenie, dir das nicht erklärt?«

Nun wurde es ihr doch zu bunt. »Es reicht, Achim Oeverbeck«, sagte sie schneidend. »Ich brauche niemanden, um zu wissen, was für meine Konditorei das Beste ist, weder meinen Mann, dessen Rat mir durchaus wichtig ist, noch dich. Ich habe dich nicht hergebeten, um deine Meinung zu hören, sondern um dir mitzuteilen, was wir tun werden. Du hast jetzt genau zwei Möglichkeiten. Entweder du lässt mich mein Vorhaben erläutern und tust, was ich dir auftrage, oder du verlässt diese Konditorei und suchst dir eine andere Arbeit oder verlebst dein Geld. Mir ist es gleich. Triff du deine Wahl.«

Er blieb hinter einem Stuhl stehen. Seine Hände krallten sich in die Lehne. Die Farbe wich aus seinem Gesicht, und die ungesund gelblichen Augen traten hervor.

»So dankst du es mir, dass ich an der Seite deines Bruders mein Leben auf diesem Seelenverkäufer riskiert habe, der uns nach St. Petersburg und zurück brachte. Ich hätte genauso gut wie er krank werden und sterben können. Habe ich je ein gutes Wort dafür erhalten?« Sein verzerrtes Gesicht, seine Körperhaltung, der gesamte Mensch war Abscheu. »Mehr hätte es nicht gebraucht, Marie, nur ein gutes Wort. Ohne mich wärst du gescheitert. Diese Konditorei hätte das erste Jahr nach deiner Übernahme nicht überlebt, weil du nur die Tanzerei im Kopf hattest. Habe ich Dank dafür erfahren?«

»Das ist nicht gerecht. Du hast mehr verdient als jeder andere in einer Position wie deiner.«

»Oh, das Geld, ja natürlich.« Er verzog die Lippen, als wollte er ausspucken, beherrschte sich aber. »Sprich du nur nicht von Gerechtigkeit. Ich war stets tüchtig, habe die Kohlen für dich aus dem Feuer geholt. Und was tust du? Stellst mich vor die Wahl, nach deiner Musik zu tanzen oder auf der Straße zu landen. Wie mit einem Lakaien springst du mit mir um. Aber ich bin auch ein Mensch, Marie. Ein Mann! Davon wolltest du nichts wissen. Hast dich lieber mit dem Weinhändler amüsiert und dir dann den reichen Fischhändler genommen, der dir brav aus der Hand frisst.«

»Es ist genug!«, schrie sie ihn an.

»Was mich betrifft, ist es schon lange genug. Ich war dir ein Freund, habe sogar um dich angehalten, aber du hast mich weggestoßen und ausgelacht. Ich war dir nicht gut genug.«

»Das ist nicht wahr!«

»Ach nein? Hast du etwa nicht gesagt, dass du von mir nichts wissen willst? Arbeiten durfte ich für dich, Tag und Nacht, wenn möglich, doch Gefühle durfte ich keine haben.«

Marie wünschte, sie könnte diese unerfreuliche Szene endlich beenden. Sie wollte ihn beruhigen. »Von deinen Gefühlen wusste ich doch nichts. Ich meine, zusammenzuarbeiten bedeutet doch noch nicht, dass man sich auch darüber hinaus nahesteht.«

»Oh, heute bin ich froh, dass ich dir nichts bedeutet habe, denn inzwischen kenne ich dein wahres Wesen. Nach außen spielst du die Wohltäterin, dabei hast du kein Herz. Du benutzt die Menschen, wie es dir recht ist. Immerhin bin ich nicht der Einzige, den du abserviert hast. Dem Weinhändler ist es nicht besser ergangen. Und der hat dir doch angeblich etwas bedeutet, oder nicht? Ich befinde mich also in bester Gesellschaft.« Er lachte hämisch.

Marie wurde übel. Sie sprang auf. Am liebsten wäre sie davongerannt oder hätte ihn auf der Stelle hinausgeworfen. Nun brachte er auch noch Thomas ins Spiel. Sie war außer sich.

»Herr Hansen wollte mich bestehlen. Er wollte mich benutzen. Wie kannst du behaupten, es sei umgekehrt gewesen? Du warst es doch, der mir von seinem hinterhältigen Plan erzählt hat.«

Er beugte sich weit über die Stuhllehne zu ihr hinüber.

»Ja, das habe ich. Mit genau dem Erfolg, den ich vorausgesehen habe. Da siehst du, wie weit es mit deinem Vertrauen und deiner Zuneigung her ist. Schon ein winziger Köder hat gereicht, den ich dir vorgeworfen habe, dass du den ach so geliebten Hansen verbannst. Du hast den Köder gierig gefressen. Ich hatte es nicht anders erwartet. Es war ein Vergnügen, dabei zuzusehen.«

Ihre Beine gaben nach, die Welt um sie herum begann sich zu drehen. Sie ließ sich auf ihren Stuhl fallen.

»Willst du damit sagen …?« Sie verstummte. Das konnte nicht sein. Das durfte einfach nicht wahr sein!

»Leider ist mein Plan nicht aufgegangen.« Er richtete sich auf, so weit sein Rücken dies zuließ, ging unerträglich langsam um den Stuhl herum und setzte sich ebenfalls. »Den Weinhändler war ich los. Nur hatte ich nicht damit gerechnet, dass du dich so rasch von dem Fischhändler würdest trösten lassen. War es denn wirklich nötig, ihn gleich zu heiraten? Und dann kriegst du auch noch ein Kind, obwohl du schon viel zu alt dafür warst. Ich muss gestehen, damit hatte ich nicht gerechnet. Da ist nun der ersehnte Erbe, dem man das Marzipanrezept anvertrauen kann. So habe ich dieses Spiel wohl doch noch verloren.« Er faltete die Hände, sah sie seelenruhig an und weidete sich an ihrem Schmerz.

»Es war gelogen?« Maries Stimme zitterte. Sie konnte ihre Verzweiflung nicht verbergen. »Der Kerl, den die Polizei nach dem Einbruch gefasst hat, hat gar nicht ausgesagt, Thomas

Hansen habe ihn angestiftet? Er ist nicht in seinem Auftrag gekommen, um das Rezept zu stehlen? Alles Lüge?«, flüsterte sie kraftlos.

»Nicht alles, nein. Er hat sehr wohl gesagt, dass der Hansen ihn geschickt hat. So war es ja mit mir abgesprochen. Ich hatte ihnen eingebleut, dass sie genau das zu sagen hätten, wenn man sie auf frischer Tat geschnappt hätte. Das Rezept haben sie mir nicht gebracht, leider. Dann hätte ich jetzt sicher genug, um mir einen schönen Lebensabend zu machen. Stattdessen habe ich die Lumpen teuer bezahlt und bin darum noch immer auf die Stelle in deiner Konditorei angewiesen. Der blanke Hohn, nicht wahr? Du siehst, wir sind beide Verlierer in unserem kleinen Spiel. Vielleicht ist das der Lauf der Welt, Marie. Vielleicht gibt es keine Gewinner. Sollten wir uns nicht jetzt zusammentun? Dein Mann macht es nicht mehr lang. Und wir sind aus dem gleichen Holz geschnitzt. Du und ich, wir …«

»Raus!« Marie war von ihrem Stuhl hochgeschnellt, der hinter ihr krachend zu Boden fiel. Noch einmal schrie sie: »Raus, Achim Oeverbeck, auf der Stelle!« Sie dachte nicht eine Sekunde daran, dass man sie bis in die Produktionsräume, ja, sogar bis in den Verkaufsraum hören konnte. »Du bist entlassen. Fristlos. Du wirst diese Konditorei heute für immer verlassen. Und wenn du es wagen solltest, noch einmal einen Fuß hier hereinzusetzen, rufe ich die Polizei.«

»Was willst du denn ohne mich machen, Marie? Die Geschäfte laufen schlecht, dein Mann kann dir nicht helfen. Du brauchst mich.«

Darauf hatte er also spekuliert. Deshalb fühlte er sich so sicher. Doch diesmal war er zu weit gegangen. Viel zu weit.

»Ich brauche dich bei Gott nicht. Es gab eine kurze Zeit, da hast du mir sehr geholfen. Doch schon seit langem bist du mir und diesem Unternehmen nur noch eine Last. Ich bin froh, wenn ich dich nie mehr sehen muss.« Sie wusste, dass sie ihn an seiner empfindlichsten Stelle getroffen hatte, und sah an seiner Reaktion voll Genugtuung, wie tief die Wunde war, die sie ihm zugefügt hatte.

»Das wirst du bereuen«, keuchte er heiser.

»Das Einzige, was ich bereuen werde, ist, dass es nicht in meiner Macht steht, dich augenblicklich tot umfallen zu sehen.«

Eine Stunde später verließ Achim Oeverbeck wortlos die Konditorei Kröger. Marie schloss hinter ihm ab und zeigte mit dem kleinen geschwungenen Schild aus gebranntem Salzteig an, dass nicht geöffnet war. Sie versammelte ihre Mitarbeiter um sich und gab bekannt, dass Herr Oeverbeck ab sofort nicht mehr im Hause angestellt sei. Wann immer er in den Räumen des Kröger'schen Betriebs gesehen würde, möge man sie, ihren Mann oder gleich die Polizei rufen. Die bedrückte Stimmung war körperlich zu spüren. Betreten wichen die Männer und Frauen Maries leerem Blick aus und wagten kaum zu atmen. Nicht einmal Sophie oder Rieke trauten sich, nach dem Grund oder den näheren Umständen zu fragen. Wie in Trance bat Marie nach ihrer kurzen Ansprache ihre Leute, die Arbeit umgehend wiederaufzunehmen. Sie nutzte außerdem die Gelegenheit, um zu versichern, dass sie sich trotz der Wirtschaftskrise nicht von Arbeitern zu trennen gedenke.

»Wir werden eine Probierstube eröffnen«, verkündete sie. »Es wird einzigartig. So etwas gibt es in keiner anderen Konditorei. Ich wünschte, ich hätte euch unter erfreulicheren Umständen davon erzählen können.« Dann bat sie den jungen Geibel, Sohn des Konditors, der bei seinem Vater im Hause Kröger gelernt hatte, sie in ihr Kontor zu begleiten.

»Ich werde Hilfe brauchen, Hans, jetzt, wo Oeverbeck nicht mehr da ist. Sie wissen, dass mein Mann sehr krank ist. Auf seine Unterstützung kann ich mich nicht verlassen, und allein schaffe ich das unmöglich.«

»Ich helfe Ihnen gern, wo ich kann, Frau Andresen.«

Geibel hatte rotes Haar, das ihm in kleinen Büscheln vom Kopf stand. Sein Gesicht war übersät von Sommersprossen. Marie kannte ihn als einen stets fröhlichen und fleißigen jungen Mann, der sich in der Herstellung von Pralinen ebenso bewährt hatte wie in kaufmännischen Belangen. Schon seit geraumer Zeit hatte sie ein Auge auf ihn geworfen und darüber nachgedacht, ihm mehr Verantwortung zu übertragen.

»Ich möchte, dass Sie sich mit mir um die Probierstube kümmern. Außerdem könnte ich jemanden gebrauchen, der mir mit den Büchern hilft. Selbstverständlich werde ich Sie besser entlohnen als bisher. Wenn alles zu meiner Zufriedenheit ausfällt, woran ich nicht zweifle, sollen Sie auch mehr Befugnisse haben.«

»Danke, Frau Andresen, ich werde sicher mein Bestes tun.«

»Davon bin ich überzeugt. Morgen setzen wir uns zusammen, damit ich Sie mit meinen Plänen vertraut machen kann. Für heute werde ich Schluss machen und nach Hause gehen. Danke, Hans.«

Ihr Weg führte jedoch nicht in die Villa in St. Gertrud, sondern in die Königstraße. Sie musste mit Thomas sprechen. Was Achim zerstört hatte, konnte sie nicht wieder zusammenfügen, aber sie fand, dass es an der Zeit war, endlich die Geschehnisse der Vergangenheit zu klären. Sie wollte, dass Thomas ihr Verhalten von damals begriff, dass er verstand, warum sie ihn des versuchten Diebstahls bezichtigt hatte. Und sie wollte ihn endlich wegen des Briefes zur Rede stellen, den sie damals in seinem Haus gefunden hatte. Keine Lügen, keine Geheimnisse mehr. Wenn damit auch nicht mehr zu erreichen war, so vielleicht wenigstens ein Quentchen Friede für ihre und für seine Seele. Sie musste es versuchen.

Vergeblich läutete sie an seiner Tür. Sie wusste nicht, was sie tun, wohin sie gehen sollte. Unschlüssig wartete sie einige Minuten, doch die Februarkälte kroch ihr in die Glieder. Sie musste Christian über das informieren, was in der Konditorei vorgefallen war. Nur konnte sie sich nicht entschließen, zu ihm zu gehen. Noch war sie nicht sicher, wie sie ihre drastische Entscheidung begründen sollte. Die Wahrheit kam nicht in Frage, jedenfalls nicht in vollem Maße.

Sie lief am Rathaus vorbei über den Kohlmarkt in Richtung Holstentor. Als sie an St. Petri vorbeikam, hielt sie inne und ging dann auf das imposante gotische Bauwerk zu. Sie kam sich winzig vor im Angesicht des spitz zulaufenden Portals, der schweren Holztür mit den eisernen Klinken. Ihr Blick wanderte an den roten Steinen, die schon so viel Kummer und Leid gesehen haben mochten, empor, vorbei an den Bogenfenstern bis hinauf, wo die vier Spitzen in den Himmel ragten. Sie betrat das Gotteshaus, in dem es kaum wärmer war als draußen. Ihre Schritte verursachten eisige Geräusche auf dem roten Steinboden, die von den hohen Wänden und Säulen widerhallten. Marie kniete sich in einer kleinen Seitenkapelle vor die kunstvoll geschnitzte Figur des heiligen Petrus. Erst jetzt ließ ihr Innerstes es zu, an Achims Worte zu denken, die sie am meisten quälten. Sie habe kein Herz, hatte er ihr vorgeworfen. Und noch schlimmer: »Da siehst du, wie weit es mit deinem Vertrauen und deiner Zuneigung her ist.« Waren das nicht seine Worte gewesen? Marie begann unkontrolliert zu zittern. Wie einfach wäre es, Achim für alles die Schuld zu geben, was mit ihr und Thomas geschehen war. Nur konnte sie das nicht. Die Erkenntnis nagte an ihr, den Scherbenhaufen selbst angerichtet zu haben, weil ihre Liebe einfach nicht groß und stark genug war.

»Warum nur war ich so blind?«, schluchzte sie. »Ich hätte nur meinem Herzen folgen müssen, doch ich war vergiftet von der Angst um das verfluchte Rezept.« Erschrocken sah sie zu der Holzstatue auf, die ihr geduldig zuhörte. »Verzeih mir, heiliger Petrus.« Hastig bekreuzigte sie sich, stand auf und verließ die Kirche. Der Trost, den sie dort finden konnte, half ihr jetzt nicht. Sie brauchte einen Menschen aus Fleisch und Blut, der ihr antwortete und mit gutem Rat zur Seite stand. Sie eilte die Straße weiter hinab, überquerte die Stadttrave, hetzte vorbei an den alten Speichern, in denen das Salz aus Lüneburg lagerte, ließ das Holstentor hinter sich und überquerte den Stadtgraben über die Puppenbrücke. Weder für das alte Stadttor mit seinen beiden grauen Spitztürmen, unter dem der Boden immer mehr nachgab, noch für Merkur und Neptun, die in Stein geschlagen auf den Brückenköpfen wachten, hatte Marie einen Blick. Erst vor dem Haus von Mathilde Hansen blieb sie stehen, um Atem zu schöpfen.

»Marie, wie sehen Sie denn aus? Kommen Sie rein, meine Liebe!« Mathilde führte sie in ihre Stube, wo ein wildes Durcheinander – typisch für sie – das Bild bestimmte. Inmitten von Papieren und Büchern stand ein Glas Wein. Sie kümmerte sich nicht darum, dass es noch früh am Tag war, sondern trank einen guten Tropfen, wann immer sie Lust dazu verspürte.

»Ich bin mit einer Arbeit über die Rechte von uns Frauen befasst«, entschuldigte sie die Unordnung. »Was Thomas von Afrika berichtet hat, war hochinteressant. Schon in unseren Nachbarländern … Aber was rede ich denn? Sie sind nicht hergekommen, um mit mir über Frauenrechte zu diskutieren, nehme ich an.«

»Nein, Mathilde, ich bin auf der Suche nach Thomas.«

»Wissen Sie denn nicht, dass er wieder verreist ist?«

»Nein, das habe ich nicht gewusst.« Marie ließ sich, noch im

Mantel, in einen Sessel fallen. Warum musste er ausgerechnet jetzt verreist sein?
»Was ist da los zwischen euch beiden?«, fragte Mathilde plötzlich.
Marie erzählte ihr die ganze Geschichte von Anfang bis Ende. Sie begann im Amtshaus der Schiffer, wo sie sich augenblicklich in Thomas verliebt hatte, ließ weder ihre Zweifel noch die glücklichen Momente oder den letzten Willen ihres Vaters aus und endete bei der hässlichen Auseinandersetzung mit Oeverbeck am heutigen Tag.
»Dann sind Sie also wirklich die Frau, die meinem Neffen so zu schaffen macht. Das habe ich beinahe vermutet.«
»Er hat mir auch zu schaffen gemacht«, protestierte Marie. »Noch immer weiß ich nicht, ob er es je ehrlich mit mir meinte.«
»Natürlich, meine Liebe. Ich kenne Thomas, und er war wirklich verzweifelt.«
»Fragt sich nur, aus welchem Grund. Aber das spielt jetzt sowieso keine Rolle mehr. Ich habe eine Familie, die ich nicht allein lassen werde. Ich kann Thomas nur erklären, warum ich mich so verhalten habe, welche Informationen ich hatte. Das ist alles. Wissen Sie, wann er zurück sein wird?«
»Nein, meine Liebe, das weiß ich nicht. Das weiß er selbst nicht so genau.«
»Warum? Er ist doch nicht etwa wieder nach Afrika gegangen? In der Versammlung der Kaufmannschaft sagte er doch, er wolle Wein aus Portugal und spanischen Sherry importieren. Ist er dort unterwegs?«
»Nein, Marie, er erfüllt sich seinen Lebenstraum, wie er mir sagte. Er ist nach Nordamerika aufgebrochen und will nach Arctic Bay, einem eiskalten Nest am Ende der Welt.«
»Er fährt zu den Eskimos!« Marie wusste nicht, ob sie lachen

oder weinen sollte. Es konnte Jahre dauern, bis sie ihn wiedersah. Vielleicht war es das Beste so. Erleichtert atmete sie auf. »Das ist eine gute Nachricht.«
»So? Ich wäre froh, ich müsste mir nicht schon wieder Sorgen um ihn machen. Und an Ihrer Stelle wäre ich erpicht darauf, ihn über alles aufzuklären. Darauf hat er doch wohl ein Recht.«
»Aber verstehen Sie denn nicht, Mathilde? Wir beide hätten ein Recht auf so viele Antworten und Erklärungen. Nur, wohin würden die führen? Alles ist gut, so wie es ist. Wäre es anders gekommen, wären wir womöglich ein Paar geworden und er hätte nicht seinen Traum verwirklichen können. Über die Enttäuschung ist er doch längst hinweg. Und ich bin doch auch besser dran. Ich hätte ihn zu Hause festhalten oder gehen lassen müssen. Im ersten Fall säße ich mit einem Mann da, der auf das größte Abenteuer seines Lebens verzichtet, im zweiten wäre ich allein, während er die Eskimos besucht. Es ist gekommen, wie es kommen sollte.«
»Wem wollen Sie das einreden, mir oder sich selbst?«
Marie, die gerade noch tapfer gelächelt hatte, blickte mit zitternden Lippen in Mathildes sanfte braune Augen und begann hemmungslos zu weinen.

IX

Der junge Geibel machte sich phantastisch in der Konditorei. Zusammen mit ihm richtete Marie die geplante Probierstube ein. Der Verkaufsraum wurde dafür kurzerhand umgebaut, so dass gleich hinter dem Schaufenster eine Ecke entstand, in der fünf kleine runde Tische Platz hatten. An jeden Tisch passten höchstens vier Stühle. Jeden Tag, an dem die Pforten der Konditorei Kröger geöffnet waren, konnte man dort Kaffee- und Kakao-Spezialitäten trinken, Marzipantorte oder eine Auswahl exotischer Marzipanpralinen kosten. Man knüpfte an die ursprüngliche Tradition an und verkaufte nun auch wieder Torten aus Biskuit oder Hefeteig, Lebkuchen-Torten und Mürbegebäck, die Hauptsache, es kam Marzipan in irgendeiner Weise darin vor. Ganz neu servierten sie beispielsweise eine Biskuit-Variation, die aus drei Böden bestand. Dazwischen war Sahnecreme und in einer anderen Lage Preiselbeer-Konfitüre geschichtet. Auf der Marzipandecke saßen Schokoladenkugeln, gefüllt mit Kirschen, die zuvor in Portwein eingelegt worden waren. Geibel hatte sich das Rezept ausgedacht. Seine zweite Erfindung war eine Marzipan-Krokant-Torte, die mit einer schweren warmen Soße aus bitterer Schokolade serviert wurde. Vor allem die Herren verzehrten dieses Wunderwerk gerne und reichlich. Einmal im Monat lud Marie zur Verkostung. Für einen einmaligen Eintrittspreis durften die Gäste sämtliche neuen Pralinen oder Torten kosten und so viel Tee, Kaffee oder heiße Schokolade trinken, wie sie mochten. Dazu spielte ein Musiker oder ein Duo, unterhielt eine Sängerin die feinen Leute oder trug ein Dichter aus seinen neuen Werken vor. Zunächst musste Marie die Künstler mit guter Bezahlung locken. Später baten einige, zur monatlichen Verkostung auftreten zu dürfen. Es war bekannt, dass die Veranstaltungen auf lange Zeit im Voraus ausverkauft waren. Ratsherren gehörten ebenso zu den Süßschnäbeln wie Senatoren oder einflussreiche Kaufleute. Ganz bewusst vergrößerte Marie die Probierstube nicht, um den Hauch des Exklusiven zu wahren. Was Rang und Namen hatte, kam und kostete Krögers Neuheiten. Und hier und da wurden in dem köstlichen Rahmen auch Geschäfte abgewickelt und per Handschlag besiegelt. Die Gewinne der Konditorei stiegen, genau wie Marie es sich erhofft hatte.

Je näher der Jahrhundertwechsel kam, desto mehr gab es zu tun. Alle Welt spielte augenscheinlich verrückt. Während die einen das Ende der Menschheit vorhersagten, badeten die anderen geradezu in Euphorie, weil nun alles besser werden würde. Der Wunsch, einmal so richtig groß zu feiern, ohne dabei auf das Geld zu schauen, war allen gemeinsam. Nur wollten die einen eben ein letztes Mal das Leben genießen, während die anderen den Neuanfang zu zelebrieren gedachten. Marie war es gleich. Sie schrieb emsig Bestellungen aus aller Welt auf. Seit vier Jahren lieferte sie sogar nach Amerika. Deutsche Auswanderer, die nach Chicago gegangen waren, hatten ihre Köstlichkeiten mitgenommen. Darunter war ein Architekt, der dort spektakuläre Hochhäuser entwarf und baute. Er konnte es sich leisten, jeden Monat ihre Neuheiten kommen zu lassen. Der war es auch, der Maries Glücksbälle, gefüllt mit Champagner, haben wollte. Marie gefiel diese Idee so gut, dass sie nächtelang probierte und tüftelte, bis das ge-

wünschte Produkt endlich fertig war. Umgehend schickte sie allen Kunden eine Mitteilung über die neue Champagner-Bombe, die exklusiv bei ihr für den Wechsel in ein neues Jahrhundert geordert werden könne. Von jeder verkauften Kugel ging selbstverständlich eine Spende an bedürftige Kinder und Alte. Der Ansturm war so überwältigend, dass Geibel sich darum kümmerte, rasch eine Befüllungsmaschine zu beschaffen.
»Damit stehen uns ganz neue Möglichkeiten zur Verfügung«, sagte er erfreut. »Wir können auch andere Pralinés mit verschiedenen alkoholischen Getränken füllen. Und für Kinder mit Fruchtsaft. Denken Sie nur, es ließe sich damit sogar Hustensaft einfüllen. Ich möchte wetten, in unserem Marzipan schmeckt der besser als in diesen grässlichen Sanitätsschokoladen.«
Knapp fünfzig Mitarbeiter waren inzwischen bei Marie beschäftigt, weitere kamen vorübergehend hinzu, um das Weihnachtsgeschäft und den einzigartigen Jahreswechsel zu bewältigen.

Den Heiligen Abend feierten die Andresens mit Helene und Kai und deren Kindern Friederike und Emil in Maries einstigem Zuhause in der Beckergrube. Wilhelm spielte vergnügt mit Cousine und Cousin, und die Erwachsenen aßen die Weihnachtstorte, die Marie exklusiv für ihre Familie gemacht hatte. Auf dem dunklen Biskuitboden war eine hauchdünne Marzipanschicht mit einer bitteren Schokoladenglasur. Es folgte eine Creme, die so viel Eierlikör enthielt, dass Marie den Kindern ihre eigene Torte hatte machen müssen. Dieser Likör, eine Erfindung eines Niederländers, war der letzte Schrei und Maries ganz persönliche Leidenschaft. Dazu passte hervorragend die Zimtsahne, die das Werk krönte. Christian hatte einen sehr guten Tag. Er war beschwerdefrei, aß nicht nur die Torte, sondern genehmigte sich sogar einen Schoppen Wein, der ihm äußerst gut bekam.

»Es gibt kein anderes Thema als die bevorstehende Silvesternacht«, sagte Kai, nachdem sie reichlich von der Torte genascht hatten. »Wie werdet ihr sie verbringen?«

»Im Bett, fürchte ich«, antwortete Marie. »Wir können froh sein, wenn wir bis dahin unsere Arbeit überhaupt schaffen. Ich glaube kaum, dass uns dann noch nach Feiern zumute sein wird.«

»Was? Aber eine Jahrhundertfeier erlebt man doch nur einmal«, protestierte Wilhelm.

»Da hat er recht«, stimmte Helene zu. »Kann ich euch nicht irgendwie helfen, damit ihr doch noch feiern könnt?«

Christians Schwester hatte noch nie in ihrem Leben gearbeitet, meinte das Angebot aber sicher von Herzen gut.

»Danke, Helene, das ist wirklich lieb, doch wir kommen schon zurecht.« Und an ihren Sohn gewandt sagte sie: »Du darfst ausnahmsweise bis Mitternacht aufbleiben. Dann weckst du deine Eltern, die in ihren Sesseln eingeschlafen sind, und wir sehen uns gemeinsam das Feuerwerk an, das auf dem Burgfeld gezündet wird.«

»Wir gehen zum Feuerwerk? Au ja!«

»O nein«, winkte Marie ab, »wir werden auf den Balkon hinausgehen, auf das neue Jahr anstoßen und von der Ferne zusehen.«

»Och nö«, maulte Wilhelm. »Könnt ihr uns nicht wenigstens besuchen, Tante Helene?«

»Vielleicht habe ich eine bessere Idee«, meinte Christian plötzlich. »Was haltet ihr davon, wenn wir nach Travemünde rausfahren?«

»Im Winter?« Das war ein abwegiger Gedanke für Helene.

Marie dagegen war sofort begeistert. »Das ist ein wunderbarer Einfall. Mehr Ruhe können wir nirgends finden.«

»Das wird ja noch langweiliger, als wenn wir alleine zu Hause bleiben. Das wird ja stinklangweilig«, sagte Wilhelm.

»Nicht solche Ausdrücke«, tadelte Marie, die sich das Lachen nur schwer verkneifen konnte. »Man sollte meinen, im ehrwürdigen Katharineum bringt man euch Besseres bei.«
»Wir fahren alle zusammen«, griff Christian seinen Vorschlag noch einmal auf. »Erst essen wir in aller Ruhe. Dann können wir einen Spielabend machen. Irgendetwas, wobei die Kinder mitmachen können. Und dann ziehen wir uns ganz warm an und gehen an den Strand, um das neue Jahrhundert zu begrüßen. Von da haben wir einen herrlichen Blick auf viele Feuerwerke.«
So wurde es gemacht. Marie ließ ein Dienstmädchen und einen Knecht vorausfahren, die das Haus beheizen sollten. Und sie schickte sie in die besten Häuser Travemündes, um einen Tisch zu bestellen, da sie schick essen gehen wollten. Doch die Restaurants, die extra für das große Ereignis außerhalb der Saison geöffnet hatten, waren seit Wochen ausgebucht, sosehr man auch bedauerte. Also schickte Marie ein weiteres Mädchen hin, das bei der Vorbereitung des Silvesteressens helfen sollte. Aus dem Spielabend nach dem Essen wurde nichts, weil sich alle rasch einig waren, dass der Schnee zu schön war, um nicht darin herumzutollen. Sie bauten einen Schneemann, lieferten sich eine Schneeballschlacht Andresen gegen Bohrdt, die äußerst gerecht war, wie Wilhelm erklärte, da er zwar größer und stärker war als Friederike und Emil, die Bohrdts aber zwei Kinder ins Rennen schicken konnten. Dabei bedachte er seine Eltern mit einem pikierten Blick, den Marie damit quittierte, dass sie ihm eine ordentliche Ladung Schnee in den Kragen stopfte. Er schrie wie am Spieß, und Marie blieb nicht viel Zeit, um die Flucht zu ergreifen. Sie war an diesem Abend ausgelassen wie lange nicht mehr. Nur einmal schielte sie zu dem Nachbarhaus hinüber, das einsam in der Dunkelheit lag und unter seinem weißen Mantel noch heimeliger aussah als sonst. Wieder drinnen, wärmten sie sich alle am Ofen. Die Kinder mussten trockene Kleider anzie-

hen und schliefen bald in der Stube ein. Als ihre Eltern sie kurz vor Mitternacht behutsam weckten, waren sie schnell wieder munter. Sie stapften an den Strand. Kai hatte eine Flasche Champagner mitgebracht. Fröhlich stießen sie auf das 20. Jahrhundert an. Sogar Wilhelm durfte seinen ersten Schluck Champagner trinken.

»Ein glückliches neues Jahr«, sagte Christian und drückte Marie an sich.

»Ein glückliches und gesundes Jahr«, erwiderte sie.

Christian Andresen nahm regelmäßig Schmerzmittel. Damit ging es ihm leidlich gut. Immerhin gut genug, um weiter an der Seite seiner Frau arbeiten zu können. Und auch gut genug, um sie ins Waisenhaus am Fegefeuer zu begleiten. Irgendwann hatten sie ihre Überlegungen, ob Wilhelm Einzelkind bleiben oder doch ein Geschwisterchen bekommen sollte, beendet und sich entschieden, ein Kind zu adoptieren, vorausgesetzt, Christian überstand seine Krankheit. Gesund war er zwar noch nicht und fuhr weiterhin nach Hamburg zu dem Professor im Eppendorfer Krankenhaus, doch mit der Zeit pendelte sich sein Zustand in einem erträglichen Maß ein. Grund genug, ihre Besuche im Heim wiederaufzunehmen. Wilhelm machte sich gut auf dem Katharineum, wo er auf seine Zukunft als Kaufmann vorbereitet wurde. Marie wäre es auch recht, wenn er eine akademische Laufbahn vorzöge. Wenn sie bald ein zweites Kind bekämen, könnte ja auch das sich um die Konditorei kümmern. Der Junge sollte selbst wählen, was seinen beruflichen Werdegang betraf. Noch machte er sich darum keine Gedanken. Er besuchte seine Eltern gern an ihrer Arbeitsstätte, knetete mit Begeisterung Rohmasse und ließ ein Talent für die Schnitzerei und Ausformung erkennen. Seinen Mitschülern schenkte er zum Geburtstag zum Beispiel deren Lieblingstiere, die ohne Mühe zu erkennen waren. Seine Eltern überraschte er eines Tages mit einem Segelschiff. Sie waren so angetan von dem recht detailgetreu gestalteten Viermaster, dass sie das Prachtstück in das Schaufenster stellten. Mit erstaunlichem Erfolg. Verkäuflich war das Schiff freilich nicht, die Nachfrage aber so groß, dass Marie umgehend Schiffe in verschiedenen Größen von ihren Schnitzern und Formern fertigen ließ. Zu Ehren ihres Sohnes trugen alle den Namen *Wilhelm*.

»Wir haben Zuwachs bekommen, den Sie kennenlernen sollten«, sagte die Vorsteherin des Waisenhauses, als Marie und Christian mit einer großzügigen Marzipanlieferung zu Besuch kamen. »Es ist ein kleines Mädchen, das kürzlich auf dem Burgfeld gefunden wurde. Ich bin gewiss, Ihnen blutet das Herz, wenn Sie das Würmchen sehen.«

»Würmchen? Wie alt ist sie denn?«, wollte Christian wissen.

»Genau lässt sich das nicht sagen. Eineinhalb Jahre, vielleicht zwei.«

»Unser Sohn ist bald zwölf. Wie Sie wissen, dachten wir eher an einen Bruder für ihn, mit dem er etwas anfangen kann«, entgegnete Christian.

»Aber natürlich ist ein Kind keine Ware, die man bestellen und nach Geschmack auswählen kann«, sagte Marie.

»Selbstverständlich nicht. Ich meine ja nur, dass ein älterer Bruder oder auch eine Schwester unter Umständen besser zu Wilhelm und auch zu uns passen würde. Wir sollten auch unser Alter nicht außer Acht lassen.«

»Da haben Sie recht. Sie müssen sich ja auch nicht gleich entscheiden. Aber sehen sollten Sie sie«, sagte die Vorsteherin. Ein unergründliches Lächeln umspielte ihre Lippen, als sie sie in eine Kammer führte, in der ganz allein ein kleines Kind in seinem Bettchen lag und schlief. »Sie heißt Livia, nach der Frau des römischen Kaisers Augustus.«

In dem Moment, in dem sie den Namen aussprach, öffnete die Kleine die Augen.
»Haben Sie diesen großen Namen für so ein kleines Mädchen gewählt?«, fragte Christian.
Marie hörte den beiden kaum noch zu. Sie konnte den Blick nicht mehr von dem schmalen Gesicht wenden, das eingerahmt von pechschwarzen Haaren in den Kissen lag. Es wurde von zwei braunen Augen bestimmt, die von einer Tiefe waren, wie sie es noch nie bei einem Kind gesehen hatte.
»Nein, ihren Namen hat sie mitgebracht. Sie lag in Tücher gewickelt, und es ist ein Wunder, dass sie nicht erfroren ist. Als wir die schmutzigen Tücher entfernten, um sie zu baden, fanden wir einen Brief, der zwischen den Stoffen lag. Livia ist das Kind einer Tochter aus bestem Hause. Sie war einem Mann versprochen, der aus einer der angesehensten Familien stammt und einen einwandfreien Ruf genießt. Die junge Frau liebte ihn nicht, war aber bereit, ihn zu heiraten. Schon vor der Ehe nahm er sie und schwängerte sie. Als sie im sechsten Monat war, verstieß er sie und behauptete, das Kind, das sie unter ihrem Herzen trage, sei von einem anderen Mann. Die werdende Mutter wurde auch von ihrer Familie davongejagt und lebte in Armut. So steht es zumindest in dem Brief. Aber sie hat einen Mann kennengelernt, der nicht nach Herkunft oder dem Vater des Kindes gefragt hat, sondern sie liebte. Sie ist bei ihm geblieben, wollte aber, dass ihr Mädchen nicht in dem Elend aufwachsen muss.«
»Warum hat sie es nicht gleich nach der Geburt abgegeben?«, fragte Christian.
»Sie haben, denk ich, versucht sich und die Kleine durchzubringen. Doch der Winter ist hart, und sie haben wohl kaum das Nötigste, um zu zweit zu überleben.« Sie bekreuzigte sich. »Der Himmel weiß, ob sie es schaffen.«
»Also haben sie sie Livia getauft, nach der Römerin, die eben-

falls im sechsten Monat zu einem anderen Mann ging«, sagte Christian.
Marie beugte sich zu dem Mädchen hinab. »Hallo, Livia«, flüsterte sie. Und an die Vorsteherin gewandt fragte sie: »Ist sie gesund? Bis auf die Unterernährung, meine ich.«
»Sie hat leichte Erfrierungen, die aber abheilen werden. Darüber hinaus haben wir nichts festgestellt. Körperlich ist sie allem Anschein nach gesund.«
»Körperlich? Heißt das, sie hat eine geistige Störung?« Christian sah mitfühlend in das Kinderbettchen.
»Sie spricht nicht. Sie ist natürlich auch noch sehr klein. Aber sie müsste wenigstens in der Lage sein, einzelne Worte zu sprechen. Das ist einer der Gründe, weshalb ich wollte, dass Sie sie kennenlernen. Kann sein, dass sie, wenn Sie sie oft besuchen und sie Vertrauen zu Ihnen fasst, zu sprechen beginnt.«

Schon am nächsten Tag waren die Andresens wieder da, um Livia zu besuchen, und kamen von nun an jeden Tag gemeinsam, jeder alleine oder mit Wilhelm. Der hatte sich genau wie seine Eltern auf einen Schlag in das Mädchen mit den schwarzen Haaren verliebt. Er spielte den Beschützer und konnte mit einer Engelsgeduld Holzklötzchen mit ihr zu Türmen stapeln, Worte vorsprechen, die sie nicht wiederholte, oder sie durch das Waisenhaus tragen. Er formte ihr aus Marzipan eine Kette, die sie sofort mit ihren kleinen Händen zerdrückte. Marie wollte Wilhelm trösten, doch das war nicht nötig.
»Aber Mama«, meinte er nachsichtig, »sie ist doch noch so klein. Sie weiß es ja nicht besser. Und wenn sie die Kette aufisst, ist sie sowieso Matsch.«
Marie musste über die bestechende Logik ihres Sohnes lachen. Sie freute sich, dass er so vernünftig war und so liebevoll mit Livia umging. Die Kleine dankte es ihm, indem sie ihn anstrahl-

te und sich von ihm durch das Heim schleppen ließ. Nur sprechen wollte sie nicht. Als das erste Frühjahr des neuen Jahrhunderts sich ankündigte, holten die Andresens Livia nach Hause. In der Villa in St. Gertrud blühte sie auf. Es dauerte nicht lange, da sprach sie die ersten Worte. Danach war es, als wäre ein Damm gebrochen. Sie brabbelte und redete unaufhörlich und holte schnell auf. Niemand wäre mehr auf die Idee gekommen, dass ihre Entwicklung ein wenig anders verlaufen war als die der anderen Kinder ihres Alters.

»Muss sie denn gleich so viel reden?«, fragte Wilhelm manchmal erschöpft, wenn er für die Schule lernen oder in einem Buch lesen wollte. »Als sie noch den Mund gehalten hat, gefiel sie mir besser.«

Trotzdem freute er sich rasend auf die großen Ferien. Endlich hatte er eine kleine Schwester, mit der er am Strand eine Burg bauen und Muscheln sammeln konnte. Großspurig verkündete er, dass er ihr das Schwimmen beibringen würde.

»Dafür ist sie noch zu klein«, bremste Marie ihn.

Im Mai kehrten Christians Symptome zurück. Von einer Sekunde auf die andere war ihm so schwindlig, dass er manchmal sogar das Bewusstsein verlor. Sein Augenlicht ging ihm zeitweise vollständig verloren, und diesmal konnte er den rechten Arm gar nicht mehr und den linken nur notdürftig bewegen.

»Er muss sofort ins Krankenhaus«, entschied Dr. Voss, den die Andresens seit Grünbecks Tod konsultierten. »Am besten, Sie bringen ihn nach Eppendorf.«

Die Kinder blieben bei Helene, die dafür sorgte, dass Wilhelm rechtzeitig zur Schule kam, und die sich liebevoll um Livia kümmerte, die sich prächtig mit Emil und Friederike verstand und nicht ahnte, welche Schatten sich auf ihr gerade erst gefundenes Familienglück legten. Marie fuhr mit Christian nach Hamburg.

Der Professor untersuchte ihn zwei Tage, machte Tests und studierte seine Reaktionen. Dann bat er Marie zum Gespräch.
»Wie es aussieht, verehrte Frau Andresen, hat Ihr Mann eine Geschwulst im Gehirn. Sicher wüsste man das natürlich nur, wenn man den Schädel öffnen würde. Aber die Symptome deuten darauf hin.«
»Können Sie etwas für ihn tun?«
»Wir lindern seine Schmerzen und behalten ihn zunächst hier. Wenn wir Glück haben, ist es nur eine Schwellung, die aufgrund der zurückgekehrten Entzündung entstanden ist. Dann bestünde die Chance, dass sie sich von alleine zurückbildet. Wenn die Erfindung des Herrn Röntgen schon so weit wäre, dass wir sogar in einen Schädel schauen könnten, ließe sich die Sache vielleicht besser einschätzen. Doch leider, das ist Zukunftsmusik. Wir können nichts tun als ihn beobachten und seine Beschwerden lindern.«
»Ich danke Ihnen sehr, dass Sie sich so um meinen Mann kümmern. Wenn Sie seine Qualen nur verringern können, tun Sie damit schon ein gutes Werk.«
Zurück in Lübeck, konnte Marie sich nicht auf ihre Arbeit konzentrieren. Oft sah sie nur Livia zu, wie diese auf dem Schoß eines Arbeiters saß und ihn mehr ablenkte, als dass sie ihm half. Keiner konnte dem Blick aus ihren sanften Augen widerstehen. Spätestens, wenn sie dazu über das ganze Gesicht strahlte, schmolz jeder dahin. Marie musste achtgeben, dass sie nicht von den Konditorei-Mitarbeitern ebenso wie von den Dienstmädchen ständig mit Süßem vollgestopft wurde.
Während Wilhelm in der Schule war, ging Marie mit ihrer Tochter spazieren. Sie besuchten Jost und Meister Fehling, der sich über die Jahre nicht einen Deut zu verändern schien. Sein Herz eroberte Livia im Sturm. Er wollte sie gar nicht wieder hergeben. Anstatt sich um die Geschäfte zu kümmern,

schlenderte Marie über den Markt und wie zufällig in die Königstraße bis vor das Haus von Thomas. Mathilde hatte ihr versprochen, diesmal sofort Bescheid zu geben, wenn sie etwas von ihm hörte. Doch außer einer Nachricht von einem Matrosen, der Thomas im Ort mit dem eisigen Namen Arctic Bay getroffen habe, hatte sie nichts zu bieten. Livia beobachtete eine Möwe, die sich auf einer Bank niedergelassen hatte und emsig ihr Gefieder putzte, während ihre Mutter lange vor Thomas' Haus stand und an der Fassade nach oben blickte. Die beiden Rosenbüsche zur Linken und zur Rechten der Haustür hatten reichlich Blüten, die bald aufgehen würden. Tag um Tag brachte Marie irgendwie hinter sich, bis schließlich der erlösende Anruf aus Hamburg kam. Sie konnte Christian wieder nach Hause holen.
»Euer Vater kommt nach Hause«, verkündete sie den Kindern. »Er ist wieder gesund.«
Am nächsten Tag holte sie ihn aus dem Krankenhaus ab.
»Was sagt der Professor, ist wirklich alles wieder in Ordnung?«
»Nicht so ganz. Ich muss mich noch ein wenig schonen.« Seine Stimme klang schleppend.
Maries Freude über seine Rückkehr wich bald einem unguten Gefühl. Irgendetwas in seinen Augen war anders als vorher. Er war benommen, schlief viel und konnte nicht arbeiten. Seine Sehstörungen traten wieder auf, ebenso die Ausfallerscheinungen an den Armen. Immerhin war er schmerzfrei. Wenn sie ihn erneut zum Arzt bringen wollte, fand er eine Ausrede.
»Marie, hab doch Geduld mit mir. Der Professor sagt auch, es dauert seine Zeit. Das wird schon. Nur bitte, verschone mich mit Ärzten und Krankenhäusern. Lass mich hier bei dir und den Kindern.«
Sie brachte es nicht übers Herz, ihm diesen Wunsch zu verweh-

ren. Mitte Juni standen die großen Ferien bevor. Wilhelm wollte gleich am Sonnabend nach Travemünde fahren.
»Tut mir leid, mein Schatz, das geht nicht«, erklärte Marie. »Das Wochenende müssen wir noch zu Hause bleiben, aber am Montag fahren wir, versprochen.«
Sie musste an der Eröffnung des Elbe-Trave-Kanals teilnehmen, zu der auch Kaiser Wilhelm II. erwartet wurde.
»Warum fahren die Kinder nicht schon mit dem Mädchen vor, und du kommst am Sonntag oder spätestens am Montag nach?«, fragte Christian.
»Und was ist mit dir?« Marie war irritiert.
»Wir kommen natürlich nach.«
»Aber Christian, wir hatten besprochen, dass wir die ganzen sechs Wochen bleiben. Denkst du nicht, das ist genug? Da kommt es doch auf zwei Tage wirklich nicht an.«
»Wilhelm kann es nicht mehr erwarten. Seit Wochen spricht er von nichts anderem.«
»Wir fahren doch auch, nur eben zwei Tage später. Oder meinetwegen einen Tag später.« Sie verstand nicht, warum sie um diesen einen Tag feilschen mussten.
»Ich halte es dennoch für eine gute Idee. Wilhelm wird sehr gute Noten haben. Sollten wir das nicht belohnen?«
»Christian, was ist denn nur los? Stören die Kinder dich? Fühlst du dich wieder schlechter?«
»Nein, nein, aber wir können uns wegen der Kanal-Eröffnung ohnehin nicht um Wilhelm und Livia kümmern. Sie werden den Tag mit der Kinderfrau zubringen. Ich sehe nicht, warum sie das nicht in Travemünde tun sollen, wo sie so viel lieber wären.«
Marie kannte ihn nicht so hartnäckig. Normalerweise gab er schnell nach, vor allem, wenn es um eine derartige Nebensächlichkeit ging. Sie vermutete, dass er entweder Ruhe haben woll-

te, wenn sie von der Eröffnungsfeier nach Hause kamen, oder einfach auf einen Abend mit ihr allein aus war. Also ließ sie ihm seinen Willen. Am Morgen des 16. Juni fuhr die Kinderfrau mit Livia und Wilhelm nach Travemünde. Marie verabschiedete sie allein am Bahnhof. Christian hatte sie gebeten, ihn noch ein wenig schlafen zu lassen.

»Du auch mit?«, wollte Livia noch einmal wissen. Sie hatte diese Frage bestimmt schon fünfmal gestellt. Marie nahm an, dass sie sich noch etwas unsicher ohne ihre Eltern fühlte. Vor allem zu ihrer neuen Mutter hatte sie eine sehr innige Bindung. Gerade erst einige Wochen waren vergangen, seit sie in St. Gertrud eingezogen war. Allein mit dem Kindermädchen und ihrem neuen Bruder, das war ihr noch ein wenig fremd.

»Wir kommen morgen nach«, erklärte sie ihr geduldig. Marie musste sich eingestehen, dass es auch ihr schwerfiel, sich von der Kleinen zu trennen. Livia war ihr in der kurzen Zeit so sehr ans Herz gewachsen. Sie war froh, dass sie sich für eine Adoption entschieden hatten. Lange stand sie auf dem Bahnhof und sah dem Zug nach, der ihre Kinder in die Ferien brachte. Dann beeilte sie sich, nach Hause zu kommen. Sie wollte Christian wecken und sich umziehen. Schon bald mussten sie unten am Kaisertor sein. Kaiser Wilhelm II. war nicht zum ersten Mal in der Hansestadt, aber dennoch war es immer ein aufregendes gesellschaftliches Ereignis, auf das man gut vorbereitet sein wollte. Marie lief die Treppe zur Schlafstube hinauf. Noch immer lag Christian im Bett und schien fest zu schlafen. Sie zog die Vorhänge zurück und öffnete das Fenster. Wie konnte er die Hitze nur aushalten?

»Christian, es wird Zeit, du musst aufstehen. Dein Frack hängt schon draußen.«

Er seufzte und drehte sich auf die andere Seite.

»Die Kinder sitzen im Zug. Während wir im Sonntagsstaat ausharren müssen, werden sie schon den frischen Wind von der Ostsee genießen. Du hattest recht, sie vorfahren zu lassen.« Marie versuchte ihn aufzumuntern. Es schien einer der Tage zu sein, an denen es ihm besonders schlechtging. Gleichzeitig half es ihr selbst, ihre Angst zu bekämpfen. Was war nur mit ihm los? Und vor allem, was würde aus ihm werden?

»Ich kann nicht, Marie«, sagte er plötzlich. »Ich halte das nicht aus, die vielen Menschen, der Lärm, die Hitze.«

»Aber Christian!« Sie setzte sich zu ihm aufs Bett. »Willst du dir etwa den Kaiser entgehen lassen?«

»Der Kaiser kommt ebenso gut ohne mich zurecht wie ich ohne ihn. Wenn er nur tüchtig dein Marzipan bestellt, will ich zufrieden sein.« Er lächelte schwach.

»Bist du sicher?« Marie brauchte die Antwort nicht abzuwarten.

»Geh alleine hin und amüsiere dich nur gut.«

»Wie soll ich mich denn amüsieren, wenn ich dich hier krank im Bett weiß? Hör zu, ich werde nur zum offiziellen Programm bleiben. Danach komme ich so schnell es geht zu dir zurück.«

»Nein, Marie, lass dir Zeit. Ich werde sowieso schlafen. Das ist das Beste für mich.«

»Also schön, ruh du dich gründlich aus.« Sie küsste ihn auf die Wange und kleidete sich um.

»Pass gut auf dich und die Kinder auf«, rief er ihr nach.

In einem cremefarbenen Kleid mit passendem Hut mit sehr breiter Krempe verließ sie wenig später die Villa. Sie machte sich große Sorgen. Wenn Christian schon vergessen hatte, dass die Kinder bereits in die Ferien gefahren waren, stand es schlecht um ihn.

Die ganze Stadt war, so hatte es den Anschein, auf den Beinen. Alles strebte dem Kaisertor zu, wo der Festakt zur Kanal-Eröffnung stattfinden sollte. Marie musste quer durch die Stadt. Ein

Durchkommen war kaum möglich. Unzählige Pferdefuhrwerke suchten sich ihren Weg um die Straßenbahn herum. Dazwischen waren vereinzelt Automobile zu sehen, die sich mit krächzenden Hupen bemerkbar machten. Vor allem aber waren die Straßen voller Fußgänger in bester Feiertagslaune. Sosehr der Nordsee-Ostsee-Kanal den Menschen Angst gemacht hatte, so sehr gab der Elbe-Trave-Kanal ihnen Hoffnung, dass die wirtschaftliche Entwicklung für Lübeck jetzt wieder eine Wende erleben könnte. Marie eilte an einem Mann vorbei, der einen zotteligen braunen Bären an einer Leine führte. Aus den Fenstern hingen Fahnen, und auch Kinder schwenkten Fähnchen und hüpften an der Hand von Mutter oder Vater die Gehwege hinab.

Livia und Wilhelm hätten Augen gemacht, dachte Marie. Sie war trotzdem froh, dass sie jetzt ohne ihre Kinder unterwegs war. Bei Christian hätte sie sie nicht lassen können, und mit ihnen hätte sie noch länger gebraucht, um an ihr Ziel zu gelangen. Vom mit Lorbeer umkränzten Kaisertor, Teil der alten Stadtbefestigung, bis hinunter zum Wasser war ein dunkelroter Teppich ausgerollt. Die Ehrenkompanie stand bereits Spalier. Ihre Pickelhauben und weißen Hosen blendeten in der Sonne, dass man kaum hinsehen konnte. Mit aufgepflanzten Bajonetten standen die Männer in Reih und Glied, den Blick starr zum alten Tor gerichtet. Ihnen gegenüber, auf der anderen Seite des roten Teppichs, waren die Senatoren und Ratsherren. Ihre Gattinnen warteten aufgeregt schwatzend auf einer eigens aufgebauten Plattform unten am Ufer, alle in weißen, cremefarbenen oder zartrosa Kleidern und mit großen Hüten. Auf dem Wasser dümpelte die *Lubeca*, die den Kaiser und eine erlesene Gruppe angesehener Lübecker bis in den Burgtorhafen schippern sollte. Auch Marie würde mit an Bord gehen. Sie begrüßte die Ratsherren und Senatoren und nickte den Frauen zu, die ebenfalls höflich ihre Köpfe neigten. In Momenten wie diesen war Marie

nicht so sicher, ob sie gleich darauf über sie tuschelten oder sie um ihre Sonderstellung beneideten. Als einzige Frau blieb sie bei den Herren stehen, die in ihren Fräcken und Zylindern schwitzten.
Nicht lange, da ging ein Raunen durch die Menge. Bürgermeister Klag, ebenfalls in Frack, weißem Hemd und Zylinder, trat gemeinsam mit dem Kaiser durch das Tor. Wilhelm II. sah glänzend aus. Seine schwarzen Haare schauten nur zum Teil unter dem Zweispitz hervor. Ebenso schwarz war der üppige, für ihn typische Bart, der unter der Nase einen perfekten Schwung vollführte, bevor seine Spitzen wie die Dochte von Kerzen nach oben wiesen. Die Jacke seiner Paradeuniform war reich dekoriert. Marie erkannte den Königlichen Hausorden von Hohenzollern neben dem Protektorkreuz des Johanniterordens. Goldene Kordeln schmückten seine Brust, goldene Epauletten wie kleine runde Sahnetörtchen seine Schultern. Zackig schritt er die Reihe der Ehrenkompanie ab. Die Männer folgten ihm, wie sie es gelernt hatten, mit den Blicken. Die Damen verstummten und sogen jeden Moment auf. Auch die Herren, die üblicherweise ein wenig großspurig daherkamen, schienen auf einmal von Ehrfurcht erfüllt zu sein.
Kaiser und Bürgermeister schritten die Stufen hinab und stolzierten über den Steg auf die schwankende *Lubeca*. Der Kapitän des kleinen Schiffs machte einen gekonnten Diener vor seinen hohen Gästen, Zeichen für die Mitglieder des Senats und des Rates und auch für Marie, nun ebenfalls über den roten Teppich vorbei an der Kompanie und die Stufen hinabzuschreiten. Marie raffte ihr Kleid und betrat das Schiff. Wilhelm II., der Lübecks wichtigste Männer begrüßte, wandte sich ihr zu und reichte ihr galant den Arm.
»Danke, Kaiserliche Majestät«, sagte sie höflich und machte einen Knicks.

Das Schiff legte ab. Matrosen, ganz in Weiß gekleidet, standen auf dem Bug und dem Heck stramm wie Soldaten. Ein Streichquartett spielte an Deck Melodien von Brahms und Mendelssohn. Die Männer umschwirrten ihren Kaiser und mühten sich, ihrer Hoffnung wieder und wieder Ausdruck zu verleihen, der Elbe-Trave-Kanal möge Lübeck die alte Handelsbedeutung zurückbringen. Einer biederte sich mehr an als der andere, um später mit stolzgeschwellter Brust berichten zu können, er sei es gewesen, der Wilhelm II. zu diesem oder jenem Schritt bewogen habe, der Lübeck nun zugutekomme.

»Was meinen Sie, gnädige Frau«, fragte der Regent Marie schließlich, die aufmerksam zugehört, selbst aber geschwiegen hatte.

»Ich bin sicher, der zweite Kanal wird uns wieder bescheren, was der erste uns genommen hat. Doch davon hängt das Wohl und Wehe Lübecks gewiss nicht ab, Kaiserliche Majestät.«

»Wovon dann Ihrer Meinung nach?«

»Von seinen Menschen, Kaiserliche Majestät«, sagte sie bestimmt. »Von den Ratsherren und Senatoren, den Kaufleuten und von den Mägden und Knechten, den Arbeitern und Seeleuten. Was sollte so ein Gewässer wohl ausrichten ohne all jene, die den Handel am Leben halten?«

Die Männer in ihren Fräcken sogen hörbar die Luft ein. Ein Senator, dem Marie seit der Handels- und Industrieausstellung noch immer ein Dorn im Auge war, wendete sich gar kopfschüttelnd ab.

»Sehr wohl gesprochen«, entgegnete der Kaiser. »Sie sind Frau Andresen, die Herrin über das himmlische Kröger'sche Marzipan, wenn ich richtig unterrichtet bin?«

»Ja, Kaiserliche Majestät.« Marie machte erneut einen formvollendeten Knicks. Dass sie wenigstens hin und wieder noch ihre alten Ballettübungen machte, um geschmeidig zu bleiben, kam ihr jetzt gelegen.

»Nun, Sie wissen, dass ich zu dem Gros hilfloser Männer zähle, das bei dieser Delikatesse nicht nein sagen kann.«
»Was mich sehr freut, Kaiserliche Majestät.«
Er führte sie am Arm von der Gruppe der Ehrengäste weg über das Deck und winkte nebenbei huldvoll den Menschen zu, die zu Hunderten am Ufer standen, mit dem Schiff liefen, Fähnchen schwenkten, Diener und Knickse machten. Es schien etwas dran zu sein an dem, was man über ihn sagte – er genoss das Bad in der Menge.
»Sie sprachen von den Arbeitern, gnädige Frau. Trügt mich mein Eindruck, oder liegt Ihnen etwas am Wohl dieser Leute?«
»Der Eindruck trügt Sie gewiss nicht. Ohne sie wäre ich nicht in der Lage, Marzipan in dieser Qualität und Menge herzustellen. Ihnen allein verdanke ich meinen Erfolg und meinen Wohlstand. Und meinem Großvater natürlich«, fügte sie hinzu, »der das Rezept für das Kröger'sche Marzipan erdacht hat.«
»Ein Geheimnis, wie ich höre, das Sie doch aber sicher Ihrem Kaiser verraten, gnädige Frau.«
»Ich bin untröstlich, Kaiserliche Majestät, aber lieber würde ich mir die Zunge abschneiden lassen.« Sie lächelte ihn charmant an.
Wilhelm lachte schallend. Die feinen Herren abseits und mit gespitzten Ohren reckten die Hälse.
»Wenn Sie also so um die Arbeiter bemüht sind, darf ich wohl annehmen, dass Sie mit meiner Politik zufrieden sind?«
Marie war auf der Hut. Man wusste von Wilhelm II., dass er äußerst eitel war. Er wollte Komplimente von ihr hören, so viel stand fest. Ihre ehrliche Meinung spielte eine untergeordnete Rolle.
»Es ist zumindest ein guter Anfang«, sagte sie diplomatisch.
Er zog die Augenbrauen hoch, dass sie fast an seinen Zweispitz stießen.

»Darf ich fragen, was Sie noch erwarten?«
Sie sah ihm in die Augen oder betrachtete seinen vor Pomade glänzenden Bart. Auf keinen Fall durfte ihr Blick hinunter zu seinem linken Arm wandern, der aufgrund von Komplikationen während seiner Geburt deutlich kürzer war als der rechte und dazu noch gelähmt. Der Kaiser hasste es, wenn man diesen Makel ansah.
»Für Lübeck kann ich sagen, dass viele fleißige Leute in ärmlichsten Behausungen leben müssen. Die hygienischen Bedingungen sind, um es vorsichtig zu formulieren, katastrophal. Wie Ratsherr Mertens und viele andere in dieser Stadt habe ich Buden für die Armen bauen lassen. Mein Wunsch wäre, dass so etwas in großem Stil für die Arbeiter getan würde.«
»Was genau schwebt Ihnen da vor?« Er schien tatsächlich Interesse an ihren Ausführungen zu haben.
»Zu meinen Kunden gehört ein Architekt, der in Chicago Hochhäuser baut. Ganz so groß muss es ja nicht sein, aber ich stelle mir etwas in der Art vor. Lange hohe Gebäude mit Platz für zwanzig oder dreißig Familien. Ein hübscher Garten vor dem Haus, große Fenster, damit die Stuben hell und freundlich sind.« Sie beendete ihren kleinen Vortrag. »Das wäre mein Traum, Kaiserliche Majestät.«
»Sie sind eine Frau mit großen Ideen. Das gefällt mir.«
Während die *Lubeca* beinahe das Burgtor erreichte, bezog Wilhelm die Herren jetzt wieder in das Gespräch ein. Er bedauere sehr, ließ er sie wissen, dass er in diesem Jahr nicht zur Travemünder Woche kommen könne. Regierungsverpflichtungen würden das verhindern. Bei jeder sich bietenden Gelegenheit erinnerte er daran, dass Travemünde ihm diese Veranstaltung zu verdanken habe, die von Jahr zu Jahr mehr Besucher anzog.
»Aber nächstes Jahr werde ich die Regatta mit meiner *Meteor* gewinnen, verlassen Sie sich darauf.«

Am Burgtorhafen ging die Fahrt zu Ende. Von der Wiese am Ufer war kein Zentimeter Grün zu erkennen, so dicht standen die Menschen, um ihren Kaiser zu sehen. Sie jubelten ihm zu, schwenkten Fähnchen und Wimpel, wie es schon auf dem gesamten Weg hierher geschehen war. Wer hatte, trug eine Uniform. Die Damen lüpften mit spitzen Fingern ihre Kleider, damit diese nicht über den Rasen schleiften. Bunte Luftballons stiegen in den blauen Himmel. Das Streichquartett an Bord beendete sein Spiel. Gleichzeitig ertönte vom Burgtor her ein Paukenschlag, und eine Militärkapelle setzte ein. Die Sonne stand inzwischen hoch am Himmel, die Hitze war schwer auszuhalten. Marie sehnte sich nach einer kühlen Brise. Ihre Zunge klebte an ihrem Gaumen. Christian hatte zweifellos recht gehabt, sich diese Anstrengung nicht zuzumuten. Sie wollte so schnell wie möglich die Menschenmenge hinter sich lassen, nach Hause fahren und etwas Leichteres anziehen.

Mit einem kurzen Ruck machte das Schiff fest. Die Herren verneigten sich, und Marie machte einen Knicks, als der Kaiser an ihnen vorüberkam, um als Erster von Bord zu gehen. Wie geplant marschierte Wilhelm II. an den Männern der Militärkapelle vorbei. Die Kinnriemen ihrer Pickelhauben trieften vor Schweiß. Die Gesellschaft verließ nach ihm das Boot, überholte ihn während seines Ganges entlang der Musiker und bildete, wie es eingeübt war, ein Spalier vor dem Wagen, der den Regenten zur Schiffergesellschaft bringen würde. Dort war ein Festessen mit einer erlesenen Auswahl von Senatoren und Künstlern geplant, bevor Wilhelm seinen Besuch beendete. Selbstverständlich hatte Marie als Dessert eigens eine Marzipancreme komponiert, die dem Kaiser gereicht werden würde. Sie selbst war dazu freilich nicht nötig, sondern wartete nur, dass er im Wagen saß und abfuhr, damit sie sich auf den Heimweg

machen konnte. Er schritt die Reihe der Fräcke entlang. Vor Marie blieb er kurz stehen.
»Gnädige Frau, meine Gemahlin verträgt die Hitze nicht gut und erwartet mich darum schon in der Schiffergesellschaft, wo es kühler sein dürfte. Machen Sie ihr die Freude und geben Sie mir die Ehre, uns dort Gesellschaft zu leisten.«
»Kaiserliche Majestät, ich weiß nicht, ob …« Marie war sich nicht sicher, ob das dem Protokoll entsprach.
»Ich bin der Kaiser, gnädige Frau. Wer sollte es mir verbieten? Meine Gattin wäre entzückt. Es ist für sie nicht immer ein Vergnügen, mit all den Herren zu speisen.« Damit war die Sache für ihn geregelt, und er stieg in seinen Wagen.
Marie wusste nicht, was sie tun sollte. Sie wollte Christian nicht länger allein lassen, als unbedingt nötig. Andererseits konnte sie die Einladung des Kaisers nicht ausschlagen. Das war völlig unmöglich. Und Christian hatte ja auch gesagt, sie könne sich Zeit lassen. Zwar sorgte sie sich sehr um ihn, ergab sich aber in ihr Schicksal und stieg in den Wagen, den ein Diener in Livree ihr öffnete.

Das Essen in der Schiffergesellschaft dauerte geschlagene drei Stunden. Marie saß wie auf Kohlen und ärgerte sich, dass sie keine Möglichkeit hatte, sich früher zu entfernen. Die Gemahlin des Kaisers hatte, nachdem Marie vorgestellt worden war, pflichtschuldig einige Worte mit ihr gewechselt. Dann wurde serviert. Marie, die nicht auf der offiziellen Gästeliste stand, saß am Tischende, weit vom Kaiserpaar entfernt, zwischen einem Ratsherrn und einem Komponisten, der gerade große Erfolge mit seiner Kirchenmusik feierte. Die sonst so rustikalen Holztische der Wirtschaft waren unter weißem Damast verschwunden. Schweres Silberbesteck und feinstes Porzellan passten ebenso wenig in die Umgebung wie die riesigen Hüte der wenigen Damen und die Pickelhauben, die auf einem Tisch in der

Ecke auf ihre Besitzer warteten. Für Marie war dies der Ort, wo die Schiffer zusammenkamen – einfache Matrosen und erfahrene Kapitäne, ungehobelte Kerle und Kavaliere, Menschen, die das Herz am rechten Fleck trugen und auf dem Wasser zu Hause waren. Und so sollte es hier ihrer Meinung nach auch aussehen. Aber der Kaiser war nun mal der Kaiser. Zwar war er passionierter Segler, doch es ging nicht darum, ihm Wohlbehagen zu bereiten, sondern ihn standesgemäß zu bewirten. Wahrscheinlich würde es ihm besser gefallen, wenn alles so wäre wie an jedem gewöhnlichen Tag. Vielleicht hätte er seiner Frau wirklich Maries Gesellschaft gegönnt, weil die beiden Frauen sich womöglich gut unterhalten hätten. Bloß das Protokoll, der Anstand, die Konventionen wollten es anders. Dagegen war sogar Wilhelm II. machtlos. Also ertrug Marie das Spektakel bis zum Ende und atmete auf, als sie am späten Nachmittag endlich nach St. Gertrud zurückkehrte. Christian würde Augen machen, wenn sie ihm von der ausführlichen Unterhaltung mit dem Kaiser erzählte.

Es roch muffig, als sie das Haus betrat. Bestimmt hatte Christian sich den ganzen Tag hier eingesperrt, um die Hitze draußen zu lassen.

»Christian?«, rief sie. Er konnte doch unmöglich noch immer schlafen. Marie schlüpfte aus den Schuhen und bewegte ihre geschundenen Zehen. Sie waren es einfach nicht gewohnt, so lange in derart hohen Schuhen zu stecken. Dann legte sie ihren Hut auf den kleinen runden Tisch neben der Treppe und massierte sich die Schläfen.

»Christian«, rief sie noch einmal, da er sich nicht rührte. »Ich bin zurück!« Sie lief in die Stube und öffnete die Fenster. Ein angenehmes Lüftchen wehte ins Zimmer. Trotz der großen Tageshitze kühlte es zum Abend immer noch wunderbar ab, so dass man herrlich schlafen konnte. Marie wollte die kühle Brise auch in die Schlafstube lassen. Schon auf der Treppe öffnete sie die Haken ihres Kleides. Wie herrlich wäre es, gleich aus den gewaltigen Stoffmassen zu steigen und den Körper mit kaltem Wasser abzureiben! Das Zimmer lag noch immer im Dunkeln, so wie sie es am Morgen verlassen hatte. Ihre Augen gewöhnten sich rasch an das Dämmerlicht. Christian war nicht in seinem Bett. Marie beschlich ein ungutes Gefühl.

»Christian?«, rief sie erneut. Sie zog die Vorhänge beiseite, öffnete das Fenster und atmete einmal tief durch. Dann ging sie zum Bad. Die Tür war nur angelehnt. Sie klopfte leise und fragte: »Bist du hier, Christian?« Keine Antwort. Also öffnete sie die Tür und schrie auf. Christian lag in der Badewanne. Es war kein Wasser darin, dafür so viel Blut, dass der absurde Eindruck entstand, er würde darin baden. Vor der Wanne war eine leere Weinflasche. Marie stürzte auf ihn zu. »Christian, o mein Gott, was hast du nur getan?« Sie kniete nieder und stieß dabei die Flasche um, die laut auf die Fliesen schlug. Sie konnte keinen Atem feststellen. Wäre sie doch nur früher nach Hause gekommen! »Du kannst uns doch nicht alleine lassen!« Ihre eigene Stimme machte ihr bewusst, dass sie der einzige lebende Mensch in diesem großen Haus war. Sie wollte flüchten, weglaufen, weit weg von diesem grauenvollen Anblick. Aber sie konnte Christian doch nicht allein lassen. Wie schrecklich einsam musste er gewesen sein. »Nein, Christian, nein«, wimmerte sie.

Blut klebte an seinem Mund. Trotzdem sah sein Gesicht so friedlich aus wie seit langem nicht.

Marie weinte und schrie, musste würgen und kroch in die entgegengesetzte Ecke des Bades. Das Kleid war ihr von den Schultern gerutscht. Dort kauerte sie einige Sekunden, gewann ihren klaren Verstand dann aber zurück, sprang auf und strauchelte, weil das Kleid noch tiefer rutschte und sich um ihre Beine wickelte. Hastig zog sie es wieder an, nestelte an den Haken, um es zu schließen, während sie die Treppe hinabrannte. Dr. Voss wohnte in derselben Straße, nur wenige Häuser weiter. Sie musste ihn benachrichtigen. Sie stürzte aus dem Haus. Familien kamen von dem großen Fest gerade heim. Eine Frau rümpfte pikiert die Nase, als sie Marie sah, und tuschelte ihrem Mann etwas zu. Marie kümmerte sich nicht darum. Ihr war nicht bewusst, dass sie mit der vom Hut und vom Schweiß ruinierten Frisur, dem Kleid, das noch immer halb von der rechten Schulter hing und barfuß einen mehr als ungewöhnlichen Anblick abgab. Auch weinte sie noch immer und presste die Hand auf den Mund, um den Würgereiz zu unterdrücken, der sie immer wieder überfiel. Sie läutete Sturm an der Tür des Arztes.

»Meine Zeit, wer hat es denn so eilig?«, war die Magd von innen zu vernehmen. Sie öffnete, sah Marie und schlug ein Kreuz. »Frau Andresen, um Himmels willen, was ist Ihnen denn widerfahren?«

»Mein Mann, Dr. Voss muss kommen. Er ist tot«, stammelte sie und versuchte sich zusammenzureißen.

Die Magd schlug gleich noch einmal ein Kreuz.

»Herrgott im Himmel, bewahre! Der Doktor ist am Kanal zur Feier. Er müsste aber längst wieder hier sein.« Sie biss sich unglücklich auf die Unterlippe und zog die Stirn in Falten.

»Bitte, Sie müssen ihn holen«, brachte Marie hervor, obwohl sie wusste, dass das Unsinn war. Woher sollte jemand wissen, wo Dr. Voss war. Er konnte überall auf ein Gläschen eingekehrt sein. Sie wollte gerade das Haus verlassen, als der Arzt in der Tür erschien.

»Frau Andresen, ist etwas mit Ihrem Mann?«

»Er hat sich getötet, Dr. Voss«, sagte Marie verzweifelt.

Die Magd begann ein Gebet zu murmeln.

»Stehen Sie nicht herum, sondern geben Sie mir meine Tasche, Anna«, herrschte Dr. Voss sie an. »Und Sie bleiben am besten hier, Frau Andresen, und trinken ein Glas Wasser, während ich ihn mir ansehe.«

»Nein«, widersprach Marie schwach, »ich gehe mit Ihnen.«

Er kannte Marie inzwischen gut genug, um zu wissen, dass Diskussionen mit ihr zuweilen zwecklos waren. Außerdem wollte er keine Zeit verlieren. Er schnappte die Tasche, die Anna ihm reichte, und eilte zur Andresen-Villa.

»Lassen Sie mich einen Augenblick allein mit ihm, Frau Andresen, ich bitte Sie. Ich rufe Sie, wenn ich mit der Untersuchung fertig bin.«

Marie ging in die Stube. Wie aus weiter Ferne hörte sie die Schritte des Arztes auf der Treppe. Sie starrte auf den Sessel, in dem Christian so viele Abende mit einem Buch in der Hand verbracht hatte. Wieder zog sich ihre Kehle zu, und sie musste schlucken, um den Brechreiz zu beherrschen. Sie trat an das offene Fenster und holte tief Luft. Als sie sich schließlich unter Kontrolle hatte, ging sie zu ihrem Sessel. Erst jetzt sah sie das Kuvert, das auf dem Tisch an einer Blumenvase lehnte. In der Vase steckten leuchtend rote Ranunkeln, Maries Lieblingsblumen. Mit zitternden Händen öffnete sie das Kuvert und las den letzten Brief ihres Mannes.

»Meine liebste Marie,
zum ersten und gleichzeitig letzten Mal in meinem Leben musste ich Dich belügen. Der Professor hat mich nicht nach Hause gehen lassen, damit ich mich erhole und gesund werde, sondern damit ich im Kreise der Menschen sterben kann, die mir alles bedeuten auf dieser Welt. Ich hätte mir so gewünscht, noch viel mehr Zeit mit Dir und den Kindern zu haben, aber es ist mir nicht gegönnt. Mir ist nicht einmal gestattet, in Frieden aus dem Leben zu gehen, während Ihr bei mir seid.

Das Bild, das der Professor von dem Ende, das mir bestimmt ist, gemalt hat, ist ein grausames. Ich kann mich dem nicht aussetzen. Aber vor allem will ich es Euch ersparen. Ihr sollt mich in Erinnerung behalten, wie ich war, als ich noch gesund war.
Marie, mein guter Engel, ich bin voller Angst vor dem, was vor mir liegt, aber ich bin auch voller Dankbarkeit für das, was ich mit Dir hatte. Du warst die beste Frau, die sich ein Mann wünschen kann, und hast mich zum glücklichsten Menschen dieser Welt gemacht. Ich bin sehr froh, dass wir unseren großartigen Sohn haben, der jetzt auf Dich achtgeben wird. Und ich bin überglücklich, dass wir Livia zu uns genommen haben. Sie wird Dich ablenken und Dir Trost sein. Es ist mir eine Freude und Erleichterung, Euch in jeder Hinsicht gut versorgt zu wissen.«

Seine Handschrift, die vor Maries Augen mehr und mehr verschwamm, wurde von Zeile zu Zeile unleserlicher. Entweder hatte er beim Schreiben so geweint wie sie jetzt, als sie seine Worte las, oder er hatte bereits einiges von dem Wein getrunken. Viel brauchte es nicht, um ihn in einen Rausch zu versetzen. Sie las den Rest seines Abschiedsbriefes.

»Bitte erkläre es meiner Familie, die ich sehr liebe, und umarme die Kinder von mir. Ich werde jetzt hinaufgehen und mich in die Badewanne legen. Wie ich gelesen habe, ist es eine sichere und recht angenehme Methode, sich die Pulsadern zu durchtrennen. Sofern von einer angenehmen Methode die Rede sein kann, wenn es darum geht, freiwillig aus dem Leben zu treten. Der Wein wird mir den nötigen Mut verleihen.

Den Ort, an dem es geschehen soll, wähle ich so, um Dir möglichst wenig Unannehmlichkeiten zu bereiten. Verzeih mir, mein Herz, und führe mit den Kindern ein glückliches Leben. So glücklich, wie meines an Deiner Seite war.
In ewiger Liebe, Dein Christian«

Sie ließ den Brief auf den Tisch sinken und fiel in ihren Sessel. Tränen rannen unaufhörlich über ihre Wangen. Sie verbarg ihr Gesicht hinter den Händen. Nach einer Weile hörte sie Schritte auf der Treppe. Dr. Voss war mit seiner Untersuchung fertig und trat zu ihr.
»Mein herzliches Beileid, Frau Andresen. Es tut mir so schrecklich leid. Kann ich irgendetwas für Sie tun? Soll ich jemanden benachrichtigen?«
Marie wischte die Tränen weg. Sie wusste nicht, was sie zuerst tun sollte. Aber ihr war klar, dass sie seiner Familie die schlimme Nachricht selbst überbringen musste.
»Nein danke, Dr. Voss, ich kümmere mich um alles. Doch wenn Sie dafür sorgen könnten, dass er, ich meine, dass jemand …« Sie kam nicht weiter. Ihre Stimme versagte, und sie schluchzte noch einmal auf. Wortlos reichte sie dem Arzt den Brief. Sie fühlte sich so schuldig. Als ob Christian mit ihr nicht glücklich gewesen wäre. Sie wollte, dass jemand den Grund kannte für das, was er getan hatte.
Nachdem Dr. Voss die Zeilen gelesen hatte, ließ er das Papier sinken.
»Was ihm bevorgestanden hätte, wäre für Sie alle mehr als schwer gewesen, das können Sie mir glauben, Frau Andresen. Er hat seinen Weg gewählt. Versuchen Sie Ihren Frieden damit zu machen. Ich werde jemanden kommen lassen, der Ihren Mann abholt. Und ich schicke Ihnen meine Magd, die das Bad säubern

wird. Am besten, ich gebe Ihnen etwas zur Beruhigung, damit Sie schlafen können.«
Marie schüttelte den Kopf.
»Glauben Sie mir, das macht es leichter für Sie. Wo sind denn die Kinder?«
»In Travemünde«, brachte Marie mühsam hervor und putzte sich die Nase. »Sie sind heute Morgen in die Ferien gefahren. Morgen wollten wir nachkommen.« Sie schluckte hart gegen die nächsten Tränen an.
»Gibt es jemanden, der heute Nacht bei Ihnen sein kann?«, fragte Dr. Voss.
»Ich werde nicht hierbleiben. Ich fahre in die Beckergrube und werde dort schlafen. Da ist Sophie, die sich um mich kümmern wird.« Marie hoffte inständig, dass die Freundin zu Hause war.
»Sehr gut.« Dr. Voss holte ein kleines Röhrchen aus seiner Tasche, entnahm zwei Tabletten und reichte sie Marie. »Falls Sie doch etwas zur Beruhigung nehmen wollen.« Nach einer Weile fragte er: »Möchten Sie Ihren Mann noch einmal sehen?«

Marie ging die Stufen hinauf und betrat langsam das Bad. Dr. Voss hatte Christians Hände gefaltet und seine Augen und den Mund geschlossen. Lange stand sie einfach nur da und sah ihn an. Sie wollte etwas sagen, brachte aber nichts über die Lippen. Was auch immer ihr in den Sinn kam, wäre unpassend gewesen. Also schwieg sie lieber. Auch hatte sie nicht das Bedürfnis, seine erkaltete Haut zu berühren. Sie sah nur zu ihm hinunter, dachte an so viele gemeinsame Momente und versuchte, wie Dr. Voss gesagt hatte, ihren Frieden mit ihm zu machen. Ohne ein einziges Wort gesprochen zu haben, verließ sie das Bad wieder, ging die Treppe hinunter und sagte dem Arzt, man könne ihren Mann jetzt abholen. Dann ging sie in die Schlafstube, ordnete das Bett und packte ein paar Sachen zusammen, die sie in den nächsten

Tagen brauchen würde. Währenddessen war der Bestatter eingetroffen. Marie hörte, wie er mit dem Arzt sprach.
»Mein Gott, die Pulsadern, so eine Schweinerei.«
»Nicht nur«, erwiderte Voss leise, gerade so laut, dass Marie es hören konnte. »Es sieht so aus, als hätte er das Weinglas gegessen. Jedenfalls Stücke davon. Mundraum und Kehle sind ganz zerschnitten. Und vermutlich auch Speiseröhre und Magen. Darum auch das viele Blut in seinem Gesicht.«

Die schwere Aufgabe, Christians Familie von seinem Ableben zu unterrichten, lag hinter ihr. Endlich konnte Marie sich in ihre Kammer über der Konditorei zurückziehen. Lange saß Sophie bei ihr, tröstete sie und sprach ihr Mut zu. Es war weit nach Mitternacht, als Marie endlich versuchen wollte etwas Schlaf zu finden.
»Ich lasse die Tür zu meiner Kammer angelehnt, Marie. Wenn du mich brauchst, ruf nur nach mir. Im Handumdrehen bin ich da. Oder komm rüber, wenn du willst.« Sophie legte ihrer Freundin die Hand auf den Arm. »Kann ich dich wirklich alleine lassen?«, fragte sie besorgt.
»Ja, Sophie, danke. Ich werde jetzt ein wenig schlafen. Und morgen hole ich die Kinder aus Travemünde.«
Marie fiel bald in einen Schlaf, aus dem sie am nächsten Morgen mit entsetzlichen Kopfschmerzen und verquollenen Augen erwachte. Die Tabletten von Dr. Voss hatte sie nicht genommen. Sie steckte sie jedoch in die Tasche, um sich später damit helfen zu können, wenn es nötig war. Ihre Kinder brauchten sie. Für sie musste sie stark sein, zur Not mit Hilfe der Medizin. Gegen ihre erste Überlegung, mit den Kindern umgehend nach Lübeck zurückzukehren, blieb Marie drei Tage dort. Wilhelm weinte jede Nacht. Am Tag versuchte er ein tapferer Junge zu sein, doch nachts hörte sie ihn wimmern. Auch Livia vergoss ein paar

Tränchen, am meisten wohl wegen der Trauer, die fast greifbar das Leben der Andresens umklammert hielt. Sie hatte Christian schon gemocht, doch war die Zeit noch zu kurz gewesen, um eine tiefe Bindung zu entwickeln. So buddelte sie schon einen Tag, nachdem Marie in Travemünde eingetroffen war und ihren Kindern das Geschehene behutsam beigebracht hatte, vergnügt mit der Kinderfrau am Strand. Marie ließ sie gewähren. Die Beisetzung würde noch schlimm genug für die Kinder werden. Außerdem gelang es dem Mädchen sogar, Wilhelm für die eine oder andere Minute abzulenken. Die Bestattung fand im engen Familienkreis statt. Helene und Marie waren sich einig, auf eine Trauerfeier im Haus zu verzichten, bei der Christian in der Stube aufgebahrt worden wäre. Sie wollten alles so schnell und ohne Aufhebens hinter sich bringen, wie sie nur konnten. Jeden Tag betete Marie für die Seele ihres Mannes und flehte den Himmel um Kraft an. Als sie wieder in ihrem kleinen Garten in der Vorderreihe saß, hätte sie unmöglich erklären können, wie sie das alles überstanden hatte, die Schwiegereltern, die nicht begriffen, dass ihr Sohn vor ihnen gehen musste, die Trauergäste, der Gang ans Grab, ihre beiden Kinder fest an den Händen. All das lag jetzt hinter ihr. Doch von Erleichterung keine Spur. In Marie breitete sich eine Leere aus, die sich anfühlte, als wollte sie ewig bleiben.

»Darf ich mit Livia heute zum Strand?« Wilhelm riss sie aus ihren Gedanken. Sein Vater fehlte ihm und würde ihm immer fehlen. Aber er war ein Junge von knapp dreizehn Jahren, der Ferien hatte. Er wusste nichts von den Umständen und hatte nicht gesehen, was Marie sehen musste. Er kam leichter darüber hinweg.

»Heute noch nicht, Wilhelm. Morgen gehen wir zusammen.«

Der Junge widersprach und bettelte nicht. Folgsam blieb er mit seinem Schwesterchen im Garten und spielte still mit ihr. Er versuchte ein großer Junge zu sein und, wie Christian geschrieben hatte, auf seine Mutter achtzugeben. Livia brabbelte ohne Unterlass. Ständig pflückte sie Kräuter, zeigte sie ihrem Bruder und fragte: »Was?« Dann erklärte Wilhelm, dass es Salbei, Petersilie oder Melisse sei, was man essen könne und was weniger gut schmecke. Marie hörte die beiden Kinder kaum. Sie saß auf der Bank unter dem Apfelbaum und hatte ein Buch in der Hand, in dem sie keine einzige Zeile las.

Auch die nächsten Tage brachten strahlendes Sommerwetter. Trotzdem schaffte Marie es nicht, mit ihren Kindern an den Strand zu gehen. Zu deutlich erinnerte sie sich an die Ausflüge mit Christian und Wilhelm. Wie geduldig hatte er seinem Sohn den Sinn einer Festungsanlage erklärt, obwohl der noch viel zu klein war, auch nur ein einziges Wort zu verstehen. Wilhelm hatte sich in die Festung gestürzt, die gegen diesen Angreifer nicht im mindesten gewappnet war, Christian hatte sie wieder aufgebaut. Tränen stiegen ihr bei dem Gedanken in die Augen.
»Ich möchte lieber noch hier im Garten sitzen«, vertröstete sie die Kinder. »Dorette geht mit euch.«
Tag für Tag wiederholte sich die Szene, bis Wilhelm schließlich nicht mehr fragte und Livia Marie nicht mehr an ihrem grauen Trauerkleid zupfte. Brav gingen sie mit Dorette morgens aus dem Haus, kehrten mittags wieder und gingen am Nachmittag meist noch einmal. Marie saß unterdessen im Garten, lief ein wenig herum, streifte durch das Haus und setzte sich wieder auf die Bank. Sie hätte am Abend kaum sagen können, was sie getan, worüber sie nachgedacht hatte. Sie wartete einfach ab, dass die Zeit verstrich. Bis zu einem heißen Tag im Juli, als die Ferien sich bereits ihrem Ende zuneigten. Dorette war nach dem Mittagessen gerade wieder mit Wilhelm und Livia zum Wasser aufgebrochen, als es an der Tür läutete. Marie erwartete niemanden

und wollte am liebsten nicht öffnen. Doch es war ja möglich, dass Dr. Voss oder Helene in der Gegend war. Oder vielleicht die Bohrdts, die ebenfalls ein Haus in Travemünde besaßen. Marie mochte nicht unhöflich sein. Zu viele Menschen wussten, dass sie da war.

»Guten Tag, Marie.« Vor ihrer Tür stand Thomas Hansen.

»Thomas«, flüsterte sie. Erst in diesem Moment wurde ihr bewusst, dass sie die ganze Zeit über niemanden ins Nachbarhaus hatte hineingehen oder herauskommen sehen. Sie hatte nicht einmal darauf geachtet.

»Ich habe gehört, was passiert ist. Es tut mir aufrichtig leid.«

»Danke.« Sie musste schlucken.

»Mathilde sagte mir, du willst mich sprechen.« Er räusperte sich kurz. »Nun, ich bin zurück, wie du siehst.«

»Im Moment ist es schlecht«, entgegnete sie leise. Sie war zu durcheinander und musste sich erst mit dem Gedanken vertraut machen, ihn wieder in der Nähe zu wissen.

»Das verstehe ich. Ich bin die ganze Woche hier. Wann immer du willst, können wir reden. Ich habe einen hervorragenden Wein. Vielleicht steht dir der Sinn danach.«

»Nur keinen Wein.« Auf der Stelle sah sie wieder die leere Flasche, die auf die Fliesen schlug, und dachte an die Worte des Arztes: »Es sieht so aus, als hätte er das Weinglas gegessen.« Sie holte schwer Luft.

»Kann ich irgendetwas für dich tun?« Noch immer stand er in der Tür. Seine warmen braunen Augen waren voller Mitgefühl und Sorge.

»Nein danke, Thomas. Aber es ist schön zu wissen, dass du nicht weit weg bist. Du hast es also wahr gemacht und die Eskimos besucht, ja?«

»Ja, Marie, das habe ich. Du hättest dabei sein sollen. Entschuldige.«

»Das wäre wohl keine sehr gute Idee gewesen«, entgegnete sie. »Aber vielleicht magst du mir ein wenig darüber erzählen. Ich gebe dir Bescheid, wann es passt.«
»Ich würde mich freuen.« Er machte auf dem Absatz kehrt und lief leichtfüßig in Richtung Mole davon.

Am Tag nach der Begegnung mit Thomas ging Marie mit ihren Kindern an den Strand. Dorette blieb im Haus, um dort gründlich sauberzumachen. Allmählich fand Marie zurück ins Leben, ließ sich von Wilhelm vorführen, wie lange er tauchen konnte, und trug Livia in die Fluten.
»Auch tauchen«, quietschte die Kleine. Doch sie würde sich bis zum nächsten Sommer gedulden müssen, bevor sie allein im Wasser zurechtkam.
Die Kinder schmückten eine Sandburg mit Zinnen und Türmchen reich mit Muscheln. Marie fiel auf, wie genau Livia Muschelschalen und Schneckenhäuser betrachtete. Überhaupt schien sie fasziniert von allem, was Feld, Wald und Flur und natürlich die Küste zu bieten hatte. Es tat unendlich gut, den Kindern zuzusehen. Und die beiden blühten geradezu auf, weil ihre Mutter wieder bei ihnen war. Besonders erleichtert war Marie, dass Wilhelm den Verlust so gut zu verkraften schien, wie es einem Jungen seines Alters nur möglich war. Sie saß in ihrem Strandkorb, malte mit den Zehen Kreise in den Sand und sah hinaus auf die glitzernde Ostsee. Möwen kreischten mit den Kindern anderer Urlauber um die Wette. Marie sog den Duft von Tang und Salz tief in die Lungen. Wie sehr sie das vermisst hatte. Plötzlich tat es ihr um die Zeit leid, die sie sich verkrochen hatte. Schon bald musste sie zurück nach Lübeck. Dabei würde sie viel lieber für immer in ihrem kleinen Paradies in der Vorderreihe bleiben. An die Villa in St. Gertrud durfte sie gar nicht denken. Am liebsten hätte sie das Haus auf der Stelle verkauft, aber

es war die Heimat ihrer Kinder. Livia hatte sich gerade erst daran gewöhnt. Marie beschloss, sich Zeit zu lassen. Sie würde wieder nach Hause gehen und sehen, wie sie dort zurechtkam. Wenn die schrecklichen Bilder sie zu sehr quälten, konnte sie immer noch eine andere Lösung finden. Sie fühlte sich so frei wie lange nicht mehr. Zum ersten Mal hatte sie wieder das Gefühl, das Dunkel über ihrer Zukunft zöge sich zurück und erste Sonnenstrahlen schafften es, sich ihren Weg durch die finster bedrohlichen Wolken zu bahnen. Zwei Tage nach Thomas' Besuch sah sie sich sogar in der Lage, ihm zu sagen, was ihr so lange auf der Seele brannte. Und sie wollte ihn endlich nach diesem verfluchten Brief fragen. Sie brachte die Kinder zu Bett. Wie immer waren sie eine Viertelstunde später eingeschlafen. Jeder Tag brachte neue Eindrücke und Erlebnisse, die frische Luft und das Herumtollen taten ein Übriges, so dass die beiden abends die Augen nicht lange aufhalten konnten. Bei Dorette wusste Marie sie in besten Händen, falls Wilhelm oder vor allem Livia aufwachen sollte. Also verließ sie das Haus und läutete wenig später bei Thomas.

»Marie, guten Abend.« Er rauchte seine Pfeife und trug nur ein weißes Leinenhemd zur hellen Hose. Mit Besuch hatte er offenbar nicht mehr gerechnet.

»Ich hoffe, ich komme nicht ungelegen.« Sie zögerte. Der vertraute Duft von Vanille machte ihr ein ganz warmes Gefühl im Herzen.

»Überhaupt nicht. Bitte, komm doch rein.« Er trat zur Seite und ließ sie in das Haus, um das sie ihn einmal so beneidet hatte. Im Vorbeigehen berührte sie leicht seine Schulter. Sie bemerkte ein Kribbeln im Bauch und schalt sich sofort dafür. Wie weit war sie von dem unerfahrenen jungen Mädchen entfernt, das sich vor langer Zeit in ihn verliebt hatte. Und wie nah war ihr dieses Gefühl im gleichen Moment.

»Darf ich dir etwas anbieten?«
Auf dem Tisch stand eine Flasche Wein, daneben ein Glas. Marie holte tief Luft und schob die Erinnerung beiseite.
»Ein Glas Wasser wäre wunderbar«, sagte sie.
»Gern.« Er verschwand und war gleich darauf mit einer Karaffe Wasser und einem Glas zurück. »Bitte!« Er deutete auf die Ottomane.
Marie setzte sich. Sie konnte sich nicht gegen die Erinnerungen wehren, die ihr sofort höchst lebendig vor Augen standen. Mehr als einmal waren Thomas und sie nach einer angeregten Diskussion auf diesem Möbelstück gelandet. Ihr Mann war erst wenige Wochen begraben, und sie dachte an die Zärtlichkeiten, die sie hier mit einem anderen erlebt hatte. Marie schämte sich. Sie musste sich unbedingt ablenken. Außerdem wollte sie die klärenden Worte plötzlich doch noch hinausschieben. Zu sehr fürchtete sie sich vor einer Wahrheit, die ihr sehr wehtun könnte. Wenn Thomas zugeben musste, dass er tatsächlich hinter ihrem Marzipanrezept her war …
»Du warst also wirklich bei den Eskimos?«, fragte sie ein wenig hastig. »Erzähl mir von ihnen. Wie halten sie diese ewige Kälte nur aus?«
»Frag lieber, wie ich sie ausgehalten habe«, sagte Thomas lachend. Er begann von einer Reise zu erzählen, die nicht immer ungefährlich, vor allem aber noch viel aufregender gewesen war als ihre gemeinsame damals nach St. Petersburg.
»Sie haben schon öfter weiße Menschen gesehen. Die Walfänger kommen seit langem jedes Jahr, bleiben aber nur den Sommer über dort. Ich habe mit Händlern gelebt, die auch im Winter ausgehalten haben. Das war neu für die Eskimos. Aber sie haben sich daran gewöhnt«, berichtete er. »Wir haben ihnen Tee und Tabak dafür gegeben, dass sie uns beim Jagen und Fischen geholfen haben. Und Kekse! Sie lieben Kekse.«

»Wirklich? Du hast ihnen keinen Wein gebracht?« Marie musste lachen – zum ersten Mal seit langem.
»Nein, sie wollten Kekse. Stell dir vor, der Sonnabend heißt bei ihnen Sivatarvik. Das heißt: Tag, an dem Kekse verteilt werden.«
»Du nimmst mich auf den Arm!«
»Das habe ich schon früher nie gewagt.«
Sie sahen sich in die Augen. Marie bekam sofort ein schlechtes Gewissen, hatte sie doch Christian versprochen, mit Thomas abzuschließen. Und jetzt saß sie bei ihm, hörte seinen Geschichten zu und geriet schneller wieder in seinen Bann, als es ihr recht war.
Von Polarfüchsen berichtete er, die er gefangen hatte, von einem Schlitten, den Hunde zogen, von Hütten aus Schnee und Eis, in denen es viel wärmer war, als er sich je hätte vorstellen können.
»Warum bauen sie nicht aus Holz oder Stein?«, wollte Marie wissen.
»Sie leben nicht an einem festen Platz wie wir. Sie bleiben nur, solange sie genug zum Jagen finden. Dann ziehen sie weiter. Ein Haus aus Holz oder gar aus Stein ist für sie vollkommen unnütz, weil es zu lange dauert, es zu bauen. Bis es fertig ist, ziehen sie schon weiter.«
Er schilderte ihr, wie er das erste Mal rohes Robbenfleisch gegessen und in einem Kajak gesessen hatte. Als er ihr die Eisberge beschrieb, wie sie in verschiedensten Blautönen schimmerten, bat Marie um ein Glas Wein. Sie wollte nach vorne schauen, sich nicht von der Vergangenheit beherrschen lassen. Und sie wollte die Welt sehen. Vielleicht konnte sie mit ihren Kindern verreisen. Etwas Schöneres konnte sie sich nicht vorstellen. Es war weit nach Mitternacht.
Thomas lehnte sich zufrieden zurück und sagte: »Jetzt kannst du sicher verstehen, warum ich so lange geblieben bin.«
»Allerdings. Ich beneide dich um das, was du erlebt hast.«

»Warum ich gegangen bin, weißt du auch, nicht wahr? Sowohl damals nach Afrika als auch jetzt.«
»Du wolltest doch immer schon die Welt erobern«, wich sie ihm aus. Es fiel ihr schwer, auf das Thema zu sprechen zu kommen. Vor allem war ihr nicht danach zumute, von den spannenden Abenteuern zur bösen Realität zurückzukehren.
»Marie, ist es jetzt nicht an der Zeit, dass du mir endlich erklärst, warum du mich zum Teufel geschickt hast? Mathilde hat mir zwar gesagt, dass es da eine große Lüge gebe, der du auf den Leim gegangen seist. Die Details wollte sie jedoch dir überlassen. Also?« Er zog an seiner Pfeife und sah sie erwartungsvoll an.
»Na schön. Du erinnerst dich doch sicher an die Geschichte mit meinem Haus, das du mir vermittelt hast. Man hatte mir gesagt, du hättest das nur getan, damit nicht ein anderer Käufer das Haus abreißt und ein Hotel baut. Doch du konntest alles aufklären, und ich war schon wieder bereit, dir zu glauben. Ich wollte dich nur noch auf die absurde Sache mit dem Einbruch ansprechen. Achim Oeverbeck hat mich nämlich damals glauben lassen, du hättest das inszeniert, du hättest diese Verbrecher geschickt, um mein Marzipanrezept zu stehlen.«
»Wie bitte?« Er ließ die Pfeife sinken und starrte sie fassungslos an.
»Ja, das ist die große Lüge, der ich auf den Leim gegangen bin. Ich konnte es ja auch nicht glauben. Darum wollte ich unbedingt mit dir sprechen, aber du musstest etwas erledigen, und ich habe hier auf dich gewartet.«
»Und warst weg, als ich zurückkam. Das habe ich nie verstanden. Was ist in der Zwischenzeit passiert, dass du mit einem Mal doch von meiner Schuld überzeugt warst?«
»Ich habe ein Schreiben gefunden. Das heißt, es steckte dort drüben unter den Büchern. Mir fielen einige Worte ins Auge. Ich musste es einfach lesen«, gestand sie.

»Was denn für ein Schreiben?«

»Es kam aus Frankreich. Was ich lesen konnte, war, dass du ihnen eine Lieferung versprochen hast. Irgendetwas ganz Besonderes, das du dann aber doch nicht liefern konntest. Und es ging um Marzipan. Mehr weiß ich nicht.«

»Das war alles? Etwas, das mit Marzipan zu tun hat, und eine versprochene Lieferung haben gereicht, dich von meiner Schuld zu überzeugen?«

»Aber es hat hundertprozentig zu dem gepasst, was Oeverbeck mir erzählt hat. Dass du das Rezept an deine Partner in Frankreich verkaufen wolltest.« Sie zuckte hilflos mit den Schultern. »Normalerweise kaufst du doch Wein aus Frankreich ein. Aber in dem Brief war eindeutig die Rede davon, dass du etwas zu verkaufen hast. Und dass es um Marzipan ging. Wie hätte ich das denn sonst verstehen sollen?«

Thomas schüttelte lange und nachdenklich den Kopf. Dann endlich wusste er, um welchen Brief es sich handelte.

»Es ging um ein Rezept, das ich besorgen sollte. Natürlich, das muss es gewesen sein. Einer meiner Lieferanten hat von dem deutschen Eiswein gehört. Ja, jetzt erinnere ich mich wieder ganz genau. Er war überaus interessiert daran, das Herstellungsverfahren kennenzulernen. Du weißt ja, wie ich bin. Ich habe vorschnell gesagt, dass ich das für ihn herausfinden würde. Aber an den Winzern an Rhein und Mosel, wo dieser übrigens wirklich erstklassige Tropfen gemacht wird, habe ich mir die Zähne ausgebissen. Damit hatte ich nicht gerechnet. Nach der ersten Abfuhr, die ich hinnehmen musste, versuchte ich meinen Franzosen gewissermaßen etwas anderes anzubieten. Also brachte ich das Marzipan ins Spiel.«

»Was?« Sie sah ihn böse an.

»Nein, Marie, jetzt denk doch nicht wieder, dass ich dein Rezept stehlen wollte. Erinnerst du dich denn nicht an unser Vorhaben,

Wein und Marzipan zusammen anzubieten? Darum ging es. Ich habe dem Mann gesagt, wie herrlich diese beiden Genüsse zueinander passen. Ich wollte, dass der Franzose einen Wein macht, der ganz speziell zu deinem Marzipan gereicht wird. Und dich wollte ich bitten, eine Sorte zu kreieren, die perfekt mit seinem Rotwein harmoniert. Darum muss es in diesem Brief gegangen sein. Es ist so lange her, ich erinnere mich wirklich nicht an alle Schreiben, die ich aus Frankreich bekommen habe. Aber das scheint mir die einzige logische Erklärung.«

Einen Augenblick saßen beide in Gedanken versunken. Marie schüttelte langsam den Kopf.

»Mein Gott, Thomas, es hat alles so perfekt zusammengepasst. Wahrscheinlich war Achim nur selbst scharf auf das Rezept. Den Verdacht hatte ich, seit ich mit ihm zusammenarbeitete. Und dann war da noch die Eifersucht. Dass er mir Avancen gemacht hat, habe ich dir ja damals schon erzählt. Stell dir vor, er meinte sogar, wir könnten heiraten.« Wieder schüttelte sie den Kopf. »Weißt du, was das Schlimmste ist? Als er mir die Wahrheit offenbart hat, da sagte er, ich hätte kein Herz. Mein Vertrauen und meine Zuneigung seien nicht stark genug, um zu dir zu halten. Dass ich auf die gemeine Intrige hereingefallen bin, das ist das Allerschlimmste.« Und leise fügte sie hinzu: »Denn ich habe dich wirklich geliebt.«

Seine braunen Augen glänzten. Er griff über den Tisch nach ihren Händen.

»Wieso hat Oeverbeck sich überhaupt eingebildet, er hätte Chancen bei dir? Ich meine, ich mache doch keiner Frau einen Antrag, wenn ich mir ihrer Gefühle nicht sicher sein kann.«

Nun erzählte Marie auch noch die Geschichte, die sich nach dem Volksfest im Sommer vor zwanzig Jahren zugetragen hatte.

»Ich war so enttäuscht. Ich hatte mir doch tatsächlich eingebildet, du würdest doch noch um meine Hand anhalten. Dort oben in dem Riesenrad. Und dann hast du davon gesprochen, dass ich Christian heiraten soll. Durcheinander und traurig und übrigens auch beschwipst, wie ich war, bin ich in der Konditorei Achim über den Weg gelaufen.«

»Du hast doch nicht etwa mit ihm geschlafen?«

»Nein! Wo denkst du hin? Ich bin in sein Kontor gegangen, weil ich Licht gesehen habe. Er ließ es sich nicht nehmen, mich nach oben in meine Stube zu bringen, weil er natürlich bemerkt hat, dass ich nicht mehr ganz sicher auf den Beinen war. Die Situation schien ihm günstig. Er hat versucht …« Sie wollte keine Einzelheiten schildern. »Er sagte sogar, ich könne ja am nächsten Tag so tun, als wäre nichts geschehen.« Die Erinnerung jagte ihr einen Schauder über den Rücken.

»Dieser dreckige Hund!«

Die Vögel stimmten ihre Morgenmelodie an. Marie blickte zum Fenster. Es begann schon zu dämmern.

»Konntest du deinem Lieferanten am Ende eigentlich verraten, wie Eiswein hergestellt wird?«, fragte sie.

»Nein.«

»Und die Sache mit dem Marzipan ist auch nichts geworden«, sagte sie kleinlaut.

»Das stimmt. Ich arbeite heute nicht mehr mit dem Lieferanten zusammen.«

Marie sah ihn erschrocken an.

»Das ist nicht schlimm«, beruhigte er sie. »Es gibt andere gute Winzer im Bordeaux. Ich habe mich ohnehin darauf verlegt, spanischen Sherry und Portwein aus Portugal zu importieren. Und das Neueste ist eine italienische Spezialität: Lacrimae Christi – Die Tränen Christi. Von diesem Likörwein werden nur wenige Flaschen produziert. Wenn ich ihn als Einziger im Angebot habe, ist das so ein Juwel wie deine Champagner-Kugel.«

»Das freut mich für dich.«

Er wurde wieder ernst. »Da hat uns das Schicksal übel mitgespielt, was? Die Dinge, die man dir böswillig erzählt hat, passten genau zu dem Brief, den du zufällig bei mir gefunden hast.«
»Ich hätte ihn nie lesen dürfen.«
»Du konntest gar nicht anders. Und du konntest nur diese Schlüsse ziehen. Jeder hätte das getan.«
»Ich bin froh, dass du es verstehst. Kannst du mir auch verzeihen?«
Inzwischen war es hell geworden. Ein neuer Sommertag brach an.
»Selbstverständlich, Marie. Und du? Kannst du mir auch verzeihen?«
»Da gibt es nichts, Thomas. Du hast dir nichts zuschulden kommen lassen. Jetzt weiß ich das.«
»Ich habe dich an dem Abend im Riesenrad nicht gebeten, meine Frau zu werden. Ich wollte es tun, aber ich hatte zu viel Angst. Vielleicht war das mein Verschulden. Ich habe mich so manches Mal gefragt, ob das der größte Fehler meines Lebens war.«

X

»Und uns kann wirklich nichts passieren?« Marie blickte ängstlich auf den Vulkan, der sich kurz hinter dem Kloster majestätisch erhob.
»Es ist dreißig Jahre her, dass er etwas angerichtet hat. Seitdem ist er friedlich«, beruhigte Thomas sie.
Ein Jahr, nachdem Thomas Hansen sie das erste Mal gebeten hatte, mit ihm nach Italien zu reisen, war Marie diesem verlockenden Angebot gefolgt. Wilhelm entwickelte sich zu einem klugen Jungen, der die Ernsthaftigkeit und das Talent für Zahlen von seinem Vater geerbt hatte. Livia konnte bereits einzelne Buchstaben schreiben, obwohl sie noch nicht zur Schule ging. Sie war eine auffallend begabte Malerin und zeichnete am liebsten Blumen, Kräuter und Tiere. Trotz ihres zarten Alters war sie in der Lage, Salbei von Petersilie zu unterscheiden und sich alle Pflanzen- oder Tiernamen zu merken, die ihre Mutter oder Wilhelm ihr beibrachten. Kurz nach dem Tod ihres Vaters hätte Marie die beiden um keinen Preis allein gelassen. Doch nun, ein volles Jahr später, konnte sie sie mit ruhigem Gewissen Dorette überlassen. Thomas hatte ihr so lange und in so schillernden Farben von Neapel und seinem herrlichen Golf vorgeschwärmt, dass sie nicht länger nein sagen konnte. Als er wieder das Weingut am Fuße des Vesuv besuchen musste, begleitete sie ihn kurzerhand.

Sie saßen vor dem kleinen Natursteinhaus unter einem Dach aus Weinlaub. Wenige Meter von ihnen begannen die Felder, auf denen die köstliche Lacrimatraube wuchs. Der Weinberg erstreckte sich neben dem Kloster entlang bis hinauf zum Fuß des Vulkans.
»1872 hat er noch zwei Dörfer zerstört«, erklärte Signor Ferraro. »Seitdem lässt er uns in Ruhe. Sie sollten hinauffahren, Signora. Die Aussicht raubt Ihnen den Atem fast so sehr wie dieser Vino hier.« Er stellte eine Karaffe auf den Tisch, in der ein Wein hellrot schimmerte.
Marie kannte den edlen Likörwein inzwischen, weil sie ihn bei Thomas hatte kosten dürfen. Sie schätzte sein volles Aroma und war sich sicher, die Kenner würden sich die Finger danach lecken. Hier unter der italienischen Frühlingssonne war der Genuss unvergleichlich höher.
»Dieser Jahrgang ist etwas teurer, Signor Hansen. Aber er ist auch der beste, seit die Seilbahn gebaut wurde.«
Die Neapolitaner zählten nicht in Jahren, sondern nur in Ereignissen, die mit dem Vesuv zusammenhingen. Etwas geschah ein Jahr nach dem letzten Ausbruch, vor dem Bau der Seilbahn, die hinauf auf den Gipfel führte, oder in weit zurückliegender Vergangenheit nach der Ausgrabung Pompejis.
»Wenn Sie Ihren Kunden diesen Lacrimae servieren, werden sie jeden Preis dafür zahlen.« Der kleine Italiener mit der ledrigen braunen Haut und den schwarzen Augen, die er zukniff, wenn er lachte, und er lachte viel, schenkte drei Likörgläser zur Hälfte ein. »Dieses Aroma«, schwärmte er, als zöge dieser Duft zum ersten Mal in seine Nase. Thomas nahm das Aroma ebenfalls auf und nickte anerkennend. »Trinken Sie«, forderte Ferraro ihn auf. »Dann wissen Sie, wie es im Himmel ist.«
Marie musste lächeln. Sie mochte das Wesen der Menschen in diesem Land. Sie neigten dazu, alles in blumige Worte zu klei-

den, Frauen mit Komplimenten zu überhäufen und zuweilen auch die Touristen, die seit Jahren in immer größeren Scharen herkamen, übers Ohr zu hauen. Dennoch waren es die herzlichsten und liebenswertesten Gastgeber. Was diesen Wein anging, hatte Signor Ferraro ausnahmsweise nicht übertrieben. Er war würzig und feurig wie der Vulkan selbst und entfaltete ein reiches Aroma, das alle Facetten dieser Landschaft in sich zu vereinen schien.

»Er ist phantastisch«, stimmte Thomas zu. »Ich muss ihn haben.«

Signor Ferraros Augen blitzten. »Ich mache Ihnen ein Angebot, Signor Hansen. Doch bevor wir über Geschäfte reden, sollten Sie der Signora ein bisschen die Gegend zeigen. Sie kann unmöglich zurückfahren, ohne auf dem Vesuv gewesen zu sein.«

»Ich würde gern die Ausgrabungen sehen«, sagte Marie. »Ich habe so viel darüber gelesen. Warum begleiten Sie uns nicht, Signor Ferraro? Wenn es Ihre Zeit zulässt.«

»Signora, ich lebe hier seit dem Jahr, als Melloni das erste vulkanologische Institut der Welt in unserer Stadt gegründet hat. Was glauben Sie, wie oft ich in Pompeji war? Natürlich nie mit einer so schönen Signora!«

»Lassen Sie das nicht Ihre Frau hören«, meinte Thomas schmunzelnd.

»Oh, sie ist die beste Frau für mich und Mamma für unsere Kinder, aber sie ist nun einmal hässlich wie die Nacht. Was soll ich sagen?«

Signor Ferraro begleitete sie nicht nach Pompeji, versprach aber, ihnen später noch die Küste zu zeigen. So streiften Thomas und Marie allein über die staubigen Wege der antiken Kleinstadt. Die Sonne brannte schon heiß vom italienischen Himmel, dabei war es erst April. Fasziniert sahen sie den Arbeitern zu, die unter Anleitung einiger Archäologen immer mehr Häuser und Gassen freilegten. Prächtig bemalte Wände kamen ebenso zum Vorschein wie aufwendig verzierte Säulen und Mosaiken, die einst die Fußböden reicher Häuser geschmückt hatten. Auch teilweise drastisch erotische Darstellungen bekamen sie zu sehen.

»Die Menschen haben anscheinend ein vergnügliches Leben geführt, bis die Asche sie zugedeckt hat«, stellte Thomas belustigt fest, der auch zum ersten Mal die Stätte besuchte.

Tief beeindruckt blieben sie einige Meter weiter vor den Gipsabdrücken einiger Einwohner stehen, die von Schutt und Lava erstickt worden waren. Über achtzehnhundert Jahre waren sie tot, und doch konnte man ihre im Todeskampf verzerrten Gesichter genau vor sich sehen.

Es war schon Abend, als sie wieder in Neapels Altstadt waren.

»Ist es nicht unglaublich?«, sagte Marie, noch immer aufgewühlt von den Eindrücken des Tages. »Die Bewohner von Pompeji waren mitten im Leben, als der Vulkan ausbrach und alles verschluckte. Ich meine, sie haben sich um ihre Kinder gekümmert, ihre Häuser in Ordnung gehalten, miteinander geredet …«

»Orgien gefeiert«, ergänzte Thomas.

»Kannst du dir das vorstellen?«, fragte sie unbeirrt. »Du bist lebendig und voller Pläne für die Zukunft, und ohne Vorwarnung tötet dich eine Wolke aus Phosphordampf, Staub und Hitze.«

»Mich haben Staub und Hitze heute auch fast getötet«, sagte er. »Warum hast du mit mir kein Mitleid?«

»Du bist nicht ernst«, tadelte sie ihn amüsiert.

»Es ist schnell gegangen. Die Menschen haben nicht lange Angst ausstehen und nicht besonders leiden müssen. Ich könnte mir schlimmere Todesarten denken«, stellte er sachlich fest.

»Ja, ich auch.« Marie wurde still. Sie musste an Christian denken, wie er in der Wanne gelegen hatte mit all dem Blut.

Thomas zog sie an sich. »Alles in Ordnung mit dir?«

»Ich musste an Christian denken. Er sah ganz friedlich aus, als ich ihn fand.«

Thomas wusste, dass Christian sich das Leben genommen hatte. Wie es geschehen war, hatte Marie ihm nicht erzählt.

»Willst du darüber reden?«, fragte er.

Sie gingen bis zur Piazza Dante. Es hatte sich abgekühlt. Marie zog ihr Schultertuch enger um sich. Während sie langsam an kleinen Lokalen und historischen Gebäuden aus Sandstein vorbeispazierten, sprach sie über Christians Krankheit und sein Ende.

»Er hat die ganze Flasche Wein geleert. Ausgerechnet Christian, der sonst kaum getrunken hat. Der Arzt sagt, er hat anschließend das Glas zerkaut und verschluckt.« Es fiel ihr noch immer schwer, die grausigen Details auszusprechen.

»Mein Gott«, flüsterte Thomas und legte seinen Arm um sie.

In einem kleinen Ristorante an der Piazza fanden sie einen Tisch. Sie aßen Spaghetti mit Muscheln und Fisch in Kapernsoße. Dazu gab es billigen Wein, den Thomas in Lübeck in den Rinnstein gegossen hätte. Hier schmeckte er herrlich.

»Ich bin froh, dass du mitgekommen bist«, sagte er irgendwann. »Es ist viel schöner, wenn man seine Eindrücke teilen kann.«

»Ja, ich bin auch sehr froh. Das Land ist wundervoll. Ich könnte noch ewig hierbleiben.«

»Dann lass uns das tun. Mathilde hat mir ans Herz gelegt, dass wir uns unbedingt Capri ansehen sollen. Sie war mit dieser Frauengruppe da, du weißt schon. Sie sagt, es wimmelt dort nur so von Schriftstellern und Malern aus den verschiedensten Regionen. Die Atmosphäre soll einmalig sein.«

»Ich kann nicht, Thomas. Die Kinder warten auf mich.«

»Die Kinder kommen auch zwei Wochen länger ohne dich zurecht.«

»Nein, das wäre nicht richtig.«

»Es wäre nicht richtig, wenn wir diese lange Reise auf uns genommen und dann nur die Hälfte gesehen hätten. Bitte, Marie, sag ja. Nächstes Mal nehmen wir die Kinder einfach mit.«
»Wirklich?« Sie strahlte ihn ein wenig ungläubig an.
»Natürlich, warum denn nicht?« Er machte dem Kellner ein Zeichen, noch eine Karaffe von dem Wein zu bringen.
Seit der großen Aussprache in seinem Haus in Travemünde waren sie wieder unzertrennlich. Behutsam hatte sie ihn mit Wilhelm und Livia bekanntgemacht und ihn danach immer öfter empfangen, wenn auch die beiden zugegen waren. Sie mochten ihn von Anfang an. Wilhelm vermisste seinen Vater immer mehr, je älter er wurde. Er war froh und dankbar, in Thomas jemanden zu finden, mit dem er Männergespräche unter vier Augen führen konnte. Und Livia hatte Thomas' Herz im Sturm erobert und wurde von ihm behandelt wie eine kleine Prinzessin. Er vergötterte das Mädchen, das mit den langen schwarzen Haaren und den braunen Augen leicht seine Tochter hätte sein können.
Der Ober brachte die zweite Karaffe.
»Willst du mich betrunken machen?«, fragte Marie halb scherzhaft, halb ängstlich.
»Natürlich«, gab er freimütig zu. »Weißt du nicht mehr? Ich mag es, wenn du einen Schwips hast.« Er legte seine Hände auf ihre und fuhr mit einem Finger ihren Arm hinauf bis zum Rand ihres Schultertuchs.
Marie lief ein Schauder über den Rücken. Wie lange war es her, dass sie mit einem Mann zusammen war? Das letzte Mal war es mit Christian gewesen. Sie hatten ein Kind haben wollen und das Nötige dafür getan. Es war nicht unangenehm gewesen, nur hatte es mit Leidenschaft oder Lust nicht das Geringste zu tun gehabt. Schon die kleinste Berührung von Thomas genügte, um ihr in Erinnerung zu rufen, wie es mit einem Mann sein konnte.

Trotzdem hatten sie seit Christians Tod nicht miteinander geschlafen. Bisher war es Marie immer irgendwie falsch vorgekommen.
Es war schon spät, als sie ins Hotel gingen. Marie war nicht nur berauscht vom Wein, sondern auch benommen von all den fremden Düften und Klängen. Obwohl es beinahe Mitternacht war, plauderten die Italiener noch laut und lebendig miteinander in den Gassen. Sie ließen das Teatro San Carlo hinter sich, das älteste noch in Betrieb befindliche Theater des Kontinents. Marie war fasziniert von den Gegensätzen dieser Stadt. Direkt gegenüber des altehrwürdigen Bauwerks erhob sich stolz die moderne Galeria Umberto. Sie begaben sich in ihr luxuriöses Zimmer, in dem schon spanische Vizekönige genächtigt hatten, wie der Direttore gleich bei ihrer Anreise stolz berichtete. Marie ließ sich auf das pompöse Barockbett fallen. Obwohl schon achtundvierzig Jahre alt, war sie noch immer schlank und schön. Ihre lockigen Haare, die sich aus der Spange gelöst hatten, waren noch immer blond und voll. Sehr zur Begeisterung der Italiener, die nicht verstehen konnten, dass Marie sie nicht ständig offen trug. Thomas blickte auf sie hinab. Sie kannte das Funkeln in seinen Augen.
»Gerade muss ich wieder an Pompeji denken«, sagte er mit rauher Stimme.
»So? Du siehst mich an und denkst an Gipsfiguren«, scherzte sie.
»Nein, ich denke an ganz andere Figuren. Nicht weniger beeindruckend allerdings.« Er kam auf sie, zog seine Jacke aus und ließ sie achtlos auf den Boden fallen.
»Tatsächlich? Erzähl mir davon«, lockte sie, obwohl sie unsicher war wie ein kleines Mädchen.
Er setzte sich neben sie auf das Bett und legte eine Hand auf ihren Bauch.

»Nun, es gab da Zeichnungen von Frauen und Männern«, flüsterte er und ließ seine Hand über ihre Hüften gleiten. Als er ihre Brüste streichelte, stöhnte Marie auf. »Sie haben die unglaublichsten Dinge miteinander angestellt.« Er beugte sich zu ihr hinab und küsste sie.
Marie wusste, dass sie ihm nicht länger widerstehen konnte. Wie lange hatte sie seine warmen weichen Lippen nicht gespürt, wie sehr hatte sie seine Berührungen vermisst. Thomas öffnete behutsam ihr Kleid und schob es über ihre Arme bis zu ihrer Taille.
»Du bist noch immer so schön«, murmelte er. »Komm, feiere mit mir eine Orgie. Wer weiß«, gab er zwischen den Küssen zu bedenken, mit denen er ihren Hals und ihre Schultern bedeckte, »vielleicht spuckt der Vesuv wieder Steine und Dampf, und es ist unsere letzte Nacht.«
»Dann wollen wir die Nacht unvergesslich machen«, sagte Marie und zog ihn über sich.

Am nächsten Tag schickte Marie eine Nachricht nach Hause, dass sie sich verspäten würde. Sie erledigten die Angelegenheiten mit Signor Ferraro, der jammerte, wie schade es sei, ihnen nicht mehr die schönste Küste der ganzen Welt zeigen zu dürfen. Gleichzeitig beglückwünschte er sie zu der Entscheidung, nach Capri zu fahren.
»Sie werden nirgends eine Insel finden, die Sie mehr verzaubern könnte«, versprach er.
Damit hatte er ebenso wenig übertrieben wie mit seinem Wein. Wahrscheinlich war dieses Land so wunderschön, ging es Marie durch den Kopf, dass die Italiener sich stets anhörten, als trügen sie zu dick auf, während sie in Wirklichkeit einfach nur ihre Heimat beschrieben, wie sie war. Sie waren hingerissen von dem Eiland. Sie besichtigten alte römische Villen, die Klosteranlage

und unzählige Kirchen. Vor allem über die nagelneue Deutsche Kirche staunten sie, die ihre Landsleute sich auf Capri erbaut hatten. Sie konnten gar nicht genug bekommen von dem Temperament der Italiener, das hier nahezu greifbar in der Luft lag. Die Rufe der Kutscher, die mit ihren Wagen und den geschmückten Pferden auf Kundschaft warteten, die Matronen in ihren schwarzen Kleidern, die mit alten Männern palaverten oder ihre Enkelkinder zur Räson zu bringen versuchten. Ebenso wenig konnten sie vom italienischen Eis genug kriegen, das zu Recht weit über die Landesgrenzen hinaus berühmt war.
»Ob sich eine Marzipan-Eiscreme herstellen ließe?«, überlegte Marie laut und kostete eine Kugel mit Kaffeearoma.
»Wenn einer das hinkriegt, dann du.«
Sie ließen sich von einem alten Fischer in die Blaue Grotte rudern. Er stimmte ein italienisches Volkslied an, das aber nicht zu erkennen war. Die Worte wurden von dem fast zahnlosen Mund zermalmt, die Melodie von der uferlosen Phantasie des Alten verfremdet. Als sie den engen Zugang zur Grotte passiert hatten, verschlug es ihnen die Sprache. Der Fischer hörte auf zu singen und nickte verständnisvoll. Wahrscheinlich kannte er es nicht anders. Wie sollte man auch nicht vor Erstaunen und Verzauberung verstummen, wenn man das erste Mal diesen magischen Ort besuchte?
»Mein Gott, so ein Blau habe ich nicht einmal bei den Eisbergen gesehen«, sagte Thomas leise.
Auch Marie traute sich nicht, lauter zu sprechen, und wisperte: »Als ob wir durch flüssiges Blau rudern würden. Sieh nur, selbst der Felsen ist in Farbe getaucht.«
Der Fischer nahm einen langen Holzstock mit einem Haken am Ende. Ein Hilfsmittel vermutlich, mit dem er sein Boot ans Ufer ziehen konnte. Jetzt bedeutete er ihnen, den Stock gut im Auge zu behalten. Er stand auf, was das Boot beträcht-

lich zum Schaukeln brachte, und stieß den Stock, den Haken voran, so in das schimmernde Wasser, dass er kurz darauf an fast der gleichen Stelle wieder emporschoss. Der Fischer brauchte nur zuzugreifen, schon hielt er das Holz wieder in der Hand. Das Besondere an dieser Vorführung war, dass der Stab in der Bewegung von einem silbernen Glitzern und Funkeln umgeben war.

»Wie der Zauberstab einer Fee«, hauchte Marie. »Livia wäre aus dieser Höhle schwer herauszubekommen.«

Den letzten Abend verbrachten sie in einem Restaurant hoch über dem kleinen Hafen mit einem umwerfenden Blick auf das Städtchen Capri und die blinkenden Lichter der Fischerboote auf dem Tyrrhenischen Meer. Angeregt unterhielten sie sich über die Schriftsteller, die ab der Mittagszeit mit ihren Notizbüchern durch die Gassen streiften, und über die Maler mit ihren Staffeleien, die von keiner Piazza wegzudenken waren.

»Es war wie ein Traum für mich. Danke, Thomas, dass ich dich begleiten durfte.« Marie sah ihn selig an.

»Danke, dass du mitgefahren bist«, sagte er und erhob sich etwas von seinem Stuhl, um eine Verbeugung anzudeuten.

»Ich meine es ernst. So glücklich wie in Neapel und vor allem hier auf der Insel bin ich sehr lange nicht gewesen.«

»Mir ist es genauso ernst. Ohne dich hätte Signor Ferraro einen höheren Preis gefordert, und ich wäre allein nie nach Capri gefahren.«

Marie ließ ihren Blick über die Lichter der Stadt und über das dunkle Meer schweifen, das nur hier und da von einem der Fischerboote zum Leben erweckt wurde.

»Das ist noch schöner als der Blick vom Riesenrad auf mein geliebtes Lübeck«, stellte sie fest.

»Vielleicht ein bisschen«, stimmte er zu. »Gut, dass du mich daran erinnerst. Es ist viel Zeit vergangen seit dem Tag damals.

Ob du es glaubst oder nicht, ich habe in der Zwischenzeit viel gelernt.«

»Zum Beispiel?« Sie sah ihn neugierig und amüsiert an.

»Zum Beispiel, dass niemand seinem Schicksal entgehen kann, dem Schlechten so wenig wie dem Guten.«

Sie hob fragend die Augenbrauen, unterbrach ihn aber nicht. Stattdessen spielte sie versonnen mit einer Strähne ihres Haars, das ihr an diesem Abend offen über die Schultern bis weit über den Rücken fiel.

»Ich wollte niemals so an einem Menschen hängen, wie mein Vater an meiner Mutter hing. Aus Angst vor den Konsequenzen habe ich dich nicht gebeten, meine Frau zu werden. Und, was hat es mir geholfen?«

»Du Ärmster«, neckte sie ihn und freute sich doch insgeheim sehr über sein Geständnis.

»Das kann man wohl sagen«, beklagte er sich und zog ein Gesicht. »Kein Ort war weit genug von dir und Lübeck entfernt, um dich zu vergessen. Natürlich nicht, weil eben auch ich meinem Schicksal nicht entgehen kann. Es hat nichts geändert, dass ich dich nicht gefragt habe. Doch«, korrigierte er schnell, »es hat mich um viele gute Jahre mit dir gebracht. Das werde ich mir ewig vorwerfen.« Jetzt sah er wirklich traurig aus.

Marie streckte die Hand nach ihm aus und berührte seine Wange.

»Wir haben uns jetzt. Das ist die Hauptsache.«

»Ich will mir nicht noch mehr Vorhaltungen machen müssen.« Er griff in seine Tasche und legte Marie ein samtenes Kästchen neben ihr Glas. »Und darum tue ich heute, was ich längst hätte tun sollen, und frage dich, ob du meine Frau werden willst.«

Marie spürte, wie ihre Augen feucht wurden.

»Das bin ich doch längst«, flüsterte sie.

»Aber nicht offiziell. Und genau das möchte ich.«

»Du weißt, wie sehr ich mich freue. Und ich würde liebend gern ja sagen, aber es ist noch zu früh. Nicht für mich, sondern für die Kinder. Sie lieben dich. Lass ihnen trotzdem noch ein wenig Zeit, sich mehr an dich, an uns zu gewöhnen, ja?«
Er nickte. Seine braunen Augen waren voller Wärme.
»Wirst du trotzdem den Ring von mir tragen?« Er deutete auf das Kästchen, das noch immer verschlossen vor Marie lag. Sie öffnete es. Zum Vorschein kam ein Silberring mit einem halbmondförmigen Opal. Die Farbe entsprach exakt dem silbrig glänzenden Schweif, den der Holzstab in der Blauen Grotte um sich gebildet hatte.
»Thomas, er ist wunderschön!« Sie musste schlucken.
»Das heißt, du wirst ihn tragen, und wir sind ab jetzt verlobt?«
»Ich werde bald fünfzig, Thomas Hansen. Ist das nicht ein bisschen zu alt für eine Verlobte?«
»Als ob wir uns je um derartige Dinge geschert hätten.«

Lübeck erlebte seit der Eröffnung des Kanals den erhofften Aufschwung. Nicht nur der Handel blühte von Jahr zu Jahr stärker, sondern auch immer mehr Industriebetriebe ließen sich im Umkreis der Hansestadt nieder. Mit ihnen kamen Arbeiter, und die Einwohnerzahl stieg sprunghaft. Zwar hatte der Kaiser ein Gesetz zur Förderung des Arbeiterwohnungsbaus erlassen, doch die Realität konnte mit Gesetzen nicht viel anfangen. Zu langsam und zu gering war die Bautätigkeit, als dass sie die vielen Menschen hätte auffangen können, die als Arbeitskräfte so dringend gebraucht wurden. So drängten sich immer mehr Familien auf engstem Raum und hausten in finsteren Wohnstätten, nicht selten noch immer ohne Bad und Küche.
Der bürgerlichen Oberschicht freilich ging es blendend. Das bekam auch Marie zu spüren, deren Geschäft nicht besser hätte gehen können. Sie erweiterte ihre Probierstube und veranstalte-

te nun im Wechsel alle zwei Wochen eine reine Neuheiten-Präsentation und eine Verkostung von Wein und Marzipan. Die feinen Herren und Damen standen Schlange. Die vielen Genießer mit kleinerer Brieftasche kauften das maschinell ausgeformte Kröger-Marzipan, das es inzwischen in ausgewählten Kolonialwarenläden gab. Marie war rundherum glücklich. Stolz trug sie den Ring, den Thomas ihr geschenkt hatte und der sie immer an Capri und die Blaue Grotte erinnern würde. Sie musste Livia mindestens einmal in der Woche vor dem Einschlafen ganz genau beschreiben, wie der Stab aussah, wenn er hinunter in das Meer sauste und gleich darauf glitzernd in die Höhe schoss. Die Kleine entwickelte sich prächtig und wurde, so kam es Marie vor, jeden Tag hübscher. Das schwarze Haar schimmerte in der Sonne fast bläulich und reichte ihr beinahe bis zum Po.

Bei einem Ausflug zu viert stellte Thomas einmal fest: »Man könnte uns für eine Familie halten. Wilhelm hat dein helles Haar, und Livia kommt ganz nach mir.«

Wie eine Familie lebten sie auch beinahe. Marie hatte ihre Zimmer über der Konditorei aufgegeben und dort weitere Mitarbeiter einquartiert. Sie pendelte nun zwischen Thomas' Haus in der Königstraße und der Villa in St. Gertrud. Und die Kinder und Thomas mit ihr. Mal lebten sie in der Stadt, in der immer mehr Straßenbahnen und Automobile für Unruhe sorgten, und mal draußen, wo es noch ein wenig beschaulicher zuging. Wilhelm bewältigte die Schule ohne Probleme. Das Lernen machte ihm Freude. Noch lieber saß er allerdings in der Konditorei bei den Arbeitern, knetete mit ihnen Marzipan, betätigte die Befüllungsmaschine und schnitzte. Stundenlang konnte er an einem einzigen Haus oder einer Blüte arbeiten. Mit ungeheurem Geschick und erstaunlicher Fingerfertigkeit holte er jedes kleine Detail heraus. Um das Schaufenster brauchte Marie sich nie zu sorgen. Stets brachte ihr Sohn neue

Kunstwerke hervor, die sowohl Lübecker als auch Fremde magisch anzogen. Täglich standen sie an der Scheibe und drückten sich die Nasen platt. Es war offenkundig, dass Wilhelm auf einen akademischen Werdegang verzichten und einmal die Konditorei übernehmen wollte. Marie musste ihn nicht selten ermahnen, dass er nicht zu viel Zeit mit dem Schnitzmesser verbrachte, anstatt seine Hausaufgaben zu erledigen. So war es auch im Winter, als er sich vorgenommen hatte, Lübecks schönste Häuser im Winterkleid zu gestalten.

»Das Holstentor, die Salzspeicher, die Schiffergesellschaft und natürlich die Kirchen werde ich schnitzen«, ließ er seine Mutter wissen. »Und alle kriegen am Schluss Schneehäubchen aus Zucker auf.«

»Eine Kirche tut es doch auch, Wilhelm. Oder mach das Rathaus mit dem Weihnachtsmarkt drum herum«, schlug Marie vor. »Alles andere ist zu viel.«

Die Idee mit dem Weihnachtsmarkt gefiel ihm ausnehmend gut. Und so verschwand er, sobald er seine Aufgaben gemacht hatte, in der Konditorei und ließ sich nicht daraus vertreiben, ehe das Rathaus nicht wieder um ein Türmchen oder einen Bogen reicher oder eine neue Marktbude entstanden war. Der Hunger trieb ihn nie nach Hause, denn zu essen gab es ja mehr als genug in seinem Refugium. Schon hatte er einen kleinen Bauch und pralle Pausbacken. Marie musste achtgeben, dass er nicht zu dick wurde. Ganz anders Livia. Zwar aß sie mit gutem Appetit, aber für Süßes konnte sie sich wenig erwärmen. Schwerer war sie zu bremsen, wenn sie bei Onkel Kai und Tante Helene waren und die herrlichsten Fischspezialitäten kosten durften. Selbst der deftigste Aal oder fetteste Karpfen konnte ihr nichts anhaben. Livia war ständig in Bewegung, lief und sprang, turnte und schwamm mit ihren knapp acht Jahren sicher und ausdauernd.

Es war kurz vor Weihnachten. Marie war von den Sozialisten in das neue Haus der Genossenschaftsbäckerei geladen. Dort sollte ein Parteitag stattfinden, und man bat sie, als Gast daran teilzunehmen. Es war nicht weit von der Königstraße entfernt, und so ließ sie die Kinder bei Thomas, während sie die Veranstaltung besuchte.
»Du solltest nicht hingehen, Marie«, sagte er. »Du weißt, dass die Sozialisten mehr als umstritten sind. Nicht umsonst waren sie jahrelang verboten.«
»Aber ihre Ideen sind nicht falsch«, fand Marie. »Wie ich hörte, haben sie gute Chancen, bald in die Bürgerschaft einzuziehen.«
»Das glaube ich niemals«, meinte er. »Und auch wenn, warum willst du dich plötzlich um Politik kümmern? Das hat dir doch Mathilde eingeredet.«
»Mathilde hat mir gar nichts eingeredet«, verteidigte sie sich und die geschätzte Freundin, die in der Tat auf ihre alten Tage ein wenig sehr kämpferisch wurde. »Aber sie hat mir von einer Rednerin erzählt, die extra aus Leipzig nach Lübeck gekommen ist. Was deine Tante von ihr zu berichten wusste, hat mich neugierig gemacht. Das ist alles.«
Sie versprach, nicht lange zu bleiben, drückte ihre Kinder und gab Thomas einen Abschiedskuss.
Bald darauf betrat sie den Veranstaltungsraum, einen großzügigen Saal, den sie so imposant nicht erwartet hätte. Die Wände waren weiß gestrichen. Unter einer gewölbten Decke hingen riesige Kronleuchter. Das Rednerpult war mit rotem Stoff verkleidet, von einer Empore hing eine rote Fahne herab. Mathilde musste sich das Spektakel entgehen lassen. Immer häufiger litt sie unter schwerem Husten, der nicht vergehen wollte. Selbst ihr ganz eigenes Hausrezept, Rotspon mit Kognak, half nicht. Marie hätte sie gern an ihrer Seite gehabt. Sie fühlte sich ein wenig unbehaglich zwischen den vie-

len Menschen aus allen Regionen des Landes, von denen sie die wenigsten kannte.
Ein Redner begrüßte die Menge und bat, sich zu setzen, da die Vorträge bald beginnen sollten. Sie nahm Platz und hörte wenig später gebannt der von Mathilde angekündigten Frau aus Leipzig zu. Sie war Polin, und sie war Jüdin. Schon von frühester Jugend an engagierte sie sich für die Rechte der Arbeiter. Sosehr Marie auch bewunderte, wie leidenschaftlich die kleine Frau sprach, so wenig konnte sie nachvollziehen, warum so oft von einer Revolution die Rede war. Je länger sie zuhörte, desto mulmiger wurde ihr. Gut, sie wusste, dass es hier nicht speziell um Lübeck ging. Gewiss stand es in anderen Städten nicht so zum Besten wie hier in der Trave-Stadt. Doch Begriffe wie Revolution und Umsturz erschreckten Marie. Sie erfreute sich an dem Aufschwung und wollte lieber die Arbeiter stärker einbeziehen, damit sie mehr an dem wachsenden Wohlstand teilhatten. Zum ersten Mal erlebte Marie Feindseligkeit den Kaufleuten und Fabrikbesitzern gegenüber. Hellhörig wurde sie auch, als die Frau am Pult den Kaiser angriff.
»Er spricht von einer gesicherten Existenz der deutschen Arbeiter. Ich sage: Er hat keine Ahnung! Er weiß nicht, wovon er da spricht!«
Bravorufe und Applaus unterstützten ihre Worte. Nach ihr trat ein Mann an das Rednerpult. Er forderte unentgeltlichen rechtlichen und medizinischen Beistand für die Arbeiterklasse. Außerdem verlangte er, dass Frauen und Männer gleichgestellt wurden. Und zwar in allen Belangen! Er ging sogar so weit, ein Wahlrecht für Frauen zu fordern. Marie war ganz durcheinander, als die Veranstaltung sich ihrem Ende näherte. Auch sie hatte sich freilich schon darüber gewundert, warum Frauen in der einen oder anderen Angelegenheit schlechter gestellt waren. Es widerstrebte ihrem Gerechtigkeitsempfinden. Andererseits

konnte sich auch eine Frau in dieser Männerwelt behaupten. War sie nicht das beste Beispiel dafür? Sie ließ sich ihren Mantel aushändigen, den sie am Eingang abgegeben hatte. Auch der Angriff gegen den Kaiser erschien ihr nicht richtig. Hatte nicht gerade er viele Gesetze geschaffen, die den einfachen Arbeitern zugutekamen? Gerade wollte sie das Gebäude verlassen, als eine vertraute Stimme sie aufhielt.

»Frau Andresen, das ist eine Überraschung!« Marie erkannte den triefenden Ton und den unehrlichen Klang auf der Stelle. Es war Achim Oeverbeck. »Oder hat sich der werte Name schon wieder geändert?«, fragte er scheinheilig. »Man redet, dass du wieder mit dem Schnapskrämer ins Bett steigst.«

»Lass mich durch«, zischte sie ihn an.

»Was treibt eigentlich eine, die zu den Ausbeutern gehört, bei den Sozialisten?« Er dachte gar nicht daran, den Weg freizugeben. Ebenso wenig, wie er seine Stimme senkte. Es machte ihm Spaß, dass die Parteigenossen auf sie aufmerksam wurden.

»Viel interessanter ist doch wohl die Frage, was du hier tust«, konterte Marie ebenfalls gut vernehmlich. »Täusche ich mich, oder hast du mir vorgeschlagen, ich solle nur kräftig Arbeiter auf die Straße setzen, um Kosten zu senken und mehr Gewinn einzustreichen?« Er funkelte sie bösartig an und atmete hörbar ein.

»Leg dich nicht mit mir an, Achim«, warnte sie jetzt leiser. »Du hast noch nie gewonnen. Und das wirst du auch nie.«

Zwei Männer drängten laut debattierend an ihnen vorbei. Marie nutzte die Chance und schlüpfte hinter ihnen nach draußen.

»Verlass dich nicht darauf«, hörte sie Achim noch sagen.

In den nächsten Tagen redete Marie viel mit Thomas über die Absichten der Sozialisten. Mehrmals sagte er ihr seine Meinung, dann wurde es ihm lästig.

»Ich habe dich davor gewarnt, dorthin zu gehen, aber du wolltest nicht hören. Das hast du nun davon. Nicht genug, dass dir Oeverbeck über den Weg gelaufen ist, dieser schmierige Dreckskerl, nein, du bist auch noch verwirrt und verängstigt und rüstest dich für die Revolution.«

»Aber wir müssen die Sache doch ernst nehmen«, ereiferte sie sich. »Schließlich geht es doch um unsere Zukunft und um die unserer Kinder.«

»Meine Kinder werden ihren Weg schon machen«, erwiderte er und grinste sie dabei an. »Und offen gestanden habe ich keine Lust, mir von der Politik die Laune verderben zu lassen, Marie. Ich bin ein Genussmensch, das weißt du. Von Politik bekomme ich Magenbeschwerden.«

Sie sah ein, dass sie mit ihm nicht weiter darüber zu reden brauchte, und beneidete ihn einmal mehr um seine Fähigkeit, dem Leben immer nur das Beste abzugewinnen. Also verlegte sie sich auf Diskussionen mit Mathilde, die den revolutionären Gedanken ebenso kritisch gegenüberstand. Gewiss, sie meinte, es sei höchste Zeit, den Frauenrechten auf die Sprünge zu helfen. Nur ging es ihr ausgesprochen gut. Sie lebte in jenem Luxus, der von den Streitern angeprangert wurde. Darauf zu verzichten kam ihr keinesfalls in den Sinn.

Bei einem Besuch in Mathildes schickem Haus lernte Marie den Gewerkschafter Hans Studt kennen. In ihm fand sie endlich jemanden, der ihre Fragen beantworten konnte.

»Warum nur diese große Wut«, wollte sie beispielsweise von ihm wissen. »Ich meine, es gab vor einigen Jahren in Lübeck schlimme Zustände, das weiß ich ja. Aber heute ist doch alles viel besser.«

»In Ihrer Konditorei vielleicht, Frau Andresen. Leider dürfen Sie das nicht verallgemeinern.«

»Werter Herr Studt, mir ist wohl bekannt, dass woanders weniger bezahlt wird. Meinetwegen wird auch länger und unter weniger angenehmen Bedingungen gearbeitet. Das mag ja sein. Aber ist das denn ein Grund, vom Elend der Arbeiter zu sprechen?«

»Sie sollten sich ansehen, wovon wir reden und sich dann selbst eine Meinung bilden.«

»Ich habe schon Elend in meinem Leben gesehen, das dürfen Sie mir glauben. Vermutlich nehmen Sie an, ich sei behütet aufgewachsen und bisher davon verschont geblieben. Aber das stimmt nicht.« Sie reckte stolz das Kinn. »Das Elend der Prostituierten in dieser Stadt habe ich zum Beispiel aus nächster Nähe kennengelernt und etwas dagegen unternommen. Warum tun Sie und Ihre Gewerkschaft oder diese Sozialistenpartei das nicht?«

»Aber das wollen wir doch, Frau Andresen.«

»Dafür brauchen Sie doch nicht gleich eine Revolution anzuzetteln.«

»Das haben ja auch gar nicht alle von uns im Sinn«, beschwichtigte er sie.

»Nicht alle? Na wunderbar! Das heißt doch, einige haben genau das vor.«

»Vielleicht solltest du wirklich mit Hans gehen und dir ansehen, was er meint«, mischte sich Mathilde ein und musste fürchterlich husten.

»Mathilde, bitte, ich weiß, wie Elend aussieht. Mir liegt daran, es auf friedliche Weise zu beseitigen. Wohingegen seine Leute«, sie deutete auf Studt, »sich damit nicht zufriedengeben.«

»Wenn es nur so einfach wäre«, entgegnete Studt.

»Niemand sagt, dass es einfach ist. Es ist sogar sehr schwer und kostet Mut und Überwindung. Damit erreicht man etwas.« Marie steigerte sich in die Sache hinein. Sie hatte Angst um die Zukunft ihrer Kinder und war gleichzeitig ärgerlich, dass es so viele gab, die große Reden hielten, anstatt etwas zu tun.

»Das weiß ich, Frau Andresen, glauben Sie mir. Sowohl die Partei als auch die Gewerkschaft konnten vorübergehend nur aus dem Untergrund aktiv sein. Meinen Sie, das geht ohne Mut und Überwindung? Einige meiner Genossen sitzen im Gefängnis, weil sie über den Kaiser die Wahrheit gesagt haben.«
»Ich bitte Sie, Herr Studt!« Marie wurde ungeduldig. »Ich hatte die Ehre, den Kaiser kennenzulernen und mit ihm über die Situation der Arbeiter zu reden. Was die Dame da neulich behauptet hat, ist nicht die Wahrheit. Er kennt sehr wohl die Zustände. Er hat mich selbst nach meiner Meinung dazu befragt.«
»Warum tut er dann nicht mehr?«
»Er hat ja schon Gesetze erlassen. Denken Sie nur an die Arbeiterwohnungen.«
Studt lachte auf und machte eine wegwerfende Handbewegung.
»Bei dem Wachstum, das unsere Stadt jetzt erlebt und mit ihr so viele andere Städte auch, können nicht innerhalb eines Jahres für jeden hübsche Wohnungen zur Verfügung stehen. So haben Sie doch Geduld.« Marie konnte einfach nicht verstehen, warum er die Fortschritte nicht sehen wollte.
»Sie behaupten, die Situation der Arbeiterklasse liege Ihnen am Herzen. Mathilde hat mir glaubhaft versichert, dass dem so sei, und was von Ihrem Unternehmen bekannt ist, bestätigt das. Darum gehe ich davon aus, dass Sie einfach nicht gut genug informiert sind, sonst würden Sie ein anderes Wort führen. Ich biete Ihnen deshalb noch einmal an, nein, ich fordere Sie dringend auf, mich zu begleiten. Geben Sie mir nur eine Chance, Ihnen vor Ort zu zeigen, was ich meine. Und bilden Sie sich danach Ihr Urteil.«
»Also schön«, stimmte sie zu. »Ich bin dazu bereit.«

Thomas Hansen war wenig begeistert von dem Vorhaben.
»Wer ist der Kerl überhaupt? Wahrscheinlich hat er nur ein

Auge auf dich geworfen und ganz anderes im Sinn als politische Ziele.«
»So ein Unfug! Du wirst doch wohl nicht eifersüchtig sein?«
»Keine Spur! Natürlich bin ich eifersüchtig. Und ich mache mir Sorgen. Marie, ich kenne dich nun schon eine ganze Weile. Wenn er sich eine Fabrik oder ein Wohnhaus ausgesucht hat, wo es tatsächlich nicht zum Besten steht, dann bricht es dir das Herz. Du kommst damit nicht klar und trittst womöglich noch in irgendeine Partei ein, um die Zustände zu ändern.«
»Du brauchst keine Angst zu haben. Ich habe wahrlich andere Dinge zu tun, als bei denen mitzumachen. Doch was ist, wenn er die Wahrheit sagt? Wollen wir das etwa zulassen?«
»Was können wir denn tun? Wir können es doch nur in unserem Umfeld besser machen. Die ganze Welt retten ist ein bisschen viel verlangt.«
»Nicht die ganze Welt, Thomas, aber wenigstens Lübeck!«

Marie fuhr mit Studt raus nach Schlutup. Sie war lange nicht dort gewesen. Christians Vater war seit einem Jahr tot. Wenn Marie die Andresens traf, dann geschah das im Haus von Helene und Kai in der Beckergrube.
Die Veränderung war auf den ersten Blick zu erkennen. Rote schlichte Backsteinhäuser waren aus dem Boden geschossen. Die Fabrik ihres Schwagers bestimmte das Bild. Kai hatte zwar erzählt, dass er die Fisch- und Konservenfabrik ausbauen wollte, doch so groß hatte Marie sich das nicht vorgestellt. Ein eigenartiger beißender Geruch schlug ihnen entgegen, als sie auf das große schmutzig graue Gebäude zugingen.
»Wir wollen doch nicht etwa hineingehen. In die Fischfabrik, meine ich.«
»Doch, natürlich. Von außen können Sie die üblen Zustände schwerlich sehen.«

»Aber doch nicht ausgerechnet hier!« Marie war entsetzt. Sollte Kai Bohrdt denn wirklich so schlecht für seine Leute sorgen? Oder hatte Studt sie extra hierhergeschleppt, weil er wusste, dass es der elterliche Betrieb ihres verstorbenen Mannes war?
»Ich hätte Sie auch in eine andere Fabrik führen können. Leider gibt es viele, die für Anschauungszwecke geeignet sind. Wenn Sie so viel Zeit haben, fahren wir hinterher noch rüber nach Herrenwyk in das neue Hochofenwerk.« Sie gingen um das Gebäude herum. »Keine Angst, ich wollte Sie nur ein wenig erschrecken. Wir können natürlich nicht hineingehen. Man würde uns nicht lassen. Aber von dem Fenster hier oben können Sie in die Fabrikationshalle sehen, in der das Blei für die Dosen verarbeitet wird.«
Unter dem Fenster, auf das er zeigte, lagen Fässer und Bretter wild durcheinander. Er machte Anstalten, sie zu einer Art Treppe zu stapeln. Dabei sah er hektisch um sich. Der Gedanke, bei seinem Tun erwischt zu werden, behagte ihm anscheinend nicht besonders.
»Warum bitten wir nicht einfach, uns drinnen umsehen zu dürfen?«, fragte Marie.
Studt hielt mitten in der Bewegung inne.
»Sie haben aber auch wirklich keine Ahnung! Verzeihung, aber glauben Sie denn wirklich, diese Ausbeuter lassen sich gern auf die Finger sehen?«
»Wenn alles rechtens ist, was sie tun, warum sollten sie dann nicht?«
»Weil sie die Proteste kennen und ihre Pfründe gerne schützen würden, deshalb.«
»Das glaube ich einfach nicht. Die Fabrik gehört meinem Schwager. Lassen Sie mich bei ihm vorsprechen, und er wird uns alles zeigen, was wir sehen wollen.«
»Der Bohrdt ist Ihr Schwager?« Er starrte sie an, als hätte er ein Ungeheuer vor sich.

»Allerdings«, antwortete sie. »Er ist nicht gerade ein großer Gönner, der sich in sozialen Belangen hervortäte, aber ein schlechter Mensch ist er auch nicht.« Damit stapfte sie los in Richtung Hauptportal. »Es ist ja lächerlich, hier auf dem Abfall herumzuturnen wie kleine Jungen, die der Nachbarin beim Duschen zusehen wollen«, schimpfte sie auf dem Weg.

»Jetzt bin ich gespannt«, sagte Studt, der Mühe hatte, ihr zu folgen.

Marie trat ein, und sofort kam ein Vorarbeiter auf sie zu.

»Entschuldigung, Sie können hier nicht einfach herein. Zu wem wollen Sie denn?«

»Mein Name ist Marie Andresen. Das ist Hans Studt. Wir wünschen Herrn Kai Bohrdt zu sprechen.«

»Der ist nicht da. Sie müssen einen Termin mit ihm machen.«

»Hören Sie«, erklärte Marie freundlich, »ich weiß nicht, wie lange Sie schon im Unternehmen sind. Es ist aus der Fischräucherei Andresen und der Konservenfabrik Bohrdt entstanden. Christian Andresen war der Juniorchef der Fischräucherei und mein Mann.«

»Ja, das ist ja schön, aber Herr Bohrdt ist trotzdem nicht hier.« Dem Vorarbeiter war die Sache in höchstem Maße unangenehm. Wenn der Mann, den sie sprechen wollte, nicht da war, konnte sie doch wieder gehen. Stattdessen erklärte sie ihm familiäre Zusammenhänge. Das musste ihn ja irritieren.

»Das macht nichts«, sagte Marie leichthin. »Wir möchten uns nur kurz umsehen. Dagegen wird Herr Bohrdt ganz bestimmt nichts einzuwenden haben.«

»Aber das geht nicht. Das kann ich nicht erlauben.« Der Mann war in höchster Not.

»Warum denn nicht? Es geht nur darum, dass wir uns ein Bild von der Arbeit hier machen möchten. Vielleicht führen Sie uns herum?«

Der arme Kerl war der Verzweiflung nah. Jetzt schaltete sich Studt ein.

»Wir haben ja einen Termin, nur sind wir zu früh dran und können leider nicht auf Herrn Bohrdt warten, weil wir anschließend einen weiteren Termin haben.«

Marie sah ihn verwirrt und böse an. Wie sollte sie Kai diese Lüge später erklären?

»Wenn Sie einen Augenblick warten. Herr Bohrdt wollte um vier wieder zurück sein.«

Studt sah auf die Uhr. »Aber das sind ja noch über drei Stunden. Nein, so viel Zeit haben wir nicht. Und wenn Sie uns doch kurz alles zeigen? Ich bin sicher, Herr Bohrdt wird froh sein, wenn alles erledigt ist, wenn er nachher zurückkommt.«

Noch immer rang der Arbeiter mit sich. Schließlich war er überzeugt.

»Also gut, kommen Sie mit.«

Lärm und drückende Schwüle schlugen ihnen entgegen, als sie die Halle betraten, in der das Blei zu Konservendosen verarbeitet wurde. Marie fiel sofort auf, dass der Anteil an Frauen und Kindern hoch war. Sie war bestürzt. Es war nicht unüblich, dass Kinder bereits Geld verdienen mussten, aber man konnte sie doch nicht für derart schwere Arbeiten einsetzen.

»Warum trägt niemand eine Maske?«, schrie Studt gegen die lärmenden Maschinen an.

»Ich verstehe nicht.«

»Warum niemand eine Schutzmaske hat, will ich wissen.«

»Davon weiß ich nichts. Ist keine Vorschrift«, antwortete der Vorarbeiter.

Nach einer halben Stunde bedankten sie sich und verabschiedeten sich. Sie gingen ein Stück die Straße entlang und kamen zu einem neuen Backsteinhaus. Studt läutete und stellte sich einer Frau vor, die die Tür einen Spalt geöffnet hatte und die beiden

Besucher misstrauisch ansah. Nachdem er erklärt hatte, dass er von der Gewerkschaft sei und gekommen sei, um für bessere Lebensbedingungen der Bohrdt-Arbeiter zu sorgen, ließ sie sie schließlich widerstrebend herein. Die Frau war furchtbar blass, fast durchsichtig weiß schimmerte ihre Haut. Und sie war so abgemagert, dass die Knochen sich deutlich im Gesicht und an den Handgelenken abzeichneten. Marie mochte sich nicht vorstellen, wie der übrige Körper aussah, der in einem einfachen Kleid steckte. Die Arbeiterin führte sie durch einen feuchten Flur. Sie mussten sich unter einer Leine hindurchducken, an der Wäsche zum Trocknen hing. In dem Zimmer hockten zwei Männer, eine weitere Frau und drei Kinder. Mit unbeholfenen Worten gab sie wieder, was Studt ihr gesagt hatte, und suchte dann Schutz bei einem Mann, der auf einer Pritsche saß. Es roch nach Exkrementen. Die zweite Frau war ebenso blass wie die erste. Das größte der drei Kinder war so mager wie die Frauen. Der Junge schrie und tobte unablässig. Einer der Männer hielt seine Arme. Manchmal gelang es dem Jungen, eine Hand zu befreien. Dann kratzte er den Mann und auch sich selbst. Striemen auf seiner Haut, die mit Schorf bedeckt waren, verrieten, dass er sich nicht zum ersten Mal derartig gebärdete. Die anderen beiden Kinder starrten apathisch in die Luft.
»Wir haben uns die Fabrik angesehen. Werden niemals Schutzmasken getragen?«, fragte Studt.
Die Frau, die die Tür geöffnet hatte, schüttelte nur den Kopf, die Männer murmelten etwas davon, dass sie keine Ahnung von so etwas hätten. Die zweite Frau hielt sich die Arme vor den Leib und krümmte sich. Sie hatte augenscheinlich Schmerzen, was sie halbherzig zu verbergen suchte.
»Ist Ihnen nicht gut?«, fragte Marie. »Soll ich einen Arzt holen?«
»Nein«, protestierte der Mann, der den schreienden Jungen unter Kontrolle hielt. »Dafür haben wir kein Geld.«

»Aber was fehlt Ihnen denn? Haben Sie sich den Magen verdorben?« Marie fühlte sich schrecklich hilflos. Selbstverständlich wäre sie sofort bereit, der Frau einen Arzt zu bezahlen. Doch was war, wenn hinter jeder Tür solches Elend herrschte?
»Sie hat immer diese Krämpfe«, erklärte der Arbeiter, der jetzt den Strick, den er als Gürtel trug, aus seiner Hose zog und damit die Hände des Jungen fesselte und an das Bettgestell band.
»Sie können doch nicht …« Marie war sprachlos.
»Anders kriegen Sie den nicht ruhig.«
Der Junge tobte noch mehr und trat um sich. Sein Bewacher ging ihm aus dem Weg. Viel Platz war nicht für die vielen Menschen. So drängten sich jetzt also die vier Erwachsenen und die anderen beiden Kinder auf zwei Betten. Das freie Bett boten sie Marie und Hans Studt an. Die beiden übergingen das Angebot geflissentlich und blieben stehen. Wieder krümmte sich die kranke Frau, diesmal noch mehr als zuvor.
»Sollten Sie der armen Frau nicht wenigstens ein bisschen Ruhe gönnen und in Ihre eigenen Kammern gehen?«, schlug Marie vor. Sicher hatte die Kranke das Bedürfnis, sich auszustrecken und vielleicht mit einer Wärmflasche am Leib zu schlafen. »Wir sollten auch gehen, Herr Studt.«
Die Arbeiter sahen sie feindselig an.
»Wir wohnen hier. Das ist unsere Kammer.«
»Ja, aber ich meine …« Sie brach erschrocken ab. »Alle? Sie wohnen alle in diesem Zimmer? Aber es sind nur vier Betten«, stammelte sie. Dann begriff sie. Jedes Paar schlief zusammen auf einer der schmalen Pritschen, die beiden kleinen Kinder ebenfalls, nur der ältere Junge musste ein Bett für sich haben. Mit einem Mal fühlte Marie sich schrecklich unbehaglich. Zwar trug sie nur ein schlichtes graues Kleid aus derbem Stoff, weil sie damit gerechnet hatte, dass es in der Fabrik schmutzig war, doch diesen bedauernswerten Gestalten war zweifellos trotzdem klar,

dass sie in einem luxuriösen Haus mit viel Platz und jedem Komfort wohnte. Allein der Ring von Thomas, der an ihrem Finger steckte, war in den Augen dieser Leute ein Vermögen wert.

»Haben viele hier im Haus diese Darmkrämpfe?«, fragte Studt sachlich.

»Ja, viele«, bestätigte der Mann, der neben der Kranken hockte. Er rieb ihr tröstend den Arm.

»Vor allem Frauen und manchmal auch die Kinder«, fügte der andere Mann hinzu. »Mit unseren Frauen stimmt sowieso was nicht.«

»Warum?« Marie wollte dem Alptraum auf den Grund gehen, nur dann ließe sich daran etwas ändern.

»Weiß auch nicht. Sind immer mehr, die keine Kinder kriegen. Und das liegt gewiss nicht an den Männern. Wir sind in bester Ordnung.« Er ballte seine Fäuste und stellte die Muskeln seiner Arme zur Schau.

»Die Kinder, die geboren werden«, hakte Studt nach, »sind die gesund?«

»Nö, nich alle«, antwortete er. »Manche sind bekloppt oder viel zu klein, wenn sie auf die Welt kommen.«

»Die kommen ja auch viel zu früh«, sagte der andere Mann. »Schon nach sechs oder sieben Monaten. Wie soll so ein Wurm da wohl leben können?«

Marie schmerzte das Herz. Thomas hatte recht gehabt, sie konnte das alles nicht aushalten. Dennoch war sie froh, hier zu sein. So durfte es nicht weitergehen. Studt und seine Leute brauchten jede Unterstützung, die sie nur kriegen konnten. Sie verabschiedeten sich und gingen. Kaum waren sie draußen, klärte Studt sie über die Ursachen für den erbärmlichen Gesundheitszustand auf.

»Sie atmen täglich Bleistaub ein. Da sind diese Symptome absolut typisch. Darum kämpfen wir dafür, dass während der Arbeit ein Tuch vor dem Mund getragen wird.«

»Die Männer müssten doch viel schwerer betroffen sein«, meinte Marie. »Sie arbeiten viel direkter mit dem Blei. Die Frauen und Kinder kümmern sich doch eher um das Befüllen der fertigen Dosen oder tragen Material hin und her.«

»Der Staub ist in der gesamten Halle. Frauen und Kinder vertragen anscheinend viel weniger davon als Männer. Wir wissen noch nicht, warum das so ist, aber alle Erfahrungswerte sprechen dafür.« Langsam gingen sie auf Maries Wagen zu. »Verstehen Sie jetzt, warum wir wollen, dass Kinder und Frauen bestimmte Arbeiten nicht mehr machen dürfen? Nicht genug, dass die Kinder in der Schule besser aufgehoben wären, nein, sie werden auch noch krank und sterben viel zu früh. Das müssen wir ändern.«

»Da haben Sie recht. Vor allem müssen die Fabrikbesitzer erfahren, wie gefährlich dieses Blei ist. Wenn das bekannt wird, werden die Verantwortlichen reagieren und Vorkehrungen treffen.«

Studt lachte freudlos auf. »Oh, liebe Frau Andresen, die wissen Bescheid. Aber Kinder sind eben viel billiger als erwachsene Männer. Und Schutzmaßnahmen kosten Geld. Sie glauben doch nicht, dass die freiwillig auch nur eine Mark für ihre Leute ausgeben. Es gibt doch genug Arbeitskräfte. Sind die einen nichts mehr wert, holen sie sich eben andere.«

»Das glaube ich einfach nicht«, entrüstete sich Marie. »Das sind doch nicht alles Unmenschen!«

»Nein, Frau Andresen, nur Geschäftemacher. Manchmal ist das leider das Gleiche.«

Der Fahrer sprang aus dem Wagen und öffnete ihnen die Türen.

»Wollen Sie noch mehr sehen, Frau Andresen? Vielleicht einen Betrieb, an dem Sie beteiligt sind?«

»Was wollen Sie damit sagen? In meiner Konditorei herrschen

gute Bedingungen, und meine Leute sind bestens untergebracht.«
»Daran zweifle ich nicht. Aber das Hüttenwerk drüben in Herrenwyk sollten Sie sich ansehen. Daran ist die Lübecker Kaufmannschaft beteiligt, und zu der gehören Sie doch wohl, oder?«
Das Werk war ein ehrgeiziges Projekt, dem sie zugestimmt hatte. Es würde Lübeck als Industriestandort bekanntmachen, was in ihren Augen unverzichtbar war.
»Also schön«, sagte sie, obwohl sie liebend gern in ihr behagliches Heim zu Thomas und den Kindern geflohen wäre. »Fahren wir hin.«

Diesmal hatte Marie keinerlei Bedenken mehr, es mit der Wahrheit nicht ganz genau zu nehmen. Sie erzählte einem Mann, der den Betriebsablauf überwachte, sie kämen von der Kaufmannschaft und wollten sich vor der nächsten Sitzung ein Bild von dem Vorankommen in dem Werk machen. Bereitwillig und stolz, wie es ihr schien, führte der Arbeiter sie daraufhin herum. Er präsentierte den eigenen kleinen Hafen an der Untertrave mit der Verladeanlage. Dann führte er einen der beiden Hochöfen vor, in denen Erze, Kalkstein und Koks zu Roheisen verarbeitet wurden.
»Gehen Sie nicht zu dicht ran«, schrie er. »Das Zeug, das da gleich rauskommt, ist über tausend Grad heiß!«
Marie konnte sich eine solche Temperatur nicht mal im Ansatz vorstellen. Überhaupt war es in dem Hüttenwerk schon jetzt so unerträglich heiß, dass sie nur nach draußen an die frische Luft wollte. Zwölf Männer rammten eine Stahlstange in den Abstich. Mit einem Knacken brach der Verschluss des Hochofens auf, und flüssiges Eisen lief glühend durch eine in den Sandboden gegrabene Rinne. Marie musste an den Vesuv denken. Die zähe Masse, die vor ihren Augen durch die Furche kroch, konnte ge-

nau wie die Lava mit Leichtigkeit innerhalb von Sekunden einen Menschen verbrennen. Wie ein Schwall kam mit dem Eisen eine weitere Hitzewelle, die die Härchen auf der Haut schier zu verbrennen schien. Marie schloss instinktiv den Mund. Sie hatte das Gefühl, die Schleimhäute ihrer Nase würden zu glühen beginnen. Auch in der Lunge spürte sie brennenden Schmerz. Wie mussten sich erst die Männer fühlen, die fast direkt neben der Rinne standen. Deren Haut glänzte vom Schweiß, der den Ruß aufweichte und sich mit ihm zu einem schmierigen Brei verband.

»Gehen wir weiter!«, schrie der Vorarbeiter.

In einer anderen Halle schaufelten Former Sandbahnen, in die das flüssige Eisen gegossen wurde. Ihre rußgeschwärzten Hemdsärmel spannten sich über kräftigen Muskeln. Die Gesichter sprachen von der schweren körperlichen Anstrengung. Jeden Tag waren sie der starken Hitze, den Gasen und Dämpfen ausgesetzt. Man musste keine medizinische Bildung haben, um zu begreifen, dass diese Tätigkeit gesundheitsgefährdend war. Von ausreichender Schutzkleidung auch hier keine Spur. Jederzeit konnte einer der Männer straucheln und in das flüssige Metall treten. Marie sah, wie das Eisen hier und da Blasen warf, die spritzend zerplatzten. Die Hosen der Arbeiter mochten aus festem Stoff sein, doch ein Tropfen dieses kochenden Gifts würde sich dennoch mühelos hindurchfressen. Und durch Haut und Fleisch gleich mit.

»Nun, Frau Andresen, denken Sie noch immer, dass die deutschen Arbeiter eine gute und gesicherte Existenz haben? Das hier ist kein Einzelfall, glauben Sie mir. Im Schiffbau zum Beispiel sieht es keinen Deut anders aus. Es ist nicht weit. Wir können uns auch darüber ein Bild machen. Und was meinen Sie wohl, was erst in den Industriezentren, in Oberhausen oder Duisburg, los ist?«, sagte Studt, als sie das Hüttenwerk verließen.

»Ich werde umgehend mit der Kaufmannschaft reden«, versprach sie.
»Das wäre gut. Es ist ja nicht so, dass wir gegen den Fortschritt sind. Die Menschen brauchen Arbeit. Wir wissen das. Nur sollten sie wenigstens vor gesundheitlichen Gefahren und Unfällen geschützt werden. Wir wollen keine Invalidenversicherung, wir wollen verhindern, dass die Arbeit reihenweise Invaliden hervorbringt.«
Marie war sich sicher, niemand in Lübeck könne sich dieser Argumentation entziehen. Wenn nur alle erfuhren, wie es um die Sicherheit und Gesundheit der Arbeiter bestellt war, würden sie umgehend für eine weitreichende Verbesserung sorgen.

Sie hatte sich schwer getäuscht. Der Erste, mit dem sie über nötige Veränderungen sprach, war Kai Bohrdt.
»Schade, dass ich nicht da war«, sagte er mit ehrlichem Bedauern. »Wir sehen uns viel zu selten. Wobei ich nicht sicher bin, ob wir uns ausgerechnet in der Fabrik treffen sollten. Das ist nicht gerade ein Platz für eine Dame. Was wolltest du da überhaupt? Mein Vorarbeiter muss dich völlig falsch verstanden haben. Er glaubte, wir wären verabredet gewesen.«
»Das hat er nicht falsch verstanden«, gab Marie zu. »Wir haben ihn das glauben lassen, um uns umsehen zu können.«
»Aber warum?«, fragte jetzt Helene.
Kais Miene verdüsterte sich. »Das wüsste ich auch sehr gern«, sagte er bemüht höflich.
»Das ist eine längere Geschichte«, erwiderte Marie und erzählte dann von der Parteiveranstaltung, zu der sie geladen gewesen sei, und dass ein Gewerkschafter ihr ungeheuerliche Dinge berichtet habe, die sie nicht habe glauben wollen. Darum habe sie sich mit ihm auf den Weg gemacht. »Leider muss ich sagen, dass er mit vielen seiner Behauptungen recht hatte. Sicher weißt du gar

nicht, dass das Blei, aus dem ihr die Dosen macht …« Weiter kam sie nicht.

»Du hast in meinem Betrieb herumgeschnüffelt?« Kai sah sie fassungslos an. »Wie kommst du dazu?«

»Ich habe dir doch gerade erklärt, wie das zustande gekommen ist. Ich wusste zuerst gar nicht, dass wir ausgerechnet deine Fabrik besuchen. Und ich wollte auch gewiss nicht herumschnüffeln, wie du es nennst.«

»Wirklich, Marie, ich muss auch sagen, ich bin überrascht.« Helene sah enttäuscht aus. »Kai arbeitet viel und ist gut zu seinen Leuten. Willst du ihm etwa Vorwürfe machen oder etwas unterstellen?«

»Aber nein!« Marie konnte die Feindseligkeit nicht verstehen. Noch einmal versuchte sie den beiden die Zusammenhänge und vor allem ihr Anliegen zu erklären. Statt Verständnis begegnete ihr Ablehnung und Misstrauen. Sie hatte das Gefühl, Kai war weniger böse, weil sie ein wenig geschummelt oder sich ohne ihn zu fragen in seiner Fabrik umgesehen hatte, als vielmehr von ihr persönlich enttäuscht.

»Ich verstehe dich beim besten Willen nicht, Marie«, meinte er und schüttelte langsam den Kopf. »Du bist doch nicht naiv. Du weißt doch selbst nur zu gut, wie der Hase läuft. Die Konkurrenz bestimmt die Regeln. Wenn ich als Einziger Geld für irgendwelche Masken ausgebe, deren Nutzen noch nicht einmal bewiesen ist, dann bin ich teurer. Mit den Kindern ist es das Gleiche. Sie kosten die Hälfte von dem, was mich ein Erwachsener kostet. So bleibe ich konkurrenzfähig, Marie.«

»Aber sie werden krank, Kai. Sie vertragen diesen Bleistaub nicht, sie werden schleichend davon vergiftet. Das kann dir doch nicht egal sein.«

»Das ist ja auch noch gar nicht bewiesen, dass es vom Blei

kommt. Dann müssten doch alle krank werden. Ich auch, denn ich bin jeden Tag in der Fabrik.«

»Du bist in deinem Kontor und atmest den Staub nicht ständig ein.« Marie versuchte auf andere Weise an ihn heranzukommen. »Ihr habt selbst Kinder. Ihr würdet doch nie auf die Idee kommen, sie in die Fabrik statt in die Schule zu schicken. Warum also die Kinder anderer Eltern?«

»Ich kann nichts dafür, wenn manche Eltern ihre Kinder lieber zum Arbeiten als zum Lernen schicken.«

»Außerdem kannst du das wohl kaum vergleichen«, warf Helene ein.

»Bitte? Und warum nicht? Es besteht kein Unterschied zwischen den Kindern, die in eurer Fabrik schuften, und euren eigenen. Außer natürlich, dass eure wohlhabend geboren wurden.«

»Bei aller Freundschaft, Marie, aber das meinst du nicht ernst, oder? Kinder sind Kinder, das stimmt schon. Aber es gibt doch wohl gravierende Unterschiede. Ich meine, bei den Kleinen ist es doch nicht anders als bei den Erwachsenen.«

»Und wie ist es bei den Erwachsenen, Helene?«, fragte Marie, die Abscheu in sich aufsteigen spürte.

»Ach Marie, dieses Gleichheitsgerede dieser Sozis ist doch unrealistisch. Wenn alle so gleich wären, hätten auch alle das gleiche Wahlrecht, oder?«

Marie konnte nicht fassen, wie naiv Helene trotz ihres klugen Kopfes war. Vor allem hörte sie Kai aus ihr sprechen. Christians Schwester plapperte offenbar nach, was sie von ihm hörte. Und zwar ohne sich zuvor ein eigenes Urteil zu bilden.

»Darum geht es doch hier gar nicht«, meldete Kai sich noch einmal zu Wort. »Es geht um das nackte Überleben. So sieht es doch aus. In England arbeiten sie jetzt mit Laufbändern. Die brauchen für viele Handgriffe schon gar keine Leute mehr, lassen nur noch Maschinen und diese Bänder arbeiten. Hast du

eine Ahnung, wie viel Geld die sparen können? Ich will weiterhin einigen hundert Menschen Arbeit geben. Da muss ich mit den Wölfen heulen. Mit Gefühlsduselei komme ich nicht weiter. Dann kann ich meine Fabrik bald dichtmachen, und die Leute haben keine Arbeit. Ist das besser?«
Noch eine ganze Weile ging es hin und her. Sie konnten sich einander einfach nicht annähern. Es endete zu Maries Bedauern damit, dass sie aufgebracht das Haus verließ und Kai und Helene ihr nahelegten, es auch nicht so schnell wieder zu betreten.

Der Streit mit ihrer Schwägerin und deren Mann hing Marie lange nach. Immer wieder gingen ihr all die gemeinsamen Stunden durch den Kopf. Als Christian noch lebte, war die Beziehung zu Helene von Vertrauen und Zuneigung geprägt. Sie konnte sich doch nicht so in diesen Menschen getäuscht haben. Wenn die beiden aber im Recht waren, hieße das, dass ihr Menschenbild falsch war, dass es Unterschiede zwischen Arm und Reich gab, die von Natur aus bestanden, ja, die sogar von Gott gewollt waren. Daran konnte sie einfach nicht glauben. Grübelnd zog sie sich in ihre Probeküche zurück. Signor Ferraro hatte mit der letzten Weinlieferung einen Likör geschickt, der aus Mandel- und Aprikosenkernen hergestellt und mit Vanille abgerundet wurde. »Er schmeckt wie Ihr Marzipan, das Sie mitgebracht haben, nur flüssig«, schrieb er. Nach dem ersten Schluck musste Marie ihm recht geben.
Nun saß sie in ihrer kleinen Küche und wollte in die Tat umsetzen, was ihr mit diesem süßen Tröpfchen schon lange vorschwebte. Bereits vor einigen Tagen hatte sie kleines Gebäck aus Eischnee, Zucker und gemahlenen Mandeln gebacken und an der Luft hart werden lassen. Das holte sie jetzt hervor. Sie kochte einen starken Kaffee, den sie mit Kardamom, Zimt, Nelken

und einem Hauch Rosenwasser verfeinerte. Während der Mokka abkühlte, zerstieß sie das Gebäck grob. Mit einem Schaumlöffel tauchte sie die knusprigen Stückchen kurz in den starken Kaffee, gerade so lang, dass sie reichlich von dem bitter-würzigen Aroma aufnehmen konnten, ohne dabei weich zu werden. Sie verteilte die fast schwarzen Brocken auf einem feinen Sieb und ließ sie trocknen.

Marie vergaß die Welt um sich herum. Sie ging ganz auf in ihrem kleinen Universum aus Düften und Aromen. Schon bevor sie ein Exemplar ihrer neuen Kreation kostete, hatte sie den genauen Geschmack auf der Zunge. Sie probierte nicht einfach aus, sie wusste bereits vorher, was sie erschaffen würde. Wie sehr sie Augenblicke wie diesen liebte. Vergessen war ebenso das Elend der Arbeiter wie die Angst, Oeverbeck könnte plötzlich wieder auftauchen und ihr Leben zerstören.

Marie nahm eine großzügige Portion Rohmasse, krempelte die Ärmel hoch und begann die Masse auf einem Holzbrett weich zu kneten. Bald würde Wilhelm hier das Regiment übernehmen, ging es ihr durch den Kopf. Er war jetzt in dem Alter, in dem auch Marie damals gewesen war, als ihr Bruder Johann-Alexander nicht aus St. Petersburg zurückgekommen war. Gegen ihren Willen und ihre Träume hatte sie die Geschicke der Konditorei gelenkt. Freilich zunächst mehr als halbherzig. Was immer sie gegen Achim Oeverbeck hatte, sie musste anerkennen, dass er den Betrieb in ihrem ersten Jahr gerettet hatte. Er hatte auch Fehler gemacht, gewiss, aber er war es, der die Zügel in der Hand gehabt hatte, während Marie noch vom Ballett träumte. Wie lange das alles her war! Und nun würde ihr Sohn bald die Zügel übernehmen. Schon jetzt ließ er sich von dem jungen Geibel die Bücher zeigen, beschäftigte sich mit den Maschinen und plauderte höflich und charmant mit dem illustren Publikum, das regelmäßig die Verkostungen besuchte.

Marie prüfte die Gebäckstückchen, stellte zufrieden fest, dass sie sich trocken und knusprig anfühlten, und mischte sie unter das Marzipan. Jetzt war Fingerspitzengefühl gefragt. Die Gebäcksplitter sollten sich gleichmäßig in der Masse verteilen, ohne dabei zerdrückt zu werden. Aus dem gespickten Marzipan formte sie Hohlkugeln, die sie mit einigen Tropfen des italienischen Likörs füllte. Zum Schluss ließ sie ihre neue Schöpfung durch gemahlene Mandeln rollen, bis die Bällchen ganz davon umschlossen waren.

Maries Gedanken waren wieder bei den Anfängen ihres Arbeitslebens. Wie viel hatte sie gewagt und geleistet, um zu stehen, wo sie heute stand. Sie freute sich über Wilhelms Talent und Interesse, war aber noch nicht bereit, sich die Fäden aus der Hand nehmen zu lassen. Sie schob sich das erste Exemplar ihrer italienischen Erfindung in den Mund. Das Bittere des starken Mokkas und die intensiven Gewürze verbanden sich mit der Sanftheit des Kröger-Marzipans und der Süße des Likörs zu einer Geschmacksharmonie, wie sie sie selten gekostet hatte. Hinzu kam die perfekte Kombination aus knusprigem Gebäck, cremig weicher Marzipanmasse und der Flüssigkeit im Inneren. Marie war mehr als zufrieden.

Gerade war sie dabei, das Rezept niederzuschreiben, da wurde die Tür aufgestoßen, und Livia kam mit fliegenden Zöpfen hereingerannt.

»Schnell, du musst kommen!« Sie war außer sich. Schon zerrte sie an Maries Hand.

»Was ist denn passiert, um Himmels willen?«, fragte Marie erschrocken.

»Wir müssen nach Travemünde, den Fisch angucken.«

»Jetzt mal langsam. Wir können jetzt nicht nach Travemünde fahren. Es sind keine Ferien. Und von welchem Fisch sprichst du überhaupt?«

»In der Schule hat Fräulein Mühsam erzählt, dass ein ganz großer Fisch in der Bucht gesehen wurde. Er gehört da gar nicht hin, hat sie gesagt, und die Gelegenheit, so etwas zu sehen, kriegt man nicht oft.« Livia holte kaum Luft zwischen den einzelnen Worten, so eilig hatte sie es, die aufregende Neuigkeit ihrer Mutter mitzuteilen.

Marie schmunzelte. Jetzt begriff sie, was Fräulein Mühsam, die Nichte ihrer ehemaligen Ballettlehrerin, meinte. Auch eine Kundin hatte sie am Vormittag davon reden hören, dass ein Wal in der Lübecker Bucht aufgetaucht sein soll. Es schien also tatsächlich etwas Wahres daran zu sein.

»Fräulein Mühsam hat euch sicher erzählt, dass es ein Wal ist, der sich verirrt hat, nicht wahr?«

»Ja, ja, und jetzt komm schon, bevor er wieder weg ist!« Erneut zerrte Livia an Maries Hand und versuchte ihre Mutter aus der Küche zu holen.

»Ein Wal ist kein Fisch, Livia«, belehrte Marie ihre Tochter. Doch die interessierte sich in diesem Moment nicht im Geringsten für solche Nebensächlichkeiten. Sie wollte das Tier sehen, alles andere war ihr egal.

»Warum eigentlich nicht?«, meinte Marie schließlich. Sie kannte die große Neugier ihrer Tochter, was Tiere und Pflanzen betraf, und wollte ihren Wissensdrang nicht bremsen. »Lauf schnell nach Hause und frag Thomas, ob er uns begleiten will.«

Livia sauste los, und Marie räumte ihre Küche auf. Dann ging sie hinüber in ihr altes Kontor, das sie kaum noch benutzte. Wilhelm saß hier und erledigte seine Aufgaben.

»Hier, mein Sohn, ich möchte wissen, was du zu meiner neuen Erfindung sagst.« Sie reichte ihm eine der Kugeln, die sie soeben zubereitet hatte.

Wilhelm nahm die Kugel vorsichtig zwischen zwei Finger, schnupperte daran mit krausgezogener Nase und ließ sie endlich im Mund verschwinden. Seine Augen begannen zu leuchten.

»Große Klasse! Das wird ein Renner, darauf könnte ich wetten!«

»Freut mich, dass sie dir schmeckt«, sagte Marie. »Hast du noch viel zu tun? Livia hat von dem Wal gehört, der vor Travemünde gesehen worden sein soll. Wir wollen hinfahren und schauen, ob wir ihn finden. Kommst du mit?«

»Nein, ich habe Stine versprochen, dass ich ihr bei der Mathematikaufgabe helfe. Ich verstehe nicht, wie jemand so wenig mit Zahlen anzufangen weiß«, seufzte er. »Aber ihr fehlt wirklich jegliches Verständnis. Und außerdem sind Wale in der Ostsee doch nichts Besonderes.«

»Es ist aber kein kleiner Tümmler, wie wir ihn kennen, sondern ein richtig großer, haben die Leute heute erzählt. Das solltest du dir nicht entgehen lassen.«

Marie war der Ansicht, ein bisschen mehr Bewegung und neue Eindrücke würden ihrem Sohn guttun. Er kam eher nach seinem Vater und wollte die Welt aus Büchern kennenlernen.

»Ich habe es nun mal versprochen«, erwiderte er.

»Also schön.« Marie wusste, dass sie sich auf keine Diskussion mit ihm einzulassen brauchte. Zum einen war er schwer zu Ausflügen zu bewegen, zum anderen stand er felsenfest zu seinem Wort. Was ihn vermutlich am meisten davon abhielt, seiner Familie Gesellschaft zu leisten, war die Tatsache, dass es Stine war, die ihn um Hilfe gebeten hatte. Er mochte die Tochter des Hutmachers sehr, was er freilich nicht zugeben würde. Es war ihm lieber, wenn jeder dachte, er würde ihr lediglich aus Gutmütigkeit helfen.

Für April war es ungewöhnlich voll in Travemünde. Die Nachricht von der Walsichtung musste sich wie ein Lauffeuer herumgesprochen haben.

»Es ist ein Finnwal«, wusste ein Mann zu berichten, der mit einem Fernglas hantierte.
»Mindestens zwanzig Meter ist er lang«, behauptete ein anderer.
Nur zu sehen war weit und breit nichts. Livia lief aufgeregt von einer Stelle zur anderen, reckte sich auf die Zehenspitzen und hüpfte wieder und wieder in die Höhe.
»Wenn er hier wäre, würden wir seine Flosse sehen oder die Fontäne, die sie ausstoßen«, meinte Thomas. »Vielleicht war es nur ein großer Tümmler. Oder er ist schon wieder in die offene See rausgeschwommen. Kommt, machen wir es uns bei einer heißen Schokolade mit Sahne in einem Café gemütlich.«
»Ach nein«, protestierte Livia. Selbst der einsetzende Nieselregen störte sie nicht. Kakao konnte sie schon ohne die Aussicht auf ein spannendes Abenteuer nicht locken. Ihn dieser Begegnung vorzuziehen, kam ihr überhaupt nicht in den Sinn.
»Bitte, bitte, lasst uns noch bleiben. Er wird bestimmt gleich auftauchen.«
Die anderen Schaulustigen waren weniger hartnäckig als Livia Andresen. Sie flohen vor dem stärker werdenden Regen in die wenigen schon geöffneten Lokale. Marie spannte einen Schirm auf.
»Ich fürchte, wir haben Pech gehabt, Livia. Aber wir sollten uns freuen, dass er den Weg zurück ins Meer gefunden hat. Hier ist es viel zu flach für einen großen Wal. Wenn er länger hierbleibt, kommt er womöglich um.«
»Trotzdem, vielleicht ist er noch nicht wieder draußen. Ich will ihn so gerne sehen«, drängelte Livia weiter und entschlüpfte ihrer Mutter immer wieder unter dem Schirm, um das Meer mit den Augen abzusuchen.
»Lasst uns in die Vorderreihe gehen und den Regen dort abwarten«, schlug Marie vor. »Im Café werden wir kaum Platz bekommen.«

»Anderer Vorschlag«, sagte Thomas, der bei einem einzigen Blick in Livias trauriges Gesicht dahinschmolz. »Gehen wir zum Steilufer hinauf. Wenn er zu sehen ist, dann von da oben.«
»Au ja!«, Livia freute sich und lief auch schon los. Sie kannte sich in dem kleinen Kurbad von den jährlichen Ferienaufenthalten bestens aus.
Marie schüttelte den Kopf über das ungestüme Temperament ihrer Tochter und über die Unvernunft des erwachsenen Mannes an ihrer Seite, der, obgleich nur wenig Aussicht auf Erfolg bestand, dem Wetter trotzte, nur um seine kleine Prinzessin glücklich zu machen. Sie folgten Livia mit größer werdendem Abstand.
»Hoffentlich geht sie nicht zu nah an die Abbruchkante«, sorgte sich Marie. »Der Weg wird schlammig und rutschig sein. Sie könnte leicht abstürzen.«
»Livia kennt die Küste wie ihre Westentasche«, beruhigte Thomas sie. »Sie ist ein vernünftiges Mädchen und wird gut auf sich achtgeben.« Eine Weile gingen sie, unter dem Schirm aneinandergedrängt, schweigend die Promenade entlang.
Dann sagte Thomas: »Die Vernunft muss sie von ihrem Bruder haben. Oder von mir. Von dir jedenfalls ganz sicher nicht.«
»Wie bitte?« Marie schnappte nach Luft. »Ich habe aus Vernunft eine Konditorei übernommen«, gab sie zu bedenken.
»Nein, das hast du deinem Vater zuliebe getan«, korrigierte er. »Nicht gerade vernünftig.«
»Und was ist mit meiner Hochzeit? Auch etwas, das ich hauptsächlich aus Vernunft getan habe.«
»Stimmt schon wieder nicht. Das hast du aus Enttäuschung gemacht und ebenfalls deinem Vater zuliebe.«
Sie wollte etwas entgegensetzen, doch er verhinderte das mit einem Kuss.
»Also schön«, sagte sie, als er ihre Lippen wieder freigab. »Viel-

leicht hast du recht. Das heißt aber noch lange nicht, dass ich besonders unvernünftig bin.«

»Wenn du bei dieser Kundgebung am 1. Mai teilnehmen willst, bist du unvernünftig.«

»Daher weht der Wind!« Marie hatte es geahnt. »Ich werde es tun und halte es übrigens für ausgesprochen vernünftig. Allerdings nur dann, wenn mein Antrag von der Kaufmannschaft abgelehnt wird. Und das kann ich mir nun wirklich nicht vorstellen.«

»Ich wäre nicht so sicher.« Thomas wurde ernst. »Die meisten, die ihre Stimme abgeben dürfen, sind Händler und Kaufleute. Sie sind von deinen Forderungen nicht direkt betroffen und könnten bedenkenlos zustimmen. Nur werden sie von den Fabrikanten beliefert, um die es dir geht. Kommt dein Antrag durch, müssen sie mit steigenden Kosten rechnen.«

»Na und? Mich betrifft das ebenfalls und macht mir keine Angst. Es geht uns doch gut. Mehr als das. Steigen die Kosten, sinkt der Gewinn ein wenig. Das können wir uns leisten. Wichtig ist doch, was wir dadurch erreichen. Das sollte es doch jedem wert sein.«

»Ich hoffe, du hast recht.«

»Da ist er! Ich sehe ihn!« Das war Livias Stimme.

Marie und Thomas beeilten sich, zu Livia zu kommen, die aufgeregt auf das Wasser zeigte. Sie erreichten den Scheitelpunkt des Steilufers, an dem sie gut zwanzig Meter über der Ostsee standen. Dann entdeckten sie tatsächlich den Leib eines etwa zehn Meter langen Wals, der dicht unter der Oberfläche dümpelte.

»Seht euch das an, ein herrliches Tier«, gab Thomas bewundernd von sich. Er nahm sein Fernglas, das er um den Hals hängen hatte, ab und reichte es Livia. Lange standen sie im Regen und sahen dem Tier zu, das sich langsam nach rechts, dann wieder nach links bewegte, bevor es die richtige Richtung einschlug – hinaus in die Freiheit.

Nur wenige Tage nach der beeindruckenden Beobachtung kam Marie sich selbst vor wie ein Wal, der kurz davor war zu stranden. Inständig hoffte sie, dass auch sie den Weg in rettende Gewässer finden würde. Sie hatte ihre Rede bei der Versammlung der Kaufmannschaft gehalten und war sich sicher, Lübeck und das ganze Reich mit ihren Forderungen in die richtige Richtung zu stoßen. Nun musste sie sich Minute um Minute die Einwände der anderen Mitglieder anhören, die allesamt verrieten, wie kleingeistig hier gedacht wurde. Man wolle mit den Sozialisten nicht gemeinsame Sache machen, hieß es. Einer ereiferte sich sogar, die Gemeinschaft ehrbarer Kaufleute dürfe sich nicht vor deren Karren spannen lassen.

»Es geht doch um die Sache«, flüsterte sie Thomas zu. »Warum gehen sie denn nicht auf meine Argumente ein?«

Nur noch ein Redner, dann sollte es zur Abstimmung kommen. Marie sah schwarz für ihren Antrag.

»Und zum Schluss, verehrte Herren«, tönte Eisenwarenhändler Prossek, der erst vor einem Jahr aus Berlin in die Hansestadt gekommen und der Kaufmannschaft beigetreten war, »sollten wir nicht so tun, als ob es keinen Unterschied zwischen den Klassen gäbe. Es gibt ihn, und er hat seinen Sinn. Dabei wollen wir es belassen, bevor womöglich noch einfache Arbeiter in unsere Villen ziehen und Frauen zur Wahl schreiten.« Er lachte selbstgefällig und warf Marie einen spöttischen Blick zu.

»Aufgeblasener Fatzke«, zischte sie leise. Und laut sagte sie: »Bevor wir zur Abstimmung kommen, verehrte Herren, lassen Sie mich noch eins sagen. Wir Lübecker haben schon schwere Zeiten und Krisen überstanden. So gut wie heute ging es uns längst nicht immer. Trotzdem haben wir stets auch an die ein-

fachen Leute und das arme Volk gedacht und für sie gesorgt. Das macht uns aus. Das ist ein Teil der Lebensqualität unserer Hansestadt. Es ist jetzt an uns, diese Tradition fortzuführen. Wie steht es doch so treffend auf unserem alten Stadttor, unserem geliebten Holstentor? Concordia Domi Foris Pax. Eintracht im Hause – Friede vor dem Tor. Der Friede draußen liegt nicht allein in unserer Hand, die Eintracht im Hause aber können wir sichern. Wenn diese ehrbare Kaufmannschaft dazu nicht mehr willens oder in der Lage ist, so bin ich hier fehl am Platz und werde meine Mitgliedschaft niederlegen.« Damit setzte sie sich.
Ein Raunen ging durch die Menge. Marie wusste, dass sie viel riskierte, doch sie meinte jedes Wort so, wie sie es gesagt hatte.
»Reisende soll man nicht aufhalten. Heißt es nicht so?«, fragte Prossek und blickte herausfordernd in die Runde.
»Bleib ruhig!« Thomas legte eine Hand auf Maries Arm. Er wusste, dass sie sich jetzt beherrschen musste, um die Wirkung, die ihre Worte bei vielen haben mochten, nicht zunichtezumachen. »Der hat keine Ahnung, was du schon alles für diese Stadt und ihre Kaufleute getan hast. Auf die Alteingesessenen kommt es an. Und die hast du auf deiner Seite«, flüsterte er.
Prossek stichelte weiter: »Es ist jetzt ja groß in Mode, dass Frauen Gleichberechtigung fordern. Niemand wird ernsthaft etwas dagegen haben. Nur hat alles seine Grenzen. Es ist nicht an uns, Eintracht zu sichern. Dafür ist der Kaiser oder meinetwegen das Militär zuständig. Dagegen halte ich es sehr wohl für unsere Aufgabe, nein, für unsere Pflicht, uns gegen den Erpressungsversuch einer Frau zu wehren.«
Bevor Marie etwas entgegnen konnte, sprang Thomas Hansen auf. Er hatte sich in Gesprächen mit vielen der Herren hinter Maries Forderungen gestellt, bisher aber nicht offiziell das Wort ergriffen. Das tat er jetzt.

»Erpressung, verehrter Herr Prossek, ist eine schwere Anschuldigung. Bei Ihnen in Berlin mag es üblich sein, damit leichtfertig umzugehen. Wir hier in Lübeck haben ein anderes Verständnis von Betragen und Moral. Und genau darum, werte Herren, geht es hier. Frau Andresen will niemanden erpressen oder unter Druck setzen, obwohl sie es gewiss gekonnt hätte, würde sie an all die Errungenschaften und Erfolge erinnern, die diese Stadt und Sie, meine Herren, ihr zu verdanken haben.« Und mit einem süffisanten Lächeln wandte er sich an Prossek. »Das können Sie nicht wissen. Sie sind ja noch nicht lange in unserer Stadt.« Dann richtete er das Wort wieder an die Männer, die nachdenklich an ihren Bärten zupften und die Stirn in Falten legten. »Aber das tut sie nicht. Sie sagt lediglich, dass sie nicht länger Teil einer Gemeinschaft sein kann, die die Moral und die Menschlichkeit mit Füßen tritt. Wir haben die Wahl, meine Herren. Ich für meinen Teil kann nur sagen, ich verstehe Frau Andresen. Mein Ehrgefühl und Moralverständnis verbieten es mir ebenfalls, länger Mitglied dieser Kaufmannschaft zu bleiben, wenn diese sich jetzt gegen alles stellt, was ihr bisher kostbar war. Und ich fordere Sie auf, jeden Einzelnen von Ihnen, die richtige Wahl zu treffen oder es uns gleichzutun.«

Hier und da wurde geklatscht, andernorts getuschelt. Niemand hätte vorhersagen können, wie die Abstimmung ausfallen würde.

»Danke, Thomas, du warst wunderbar«, sagte Marie leise und drückte seine Hand. »Für einen Genussmenschen kannst du erstaunlich politisch sein«, neckte sie ihn. »Vielleicht solltest du in die sozialistische Partei eintreten.«

»Gott bewahre!« Er hob abwehrend die Hände. »Ich habe nur gesagt, was wahr ist. Warten wir ab, ob die Herren das verstanden haben.«

Einer nach dem anderen schritt an der Urne vorbei und warf

seinen Abstimmungszettel hinein. Während der Auszählung bildeten sich kleine Gruppen. Der Qualm von Zigarren und Pfeifen lag ebenso schwer in der Luft wie die eifrigen Wortgefechte und die greifbare Anspannung. Ratsherr Mertens trat zu Marie und Thomas.
»Ich will doch sehr hoffen, dass es Ihnen nicht ernst ist mit Ihrer Drohung. Wir brauchen Sie, Sie beide.«
»Selbstverständlich ist es uns ernst.« Marie war nervös und auch ein wenig erschöpft. Sie wollte nicht mehr reden. Sie wollte die Entscheidung und dann nach Hause gehen.
»Sie sagten doch gerade selber, wir Lübecker haben schon andere Krisen überstanden. Da werden Sie doch vor dieser nicht kneifen, oder? Als Mitglied können Sie am meisten ausrichten, Frau Andresen. Geben Sie sich einen Ruck. Sie gehören doch hierher.«
»Das kommt darauf an«, erwiderte sie kurz. »Vielleicht ist mein Platz in Zukunft woanders.«
»Dann wollen wir umso mehr beten, dass in diesem Kreis genug Herz und Verstand für die rechte Entscheidung wohnen.« Mertens atmete schwer und schlich davon. Besonders optimistisch sah er nicht aus.
»Ich verkünde nun das Ergebnis«, ließ Druckereibesitzer Borchert, der den Vorsitz führte, sich vernehmen. »Mit achtundvierzig zu fünfundvierzig Stimmen ist der Antrag von Marie Andresen abgelehnt.«
Marie sog hörbar die Luft ein.
»Das gibt es doch nicht«, schimpfte Thomas.
»Unsere Versammlung ist damit für heute …«
Marie unterbrach den Vorsitzenden. »Noch nicht. Nehmen Sie vor Beendigung der Sitzung bitte noch meinen Austritt zu Protokoll.«
Das Raunen in der Menge wurde lauter. Es waren sogar einzelne

Protestrufe zu hören. Anhänger ihrer Ideen versuchten Marie umzustimmen. Andere meinten, es sei wohl das Beste, wenn sie nichts mehr mit der Vereinigung zu schaffen habe.
»Und ebenso den meinen«, meldete sich Thomas Hansen zu Wort.
»Ich verlasse diese heuchlerische Brut ebenfalls«, folgte Mertens seinem Beispiel. »Wo feiste Kerle den Ärmsten das Stückchen Brot nicht gönnen wollen, da bin ich fehl am Platz.«
Jetzt brach erst richtig Tumult los. Immer wieder musste der Vorsitzende Borchert mit seinem Hämmerchen auf das Pult schlagen. Fast wäre es gar zu Handgreiflichkeiten gekommen, die von einigen besonnenen Kaufmännern gerade noch verhindert werden konnten.
Nachdem die Versammlung schließlich beendet war, gab es sieben Mitglieder weniger in der Kaufmannschaft und eine bis ins Mark enttäuschte Marie Andresen.

»Willst du mich nicht begleiten?«, fragte Marie erneut.
Es war der 1. Mai, und nach langen Überlegungen hatte Marie sich entschieden, bei der Veranstaltung der Arbeiterbewegung zu sprechen.
»Du kennst meine Haltung, mein Herz. Der Austritt aus der Kaufmannschaft war eine Sache, die Kundgebung heute ist eine ganz andere. Da habe ich nichts verloren. Und du auch nicht, wenn du meine Meinung hören willst.« Thomas war nicht begeistert von ihrem bevorstehenden Auftritt. Sie waren beide über fünfzig, und er fand, es sei an der Zeit, dass Jüngere ihre Köpfe hinhielten. »Du übergibst die Konditorei bald deinem Sohn, und ich werde mein Weinlager auch bald verkaufen. Dann machen wir uns ein schönes Leben. Warum sollen wir uns jetzt noch für etwas aufreiben, mit dem wir ohnehin nicht mehr lange zu tun haben?«

Marie teilte diese Ansicht absolut nicht, kannte und respektierte seine Einstellung aber.
»Es ist ja nur dieses eine Mal«, sagte sie, während sie das Papier mit ihrer Rede vom Tisch nahm. »Und ich verspreche dir, dass ich mich auch nicht mehr um diese Belange kümmern werde, wenn Wilhelm in ein paar Jahren das Ruder in die Hand nimmt. Aber noch ist es nicht so weit.« Sie küsste ihn flüchtig auf die Wange und wollte sich auf den Weg in Richtung Marktplatz machen, wo die Kundgebung stattfinden sollte.
»Kriege ich keinen anständigen Abschiedskuss?«, beschwerte sich Thomas. »Es ist doch nicht weit. Du hast noch viel Zeit.« Er zog sie am Handgelenk zu sich und küsste sie sanft auf den Mund. »Kann ich dich nicht doch zu etwas anderem bewegen als zu dieser langweiligen Rede?«
Ehe sie sich's versah, saß sie auf seinem Schoß.
»Die Rede ist keinesfalls langweilig. Wenn du mitkommen würdest, könntest du dich selbst davon überzeugen.«
Wieder küsste er sie. Diesmal leidenschaftlicher. Seine Zunge schlug spielerisch gegen ihre Lippen, die sich bereitwillig öffneten. Marie spürte das vertraute Kribbeln. Es fiel ihr nicht leicht, sich jetzt von ihm zu lösen.
»Hinterher kannst du mich gerne überreden«, raunte sie ihm ins Ohr und verschwand.
Es war ein milder Tag. Marie war in Hochstimmung. Was sie vorhatte, war gut und richtig. Natürlich wäre es bequemer, es sich einfach weiter gutgehen zu lassen. Aber so einfach war das Leben nun einmal nicht. Und Marie wollte jeden Tag in den Spiegel schauen können. Sie dachte an ihren Vater, der immer gut zu seinen Leuten gewesen war. Er hatte ihr auf seine ganz selbstverständliche Art vorgelebt, was Verantwortung bedeutet. Sie wollte es an ihre Kinder weitergeben. Nur wenige Schritte, schon bog sie in den alten Markt ein. Plötzlich packten zwei

Hände von hinten ihren Hals. Marie wollte schreien, doch ihre Kehle wurde brutal zugedrückt, so dass ihr kein Laut entschlüpfen konnte. Sie stolperte rückwärts, vermochte sich gerade noch zu fangen und schlug um sich. Die Luft wurde ihr knapp, und eine bedrohliche Dunkelheit drohte sie zu verschlingen.
Du musst dich wehren, hämmerte es in ihrem Kopf. Du musst irgendetwas tun!
Bevor sie jedoch einen Plan fassen konnte, spürte sie einen brennenden Schmerz in den Kniekehlen. Man hatte ihr mit Wucht in die Gelenke getreten. Maries Beine brachen mit einem hässlichen Knirschen. Sie stürzte hart auf das Pflaster. Immerhin war ihre Kehle wieder frei, und sie holte tief und voller Panik Atem. Der nächste Tritt traf ihre Nieren. Der Schmerz raubte Marie das Bewusstsein.

Als sie ihre Augen öffnete, erkannte sie die geliebten braunen Augen von Thomas, die sie ängstlich ansahen. Und noch ein braunes Augenpaar, nur kleiner und erfüllt von noch größerer Angst blickte auf sie hinunter. Es gehörte Livia.
»Mama, bist du wach?«
»Es scheint so«, antwortete Marie leise und versuchte zu lächeln. Doch das wollte nicht gelingen, denn die Schmerzen in ihren Beinen und im gesamten Körper waren zu groß. »Was ist denn passiert?«
»Erinnerst du dich nicht?« Thomas schaute jetzt forschend in ihr schmales Gesicht. »So ein Mistkerl hat dir die Beine gebrochen.«
»Was?« Marie war schon einmal zu sich gekommen, aber zu schwach gewesen, um die Augen zu öffnen. Vielleicht hatte man ihr Schmerzmittel verabreicht. Angestrengt hatte sie versucht die vergangenen Tage zu rekonstruieren. Das war jedoch nicht im mindesten gelungen, also hatte sie es aufgegeben und sich wieder dem erlösenden Schlaf überlassen.

»Du bist überfallen worden«, klärte Livia sie auf.
»So schlimm wird es schon nicht sein«, meinte Marie tapfer, um ihre Tochter zu trösten. Doch sie war nicht überzeugt von dem, was sie da sagte. Der Gedanke, dass sie das Opfer eines Überfalls geworden war, versetzte sie in Panik.
»Livia, lass deine Mutter und mich kurz alleine, ja? Du solltest Wilhelm Bescheid sagen, dass sie aufgewacht ist.«
»Na gut.« Livia sprang auf, küsste ihre Mutter inbrünstig auf die Wange und huschte aus dem Zimmer.
»Ist das wahr, das mit dem Überfall?«, fragte Marie zaghaft.
»Du erinnerst dich wirklich nicht mehr? Du warst auf dem Weg zu dieser Maikundgebung, weißt du noch?«
Langsam dämmerte es ihr. Stück für Stück kamen die Erinnerungen zurück.
»Hat der Überfall damit zu tun? Ich meine, glaubst du, jemand wollte meinen Auftritt verhindern?«
»Sieht ganz so aus. An einen Zufall glaube ich jedenfalls nicht. Hast du jemanden erkannt? Kannst du dich jetzt wieder an irgendetwas erinnern, was uns auf die Spur des Dreckskerls bringt, der das getan hat?«
»Nein, Thomas, ich bin auch noch sehr müde. Am liebsten würde ich die ganze Sache schnell wieder vergessen.«
»Marie, er hat dir eine Niere gequetscht und beide Beine gebrochen. Du wirst vielleicht nie wieder richtig laufen können. Der das zu verantworten hat, soll doch nicht so davonkommen, oder?«
»Wer kümmert sich um die Konditorei?«, fragte sie.
»Geibel macht das. Und Wilhelm. Er will alles so gut machen wie seine Mutter.« Marie lächelte und schloss die Augen. »Stine ist übrigens auch jeden Tag da und hilft ihm.«

XI

Die Jahre zogen ins Land. Marie brauchte lange, bis sie wieder gesund war. Entgegen schlimmster Befürchtungen konnte sie laufen, doch benötigte sie für lange Strecken einen Stock und vermochte sich selbst mit ihm nicht schnell fortzubewegen. Man fand nie heraus, wer ihr das angetan hatte. Der Verdacht lag nahe, dass es politische Kontrahenten waren, die einiges dagegen hatten, dass eine der führenden Lübecker Geschäftsleute erst die Kaufmannschaft verließ und dann noch deutlicher mit der Arbeiterbewegung sympathisierte. Andere Hinweise legten die Vermutung nahe, Oeverbeck könne die Gelegenheit genutzt haben, sich auf perfide Weise an ihr zu rächen. Er selbst oder einer seiner Lakaien konnte es so aussehen lassen, als ob jemand sie an ihrer Rede hindern wollte. Dabei ging es gar nicht um die Kundgebung, sondern nur um Oeverbecks verletzten Stolz. Gedroht hatte er ihr oft genug. Beweisen konnte man ihm jedoch nichts. So gut die Verletzungen auch verheilt waren, so schlecht wurde Marie mit der seelischen Pein fertig. Oft wachte sie nachts schreiend oder schweißgebadet auf. In ihren Träumen wurde sie mal von Oeverbeck überfallen, verprügelt, vergewaltigt oder auch lebendig begraben, mal von ausgemergelten Gestalten verfolgt, die ihr hinterherriefen, sie habe sie im Stich gelassen und sei Schuld daran, dass Kinder verkrüppelt zur Welt kamen und Frauen starben.

Thomas nahm sie in solchen Nächten in den Arm und brauchte lange, bis er sie beruhigt hatte. Wenn sie in Travemünde waren, ging es ihr viel besser. Dort kamen fast nie die bösen Träume.
»Lass uns für immer nach Travemünde ziehen«, schlug Thomas ihr deshalb zum wiederholten Male vor. »Du kommst in mein Haus, deine Kinder behalten das Nachbarhaus und die Villa in St. Gertrud. Kümmere dich nicht weiter um die Konditorei, sondern führe mit mir das gemütliche Leben, das zu unserem Alter passt.«
»Wilhelm ist noch so jung. Ich kann ihm noch nicht die gesamte Verantwortung überlassen«, entgegnete sie dann immer.
Doch je länger sie darüber nachdachte, desto besser gefiel ihr der Gedanke. So beschloss sie, ihrem Sohn Wilhelm im September 1910 anlässlich seines zweiundzwanzigsten Geburtstags die Konditorei zu überschreiben.
Sie saßen im Gewölbe des Ratsweinkellers. Neben Marie, Thomas und Livia waren auch Helene und Kai gekommen, die zwar nur noch wenig Kontakt pflegten, sich aber mit Marie nach ihrem Unglück immerhin wieder versöhnt hatten. Auch Sophie und Geibel waren geladen und natürlich Stine, Wilhelms große Liebe. Einige von Wilhelms Freunden saßen ebenfalls an dem langen Holztisch. Marie fiel auf, dass die jungen Männer schon jetzt begehrliche Blicke auf Livia warfen, die gerade erst dreizehn Jahre alt war. Das war nicht verwunderlich. Sie hatte ein Gesicht, das ein Bildhauer nicht makelloser hätte formen können, mit einer kleinen schmalen Nase, hohen Wangenknochen und vollen sinnlichen Lippen. Ihre braunen Augen waren ebenso warm und freundlich wie kess und herausfordernd. Das schwarze Haar trug sie meistens geflochten, doch heute hatte Marie ihr nur die Seitenpartien mit Kämmen festgesteckt. Die restliche Pracht fiel ihr glänzend über die Schultern. Marie erhob sich und schlug leicht gegen ihr Glas.

»Mein lieber Wilhelm, liebe Gäste! Wenn ich dich ansehe, mein Sohn, dann sehe ich das helle Haar und den melancholischen Blick deines Vaters vor mir. Du hast sein ruhiges, ausgeglichenes Temperament geerbt und sein Talent für Zahlen. Ich sehe aber auch ein Stück von mir selbst. Der Teil, der mit Angestellten umgehen kann und eine große Liebe zum Marzipan hat, den hast du von mir geerbt. In den letzten Jahren hast du die Leitung der Konditorei Kröger ganz selbstverständlich mehr und mehr in die Hand genommen, weil ich dazu nicht mehr in der Lage war.« Sie musste schlucken. »Übrigens möchte ich bei dieser Gelegenheit auch Ihnen danken, lieber Hans, dass Sie nicht nur mich, als ich Sie brauchte, sondern auch meinen Sohn jederzeit so hervorragend unterstützt haben.«

Geibel, dessen rotes Haar wie gewöhnlich in lustigen Büscheln vom Kopf stand, faltete verlegen die Hände. Wilhelm nickte ihm zu und unterstrich damit die Worte seiner Mutter.

»Ich hatte ausreichend Möglichkeit, dich zu beobachten, mein Junge«, fuhr Marie fort. »Was ich gesehen habe, hat mir gefallen. Mehr als das, es hat mich sehr glücklich gemacht. Ich möchte dir für deinen ungeheuren Einsatz danken, Wilhelm. Und ich möchte dir hiermit offiziell die Leitung der Konditorei übergeben.«

Wilhelm machte runde Augen und schnappte nach Luft.

»Mutter, das ist … Ich weiß gar nicht, was ich sagen soll.«

»Du sollst ja sagen«, erwiderte sie schlicht. »Wenn wir heute Abend nach Hause kommen, werde ich dir das Marzipanrezept anvertrauen. Gib sehr gut darauf acht, mein Junge. Und behalte es für dich, bis du eine eigene Familie hast und es weitergeben kannst.« Marie konnte sich einen wohlwollenden Blick auf Stine nicht verkneifen, die errötete und vor Verlegenheit kicherte.

»Noch etwas«, fuhr sie fort. »Die Familie Kröger gibt es nicht mehr. Meine Brüder haben leider sterben müssen, ohne das Glück eigener Kinder erfahren zu dürfen. Nun, und ich trage

den Namen Andresen. Livia wird irgendwann heiraten und eine andere Familie weiterführen.«
Livia kicherte nicht albern und unsicher wie Stine, sondern sah ihre Mutter selbstbewusst aus großen Augen an.
»Aber du, Wilhelm, trägst den Namen Andresen und wirst ihn weitergeben. Ich werde die Konditorei umfirmieren. Ab jetzt wird man in der Welt von Andresen-Marzipan sprechen.«
Jetzt war es an Helene, überrascht und gerührt zu sein. Sie tupfte sich glücklich eine Träne aus dem Augenwinkel.
»Erheben wir die Gläser auf die Konditorei Andresen und ihren neuen Eigentümer Wilhelm Andresen.«
Alle griffen nach ihren Gläsern und tranken auf das Wohl des Geburtstagskindes.
Marie sah Thomas voller Liebe an und beendete ihre kleine Ansprache. »Ich, das heißt, wir werden uns weiterhin um die Verkostungen kümmern. Rotwein und Marzipan, das ist eine unschlagbare Verbindung. Ansonsten, mein lieber Junge, liebe Freunde, werde ich mich in Zukunft nach Travemünde zurückziehen.«
»Darauf trinke ich«, rief Thomas begeistert aus.
Marie setzte sich und gab ihm einen Kuss auf die Wange. Nun erhob sich Wilhelm.
»Ich danke dir von ganzem Herzen, Mutter. Ich werde dich nicht enttäuschen und versuchen die Konditorei so erfolgreich und geschickt zu führen, wie du es über die Jahre getan hast. Bevor wir diesen besonderen Tag feiern und endlich essen wollen, habe ich auch eine Überraschung.«
Hektische rote Flecken bedeckten mit einem Mal Wilhelms Gesicht. Marie erkannte darin sich selbst als junge Frau. Alle Augenpaare waren auf ihn gerichtet, was es ihm nicht gerade leichter machte. Trotzdem griff er in die Tasche seiner Anzugjacke und holte ein Kästchen hervor.
»Liebe Stine, du hast es gehört, auf mich kommt eine ganze

Menge Arbeit und Verantwortung zu. Alleine schaffe ich das auf keinen Fall. Aber mit dir zusammen kann ich alles schaffen, das weiß ich. Darum möchte ich dich heute fragen, ob du meine Frau werden willst.«

Marie griff nach einem Taschentuch. Das war wirklich eine Überraschung. Auch Stine schossen die Tränen in die Augen.

»Ja«, schluchzte sie.

Wieder klangen die Gläser. Es setzte ein fröhliches Durcheinander ein. Hier lagen sich Helene und Marie in den Armen, dort klopften Wilhelms Freunde ihm auf die Schulter und gratulierten. Das Essen wurde aufgetragen. Es versprach eine unvergessliche Feier zu werden.

»Du hast mich nicht vorgewarnt«, sagte Thomas nach dem Essen leise zu Marie.

»Was meinst du?«

»Du willst nun doch für immer zu mir nach Travemünde kommen?«

»Ja«, antwortete sie. »Wir leben schließlich nicht ewig. Worauf soll ich also noch warten, wenn ich jetzt schon meinen Lebensabend mit dir genießen kann? Oder bekommst du kalte Füße?«

»Ganz im Gegenteil. Ich finde, wir sollten dann auch für klare Verhältnisse sorgen. Wie lange sind wir jetzt schon verlobt, Fräulein Kröger?«

So hatte sie lange niemand mehr genannt. Aber es fühlte sich gut an. Marie war wieder frei, und bald würde es eine andere Frau Andresen geben – Stine Andresen.

»Wie wäre es, wenn wir es deinem Sohn gleichtun und auch endlich heiraten?«

»Das wäre gut«, sagte Marie.

So kam es, dass im Frühjahr 1911 zwei Hochzeiten gefeiert wurden. Die von Wilhelm und Stine mit über hundert Gästen,

einem Brautkleid mit einer anderthalb Meter langen Schleppe und einer Feier, von der Lübeck noch Wochen später sprach. Die andere still im Kreise der Familie in der St. Lorenzkirche in Travemünde. Marie zog zu ihrem zweiten Mann und hätte glücklicher nicht sein können. Das junge Paar bewohnte die Villa in St. Gertrud. Livia behielt dort ihre Kammer und kam meist an den Wochenenden nach Travemünde. Auch ihre Ferien verbrachte sie bei Thomas und Marie, während ihr Bruder und Stine gleich nebenan wohnten. Ein Jahr nach der Hochzeit brachte Stine ihren ersten Sohn zur Welt. Livia durfte ihren Neffen Frederick bei der Taufe halten und konnte es von dem Moment an nicht erwarten, selbst eine Familie zu gründen.
»Lass dir damit nur Zeit, Prinzessin«, mahnte Thomas. Und an seine Frau Marie gewandt sagte er: »Es wird nicht mehr lange dauern, dann kann sie sich vor Verehrern nicht retten. Was sollen wir nur tun? Denkst du, ein großer Wassergraben um das Haus, den wir mit kochender Lava des Vesuv füllen, kann sie abschrecken?«

Nur drei Jahre später hatten sie ganz andere Sorgen. Schon seit geraumer Zeit bekam Thomas keinen Wein mehr aus Frankreich, weil die Nationalisten des Landes mit dem Deutschen Reich immer heftiger in Konflikt geraten waren. Ähnlich betrüblich sah das Verhältnis zu Russland aus. Wilhelm hatte sämtliche Lieferungen dorthin eingestellt. Auch was Großbritannien betraf, steckte das Reich in einer Krise. Was die geschäftlichen Belange anging, hätten sowohl Marie als auch Thomas sich gut mit der Situation einrichten können. Leider war das längst nicht alles. Nicht nur in der Heimat gab es immer mehr Konflikte, auch in anderen Ländern brodelte es erheblich. Zum Beispiel in Österreich-Ungarn, wo die verschiedensten

Volksgruppen nach Unabhängigkeit strebten und die Monarchie gleichzeitig ihre Stellung als Großmacht behaupten und ausbauen wollte. Als im Juni der österreichische Thronfolger durch die Hand eines serbischen Attentäters starb, eskalierte die ohnehin spannungsgeladene Situation. Reihenweise traten Lübecker Kriegsfreiwillige dem Königlich Preußischen Infanterieregiment bei. Noch war gar nicht abzusehen, ob und gegen wen gekämpft werden musste, doch das Wort Verteidigungskrieg machte immer häufiger die Runde.

Marie und Thomas saßen auf der neu gebauten Veranda, die hinter seinem Haus an den Garten des Andresen-Ferienhauses grenzte.

»Was soll bloß geschehen, wenn Russland seine Mobilmachung nicht zurücknimmt?«, fragte Marie voller Sorge.

»Das wird Zar Nikolaus niemals tun«, meinte Thomas. »Es gibt noch zu viele alte Ressentiments und Vergeltungswünsche, und das auf so vielen Seiten. Weder er noch Österreich oder Serbien werden zur Vernunft kommen, fürchte ich.« Nachdenklich zog er an seiner Pfeife.

Auf dem Tisch stand eine Flasche italienischer Wein. Daneben lag kandiertes Marzipan, eine neue Erfindung von Marie.

»Ich habe Angst, Thomas. Wenn der Zar nicht klein beigibt, muss der Kaiser ihm den Krieg erklären. Das ruft doch sofort die Franzosen auf den Plan. Wo soll das bloß enden?«

»Weißt du, was am schlimmsten ist? Livia ist noch so jung. Sie sollte genau jetzt ihr Leben genießen, Reisen unternehmen, fremde Länder entdecken. Es ist nicht gut, wenn sie die als Feinde erlebt, die sich mit ihrem Land im Krieg befinden. Und denk nur an den kleinen Frederick. Soll der arme Wurm schon die Grausamkeit des Kriegs erleben müssen? Uns ist das erspart geblieben, aber ich habe noch den Anblick jener in Erinnerung, die damals aus dem Krieg gegen Frankreich nach Hause kamen.

Sollten wir nicht zivilisiert genug sein, Konflikte inzwischen anders zu lösen?«

»Wir wären auch dazu in der Lage. Nur die, die über unser Schicksal und das unserer Kinder entscheiden, sind es leider nicht.« Sie trank einen Schluck Wein. »Da haben wir jahrelang geschuftet, um Ziele durchzusetzen und einen Betrieb am Leben zu erhalten. Und jetzt? Wir können nur beten, dass es nicht zum Äußersten kommt.«

»Und wir können dankbar sein, Marie. Ich bin es jedenfalls. Mir ist es immer gutgegangen. Es hat mir an nichts gefehlt. Ich habe die wunderbarste Frau kennengelernt, die sich ein Mann überhaupt nur wünschen kann. Und dann hatte ich auch noch das Glück, so viele Tage meines Lebens mit ihr teilen zu dürfen.« Er legte seine Hand auf ihre und sah ihr zufrieden in die Augen. »Sogar ihre Kinder durfte ich annehmen. Was will ich mehr?«

»Du hast recht. Wir brauchen uns gewiss keine Gedanken mehr um uns zu machen. Um die Zukunft der Kinder fürchte ich trotzdem.«

»Jetzt ist es an ihnen, ihr Schicksal mutig in die Hand zu nehmen. Wie ich sie kenne, werden sie gut auf sich aufpassen. Und auf das Marzipanrezept natürlich.«

Epilog

Frederick Andresen beendete seine Rede.

»Jetzt kennen Sie also die wechselvolle Geschichte meiner Familie und die des Marzipanrezepts.« Er strich sich eine blonde Strähne aus der Stirn, die gleich darauf wieder in sein jugendliches Gesicht fiel.

Applaus brandete auf.

»Vor allem aber haben Sie eine Menge über meine Großmutter erfahren. Mehr, als ihr lieb ist, fürchte ich.« Er lächelte der alten Dame zu, die etwas abseits auf ihrem Stuhl saß.

Die Gäste reckten neugierig die Hälse. Die wenigsten kannten Marie Hansen persönlich. Fast jeder hatte allerdings schon von ihr gehört. Auch vor Fredericks kleinem Ausflug in die Vergangenheit.

»Meiner Großmutter möchte ich an dieser Stelle danken. Hätte sie sich nicht immer über alle Konventionen und Beschränkungen ihrer Zeit hinweggesetzt und gekämpft wie eine Löwin, dann gäbe es längst keine Konditorei Andresen mehr. Danke, Großmutter Marie!«

Wieder ertönte höflicher Applaus. Lauter diesmal. Die Menschen spürten die ehrliche Bewunderung des jungen Mannes. Und sie konnten die starke Ausstrahlung der alten Frau in dem weißen Kleid fühlen, die trotz ihrer über neunzig Jahre anmutig und kerzengerade wie eine Primaballerina auf ihrem Stuhl saß. Sie hob den Kopf. Ihre Augen funkelten überraschend wach und aufmerksam. Kaum sichtbar hob sie die Hand. Mit einem Schritt war Frederick bei ihr.

Er beugte sich zu ihr hinunter und fragte: »Ja, Großmutter?«

»Ich bin jetzt ein wenig müde, mein Junge«, flüsterte sie.

Ihre Stimme ging im einsetzenden Lärm unter, als drei junge Mädchen mit weißen Häubchen und gestärkten Schürzen die neuen Marzipansorten zur Verkostung hereintrugen.

Glossar

Altona	bis 1938 selbständige holsteinische Großstadt; mit dem Groß-Hamburg-Gesetz eingemeindet; westlichster Bezirk Hamburgs
Amtshaus der Schiffer	seit 1868 öffentliche Gaststätte, an der Engelsgrube (früher Engelsche Grove = englische Grube) gelegen, später Namenswechsel zur heute noch gültigen Bezeichnung Schiffergesellschaft
Badekarren	hölzerne Kabinen, die ins Wasser getragen wurden, damit die Damen vor Blicken geschützt darin baden konnten
Belle Etage	bevorzugtes Geschoss eines Wohnhauses, in dem sich die schönste Wohnung bzw. die gute Stube befand; meist das erste Obergeschoss
Bude	Bezeichnung für ein kleines Wohnquartier, größer als ein Zimmer, kleiner als eine Wohnung. Der Meister war ein Bewohner, der als eine Art Hausmeister nach dem Rechten sah
Bungen	Holzlaternen, mit ölgetränkter Leinwand bespannt, die bei alten Segelschiffen als Hecklicht genutzt wurden
Deern	ebenso für Mädchen wie auch für Dirne im Gebrauch

Deutsch-Ostafrika	1885–1918 deutsche Kolonie. Das Gebiet umfasste die heutigen Länder Ruanda, Burundi und Tansania (ohne Sansibar)
dösig	dumm
Dübel	Teufel
ein bitten	ein bisschen
Eintritts- und Begräbnisgeld	um in ein Armenhaus aufgenommen zu werden, musste man eine einmalige Gebühr zahlen und das Geld hinterlegen, das die Kosten der Beerdigung deckte. Dafür erhielt man ein Quartier und eine monatliche Rente
Fegefeuer	Straßenname einer kleinen Gasse, die zum Domkirchhof führt. Die Domvorhalle wurde scherzhaft Paradies genannt. Sie stand unter dem Schutz des »Sakralfriedens«. Straftäter konnten sich der weltlichen Rechtsprechung entziehen, wenn es ihnen gelang, die Vorhalle des Doms zu erreichen. Dort mussten sie sich der kirchlichen Rechtsprechung stellen
Gängeviertel	Wohnquartiere, die zwischen den eigentlichen Wohnhäusern entstanden sind. Meist musste man durch einen Bogen im Fronthaus, um in den schmalen Hinterhof zu gelangen, von wo Zugang zu den Wohnquartieren bestand
Heilig-Geist-Hospital	1286 erbautes Hospital, später Altersheim; eine der ältesten sozialen Einrichtungen der Welt
Kabäusterchen	kleine hölzerne Schlafkammern in einem riesigen Saal. Bevor es sie gab, waren die Betten der Hospitalbewohner nur durch Vorhänge voneinander getrennt

Kaufmannschaft	Gesamtvertretung der Lübecker Kaufleute, die sich 1853 gebildet hat
Kogge	Schiffstyp, der von den Hansestädten vorwiegend für den Handel eingesetzt wurde
Nordsee-Ostsee-Kanal	erste Bezeichnung des Nord-Ostsee-Kanals
Prahm	darunter verstand man ursprünglich eine besonders flache Fähre, wird aber auch als Bezeichnung für schwimmende Plattformen verwendet
prummeln	drücken, herzen, liebkosen
Reval	bis 1918 gültiger Name von Tallinn, der Hauptstadt Estlands
Rigafahrer	seit 1432 war die Rigafahrerkompanie im Stadtbuch eingetragen. Die Mitglieder waren auf den Osthandel spezialisiert. 1853 gingen sie in Handelskammer und Kaufmannschaft auf
Rotspon	Bordeaux-Wein, der aus Frankreich im Fass nach Lübeck geliefert wird, dort nachreift und auf Flaschen gezogen wird
Sanitätsschokolade	1861 kam Schokolade mit therapeutischen Inhaltsstoffen auf den Markt, darunter z. B. eine Sorte mit Eisen gegen Blutarmut
schaarp	scharf
Schänkwirtschaft	Lokal, Kneipe, auch für Bordell
schminken	wenn Marzipan mit Lebensmittelfarbe bemalt wird, so spricht man vom Schminken
seut	süß
Siechenhaus	Menschen, die an ansteckenden Krankheiten litten, wie z. B. im 13. Jahrhundert an der Lepra, wurden

	in einem Haus vor den Toren der Stadt untergebracht
Sklavenkasse	1629 eingerichtet und aus Abgaben auf Heuer und Schiffsbetrieb finanziert. Das Geld wurde verwendet, um Seeleute, die in Gefangenschaft geraten waren, auszulösen
Staat Lübeck	Durch den Wiener Kongress wurde Lübeck 1815 selbständiges Staatsgebiet und blieb dies bis zum Groß-Hamburg-Gesetz 1937
St. Martin	11. November, auch Martini genannt. An diesem Tag begann in Lübeck früher die Hafenwache von 17 bis 4 Uhr
Talglicht	gereinigtes Rinderfett mit einem Leinen- oder Wolldocht
Travemünder Woche	seit 1891; eine der größten Wassersportveranstaltungen der Welt. Segler und Surfer tragen in der letzten Juli-Woche Wettkämpfe aus
Tung	Zunge
Vorderreihe	damals wie heute beliebteste Flaniermeile Travemündes
Zunftzwang	die zwingende Voraussetzung, Mitglied in einer Zunft zu sein, um ein bestimmtes Gewerbe ausüben zu dürfen

Katryn Berlinger

Das Schokoladenmädchen

Roman

Ende des 19. Jahrhunderts in Riga: Hierher kommt die junge Madelaine, ehrgeizig und gierig auf das Leben. Der Schweizer Zuckerbäcker Martieli, der überzeugt von ihrem Talent ist, setzt sie als Leiterin seiner florierenden Confiserie ein. Madelaine erweist sich schon bald als seines Vertrauens würdig und erobert mit ihren süßen Kreationen die Stadt im Sturm – und so manches Männerherz. Ihr Herz aber gehört einem ungarischen Adligen, doch der soll eine andere heiraten …

Ein Roman, bei dessen Lektüre die Lust auf eine Praline (oder mehr) unwiderstehlich wird!

Knaur Taschenbuch Verlag

20.6.25